Gröls Verlage

„Bücher sind wie Fallschirme. Sie nützen uns nichts, wenn wir sie nicht öffnen."

Gröls Verlag

Redaktionelle Hinweise und Impressum

Das vorliegende Werk wurde zugunsten der Authentizität sehr zurückhaltend bearbeitet. So wurden etwa ursprüngliche Rechtschreibfehler *nicht* systematisch behoben, denn kleine Unvollkommenheiten machen das Buch – wie im Übrigen den Menschen – erst authentisch. Mitunter wurden jedoch zum Beispiel Absätze behutsam neu getrennt, um den Lesefluss zu erleichtern.

Um die Texte zu rekonstruieren, werden antiquarische Bücher von Lesegeräten gescannt und dann durch eine Software lesbar gemacht. Der so entstandene Text wird von Menschen gegengelesen und korrigiert – hierbei treten auch Fehler auf. Wenn Sie ebenfalls antiquarische Texte einreichen möchten, finden Sie weitere Informationen auf www.groels.de

Viel Freude bei der Lektüre wünscht Ihnen das Team des Gröls-Verlags.

Adressen

Verleger: Sophia Gröls, Im Borngrund 26, 61440 Oberursel

Externer Dienstleister für Distribution & Herstellung: BoD, In de Tarpen 42, 22848 Norderstedt

Unsere „Edition | Werke der Weltliteratur“ hat den Anspruch, eine der größten und vollständigsten Sammlungen klassischer Literatur in deutscher Sprache zu sein. Nach und nach versammeln wir hier nicht nur die „üblichen Verdächtigen“ von Goethe bis Schiller, sondern auch Kleinode der vergangenen Jahrhunderte, die – zu Unrecht – drohen, in Vergessenheit zu geraten. Wir kultivieren und kuratieren damit einen der wertvollsten Bereiche der abendländischen Kultur. Kleine Auswahl:

Francis Bacon • Neues Organon • **Balzac** • Glanz und Elend der Kurtisanen • **Joachim H. Campe** • Robinson der Jüngere • **Dante Alighieri** • Die Göttliche Komödie • **Daniel Defoe** • Robinson Crusoe • **Charles Dickens** • Oliver Twist • **Denis Diderot** • Jacques der Fatalist • **Fjodor Dostojewski** • Schuld und Sühne • **Arthur Conan Doyle** • Der Hund von Baskerville • **Marie von Ebner-Eschenbach** • Das Gemeindekind • **Elisabeth von Österreich** • Das Poetische Tagebuch • **Friedrich Engels** • Die Lage der arbeitenden Klasse • **Ludwig Feuerbach** • Das Wesen des Christentums • **Johann G. Fichte** • Reden an die deutsche Nation • **Fitzgerald** • Zärtlich ist die Nacht • **Flaubert** • Madame Bovary • **Gorch Fock** • Seefahrt ist not! • **Theodor Fontane** • Effi Briest • **Robert Musil** • Über die Dummheit • **Edgar Wallace** • Der Frosch mit der Maske • **Jakob Wassermann** • Der Fall Maurizius • **Oscar Wilde** • Das Bildnis des Dorian Grey • **Émile Zola** • Germinal • **Stefan Zweig** • Schachnovelle • **Hugo von Hofmannsthal** • Der Tor und der Tod • **Anton Tschechow** • Ein Heiratsantrag • **Arthur Schnitzler** • Reigen • **Friedrich Schiller** • Kabale und Liebe • **Nicolo Machiavelli** • Der Fürst • **Gotthold E. Lessing** • Nathan der Weise • **Augustinus** • Die Bekenntnisse des heiligen Augustinus • **Marcus Aurelius** • Selbstbetrachtungen • **Charles Baudelaire** • Die Blumen des Bösen • **Harriett Stowe** • Onkel Toms Hütte • **Walter Benjamin** • Deutsche Menschen • **Hugo Bettauer** • Die Stadt ohne Juden • **Lewis Caroll** • *und viele mehr….*

Ernst Theodor Amadeus Hoffmann

Lebensansichten des

Katers Murr

nebst fragmentarischer Biographie des

Kapellmeisters Johannes Kreisler

in zufälligen Makulaturblättern

Inhalt

Vorwort

Vorwort des Herausgebers E. T. A. Hoffmann

Keinem Buche ist ein Vorwort nötiger, als gegenwärtigem; da es, wird nicht erklärt, auf welche wunderliche Weise es sich zusammengefügt hat, als ein zusammengewürfeltes Durcheinander erscheinen dürfte.

Daher bittet der Herausgeber den günstigen Leser, wirklich zu lesen, nämlich dies Vorwort.

Besagter Herausgeber hat einen Freund, mit dem er ein Herz und eine Seele ist, den er ebenso gut kennt, als sich selbst. Dieser Freund sprach eines Tages zu ihm ungefähr also: „Da du, mein Guter, schon manches Buch hast drucken lassen und dich auf Verleger verstehst, wird es dir ein leichtes sein, irgendeinen von diesen wackern Herren aufzufinden, der auf deine Empfehlung etwas druckt, was ein junger Autor von dem glänzendsten Talent, von den vortrefflichsten Gaben vorher aufschrieb. Nimm dich des Mannes an, er verdient es.“

Der Herausgeber versprach, sein Bestes zu tun für den schriftstellerischen Kollegen. Etwas verwunderlich wollt es ihm nun wohl bedünken, als sein Freund ihm gestand, daß das Manuskript von einem Kater, Murr geheißen, herrühre und dessen Lebensansichten enthalte; das Wort war jedoch gegeben, und da der Eingang der Historie ihm ziemlich gut stilisiert schien, so lief er sofort, mit dem Manuskript in der Tasche, zu dem Herrn Dümmler Unter den Linden und proponierte ihm den Verlag des Katerbuchs.

Herr Dümmler meinte, bis jetzt habe er zwar nicht unter seinen Autoren einen Kater gehabt, wisse auch nicht, daß irgendeiner seiner werten Kollegen mit einem Mann des Schlages bis jetzt sich eingelassen, indessen wolle er den Versuch wohl machen.

Der Druck begann, und dem Herausgeber kamen die ersten Aushängebogen zu Gesicht. Wie erschrak er aber, als er gewahrte, daß Murrs Geschichte hin und wieder abbricht und dann fremde Einschiebsel vorkommen, die einem andern Buch, die Biographie des Kapellmeisters Johannes Kreisler enthaltend, angehören.

Nach sorgfältiger Nachforschung und Erkundigung erfuhr der Herausgeber endlich folgendes: Als der Kater Murr seine Lebensansichten schrieb, zerriß er ohne Umstände ein gedrucktes Buch, das er bei seinem Herrn vorfand, und verbrauchte die Blätter harmlos teils zur Unterlage, teils zum Löschen. Diese Blätter blieben im Manuskript und – wurden, als zu demselben gehörig, aus Versehen mit abgedruckt!

De- und wehmütig muß nun der Herausgeber gestehen, daß das verworrene Gemisch fremdartiger Stoffe durcheinander lediglich durch seinen Leichtsinn veranlaßt, da er das

Manuskript des Katers hätte genau durchgehen sollen, ehe er es zum Druck beförderte. Indessen ist noch einiger Trost für ihn vorhanden.

Fürs erste wird der geneigte Leser sich leicht aus der Sache finden können, wenn er die eingeklammerten Bemerkungen, *Mak. Bl.* (Makulatur-Blatt) und *M. f. f.* (Murr fährt fort) gütigst beachten will, dann ist aber das zerrissene Buch höchst wahrscheinlich gar nicht in den Buchhandel gekommen, da niemand auch nur das mindeste davon weiß. Den Freunden des Kapellmeisters wenigstens wird es daher angenehm sein, daß sie durch den literarischen Vandalismus des Katers zu einigen Nachrichten über die sehr seltsamen Lebensumstände jenes in seiner Art nicht unmerkwürdigen Mannes kommen.

Der Herausgeber hofft auf gütige Verzeihung.

Wahr ist es endlich, daß Autoren ihre kühnsten Gedanken, die außerordentlichsten Wendungen oft ihren gütigen Setzern verdanken, die dem Aufschwunge der Ideen nachhelfen durch sogenannte Druckfehler. So sprach zum Beispiel der Herausgeber im zweiten Teile seiner „Nachtstücke" von geräumigen *Bosketts* (Gebüschen), die in einem Garten befindlich. Das war dem Setzer nicht genial genug, er setzte daher das Wörtlein *Bosketts* um in das Wörtlein *Kasketts* (Lederhelm). So läßt in der Erzählung „das Fräulein Scuderi" der Setzer pfiffigerweise besagtes Fräulein statt in einer schwarzen *Robe*, in einer schwarzen *Farbe* von schwerem Seidenzeug erscheinen und so weiter.

Jedem jedoch das Seine! Weder der Kater Murr, noch der unbekannte Biograph des Kapellmeisters Kreisler soll sich mit fremden Federn schmücken, und der Herausgeber bittet daher den günstigen Leser dringend, bevor er das Werklein liest, nachfolgende Änderungen zu veranstalten, damit er von beiden Autoren nicht besser oder schlechter denke, als sie es verdienen.

Übrigens werden nur die Haupterrata bemerkt, geringere dagegen der Diskretion des gütigen Lesers überlassen.

(Es folgt die Angabe einer Reihe von Druckfehlern.)

Schließlich darf der Herausgeber versichern, daß er den Kater Murr persönlich kennengelernt und in ihm einen Mann von angenehmen, milden Sitten gefunden hat. Er ist auf dem Umschlage dieses Buches frappant getroffen.

Berlin, im November 1819

E. T. A. Hoffmann

Vorrede des Autors Kater Murr

Schüchtern – mit bebender Brust, übergebe ich der Welt einige Blätter des Lebens, des Leidens, der Hoffnung, der Sehnsucht, die in süßen Stunden der Muße, der dichterischen Begeisterung meinem innersten Wesen entströmten. Werde, kann ich bestehen vor dem strengen Richterstuhl der Kritik? Doch ihr seid es, ihr fühlenden Seelen, ihr rein kindlichen Gemüter, ihr mir verwandten treuen Herzen, ja, ihr seid es, für die ich schrieb, und eine einzige schöne Träne in eurem Auge wird mich trösten, wird die Wunde heilen, die der kalte Tadel unempfindlicher Rezensenten mir schlug!

Berlin, im Mai (18–).

Murr
(Etudiant en belles lettres)

Unterdrücktes Vorwort des Autors

Mit der Sicherheit und Ruhe, die dem wahren Genie angeboren, übergebe ich der Welt meine Biographie, damit sie lerne, wie man sich zum großen Kater bildet, meine Vortrefflichkeit im ganzen Umfange erkenne, mich liebe, schätze, ehre, bewundere und ein wenig anbete.

Sollte jemand verwegen genug sein, gegen den gediegenen Wert des außerordentlichen Buchs einige Zweifel erheben zu wollen, so mag er bedenken, daß er es mit einem Kater zu tun hat, der Geist, Verstand besitzt und scharfe Krallen.

Berlin, im Mai (18–).

Murr
(Homme de lettres très renommé)

Hoffmann bemerkt dazu:

N. S. Das ist zu arg! – Auch das Vorwort des Autors, welches unterdrückt werden sollte, ist abgedruckt! – Es bleibt nichts übrig, als den günstigen Leser zu bitten, daß er dem schriftstellerischen Kater den etwas stolzen Ton dieses Vorworts nicht zu hoch anrechnen und bedenken möge, daß, wenn manche wehmütige Vorrede irgendeines andern empfindsamen Autors in die wahre Sprache der innigen Herzensmeinung übersetzt werden sollte, es nicht viel anders herauskommen würde.

d. H.

Erster Abschnitt

Gefühle des Daseins, die Monate der Jugend

Es ist doch etwas Schönes, Herrliches, Erhabenes um das Leben! – „O du süße Gewohnheit des Daseins!“ ruft jener niederländische Held in der Tragödie aus. So auch ich, aber nicht wie der Held in dem schmerzlichen Augenblick, als er sich davon trennen soll – nein! – in dem Moment, da mich eben die volle Lust des Gedankens durchdringt, daß ich in jene süße Gewohnheit nun ganz und gar hineingekommen und durchaus nicht willens bin, jemals wieder hinauszukommen. – Ich meine nämlich, die geistige Kraft, die unbekannte Macht, oder wie man sonst das über uns waltende Prinzip nennen mag, welches mir besagte Gewohnheit ohne meine Zustimmung gewissermaßen aufgedrungen hat, kann unmöglich schlechtere Gesinnungen haben als der freundliche Mann, bei dem ich in Kondition gegangen, und der mir das Gericht Fische, das er mir vorgesetzt, niemals vor der Nase wegzieht, wenn es mir eben recht wohlschmeckt.

O Natur, heilige, hehre Natur! wie durchströmt all deine Wonne, all dein Entzücken meine bewegte Brust, wie umweht mich dein geheimnisvoll säuselnder Atem! – Die Nacht ist etwas frisch, und ich wollte – doch jeder, der dies lieset oder nicht lieset, begreift nicht meine hohe Begeisterung, denn er kennt nicht den hohen Standpunkt, zu dem ich mich hinaufgeschwungen! – Hinaufgeklettert wäre richtiger, aber kein Dichter spricht von seinen Füßen, hätte er auch deren viere so wie ich, sondern nur von seinen Schwingen, sind sie ihm auch nicht angewachsen, sondern nur Vorrichtung eines geschickten Mechanikers. Über mir wölbt sich der weite Sternenhimmel, der Vollmond wirft seine funkelnden Strahlen herab, und in feurigem Silberglanz stehen Dächer und Türme um mich her! Mehr und mehr verbraust das lärmende Gewühl unter mir in den Straßen, stiller und stiller wird die Nacht – die Wolken ziehen – eine einsame Taube flattert in bangen Liebesklagen girrend um den Kirchturm! – Wie! – wenn die liebe Kleine sich mir nähern wollte? – Ich fühle wunderbares sich in mir regen, ein gewisser schwärmerischer Appetit reißt mich hin mit unwiderstehlicher Gewalt! – Oh, käme sie, die süße Huldin, an mein liebeskrankes Herz wollt ich sie drücken, sie nimmer von mir lassen – ha, dort flattert sie hinein in den Taubenschlag, die Falsche, und läßt mich hoffnungslos sitzen auf dem Dache! – Wie selten ist doch in dieser dürftigen, verstockten, liebeleeren Zeit wahre Sympathie der Seelen.

Ist denn das auf zwei Füßen aufrecht Einhergehen etwas so Großes, daß das Geschlecht, welches sich Mensch nennt, sich die Herrschaft über uns alle, die wir mit sicherem Gleichgewicht auf vieren daherwandeln, anmaßen darf? Aber ich weiß es, sie bilden sich was Großes ein auf etwas, was in ihrem Kopfe sitzen soll, und das sie die Vernunft nennen. Ich weiß mir keine rechte Vorstellung zu machen, was sie darunter verstehen, aber so viel ist gewiß, daß, wenn, wie ich es aus gewissen Reden meines Herrn und Gönners schließen darf, Vernunft nichts anderes heißt als die Fähigkeit, mit

Bewußtsein zu handeln und keine dummen Streiche zu machen, ich mit keinem Menschen tausche. – Ich glaube überhaupt, daß man sich das Bewußtsein nur angewöhnt; durch das Leben und zum Leben kommt man doch, man weiß selbst nicht wie. Wenigstens ist es mir so gegangen, und wie ich vernehme, weiß auch kein einziger Mensch auf Erden das Wie und Wo seiner Geburt aus eigner Erfahrung, sondern nur durch Tradition, die noch dazu öfters sehr unsicher ist. Städte streiten sich um die Geburt eines berühmten Mannes, und so wird es, da ich selbst nichts Entscheidendes darüber weiß, immerdar ungewiß bleiben, ob ich in dem Keller, auf dem Boden oder in dem Holzstall das Licht der Welt erblickte oder vielmehr nicht erblickte, sondern nur in der Welt erblickt wurde von der teuren Mama. Denn wie es unserm Geschlecht eigen, waren meine Augen verschleiert. Ganz dunkel erinnere ich mich gewisser knurrender, prustender Töne, die um mich her erklangen, und die ich beinahe wider meinen Willen hervorbringe, wenn mich der Zorn überwältigt. Deutlicher und beinahe mit vollem Bewußtsein finde ich mich in einem sehr engen Behältnis mit weichen Wänden eingeschlossen, kaum fähig, Atem zu schöpfen, und in Not und Angst ein klägliches Jammergeschrei erhebend. Ich fühlte, daß etwas in das Behältnis hinabgriff und mich sehr unsanft beim Leibe packte, und dies gab mir Gelegenheit, die erste wunderbare Kraft, womit mich die Natur begabt, zu fühlen und zu üben. Aus meinen reich überpelzten Vorderpfoten schnellte ich spitze gelenkige Krallen hervor und grub sie ein in das Ding, das mich gepackt, und das, wie ich später gelernt, nichts anderes sein konnte als eine menschliche Hand. Diese Hand zog mich aber heraus aus dem Behältnis und warf mich hin, und gleich darauf fühlte ich zwei heftige Schläge auf den beiden Seiten des Gesichts, über die jetzt ein, wie ich wohl sagen mag, stattlicher Bart herüberragt. Die Hand teilte mir, wie ich jetzt beurteilen kann, von jenem Muskelspiel der Pfoten verletzt, ein paar Ohrfeigen zu, ich machte die erste Erfahrung von moralischer Ursache und Wirkung, und eben ein moralischer Instinkt trieb mich an, die Krallen ebenso schnell wieder einzuziehen, als ich sie hervorgeschleudert. Später hat man dieses Einziehen der Krallen mit Recht als einen Akt der höchsten Bonhomie und Liebenswürdigkeit anerkannt und mit dem Namen „Samtpfötchen“ bezeichnet.

Wie gesagt, die Hand warf mich wieder zur Erde. Bald darauf erfaßte sie mich aber aufs neue beim Kopf und drückte ihn nieder, so daß ich mit dem Mäulchen in eine Flüssigkeit geriet, die ich, selbst weiß ich nicht, wie ich darauf verfiel, es mußte daher physischer Instinkt sein, aufzulecken begann, welches mir eine seltsame innere Behaglichkeit erregte. Es war, wie ich jetzt weiß, süße Milch, die ich genoß, mich hatte gehungert, und ich wurde satt, indem ich trank. So trat, nachdem die moralische begonnen, die physische Ausbildung ein.

Aufs neue, aber sanfter als vorher, faßten mich zwei Hände und legten mich auf ein warmes weiches Lager. Immer besser und besser wurde mir zumute, und ich begann mein inneres Wohlbehagen zu äußern, indem ich jene seltsamen, meinem Geschlecht allein eigenen Töne von mir gab, die die Menschen durch den nicht unebenen Ausdruck:

spinnen bezeichnen. So ging ich mit Riesenschritten vorwärts in der Bildung für die Welt. Welch ein Vorzug, welch ein köstliches Geschenk des Himmels, inneres physisches Wohlbehagen ausdrücken zu können durch Ton und Gebärde! – Erst knurrte ich, dann kam mir jenes unnachahmliche Talent, den Schweif in den zierlichsten Kreisen zu schlängeln, dann die wunderbare Gabe, durch das einzige Wörtlein „Miau“ Freude, Schmerz, Wonne und Entzücken, Angst und Verzweiflung, kurz, alle Empfindungen und Leidenschaften in ihren mannigfaltigsten Abstufungen auszudrücken. Was ist die Sprache der Menschen gegen dieses einfachste aller einfachen Mittel, sich verständlich zu machen! – Doch weiter in der denkwürdigen, lehrreichen Geschichte meiner ereignisreichen Jugend! – Ich erwachte aus tiefem Schlaf, ein blendender Glanz umfloß mich, vor dem ich erschrak, fort waren die Schleier von meinen Augen, ich sah!

Ehe ich mich an das Licht, vorzüglich aber an das buntscheckige Allerlei, das sich meinen Augen darbot, gewöhnen konnte, mußte ich mehrmals hintereinander entsetzlich niesen, bald ging es indessen mit dem Sehen ganz vortrefflich, als habe ich es schon mehrere Zeit hintereinander getrieben.

O das Sehen! es ist eine wunderbare herrliche Gewohnheit, eine Gewohnheit, ohne die es sehr schwer werden würde, überhaupt in der Welt zu bestehen! – Glücklich diejenigen Hochbegabten, denen es so leicht wird als mir, sich das Sehen anzueignen.

Leugnen kann ich nicht, daß ich doch in einige Angst geriet und dasselbe Jammergeschrei erhob, wie damals in dem engen Behältnis. Sogleich erschien ein kleiner, hagerer alter Mann, der mir unvergeßlich bleiben wird, da ich, meiner ausgebreiteten Bekanntschaft unerachtet, keine Gestalt, die ihm gleich oder auch nur ähnlich zu nennen, jemals wieder erblickt habe. Es trifft sich häufig bei meinem Geschlecht, daß dieser, jener Mann einen weiß oder schwarz gefleckten Pelz trägt, selten findet man aber wohl einen Menschen, der schneeweißes Haupthaar haben sollte und dazu rabenschwarze Augenbrauen, dies war aber der Fall bei meinem Erzieher. Der Mann trug im Hause einen kurzen hochgelben Schlafrock, vor dem ich mich entsetzte und daher, so gut es bei meiner damaligen Unbehilflichkeit gehen wollte, von dem weichen Kissen herab zur Seite kroch. Der Mann bückte sich herab zu mir mit einer Gebärde, die mir freundlich schien und mir Zutrauen einflößte. Er faßte mich, ich hütete mich wohl vor dem Muskelspiel der Krallen, die Ideen Kratzen und Schläge verbanden sich von selbst, und in der Tat, der Mann meinte es gut mit mir, denn er setzte mich nieder vor einer Schüssel süßer Milch, die ich begierig auflutschte, worüber er sich nicht wenig zu freuen schien. Er sprach vieles mit mir, welches ich aber nicht verstand, da mir damals als einem jungen unerfahrnen Kiekindiewelt von Käterchen das Verstehen der menschlichen Sprache noch nicht eigen. Überhaupt weiß ich von meinem Gönner nur wenig zu sagen. So viel ist aber gewiß, daß er in vielen Dingen geschickt – in Wissenschaften und Künsten hocherfahren sein mußte, denn alle, die zu ihm kamen (ich bemerkte Leute darunter, die gerade da, wo mir die Natur einen gelblichen Fleck im

Pelze beschert hat, das heißt auf der Brust, einen Stern oder ein Kreuz trugen), behandelten ihn ausnehmend artig, ja zuweilen mit einer gewissen scheuen Ehrfurcht, wie ich späterhin den Pudel Skaramuz, und nannten ihn nicht anders als mein hochverehrtester, mein teurer, mein geschätztester Meister Abraham! – Nur zwei Personen nannten ihn schlechtweg „Mein Lieber!“ Ein großer dürrer Mann in papageigrünen Hosen und weißseidenen Strümpfen und eine kleine, sehr dicke Frau mit schwarzem Haar und einer Menge Ringe an allen Fingern. Jener Herr soll aber ein Fürst, die Frau hingegen eine jüdische Dame gewesen sein.

Dieser vornehmen Besucher unerachtet, wohnte Meister Abraham doch in einem kleinen hochgelegenen Stübchen, so daß ich meine ersten Promenaden sehr bequem durchs Fenster aufs Dach und auf den Hausboden machen konnte. –

Ja! es ist nicht anders, auf einem Boden muß ich geboren sein! – Was Keller, was Holzstall – ich entscheide mich für den Boden! – Klima, Vaterland, Sitten, Gebräuche, wie unauslöschlich ist ihr Eindruck, ja, wie sind sie es nur, die des Weltbürgers äußere und innere Gestaltung bewirken! – Woher kommt in mein Inneres dieser Höhesinn, dieser unwiderstehliche Trieb zum Erhabenen? Woher diese wunderbar seltene Fertigkeit im Klettern, diese beneidenswerte Kunst der gewagtesten genialsten Sprünge? – Ha! es erfüllt eine süße Wehmut meine Brust! – Die Sehnsucht nach dem heimatlichen Boden regt sich mächtig! – Dir weihe ich diese Zähren, o schönes Vaterland, dir dies wehmütig jauchzende Miau! – Dich ehren diese Sprünge, diese Sätze, es ist Tugend darin und patriotischer Mut! – Du, o Boden, spendest mir in freigebiger Fülle manch Mäuslein, und nebenher kann man manche Wurst, manche Speckseite aus dem Schornstein erwischen, ja wohl manchen Sperling haschen und sogar hin und wieder ein Täublein erlauern. „Gewaltig ist die Liebe zu dir, o Vaterland!“ –

Doch ich muß rücksichts meiner –

(*Mak. Bl.*) „„– – und erinnern Sie sich, gnädigster Herr, denn nicht des großen Sturms, der dem Advokaten, als er zur Nachtzeit über den Pontneuf wandelte, den Hut vom Kopfe herunter in die Seine warf? – Ähnliches steht im Rabelais, doch war es eigentlich nicht der Sturm, der dem Advokaten den Hut raubte, den er, indem er den Mantel dem Spiel der Lüfte preisgab, mit der Hand fest auf den Kopf gedrückt hielt, sondern ein Grenadier riß mit dem lauten Ausruf: „Es weht ein großer Wind, mein Herr“, vorüberlaufend, schnell den feinen Kastor dem Advokaten unter der Hand von der Perücke, und nicht dieser Kastor war es, der in die Wellen der Seine hinabgeschleudert wurde, sondern des Soldaten eignen schnöden Filz führte wirklich der Sturmwind in den feuchten Tod. Sie wissen nun, gnädigster Herr, daß in dem Augenblick, als der Advokat ganz verblüfft dastand, ein zweiter Soldat mit demselben Ausruf: „Es weht ein großer Wind, mein Herr!“ vorüberrennend, den Mantel des Advokaten beim Kragen packte und ihn ihm herabriß von den Schultern, und daß gleich darauf ein dritter Soldat mit demselben Ausruf: „Es weht ein großer Wind, mein Herr!“ vorbeilaufend, ihm das spanische Rohr mit dem goldnen Knopf aus den Händen wand. Der Advokat schrie aus allen Kräften, warf dem letzten Spitzbuben die Perücke nach und ging dann barhäuptig ohne Mantel und Stock hin, um das merkwürdigste aller Testamente aufzunehmen, um das seltsamste aller Abenteuer zu erfahren. Sie wissen das alles, gnädigster Herr!"

„Ich weiß", erwiderte der Fürst, als ich dies gesprochen, „ich weiß gar nichts und begreife überhaupt nicht, wie Ihr, Meister Abraham, mir solches wirres Zeug vorschwatzen könnt. Den Pontneuf kenne ich allerdings, er befindet sich zu Paris, und bin ich zwar niemals darüber zu Fuße gegangen, wohl aber oft darüber gefahren, wie es meinem Stande geziemt. Den Advokaten Rabelais habe ich niemals gesehen und um Soldatenstreiche in meinem ganzen Leben mich nicht bekümmert. Als ich in jüngern Jahren noch meine Armee kommandierte, ließ ich wöchentlich einmal sämtliche Junkers durchfuchteln für die Dummheiten, die sie begangen oder künftig noch begehen möchten, das Prügeln der gemeinen Leute war aber die Sache der Leutenants, die damit meinem Beispiel gemäß auch allwöchentlich verfuhren, und zwar sonnabends, so daß sonntags es keinen Junker, keinen gemeinen Kerl in der ganzen Armee gab, der nicht seine gehörige Tracht Schläge erhalten, wodurch die Truppen, nächst der eingeprügelten Moralität, auch ans Geschlagenwerden überhaupt gewöhnt wurden, ohne jemals vor dem Feinde gewesen zu sein, und in diesem Fall nichts anders tun konnten als schlagen. – Das leuchtet Euch ein, Meister Abraham, und nun sagt mir um tausend Gottes willen, was wollt Ihr mit Eurem Sturm, mit Eurem auf dem Pontneuf beraubten Advokaten Rabelais, wo bleibt Eure Entschuldigung, daß das Fest sich auflöste in wilder Verwirrung, daß mir eine Leuchtkugel ins Toupet fuhr, daß mein teurer Sohn in das Bassin geriet und von verräterischen Delphinen bespritzt wurde über und über, daß die Prinzessin entschleiert mit aufgeschürztem Rock wie Atalanta durch den Park fliehen mußte, daß – daß – wer zählt die Unglücksfälle der verhängnisvollen Nacht! – Nun, Meister Abraham, was sagt Ihr?"

„Gnädigster Herr", erwiderte ich, mich demutsvoll verbeugend, „was war an allem Unheil schuld, als der Sturm, das gräßliche Unwetter, welches einbrach, als alles im schönsten Gange. Kann ich den Elementen gebieten? – Hab ich denn nicht selbst dabei schlimmes Malheur erlitten, habe ich nicht wie jener Advokat, den ich untertänigst bitte, nicht mit dem berühmten französischen Schriftsteller Rabelais zu verwechseln, Hut, Rock und Mantel verloren? Habe ich nicht – ""

„Höre", unterbrach hier den Meister Abraham Johannes Kreisler, „höre Freund, noch jetzt, unerachtet es schon ziemlich lange her ist, spricht man von dem Geburtstage der Fürstin, dessen Feier du angeordnet hast, wie von einem dunklen Geheimnis, und gewiß hast du nach deiner gewöhnlichen Art und Weise viel Abenteuerliches begonnen. Hielt das Volk dich schon immer für eine Art von Hexenmeister, so scheint dieser Glaube durch jenes Fest noch um vieles stärker geworden zu sein. Sage mir nur geradezu, wie sich alles begeben. Du weißt, ich war damals nicht hier –"

„Eben das“, fiel Meister Abraham dem Freunde ins Wort, „eben das, daß du nicht hier, daß du, der Himmel weiß, von welchen Furien der Hölle getrieben, fortgerannt warst wie ein Wahnsinniger, eben das machte mich toll und wild, eben deshalb beschwor ich die Elemente herauf, ein Fest zu stören, das meine Brust zerschnitt, da du, der eigentliche Held des Stücks, fehltest, ein Fest, das nur erst dürftig und mühsam daherschlich, dann aber über geliebte Personen nichts brachte als die Qual beängstigender Träume – Schmerz – Entsetzen! – Erfahre es jetzt, Johannes, ich habe tief in dein Inneres geschaut und das gefährliche – bedrohliche Geheimnis erkannt, das darin ruht, ein gärender Vulkan, in jedem Augenblick vermögend loszubrechen in verderblichen Flammen, rücksichtslos alles um sich her verzehrend! – Es gibt Dinge in unserm Innern, die sich so gestalten, daß die vertrautesten Freunde darüber nicht reden dürfen. Darum verhehlte ich dir sorglich, was ich in dir erschaut, aber mit jenem Fest, dessen tieferer Sinn nicht die Fürstin, sondern eine andere geliebte Person und dich selbst traf, wollte ich dein ganzes Ich gewaltsam erfassen. Die verborgensten Qualen sollten lebendig werden in dir und wie aus dem Schlaf erwachte Furien mit verdoppelter Kraft deine Brust zerfleischen. Wie einem zum Tode Siechen sollte Arzenei, dem Orkus selbst entnommen, die im stärksten Paroxysmus kein weiser Arzt scheuen darf, dir den Tod bereiten oder Genesung! – Wisse Johannes, daß der Fürstin Namenstag zusammentrifft mit dem Namenstage Julias, die auch, wie sie, Maria geheißen.“

„Ha!“ rief Kreisler, indem er, zehrendes Feuer im Blick, aufsprang, „Ha! – Meister! Ist dir die Macht gegeben, mit mir freches, höhnendes Spiel zu treiben? – Bist du das Verhängnis selbst, daß du mein Inneres erfassen magst?“

„Wilder, unbesonnener Mensch“, erwiderte Meister Abraham ruhig, „wann wird endlich der verwüstende Brand in deiner Brust zur reinen Naphthaflamme werden, genährt von dem tiefsten Sinn für die Kunst, für alles Herrliche und Schöne, der in dir wohnt! – Du verlangtest von mir die Beschreibung jenes verhängnisvollen Festes; so höre mich denn ruhig an, oder ist deine Kraft gebrochen ganz und gar, daß du das nicht vermagst, so will ich dich verlassen.“ –

„Erzähle“, sprach Kreisler mit halberstickter Stimme, indem er, beide Hände vors Gesicht, sich wieder hinsetzte.

„Ich will“, sprach Meister Abraham, plötzlich einen heitern Ton annehmend, „ich will dich, lieber Johannes, gar nicht ermüden mit der Beschreibung aller der sinnreichen Anordnungen, die größtenteils dem erfindungsreichen Geiste des Fürsten selbst ihren Ursprung verdankten. Da das Fest am späten Abend begann, so versteht es sich von selbst, daß der ganze schöne Park, der das Lustschloß umgibt, erleuchtet war. Ich hatte mich bemüht, in dieser Erleuchtung ungewöhnliche Effekte hervorzubringen, das gelang aber nur zum Teil, da auf des Fürsten ausdrücklichen Befehl in allen Gängen, mittelst auf großen schwarzen Tafeln angebrachter buntfarbiger Lampen, der Namenszug der Fürstin brennen mußte, nebst der fürstlichen Krone darüber. Da die Tafeln an hohen

Pfählen angenagelt, so glichen sie beinahe illuminierten Warnungsanzeigen, daß man nicht Tabak rauchen oder die Maut nicht umfahren solle. Der Hauptpunkt des Festes war das durch Gebüsch und künstliche Ruinen gebildete Theater in der Mitte des Parks, welches du kennst. Auf diesem Theater sollten die Schauspieler aus der Stadt etwas Allegorisches agieren, welches läppisch genug war, um ganz außerordentlich zu gefallen, hätte es auch nicht der Fürst selbst verfaßt, und wäre es daher auch nicht, um mich des geistreichen Ausdrucks jenes Schauspieldirektors, der ein fürstliches Stück aufführte, zu bedienen, aus einer durchlauchtigen Feder geflossen. Der Weg vom Schloß bis zum Theater war ziemlich weit. Nach der poetischen Idee des Fürsten sollte der wandelnden Familie ein in den Lüften schwebender Genius mit zwei Fackeln vorleuchten, sonst aber kein Licht brennen, sondern erst, nachdem die Familie und das Gefolge Platz genommen, das Theater plötzlich erleuchtet werden. Deshalb blieb besagter Weg finster. Vergebens stellte ich die Schwierigkeit dieser Maschinerie vor, welche die Länge des Wegs herbeiführte, der Fürst hatte in den „Fêtes de Versailles“ etwas Ähnliches gelesen, und da er hinterher den poetischen Gedanken selbst gefunden, bestand er auf dessen Ausführung. Um jedem unverdienten Vorwurf zu entgehen, überließ ich den Genius samt den Fackeln dem Theatermaschinisten aus der Stadt. – Sowie nun das fürstliche Paar, hinter ihm das Gefolge, aus der Türe des Salons trat, wurde ein kleines pausbackiges Männlein, in die Hausfarben des Fürsten gekleidet, mit zwei brennenden Fackeln in den Händchen, vom Dache des Lustschlosses herabgezogen. Die Puppe war aber zu schwer, und es begab sich, daß kaum zwanzig Schritt davon die Maschine stockte, so daß der leuchtende Schutzgeist des fürstlichen Hauses hängenblieb und, da die Arbeiter stärker anzogen, sich überkugelte. Nun schleuderten die brennenden abwärts gekehrten Wachskerzen glühende Tropfen zur Erde. Der erste dieser Tropfen traf den Fürsten selbst, der indessen mit stoischem Gleichmut den Schmerz verbiß, wiewohl er in der Gravität des Schrittes nachließ und schneller vorwärts eilte. Der Genius schwebte jetzt fort über der Gruppe, die der Hofmarschall mit den Kammerjunkern nebst andern Hofchargen bildete, Füße oben, Kopf unten, so daß der Glutregen aus den Fackeln bald diesen, bald jenen auf den Kopf und auf die Nase traf. Den Schmerz zu äußern und so das frohe Fest zu stören, hätte den Respekt verletzt, es war daher hübsch anzusehen, wie die Unglücklichen, eine ganze Kohorte stoischer Scävolas, mit gräßlich verzerrten Gesichtern und doch mit Gewalt die Qual niederkämpfend, ja wohl gar ein Lächeln erzwingend, das dem Orkus anzugehören schien, daherschritten, lautlos, kaum bangen Seufzern Raum gebend. Dazu wirbelten die Pauken, schmetterten die Trompeten, riefen hundert Stimmen: „Vivat, vivat die gnädigste Frau Fürstin! Vivat der gnädigste Herr Fürst!“ so daß der durch den wunderlichen Kontrast jener Laokoontischen Gesichter mit dem lustigen Jubel erzeugte tragische Pathos der ganzen Szene eine Majestät gab, wie kaum zu denken.

Der alte dicke Hofmarschall konnte es endlich nicht mehr ertragen; als ihn ein glühender Tropfen gerade auf die Backe traf, sprang er in grimmiger Wut der

Verzweiflung seitwärts, verwickelte sich aber in die Stricke, die, zur Flugmaschine gehörend, gerade an der Seite hart über dem Boden fortliefen, und stürzte mit dem lauten Ausruf: „Alle Teufel!“ nieder zur Erde. In demselben Moment hatte auch der lustige Page seine Rolle ausgespielt. Der gewichtige Hofmarschall zog ihn mit Zentnerschwere nieder, er stürzte herab mitten unter das Gefolge, das, laut aufschreiend, auseinanderprallte. Die Fackeln verlöschten, man befand sich in der dicksten Finsternis. Dies alles geschah dicht vor dem Theater. Ich hütete mich wohl, den Zünder anzustecken, der alle Lampen, alle Feuerbecken des Platzes auf einmal in Brand setzen mußte, sondern wartete damit ein paar Minuten, um der Gesellschaft Zeit zu lassen, sich in Baum und Gebüsch gehörig zu verwirren, „Licht – Licht“ – rief der Fürst wie der König im „Hamlet“, „Licht – Licht“ eine Menge heiserer Stimmen durcheinander. Als der Platz erleuchtet, glich der auseinandergesprengte Haufe einem geschlagenen Heer, das sich mühsam zusammenfindet. Der Oberkammerherr bewies sich als ein Mann von Gegenwart des Geistes, als der geschickteste Taktiker seiner Zeit; denn in wenigen Minuten war vermöge seiner Bemühungen die Ordnung wiederhergestellt. Der Fürst trat mit der nächsten Umgebung auf eine Art von erhöhten Blumenthron, der in der Mitte des Zuschauerplatzes errichtet. Sowie das fürstliche Paar sich niederließ, fielen vermöge einer sehr pfiffigen Vorrichtung jenes Maschinisten eine Menge Blumen auf dasselbe herab. Nun wollte es aber das dunkle Verhängnis, daß eine große Feuerlilie dem Fürsten gerade auf die Nase fiel und sein ganzes Gesicht glutrot überstäubte, wodurch er ein ungemein majestätisches, der Feierlichkeit des Festes würdiges Ansehen gewann.“

„Das ist zu arg – das ist zu arg“, rief Kreisler, indem er eine rasende Lache aufschlug, daß die Wände dröhnten.

„Lache nicht so konvulsivisch“, sprach Meister Abraham, „auch ich lachte in jener Nacht unmäßiger als jemals, ich fühlte mich eben zu allerlei tollem Mutwillen aufgelegt und hätte wie der Spukgeist Droll selbst gern alles noch mehr durcheinanderjagen, noch mehr verwirren mögen, aber desto tiefer drangen dann die Pfeile, die ich gegen andere gerichtet, ein in meine eigene Brust. – Nun! – ich will es nur sagen! Den Moment des läppischen Blumenwerfens hatte ich gewählt, um den unsichtbaren Faden festzuknüpfen, der sich nun durch das ganze Fest ziehen und, wie ein elektrischer Leiter, das Innerste der Personen durchbeben sollte, die ich mit meinem geheimnisvollen geistigen Apparat, in den sich der Faden verlor, mir in Rapport gesetzt denken mußte. – Unterbrich mich nicht, Johannes – höre mich ruhig an. – Julia saß mit der Prinzessin hinter der Fürstin seitwärts, ich hatte beide im Auge. Sowie Pauken und Trompeten schwiegen, fiel Julien eine unter duftenden Nachtviolen versteckte aufbrechende Rosenknospe in den Schoß, und wie strömender Hauch des Nachtwindes schwammen die Töne deines tief ins Herz dringenden Liedes herüber: „Mi lagnerò tacendo della mia sorte amara.“ – Julia war erschrocken, als aber das Lied, das ich, ich sag es, damit du über die Art des Vortrags etwa nicht in bange Zweifel gerätst, von unsern vier vortrefflichen Bassetthornisten ganz in der Ferne spielen ließ –, begann, entfloh ein leichtes Ach ihren

Lippen, sie drückte den Strauß an die Brust, und ich hörte deutlich, daß sie zur Prinzessin sprach: „Er ist gewiß wieder da!“ – Die Prinzessin umarmte Julien mit Heftigkeit und rief so laut: „Nein, nein – ach, niemals“, daß der Fürst sein feuriges Antlitz umdrehte und ihr ein zorniges Silence! zuwarf. Der Herr mochte auch wohl eben nicht gerade auf das liebe Kind sehr böse sein, aber ich will es hier bemerken, daß die wunderbare Schminke, ein Tiranno ingrato in der Oper hätte sich nicht zweckmäßiger anmalen können, nun wirklich das Ansehen eines fortwährenden unvertilgbaren Zorns gab, so daß die rührendsten Reden, die zartesten Situationen, welche häusliches Glück auf dem Throne allegorisch darstellten, rein verloren schienen; Schauspieler und Zuschauer gerieten darüber in nicht geringe Verlegenheit. Ja selbst, wenn der Fürst bei den Stellen, die er sich zu dem Behuf in dem Exemplar, das er in der Hand hielt, rot angestrichen, der Fürstin die Hand küßte und mit dem Tuch eine Träne von dem Auge wegdrückte, schien es in verbissenem Ingrimm zu geschehen; so daß die Kammerherrn, die diensttuend ihm zur Seite standen, sich zuflüsterten: „O Jesus, was ist unserm gnädigsten Herrn!“ – Ich will dir nur sagen, Johannes, daß, während die Schauspieler das alberne Zeug vorne auf dem Theater hertragierten, ich mittelst magischer Spiegel und anderer Vorrichtungen hinterwärts in den Lüften ein Geisterschauspiel darstellte zur Verherrlichung des Himmelskindes, der holden Julia, daß eine Melodie nach der andern, die du in hoher Begeisterung geschaffen, ertönte, ja daß oft ferner, oft näher, wie banger ahnungsvoller Geisterruf, der Name: Julia erklang. – Aber du fehltest, mein Johannes! Und wenn ich auch, nachdem das Schauspiel geendet, meinen Ariel rühmen, wie Shakespeares Prospero den seinigen, wenn ich auch sagen müßte, daß er alles trefflich vollführt, so fand ich doch das, was ich mit tiefem Sinn angeordnet zu haben glaubte, schal und matt. – Die Julia hatte alles mit feinem Takt verstanden. Doch schien sie nur angeregt wie von einem lieblichen Traum, dem man übrigens keine sonderliche Einwirkung ins wache Leben verstattet. Die Prinzessin war dagegen tief in sich gekehrt. Arm in Arm lustwandelte sie mit Julien in den erleuchteten Gängen des Parks, während der Hof in einem Pavillon Erfrischungen zu sich nahm. – Ich hatte den Hauptschlag in diesem Moment vorbereitet, aber du fehltest – du fehltest, mein Johannes. – Voller Unmut und Zorn rannte ich umher, ich sah zu, ob alle Anstalten zu dem großen Feuerwerk, womit das Fest schließen sollte, gehörig geordnet. Da gewahrte ich, aufschauend zum Himmel, über dem fernen Geierstein, im Schimmer der Nacht, die kleine rötliche Wolke, die jedesmal ein Wetter bedeutet, das still heraufzieht und dann hier über uns mit einer fürchterlichen Explosion losbricht. Zu welcher Zeit diese Explosion geschehen muß, berechne ich, wie du weißt, nach dem Stand der Wolke auf die Sekunde. Keine Stunde konnte es mehr dauern, ich beschloß daher, mit dem Feuerwerk zu eilen. In dem Augenblick vernahm ich, daß mein Ariel mit jener Phantasmagorie begonnen, die alles, alles entscheiden sollte, denn ich hörte am Ende des Parks in der kleinen Marienkapelle den Chor dein „Ave maris stella“ singen. Ich eilte schnell hin. Julia und die Prinzessin knieten in dem Betstuhl, der vor der Kapelle im

Freien angebracht. Kaum war ich an Ort und Stelle, als – aber du fehltest – du fehltest, mein Johannes! – Laß mich darüber schweigen, was sich jetzt begab – Ach! – wirkungslos blieb das, was ich für ein Meisterstück meiner Kunst gehalten, und ich erfuhr, was ich blöder Tor nicht geahnt."

„Heraus mit der Sprache", rief Kreisler, „alles, alles sage, Meister! wie es sich begeben."

„Mitnichten", erwiderte Meister Abraham, „es nützt dir nichts, Johannes, und mir zerschneidet es die Brust, wenn ich noch sagen soll, wie meine eignen Geister mir Graus einjagten und Entsetzen! – Die Wolke! – Glücklicher Gedanke! „So soll", rief ich wild aus, „denn alles in toller Verwirrung enden", und rannte fort nach dem Platz des Feuerwerks. Der Fürst ließ mir sagen, wenn alles fertig sei, sollte ich das Zeichen geben. Das Auge nicht abwendend von der Wolke, die vom Geierstein weg höher und höher heraufzog, ließ ich, als sie mir hoch genug schien, die Böller lösen. Bald war der Hof, die ganze Gesellschaft an Ort und Stelle. Nach dem gewöhnlichen Spiel mit Feuerrädern, Raketen, Leuchtkugeln und anderm gemeinen Zeuge ging endlich der Namenszug der Fürstin in chinesischem Brillantfeuer auf, doch hoch über ihm in Lüften schwamm und verschwamm in milchweißem Licht der Name Julia. – Nun war es Zeit – Ich zündete die Girandola an, und wie zischend und prasselnd die Raketen in die Höhe fuhren, brach das Wetter los mit glutroten Blitzen, mit krachenden Donnern, von denen Wald und Gebirge erdröhnten. Und der Orkan brauste hinein in den Park und störte auf den tausendstimmig heulenden Jammer im tiefsten Gebüsch. Ich riß einem fliehenden Trompeter das Instrument aus der Hand und blies lustig jauchzend darein, während die Artilleriesalven der Feuertöpfe, der Kanonenschläge, der Böller wacker dem rollenden Donner entgegenknallten."

Während Meister Abraham also erzählte, sprang Kreisler auf, schritt heftig im Zimmer auf und ab, focht mit den Armen um sich und rief endlich ganz begeistert: „Das ist schön, das ist herrlich, daran erkenne ich meinen Meister Abraham, mit dem ich ein Herz bin und eine Seele!"

„Oh", sprach Meister Abraham, „ich weiß es ja, das Wildeste, Schauerlichste ist dir eben recht, und doch habe ich das vergessen, was dich ganz und gar den unheimlichen Mächten der Geisterwelt preisgegeben hätte. Ich hatte die Wetterharfe, die, wie du weißt, sich über das große Bassin hinzieht, anspannen lassen, auf der der Sturm als ein tüchtiger Harmoniker gar wacker spielte. In dem Geheul, in dem Gebraus des Orkans, in dem Krachen des Donners erklangen furchtbar die Akkorde der Riesenorgel. Schneller und schneller schlugen die gewaltigen Töne los, und man mochte wohl ein Furienballett vernehmen, dessen Stil ungemein groß zu nennen, wie man es beinahe zwischen den leinewandnen Wänden des Theaters nicht zu hören bekommt! – Nun! – in einer halben Stunde war alles vorüber. Der Mond trat hinter den Wolken hervor. Der Nachtwind säuselte tröstend durch den erschrockenen Wald und trocknete die Tränen weg von den dunklen Büschen. Dazwischen ertönte noch dann und wann die Wetterharfe wie dumpfes, fernes Glockengeläute. – Mir war wunderbarlich zumute. Du, mein Johannes, erfülltest mein Inneres so ganz und gar, daß ich glaubte, du würdest gleich vor mir aufsteigen aus dem Grabhügel verlorener Hoffnungen, unerfüllter Träume und an meine Brust sinken. Nun in der Stille der Nacht kam der Gedanke, was für ein Spiel ich unternommen, wie ich gewaltsam den Knoten, den das dunkle Verhängnis geschlungen, zerreißen wollen, aus meinem Innern herausgetreten, fremdartig, in anderer Gestaltung, auf mich los, und indem mich kalte Schauer durchbebten, war ich es selbst, vor dem ich mich entsetzen mußte. – Eine Menge Irrlichter tanzten und hüpften im ganzen Park umher, aber es waren die Bedienten mit Laternen, welche die auf der schnellen Flucht verlornen Hüte, Perücken, Haarbeutel, Degen, Schuhe, Schals zusammensuchten. Ich machte mich davon. Mitten auf der großen Brücke vor unserer Stadt blieb ich stehen und schaute noch einmal zurück nach dem Park, der vom magischen Schimmer des Mondes umflossen dastand wie ein Zaubergarten, in dem das lustige Spiel flinker Elfen begonnen. Da fiel mir ein feines Piepen in die Ohren, ein Quäken, das beinahe dem eines neugebornen Kindes glich. Ich vermutete eine Untat, bückte mich tief über das Geländer und entdeckte im hellen Mondschein ein Kätzchen, das sich mühsam an den Pfosten angeklammert, um dem Tod zu entgehen. Wahrscheinlich hatte man eine Katzenbrut ersäufen wollen, und das Tierchen war wieder hinaufgekrochen. Nun, dacht ich, ist's auch kein Kind, so ist es doch ein armes Tier, das dich um Rettung anquäkt, und das du retten mußt."

„O du empfindsamer Just", rief Kreisler lachend, „sage, wo ist dein Tellheim?"

„Erlaube", fuhr Meister Abraham fort, „erlaube, mein Johannes, mit dem Just magst du mich kaum vergleichen. Ich habe den Just überjustet. Er rettete einen Pudel, ein Tier, das jeder gern um sich duldet, von dem sogar angenehme Dienstleistungen zu erwarten mittelst Apportieren, Handschuhe-, Tabaksbeutel- und Pfeife-Nachträgen und so weiter, aber ich rettete einen Kater, ein Tier, vor dem sich viele entsetzen, das allgemein als perfid, keiner sanften wohlwollenden Gesinnung, keiner offenherzigen Freundschaft fähig ausgeschrien wird, das niemals ganz und gar die feindliche Stellung gegen den Menschen aufgibt, ja, einen Kater rettete ich aus purer uneigennütziger Menschenliebe. – Ich kletterte über das Geländer, griff nicht ohne Gefahr herab, faßte das wimmernde Kätzchen, zog es hinauf und steckte es in die Tasche. Nach Hause gekommen, zog ich mich schnell aus und warf mich, ermüdet und erschöpft wie ich war, aufs Bett. Kaum war ich aber eingeschlafen, als mich ein klägliches Piepen und Winseln weckte, das aus meinem Kleiderschrank herauszukommen schien. – Ich hatte das Kätzchen vergessen und es in der Rocktasche gelassen. Ich befreite das Tier aus dem Gefängnis, wofür es mich dermaßen kratzte, daß mir alle fünf Finger bluteten. Schon war ich im Begriff, den Kater durchs Fenster zu werfen, ich besann mich aber und schämte mich meiner kleinlichen Torheit, meiner Rachsucht, die nicht einmal bei Menschen angebracht ist, viel weniger bei der unvernünftigen Kreatur. – Genug, ich zog mit aller Mühe und Sorgfalt den Kater groß. Es ist das gescheiteste, artigste, ja witzigste Tier der Art, das man sehen kann, dem es nur noch an der höhern Bildung fehlt, die du, mein lieber Johannes, ihm mit leichter Mühe beibringen wirst, weshalb ich denn gesonnen bin, dir den Kater Murr, so habe ich ihn benannt, fernerhin zu überlassen. Obschon Murr zur Zeit, wie die Juristen sich ausdrücken, noch kein homo sui juris ist, so habe ich ihn doch um seine Einwilligung gefragt, ob er in deine Dienste treten wolle. Er ist durchaus damit zufrieden."

„Du faselst", sprach Kreisler, „du faselst, Meister Abraham! Du weißt, daß ich Katzen nicht sonderlich leiden mag, daß ich dem Geschlecht der Hunde bei weitem den Vorzug gebe."

„Ich bitte", erwiderte Meister Abraham, „ich bitte dich, lieber Johannes, recht von Herzen, nimm meinen hoffnungsvollen Kater Murr wenigstens so lange zu dir, bis ich heimkehre von meiner Reise. Ich habe ihn schon deshalb mitgebracht, er ist draußen und wartet auf gütigen Bescheid. Sieh ihn wenigstens an."

Damit öffnete Meister Abraham die Türe, und auf der Strohmatte zusammengekrümmt, schlafend, lag ein Kater, der wirklich in seiner Art ein Wunder von Schönheit zu nennen. Die grauen und schwarzen Streifen des Rückens liefen zusammen auf dem Scheitel zwischen den Ohren und bildeten auf der Stirne die zierlichste Hieroglyphenschrift. Ebenso gestreift und von ganz ungewöhnlicher Länge und Stärke war der stattliche Schweif. Dabei glänzte des Katers buntes Kleid und schimmerte, von der Sonne beleuchtet, so daß man zwischen dem Schwarz und Grau noch schmale goldgelbe Streifen wahrnahm. „Murr! Murr!" rief Meister Abraham, „krrr – krrr", erwiderte der Kater sehr vernehmlich, dehnte – erhob sich, machte den außerordentlichsten Katzenbuckel und öffnete ein Paar grasgrüne Augen, aus denen Geist und Verstand in funkelndem Feuer hervorblitzten. Das behauptete wenigstens Meister Abraham, und auch Kreisler mußte so viel einräumen, daß der Kater etwas Besonderes, Ungewöhnliches im Antlitz trage, daß sein Kopf hinlänglich dick, um die Wissenschaften zu fassen, sein Bart aber schon jetzt in der Jugend weiß und lang genug sei, um dem Kater gelegentlich die Autorität eines griechischen Weltweisen zu verschaffen.

„Wie kann man aber auch überall gleich schlafen", sprach Meister Abraham zum Kater, „du verlierst alle Heiterkeit darüber und wirst vor der Zeit ein grämliches Tier. Putz dich fein, Murr!"

Sogleich setzte sich der Kater auf die Hinterfüße, fuhr mit den Samtpfötchen sich zierlich über Stirn und Wangen und stieß dann ein klares, freudiges Miau aus.

„Dies ist", fuhr Meister Abraham fort, „dies ist der Herr Kapellmeister Johannes Kreisler, bei dem du in Dienste treten wirst." Der Kater glotzte den Kapellmeister mit seinen großen funkelnden Augen an, begann zu knurren, sprang auf den Tisch, der neben Kreisler stand, und von da ohne weiteres auf seine Schulter, als wolle er ihm etwas ins Ohr sagen. Dann setzte er wieder herab zur Erde und umkreiste schwänzelnd und knurrend den neuen Herrn, als wolle er recht Bekanntschaft mit ihm machen.

„Gott verzeih mir“, rief Kreisler, „ich glaube gar, der kleine graue Kerl hat Verstand und stammt aus der illustren Familie des gestiefelten Katers her!“

„So viel ist gewiß“, erwiderte Meister Abraham, „daß der Kater Murr das possierlichste Tier von der Welt ist, ein wahrer Pulcinell, und dabei artig und sittsam, nicht zudringlich und unbescheiden, wie zuweilen Hunde, die uns mit ungeschickten Liebkosungen beschwerlich fallen.“

„Indem ich“, sprach Kreisler, „diesen klugen Kater betrachte, fällt es mir wieder schwer aufs Herz, in welchen engen Kreis unsere Erkenntnis gebannt ist. – Wer kann es sagen, wer nur ahnen, wie weit das Geistesvermögen der Tiere geht! – Wenn uns etwas oder vielmehr alles in der Natur unerforschlich bleibt, so sind wir gleich mit Namen bei der Hand und brüsten uns mit unserer albernen Schulweisheit, die eben nicht viel weiter reicht als unsere Nase. So haben wir denn auch das ganze geistige Vermögen der Tiere, das sich oft auf die wunderbarste Art äußert, mit der Bezeichnung Instinkt abgefertigt. Ich möchte aber nur die einzige Frage beantwortet haben, ob mit der Idee des Instinkts, des blinden willkürlosen Triebes, die Fähigkeit zu träumen vereinbar sei. Daß aber zum Beispiel Hunde mit der größten Lebhaftigkeit träumen, weiß jeder, der einen schlafenden Jagdhund beobachtet hat, dem im Traum die ganze Jagd aufgegangen. Er sucht, er schnuppert, er bewegt die Füße, als sei er im vollen Rennen, er keucht, er schwitzt. – Von träumenden Katern weiß ich zur Zeit nichts.“

„Der Kater Murr“, unterbrach Meister Abraham den Freund, „träumt nicht allein sehr lebendig, sondern er gerät auch, wie deutlich zu bemerken, häufig in jene sanfte Reverien, in das träumerische Hinbrüten, in das somnambule Delirieren, kurz, in jenen seltsamen Zustand zwischen Schlafen und Wachen, der poetischen Gemütern für die Zeit des eigentlichen Empfanges genialer Gedanken gilt. In diesem Zustande stöhnt und ächzt er seit kurzer Zeit ganz ungemein, so daß ich glauben muß, daß er entweder in Liebe ist oder an einer Tragödie arbeitet.“

Kreisler lachte hell auf, indem er rief: „Nun so komm denn, du kluger, artiger, witziger, poetischer Kater Murr, laß uns –“

(*M. f. f.*) ersten Erziehung, meiner Jugendmonate überhaupt noch vieles anführen.

Es ist nämlich wohl höchst merkwürdig und lehrreich, wenn ein großer Geist in einer Autobiographie über alles, was sich mit ihm in seiner Jugend begab, sollte es auch noch so unbedeutend scheinen, recht umständlich sich ausläßt. Kann aber auch wohl einem hohen Genius jemals Unbedeutendes begegnen? Alles, was er in seiner Knabenzeit unternahm oder nicht unternahm, ist von der höchsten Wichtigkeit und verbreitet helles Licht über den tiefern Sinn, über die eigentliche Tendenz seiner unsterblichen Werke. Herrlicher Mut geht auf in der Brust des strebenden Jünglings, den bange Zweifel quälen, ob die innere Kraft auch wohl genüge, wenn er lieset, daß der große Mann als Knabe auch Soldat spielte, sich in Naschwerk übernahm und zuweilen was weniges Schläge erhielt, weil er faul war, ungezogen und tölpisch. „Gerade wie ich, gerade wie ich", ruft der Jüngling begeistert aus und zweifelt nicht länger, daß auch er ein hoher Genius ist trotz seinem angebeteten Idol.

Mancher las den Plutarch oder auch wohl nur den Cornelius Nepos und wurde ein großer Held, mancher die Tragödiendichter der Alten in der Übersetzung und nebenher den Calderon und Shakespeare, den Goethe und Schiller und wurde, wo nicht ein großer Dichter, doch ein kleiner allerliebster Versmacher, wie ihn die Leute ebenso gern haben. So werden meine Werke auch gewiß in der Brust manches jungen geist- und gemütreichen Katers das höhere Leben der Poesie entzünden, und nimmt denn der edle Katerjüngling meine biographischen Belustigungen auf dem Dache vor, geht er ganz ein in die hohen Ideen des Buchs, das ich soeben unter den Klauen habe, dann wird er im Entzücken der Begeisterung ausrufen: „Murr, göttlicher Murr, größter deines Geschlechts, dir, dir allein verdanke ich alles, nur dein Beispiel macht mich groß." –

Es ist zu rühmen, daß Meister Abraham bei meiner Erziehung sich weder an den vergessenen Basedow hielt, noch die Pestalozzische Methode befolgte, sondern mir unbeschränkte Freiheit ließ, mich selbst zu erziehen, insofern ich mich nur in gewisse Normalprinzipien fügte, die Meister Abraham sich als unbedingt notwendig für die Gesellschaft, die die herrschende Macht auf dieser Erde versammelt, dachte, da sonst alles blind und toll durcheinanderrennen und es überall vertrackte Rippenstöße und garstige Beulen setzen, eine Gesellschaft überhaupt nicht denkbar sein würde. Den Inbegriff dieser Prinzipien nannte der Meister die natürliche Artigkeit im Gegensatz der konventionellen, der gemäß man sprechen muß: „Ich bitte ganz gehorsamst um gütige Verzeihung", wenn man von einem Lümmel angerannt oder auf den Fuß getreten worden. Mag es sein, daß jene Artigkeit den Menschen nötig ist, so kann ich doch nicht begreifen, wie sich ihr auch mein freigebornes Geschlecht fügen soll, und war nun das Hauptregens, mittelst dessen der Meister mir jene Normalprinzipien beibrachte, ein gewisses sehr fatales Birkenreis, so kann ich mich wohl mit Recht über Härte meines Erziehers beklagen. Davongelaufen wäre ich, hätte mich nicht der mir angeborne Hang zur höheren Kultur an den Meister festgebunden. – Je mehr Kultur, desto weniger Freiheit, das ist ein wahres Wort. Mit der Kultur steigen die Bedürfnisse, mit den Bedürfnissen – Nun, eben die augenblickliche Befriedigung mancher natürlichen Bedürfnisse ohne Rücksicht auf Ort und Zeit, das war das erste, was mir der Meister mittelst des verhängnisvollen Birkenreises total abgewöhnte. Dann kam es an die Gelüste, die, wie ich mich später überzeugt habe, lediglich aus einer gewissen abnormen Stimmung des Gemüts entstehen. Ebendiese seltsame Stimmung, die vielleicht von meinem psychischen Organismus selbst erzeugt wurde, trieb mich an, die Milch, ja selbst den Braten, den der Meister für mich hingestellt, stehenzulassen, auf den Tisch zu springen und das wegzunaschen, was er selbst genießen wollte. Ich empfand die Kraft des Birkenreises und ließ es bleiben. – Ich sehe es ein, daß der Meister recht hatte, meinen Sinn von dergleichen abzulenken, da ich weiß, daß mehrere meiner guten Mitbrüder, weniger kultiviert, weniger gut erzogen als ich, dadurch in die abscheulichsten Verdrießlichkeiten, ja in die traurigste Lage auf ihre Lebenszeit geraten sind. Ist es mir doch bekanntgeworden, daß ein hoffnungsvoller Katerjüngling den Mangel an innerer geistiger Kraft, seinem Gelüst zu widerstehen, einen Topf Milch auszunaschen, mit dem Verlust seines Schweifs büßen und, verhöhnt, verspottet, sich in die Einsamkeit zurückziehen mußte. Also der Meister hatte recht, mir dergleichen abzugewöhnen; daß er aber meinem Drange nach den Wissenschaften und Künsten Widerstand leistete, das kann ich ihm nicht verzeihen.

Nichts zog mich in des Meisters Zimmer mehr an, als der mit Büchern, Schriften und allerlei seltsamen Instrumenten bepackte Schreibtisch. Ich kann sagen, daß dieser Tisch ein Zauberkreis war, in den ich mich gebannt fühlte, und doch empfand ich eine gewisse heilige Scheu, die mich abhielt, meinem Triebe ganz mich hinzugeben. Endlich, eines Tages, als eben der Meister abwesend war, überwand ich meine Furcht und sprang herauf auf den Tisch. Welche Wollust, als ich nun mitten unter den Schriften und Büchern saß und darin wühlte. Nicht Mutwille, nein, nur Begier, wissenschaftlicher Heißhunger war es, daß ich mit den Pfoten ein Manuskript erfaßte und so lange hin und her zauste, bis es, in kleine Stücke zerrissen, vor mir lag. Der Meister trat herein, sah, was geschehen, stürzte mit dem kränkenden Ausruf: „Bestie, vermaledeite!" auf mich los und prügelte mich mit dem Birkenreis so derb ab, daß ich mich, winselnd vor Schmerz, unter den Ofen verkroch und den ganzen Tag über durch kein freundliches Wort wieder hervorzulocken war. Wen hätte dieses Ereignis nicht abgeschreckt auf immer, selbst die Bahn zu verfolgen, die ihm die Natur vorgezeichnet! Aber kaum hatte ich mich ganz erholt von meinen Schmerzen, als ich, meinem unwiderstehlichen Drange folgend, wieder auf den Schreibtisch sprang. Freilich war ein einziger Ruf meines Meisters, ein abgebrochener Satz wie zum Beispiel „Will er!" – hinlänglich, mich wieder herabzujagen, so daß es nicht zum Studieren kam; indessen wartete ich ruhig auf einen günstigen Moment, meine Studien anzufangen, und dieser trat denn auch bald ein. Der Meister rüstete sich eines Tages zum Ausgehen, alsbald versteckte ich mich so gut im Zimmer, daß er mich nicht fand, als er, eingedenk des zerissenen Manuskripts, mich herausjagen wollte. Kaum war der Meister fort, so sprang ich mit einem Satz auf den Schreibtisch und legte mich mitten hinein in die Schriften, welches mir ein unbeschreibliches Wohlgefallen verursachte. Geschickt schlug ich mit der Pfote ein ziemlich dickes Buch auf, welches vor mir lag, und versuchte, ob es mir nicht möglich sein würde, die Schriftzeichen darin zu verstehen. Das gelang mir zwar anfangs ganz und gar nicht, ich ließ aber gar nicht ab, sondern starrte hinein in das Buch, erwartend, daß ein ganz besonderer Geist über mich kommen und mir das Lesen lehren werde. So vertieft, überraschte mich der Meister. Mit einem lauten: „Seht die verfluchte Bestie!" sprang er auf mich zu. Es war zu spät, mich zu retten, ich kniff die Ohren an, ich duckte mich nieder, so gut es gehen wollte, ich fühlte schon die Rute auf meinem Rücken. Aber die Hand schon aufgehoben, hielt der Meister plötzlich inne, schlug eine helle Lache auf und rief: „Kater – Kater, du liesest? Ja, das kann, das will ich dir nicht verwehren. Nun sieh – sieh! – was für ein Bildungstrieb dir inwohnt." – Er zog mir das Buch unter den Pfoten weg, schaute hinein und lachte noch unmäßiger als vorher. „Das muß ich sagen", sprach er dann, „ich glaube gar, du hast dir eine kleine Handbibliothek angeschafft, denn ich wüßte sonst gar nicht, wie das Buch auf meinen Schreibtisch kommen sollte? – Nun, lies nur – studiere fleißig, mein Kater, allenfalls magst du auch die wichtigen Stellen im Buche durch sanfte Einrisse bezeichnen, ich stelle dir das frei!" – Damit schob er mir das Buch aufgeschlagen wieder hin. Es war, wie ich später erfuhr, Knigge „Über den Umgang mit Menschen", und ich habe aus diesem herrlichen Buch viel Lebensweisheit geschöpft. Es ist so recht aus meiner Seele geschrieben und paßt überhaupt für Kater, die in der menschlichen Gesellschaft etwas gelten wollen, ganz ungemein. Diese Tendenz des Buchs ist, soviel ich weiß, bisher übersehen und daher zuweilen das falsche Urteil gefällt worden, daß der Mensch, der sich ganz genau an die im Buch aufgestellten Regeln halten wollte, notwendig überall als ein steifer herzloser Pedant auftreten müsse.

Seit dieser Zeit litt mich der Meister nicht allein auf dem Schreibtisch, sondern er sah es sogar gern, wenn ich, arbeitete er selbst, heraufsprang und mich vor ihm unter die Schriften hinlagerte.

Meister Abraham hatte die Gewohnheit, oftmals viel hintereinander laut zu lesen. Ich unterließ dann nicht, mich so zu postieren, daß ich ihm ins Buch sehen konnte, welches bei den scharfblickenden Augen, die mir die Natur verliehen, möglich war, ohne ihm beschwerlich zu fallen. Dadurch, daß ich die Schriftzeichen mit den Worten verglich, die er aussprach, lernte ich in kurzer Zeit lesen, und wem dies etwa unglaublich vorkommen möchte, hat keinen Begriff von dem ganz besonderen Ingenium, womit mich die Natur ausgestattet. Genies, die mich verstehen und mich würdigen, werden keinen Zweifel hegen rücksichts einer Art Ausbildung, die vielleicht der ihrigen gleich ist. Dabei darf ich auch nicht unterlassen, die merkwürdige Beobachtung mitzuteilen, die ich rücksichts des vollkommenen Verstehens der menschlichen Sprache gemacht. Ich habe nämlich mit vollem Bewußtsein beobachtet, daß ich gar nicht weiß, wie ich zu diesem Verstehen gekommen bin. Bei den Menschen soll dies auch der Fall sein, das nimmt mich aber gar nicht wunder, da dies Geschlecht in den Jahren der Kindheit beträchtlich dümmer und unbeholfener ist als wir. Als ein ganz kleines Käterchen ist es mir niemals geschehen, daß ich mir selbst in die Augen gegriffen, ins Feuer oder ins Licht gefaßt oder Stiefelwichse statt Kirschmus gefressen, wie das wohl bei kleinen Kindern zu geschehen pflegt.

Wie ich nun fertig las und ich mich täglich mehr mit fremden Gedanken vollstopfte, fühlte ich den unwiderstehlichsten Drang, auch meine eignen Gedanken, wie sie der mir inwohnende Genius gebar, der Vergessenheit zu entreißen, und dazu gehörte nun allerdings die freilich sehr schwere Kunst des Schreibens. So aufmerksam ich auch meines Meisters Hand, wenn er schrieb, beobachten mochte, durchaus wollte es mir doch nicht gelingen, ihm die eigentliche Mechanik abzulauern. Ich studierte den alten Hilmar Curas, das einzige Schreibevorschriftsbuch, welches mein Meister besaß, und wäre beinahe auf den Gedanken geraten, daß die rätselhafte Schwierigkeit des Schreibens nur durch die große Manschette gehoben werden könne, welche die darin abgebildete schreibende Hand trägt, und daß es nur besonders erlangte Fertigkeit sei, wenn mein Meister ohne Manschette schriebe, so wie der geübte Seiltänzer zuletzt nicht mehr der Balancierstange bedarf. Ich trachtete begierig nach Manschetten und war im Begriff, die Dormeuse der alten Haushälterin für meine rechte Pfote zuzureißen und zu aptieren, als mir plötzlich in einem Moment der Begeisterung, wie es bei Genies zu geschehen pflegt, der geniale Gedanke einkam, der alles löste. Ich vermutete nämlich, daß die Unmöglichkeit, die Feder, den Stift so zu halten wie mein Meister, wohl in dem verschiedenen Bau unserer Hände liegen könne, und diese Vermutung traf ein. Ich mußte eine andere, dem Bau meines rechten Pfötchens angemessene Schreibart erfinden und erfand sie wirklich, wie man wohl denken mag. – So entstehen aus der besonderen Organisation des Individuums neue Systeme.

Eine zweite böse Schwierigkeit fand ich in dem Eintunken der Feder in das Tintenfaß. Nicht glücken wollt es mir nämlich, bei dem Eintunken das Pfötchen zu schonen, immer kam es mit hinein in die Tinte, und so konnte es nicht fehlen, daß die ersten Schriftzüge, mehr mit der Pfote als mit der Feder gezeichnet, etwas groß und breit gerieten. Unverständige mochten daher meine ersten Manuskripte beinahe nur für mit Tinte beflecktes Papier ansehen. Genies werden den genialen Kater in seinen ersten Werken leicht erraten und über die Tiefe, über die Fülle des Geistes, wie er zuerst aus unversiegbarer Quelle aussprudelte, erstaunen, ja ganz außer sich geraten. Damit die Welt sich dereinst nicht zanke über die Zeitfolge meiner unsterblichen Werke, will ich hier sagen, daß ich zuerst den philosophisch sentimental didaktischen Roman schrieb: „Gedanke und Ahnung oder Kater und Hund". Schon dieses Werk hätte ungeheures Aufsehen machen können. Dann, in allen Sätteln gerecht, schrieb ich ein politisches Werk unter dem Titel: „Über Mausefallen und deren Einfluß auf Gesinnung und Tatkraft der Katzheit"; hierauf fühlt ich mich begeistert zu der Tragödie: „Rattenkönig Kawdallor". Auch diese Tragödie hätte auf allen nur erdenklichen Theatern unzähligemal mit dem lärmendsten Beifall gegeben werden können. Den Reigen meiner sämtlichen Werke sollen diese Erzeugnisse meines hoch emporstrebenden Geistes eröffnen, über den Anlaß, sie zu schreiben, werde ich mich gehörigen Orts auslassen können.

Als ich die Feder besser zu halten gelernt, als das Pfötchen rein blieb von Tinte, wurde auch freilich mein Stil anmutiger, lieblicher, heller, ich legte mich ganz vorzüglich auf Musenalmanache, schrieb verschiedene freundliche Schriften und wurde übrigens sehr bald der liebenswürdige gemütliche Mann, der ich noch heute bin. Beinahe hätte ich schon damals ein Heldengedicht gemacht in vierundzwanzig Gesängen, doch als ich fertig, war es etwas anderes geworden, wofür Tasso und Ariost noch im Grabe dem Himmel danken können. Sprang wirklich ein Heldengedicht unter meinen Klauen hervor, beide hätte kein Mensch mehr gelesen. Ich komme jetzt auf die –

(*Mak. Bl.*) – zum bessern Verständnis doch nötig sein, dir, geneigter Leser, das ganze Verhältnis der Dinge klar und deutlich auseinanderzusetzen.

Jeder, der nur ein einziges Mal im Gasthofe des anmutigen Landstädtchens Sieghartsweiler abgestiegen ist, hat sogleich von dem Fürsten Irenäus reden gehört. Bestellte er nämlich bei dem Wirt nur ein Gericht Forellen, die in der Gegend vorzüglich, so erwiderte derselbe gewiß: „Sie haben recht, mein Herr! unser gnädigster Fürst essen auch dergleichen ungemein gern, und ich vermag die angenehmen Fische gerade so zubereiten, wie es bei Hofe üblich." Aus den neuesten Geographien, Landkarten, statistischen Nachrichten wußte der unterrichtete Reisende aber nichts anders, als daß das Städtchen Sieghartsweiler samt dem Geierstein und der ganzen Umgebung längst dem Großherzogtum, das er soeben durchreiset, einverleibt worden; nicht wenig mußte es ihn daher verwundern, hier einen gnädigsten Herrn Fürsten und einen Hof zu finden. Die Sache hatte aber folgenden Zusammenhang. Fürst Irenäus regierte sonst wirklich ein artiges Ländchen nicht fern von Sieghartsweiler, und da er mittelst eines guten Fernrohrs von dem Belvedere seines Schlosses im Residenzmarktflecken seine sämtlichen Staaten zu übersehen vermochte, so konnte es nicht fehlen, daß er das Wohl und Weh seines Landes, das Glück der geliebten Untertanen stets im Auge behielt. Er konnte in jeder Minute wissen, wie Peters Weizen in dem entferntesten Bereich des Landes stand, und ebensogut beobachten, ob Hans und Kunz ihre Weinberge gut und fleißig besorgten. Man sagt, Fürst Irenäus habe sein Ländchen auf einem Spaziergange über die Grenze aus der Tasche verloren, so viel ist aber gewiß, daß in einer neuen, mit mehrern Zusätzen versehenen Ausgabe jenes Großherzogtums das Ländchen des Fürsten Irenäus einfoliiert und einregistriert war. Man überhob ihn der Mühe des Regierens, indem man ihm aus den Revenüen des Landes, das er besessen, eine ziemlich reichliche Apanage aussetzte, die er eben in dem anmutigen Sieghartsweiler verzehren sollte.

Außer jenem Ländchen besaß Fürst Irenäus noch ein ansehnliches bares Vermögen, das ihm unverkürzt blieb, und so sah er sich aus dem Stande eines kleinen Regenten plötzlich versetzt in den Stand eines ansehnlichen Privatmannes, der zwanglos nach freier Willkür sich das Leben gestalten konnte, wie er wollte.

Fürst Irenäus hatte den Ruf eines feingebildeten Herrn, der empfänglich für Wissenschaft und Kunst. Kam nun noch hinzu, daß er oft die lästige Bürde der Regentschaft schmerzlich gefühlt, ja, ging auch schon einmal von ihm die Rede, daß er den romanhaften Wunsch, in einem kleinen Hause, an einem murmelnden Bach, mit einigem Hausvieh ein einsames idyllisches Leben procul negotiis zu führen, in anmutige Verse gebracht, so hätte man denken sollen, daß er nun, den regierenden Herrn vergessend, sich einrichten werde mit dem gemütlichen Hausbedarf, wie es in der Macht steht des reichen unabhängigen Privatmannes. Dem war aber ganz und gar nicht so!

Es mag wohl sein, daß die Liebe der großen Herren zur Kunst und Wissenschaft nur als ein integrierender Teil des eigentlichen Hoflebens anzusehen ist. Der Anstand erfordert es, Gemälde zu besitzen und Musik zu hören, und übel würde es sein, wenn der Hofbuchbinder feiern und nicht die neueste Literatur fortwährend in Gold und Leder kleiden sollte. Ist aber jene Liebe ein integrierender Teil des Hoflebens selbst, so muß sie mit diesem zugleich untergehen und kann nicht als etwas für sich Fortbestehendes Trost gewähren für den verlornen Thron oder das kleine Regentenstühlchen, auf dem man zu sitzen gewohnt.

Fürst Irenäus erhielt sich beides, das Hofleben und die Liebe für die Künste und Wissenschaften, indem er einen süßen Traum ins Leben treten ließ, in dem er selbst mit seiner Umgebung sowie ganz Sieghartsweiler figurierte.

Er tat nämlich so, als sei er regierender Herr, behielt die ganze Hofhaltung, seinen Kanzler des Reichs, sein Finanzkollegium und so weiter bei, erteilte seinen Hausorden, gab Cour, Hofbälle, die meistenteils aus zwölf bis fünfzehn Personen bestanden, da auf die eigentliche Courfähigkeit strenger geachtet wurde als an den größten Höfen, und die Stadt war gutmütig genug, den falschen Glanz dieses träumerischen Hofes für etwas zu halten, das ihr Ehre und Ansehen bringe. So nannten die guten Sieghartsweiler den Fürsten Irenäus ihren gnädigsten Herrn, illuminierten die Stadt an seinem Namensfeste und an den Namenstagen seines Hauses und opferten sich überhaupt gern auf für das Vergnügen des Hofes wie die atheniensischen Bürgersleute in Shakespeares „Sommernachtstraum".

Es war nicht zu leugnen, daß der Fürst seine Rolle mit dem wirkungsvollsten Pathos durchführte und diesen Pathos seiner ganzen Umgebung mitzuteilen wußte. – So erscheint ein fürstlicher Finanzrat in dem Klub zu Sieghartsweiler finster, in sich gekehrt, wortkarg! – Wolken ruhen auf seiner Stirne, er versinkt oft in ein tiefes Nachdenken, fährt dann auf, wie plötzlich erwachend! – Kaum wagt man es, laut zu sprechen, hart aufzutreten in seiner Nähe. Es schlägt neun Uhr, da springt er auf, nimmt seinen Hut, vergebens sind alle Bemühungen, ihn festzuhalten, er versichert mit stolzem, tiefbedeutendem Lächeln, daß ihn Aktenstöße erwarteten, daß er die Nacht würde opfern müssen, um sich zu der morgigen, höchst wichtigen, letzten Quartalsitzung des Kollegiums vorzubereiten; eilt hinweg und hinterläßt die Gesellschaft in ehrfurchtsvoller Erstarrung über die enorme Wichtigkeit und Schwierigkeit seines Amts. – Und der wichtige Vortrag, auf den sich der geplagte Mann die Nacht über vorbereiten muß? – Je nun, die Waschzettel aus sämtlichen Departements, der Küche, der Tafel, der Garderobe und so weiter fürs verflossene Vierteljahr sind eingegangen, und er ist es, der in allen Waschangelegenheiten den Vortrag hat. – So bemitleidet die Stadt den armen fürstlichen Wagenmeister, spricht jedoch, von dem sublimen Pathos des fürstlichen

Kollegiums ergriffen: „Strenge, aber gerecht!“ Der Mann hat nämlich erhaltener Instruktion gemäß einen Halbwagen, der unbrauchbar geworden, verkauft, das Finanzkollegium ihm aber bei Strafe augenblicklicher Kassation aufgegeben, binnen drei Tagen nachzuweisen, wo er die andere Hälfte gelassen, die vielleicht noch brauchbar gewesen. –

Ein besonderer Stern, der am Hofe des Fürsten Irenäus leuchtete, war die Rätin Benzon, Witwe in der Mitte der dreißiger Jahre, sonst eine gebietende Schönheit, noch jetzt nicht ohne Liebreiz, die einzige, deren Adel zweifelhaft, und die der Fürst dennoch ein für allemal als courfähig angenommen. Der Rätin heller durchdringender Verstand, ihr lebhafter Geist, ihre Weltklugheit, vorzüglich aber eine gewisse Kälte des Charakters, die dem Talent zu herrschen unerläßlich, übten ihre Macht in voller Stärke, so daß sie es eigentlich war, die die Fäden des Puppenspiels an diesem Miniaturhofe zog. Ihre Tochter, Julia geheißen, war mit der Prinzessin Hedwiga aufgewachsen, und auch auf die Geistesbildung dieser hatte die Rätin so gewirkt, daß sie in dem Kreise der fürstlichen Familie wie eine Fremde erschien und sonderbar abstach gegen den Bruder. Prinz Ignaz war nämlich zu ewiger Kindheit verdammt, beinahe blödsinnig zu nennen.

Der Benzon gegenüber, ebenso einflußreich, ebenso eingreifend in die engsten Verhältnisse des fürstlichen Hauses, wiewohl auf ganz andere Weise als sie, stand der seltsame Mann, den du, geneigter Leser, bereits kennst als Maître de Plaisir des Irenäusschen Hofes und ironischen Schwarzkünstler.

Merkwürdig genug ist es, wie Meister Abraham in die fürstliche Familie geriet.

Des Fürsten Irenäus hochseliger Herr Papa war ein Mann von einfachen, milden Sitten. Er sah es ein, daß irgendeine Kraftäußerung das kleine schwache Räderwerk der Staatsmaschine zerbrechen müsse, statt ihm einen bessern Schwung zu geben. Er ließ es daher in seinem Ländlein fortgehen, wie es zuvor gegangen, und fehlte es ihm dabei an Gelegenheit, einen glänzenden Verstand oder andere besondere Gaben des Himmels zu zeigen, so begnügte er sich damit, daß in seinem Fürstentum jedermann sich wohl befand, und daß, rücksichts des Auslandes, es ihm so ging wie den Weibern, die dann am tadelfreisten sind, wenn man gar nicht von ihnen spricht. War des Fürsten kleiner Hof steif, zeremoniös, altfränkisch, konnte der Fürst gar nicht eingehen in manche loyale Ideen, wie sie die neuere Zeit erzeugt, so lag das an der Unwandelbarkeit des hölzernen Gestelles, das Oberhofmeister, Hofmarschälle, Kammerherrn in seinem Innern mühsam zusammengerichtet. In diesem Gestelle arbeitete aber ein Triebrad, das kein Hofmeister, kein Marschall jemals hätte zum Stillstehen bringen können. Dies war nämlich ein dem Fürsten angeborner Hang zum Abenteuerlichen, Seltsamen, Geheimnisvollen. – Er pflegte zuweilen, nach dem Beispiel des würdigen Kalifen Harun Al Raschid, verkleidet Stadt und Land zu durchstreichen, um jenen Hang, der mit seiner übrigen Lebenstendenz in dem sonderbarsten Widerspiel stand, zu befriedigen oder wenigstens Nahrung dafür zu suchen. Dann setzte er einen runden Hut auf und zog einen grauen

Oberrock an, so daß jedermann auf den ersten Blick wußte, daß der Fürst nun nicht zu erkennen.

Es begab sich, daß der Fürst also verkleidet und unerkennbar die Alleen durchschritt, die von dem Schloß aus nach einer entfernten Gegend führten, in der einzeln ein kleines Häuschen stand, von der Witwe eines fürstlichen Mundkochs bewohnt. Gerade vor diesem Häuschen angekommen, gewahrte der Fürst zwei in Mäntel gehüllte Männer, die zur Haustüre hinausschlichen. Er trat zur Seite, und der Historiograph des Irenäusschen Hauses, dem ich dies nachschreibe, behauptet, der Fürst sei selbst dann nicht bemerkt und erkannt worden, wenn er statt des grauen Oberrocks das glänzendste Staatskleid angehabt mit dem funkelnden Ordensstern darauf, aus dem Grunde, weil es stockfinsterer Abend gewesen. Als die beiden verhüllten Männer dicht vor dem Fürsten langsam vorübergingen, vernahm dieser ganz deutlich folgendes Gespräch. Der eine: „Bruder Exzellenz, ich bitte dich, nimm dich zusammen, sei nur dieses Mal kein Esel! – Der Mensch muß fort, ehe der Fürst etwas von ihm erfährt, denn sonst behalten wir den verfluchten Hexenmeister auf dem Halse, der uns mit seinen Satanskünsten alle ins Verderben stürzt." Der andere: „Mon cher frère, ereifre dich doch nur nicht so, du kennst meine Sagazität, mein savoir faire. Morgen werf ich dem gefährlichen Menschen ein paar Karolin an den Hals, und da mag er seine Kunststückchen den Leuten vormachen, wo er will. Hier darf er nicht bleiben. Der Fürst ist überdies ein –"

Die Stimmen verhallten, der Fürst erfuhr daher nicht, wofür ihn sein Hofmarschall hielt, denn kein anderer als dieser und sein Bruder, der Oberjägermeister, waren die Personen, welche aus dem Hause schlichen und das verfängliche Gespräch führten. Der Fürst hatte beide sehr genau an der Sprache erkannt.

Man kann denken, daß der Fürst nichts Angelegentlicheres zu tun hatte, als jenen Menschen, jenen gefährlichen Hexenmeister aufzusuchen, dessen Bekanntschaft ihm entzogen werden sollte. Er klopfte an das Häuschen, die Witwe trat mit einem Licht in der Hand heraus und fragte, da sie den runden Hut und den grauen Oberrock des Fürsten gewahrte, mit kalter Höflichkeit: „Was steht zu Ihren Diensten, Monsieur?" Monsieur wurde nämlich der Fürst angeredet, wenn er verkleidet war und unkenntlich. Der Fürst erkundigte sich nach dem Fremden, der bei der Witwe eingekehrt sein sollte, und erfuhr, daß der Fremde kein anderer sei als ein sehr geschickter, berühmter, mit vielen Attestaten, Konzessionen und Privilegien versehener Taschenspieler, der hier seine Künste zu produzieren gedenke. Soeben, erzählte die Witwe, wären zwei Herren vom Hofe bei ihm gewesen, die er vermöge der ganz unerklärlichen Sachen, welche er ihnen vorgemacht, dermaßen in Erstaunen gesetzt, daß sie ganz blaß, verstört, ja ganz außer sich das Haus verlassen hätten.

Ohne weiteres ließ sich der Fürst hinaufführen. Meister Abraham (niemand anders war der berühmte Taschenspieler) empfing ihn wie einen, den er längst erwartet, und verschloß die Türe.

Niemand weiß, was nun Meister Abraham begonnen, gewiß ist es aber, daß der Fürst die ganze Nacht über bei ihm blieb, und daß am andern Morgen Zimmer eingerichtet wurden auf dem Schlosse, die Meister Abraham bezog, und zu denen der Fürst aus seinem Studierzimmer mittelst eines geheimen Ganges unbemerkt gelangen konnte. Gewiß ist es ferner, daß der Fürst den Hofmarschall nicht mehr: „mon cher ami“ nannte und sich von dem Oberjägermeister niemals mehr die wunderbare Jagdgeschichte von dem weißen gehörnten Hasen, den er (der Oberjägermeister) bei seinem ersten jägerischen Ausflug in den Wald nicht schießen konnte, erzählen ließ, welches die Gebrüder in Gram und Verzweiflung stürzte, so daß beide sehr bald den Hof verließen. Gewiß endlich, daß Meister Abraham nicht allein durch seine Phantasmagorien, sondern auch durch das Ansehen, das er sich immer mehr und mehr bei dem Fürsten zu erwerben wußte, Hof, Stadt und Land in Erstaunen setzte.

Von den Kunststücken, die Meister Abraham vollführte, erzählt oben bemeldeter Historiograph des Irenäusschen Hauses so viel ganz Unglaubliches, daß man es nicht nachschreiben kann, ohne alles Zutrauen des geneigten Lesers aufs Spiel zu setzen. Dasjenige Kunststück, welches aber der Historiograph für das wunderbarste von allen hält, ja, von dem er behauptet, daß es hinlänglich beweise, wie Meister Abraham offenbar mit fremden unheimlichen Mächten in bedrohlichem Bunde stehe, ist indes nichts anders als jenes akustische Zauberspiel, das später unter der Benennung des unsichtbaren Mädchens soviel Aufsehen gemacht, und das Meister Abraham schon damals sinnreicher, phantastischer, das Gemüt ergreifender aufzustellen wußte, als es nachher jemals geschehen.

Nebenher wollte man auch wissen, daß der Fürst selbst mit dem Meister Abraham gewisse magische Operationen unternehme, über deren Zweck unter den Hofdamen, Kammerherrn und andern Leuten vom Hofe ein angenehmer Wettstreit alberner, sinnloser Vermutungen entstand. Darin waren alle einig, daß Meister Abraham dem Fürsten das Goldmachen beibringe, wie aus dem Rauch, der aus dem Laboratorio bisweilen dringe, zu schließen, und daß er ihn eingeführt in allerlei nützliche Geisterkonferenzen. Alle waren ferner davon überzeugt, daß der Fürst das Patent für den neuen Bürgermeister im Marktflecken nicht vollziehe, ja, dem fürstlichen Ofenheizer keine Zulage bewillige, ohne den Agathodämon, den Spiritum familiarem oder die Gestirne zu befragen.

Als der alte Fürst starb und Irenäus ihm in der Regierung folgte, verließ Meister Abraham das Land. Der junge Fürst, der von des Vaters Neigung zum Abenteuerlichen, Wunderbaren durchaus nichts ererbt, ließ ihn zwar ziehen, fand aber bald, daß Meister Abrahams magische Kraft vorzüglich sich darin bewähre, einen gewissen bösen Geist zu beschwören, der sich an kleinen Höfen nur gar zu gern einnistet, nämlich den Höllengeist der Langenweile. Dann hatte auch das Ansehen, in dem Meister Abraham bei dem Vater stand, tiefe Wurzel gefaßt in dem Gemüt des jungen Fürsten. Es gab

Augenblicke, in denen dem Fürsten Irenäus zumute wurde, als sei Meister Abraham ein überirdisches Wesen, über alles, was menschlich, erhaben, stehe es auch noch so hoch. Man sagt, daß diese ganz besondere Empfindung von einem kritischen unvergeßlichen Moment in der Jugendgeschichte des Fürsten herrühre. Als Knabe war er einst mit kindischer überlästiger Neugier in Meister Abrahams Zimmer eingedrungen und hatte läppisch eine kleine Maschine, die der Meister eben mit vieler Mühe und Kunst vollendet, zerbrochen, der Meister aber in vollem Zorn über das verderbliche Ungeschick dem kleinen fürstlichen Bengel eine fühlbare Ohrfeige zugeteilt und ihn dann mit einiger nicht ganz sanfter Schnelligkeit hinausgeführt aus der Stube auf den Korridor. Unter hervorquellenden Tränen konnte der junge Herr nur mit Mühe die Worte hervorstammeln: „Abraham – soufflet“ – so daß der bestürzte Oberhofmeister es für eine gefahrvolle Wagnis hielt, tiefer einzudringen in das fürchterliche Geheimnis, das zu ahnen er sich unterstehen mußte.

Der Fürst fühlte lebhaft das Bedürfnis, den Meister Abraham als das belebende Prinzip der Hofmaschine bei sich zu behalten; vergebens waren aber alle seine Bemühungen, ihn zurückzubringen. Erst nach jenem verhängnisvollen Spaziergange, als Fürst Irenäus sein Ländchen verloren, als er die chimärische Hofhaltung zu Sieghartsweiler eingerichtet, fand sich auch Meister Abraham wieder ein, und in der Tat, zu gelegenerer Zeit hätte er gar nicht kommen können. Denn außerdem daß –

(*M. f. f.*) – merkwürdige Begebenheit, die, um mich des gewöhnlichen Ausdrucks geistreicher Biographen zu bedienen, einen Abschnitt in meinem Leben machte.

– Leser! – Jünglinge, Männer, Frauen, unter deren Pelz ein fühlend Herz schlägt, die ihr Sinn habt für Tugend – die ihr die süßen Bande erkennet, womit uns die Natur umschlingt, ihr werdet mich verstehen und – mich lieben!

Der Tag war heiß gewesen, ich hatte ihn unter dem Ofen verschlafen. Nun brach die Abenddämmerung ein, und kühle Winde sausten durch meines Meisters geöffnetes Fenster. Ich erwachte aus dem Schlaf, meine Brust erweiterte sich, durchströmt von dem unnennbaren Gefühl, das, Schmerz und Lust zugleich, die süßesten Ahnungen entzündet. Von diesen Ahnungen überwältigt, erhob ich mich hoch in jener ausdrucksvollen Bewegung, die der kalte Mensch Katzenbuckel benennet! – Hinaus – hinaus trieb es mich in die freie Natur, ich begab mich daher aufs Dach und lustwandelte in den Strahlen der sinkenden Sonne. Da vernahm ich Töne von dem Boden aufsteigen, so sanft, so heimlich, so bekannt, so anlockend, ein unbekanntes Etwas zog mich hinab mit unwiderstehlicher Gewalt. Ich verließ die schöne Natur und kroch durch eine kleine Dachluke hinein in den Hausboden. – Hinabgesprungen, gewahrte ich alsbald eine große, schöne, weiß und schwarz gefleckte Katze, die, auf den Hinterfüßen sitzend in bequemer Stellung, eben jene anlockenden Töne von sich gab und mich nun mit forschenden Blicken durchblitzte. Augenblicklich setzte ich mich ihr gegenüber und versuchte, dem innern Trieb nachgebend, in das Lied einzustimmen, das die weiß und schwarz Gefleckte angestimmt. Das gelang mir, ich muß es selbst sagen, über die Maßen wohl, und von diesem Augenblick an datiert sich, wie ich für die Psychologen, die mich und mein Leben studieren, hier bemerke, mein Glaube an mein inneres musikalisches Talent und, wie zu erachten, mit diesem Glauben auch das Talent selbst. Die Gefleckte blickte mich an schärfer und emsiger, schwieg plötzlich, sprang mit einem gewaltigen Satz auf mich los! Ich, nichts Gutes erwartend, zeigte meine Krallen, doch in dem Augenblick schrie die Gefleckte, indem ihr die hellen Tränen aus den Augen stürzten: „Sohn – o Sohn! komm! – eile in meine Pfoten!“ – Und dann, mich umhalsend, mich mit Inbrunst an die Brust drückend: „Ja, du bist es, du bist mein Sohn, mein guter Sohn, den ich ohne sonderliche Schmerzen geboren!“ –

Ich fühlte mich tief im Innersten bewegt, und schon dies Gefühl mußte mich überzeugen, daß die Gefleckte wirklich meine Mutter war, demunerachtet fragte ich doch, ob sie auch dessen ganz gewiß sei.

„Ha, diese Ähnlichkeit“, sprach die Gefleckte, „diese Ähnlichkeit, diese Augen, diese Gesichtszüge, dieser Bart, dieser Pelz, alles erinnert mich nur zu lebhaft an den Treulosen, Undankbaren, der mich verließ. – Du bist ganz das getreue Ebenbild deines Vaters, lieber Murr (denn so wirst du ja geheißen), ich hoffe jedoch, daß du mit der Schönheit des Vaters zugleich die sanftere Denkungsart, die milden Sitten deiner Mutter Mina erworben haben wirst. – Dein Vater hatte einen sehr vornehmen Anstand, auf seiner Stirne lag eine imponierende Würde, voller Verstand funkelten die grünen Augen, und um Bart und Wangen spielte oft ein anmutiges Lächeln. Diese körperlichen Vorzüge sowie sein aufgeweckter Geist und eine gewisse liebenswürdige Leichtigkeit, mit der er Mäuse fing, ließen ihn mein Herz gewinnen. – Aber bald zeigte sich ein hartes tyrannisches Gemüt, das er so lange geschickt zu verbergen gewußt. – Mit Entsetzen sag ich es! – Kaum warst du geboren, als dein Vater den unseligen Appetit bekam, dich nebst deinen Geschwistern zu verspeisen.“

„Beste Mutter“, fiel ich der Gefleckten ins Wort, „beste Mutter, verdammen Sie nicht ganz jene Neigung. Das gebildetste Volk der Erde legte den sonderbaren Appetit des Kinderfressens dem Geschlecht der Götter bei, aber gerettet wurde ein Jupiter, und so auch ich!“ –

„Ich versteh dich nicht, mein Sohn“, erwiderte Mina, „aber es kommt mir vor, als sprächest du albernes Zeug, oder als wolltest du gar deinen Vater verteidigen. Sei nicht undankbar, du wärest ganz gewiß erwürgt und gefressen worden von dem blutdürstigen Tyrannen, hätte ich dich nicht so tapfer verteidigt mit diesen scharfen Krallen, hätte ich nicht, bald hier, bald dort hinfliehend in Keller, Boden, Ställe, dich den Verfolgungen des unnatürlichen Barbaren entzogen. – Er verließ mich endlich; nie habe ich ihn wiedergesehen! Und doch schlägt noch mein Herz für ihn! – Es war ein schöner Kater! – Viele hielten ihn seines Anstandes, seiner feinen Sitten wegen für einen reisenden Grafen. – Ich glaubte nun, im kleinen häuslichen Zirkel meine Mutterpflichten übend, ein stilles ruhiges Leben führen zu können, doch der entsetzlichste Schlag sollte mich noch treffen. – Als ich von einem kleinen Spaziergange einst heimkehrte, weg warst du samt deinen Geschwistern! – Ein altes Weib hatte mich Tages zuvor in meinem Schlupfwinkel entdeckt und allerlei verfängliche Worte von ins Wasser werfen und dergleichen gesprochen! – Nun! ein Glück, daß du, mein Sohn, gerettet, komm nochmals an meine Brust, Geliebter!" –

Die gefleckte Mama liebkoste mich mit aller Herzlichkeit und fragte mich dann nach den nähern Umständen meines Lebens. Ich erzählte ihr alles und vergaß nicht, meiner hohen Ausbildung zu erwähnen, und wie ich dazu gekommen.

Mina schien weniger gerührt von den seltenen Vorzügen des Sohnes, als man hätte denken sollen. Ja! sie gab mir nicht undeutlich zu verstehen, daß ich mitsamt meinem außerordentlichen Geiste, mit meiner tiefen Wissenschaft auf Abwege geraten, die mir verderblich werden könnten. Vorzüglich warnte sie mich aber, dem Meister Abraham ja nicht meine erworbenen Kenntnisse zu entdecken, da dieser sie nur nützen würde, mich in der drückendsten Knechtschaft zu halten.

„Ich kann mich", sprach Mina, „zwar gar nicht deiner Ausbildung rühmen, indessen fehlt es mir doch durchaus nicht an natürlichen Fähigkeiten und angenehmen, mir von der Natur eingeimpften Talenten. Darunter rechne ich zum Beispiel die Macht, knisternde Funken aus meinem Pelz hervorstrahlen zu lassen, wenn man mich streichelt. Und was für Unannehmlichkeiten hat mir nicht schon dieses einzige Talent bereitet! Kinder und Erwachsene haben unaufhörlich auf meinem Rücken herumhantiert jenes Feuerwerks halber, mir zur Qual, und wenn ich unmutig wegsprang oder die Krallen zeigte, mußte ich mich ein scheues wildes Tier schelten, ja wohl gar prügeln lassen. – Sowie Meister Abraham erfährt, daß du schreiben kannst, lieber Murr, macht er dich zu seinem Kopisten, und aus Schuldigkeit wird von dir gefordert, was du jetzt nur aus eigenem Antriebe zu deiner Lust tust." –

Mina sprach noch mehreres über mein Verhältnis zum Meister Abraham und über meine Bildung. Erst später habe ich eingesehen, daß das, was ich für Abscheu gegen die Wissenschaften hielt, wirkliche Lebensweisheit war, die die Gefleckte in sich trug.

Ich erfuhr, daß Mina bei der alten Nachbarsfrau in ziemlich dürftigen Umständen lebe, und daß es ihr oft schwerfalle, ihren Hunger zu stillen. Dies rührte mich tief, die kindliche Liebe erwachte in voller Stärke in meinem Busen, ich besann mich auf den schönen Heringskopf, den ich vom gestrigen Mahle erübrigt, ich beschloß, ihn darzubringen der guten Mutter, die ich so unerwartet wiedergefunden.

Wer ermißt die Wandelbarkeit der Herzen derer, die da wandeln unter dem Mondschein! – Warum verschloß das Schicksal nicht unsere Brust dem wilden Spiel unseliger Leidenschaften! – Warum müssen wir, ein dünnes, schwankendes Rohr, uns beugen vor dem Sturm des Lebens? – Feindliches Verhängnis! – O Appetit, dein Name ist Kater! – Den Heringskopf im Maule, kletterte ich, ein pius Aeneas, aufs Dach – ich wollte hinein ins Bodenfenster! – Da geriet ich in einen Zustand, der, auf seltsame Weise mein Ich meinem Ich entfremdend, doch mein eigentliches Ich schien. Ich glaube mich verständlich und scharf ausgedrückt zu haben, so daß in dieser Schilderung meines seltsamen Zustandes jeder den die geistige Tiefe durchschauenden Psychologen erkennen wird. – Ich fahre fort! – Das sonderbare Gefühl, gewebt aus Lust und Unlust, betäubte meine Sinne – überwältigte mich – kein Widerstand möglich – ich fraß den Heringskopf!

Ängstlich hörte ich Mina miauen, ängstlich sie meinen Namen rufen. – Ich fühlte mich von Reue, von Scham durchdrungen, ich sprang zurück in meines Meisters Zimmer, ich verkroch mich unter den Ofen. Da quälten mich die ängstlichsten Vorstellungen. Ich sah Mina, die wiedergefundene gefleckte Mutter, trostlos, verlassen, lechzend nach der Speise, die ich versprochen, der Ohnmacht nahe. – Ha! – der durch den Rauchfang sausende Wind rief den Namen Mina – Mina – Mina rauschte es in den Papieren meines Meisters, knarrte es in den gebrechlichen Rohrstühlen, Mina – Mina – lamentierte die Ofentüre – O! es war ein bitteres, herzzerschneidendes Gefühl, das mich durchbohrte! – Ich beschloß, die Arme womöglich einzuladen zur Frühstücksmilch. Wie kühlender wohltuender Schatten kam bei diesem Gedanken ein seliger Frieden über mich! – Ich kniff die Ohren an und schlief ein! –

Ihr fühlenden Seelen, die ihr mich ganz versteht, ihr werdet es, seid ihr sonst keine Esel, sondern wahrhaftige honette Kater, ihr werdet es, sage ich, einsehen, daß dieser Sturm in meiner Brust meinen Jugendhimmel aufheitern mußte, wie ein wohltätiger Orkan, der die finstern Wolken zerstäubt und die reinste Aussicht schafft. O! so schwer anfangs der Heringskopf auf meiner Seele lastete, doch lernte ich einsehen, was Appetit heißt, und daß es Frevel ist, der Mutter Natur zu widerstreben. Jeder suche sich seine Heringsköpfe und greife nicht vor der Sagazität der andern, die, vom richtigen Appetit geleitet, schon die ihrigen finden werden.

So schließe ich diese Episode meines Lebens, die –

(*Mak. Bl.*) – nichts verdrießlicher für einen Historiographien oder Biographen, als wenn er, wie auf einem wilden Füllen reitend, hin und her sprengen muß über Stock und Stein, über Äcker und Wiesen, immer nach gebahnten Wegen trachtend, niemals sie erreichend. So geht es dem, der es unternommen, für dich, geliebter Leser, das aufzuschreiben, was er von dem wunderlichen Leben des Kapellmeisters Johannes Kreisler erfahren. Gern hätte er angefangen: In dem kleinen Städtchen N. oder B. oder K., und zwar am Pfingstmontage oder zu Ostern des und des Jahres, erblickte Johannes Kreisler das Licht der Welt! – Aber solche schöne chronologische Ordnung kann gar nicht aufkommen, da dem unglücklichen Erzähler nur mündlich, brockenweis mitgeteilte Nachrichten zu Gebote stehen, die er, um nicht das Ganze aus dem Gedächtnis zu verlieren, sogleich verarbeiten muß. Wie es eigentlich mit der Mitteilung dieser Nachrichten herging, sollst du sehr, lieber Leser, noch vor dem Schlusse des Buchs erfahren, und dann wirst du vielleicht das rhapsodische Wesen des Ganzen entschuldigen, vielleicht aber auch meinen, daß trotz des Anscheins der Abgerissenheit doch ein fester durchlaufender Faden alle Teile zusammenhalte.

Eben in diesem Augenblick ist nichts anderes zu erzählen, als daß nicht lange nachher, als Fürst Irenäus in Sieghartsweiler sich niedergelassen, an einem schönen Sommerabend Prinzessin Hedwiga und Julia in dem anmutigen Park zu Sieghartshof lustwandelten. Wie ein goldner Schleier lag der Schein der sinkenden Sonne ausgebreitet über dem Walde. Kein Blättlein rührte sich. In ahnungsvollem Schweigen harrten Baum und Gebüsch, daß der Abendwind komme und mit ihnen kose. Nur das Getöse des Waldbachs, der über weiße Kiesel fortbrauste, unterbrach die tiefe Stille. Arm in Arm verschlungen, schweigend wandelten die Mädchen fort durch die schmalen Blumengänge, über die Brücken, die über die verschiedenen Schlingungen des Bachs führten, bis sie an das Ende des Parks, an den großen See kamen, in dem sich der ferne Geierstein mit seinen malerischen Ruinen abspiegelte.

„Es ist doch schön!“ rief Julia recht aus voller Seele.

„Laß uns“, sprach Hedwiga, „in die Fischerhütte treten. Die Abendsonne brennt entsetzlich, und drin ist die Aussicht nach dem Geierstein aus dem mittlern Fenster noch schöner als hier, da die Gegend dort nicht Panorama, sondern in gruppierter Ansicht, wahrhaftes Bild erscheint.“

Julia folgte der Prinzessin, die, kaum hineingetreten und zum Fenster hinausschauend, sich nach Crayon und Papier sehnte, um die Aussicht in der Beleuchtung zu zeichnen, welche sie pikant nannte.

„Ich möchte“, sprach Julia, „ich möchte dich beinahe um deine Kunstfertigkeit beneiden, Bäume und Gebüsche, Berge, Seen so ganz nach der Natur zeichnen zu können. Aber ich weiß es schon, könnte ich auch so hübsch zeichnen wie du, doch wird es mir niemals gelingen, eine Landschaft nach der Natur aufzunehmen, und zwar desto weniger, je herrlicher der Anblick. Vor lauter Freude und Entzücken des Schauens würd ich gar nicht zur Arbeit kommen.“ – Der Prinzessin Antlitz überflog bei diesen Worten Julias ein gewisses Lächeln, das bei einem sechzehnjährigen Mädchen bedenklich genannt werden dürfte. Meister Abraham, der im Ausdruck zuweilen etwas seltsam, meinte, solch Muskelspiel im Gesicht sei dem Wirbel zu vergleichen auf der Oberfläche des Wassers, wenn sich in der Tiefe etwas Bedrohliches rührt. – Genug, Prinzessin Hedwiga lächelte; indem sie aber die Rosenlippen öffnete, um der sanften, unkünstlerischen Julia etwas zu entgegnen, ließen sich ganz in der Nähe Akkorde hören, die so stark und wild angeschlagen wurden, daß das Instrument kaum eine gewöhnliche Gitarre zu sein schien.

Die Prinzessin verstummte, und beide eilten vor das Fischerhaus.

Nun vernahmen sie eine Weise nach der andern, verbunden durch die seltsamsten Übergänge, durch die fremdartigste Akkordenfolge. Dazwischen ließ sich eine sonore männliche Stimme hören, die bald alle Süßigkeit des italienischen Gesanges erschöpfte, bald, plötzlich abbrechend, in ernste düstere Melodien fiel, bald rezitativisch, bald mit starken, kräftig akzentuierten Worten dreinsprach. –

Die Gitarre wurde gestimmt – dann wieder Akkorde – dann wieder abgebrochen und gestimmt – dann heftige, wie im Zorn ausgesprochene Worte – dann Melodien – dann aufs neue gestimmt. –

Neugierig auf den seltsamen Virtuosen, schlichen Hedwiga und Julia näher und näher heran, bis sie einen Mann in schwarzer Kleidung gewahrten, der, den Rücken ihnen zugewendet, auf einem Felsstück dicht an dem See saß und das wunderliche Spiel trieb mit Singen und Sprechen.

Eben hatte er die Gitarre ganz und gar umgestimmt auf ungewöhnliche Weise und versuchte nun einige Akkorde, dazwischen rufend: „Wieder verfehlt – keine Reinheit – bald ein Komma zu tief, bald ein Komma zu hoch!" –

Dann faßte er das Instrument, das er von dem blauen Bande, an dem es ihm um die Schultern hing, losgenestelt, mit beiden Händen, hielt es vor sich hin und begann:

„Sage mir, du kleines eigensinniges Ding, wo ruht eigentlich dein Wohllaut, in welchem Winkel deines Innersten hat sich die reine Skala verkrochen? Oder willst du dich vielleicht auflehnen gegen deinen Meister und behaupten, sein Ohr sei totgehämmert worden in der Schmiede der gleichschwebenden Temperatur und seine Enharmonik nur ein kindisches Vexierspiel? Du verhöhnst mich, glaub ich, unerachtet ich den Bart viel besser geschoren trage als Meister Stefano Pacini, detto il Venetiano, der die Gabe des Wohllauts in dein Innerstes legte, die mir ein unerschließbares Geheimnis bleibt. Und, liebes Ding, daß du es nur weißt, willst du den unisonierenden Dualismus von Gis und As oder Cis und Des – oder vielmehr sämtlicher Töne durchaus nicht verstatten, so schicke ich dir neun tüchtige teutsche Meister auf den Hals, die sollen dich ausschelten, dich kirre machen mit enharmonischen Worten. – Und du magst dich nicht deinem Stefano Pacini in die Arme werfen, du magst nicht wie ein keifendes Weib das letzte Wort behalten wollen. – Oder bist du vielleicht gar dreist und stolz genug, zu meinen, daß alle schmucken Geister, die in dir wohnen, nur dem gewaltigen Zauber folgen der Magier, die längst von der Erde gegangen und daß in den Händen eines Hasenfußes –"

Bei dem letzten Worte hielt der Mann plötzlich inne, sprang auf und schaute, wie in tiefen Gedanken versunken, in den See hinein. – Die Mädchen, gespannt durch des Mannes seltsames Beginnen, standen wie eingewurzelt hinter dem Gebüsch; sie wagten kaum zu atmen.

„Die Gitarre“, brach der Mann endlich los, „ist doch das miserabelste, unvollkommenste Instrument von allen Instrumenten, nur wert, von girrenden liebeskrankenden Schäfern in die Hand genommen zu werden, die das Embouchoir zur Schalmei verloren haben, da sie sonst es vorziehen würden, erklecklich zu blasen, das Echo zu wecken mit den Kuhreigen der süßesten Sehnsucht und klägliche Melodien entgegenzusenden den Emmelinen in den weiten Bergen, die das liebe Vieh zusammentreiben mit dem lustigen Geknalle empfindsamer Hetzpeitschen! – O Gott! – Schäfer, die „wie ein Ofen seufzen mit Jammerlied auf ihrer Liebsten Brau'n“ – lehrt ihnen, daß der Dreiklang aus nichts anderm bestehe als aus drei Klängen und niedergestoßen werde durch den Dolchstich der Septime, und gebt ihnen die Gitarre in die Hände! – Aber ernsten Männern von leidlicher Bildung, von vorzüglicher Erudition, die sich abgegeben mit griechischer Weltweisheit und wohl wissen, wie es am Hofe zu Peking oder Nanking zugeht, aber den Teufel was verstehen von Schäferei und Schafzucht, was soll denen das Ächzen und Klimpern? – Hasenfuß, was beginnst? Denke an den seligen Hippel, welcher versichert, daß, sah' er einen Mann Unterricht erteilen im Klavierschlagen, es ihm zumute werde, als sötte besagter Lehrherr weiche Eier – und nun Gitarre klimpern – Hasenfuß! – Pfui Teufel!“ – Damit schleuderte der Mann das Instrument weit von sich ins Gebüsch und entfernte sich raschen Schrittes, ohne die Mädchen zu bemerken.

„Nun“, rief Julia nach einer Weile, lachend, „nun, Hedwiga, was sagst du zu dieser verwunderlichen Erscheinung? Wo mag der seltsame Mann her sein, der erst so hübsch mit seinem Instrument zu sprechen weiß und es dann verächtlich von sich wirft wie eine zerbrochene Schachtel?“

„Es ist unrecht“, sprach Hedwiga wie im plötzlich aufwallenden Zorn; indem ihre verbleichten Wangen sich blutrot färbten, „es ist unrecht, daß der Park nicht verschlossen ist, daß jeder Fremde hinein kann.“

„Wie“, erwiderte Julia, „der Fürst sollte, meinst du, engherzig den Sieghartsweilern – nein, nicht dies allein, jedem, der des Weges wandelt, gerade den anmutigsten Fleck der ganzen Gegend verschließen! Das ist unmöglich deine ernste Meinung!“

„Du bedenkst“, fuhr die Prinzessin noch bewegter fort, „du bedenkst die Gefahr nicht, die für uns daraus entsteht. Wie oft wandeln wir so wie heute allein, entfernt von aller Dienerschaft, in den entlegensten Gängen des Waldes umher! – Wie, wenn einmal irgendein Bösewicht –“

„Ei“, unterbrach Julia die Prinzessin, „ich glaube gar, du fürchtest, aus diesem, jenem Gebüsch könnte irgendein ungeschlachter, märchenhafter Riese oder ein fabelhafter Raubritter hervorspringen und uns entführen auf seine Burg! – Nun, das wolle der Himmel verhüten! – Aber sonst muß ich dir gestehen, daß mir irgendein kleines Abenteuer hier in dem einsamen romantischen Walde recht hübsch, recht anmutig bedünken möchte. – Ich denke eben an Shakespeares „Wie es euch gefällt", das uns die Mutter so lange nicht in die Hände geben wollte, und das uns endlich Lothario vorgelesen. Was gilt es, du würdest auch gern ein bißchen Celia spielen, und ich wollte deine treue Rosalinde sein. – Was machen wir aus unserm unbekannten Virtuosen?"

„Oh", erwiderte die Prinzessin, „eben dieser unbekannte Mensch – Glaubst du wohl, Julia, daß mir seine Gestalt, seine wunderlichen Reden ein inneres Grauen erregten, das mir unerklärlich ist? – Noch jetzt durchbeben mich Schauer, ich erliege beinahe einem Gefühl, das, seltsam und entsetzlich zugleich, alle meine Sinne gefangen nimmt. In dem tiefsten dunkelsten Gemüt regt sich eine Erinnerung auf und ringt vergebens, sich deutlich zu gestalten. – Ich sah diesen Menschen schon in irgendeine fürchterliche Begebenheit verflochten, die mein Herz zerfleischte – vielleicht war es nur ein spukhafter Traum, dessen Andenken mir geblieben. – Genug – der Mensch mit seinem seltsamen Beginnen, mit seinen wirren Reden deuchte mir ein bedrohliches gespenstisches Wesen, das uns vielleicht verlocken wollte in verderbliche Zauberkreise."

„Welche Einbildungen", rief Julia, „ich für mein Teil verwandle das schwarze Gespenst mit der Gitarre in den Monsieur Jacques oder gar in den ehrlichen Probstein, dessen Philosophie beinahe so lautet wie die wunderlichen Reden des Fremden. – Doch hauptsächlich ist es nun nötig, die arme Kleine zu retten, die der Barbar so feindselig in das Gebüsch geschleudert hat."

„Julia – was beginnst du – um des Himmels willen", rief die Prinzessin; doch ohne auf sie zu achten, schlüpfte Julia hinein in das Dickicht und kam nach wenigen Augenblicken triumphierend, die Gitarre, die der Fremde weggeworfen, in der Hand, zurück.

Die Prinzessin überwand ihre Scheu und betrachtete sehr aufmerksam das Instrument, dessen seltsame Form schon von hohem Alter zeigte, hätte das auch nicht die Jahrzahl und der Namen des Meisters bestätigt, den man durch die Schallöffnung auf dem Boden deutlich wahrnahm. Schwarz eingeätzt waren nämlich die Worte: „Stefano Pacini fec. Venet. 1532."

Julia konnte es nicht unterlassen, sie schlug einen Akkord auf dem zierlichen Instrument an und erschrak beinahe über den mächtigen vollen Klang, der aus dem kleinen Dinge heraustönte. „O herrlich – herrlich", rief sie aus und spielte weiter. Da sie aber gewohnt, nur ihren Gesang mit der Gitarre zu begleiten, so konnte es nicht fehlen, daß sie bald unwillkürlich zu singen begann, indem sie weiter fortwandelte. Die Prinzessin folgte ihr schweigend, Julia hielt inne; da sprach Hedwiga: „Singe, spiele auf dem zauberischen Instrumente, vielleicht gelingt es dir, die bösen, feindlichen Geister, die Macht haben wollten über mich, hinabzubeschwören in den Orkus."

„Was willst du", erwiderte Julia, „mit deinen bösen Geistern, die sollen uns beiden fremd sein und bleiben, aber singen will ich und spielen, denn ich wüßte nicht, daß jemals mir ein Instrument so zur Hand gewesen, mir überhaupt so zugesagt hätte, als eben dieses. Mir scheint auch, als wenn meine Stimme viel besser dazu laute als sonst." – Sie begann eine bekannte italienische Kanzonetta und verlor sich in allerlei zierliche Melismen, gewagte Läufe und Capriccios, Raum gebend dem vollen Reichtum der Töne, der in ihrer Brust ruhte.

War die Prinzessin erschrocken über den Anblick des Unbekannten, so erstarrte Julia zur Bildsäule, als er plötzlich vor ihr stand.

Der Fremde, wohl an dreißig Jahre alt, war nach dem Zuschnitt der letzten Mode schwarz gekleidet. In seinem ganzen Anzuge fand sich durchaus nichts Sonderbares, Ungewöhnliches, und doch hatte sein Ansehen etwas Seltsames, Fremdartiges. Trotz der Sauberkeit seiner Kleidung war eine gewisse Nachlässigkeit sichtbar, die weniger von Mangel an Sorgfalt als davon herzurühren schien, daß der Fremde gezwungen worden, einen Weg zu machen, auf den er nicht gerechnet, und zu dem sein Anzug nicht paßte. Mit aufgerissener Weste, das Halstuch nur leicht umschlungen, die Schuhe dick bestäubt, auf denen die goldnen Schnällchen kaum sichtbar, stand er da, und närrisch genug sah es aus, daß er an dem kleinen dreieckigen Hütchen, das nur bestimmt, unter den Armen getragen zu werden, die hintere Krempe herabgeschlagen hatte, um sich gegen die Sonne zu schützen. Er hatte sich durchgedrängt durch das tiefste Dickicht des Parks, denn sein wirres schwarzes Haar hing voller Tannadeln. Flüchtig schaute er die Prinzessin an und ließ dann den seelenvollen leuchtenden Blick seiner großen dunklen Augen auf Julia ruhen, deren Verlegenheit noch dadurch erhöht wurde, so daß ihr, wie es in dergleichen Fällen ihr zu geschehen pflegte, die Tränen in die Augen traten.

„Und diese Himmelstöne", begann der Fremde endlich mit weicher, sanfter Stimme, „und diese Himmelstöne schweigen vor meinem Anblick und zerfließen in Tränen?" Die Prinzessin, den ersten Eindruck, den der Fremde auf sie gemacht, mit Gewalt niederkämpfend, blickte ihn stolz an und sprach dann mit beinahe schneidendem Ton: „Allerdings überrascht uns Ihre plötzliche Erscheinung, mein Herr! Man erwartet um diese Zeit keine Fremden mehr im fürstlichen Park. – Ich bin die Prinzessin Hedwiga."

Der Fremde hatte sich, sowie die Prinzessin zu sprechen begann, rasch zu ihr gewendet und schaute ihr jetzt in die Augen, aber sein ganzes Antlitz schien ein andres geworden. – Vertilgt war der Ausdruck schwermütiger Sehnsucht, vertilgt jede Spur des tief im Innersten aufgeregten Gemüts, ein toll verzerrtes Lächeln steigerte den Ausdruck bitterer Ironie bis zum Possierlichen, bis zum Skurrilen. – Die Prinzessin blieb, als träfe sie ein elektrischer Schlag, mitten in der Rede stecken und schlug, blutrot im ganzen Gesicht, die Augen nieder.

Es schien, als wollte der Fremde etwas sagen, in dem Augenblick begann indessen Julia: „Bin ich nicht ein dummes, törichtes Ding, daß ich erschrecke, daß ich weine wie ein kindisches Kind, das man ertappt über dem Naschen! – Ja, mein Herr, ich habe genascht, hier die trefflichsten Töne weggenascht von Ihrer Gitarre – die Gitarre ist an allem schuld und unsere Neugier! – Wir haben Sie belauscht, wie Sie mit dem kleinen Dinge so hübsch zu sprechen wußten, und wie Sie dann im Zorne die Arme wegschleuderten in das Gebüsch, daß sie im lauten Klageton aufseufzte, auch das haben wir gesehen. Und das ging mir so recht tief ins Herz, ich mußte hinein in das Dickicht und das schöne liebliche Instrument aufheben. – Nun, Sie wissen wohl, wie Mädchen sind, ich klimpere etwas auf der Gitarre, und da fuhr es mir in die Finger – ich konnt es nicht lassen. – Verzeihen Sie mir, mein Herr, und empfangen Sie Ihr Instrument zurück."

Julia reichte die Gitarre dem Fremden hin.

„Es ist", sprach der Fremde, „ein sehr seltnes, klangvolles Instrument, noch aus alter guter Zeit her, das nur in meinen ungeschickten Händen – doch was Hände – was Hände! – Der wunderbare Geist des Wohllauts, der diesem kleinen seltsamen Dinge befreundet, wohnt auch in meiner Brust, aber eingepuppt, keiner freien Bewegung mächtig; doch aus Ihrem Innern, mein Fräulein, schwingt er sich auf zu den lichten Himmelsräumen, in tausend schimmernden Farben, wie das glänzende Pfauenauge. – Ha, mein Fräulein! als Sie sangen, aller sehnsüchtiger Schmerz der Liebe, alles Entzücken süßer Träume, die Hoffnung, das Verlangen wogte durch den Wald und fiel nieder wie erquickender Tau in die duftenden Blumenkelche, in die Brust horchender Nachtigallen! – Behalten Sie das Instrument, nur Sie gebieten über den Zauber, der in ihm verschlossen!"

„Sie warfen das Instrument fort", erwiderte Julia hoch errötend.

„Es ist wahr", sprach der Fremde, indem er mit Heftigkeit die Gitarre ergriff und an seine Brust drückte, „es ist wahr, ich warf es fort und empfange es geheiligt zurück; nie kommt es mehr aus meinen Händen!"

Plötzlich verwandelte sich nun das Antlitz des Fremden wieder in jene skurrile Larve, und er sprach mit hohem, schneidendem Ton: „Eigentlich hat mir das Schicksal oder mein Kakodämon einen sehr bösen Streich gespielt, daß ich hier so ganz ex abrupto, wie die Lateiner und noch andere ehrliche Leute sagen, vor Ihnen erscheinen muß, meine hochverehrtesten Damen! – O Gott, gnädigste Prinzessin, riskieren Sie es, mich anzuschauen von Kopf bis zu Fuß. Sie werden denn aus meinem Ajustement zu entnehmen geruhen, daß ich mich auf einer großen Visitenfahrt befinde. – Ha! ich gedachte eben bei Sieghartsweiler vorzufahren und der guten Stadt, wo nicht meine Person, doch wenigstens eine Visitenkarte abzugeben. – O Gott! fehlt es mir denn an Konnexionen, meine gnädigste Prinzessin? – War nicht sonst der Hofmarschall Dero Herrn Vaters mein Intimus? – Ich weiß es, sah er mich hier, so drückte er mich an seine Atlasbrust und sagte gerührt, indem er mir eine Prise darbot: „Hier sind wir unter uns, mein Lieber, hier kann ich meinem Herzen und den angenehmsten Gesinnungen freien Lauf lassen." – Audienz hätte ich erhalten bei dem gnädigsten Herrn Fürsten Irenäus und wäre auch Ihnen vorgestellt worden, o Prinzessin! Vorgestellt worden auf eine Weise, daß ich mein bestes Gespann von Septimeakkorden gegen eine Ohrfeige setze, ich hätte

Ihre Huld erworben! – Aber nun! – hier im Garten am unschicklichsten Orte, zwischen Ententeich und Froschgraben, muß ich mich selbst präsentieren, mir zum ewigen Malheur! – O Gott, könnt ich nur was weniges hexen, könnt ich nur subito diese edle Zahnstocherbüchse (er zog eine aus der Westentasche hervor) verwandeln in den schmuckesten Kammerherrn des Irenäusschen Hofes, welcher mich beim Fittich nähme und spräche: „Gnädigste Prinzessin, hier ist der und der!“ – Aber nun! – che far, che dir! – Gnade – Gnade, o Prinzessin, o Damen! – o Herren!“

Damit warf sich der Fremde vor der Prinzessin nieder und sang mit kreischender Stimme: „Ah pietà, pietà Signora!“

Die Prinzessin faßte Julien und rannte mit ihr unter dem lauten Ausruf: „Es ist ein Wahnsinniger, ein Wahnsinniger, der dem Tollhause entsprungen!“ so schnell von dannen, als sie es nur vermochte.

Dicht vor dem Lustschloß kam die Rätin Benzon den Mädchen entgegen, die atemlos ihr beinahe zu Füßen sanken.

„Was ist geschehen, um des Himmels willen, was ist euch geschehen, was bedeutet die übereilte Flucht?“ So fragte sie. Die Prinzessin vermochte, außer sich, verstört wie sie war, nur in abgebrochenen Reden etwas von einem Wahnsinnigen herzustammeln, der sie überfallen. Julia erzählte ruhig und besonnen, wie sich alles begeben, und schloß damit, daß sie den Fremden durchaus nicht für wahnsinnig, sondern nur für einen ironischen Schalk, wirklich für eine Art von Monsieur Jacques halte, der zur Komödie im Ardenner Wald passe.

Die Rätin Benzon ließ sich alles nochmals wiederholen, sie fragte nach dem kleinsten Umstande, sie ließ sich den Fremden beschreiben in Gang, Stellung, Gebärde, Ton der Sprache und so weiter. „Ja“, rief sie dann, „ja, es ist nur zu gewiß, er ist es, er ist es selbst, kein anderer kann – darf es sein.“

„Wer – wer ist es?“ fragte die Prinzessin ungeduldig.

„Ruhig, liebe Hedwiga“, erwiderte die Benzon, „Sie haben Ihren Atem umsonst verkeucht, kein Wahnsinniger ist dieser Fremde, der Ihnen so bedrohlich erschien. Welchen bittern, unziemlichen Scherz er sich auch seiner barocken Manier gemäß erlaubte, so glaube ich doch, daß Sie sich mit ihm aussöhnen werden.“

„Nimmermehr“, rief die Prinzessin, „nimmermehr sehe ich ihn wieder, den – unbequemen Narren.“

„Ei, Hedwiga“, sprach die Benzon lachend, „welcher Geist gab Ihnen das Wort unbequem ein, das nach dem, was vorgegangen, viel besser paßt, als Sie vielleicht selbst glauben und ahnen mögen.“

„Ich weiß auch gar nicht“, begann Julia, „wie du auf den Fremden so zürnen magst, liebe Hedwiga! – Selbst in seinem närrischen Tun, in seinen wirren Reden lag etwas, das auf seltsame und gar nicht unangenehme Weise mein Innerstes anregte." „Wohl dir", erwiderte die Prinzessin, indem ihr die Tränen in die Augen traten, „wohl dir, daß du so ruhig sein kannst und unbefangen, aber mir zerschneidet der Hohn des entsetzlichen Menschen das Herz! - Benzon! - wer ist es, wer ist der Wahnsinnige?" „Mit zwei Worten", sprach die Benzon, „erkläre ich alles. Als ich mich vor fünf Jahren in –"

(*M. f. f.*) - mich überzeugte, daß in einem echten, tiefen Dichtergemüt auch kindliche Tugend wohnt und Mitleid mit dem Bedrängnis der Genossen.

Eine gewisse Schwermut, wie sie oft junge Romantiker befällt, wenn sie den Entwicklungskampf der großen erhabenen Gedanken in ihrem Innern bestehen, trieb mich in die Einsamkeit. Unbesucht blieben mehrere Zeit hindurch Dach, Keller und Boden. Ich empfand mit jenem Dichter die süßen idyllischen Freuden im kleinen Häuschen am Ufer eines murmelnden Bachs, umschattet von düster belaubten Hängebirken und Trauerweiden, und blieb, mich meinen Träumen hingebend, unter dem Ofen. So kam es aber, daß ich Mina, die süße, schöngefleckte Mutter, nicht wiedersah. - In den Wissenschaften fand ich Trost und Beruhigung. Oh, es ist etwas Herrliches um die Wissenschaften! - Dank, glühender Dank dem edlen Mann, der sie erfunden. Wie viel herrlicher, wie viel nützlicher ist diese Erfindung als jene des entsetzlichen Mönchs, der zuerst es unternahm, Pulver zu fabrizieren, ein Ding, das mir, seiner Natur und Wirkung nach, in den Tod zuwider. Die richtende Nachwelt hat auch den Barbaren, den höllischen Barthold, gestraft mit höhnender Verachtung, indem man noch heutigen Tages, um einen scharfsinnigen Gelehrten, einen umschauenden Statistiker, kurz, jeden Mann von exquisiter Bildung recht hoch zu stellen, sprichwörtlich sagt: „Er hat das Pulver nicht erfunden!"

Zu Belehrung der hoffnungsvollen Katerjugend kann ich nicht unbemerkt lassen, daß ich, wollte ich studieren, mit zugedrückten Augen in die Bibliothek meines Meisters sprang und dann das Buch, das ich angekrallt, herauszupfte und durchlas, mochte es einen Inhalt haben, wie es wollte. Durch diese Art zu studieren gewann mein Geist diejenige Biegsamkeit und Mannigfaltigkeit, mein Wissen den bunten glänzenden Reichtum, den die Nachwelt an mir bewundern wird, Der Bücher, die ich in dieser Periode des dichterischen Schwermuts hintereinander las, will ich hier nicht erwähnen, teils weil sich dazu eine schicklichere Stelle vielleicht finden wird, teils weil ich auch die Titel davon vergessen, und dies wieder gewissermaßen darum, weil ich die Titel meistenteils nicht gelesen und also nie gewußt habe - Jedermann wird mit dieser Erklärung zufrieden sein und mich nicht biographischen Leichtsinnes anklagen.

Mir standen neue Erfahrungen bevor.

Eines Tages, als mein Meister eben in einen großen Folianten vertieft war, den er vor sich aufgeschlagen, und ich, dicht bei ihm unter dem Schreibtisch, auf einem Bogen des schönsten Royalpapiers liegend, mich in griechischer Schrift versuchte, die mir vorzüglich in der Pfote zu liegen schien, trat rasch ein junger Mann hinein, den ich schon mehrmals bei dem Meister gesehen, und der mich mit freundlicher Hochachtung, ja mit der wohltuenden Verehrung behandelte, die dem ausgezeichneten Talent, dem entschiedenen Genie gebührt. Denn nicht allein daß er jedesmal, nachdem er den Meister begrüßt, zu mir sprach: „Guten Morgen, Kater!" so kraulte er mir auch jedesmal mit leichter Hand hinter den Ohren und streichelte mir sanft den Rücken, so daß ich in diesem Betragen wahre Aufmunterung fand.

Heute sollte sich alles anders gestalten!

Wie sonst niemals, sprang nämlich heute dem jungen Mann ein schwarzes, zottiges Ungeheuer mit glühenden Augen nach, zur Türe hinein und, als es mich erblickte, gerade auf mich zu. Mich überfiel eine unbeschreibliche Angst, mit einem Satz war ich auf dem Schreibtisch meines Meisters und stieß Töne des Entsetzens und der Verzweiflung aus, als das Ungeheuer hoch hinaufsprang nach dem Tisch und dazu einen mörderlichen Lärm machte. Mein guter Meister, dem um mich bangte, nahm mich auf den Arm und steckte mich unter den Schlafrock. Doch der junge Mann sprach: „Seid doch nur ganz unbesorgt, lieber Meister Abraham. Mein Pudel tut keiner Katze was, er will nur spielen. Setzt den Kater nur hin, sollt Euch freuen, wie die Leutchen miteinander Bekanntschaft machen werden, mein Pudel und Euer Kater."

Mein Meister wollte mich wirklich niedersetzen, ich klammerte mich aber fest an und begann kläglich zu lamentieren, wodurch ich es denn wenigstens dahin brachte, daß der Meister mich, als er sich niederließ, dicht neben sich auf dem Stuhle litt.

Ermutigt durch meines Meisters Schutz, nahm ich, auf den Hinterpfoten sitzend, den Schweif umschlungen, eine Stellung ein, deren Würde, deren edler Stolz meinem vermeintlichen schwarzen Gegner imponieren mußte. Der Pudel setzte sich vor mir hin auf die Erde, schaute mir unverwandt ins Auge und sprach zu mir in abgebrochnen Worten, die mir freilich unverständlich blieben. Meine Angst verlor sich nach und nach ganz und gar, und ruhig geworden im Gemüt, vermochte ich zu bemerken, daß in dem Blick des Pudels nichts zu entdecken als Gutmütigkeit und biederer Sinn. Unwillkürlich fing ich an, meine zum Vertrauen geneigte Seelenstimmung durch sanftes Hin- und Herbewegen des Schweifes an den Tag zu legen, und sogleich begann auch der Pudel mit dem kurzen Schweiflein zu wedeln auf die anmutigste Weise.

O! mein Inneres hatte ihn angesprochen, nicht zu zweifeln war an dem Anklang unserer Gemüter! – „Wie", sprach ich zu mir selbst, „wie konnte dich das ungewohnte Betragen dieses Fremden so in Furcht und Schrecken setzen? – Was bewies dieses Springen, dieses Klaffen, dieses Toben, dieses Rennen, dieses Heulen anders, als den in Liebe und Lust, in der freudigen Freiheit des Lebens heftig und mächtig bewegten Jüngling? Oh, es wohnt Tugend, edle Pudeltümlichkeit in jener schwarz bepelzten Brust!" – Durch diese Gedanken erkräftigt, beschloß ich den ersten Schritt zu tun zu näherer, engerer Einigung unserer Seelen und herabzusteigen von dem Stuhl des Meisters.

Sowie ich mich erhob und dehnte, sprang der Pudel auf und in der Stube umher mit lautem Klaffen! – Äußerungen eines herrlichen, lebenskräftigen Gemüts! – Es war nichts mehr zu befürchten, ich stieg sogleich herab und näherte mich behutsam leisen Schrittes dem neuen Freunde. Wir begannen jenen Akt, der in bedeutender Symbolik die nähere Erkenntnis verwandter Seelen, den Abschluß des aus dem inneren Gemüt heraus bedingten Bündnisses ausdrückt, und den der kurzsichtige, frevelige Mensch mit dem gemeinen, unedlen Ausdruck „Beschnüffeln" bezeichnet. Mein schwarzer Freund bezeigte Lust, etwas von den Hühnerknochen zu genießen, die in meiner Speiseschüssel lagen. So gut ich es vermochte, gab ich ihm zu verstehen, daß es der Weltbildung, der Höflichkeit gemäß sei, ihn als meinen Gast zu bewirten. Er fraß mit erstaunlichem Appetit, während ich von weitem zusah. – Gut war es doch, daß ich den Bratfisch beiseite gebracht und einmagaziniert unter mein Lager. – Nach der Tafel begannen wir die anmutigsten Spiele, bis wir uns zuletzt, ganz ein Herz und eine Seele, umhalsten und, fest aneinandergeklammert, uns ein Mal über das andere überkugelnd, uns innige Treue und Freundschaft zuschworen.

Ich weiß nicht, was dieses Zusammentreffen schöner Seelen, dieses Einandererkennen herziger Jünglingsgemüter Lächerliches in sich tragen konnte; so viel ist aber gewiß, daß beide, mein Meister und der fremde junge Mann, unaufhörlich aus vollem Halse lachten, zu meinem nicht geringen Verdruß.

Auf mich hatte die neue Bekanntschaft einen tiefen Eindruck gemacht, so daß ich in der Sonne und im Schatten, auf dem Dach und unter dem Ofen nichts dachte, nichts sann, nichts träumte, nichts empfand als Pudel – Pudel – Pudel! – Dadurch ging mir das innerste Wesen des Pudeltums mächtig auf mit glänzenden Farben, und durch diese Erkenntnis wurde das tiefsinnige Werk geboren, dessen ich schon erwähnte, nämlich: „Gedanke und Ahnung oder Kater und Hund." Sitten, Gebräuche, Sprache beider Geschlechter entwickelte ich als tief bedingt durch ihr eigentümlichstes Wesen und bewies, wie beide nur diverse Strahlen, aus einem Prisma geworfen. Vorzüglich faßte ich den Charakter der Sprache auf und bewies, daß, da Sprache überhaupt nur symbolische Darstellung des Naturprinzips in der Gestaltung des Lauts sei, mithin es nur *eine* Sprache geben könne, auch das Kätzische und Hündische in der besondern Formung des Pudelischen, Zweige eines Baums wären, von höherem Geist inspirierte Kater und Pudel sich daher verstünden. Um meinen Satz ganz ins klare zu stellen, führte ich mehrere Beispiele aus beiden Sprachen an und machte auf die gleichen Stammwurzeln aufmerksam, von: Bau – Bau – Mau – Miau – Blaf blaf – Auvau – Korr – Kurr – Ptsi – Pschrzi und so weiter.

Nachdem das Buch vollendet, fühlte ich die unwiderstehlichste Lust, das Pudelische wirklich zu erlernen, welches mir vermöge meines neu erworbenen Freundes, des Pudels

Ponto, wiewohl nicht ohne Mühe, gelang, da das Pudelische für uns Kater wirklich eine schwere Sprache. Genies finden sich indes in alles, und ebendiese Genialität ist es, die ein berühmter menschlicher Schriftsteller verkennt, wenn er behauptet, daß, um eine fremde Sprache, mit allen Eigentümlichkeiten des Volks, dem Volke nachzusprechen, man durchaus was weniges ein Narr sein müsse. Mein Meister hatte freilich dieselbe Meinung und mochte eigentlich nur die gelehrte Kenntnis der fremden Sprache statuieren, welche Kenntnis er dem Parlieren entgegensetzte, worunter er die Fertigkeit verstand, in einer fremden Sprache über nichts und um nichts reden zu können. Er ging so weit, daß er das Französischsprechen unserer Herren und Damen vom Hofe für eine Art von Krankheit hielt, die, wie kataleptische Zufälle, mit schrecklichen Symptomen eintreten, und ich hörte ihn diese absurde Behauptung gegen den Hofmarschall des Fürsten selbst ausführen.

„Erzeigen Sie", sprach Meister Abraham, „erzeigen Sie mir die Güte, beste Exzellenz, und beobachten Sie sich selbst. Hat Ihnen der Himmel nicht ein schönes volltönendes Stimmorgan verliehen, und wenn Ihnen das Französische ankommt, da beginnen Sie plötzlich zu zischen, zu lispeln, zu schnarren und dabei verzerren sich Dero angenehme Gesichtszüge ganz erschrecklich, und selbst der hübsche, feste, ernste Anstand, dessen Dieselben sonst mächtig, wird verstört durch allerlei seltsame Konvulsionen. Was kann dies alles anders bedeuten als empörtes Treiben irgendeines fatalen Krankheitskobolds im Innern!" – Der Hofmarschall lachte sehr, und zum Lachen war auch wirklich Meister Abrahams Hypothese von der Krankheit fremder Sprachen.

Ein sinnreicher Gelehrter gibt in irgendeinem Buche den Rat, daß man sich bemühen möge, in der fremden Sprache, die man rasch erlernen will, zu *denken*. Der Rat ist vortrefflich, seine Ausführung aber nicht ohne Gefahr. Es gelang mir nämlich sehr bald, pudelisch zu denken, ich vertiefte mich aber in diese pudelischen Gedanken so sehr, daß meine eigentliche Sprachfertigkeit zurückblieb und ich selbst nicht verstand, was ich dachte. Diese nicht verstandenen Gedanken brachte ich meistenteils zu Papier, und ich erstaune über die Tiefe dieser Sprache, die ich unter dem Titel „Akanthusblätter" gesammelt, und die ich noch nicht verstehe.

Ich glaube, daß diese kurzen Andeutungen über die Geschichte meiner Jugendmonate hinreichen dürften, dem Leser ein deutliches Bild davon zu geben, was ich bin, und wie ich es wurde.

Unmöglich kann ich mich aber von der Blütezeit meines merkwürdigen ereignisreichen Lebens trennen, ohne noch eines Vorfalls zu erwähnen, der gewissermaßen meinen Übertritt in die Jahre der reifern Bildung bezeichnet. Die Katerjugend wird daraus lernen, daß keine Rose ohne Dornen ist, und daß dem mächtig emporstrebenden Geiste manches Hindernis gelegt, mancher Stein des Anstoßes in den Weg geworfen wird, an dem er sich die Pfoten wund stoßen muß. – Und der Schmerz solcher Wunden ist empfindlich, sehr empfindlich!

Gewiß hast du mich, geliebter Leser, beinahe beneidet um meine glückliche Jugendzeit, um den günstigen Stern, der über mich wachte! In Dürftigkeit von vornehmen, aber armen Eltern geboren, dem schmachvollen Tode nahe, komme ich plötzlich in den Schoß des Überflusses, in den Peruschacht der Literatur! – Nichts verstört meine Bildung, nichts widerstrebt meinen Neigungen, mit Riesenschritten gehe ich der Vollkommenheit entgegen, die mich hoch erhebt über meine Zeit. Da hält mich plötzlich ein Zollverwalter an und fordert den Tribut, dem alles hienieden unterworfen!

Wer hätte denken sollen, daß unter den Banden der süßesten, innigsten Freundschaft die Dornen verborgen, die mich ritzen, verwunden, blutig verwunden mußten!

Jeder, der ein gefühlvolles Herz im Busen trägt, wie ich, wird aus dem, was ich über mein Verhältnis mit dem Pudel Ponto gesagt, sehr leicht entnehmen können, was der Teure mir war, und doch mußte er es sein, der den ersten Anlaß gab zu der Katastrophe, die mich gänzlich verderben konnte, hätte der Geist meines großen Ahnherrn nicht über mich gewacht. – Ja, mein Leser, ich hatte einen Ahnherrn, einen Ahnherrn, ohne den ich gewissermaßen gar nicht existieren würde – einen großen vortrefflichen Ahnherrn, einen Mann von Stand, Ansehen, Vermögen, ausgebreiteter Wissenschaft, mit einer ganz vortrefflichen Sorte Tugend, mit der feinsten Menschenliebe begabt, einen Mann von Eleganz und Geschmack, nach dem neuesten Geschmack – einen Mann, der – doch dies alles jetzt nur beiläufig gesagt, künftig mehr von dem Würdigen, der niemand anders war ab der weltberühmte Premierminister Hinz von Hinzenfeldt, der der Welt so teuer, so über alles wert geworden unter dem Namen des gestiefelten Katers.

Wie gesagt, künftig mehr von dem edelsten der Kater!

Konnt es anders sein; mußt ich, als ich mich im Pudelischen leicht und zierlich auszudrücken vermochte, mit meinem Freunde Ponto nicht davon reden, was mir das Höchste im Leben war, nämlich von mir selbst und von meinen Werken? So kam es, daß er mit meinen besondern Geistesgaben, mit meiner Genialität, mit meinem Talent bekannt wurde, und hier entdeckte ich zu meinem nicht geringen Leid, daß ein unüberwindlicher Leichtsinn, ja ein gewisser Übermut es dem jungen Ponto unmöglich machte, in den Künsten und Wissenschaften etwas zu tun. Statt in Erstaunen zu geraten über meine Kenntnis, versicherte er, daß es gar nicht zu begreifen, wie ich darauf fallen konnte, mich mit derlei Dingen abzugeben, und daß er seinerseits, was Künste betreffe, sich lediglich darauf beschränke, über den Stock zu springen und seines Herrn Mütze aus dem Wasser zu apportieren, die Wissenschaften anlangend, er aber der Meinung sei, daß Leute wie ich und er sich nur den Magen dabei verdürben und allen Appetit gänzlich verlören.

Bei einem solchen Gespräch, in dem ich mich mühte, meinen jungen leichtsinnigen Freund eines Bessern zu belehren, geschah das Entsetzliche. Denn ehe ich mir's versah, sprang –

(*Mak. Bl.*) – „Und immer werden Sie", erwiderte die Benzon, „mit dieser phantastischen Überspanntheit, mit dieser herzzerschneidenden Ironie nichts anstiften als Unruhe – Verwirrung – völlige Dissonanz aller konventionellen Verhältnisse, wie sie nun einmal bestehen."

„O wundervoller Kapellmeister", rief Johannes Kreisler lachend, „der solcher Dissonanzen mächtig!"

„Sei'n Sie ernst", fuhr die Rätin fort, „sei'n Sie ernst, Sie entkommen mir nicht durch bittern Scherz! Ich halte Sie fest, lieber Johannes! – Ja, so will ich Sie nennen, mit dem sanften Namen Johannes, damit ich wenigstens hoffen darf, daß hinter der Satyrmaske am Ende ein sanftes, weiches Gemüt verborgen. Und dann! – nimmermehr werde ich mich davon überzeugen, daß der bizarre Name Kreisler nicht eingeschwärzt, nicht einem ganz andern Familiennamen untergeschoben sein sollte!"

„Rätin", sprach Kreisler, indem sein ganzes Gesicht in einem seltsamen Muskelspiel an tausend Falten und Furchen vibrierte, „teuerste Rätin, was haben Sie gegen meinen ehrlichen Namen? – Vielleicht führte ich sonst einen andern, aber das ist lange her, und mir geht es so wie dem Ratgeber in Tiecks „Blaubart", der da sagt: „Ich hatte sonst einmal einen ganz vortrefflichen Namen, durch die Länge der Zeit hab ich ihn fast vergessen, ich kann mich nur noch dunkel daran erinnern."

„Besinnen Sie sich, Johannes!" rief die Rätin, ihn mit leuchtenden Blicken durchbohrend, „der halbvergessene Name kommt Ihnen gewiß wieder in den Gedanken."

„Durchaus nicht, Teuerste", erwiderte Kreisler, „es ist unmöglich, und ich vermute beinahe, daß die dunkle Erinnerung, wie ich sonst, was eben meine äußere Gestalt rücksichts des Namens als Lebenspasseport betrifft, anders gestaltet, aus der angenehmen Zeit herrührt, da ich eigentlich noch gar nicht geboren. – Erzeigen Sie mir die Güte, Verehrungswürdigste, betrachten Sie meinen schlichten Namen im gehörigen Licht, und Sie werden ihn, was Zeichnung, Kolorit und Physiognomie betrifft, allerliebst finden! Noch mehr! stülpen Sie ihn um, sezieren Sie ihn mit dem grammatischen Anatomiermesser, immer herrlicher wird sich sein innerer Gehalt zeigen. Es ist ganz unmöglich, Vortreffliche, daß Sie meines Namens Abstammung in dem Worte *Kraus* finden und mich, nach der Analogie des Wortes *Haarkräusler*, für einen Tonkräusler oder gar für einen Kräusler überhaupt halten können, da ich mich alsdann eben *Kräusler* schreiben müßte. Sie können nicht wegkommen von dem Worte Kreis, und der Himmel gebe, daß Sie dann gleich an die wunderbaren Kreise denken mögen, in denen sich unser ganzes Sein bewegt, und aus denen wir nicht herauskommen können, wir mögen es anstellen, wie wir wollen. In diesen Kreisen kreiselt sich der Kreisler, und wohl mag es sein, daß er oft, ermüdet von den Sprüngen des St.-Veits-Tanzes, zu dem er gezwungen, rechtend mit der dunklen, unerforschlichen Macht, die jene Kreise umschrieb, sich mehr als es einem Magen, der ohnedies nur schwächlicher Konstitution, zusagt, hinaussehnt ins Freie. Und der tiefe Schmerz dieser Sehnsucht mag nun wieder eben jene Ironie sein, die Sie, Verehrte, so bitter tadeln, nicht beachtend, daß die kräftige Mutter einen Sohn gebar, der in das Leben eintritt wie ein gebietender König. Ich meine den Humor, der nichts gemein hat mit seinem ungeratenen Stiefbruder, dem Spott!" – „Ja", sprach die Rätin, „eben dieser Humor, dieser Wechselbalg einer ausschweifenden grillenhaften Phantasie, ohne Gestalt, ohne Farbe, von dem ihr harten Männerseelen selbst nicht wißt, für wen ihr ihn ausgeben sollt nach Stand und Würden, eben dieser ist es, den ihr uns gern als etwas Großes, Herrliches unterschieben möchtet, wenn ihr alles, was uns lieb und wert, in bitterm Hohn zu vernichten trachtet. – Wissen Sie wohl, Kreisler, daß Prinzessin Hedwiga noch jetzt ganz außer sich ist über Ihre Erscheinung, über Ihr Betragen im Park? Reizbar wie sie ist, verwundet sie jeder Scherz, in dem sie nur die leiseste Verspottung ihrer Persönlichkeit findet, überdies aber beliebten Sie, lieber Johannes, sich ihr als ein vollkommen Wahnsinniger darzustellen und ihr so ein Entsetzen zu erregen, das sie hätte auf das Krankenlager werfen können. Ist das zu entschuldigen?" „Ebensowenig", erwiderte Kreisler, „als wenn ein Prinzeßlein es unternimmt, in dem offnen Park ihres Herrn Papas einem Fremden von honettem Ansehen, der ihr zufällig begegnet, durch ihre kleine Person imponieren zu wollen."

„Dem sei, wie ihm wolle", fuhr die Rätin fort, „genug, Ihre abenteuerliche Erscheinung in unserm Park hätte böse Folgen haben können. Daß sie abgewandt, daß die Prinzessin wenigstens sich an den Gedanken gewöhnt, Sie wiederzusehen, alles das haben wir meiner Julia zu verdanken. Sie allein nimmt Sie in Schutz, indem sie in allem, was Sie begonnen, was Sie gesprochen, nur den Erguß einer überspannten Laune findet, wie sie oft einem tiefverletzten oder zu reizbaren Gemüt eigen. Mit einem Wort, Julia, die erst vor kurzer Zeit Shakespeares: „Wie es euch gefällt" kennengelernt, hat Sie gerade mit dem melancholischen Monsieur Jacques verglichen."

„O du ahnendes Himmelskind", rief Kreisler, indem ihm die Tränen in die Augen traten.

„Überdies", sprach die Benzon weiter, „hat meine Julia in Ihnen, als Sie auf der Gitarre phantasierten und, wie sie erzählt, dazwischen sangen und sprachen, den sublimen Musiker und Komponisten erkannt. Sie meint, in dem Augenblick sei ihr ein ganz besonderer Geist der Musik aufgegangen, sie habe, wie von unsichtbarer Macht dazu gezwungen, singen und spielen müssen, und das sei ihr gar anders geglückt als sonst jemals. – Erfahren Sie es nur, Julia konnte sich gar nicht darin finden, daß sie den seltsamen Mann nicht wiedersehen, daß er ihr nur wie ein anmutig wunderlicher, musikalischer Spuk erschienen sein solle; wogegen die Prinzessin mit aller ihr eignen Heftigkeit behauptete, daß ein zweiter Besuch des gespenstischen Wahnsinnigen ihr den Tod geben würde. Da die Mädchen sonst ein Herz und eine Seele, und niemals eine Entzweiung unter ihnen stattgefunden, so könnt ich mit vollem Recht behaupten, daß sich jene Szene aus früher Kindheit umgekehrt wiederhole, als Julia einen etwas bizarren Skaramuz, der ihr einbeschert worden, durchaus in den Kamin werfen wollte, die Prinzessin hingegen ihn in Schutz nahm und für ihren Liebling erklärte."

„Ich lasse mich", fiel Kreisler der Benzon laut lachend in die Rede, „ich lasse mich, ein zweiter Skaramuz, von der Prinzessin in den Kamin werfen und vertraue der süßen Huld der holden Julia." – „Sie müssen", fuhr die Benzon fort, „die Erinnerung an den Skaramuz für einen humoristischen Einfall halten, und diesen können Sie Ihrer eignen Theorie gemäß nicht übel deuten. Übrigens mögen Sie es sich wohl vorstellen, daß ich in der Schilderung, die die Mädchen mir von Ihrer Erscheinung, von dem ganzen Vorfall im Park machten, Sie augenblicklich wiedererkannte, und daß es Juliens Sehnsucht, Sie wiederzusehen, gar nicht bedurfte; ohnedies hätte ich in dem nächsten Augenblick alle Leute, die mir zu Gebote standen, in Bewegung gesetzt, den ganzen Park, ganz Sieghartsweiler durchsuchen lassen, um Sie, der mir bei kurzer Bekanntschaft so wert geworden, wiederzufinden. Alle Nachforschungen blieben vergebens, ich glaubte Sie verloren, um so mehr mußte ich erstaunen, als Sie heute morgen bei mir eintraten. Julia ist bei der Prinzessin, welch ein Zwiespalt der verschiedensten Empfindungen würde sich erheben, wenn die Mädchen in diesem Augenblick Ihre Ankunft erführen. – Was Sie, den ich als wohlbestallten Kapellmeister an dem Hofe des Großherzogs glaubte, so plötzlich herbringt, darüber verlange ich nur dann Aufschluß, wenn es Ihnen recht und gemütlich sein wird, mir darüber etwas zu sagen."

Kreisler war, als die Rätin dies alles sprach, in tiefes Nachdenken versunken. Er starrte zur Erde nieder und fingerte an der Stirne wie einer, der sich auf etwas Vergessenes zu besinnen trachtet.

„Ach", begann er, als die Rätin schwieg, „ach, das ist eine sehr alberne Geschichte, kaum des Erzählens wert. Doch so viel ist gewiß, daß das, was die kleine Prinzessin für die wirren Reden eines Wahnwitzigen zu halten geruht hat, in der Wahrheit begründet ist. In der Tat befand ich mich damals, als ich das Unglück hatte, die kleine Reizbare im Park zu erschrecken, auf einer Visitenfahrt, denn ich kam eben von einer Visite, die ich niemandem anders abstattete als dem Durchlauchtigsten Großherzoge selbst, und hier in Sieghartsweiler wollte ich nun ja eben mit den außerordentlichsten, angenehmsten Visiten kontinuieren."

„O Kreisler", rief die Rätin, ein wenig lächelnd, niemals lachte sie stark und laut, „o Kreisler, das ist gewiß wieder irgendein bizarrer Einfalt, dem Sie freien Lauf gestattet. Irre ich nicht, so liegt die Residenz wenigstens dreißig Stunden entfernt von Sieghartsweiler?"

„So ist es", erwiderte Kreisler, „aber man wandelt in einem Garten, der mir in solch großem Stil angelegt scheint, daß selbst ein Le Notre darüber erstaunen müßte. Statuieren Sie nun, Verehrte, nicht meine Visitenfahrt, so mögen Sie bedenken, daß ein empfindsamer Kapellmeister, Stimme in Kehle und Brust, Gitarre in der Hand, lustwandelnd durch duftende Wälder, über frisch grünende Wiesen, über wild getürmtes Steingeklüft, über schmale Stege, unter denen die Waldbäche schäumend fortbrausen, ja, daß ein solcher Kapellmeister, als Solosänger einstimmend in die Chöre, die überall ihn umtönen, sehr leicht hineingeraten kann in einzelne Partien des Gartens, absichtslos, ohne es zu wollen. So mag ich hineingeraten sein in den fürstlichen Park zu Sieghartshof, der nichts ist als eine etwas kleinliche Partie in dem großen Park, den die Natur anlegte. – Doch nein, es ist dem nicht so! – Als Sie vorhin davon sprachen, wie ein ganzes lustiges Jägervolk aufgeboten worden, mich einzufangen als jagdbares Wild, das sich verlaufen, gewann ich erst die innere feste Überzeugung von der Notwendigkeit meines Hierseins. Eine Notwendigkeit, die mich, hätte ich auch meinen irren Lauf fortsetzen wollen, ins Garn treiben mußte. – Sie erwähnten gütig, daß meine Bekanntschaft Ihnen wert geworden, mußten mir dabei nicht jene verhängnisvollen Tage der Verwirrung, der allgemeinen Not einfallen, in denen uns das Schicksal zusammenführte? Sie fanden mich damals hin und her schwankend, unfähig, einen Entschluß zu fassen, zerrissen im innersten Gemüt. Sie nahmen mich auf mit freundlicher Gesinnung, und indem Sie, mir den klaren wolkenlosen Himmel einer ruhigen, in sich abgeschlossenen Weiblichkeit auftuend, mich zu trösten gedachten, tadelten und verziehen Sie zugleich die tolle Ausgelassenheit meines Treibens, welches Sie durch den Drang der Umstände herbeigeführter trostloser Verzweiflung zuschrieben. Sie entzogen mich einer Umgebung, die ich selbst für zweideutig anerkennen mußte, Ihr Haus wurde das friedliche freundliche Asyl, in dem ich, Ihren stillen Schmerz ehrend, den meinigen vergaß. Ihre Gespräche voll Heiterkeit und Milde wirkten als wohltuende Arznei, ohne daß Sie meine Krankheit kannten. Nicht die bedrohlichen Ereignisse, die meine Stellung im Leben vernichten konnten, waren es, die so feindlich auf mich wirkten. Längst hatte ich gewünscht, Verhältnisse aufzugeben, die mich drückten und ängstigten, und nicht zürnen konnte ich auf das Schicksal, welches das bewirkte, was auszuführen ich selbst so lange nicht Mut und Kraft genug gehabt hatte. Nein! – Als ich mich frei fühlte, da erfaßte mich jene unbeschreibliche Unruhe, die, seit meinen frühen Jugendjahren, so oft mich mit mir selbst entzweit hat. Nicht die Sehnsucht ist es, die, wie jener tiefe Dichter so herrlich sagt, aus dem höheren Leben entsprungen, ewig währt, weil sie ewig nicht erfüllt wird, weder getäuscht noch hintergangen, sondern nur nicht erfüllt, damit sie nicht sterbe; nein – ein wüstes wahnsinniges Verlangen bricht oft hervor nach einem Etwas, das ich in rastlosem Treiben außer mir selbst suche, da es doch in meinem eignen Innern verborgen, ein dunkles Geheimnis, ein wirrer rätselhafter Traum von einem Paradies der höchsten Befriedigung, das selbst der Traum nicht zu nennen, nur zu ahnen vermag, und diese Ahnung ängstigt mich mit den Qualen des Tantalus. Dies Gefühl bemeisterte sich schon, als ich noch ein Kind, meiner oft so plötzlich, daß ich mitten aus dem frohsten Spiel mit meinen Kameraden davonlief in den Wald, auf den Berg, dort mich niederwarf auf die Erde und trostlos weinte und schluchzte, unerachtet ich eben der tollste, ausgelassenste von allen gewesen. Später lernte ich mich selbst mehr bekämpfen, aber nicht auszusprechen vermag ich die Marter meines Zustandes, wenn in der heitersten Umgebung gemütlicher wohlwollender Freunde, bei irgendeinem Kunstgenuß, ja selbst in den Momenten, wenn meine Eitelkeit in Anspruch genommen wurde auf diese, jene Weise, ja! wenn mir dann plötzlich alles elend, nichtig, farblos, tot erschien und ich mich versetzt fühlte in eine trostlose Einöde. Nur einen Engel des Lichts gibt es, der Macht hat über den bösen Dämon. Es ist der Geist der Tonkunst, der oft aus mir selbst sich siegreich erhebt, und vor dessen mächtiger Stimme alle Schmerzen irdischer Bedrängnis verstummen."

„Immer", nahm die Rätin das Wort, „immer habe ich geglaubt, daß die Musik auf Sie zu stark, mithin verderblich wirke; denn indem bei der Aufführung irgendeines vortrefflichen Werks Ihr ganzes Wesen durchdrungen schien, veränderten sich alle Züge Ihres Gesichts. Sie erblaßten, Sie waren keines Wortes mächtig, Sie hatten nur Seufzer und Tränen und fielen dann her mit dem bittersten Spott, mit tief verletzendem Hohn über jeden, der auch nur ein Wort über das Werk des Meisters sagen wollte. – Ja wenn –
"

„O beste Rätin", fiel Kreisler der Benzon ins Wort, indem er, so ernst und tiefbewegt er zuvor gesprochen, plötzlich den besonderen Ton der Ironie wieder aufnahm, der ihm eigen, „o beste Rätin, das ist nun alles anders geworden. Sie glauben gar nicht, Verehrte, was ich an dem großherzoglichen Hofe artig und gescheit geworden bin. Ich kann mit der größten Seelenruhe und Gemütlichkeit zum „Don Juan" und zur „Armida" den Takt schlagen, ich kann der ersten Sängerin freundlich zuwinken, wenn sie in der merkwürdigsten Kadenz auf den Sprossen der Tonleiter herumhopst, ich kann, wenn der Hofmarschall nach Haydns „Jahreszeiten" mir zuflüstert: „C'était bien ennuyant, mon cher maître de chapelle", lächelnd mit dem Kopfe nicken und eine bedeutungsvolle Prise nehmen, ja, ich kann es geduldig anhören, wenn der kunstverständige Kammer- und Spektakelherr mir weitläufig demonstriert, daß Mozart und Beethoven den Teufel was von Gesang verstünden, und daß Rossini, Pucitta und wie die Männerchen alle heißen mögen, sich à la hauteur aller Opernmusik geschwungen. – Ja, Verehrte, Sie glauben nicht, was ich während meiner Kapellmeisterschaft profitiert, vorzüglich aber die schöne Überzeugung, wie gut es ist, wenn Künstler förmlich in Dienst treten, der Teufel und seine Großmutter könnte es sonst mit dem stolzen übermütigen Volke aushalten. Laßt den braven Komponisten Kapellmeister oder Musikdirektor werden, den Dichter Hofpoet, den Maler Hofporträtisten, den Bildhauer Hofporträtmeißler, und Ihr habt bald keine unnütze Phantasten mehr im Lande, vielmehr lauter nützliche Bürger von guter Erziehung und milden Sitten!"

„Still, still", rief die Rätin unmutig, „halten Sie ein, Kreisler, Ihr Steckenpferd fängt wieder an sich zu bäumen nach gewöhnlicher Art und Weise. Übrigens merke ich Unrat und wünsche jetzt in der Tat recht sehnlich zu wissen, welch ein schlimmes Ereignis Sie zur schnellen übereilten Flucht aus der Residenz nötigte. Denn auf eine solche Flucht deuten alle Umstände Ihrer Erscheinung im Park."

„Und ich", sprach Kreisler ruhig, indem er seinen Blick fest auf die Rätin heftete, „und ich kann versichern, daß das schlimme Ereignis, welches mich forttrieb aus der Residenz, unabhängig von allen äußern Dingen, nur in mir selbst lag. Eben jene Unruhe, von der ich vorhin vielleicht mehr und ernster sprach, als gerade nötig, überfiel mich mit stärkerer Macht als jemals, es war meines Bleibens nicht länger. – Sie wissen, wie ich mich auf meine Kapellmeisterschaft bei dem Großherzog freute. Törichterweise glaubte ich, daß, in der Kunst lebend, meine Stellung eben mich ganz beschwichtigen, daß der Dämon in meinem Innern besiegt werden würde. Aus dem wenigen, was ich erst über meine Bildung am großherzoglichen Hofe angebracht, werden Sie, Verehrte, aber entnehmen, wie sehr ich mich täuschte. Erlassen Sie mir die Schilderung, wie ich durch fade Spielerei mit der heiligen Kunst, zu der ich notgedrungen die Hand bieten mußte, durch die Albernheiten seelenloser Kunstpfuscher, abgeschmackter Dilettanten, durch das ganze tolle Treiben einer Welt voll Kunst-Gliederpuppen immer mehr und mehr dahin gebracht wurde, die erbärmliche Nichtswürdigkeit meiner Existenz einzusehen. An einem Morgen mußte ich zum Großherzog, um meine Einwirkung bei den Festlichkeiten, die in den nächsten Tagen stattfinden sollten, zu erfahren. Der Spektakelherr war, wie natürlich, zugegen und stürmte auf mich ein mit allerlei sinn- und geschmacklosen Anordnungen, denen ich mich fügen sollte. Vorzüglich war es ein von ihm selbst verfaßter Prolog, den er, als höchste Spitze der Theaterfeste, von mir komponiert verlangte. Da diesmal, so sprach er zum Fürsten, einen stechenden Seitenblick auf mich werfend, nicht von gelehrter deutscher Musik, sondern von geschmackvollem italienischem Gesange die Rede sein solle, so habe er selbst einige zarte Melodien aufgesetzt, die ich gehörig anzubringen. Der Großherzog genehmigte nicht nur alles, sondern nahm auch Gelegenheit, mir überhaupt anzudeuten, daß er meine fernere Ausbildung durch eifriges Studium der neuern Italiener hoffe und erwarte. – Wie ich so erbärmlich dastand! – Ich verachtete mich selbst tief – alle Demütigungen erschienen mir gerechte Strafe für meinen kindischen, aberwitzigen Langmut! – Ich verließ das Schloß, um nie wieder zurückzukehren. Noch denselben Abend wollte ich meine Entlassung fordern, aber selbst dieser Entschluß konnte mich nicht über mich selbst beruhigen, da ich mich schon durch einen geheimen Ostrazismus verbannt sah. Die Gitarre, die ich zu anderm Behuf mitgenommen, nahm ich aus dem Wagen, den ich, vors Tor gekommen, fortschickte, und lief hinaus ins Freie, unaufhaltsam fort, immer weiter fort! – Schon sank die Sonne, immer breiter und schwärzer wurden die Schatten der Berge, des Waldes. Unerträglich, ja vernichtend, war mir der Gedanke, zurückzukehren nach der Residenz. – „Welche Macht zwingt mich zum Rückweg?" so rief ich laut. Ich wußte, daß ich mich auf dem Wege nach Sieghartsweiler befand, ich gedachte meines alten Meisters Abraham, von dem ich Tags zuvor einen Brief erhalten, worin er, meine Lage in der Residenz ahnend, mich wegwünschte von dort, mich zu sich einlud."

„Wie", unterbrach die Rätin den Kapellmeister, „wie, Sie kennen den wunderlichen Alten?"

„Meister Abraham", fuhr Kreisler fort, „war der innigste Freund meines Vaters, mein Lehrer, zum Teil mein Erzieher! – Nun, Verehrte, wissen Sie ausführlich, wie ich in den Park des wackern Fürsten Irenäus kam, und werden nicht mehr daran zweifeln, daß ich, kommt es darauf an, imstande bin, ruhig, mit erforderlicher historischer Genauigkeit und so angenehm zu erzählen, daß mir selbst davor graut. Überhaupt kommt mir die ganze Geschichte meiner Flucht aus der Residenz, wie gesagt, so albern vor und von solch allen Geist zerstörender Nüchternheit, daß man selbst nicht davon sprechen kann, ohne in erkleckliche Schwachheit zu verfallen. – Möchten Sie, Teure, aber die seichte Begebenheit als krampfstillendes Wasser der erschrockenen Prinzessin beibringen, damit sie sich beruhige, und daran denken, daß ein ehrlicher teutscher Musikus, den, als er gerade seidene Strümpfe angezogen und sich in einem saubern Kutschkasten vornehm gebärdete, Rossini und Pucitta und Pavesi und Fioravanti und Gott weiß, welche anderen inis und ittas in die Flucht schlugen, sich unmöglich sehr gescheit betragen kann. Verzeihung ist zu hoffen, will ich hoffen! – Als poetischen Nachklang des langweiligen Abenteuers vernehmen Sie aber, beste Rätin, daß in dem Augenblick, da ich, gepeitscht von meinem Dämon, fortrennen wollte, mich der süßeste Zauber festbannte. Schadenfroh trachtete der Dämon eben das tiefste Geheimnis meiner Brust zuschanden zu machen, da rührte der mächtige Geist der Tonkunst die Schwingen, und vor dem melodischen Rauschen erwachte der Trost, die Hoffnung, ja selbst die Sehnsucht, die die unvergängliche Liebe selbst ist und das Entzücken ewiger Jugend. – Julia sang!"

Kreisler schwieg. Die Benzon horchte auf, gespannt auf das, was nun nachfolgen würde. Da der Kapellmeister sich in stumme Gedanken zu verlieren schien, fragte sie mit kalter Freundlichkeit: „Sie finden den Gesang meiner Tochter in der Tat angenehm, lieber Johannes?"

Kreisler fuhr heftig auf, das, was er sagen wollte, erstickte aber ein Seufzer aus der tiefsten Brust.

„Nun", fuhr die Rätin fort, „das ist mir recht lieb. Julia kann von Ihnen, lieber Kreisler, was den wahren Gesang betrifft, recht viel lernen, denn daß Sie hierbleiben, sehe ich nun als eine ausgemachte Sache an."

„Verehrteste", begann Kreisler, aber in dem Augenblick öffnete sich die Türe, und Julia trat herein.

Als sie den Kapellmeister gewahrte, verklärte ihr holdes Antlitz ein süßes Lächeln, und ein leises: Ach! hauchte von ihren Lippen.

Die Benzon stand auf, nahm den Kapellmeister bei der Hand und führte ihn Julien entgegen, indem sie sprach: „Nun, mein Kind, da ist der seltsame –“

(*M. f. f.*) – der junge Ponto los auf mein neuestes Manuskript, das neben mir lag, faßte es, ehe ich's verhindern konnte, zwischen die Zähne und rannte damit spornstreichs auf und davon. Er stieß dabei ein schadenfrohes Gelächter aus, und schon dies hätte mich vermuten lassen sollen, daß nicht bloßer jugendlicher Mutwille ihn zur bösen Tat spornte, sondern daß noch etwas mehr im Spiele war. Bald wurde ich darüber aufgeklärt.

Nach ein paar Tagen trat der Mann, bei dem der junge Ponto in Diensten, hinein zu meinem Meister. Es war, wie ich nachher erfahren, Herr Lothario, Professor der Ästhetik am Gymnasio zu Sieghartsweiler. – Nach gewöhnlicher Begrüßung schaute der Professor im Zimmer umher und sprach, als er mich erblickte: „Wolltet Ihr nicht, lieber Meister, den Kleinen dort aus der Stube entfernen?“ „Warum“, fragte der Meister, „warum? – Ihr konntet doch sonst die Katzen leiden, Professor, und vorzüglich meinen Liebling, den zierlichen, gescheiten Kater Murr!“ – „Ja“, sprach der Professor, indem er höhnisch lachte, „ja, zierlich und gescheit, das ist wahr! – Aber tut mir den Gefallen, Meister, und entfernt Euern Liebling, denn ich habe Dinge mit Euch zu reden, die er durchaus nicht hören darf.“ „Wer?“ rief Meister Abraham, indem er den Professor anstarrte. „Nun“, fuhr dieser fort, „Euer Kater. Ich bitte Euch, fragt nicht weiter, sondern tut, worum ich Euch bitte.“ „Das ist doch seltsam“, sprach der Meister, indem er die Türe des Kabinetts öffnete und mich hineinrief. Ich folgte seinem Ruf; ohne daß er es gewahrte, schlüpfte ich aber wieder hinein und verbarg mich im untersten Fach des Bücherschranks, so daß ich unbemerkt das Zimmer übersehen und jedes Wort, das gesprochen wurde, vernehmen konnte.

„Nun möchte ich“, sprach Meister Abraham, indem er sich dem Professor gegenüber in seinen Lehnstuhl setzte, „nun möchte ich doch in aller Welt wissen, welch ein Geheimnis Ihr mir zu entdecken habt, das meinem ehrlichen Kater Murr verschwiegen bleiben soll.“

„Sagt mir“, begann der Professor ernst und nachdenklich, „sagt mir zuvörderst, lieber Meister, was haltet Ihr von dem Grundsatz, daß, nur körperliche Gesundheit vorausgesetzt, sonst ohne Rücksicht auf angeborne geistige Fähigkeit, auf Talent, auf Genie, vermöge einer besonders geregelten Erziehung aus jedem Kinde in kurzer Zeit, mithin noch in den Knabenjahren, ein Heros in Wissenschaft und Kunst geschaffen werden kann?“

„Ei“, erwiderte der Meister, „was kann ich von diesem Grundsatz anders halten, als daß er albern und abgeschmackt ist? Möglich, ja sogar leicht mag es sein, daß man einem Kinde, das die Auffassungsgabe, wie sie ungefähr bei den Affen anzutreffen, und ein gutes Gedächtnis besitzt, eine Menge Dinge systematisch eintrichtern kann, die es dann vor den Leuten auskramt; nur muß es diesem Kinde durchaus an allem natürlichen

Ingenium fehlen, da sonst der innere bessere Geist der heillosen Prozedur widerstrebt. Wer wird aber jemals solch einen einfältigen, mit allerlei verschluckbaren Brocken des Wissens dick gemästeten Jungen einen Gelehrten im echten Sinne des Worts nennen?"

„Die Welt", rief der Professor heftig, „die ganze Welt! – Oh, es ist entsetzlich! – Aller Glaube an die innere, höhere, angeborne Geisteskraft, die allein nur den Gelehrten, den Künstler schafft, geht ja über jenen heillosen, tollen Grundsatz zum Teufel!"

„Ereifert Euch nicht", sprach der Meister lächelnd, „soviel ich weiß, ist bis jetzt in unserm guten Deutschland nur ein einziges Produkt jener Erziehungsmethode aufgestellt worden, von dem die Welt eine Zeitlang sprach und zu sprechen aufhörte, als sie einsah, daß das Produkt eben nicht sonderlich geraten. Zudem fiel die Blütezeit jenes Präparats in die Periode, als gerade die Wunderkinder in die Mode gekommen, die, wie sonst mühsam abgerichtete Hunde und Affen, gegen ein billiges Entree ihre Künste zeigten."

„So sprecht Ihr nun", nahm der Professor das Wort, „so sprecht Ihr nun, Meister Abraham, und man würde Euch glauben, kennte man nicht den verborgenen Schalk in Euch, wüßte man nicht, daß Euer ganzes Leben eine Reihe der wunderlichsten Experimente darbietet. Gesteht es nur, Meister Abraham, gesteht es nur, Ihr habt ganz im stillen, im geheimsten Geheim, experimentiert nach jenem Grundsatz; aber überbieten wolltet Ihr den Mann, den Verfertiger jenes Präparats, von dem wir sprachen. – Ihr wolltet, wart Ihr ganz fertig, hervortreten mit Eurem Zögling und alle Professoren in der ganzen Welt in Erstaunen versetzen und Verzweiflung, Ihr wolltet den schönen Grundsatz: „non ex quovis ligno fit Mercurius" ganz und gar zuschanden machen! – Nun, kurz, der quovis ist da, aber kein Mercurius, sondern ein Kater!" – „Was sagt Ihr", rief der Meister, indem er laut auflachte, „was sagt Ihr, ein Kater?"

„Leugnet es nur nicht", fuhr der Professor fort, „leugnet es nur nicht, an dem Kleinen dort in der Kammer habt Ihr jene abstrakte Erziehungsmethode versucht, Ihr habt ihn lesen, schreiben gelehrt, Ihr habt ihm die Wissenschaften beigebracht, so daß er sich schon jetzt unterfängt, den Autor zu spielen, ja sogar Verse zu machen."

„Nun", sprach der Meister, „das ist doch in der Tat das Tollste, was mir jemals vorgekommen! – Ich meinen Kater erziehen, ich ihm die Wissenschaften beibringen! – Sagt, was für Träume rumoren in Eurem Sinn, Professor? – Ich versichere Euch, daß ich von meines Katers Bildung nicht das mindeste weiß, dieselbe auch für ganz unmöglich halte."

„So?" fragte der Professor mit gedehntem Ton, zog ein Heft aus der Tasche, das ich augenblicklich für das mir von dem jungen Ponto geraubte Manuskript erkannte, und las:

Sehnsucht nach dem Höheren.

Ha, welch Gefühl, das meine Brust beweget?
Was sagt dies unruh-ahnungsvolle Beben,
Will sich zum kühnen Sprung der Geist erheben,
Vom Sporn des mächtigen Genius erreget?

Was ist es, was der Sinn im Sinne traget,
Was will dem liebesdrangerfüllten Leben
Dies rastlos brennend feurig-süße Streben,
Was ist es, das im bangen Herzen schlaget?

Entrückt werd ich nach fernen Zauberlanden,
Kein Wort, kein Laut, die Zunge ist gebunden,
Ein sehnlich Hoffen weht mit Frühlingsfrische,

Befreit mich bald von drückend schweren Banden.
Erträumt, erspürt, im grünsten Laub gefunden!
Hinauf mein Herz! beim Fittich *ihn* erwische!

Ich hoffe, daß jeder meiner gütigen Leser die Musterhaftigkeit dieses herrlichen Sonetts, das aus der tiefsten Tiefe meines Gemüts hervorfloß, einsehen und mich um so mehr bewundern wird, wenn ich versichere, daß es zu den ersten gehört, die ich überhaupt verfertigt habe. Der Professor las es aber in seiner Bosheit so ohne allen Nachdruck, so abscheulich vor, daß ich mich kaum selbst erkannte, und daß ich, von plötzlichem Jähzorn, wie er jungen Dichtern wohleigen, übermannt, im Begriff war, aus meinem Schlupfwinkel hervor dem Professor ins Gesicht zu springen und ihn die Schärfe meiner Krallen fühlen zu lassen. Der kluge Gedanke, daß ich doch, wenn beide, der Meister und der Professor, sich über mich hermachten, notwendig den kürzern ziehen müsse, ließ mich meinen Zorn mit Gewalt niederkämpfen, jedoch entfuhr mir unwillkürlich ein knurrendes Miau, das mich unfehlbar verraten haben würde, hätte der Meister nicht, da der Professor mit dem Sonett fertig, aufs neue eine dröhnende Lache aufgeschlagen, die mich beinahe noch mehr kränkte als des Professors Ungeschick.

„Hoho“, rief der Meister, „wahrhaftig, das Sonett ist eines Katers vollkommen würdig, aber noch immer verstehe ich nicht Euern Spaß, Professor, sagt mir nur lieber geradezu, wo Ihr hinauswollt.“

Der Professor, ohne dem Meister zu antworten, blätterte im Manuskript und las weiter:

Glosse.

Liebe schwärmt auf allen Wegen,
Freundschaft bleibt für sich allein,
Liebe kommt uns rasch entgegen,
Aufgesucht will Freundschaft sein.

Schmachtend wehe, bange Klagen
Hör ich überall ertönen,
Ob den Sinn zum Schmerz gewöhnen,
Ob zur Lust, ich kann's nicht sagen,
Möchte oft mich selber fragen,
Ob ich träume, ob ich wache.

Diesem Fühlen, diesem Regen,
Leih ihm, Herz, die rechte Sprache;
Ja, im Keller, auf dem Dache,
Liebe schwärmt auf allen Wegen!

Doch es heilen alle Wunden,
Die der Liebesschmerz geschlagen,
Und in einsam stillen Tagen
Mag, von aller Qual entbunden,
Geist und Herz wohl bald gesunden;

Art'ger Kätzchen los Gehudel,
Darf es auf die Dauer sein?
Nein! – fort aus dem bösen Strudel,
Untern Ofen mit dem Pudel,
Freundschaft bleibt für sich allein!

Wohl ich weiß es –

„Nein“, unterbrach hier der Meister den lesenden Professor, „nein, mein Freund, Ihr macht mich in der Tat ungeduldig, Ihr oder ein anderer Schalk hat sich den Spaß gemacht, im Geist eines Katers, der nun gerade mein guter Murr sein soll, Verse zu machen, und nun foppt Ihr mich den ganzen Morgen damit herum. Der Spaß ist übrigens nicht übel und wird vorzüglich dem Kreisler sehr wohl gefallen, der wohl nicht unterlassen dürfte, damit eine kleine Parforcejagd anzustellen, in der Ihr am Ende selbst ein gehetztes Wild sein könntet. Aber nun laßt Eure sinnreiche Einkleidung fahren und sagt mir ganz ehrlich und trocken, was es mit Eurem seltsamen Spaß eigentlich für eine Bewandtnis hat.“

Der Professor schlug das Manuskript zusammen, sah dem Meister ernst ins Auge und sprach dann: „Diese Blätter brachte mir vor einigen Tagen mein Pudel Ponto, der, wie Euch bekannt sein wird, mit Eurem Kater Murr in freundschaftlichen Verhältnissen lebt. Zwar trug er das Manuskript zwischen den Zähnen, wie er nun einmal alles zu tragen gewohnt ist, indessen legte er es mir doch ganz unversehrt in den Schoß und gab mir dabei deutlich zu verstehen, daß er es von keinem andern habe, als von seinem Freunde Murr. Als ich nun einen Blick hineinwarf, fiel mir gleich die ganz besondere, eigentümliche Handschrift auf, als ich aber einiges gelesen, stieg in mir, selbst weiß ich nicht, auf welche unbegreifliche Art, der seltsame Gedanke auf, Murr könnte das alles selbst gemacht haben. So sehr mir die Vernunft, ja, eine gewisse Lebenserfahrung, der wir alle nicht entgehen können, und die am Ende nun wieder weiter nichts ist als die Vernunft, so sehr mir also eben diese Vernunft sagt, daß jener Gedanke unsinnig, da Kater weder zu schreiben noch Verse zu machen imstande, so konnte ich ihn doch durchaus nicht loswerden. Ich beschloß, Euern Kater zu beobachten, und stieg, da ich von meinem Ponto wußte, daß Murr viel auf Eurem Boden hausiere, auf meinen Boden, nahm einige Dachziegel herab, so daß ich mir die freie Aussicht in Eure Dachluken verschaffte. Was gewahrte ich! – Hört es und erstaunt! – In dem einsamsten Winkel des Bodens sitzt Euer Kater! – sitzt aufgerichtet vor einem kleinen Tisch, auf dem Schreibzeug und Papier befindlich, sitzt und reibt sich bald mit der Pfote Stirn und Nacken, fährt sich übers Gesicht, tunkt bald die Feder ein, schreibt, hört wieder auf, schreibt von neuem, überliest das Geschriebene, knurrt (ich konnte es hören), knurrt und spinnt vor lauter Wohlbehagen. – Und um ihn her liegen verschiedene Bücher, die, nach ihrem Einband, aus Eurer Bibliothek entnommen."

„Das wäre ja der Teufel", rief der Meister, „nun so will ich dann gleich nachsehen, ob mir Bücher fehlen."

Damit stand er auf und trat an den Bücherschrank. Sowie er mich erblickte, prallte er drei Schritte zurück und blickte mich an voll Erstaunen. Aber der Professor rief: „Seht Ihr wohl, Meister! Ihr denkt, der Kleine sitzt harmlos in der Kammer, in die Ihr ihn eingesperrt, und er hat sich hineingeschlichen in den Bücherschrank, um zu studieren, oder noch wahrscheinlicher, um uns zu belauschen. Nun hat er alles gehört, was wir gesprochen, und kann seine Maßregeln darnach nehmen." „Kater", begann der Meister, indem er fortwährend den Blick voll Erstaunen auf mir ruhen ließ, „Kater, wenn ich wüßte, daß du, deine ehrliche natürliche Natur ganz und gar verleugnend, dich wirklich darauf verlegtest, solche vertrackte Verse zu machen, wie sie der Professor vorgelesen, wenn ich glauben könnte, daß du wirklich den Wissenschaften nachstelltest, statt den Mäusen, ich glaube, ich könnte dir die Ohren wund zwicken, oder gar –"

Mich überfiel eine schreckliche Angst, ich kniff die Augen zu und tat, als schliefe ich fest.

„Aber nein, nein", fuhr der Meister fort, „schaut nur einmal her, Professor, wie mein ehrlicher Kater so sorglos schläft, und sagt selbst, ob er in seinem gutmütigen Antlitz etwas trägt, das auf solche geheime wunderbare Schelmereien, wie Ihr sie ihm schuld gebt, gedeutet werden könnte – Murr! – Murr! –"

So rief der Meister mich an, und ich unterließ nicht wie gewöhnlich mit meinem Krr – Krr – zu antworten, die Augen aufzuschlagen, mich zu erheben und einen sehr anmutigen Katzenbuckel zu machen.

Der Professor warf mir voller Zorn mein Manuskript an den Kopf, ich tat aber (die mir angeborene Schlauheit gab es mir ein), als wollte er mit mir spielen, und zerrte, springend und tänzelnd, die Papiere hin und her, so daß die Stücke umherflogen.

„Nun“, sprach der Meister, „nun ist es ausgemacht, daß Ihr ganz unrecht habt, Professor, und daß Euch Ponto etwas vorlog. Seht nur hin, wie Murr die Gedichte bearbeitet, welcher Dichter würde sein Manuskript handhaben auf diese Weise?“

„Ich habe Euch gewarnt, Meister, tut nun, was Ihr wollt“, erwiderte der Professor und verließ das Zimmer.

Nun glaubte ich, der Sturm sei vorüber, wie sehr war ich im Irrtum! – Meister Abraham hatte sich, mir zum großen Verdruß, gegen meine wissenschaftliche Bildung erklärt, und demunerachtet er so getan, als glaube er den Worten des Professors gar nicht, so wurde ich doch bald gewahr, daß er mir auf allen Gängen nachspürte, mir den Gebrauch seiner Bibliothek dadurch abschnitt, daß er den Schrank sorgfältig verschloß, und es durchaus nicht mehr leiden wollte, daß ich mich, wie sonst, auf seinen Schreibtisch unter die Papiere legte.

So kam Leid und Kümmernis über meine keimende Jugend! Was kann einem Genie mehr Schmerz verursachen, als sich verkannt, ja verspottet zu sehen, was kann einen großen Geist mehr erbittern, als *da* auf Hindernisse zu stoßen, wo er nur allen möglichen Vorschub erwartete! – Doch, je stärker der Druck, desto gewaltiger die Kraft der Entlastung, je straffer der Bogen gespannt, desto schärfer der Schuß! – War mir die Lektüre versperrt, so arbeitete desto freier mein eigner Geist und schuf aus sich selbst.

Unmutig, wie ich war, brachte ich in dieser Periode manche Nächte, manche Tage in den Kellern des Hauses zu, wo mehrere Mäusefallen aufgestellt waren und sich überdem viele Kater verschiedenen Alters und Standes versammelten. Einem tapfern philosophischen Kopf entgehen überall nicht die geheimsten Beziehungen des Lebens im Leben, und er erkennt, wie sich eben aus demselben das Leben gestaltet in Gesinnung und Tat. So gingen mir auch in den Kellern die Verhältnisse der Mäusefallen und der Katzen in ihrer Wechselwirkung auf. Es wurde mir, als einem Kater von edlem echtem Sinn, warm ums Herz, wenn ich gewahren mußte, wie jene toten Maschinen in ihrem pünktlichen Treiben eine große Schlaffheit in den Katerjünglingen hervorbrachten. Ich ergriff die Feder und schrieb das unsterbliche Werk, dessen ich schon vorhin gedachte, nämlich: „Über Mäusefallen und deren Einfluß auf Gesinnung und Tatkraft der Katzheit“. In diesem Büchlein hielt ich den verweichlichten Katerjünglingen einen Spiegel vor die Augen, in dem sie sich selbst erblicken mußten, aller eignen Kraft entsagend, indolent, träge, ruhig es ertragend, daß die schnöden Mäuse nach dem Speck liefen! – Ich rüttelte sie aus dem Schlafe mit donnernden Worten. – Nächst dem Nutzen, den das Werklein schaffen mußte, hatte das Schreiben desselben auch noch den Vorteil für mich, daß ich selbst indessen keine Mäuse fangen durfte, und auch nachher, da ich so kräftig gesprochen, es wohl keinem einfallen konnte, von mir zu verlangen, daß ich selbst ein Beispiel des von mir ausgesprochenen Heroismus im Handeln geben solle.

Damit könnte ich nun meine erste Lebensperiode schließen und zu meinen eigentlichen Jünglingsmonaten, die an das männliche Alter streifen, übergehen; unmöglich kann ich aber den günstigen Lesern die beiden letzten Strophen der herrlichen Glosse vorenthalten, die mein Meister nicht hören wollte. Hier sind sie:

Wohl, ich weiß es, widerstehen
Mag man nicht dem süßen Kosen,
Wenn aus Büschen duftger Rosen
Süße Liebeslaute wehen.
Will das trunkne Aug dann sehen,
Wie die Holde kommt gesprungen,
Die da lauscht an Blumenwegen,
Kaum ist Sehnsuchtsruf erklungen,
Hat sich schnell hinangeschwungen.
Liebe kommt uns rasch entgegen.

Dieses Sehnen, dieses Schmachten
Kann wohl oft den Sinn berücken,
Doch wie lange kann's beglücken,
Dieses Springen, Rennen, Trachten!
Holder Freundschaft Trieb' erwachten,
Strahlten auf bei Hespers Scheine.
Und den Edlen brav und rein,
Ihn zu finden, den ich meine,
Klettr' ich über Mau'r und Zäune,
Aufgesucht will Freundschaft sein.

(*Mak. Bl.*) – – gerade den Abend in solch heitrer gemütlicher Stimmung, wie man sie an ihm nicht verspürt hatte seit gar geraumer Zeit. Und diese Stimmung war es, die das Unerhörte geschehen ließ. Denn ohne wild aufzufahren und davonzurennen, wie er sonst in gleichem Fall wohl zu tun pflegte, hörte er ruhig und sogar mit gutmütigem Lächeln den langen und noch langweiligern ersten Akt eines entsetzlichen Trauerspiels an, den ein junger hoffnungsvoller Leutenant mit roten Wangen und wohlgekräuseltem Haupthaar verfaßt hatte und mit aller Prätention des glücklichsten Dichters vortrug. Ja, als besagter Leutenant, da er geendet, ihn heftig fragte, was er von der Dichtung halte, begnügte er sich, mit dem mildesten Ausdruck des innern Ergötzens im ganzen Gesicht, dem jungen Kriegs- und Vershelden zu versichern, daß der Aushängeakt, das gierigen ästhetischen Leckermäulern dargebotene Koststück, in der Tat herrliche Gedanken enthalte, für deren originelle Genialität schon der Umstand spräche, daß auch anerkannt große Dichter wie zum Beispiel Calderon, Shakespeare und der moderne Schiller darauf verfallen. Der Leutenant umarmte ihn sehr und verriet mit geheimnisvoller Miene, daß er gedenke, noch denselben Abend eine ganze Gesellschaft der auserlesensten Fräuleins, unter denen sogar eine Gräfin befindlich, die spanisch lese und in Öl male, mit dem vortrefflichsten aller ersten Akte zu beglücken. Auf die Versicherung, daß er daran ungemein wohl tun werde, lief er voller Enthusiasmus von dannen.

„Ich begreife“, sprach jetzt der kleine Geheime Rat, „ich begreife dich heute gar nicht, lieber Johannes, mit deiner unbeschreiblichen Sanftmut! – Wie war es dir möglich, das durchaus abgeschmackte Zeug so ruhig, so aufmerksam anzuhören! – Angst und bange wurde mir, als der Leutenant uns, die wir, unbewacht, keine Gefahr ahnten, überfiel und uns rettungslos eingarnte in die tausendfältigen Schlingen seiner endlosen Verse! – Ich dachte, jeden Augenblick würdest du dazwischenfahren, wie du es sonst wohl tust bei geringem Anlaß; aber du bleibst ruhig, ja, dein Blick spricht Wohlgefallen aus, und am Ende, nachdem ich für meine Person ganz schwach und elend geworden, fertigst du den Unglückseligen ab mit einer Ironie, die er nicht einmal zu fassen imstande, und sagst ihm wenigstens nicht zur Warnung für künftige Fälle, daß das Ding viel zu lang sei und merklich amputiert werden müsse.“

„Ach“, erwiderte Kreisler, „ach, was hätte ich denn ausgerichtet mit diesem kläglichen Rat! – Kann denn ein prägnanter Dichter wie unser lieber Leutenant wohl mit Nutzen irgendeine Amputation an seinen Versen vornehmen, wachsen sie ihm nicht nach unter der Hand? – Und weißt du denn nicht, daß überhaupt die Verse unserer jungen Dichter die Reproduktionskraft der Eidechsen besitzen, denen die Schwänze munter wiederum hervorschießen, hat man sie auch an der Wurzel weggeschnitten! – Wenn du aber meinst, daß ich des Leutenants Leserei ruhig angehört, so bist du in großem Irrtum! – Der Sturm war vorüber, alle Gräser und Blumen im kleinen Garten erhoben ihre gebeugten Häupter und schlürften begierig den Himmelsnektar ein, der aus den Wolkenschleiern in einzelnen Tropfen herabfiel. Ich stellte mich unter den großen blühenden Apfelbaum und horchte auf die verhallende Stimme des Donners in den fernen Bergen, die wie eine Weissagung von unaussprechlichen Dingen in meiner Seele widerklang, und schaute auf zu dem Blau des Himmels, das wie mit leuchtenden Augen dort und dort durch die fliehenden Wolken blickte! – Aber dazwischen rief der Onkel, ich solle fein ins Zimmer und mir den neuen geblümten Schlafrock nicht verderben durch ungeziemliche Nässe und mir nicht den Schnupfen holen im feuchten Grase. Und dann war es wieder nicht der Onkel, welcher sprach, sondern irgendein Filou von Papagei oder Starmatz hinterm Busch oder im Busch oder Gott weiß wo sonst machte sich den unnützen Spaß, mich damit zu necken, daß er mir allerlei köstliche Gedanken aus dem Shakespeare zurief nach seiner Manier. Und das war nun wieder der Leutenant und sein Trauerspiel! – Geheimer Rat, gib dir die Mühe zu merken, daß es eine Erinnerung an meine Knabenzeit war, die mich dir und dem Leutenant entführte. Ich stand wirklich, ein Junge von höchstens zwölf Jahren, in des Onkels kleinem Garten und hatte den schönsten Zitz als Schlafrock an, den jemals eine Kattundruckerseele ersonnen, und vergebens hast du, o Geheimer Rat, heute dein Königsräucherpulver verschwendet, denn ich habe nichts verspürt als das Aroma meines blühenden Apfelbaums, nicht einmal das Haaröl des Versifikanten, der sein Haupt salbt, ohne es jemals schützen zu können gegen Wind und Wetter durch eine Krone, vielmehr nichts aufstülpen darf, als Filz und Leder, durch das Reglement ausgeprägt zu einem Tschako! – Genug, Bester, du warst von uns dreien das einzige Opferlamm, das sich dem infernalischen Trauerspielmesser des dichterischen Helden darbot. Denn während ich mich, alle Extremitäten sorglich einziehend, in das kleine Schlafröckchen eingepuppt hatte und mit zwölfjähriger, zwölflötiger Leichtigkeit hineingesprungen war in mehrbesagten Garten, verbrauchte Meister Abraham, wie du siehst, drei bis vier Bogen des schönsten Notenpapiers, um allerlei Phantasmata zuzuschneiden. Auch er ist also dem Leutenant entwischt!"

Kreisler hatte recht, Meister Abraham verstand sich darauf, Kartonblätter so zuzuschneiden, daß, fand man auch aus dem Gewirre durchschnittener Flecke nicht das mindeste deutlich heraus, doch, hielt man ein Licht hinter das Blatt, in den auf die Wand geworfenen Schatten sich die seltsamsten Gestalten in allerlei Gruppen bildeten. Hatte nun Meister Abraham schon an und für sich selbst einen natürlichen Abscheu gegen alles Vorlesen, war ihm noch besonders des Leutenants Verselei im Grunde des Herzens zuwider, so konnt es nicht fehlen, daß er, kaum hatte der Leutenant begonnen, begierig nach dem steifen Notenpapier griff, das zufällig auf dem Tische des Geheimen Rats lag, eine kleine Schere aus der Tasche langte und eine Beschäftigung begann, die ihn dem Attentat des Leutenants gänzlich entzog.

„Höre", begann nun der Geheime Rat, „höre, Kreisler – also eine Erinnerung an deine Knabenzeit war es, die in deine Seele kam, und dieser Erinnerung mag ich es wohl zuschreiben, daß du heute so mild bist, so gemütlich – höre, mein innigstgeliebter Freund! es wurmt mir, wie allen, die dich ehren und lieben, daß ich von deinem frühern Leben so ganz und gar nichts weiß, daß du der leisesten Frage darüber so unfreundlich ausweichst, ja, daß du absichtlich Schleier über die Vergangenheit wirfst, die doch zuweilen zu durchsichtig sind, um nicht durch allerlei in seltsamer Verzerrung durchschimmernde Bilder die Neugierde zu reizen. Sei offen gegen die, denen du doch schon dein Vertrauen schenktest." –

Kreisler blickte den Geheimen Rat an mit großen Augen voll Verwunderung, wie einer, der, aus dem tiefen Schlafe erwachend, eine fremde unbekannte Gestalt vor sich erblickt, und fing dann sehr ernsthaft an:

„Am Tage Johannis Chrysostomi, das heißt am vierundzwanzigsten Januar des Jahres Eintausendsiebenhundert und etliche dazu, um die Mittagsstunde, wurde einer geboren, der hatte ein Gesicht und Hände und Füße. Der Vater aß eben Erbsensuppe und goß sich vor Freuden einen ganzen Löffel voll über den Bart, worüber die Wöchnerin, unerachtet sie es nicht gesehen, dermaßen lachte, daß von der Erschütterung dem Lautenisten, der dem Säugling seinen neuesten Murki vorspielte, alle Saiten sprangen und er bei der atlasnen Nachthaube seiner Großmutter schwor, was Musik betreffe, würde der kleine Hans Hase ein elender Stümper bleiben ewiglich und immerdar. Darauf wischte sich aber der Vater das Kinn rein und sprach pathetisch: „Johannes soll er zwar heißen, jedoch kein Hase sein." Der Lautenist –"

„Ich bitte dich", unterbrach der kleine Geheime Rat den Kapellmeister, „ich bitte dich, verfalle nicht in die verdammte Sorte von Humor, die mir, ich mag's wohl sagen, den Atem versetzt. Verlange ich denn, daß du mir eine pragmatische Selbstbiographie geben, will ich denn mehr, als daß du mir vergönnen sollst, einige Blicke in dein früheres Leben zu tun, ehe ich dich kannte? – In der Tat magst du eine Neugierde nicht verargen, die keine andere Quelle hat als die innigste Zuneigung recht aus dem tiefsten Herzen. Und nebenher mußt du es dir, da du nun einmal seltsam genug auftrittst, gefallen lassen, daß jeder glaubt, nur das bunteste Leben, eine Reihe der fabelhaftesten Ereignisse könne die psychische Form so auskneten und bilden, wie es bei dir geschehen." – „O des groben Irrtums", sprach Kreisler, indem er tief seufzte, „o des groben Irrtums, meine Jugendzeit gleicht einer dürren Heide ohne Blüten und Blumen, Geist und Gemüt erschlaffend im trostlosen Einerlei! –"

„Nein nein", rief der Geheime Rat, „dem ist nicht so, denn ich weiß wenigstens, daß in dieser Heide ein hübscher kleiner Garten steht, mit einem blühenden Apfelbaum, der mein feinstes Königspulver überduftet. Nun! ich meine, Johannes, du rückst hervor mit der Erinnerung aus deiner frühern Jugendzeit, die heute, wie du erst sagtest, deine ganze Seele befängt."

„Ich dächte", sprach Meister Abraham, indem er dem eben fertig gewordenen Kapuziner die Tonsur einschnitt, „ich dächte auch, Kreisler, daß Ihr in Eurer heutigen passablen Stimmung nichts Besseres tun könntet, als Euer Herz oder Euer Gemüt, oder wie Ihr sonst gerade Euer inneres Schatzkästlein nennen möget, aufschließen und dies, jenes daraus hervorlangen. Das heißt, da Ihr nun einmal verraten, daß Ihr wider den Willen des besorgten Oheims im Regen hinausliefet und abergläubischerweise auf die Weissagungen des sterbenden Donners horchtet, so möget Ihr immer noch mehr erzählen, wie sich damals alles begab. Aber lügt nicht, Johannes, denn Ihr wißt, daß Ihr, was wenigstens die Zeit betrifft, als Ihr die ersten Hosen truget und dann der erste Haarzopf Euch eingeflochten wurde, unter meiner Kontrolle stehet."

Kreisler wollte etwas erwidern, aber Meister Abraham wandte sich schnell zum kleinen Geheimen Rat und sprach: „Sie glauben gar nicht, Vortrefflichster, wie unser Johannes sich dem bösen Geist des Lügens ganz und gar hingibt, wenn er, wie es jedoch gar selten geschieht, von seiner frühesten Jugendzeit erzählt. Gerade, wenn die Kinder noch sagen: „Pä Pä und Mä Mä!" und mit den Fingern ins Licht fahren, gerade zu der Zeit will er schon alles beachtet und tiefe Blicke getan haben ins menschliche Herz."

„Ihr tut mir unrecht“, sprach Kreisler, mild lächelnd, mit sanfter Stimme, „Ihr tut mir großes Unrecht, Meister! Sollt es mir denn möglich sein, Euch was weismachen zu wollen von frühreifem Geistesvermögen, wie es wohl eitle Gecken tun? – Und ich frage dich, Geheimer Rat, ob es dir auch nicht widerfährt, daß oft Momente lichtvoll vor deine Seele treten aus einer Zeit, die manche erstaunlich kluge Leute ein bloßes Vegetieren nennen und nichts statuieren wollen als bloßen Instinkt, dessen höhere Vortrefflichkeit wir den Tieren einräumen müssen? – Ich meine, daß es damit eine eigene Bewandtnis hat! – Ewig unerforschlich bleibt uns das erste Erwachen zum klaren Bewußtsein! – Wäre es möglich, daß dies mit einem Ruck geschehen könnte, ich glaube, der Schreck darüber müßte uns töten. – Wer hat nicht schon die Angst der ersten Momente im Erwachen aus tiefem Traum, bewußtlosem Schlaf empfunden, wenn er, sich selbst fühlend, sich auf sich selbst besinnen mußte? – Doch, um mich nicht zu weit zu verlieren, ich meine, jeder starke psychische Eindruck in jener Entwicklungszeit läßt wohl ein Samenkorn zurück, das eben mit dem Emporsprossen des geistigen Vermögens fortgedeiht, und so lebt aller Schmerz, alle Lust jener Stunden der Morgendämmerung in uns fort, und es sind wirklich die süßen wehmutsvollen Stimmen der Lieben, die wir, als sie uns aus dem Schlafe weckten, nur im Traum zu hören glaubten, und die noch in uns forthallen! – Ich weiß aber, worauf der Meister anspielt. Auf nichts anders als auf die Geschichte von der verstorbenen Tante, die er mir wegstreiten will, und die ich, um ihn erklecklich zu ärgern, nun gerade dir, Geheimer Rat, erzählen werde, wenn du mir versprichst, mir was weniges empfindelnde Kinderei zugute zu halten. – Was ich dir von der Erbssuppe und dem Lautenisten –“ „Oh“, unterbrach der Geheime Rat den Kapellmeister, „o still, still, nun merk ich wohl, du willst mich foppen, und das ist denn doch wider alle Sitte und Ordnung.“

„Keinesweges“, fuhr Kreisler fort, „keinesweges, mein Herz! Aber von dem Lautenisten muß ich anfangen, denn er bildet den natürlichsten Übergang zur Laute, deren Himmelstöne das Kind in süße Träume wiegten. Die jüngere Schwester meiner Mutter war Virtuosin auf diesem zur Zeit in die musikalische Polterkammer verwiesenen Instrument. Gesetzte Männer, die schreiben und rechnen können und wohl noch mehr als das, haben in meiner Gegenwart Tränen vergossen, wenn sie bloß dachten an das Lautenspiel der seligen Mamsell Sophie, mir ist es deshalb gar nicht zu verdenken, wenn ich, ein durstig Kind, meiner selbst nicht mächtig, noch ohne in Wort und Rede aufgekeimtes Bewußtsein, alle Wehmut des wunderbaren Tonzaubers, den die Lautenistin aus ihrem Innersten strömen ließ, in begierigen Zügen einschlürfte. – Jener Lautenist an der Wiege war aber der Lehrer der Verstorbenen, klein von Person, mit hinlänglich krummen Beinen, hieß Monsieur Turtel und trug eine sehr saubere weiße Perücke mit einem breiten Haarbeutel, sowie einen roten Mantel. – Ich sage das nur, um zu beweisen, wie deutlich mir die Gestalten aus jener Zeit aufgehen, und daß weder Meister Abraham noch sonst jemand daran zweifeln darf, wenn ich behaupte, daß ich, ein Kind von noch nicht drei Jahren, mich finde auf dem Schoß eines Mädchens, deren mildblickende Augen mir recht in die Seele leuchteten, daß ich noch die süße Stimme höre, die zu mir sprach, zu mir sang, daß ich es noch recht gut weiß, wie ich der anmutigen Person all meine Liebe, all meine Zärtlichkeit zuwandte. Dies war eben Tante Sophie, die in seltsamer Verkürzung „Füßchen“ gerufen wurde. Eines Tages lamentierte ich sehr, weil ich Tante Füßchen nicht gesehen hatte. Die Wärterin brachte mich in ein Zimmer, wo Tante Füßchen im Bette lag, aber ein alter Mann, der neben ihr gesessen, sprang schnell auf und führte, heftig scheltend, die Wärterin, die mich auf dem Arm hatte, hinaus. Bald darauf kleidete man mich an, hüllte man mich ein in dicke Tücher, brachte man mich ganz und gar in ein anderes Haus zu andern Personen, die sämtlich Onkel und Tanten von mir sein wollten und versicherten, daß Tante Füßchen sehr krank sei und ich, wäre ich bei ihr geblieben, ebenso krank geworden sein würde. Nach einigen Wochen brachte man mich zurück nach meinem vorigen Aufenthalt. Ich weinte, ich schrie, ich wollte zu Tante Füßchen. Sowie ich in jenes Zimmer gekommen, trippelte ich hin an das Bette, in dem Tante Füßchen gelegen, und zog die Gardinen auseinander. Das Bette war leer, und eine Person, die nun wieder eine Tante von mir war, sprach, indem ihr die Tränen aus den Augen stürzten: „Du findest sie nicht mehr, Johannes, sie ist gestorben und liegt unter der Erde.“ –

Ich weiß wohl, daß ich den Sinn dieser Worte nicht verstehen konnte, aber noch jetzt, jenes Augenblicks gedenkend, erbebe ich in dem namenlosen Gefühl, das mich damals erfaßte. Der Tod selbst preßte mich hinein in seinen Eispanzer, seine Schauer drangen in mein Innerstes, und vor ihnen erstarrte alle Lust der ersten Knabenjahre. – Was ich begann, weiß ich nicht mehr, wüßte es vielleicht niemals, aber erzählt hat man mir oft genug, daß ich langsam die Gardinen fahrenließ, ganz ernst und still einige Augenblicke stehenblieb, dann aber, wie tief in mich gekehrt und darüber nachsinnend, was man mir eben gesagt, mich auf ein kleines Rohrstühlchen setzte, das mir eben zur Hand. Man fügte hinzu, daß diese stille Trauer des sonst zu den lebhaftesten Ausbrüchen geneigten Kindes etwas unbeschreiblich Rührendes gehabt und daß man selbst einen nachteiligen psychischen Einfluß gefürchtet, da ich mehrere Wochen in demselben Zustande geblieben, nicht weinend, nicht lachend, zu keinem Spiel aufgelegt, kein freundlich Wort erwidernd, nichts um mich her beachtend.“ –

In diesem Augenblick nahm Meister Abraham ein in Kreuz- und Querzügen wunderlich durchschnittenes Blatt zur Hand, hielt es vor die brennenden Kerzen, und auf der Wand reflektierte sich ein ganzer Chor von Nonnen, die auf seltsamen Instrumenten spielten.

„Hoho!“ rief Kreisler, indem er die ganz artig geordnete Gruppe der Schwestern erblickte, „hoho, Meister, ich weiß wohl, woran Ihr mich erinnern wollt! – Und noch jetzt behaupte ich keck, daß Ihr unrecht tatet, mich auszuschelten, mich einen störrigen, unverständigen Burschen zu nennen, der durch die dissonierende Stimme seiner Torheit einen ganzen singenden und spielenden Konvent aus Ton und Takt bringen könne.

Hatte ich nicht zu der Zeit, als Ihr mich, zwanzig oder dreißig Meilen weit von meiner Vaterstadt, in das Clarissenkloster führtet, um die erste wahrhaft katholische Kirchenmusik zu hören; hatte ich damals nicht den gerechtesten Anspruch auf die brillanteste Lümmelhaftigkeit, da ich gerade mitten in den Lümmeljahren stand? War es nicht desto schöner, daß demunerachtet der längst verwundene Schmerz des dreijährigen Knaben erwachte mit neuer Kraft und einen Wahn gebar, der meine Brust mit allem tötenden Entzücken der herzzerschneidendsten Wehmut erfüllte? – Mußte ich nicht behaupten und alles Einredens unerachtet dabei bleiben, daß niemand anders das wunderliche Instrument, die Trompette marine geheißen, spiele als Tante Füßchen, unerachtet sie längst verstorben? – Warum hieltet Ihr mich ab, einzudringen in den Chor, wo ich sie wiedergefunden hätte in ihrem grünen Kleide mit rosfarbnen Schleifen!" –

Nun starrte Kreisler hin nach der Wand und sprach mit bewegter, zitternder Stimme: „Wahrhaftig! – Tante Füßchen ragt hervor unter den Nonnen! – Sie ist auf eine Fußbank getreten, um das schwierige Instrument besser handhaben zu können." – Doch der Geheime Rat trat vor ihn hin, so daß er ihm den Anblick des Schattenbildes entzog, faßte ihn bei beiden Schultern und begann: „In der Tat, Johannes, es wäre gescheiter, du überließest dich nicht deinen seltsamen Träumereien und sprächest nicht von Instrumenten, die gar nicht existieren, denn in meinem Leben habe ich nichts gehört von einer Trompette marine!" –

„O", rief Meister Abraham lachend, indem er, das Blatt unter den Tisch werfend, den ganzen Nonnenkonvent samt der chimärischen Tante Füßchen mit ihrer Trompette marine schnell verschwinden ließ, „o mein würdigster Geheimer Rat, der Herr Kapellmeister ist auch jetzt, wie immer, ein vernünftiger, ruhiger Mann und kein Phantast oder Haselant, wofür ihn gern viele ausgeben möchten. Ist es nicht möglich, daß die Lautenistin, nachdem sie Todes verblichen, sich mit Effekt auf das wunderbare Instrument verlegte, welches Sie vielleicht noch jetzt hin und wieder in Nonnenklöstern wahrnehmen und darüber in Erstaunen geraten können? – Wie! – die Trompette marine soll nicht existieren? – Schlagen Sie doch nur diesen Artikel gefälligst in Kochs „musikalischem Lexikon" nach, das Sie ja selbst besitzen."

Der Geheime Rat tat es auf der Stelle und las laut:

„Dieses alte, ganz einfache Bogeninstrument bestehet aus drei dünnen, sieben Schuh langen Brettern, die unten, wo das Instrument auf dem Fußboden aufstehet, sechs bis sieben Zoll, oben aber kaum zwei Zoll breit und in der Form eines Triangels zusammengeleimt sind, so daß das Korpus, welches oben eine Art von Wirbelkasten hat, von unten bis oben verjüngt zuläuft. Eins von diesen drei Brettern macht den Sangboden aus, der mit einigen Schallöchern versehen und mit einer einzigen, etwas starken Darmsaite bezogen ist. Bei dem Spielen stellt man das Instrument schief vor sich hin und stemmt den obern Teil desselben gegen die Brust. Mit dem Daumen der linken Hand berührt der Spieler die Saite da, wo die zu greifenden Töne liegen, ganz gelinde und ungefähr ebenso wie bei dem Flautino oder Flageolet auf der Geige, während mit der rechten Hand die Saite mit dem Bogen angestrichen wird. Der eigentümliche Ton dieses Instruments, der dem Tone einer gedämpften Trompete gleicht, wird durch den besondern Steg hervorgebracht, auf welchem die Saite unten auf dem Resonanzboden ruhet. Dieser Steg hat beinahe die Gestalt eines kleinen Schuhes, der vorn ganz niedrig und dünne, hinten hingegen höher und stärker ist. Auf dem hintern Teile desselben liegt die Saite auf und verursacht, wenn sie angestrichen wird, durch ihre Schwingungen, daß sich der vordere und leichte Teil des Steges auf dem Sangboden auf und nieder bewegt, wodurch der schnarrende und der gedämpften Trompete ähnliche Ton hervorgebracht wird!" –

„Baut mir ein solches Instrument", rief der Geheime Rat mit glänzenden Augen, „baut mir ein solches Instrument, Meister Abraham, ich werfe meine Nagelgeige in den Winkel, berühre nicht mehr den Euphon, sondern setze Hof und Stadt in Erstaunen, auf der Trompette marine die wunderbarsten Lieder spielend!" –

„Ich tue das", erwiderte Meister Abraham, „und möge, bester Geheimer Rat, der Geist von Tante Füßchen im grüntaftnen Kleide über Sie kommen und Sie eben als Geist begeistern!" –

Der Geheime Rat umarmte entzückt den Meister, aber Kreisler trat zwischen beide, indem er beinahe ärgerlich sprach: „Ei! seid Ihr nicht ärgere Haselanten, als ich jemals einer gewesen bin, und dabei unbarmherzig gegen den, den Ihr zu lieben vorgebt! – Begnügt Euch doch damit, daß Ihr mit jener Beschreibung eines Instruments, dessen Ton mein Innerstes durchbebte, mir Eiswasser über die heiße Stirn gegossen, und schweigt von der Lautenistin! – Nun! Du wolltest ja, Geheimer Rat, ich sollte von meiner Jugend sprechen, und schnitt der Meister dazu Schattenbilder, die zu Momenten aus jener Zeit paßten, so konntest du mit der schönen, mit Kupferstichen verzierten Ausgabe meiner biographischen Skizzen zufrieden sein. Als du aber den Artikel aus dem Koch lasest, fiel mir sein lexikalischer Kollege Gerber ein, und ich erblickte mich, ein Leichnam, ausgestreckt auf der Tafel liegend, bereit zur biographischen Sektion. – Der Prosektor könnte sagen: „Es ist gar nicht zu verwundern, daß in dem Innern dieses jungen Mannes durch tausend Adern und Äderchen lauter musikalisches Blut läuft, denn das war der Fall bei vielen seiner Blutsverwandten, deren Blutsverwandter er eben deshalb ist." – Ich will nämlich sagen, daß die mehrsten von meinen Tanten und Onkels, deren es, wie der Meister weiß und du eben erst erfahren hast, eine nicht geringe Anzahl gab, Musik trieben und noch dazu meistenteils Instrumente spielten, die schon damals sehr selten waren, jetzt aber zum Teil verschwunden sind, so daß ich nur noch im Traum die ganz wunderbar klingenden Konzerte vernehme, die ich ungefähr bis zu meinem zehnten, elften Jahr hörte. – Mag es sein, daß deshalb mein musikalisches Talent schon im ersten Aufkeimen die Richtung genommen hat, die in meiner Art zu instrumentieren sich kundtun soll, und die man als zu phantastisch verwirft. – Kannst du dich, Geheimer Rat, der Tränen enthalten, wenn du recht schön auf dem uralten Instrument, auf der Viola d'Amore, spielen hörst, so danke dem Schöpfer für deine robuste Konstitution; ich für meinen Teil flennte beträchtlich, als der Ritter Eßer sich darauf hören ließ, früher aber noch mehr, wenn ein großer ansehnlicher Mann, dem die geistliche Kleidung ungemein gut stand, und der nun wieder mein Onkel war, mir darauf vorspielte. So war auch eines andern Verwandten Spiel auf der Viola da Gamba gar angenehm und verlockend, wiewohl derjenige Onkel, der mich erzog oder vielmehr nicht erzog, und der das Spinett mit barbarischer Virtuosität zu hantieren wußte, ihm mit Recht Mangel an Takt vorwarf. Der Arme geriet auch bei der ganzen Familie in nicht geringe Verachtung, als man erfahren, daß er in aller Fröhlichkeit nach der Musik einer Sarabande ein Menuett à la Pompadour getanzt. Ich könnte Euch überhaupt viel erzählen von den musikalischen Belustigungen meiner Familie, die oft einzig in ihrer Art sein mochten, aber es würde manches Groteske mit unterlaufen, worüber Ihr lachen müßtet, und meine werten Verwandten Eurem Gelächter preiszugeben, das verbietet der Respectus Parentelae."

„Johannes", begann der Geheime Rat, „Johannes! Du wirst es mir in deiner Gemütlichkeit nicht verargen, wenn ich eine Saite in deinem Innern anschlage, deren Berührung dich vielleicht schmerzt. – Immer sprichst du von Onkeln, von Tanten, nicht gedenkst du deines Vaters, deiner Mutter!" –

„O mein Freund", erwiderte Kreisler mit dem Ausdruck der tiefsten Bewegung, „o mein Freund, eben heute gedachte ich, – doch nein, nichts mehr von Erinnerungen, von Träumen, nichts von dem Augenblick, der heute alles nur gefühlte, nicht verstandene Weh meiner frühen Knabenzeit weckte, aber eine Ruhe kam dann in mein Gemüt, die der ahnungsvollen Stille des Waldes gleicht, wenn der Gewitter-Sturm vorüber! – Ja, Meister, Ihr habt recht, ich stand unter dem Apfelbaum und horchte auf die weissagende Stimme des hinsterbenden Donners! – Du kannst dir deutlicher die dumpfe Betäubung denken, in der ich wohl ein paar Jahre fortleben möchte, als ich Tante Füßchen verloren, wenn ich dir sage, daß der Tod meiner Mutter, der in diese Zeit fällt, keinen sonderlichen Eindruck auf mich machte. Weshalb aber mein Vater mich ganz dem Bruder meiner Mutter überließ oder überlassen mußte, darf ich dir nicht sagen, da du Ähnliches in manchem verbrauchten Familienroman oder in irgendeiner Ifflandschen Hauskreuzkomödie nachlesen kannst. Es genügt, dir zu sagen, daß, wenn ich meine Knaben-, ja einen guten Teil meiner Jünglingsjahre im trostlosen Einerlei verlebte, dies wohl eben dem Umstände zuzuschreiben, daß ich elternlos war. Der schlechte Vater ist noch immer viel besser als jeder gute Erzieher, mein ich, und mir schauert die Haut, wenn Eltern in lieblosem Unverstande ihre Kinder von sich lassen und verweisen in diese, jene Erziehungsanstalt, wo die Armen ohne Rücksicht auf ihre Individualität, die ja niemanden anders als eben den Eltern recht klar aufgehen kann, nach bestimmter Norm zugeschnitten und appretiert werden. – Was nun eben die

Erziehung betrifft, so darf sich kein Mensch auf Erden darüber verwundern, daß ich ungezogen bin, denn der Oheim zog oder erzog mich ganz und gar nicht, sondern überließ mich der Willkür der Lehrer, die ins Haus kamen, da ich keine Schule besuchen und auch durch irgendeine Bekanntschaft mit einem Knaben meines Alters die Einsamkeit des Hauses, das der unverheiratete Oheim mit einem alten trübsinnigen Bedienten allein bewohnte, nicht stören durfte. – Ich besinne mich nur auf drei verschiedene Fälle, in denen der beinahe bis zum Stumpfsinn gleichgültige, ruhige Oheim einen kurzen Akt der Erziehung vornahm, indem er mir eine Ohrfeige zuteilte, so daß ich wirklich während meiner Knabenzeit drei Ohrfeigen empfangen. Ich könnte dir, mein Geheimer Rat, da ich eben zum Schwatzen so aufgelegt, die Geschichte von den drei Ohrfeigen als ein romantisches Kleeblatt auftischen, doch hebe ich nur die mittelste heraus, da ich weiß, daß du auf nichts so erpicht bist als auf meine musikalischen Studien und es dir nicht gleichgültig sein kann, zu erfahren, wie ich zum erstenmal komponierte. – Der Oheim hatte eine ziemlich starke Bibliothek, in der ich nach Gefallen stöbern und lesen durfte, was ich wollte; mir fielen Rousseaus „Bekenntnisse“ in der deutschen Übersetzung in die Hände. Ich verschlang das Buch, das eben nicht für einen zwölfjährigen Knaben geschrieben, und das den Samen manchen Unheils in mein Inneres hätte streuen können. Aber nur ein einziger Moment aus allen, zum Teil sehr verfänglichen Begebenheiten erfüllte mein Gemüt so ganz und gar, daß ich alles übrige darüber vergaß. Gleich elektrischen Schlägen traf mich nämlich die Erzählung, wie der Knabe Rousseau, von dem mächtigen Geist seiner innern Musik getrieben, sonst aber ohne alle Kenntnis der Harmonik, des Kontrapunkts, aller praktischen Hilfsmittel, sich entschließt, eine Oper zu komponieren, wie er die Vorhänge des Zimmers herabläßt, wie er sich aufs Bette wirft, um sich ganz der Inspiration seiner Einbildungskraft hinzugeben, wie ihm nun sein Werk aufgeht, gleich einem herrlichen Traum! – Tag und Nacht verließ mich nicht der Gedanke an diesen Moment, mit dem mir die höchste Seligkeit über den Knaben Rousseau gekommen zu sein schien! – Oft war es mir, als sei ich auch schon dieser Seligkeit teilhaftig geworden, und dann, nur von meinem festen Entschluß hinge es ab, mich auch in dies Paradies hinaufzuschwingen, da der Geist der Musik in mir ebenso mächtig beschwingt. Genug, ich kam dahin, es meinem Vorbilde nachmachen zu wollen. Als nämlich an einem stürmischen Herbstabend der Oheim wider seine Gewohnheit das Haus verlassen, ließ ich sofort die Vorhänge herab und warf mich auf des Oheims Bette, um, wie Rousseau, eine Oper im Geiste zu empfangen. So vortrefflich aber die Anstalten waren, so sehr ich mich abmühte, den dichterischen Geist hinanzulocken, doch blieb er in störrischem Eigensinn davon! – Durchaus summte mir, statt aller herrlichen Gedanken, die mir aufgehen sollten, ein altes erbärmliches Lied vor den Ohren, dessen weinerlicher Text begann: „Ich liebte nur Ismenen, Ismene liebt' nur mich“, und ließ, so sehr ich mich dagegen sträubte, nicht nach. „Jetzt kommt der erhabene Priesterchor: Hoch von Olympos Höhn“, rief ich mir zu, aber: „Ich liebte nur Ismenen“, summte die Melodie fort und unaufhörlich fort, bis ich zuletzt fest einschlief. Mich weckten laute Stimmen, indem ein unerträglicher Geruch mir in die Nase fuhr und den Atem versetzte! Das ganze Zimmer war von dickem Rauch erfüllt, und in dem Gewölk stand der Oheim und trat die Reste der flammenden Gardine, die den Kleiderschrank verbarg, nieder und rief: „ Wasser her – Wasser her!“ bis der alte Diener Wasser in reichlicher Fülle herbeibrachte, über den Boden ausgoß und so das Feuer löschte. Der Rauch zog langsam durch die Fenster. „Wo ist nur der Unglücksvogel?“ fragte der Oheim, indem er im Zimmer umherleuchtete. Ich wußte wohl, welchen Vogel er meinte, und blieb mäuschenstill im Bette, bis der Oheim hinantrat und mir mit einem zornigen: „Will Er wohl gleich heraus!“ auf die Beine half. „Steckt mir der Bösewicht das Haus über dem Kopfe an!“ fuhr der Onkel fort. – Ich versicherte auf weiteres Befragen ganz ruhig, daß ich auf dieselbe Weise wie der Knabe Rousseau nach dem Inhalt seiner „Bekenntnisse“ es getan, eine Opera seria im Bett komponiert hätte, und daß ich durchaus gar nicht wisse, wie der Brand entstanden. „Rousseau? Komponiert? Opera seria? – Pinsel!“ So stotterte der Oheim vor Zorn und teilte mir die kräftige Ohrfeige zu, die ich als die zweite empfing, so daß ich, vor Schreck erstarrt, sprachlos stehenblieb, und in dem Augenblick hörte ich wie einen Nachklang des Schlages ganz deutlich: „Ich liebte nur Ismenen“ und so weiter. Sowohl gegen dieses Lied als gegen die Begeisterung des Komponierens überhaupt empfand ich von diesem Augenblick an einen lebhaften Widerwillen.“

„Aber wie war nur das Feuer entstanden?“fragte der Geheime Rat.

„Noch“, erwiderte Kreisler, „noch in diesem Augenblick ist es mir unbegreiflich, durch welchen Zufall die Gardine in Brand geriet und einen schönen Schlafrock des Oheims sowie drei oder vier schön frisierte Toupets, die der Oheim als partielle Perückenstudien aus einer Gesamtfrisur aufzusetzen pflegte, mit in ihr Verderben riß. Mir ist es auch immer so vorgekommen, als habe ich nicht des unverschuldeten Feuers, sondern nur der unternommenen Komposition halber die Ohrfeige erhalten. – Seltsam genug war es die Musik allein, die zu treiben mich der Oheim mit Strenge anhielt, unerachtet der Lehrer, getäuscht von dem nur momentanen Widerwillen, den ich dagegen äußerte, mich für ein durchaus unmusikalisches Prinzip hielt. Was ich übrigens lernen oder nicht lernen mochte, das war dem Oheim völlig gleich. Äußerte er manchmal lebhaften Unwillen, daß es so schwer hielt, mich zur Musik anzuhalten, so hätte man denken sollen, daß er von Freude hätte durchdrungen sein müssen, als nach ein paar Jahren der musikalische Geist sich so mächtig in mir regte, daß er alles übrige überflügelte; das war aber nun wieder ganz und gar nicht der Fall. Der Oheim lächelte bloß ein wenig, wenn er bemerkte, daß ich bald mehrere Instrumente mit einiger Virtuosität spielte, ja, daß ich manches kleine Stück aufsetzte zur Zufriedenheit der Meister und Kenner. Ja, er lächelte bloß ein wenig und sprach, wenn man ihn mit Lobeserhebungen anfuhr, mit schlauer Miene: „Ja, der kleine Neveu ist närrisch genug.““ –

„So ist", nahm der Geheime Rat das Wort, „so ist es mir aber ganz unbegreiflich, daß der Oheim deiner Neigung nicht Freiheit ließ, sondern dich hineinzwang in eine andere Laufbahn. Soviel ich nämlich weiß, ist deine Kapellmeisterschaft eben nicht von lange her."

„Und auch nicht weit her", rief Meister Abraham lachend und fuhr, indem er das Bildnis eines kleinen, wunderlich gebauten Mannes an die Wand warf, weiter fort: „Aber nun muß ich mich des wackern Oheims, den mancher verruchte Neffe den O-weh-Onkel nannte, weil er sich mit Vornamen Ottfried Wenzel schrieb, ja, nun muß ich mich seiner annehmen und der Welt versichern, daß, wenn der Kapellmeister Johannes Kreisler es sich einfallen ließ, Legationsrat zu sein und sich abzuquälen mit seiner innersten Natur ganz widrigen Dingen, niemand weniger daran schuld ist als eben der O-weh-Onkel." – „O still", sprach Kreisler, „o still davon, Meister, und nehmt mir dort den Oheim von der Wand, denn mocht er auch wirklich lächerlich genug aussehen, so mag ich doch eben heute über den Alten, der lange im Grabe ruht, nicht lachen!"

„Ihr übernehmt Euch heute ja in ganz geziemlicher Empfindsamkeit", erwiderte der Meister; Kreisler achtete aber nicht darauf, sondern sprach, sich zum kleinen Geheimen Rat wendend: „Du wirst es bedauern, mich zum Schwatzen gebracht zu haben, da ich dir, der vielleicht das Außerordentliche erwartet, nur Gemeines, wie es sich tausendmal im Leben wiederholt, auftischen kann. – So ist es auch gewiß, daß es nicht Erziehungszwang, nicht besonderer Eigensinn des Schicksals, nein, daß es der gewöhnlichste Lauf der Dinge war, der mich fortschob, so daß ich unwillkürlich dort hinkam, wo ich eben nicht hin wollte. – Hast du nicht bemerkt, daß es in jeder Familie einen gibt, der sich, sei es durch besonderes Genie oder durch das glückliche Zusammentreffen günstiger Ereignisse, zu einer gewissen Höhe hinaufschwang, und der nun, ein Heros, in der Mitte des Kreises steht, zu dem die lieben Verwandten demütig hinaufblicken, dessen gebietende Stimme vernommen wird in entscheidenden Sprüchen, von denen keine Appellation möglich? – So ging es mit dem jüngern Bruder meines Oheims, der dem musikalischen Familiennest entflohen war und in der Residenz als Geheimer Legationsrat in der Nähe des Fürsten eine ziemlich wichtige Person vorstellte. Sein Emporsteigen hatte die Familie in eine staunende Bewunderung gesetzt, die nicht nachließ. Man nannte den Legationsrat mit feierlichem Ernst, und wenn es hieß: „Der Geheime Legationsrat hat geschrieben, der Geheime Legationsrat hat das und das geäußert", so horchte alles in stummer Ehrfurcht auf. Dadurch schon seit meiner frühesten Kindheit daran gewöhnt, den Oheim in der Residenz als einen Mann anzusehen, der das höchste Ziel alles menschlichen Strebens erreicht, mußte ich es natürlich finden, daß ich gar nichts anders tun konnte, als in seine Fußstapfen treten. Das Bildnis des vornehmen Oheims hing in dem Prunkzimmer, und keinen größern Wunsch hegte ich, als so frisiert, so gekleidet umherzugehen wie der Oheim auf dem Bilde. Diesen Wunsch gewährte mein Erzieher, und ich muß wirklich als zehnjähriger Knabe anmutig genug ausgesehen haben, im himmelhoch frisierten Toupet und kleinen zirkelrunden Haarbeutel, im zeisiggrünen Rock mit schmaler silberner Stickerei, seidenen Strümpfen und kleinem Degen. Dies kindische Streben ging tiefer ein, als ich älter geworden, da, um mir Lust zur trockensten Wissenschaft einzuflößen, es genügte, mir zu sagen, dies Studium sei mir nötig, damit ich, dem Oheim gleich, dereinst Legationsrat werden könne. Daß die Kunst, welche mein Inneres erfüllte, mein eigentliches Streben, die wahre einzige Tendenz meines Lebens sein dürfe, fiel mir um so weniger ein, als ich gewohnt war, von Musik, Malerei, Poesie nicht anders reden zu hören als von ganz angenehmen Dingen, die zur Erheiterung und Belustigung dienen könnten. Die Schnelle, mit der ich, ohne daß sich jemals auch nur ein einziges Hindernis offenbart hätte, durch mein erlangtes Wissen und durch den Vorschub des Oheims in der Residenz, in der Laufbahn, die ich gewissermaßen selbst gewählt, vorwärts schritt, ließ mir keinen Moment übrig, mich umzuschauen und die schiefe Richtung des Weges, den ich genommen, wahrzunehmen. Das Ziel war erreicht, umzukehren nicht mehr möglich, als in einem nicht geahnten Moment die Kunst sich rächte, der ich abtrünnig geworden, als der Gedanke eines ganzen verlornen Lebens mich mit trostlosem Weh erfaßte, als ich mich in Ketten geschlagen sah, die mir unzerbrechlich dünkten!" –

„Glückselig", rief der Geheime Rat, „glückselig, heilbringend also die Katastrophe, die dich aus den Fesseln befreite!"

„Sage das nicht", erwiderte Kreisler, „zu spät trat die Befreiung ein. Mir geht es wie jenem Gefangenen, der, als er endlich befreit wurde, dem Getümmel der Welt, ja dem Licht des Tages so entwöhnt war, daß er nicht vermögend, der goldnen Freiheit zu genießen, und sich wieder zurücksehnte in den Kerker."

„Das ist", nahm Meister Abraham das Wort, „das ist nun eine von Euern konfusen Ideen, Johannes, mit denen Ihr Euch und andere plagt! – Geht! geht! – Immer hat es das Schicksal mit Euch gut gemeint, aber daß Ihr nun einmal nicht im gewöhnlichen Trott bleiben könnt, daß Ihr rechts, links herausspringt aus dem Wege, daran ist niemand schuld als Ihr selbst. Recht habt Ihr indessen wohl, daß, was Eure Knabenjahre betrifft, Euer Stern besonders waltete, und – –"

Zweiter Abschnitt

Lebenserfahrungen des Jünglings
Auch ich war in Arkadien

(*M. f. f.*) „Närrisch genug und zugleich ungemein merkwürdig war es doch", sprach eines Tages mein Meister zu sich selbst, „wenn der kleine graue Mann dort unter dem Ofen wirklich die Eigenschaften besitzen sollte, die der Professor ihm andichten will! –

Hm! ich dächte, er könnte mich dann reich machen, mehr als mein unsichtbares Mädchen es getan. Ich sperrt ihn ein in einem Käficht, er müßte seine Künste machen vor der Welt, die reichlichen Tribut dafür gern zahlen würde. Ein wissenschaftlich gebildeter Kater will doch immer mehr sagen als ein frühreifer Junge, dem man die Exerzitia eingetrichtert. – Überdem erspart ich mir einen Schreiber! – Ich muß dem Dinge näher auf die Spur kommen!“

Ich gedachte, als ich des Meisters verfängliche Worte vernahm, der Warnung meiner unvergeßlichen Mutter Mina, und wohl mich hütend, auch nur durch das geringste Zeichen zu verraten, daß ich den Meister verstanden, nahm ich mir fest vor, auf das sorgfältigste meine Bildung zu verbergen. Ich las und schrieb daher nur des Nachts und erkannte auch dabei mit Dank die Güte der Vorsehung, die meinem verachteten Geschlecht manchen Vorzug vor den zweibeinichten Geschöpfen, die sich, Gott weiß warum, die Herren der Schöpfung nennen, gegeben hat. Versichern kann ich nämlich, daß ich bei meinen Studien weder des Lichtziehers noch des Ölfabrikanten bedurfte, da der Phosphor meiner Augen hell leuchtet in der finstersten Nacht. Gewiß ist es daher auch, daß meine Werke erhaben sind über den Vorwurf, der irgendeinem Schriftsteller aus der alten Welt gemacht wurde, daß nämlich die Erzeugnisse seines Geistes nach der Lampe röchen.

Doch innig überzeugt von der hohen Vortrefflichkeit, mit der mich die Natur begabt hat, muß ich doch gestehen, daß alles hienieden gewisse Unvollkommenheiten in sich trägt, die wieder ein gewisses abhängiges Verhältnis verraten. Von den leiblichen Dingen, die die Ärzte nicht natürlich nennen, unerachtet sie mir eben recht natürlich dünken, will ich gar nicht reden, sondern nur rücksichts unsers psychischen Organismus bemerken, daß sich auch darin jene Abhängigkeit recht deutlich offenbaret. Ist es nicht ewig wahr, daß unsern Flug oft Bleigewichte hemmen, von denen wir nicht wissen, was sie sind, woher sie kommen, wer sie uns angehängt?

Doch besser und richtiger ist es wohl, wenn ich behaupte, daß alles Übel vom bösen Beispiel herrührt, und daß die Schwäche unserer Natur lediglich darin liegt, daß wir dem bösen Beispiel zu folgen gezwungen sind. Überzeugt bin ich auch, daß das menschliche Geschlecht recht eigentlich dazu bestimmt ist, dies böse Beispiel zu geben.

Bist du, geliebter Katerjüngling, der du dieses liesest, nicht einmal in deinem Leben in einen Zustand geraten, der dir selbst unerklärlich, dir überall die bittersten Vorwürfe und vielleicht auch – einige tüchtige Bisse deiner Kumpane zuzog? Du warst träge, zänkisch, ungebärdig, gefräßig, fandest an nichts Gefallen, warst immer da, wo du nicht sein solltest, fielst allen zur Last, kurz, warst ein ganz unausstehlicher Bursche! – Tröste dich, o Kater! Nicht aus deinem eigentlichen, tiefern Innern formte sich diese heillose Periode deines Lebens, nein, es war der Zoll, den du dem über uns waltenden Prinzip dadurch darbrachtest, daß auch du dem bösen Beispiel der Menschen, die diesen vorübergehenden Zustand eingeführt haben, folgtest. Tröste dich, o Kater! denn auch mir ist es nicht besser ergangen!

Mitten in meinen Lukubrationen überfiel mich eine Unlust – eine Unlust gleichsam der Übersättigung von unverdaulichen Dingen, so daß ich ohne weiteres auf demselben Buch, worin ich gelesen, auf demselben Manuskript, woran ich geschrieben, mich zusammenkrümmte und einschlief. Immer mehr und mehr nahm diese Trägheit zu, so daß ich zuletzt nicht mehr schreiben, nicht mehr lesen, nicht mehr springen, nicht mehr laufen, nicht mehr mit meinen Freunden im Keller, auf dem Dache mich unterhalten mochte. Statt dessen fühlte ich einen unwiderstehlichen Trieb, alles das zu tun, was dem Meister, was den Freunden nie angenehm sein, womit ich ihnen beschwerlich fallen mußte. Was den Meister anlangt, so begnügte er lange Zeit hindurch sich damit, mich fortzujagen, wenn ich zu meiner Lagerstätte immer Plätze erkor, wo er mich durchaus nicht leiden konnte, bis er endlich genötigt wurde, mich zu prügeln. Immer wieder auf des Meisters Schreibtisch gesprungen, hatte ich nämlich so lange hin und her geschwänzelt, bis die Spitze meines Schweifs in das große Tintenfaß geraten, mit der ich nun auf Boden und Kanapee die schönsten Malereien ausführte. Das brachte den Meister, der keinen Sinn für dieses Genre der Kunst zu haben schien, in Harnisch. Ich flüchtete auf den Hof, aber beinah noch schlimmer ging es mir dort. Ein großer Kater von ehrfurchtgebietendem Ansehen hatte längst sein Mißfallen über mein Betragen geäußert; jetzt, da ich, freilich tölpischerweise, einen guten Bissen, den er zu verzehren eben im Begriff, vor dem Maule wegschnappen wollte, gab er mir ohne Umstände eine solche Menge Ohrfeigen, von beiden Seiten, daß ich ganz betäubt wurde, und mir beide Ohren bluteten. – Irre ich nicht, so war der würdige Herr mein Oheim, denn Minas Züge strahlten aus seinem Antlitz, und die Familienähnlichkeit des Barts unleugbar. – Kurz, ich gestehe, daß ich mich in dieser Zeit in Unarten erschöpfte, so daß der Meister sprach: „Ich weiß gar nicht, was dir ist, Murr, ich glaube am Ende, du bist jetzt in die Lümmeljahre getreten!“ Der Meister hatte recht, es war meine verhängnisvolle Lümmelzeit, die ich überstehen mußte, nach dem bösen Beispiel der Menschen, die, wie gesagt, diesen heillosen Zustand, als durch ihre tiefste Natur bedingt, eingeführt haben. Lümmeljahre nennen sie diese Periode, unerachtet mancher zeit seines Lebens nicht herauskommt, unsereins kann nur von Lümmelwochen reden, und ich meinerseits kam nun auf einmal heraus mittelst eines starken Rucks, der mir ein Bein oder ein paar Rippen hätte kosten können. Eigentlich *sprang* ich heraus aus den Lümmelwochen auf vehemente Weise.

Ich muß sagen, wie das sich begab:

Auf dem Hofe der Wohnung meines Meisters stand eine inwendig reich ausgepolsterte Maschine auf vier Rädern, wie ich nachher einsehen lernte, ein englischer Halbwagen. Nichts war in meiner damaligen Stimmung natürlicher, als daß mir die Lust ankam, mit Mühe hinaufzuklettern und hineinzukriechen in diese Maschine. Ich fand die darin befindlichen Kissen so angenehm, so anlockend, daß ich nun die mehrste Zeit in den Polstern des Wagens verschlief, verträumte.

Ein heftiger Stoß, dem ein Knattern, Klirren, Brausen, wirres Lärmen folgte, weckte mich, als eben süße Bilder von Hasenbraten und dergleichen vor meiner Seele vorübergingen. Wer schildert meinen jähen Schreck, als ich wahrnahm, daß die ganze Maschine sich mit ohrbetäubendem Getöse fortbewegte, mich hin und her schleudernd auf meinen Polstern. Die immer steigende und steigende Angst wurde Verzweiflung, ich wagte den entsetzlichen Sprung heraus aus der Maschine, ich hörte das wiehernde Hohngelächter höllischer Dämonen, ich hörte ihre barbarischen Stimmen: „Katz – Katz, huß huß!“ hinter mir her kreischen, sinnlos rannte ich in voller Furie von dannen, Steine flogen mir nach, bis ich endlich hineingeriet in ein finstres Gewölbe und ohnmächtig niedersank.

Endlich war es mir, als höre ich hin und her gehen über meinem Haupte, und schloß aus dem Schall der Tritte, da ich wohl schon Ähnliches erfahren, daß ich mich unter einer Treppe befinden müsse. Es war dem so! –

Als ich nun aber herausschlich, Himmel! da dehnten sich überall unabsehbare Straßen vor mir aus, und eine Menge Menschen, von denen ich nicht einen einzigen kannte, wogte vorüber. Kam noch hinzu, daß Wagen rasselten, Hunde laut bellten, ja, daß zuletzt eine ganze Schar, deren Waffen in der Sonne blitzten, die Straße einengte; daß dicht bei mir einer urplötzlich so ganz erschrecklich auf eine große Trommel schlug, daß ich unwillkürlich drei Ellen hoch aufsprang, ja, so konnte es nicht fehlen, daß eine seltsame Angst meine Brust erfüllte! – Ich merkte nun wohl, daß ich mich in der Welt befand – in der Welt, die ich aus der Ferne von meinem Dache erblickt, oft nicht ohne Sehnsucht, ohne Neugierde, ja, mitten in dieser Welt stand ich nun, ein unerfahrener Fremdling. Behutsam spazierte ich dicht an den Häusern die Straße entlang und begegnete endlich ein paar Jünglingen meines Geschlechts. Ich blieb stehen, ich versuchte ein Gespräch mit ihnen anzuknüpfen, aber sie begnügten sich, mich mit funkelnden Augen anzuglotzen und sprangen dann weiter. „Leichtsinnige Jugend“, dacht ich, „du weißt nicht, wer es war, der dir in den Weg trat! – so gellen große Geister durch die Weit, unerkannt, unbeachtet. – Das ist das Los sterblicher Weisheit!“ – Ich rechnete auf größere Teilnahme bei den Menschen, sprang auf einen hervorragenden Kellerhals und stieß manches fröhliche, wie ich glaubte, anlockende Miau aus, aber kalt, ohne Teilnahme, kaum sich nach mir umblickend, gingen alle vorüber. Endlich gewahrte ich einen hübschen blondgelockten Knaben, der mich freundlich ansah und endlich, mit den Fingern schnalzend, rief „Mies – Mies!“ – „Schöne Seele, du verstehst mich“, dacht ich, sprang herab und nahte mich ihm, freundlich schnurrend. Er fing mich an zu streicheln, aber indem ich glaubte, mich dem freundlichen Gemüt ganz hingeben zu können, kniff er mich dermaßen in den Schwanz, daß ich vor rasendem Schmerz aufschrie. Das eben schien dem tückischen Bösewicht rechte Freude zu machen, denn er lachte laut, hielt mich fest und versuchte das höllische Manöver zu wiederholen. Da faßte mich der tiefste Ingrimm, von dem Gedanken der Rache durchflammt, grub ich meine Krallen tief in seine Hände, in sein Gesicht, so daß er aufkreischend mich fahren ließ. Aber in dem Augenblick hörte ich auch rufen: „– Tyras – Kartusch – hetz, hetz!" – Und laut blaffend setzten zwei Hunde hinter mir her. – Ich rannte, bis mir der Atem verging, sie waren mir auf den Fersen – keine Rettung. – Blind vor Angst fuhr ich hinein in das Fenster eines Erdgeschosses, daß die Scheiben zusammenklirrten und ein paar Blumentöpfe, die auf der Fensterbank gestanden, krachend hineinfielen in das Stübchen. Erschrocken fuhr eine Frau, die an einem Tisch sitzend arbeitete, in die Höhe, rief dann: „Seht die abscheuliche Bestie", ergriff einen Stock und ging auf mich los. Aber meine zornglühenden Augen, meine ausgestreckten Krallen, das Geheul der Verzweiflung, das ich ausstieß, hielten sie zurück, so daß, wie es in jenem Trauerspiel heißt, der zum Schlagen aufgehobene Stock in der Luft gehemmt schien und sie dastand, ein gemalter Wütrich, parteilos zwischen Kraft und Willen! – In dem Augenblick ging die Türe auf, schnellen Entschluß fassend, schlüpfte ich dem eintretenden Mann zwischen den Beinen durch und war so glücklich, mich aus dem Hause herauszufinden auf die Straße.

Ganz erschöpft, ganz entkräftet, gelangte ich endlich zu einem einsamen Plätzchen, wo ich mich ein wenig niederlassen konnte. Da fing aber der wütendste Hunger an, mich zu peinigen, und ich gedachte nun erst mit tiefem Schmerz des guten Meisters Abraham, von dem mich ein hartes Schicksal getrennt. – Aber wie ihn wiederfinden! – Ich blickte wehmütig umher, und als ich keine Möglichkeit sah, den Weg zur Rückkehr zu erforschen, traten mir die blanken Tränen in die Augen.

Doch neue Hoffnung ging mir auf, als ich an der Ecke der Straße ein junges freundliches Mädchen wahrnahm, die vor einem kleinen Tische saß, auf dem die appetitlichsten Brote und Würste lagen. Ich näherte mich langsam, sie lächelte mich an, und um mich ihr gleich als einen Jüngling von guter Erziehung, von galanten Sitten darzustellen, machte ich einen höheren, schöneren Katzenbuckel als jemals. Ihr Lächeln wurde lautes Lachen. „Endlich eine schöne Seele, ein teilnehmendes Herz gefunden! – O Himmel, wie tut das wohl der wunden Brust!" So dachte ich und langte mir eine von den Würsten herab, aber in demselben Nu schrie auch das Mädchen laut auf, und hätte mich der Schlag, den sie mit einem derben Stück Holz nach mir führte, getroffen, in der Tat, weder die Wurst, die ich mir im Vertrauen auf die Loyalität, auf die menschenfreundliche Tugend des Mädchens herabgelangt, noch irgendeine andere hätte ich jemals mehr genossen. Meine letzte Kraft setzte ich daran, der Unholdin, die mich verfolgte, zu entrinnen. Das gelang mir, und ich erreichte endlich einen Platz, wo ich die Wurst in Ruhe verzehren konnte.

Nach dem frugalen Mahle kam viel Heiterkeit in mein Gemüt, und da eben die Sonne mir warm auf den Pelz schien, so fühlte ich lebhaft, daß es doch schön sei auf dieser Erde. Als aber dann die kalte feuchte Nacht einbrach, als ich kein weiches Lager fand wie bei meinem guten Meister, als ich, vor Frost starrend, vom Hunger aufs neue gepeinigt, am andern Morgen erwachte, da überfiel mich eine Trostlosigkeit, die an Verzweiflung grenzte. „Das ist“ (so brach ich aus in laute Klagen), „das ist also die Welt, in die du dich hineinsehntest von dem heimatlichen Dache? – Die Welt, wo du Tugend zu finden hofftest und Weisheit und die Sittlichkeit der höheren Ausbildung! – O diese herzlosen Barbaren – Worin besteht ihre Kraft als im Prügeln? Worin ihr Verstand als in hohnlachender Verspottung? Worin ihr ganzes Treiben als in scheelsüchtiger Verfolgung tieffühlender Gemüter – Oh, fort – fort aus dieser Welt voll Gleisnerei und Trug! – Nimm mich auf in deine kühlen Schatten, süßer heimatlicher Keller! – O Boden! – Ofen – o Einsamkeit, die mich erfreut, nach dir mein Herz sich sehnt mit Schmerz!“

Der Gedanke meines Elends, meines hoffnungslosen Zustandes übermannte mich. Ich kniff die Augen zu und weinte sehr.

Bekannte Töne schlugen an mein Ohr. „Murr – Murr! – geliebter Freund, wo kommst du her? Was ist mit dir geschehen?“

Ich schlug die Augen auf, der junge Ponto stand vor mir!

So sehr mich Ponto auch gekränkt hatte, doch war mir seine unverhoffte Erscheinung tröstlich. Ich vergaß die Unbill, die er mir angetan, erzählte ihm, wie sich alles mit mir begeben, stellte ihm unter vielen Tränen meine traurige, hilflose Lage vor, schloß damit, ihm zu klagen, daß mich ein tötender Hunger quäle.

Statt mir, wie ich geglaubt, seine Teilnahme zu bezeugen, brach der junge Ponto in ein schallendes Gelächter aus.

„Bist du“, sprach er dann, „bist du nicht ein ausgemachter törichter Geck, lieber Murr? – Erst setzt sich der Hase in eine Halbchaise hinein, wo er nicht hingehört, schläft ein, erschrickt, als er weggefahren wird, springt hinaus in die Welt, wundert sich gar mächtig, daß ihn, der kaum vor die Türe seines Hauses geguckt, niemand kennt, daß er mit seinen dummen Streichen überall schlecht ankommt, und ist dann so einfältig, nicht einmal den Rückweg finden zu können zu seinem Herrn. – Sieh, Freund Murr, immer hast du geprahlt mit deiner Wissenschaft, mit deiner Bildung, immer hast du vornehm getan gegen mich, und nun sitzest du da, verlassen, trostlos, und all die großen Eigenschaften deines Geistes reichen nicht hin, dich zu belehren, wie du es anfangen mußt, deinen Hunger zu stillen und nach Hause zurückzufinden zu deinem Meister! – Und wenn sich nun der, den du tief unter dir glaubtest, nicht deiner annimmt, so stirbst du zuletzt eines elendiglichen Todes, und keine sterbliche Seele fragt was nach deinem Wissen, nach deinem Talent, und keiner von den Dichtern, denen du dich befreundet glaubtest, setzt ein freundliches: Hic jacet! an die Stelle, wo du aus lauter Kurzsichtigkeit verschmachtetest! – Siehst du, daß ich wohl auch durch die Schule gelaufen bin und lateinische Brocken einmischen kann, trotz einem? – Aber du hungerst, armer Kater, und diesem Bedürfnis muß zuerst abgeholfen werden, komm nur mit mir.“

Der junge Ponto hüpfte fröhlich vorauf, ich folgte niedergeschlagen, ganz zerknirscht über seine Reden, die mir in meiner hungrigen Stimmung viel Wahres zu enthalten schienen. Doch wie erschrak ich, als –

(*Mak. Bl.*) – für den Herausgeber dieser Blätter das angenehmste Ereignis von der Welt, daß er das ganze merkwürdige Gespräch Kreislers mit dem kleinen Geheimen Rat brühwarm wieder erfuhr. Dadurch wurde er in den Stand gesetzt, dir, geliebter Leser, wenigstens ein paar Bilder aus der früheren Jugendzeit des seltnen Mannes, dessen Biographie er aufzuschreiben gewissermaßen genötigt, vor die Augen zu bringen, und er vermeint, daß, was Zeichnung und Kolorit betrifft, diese Bilder wohl für charakteristisch und bedeutsam genug gelten können. Wenigstens mag man nach dem, was Kreisler von Tante Füßchen und ihrer Laute erzählt, nicht daran zweifeln, daß die Musik mit all ihrer wunderbaren Wehmut, mit all ihrem Himmelsentzücken recht in die Brust des Knaben mit tausend Adern verwuchs, und nicht zum Verwundern mag's darum auch sein, daß eben dieser Brust, wird sie nur leise verwundet, gleich heißes Herzblut entquillt. Auf zwei Momente aus dem Leben des geliebten Kapellmeisters war bemeldeter Herausgeber besonders begierig, ja, wie man zu sagen pflegt, ganz versessen. Nämlich, auf welche Weise Meister Abraham in die Familie geriet und einwirkte auf den kleinen Johannes, und welche Katastrophe den ehrlichen Kreisler aus der Residenz warf und umstempelte zum Kapellmeister, welches er hätte von Haus aus sein sollen, wiewohl man der ewigen Macht trauen darf, die jeden zu rechter Zeit an die rechte Stelle setzt. Manches ist darüber ausgemittelt worden, welches du, o Leser, sogleich erfahren sollst.

Fürs erste ist gar nicht daran zu zweifeln, daß zu Göniönesmühl, wo Johannes Kreisler geboren und erzogen wurde, es einen Mann gab, der in seinem ganzen Wesen, in allem, was er unternahm, seltsam und eigentümlich erschien. Überhaupt ist das Städtlein Göniönesmühl seit jeher das wahre Paradies aller Sonderlinge gewesen, und Kreisler wuchs auf, umgeben von den seltsamsten Figuren, die einen desto stärkern Eindruck auf ihn machen mußten, als er wenigstens während der Knabenzeit mit seinesgleichen keinen Umgang pflegte. Jener Mann trug aber mit einem bekannten Humoristen gleichen Namen, denn er hieß Abraham Liscov und war ein Orgelbauer, welches Metier er bisweilen tief verachtete, zu anderer Zeit aber hoch in den Himmel erhob, so daß man nicht recht wußte, was er eigentlich wollte.

So wie Kreisler erzählt, wurde in der Familie von dem Herrn Liscov immer mit hoher Bewunderung gesprochen. Man nannte ihn den geschicktesten Künstler, den es geben könne, und bedauerte nur, daß seine tollen Grillen, seine ausgelassenen Einfälle ihn von jedermann entfernt hielten. Als einen besondern Glücksfall rühmte dieser, jener, daß Herr Liscov wirklich dagewesen und seinen Flügel neu befiedert und gestimmt habe. Eben von Liscovs phantastischen Streichen wurde dann auch manches erzählt, welches auf den kleinen Johannes ganz besonders wirkte, so daß er sich von dem Mann, ohne ihn zu kennen, ein ganz bestimmtes Bild entwarf, sich nach ihm sehnte und, als der Oheim versicherte, Herr Liscov würde vielleicht kommen und den schadhaften Flügel reparieren, jeden Morgen fragte, ob Herr Liscov denn nicht endlich erscheinen werde. Dieses Interesse des Knaben für den unbekannten Herrn Liscov steigerte sich aber bis zur höchsten anstaunenden Ehrfurcht, als er in der Hauptkirche, die der Oheim in der Regel nicht zu besuchen pflegte, zum erstenmal die mächtigen Töne der großen schönen Orgel vernahm, und als der Oheim ihm sagte, niemand anders als eben Herr Abraham Liscov habe dies herrliche Werk verfertigt. Von diesem Augenblick an verschwand auch das Bild, das Johannes sich von Herrn Liscov entworfen, und ein ganz anderes trat an seine Stelle. Herr Liscov mußte nach des Knaben Meinung ein großer schöner Mann sein, von stattlichem Ansehen, hell und stark sprechen und vor allen Dingen einen pflaumfarbnen Rock tragen mit breiten goldnen Tressen wie der Pate Kommerzienrat, der so gekleidet ging, und vor dessen reicher Tracht der kleine Johannes den tiefsten Respekt hegte.

Als eines Tages der Oheim mit Johannes am offnen Fenster stand, kam ein kleiner, hagerer Mann die Straße herabgeschossen, in einem Roquelaur von hellgrünem Berkan, dessen offne Ärmelklappen seltsam im Winde auf und nieder flatterten. Dazu hatte er ein kleines, dreieckiges Hütchen martialisch auf die weißgepuderte Frisur gedrückt, und ein zu langer Haarzopf schlängelte sich herab über den Rücken. Er trat hart auf, daß das Straßenpflaster dröhnte, und stieß auch bei jedem zweiten Schritt mit dem langen spanischen Rohr, das er in der Hand trug, heftig auf den Boden. Als der Mann vor dem Fenster vorbeikam, warf er aus seinen funkelnden pechschwarzen Augen dem Oheim einen stechenden Blick zu, ohne seinen Gruß zu erwidern. Dem kleinen Johannes bebte es eiskalt durch alle Glieder, und zugleich war es ihm zumute, als müsse er über den Mann entsetzlich lachen und könne nur nicht dazu kommen, weil ihm die Brust so beengt. „Das war der Herr Liscov", sprach der Oheim. „Das wußte ich ja", erwiderte Johannes, und er mochte recht haben. Weder ein großer stattlicher Mann war Herr Liscov, noch trug er einen pflaumfarbnen Rock mit goldnen Tressen, wie der Pate Kommerzienrat, seltsam, ja wunderbar genug begab es sich aber, daß Herr Liscov ganz genau so aussah, wie der Knabe sich ihn früher gedacht hatte, ehe er das Orgelwerk vernommen. Noch hatte sich Johannes nicht von seinem Gefühl erholt, das dem eines jähen Schrecks zu vergleichen, als Herr Liscov plötzlich stillstand, sich umdrehte, die Straße entlang hinanpolterte, bis vor das Fenster, dem Oheim eine tiefe Verbeugung machte, davonrannte unter lautem Gelächter.

„Ist das", sprach der Oheim, „ist das wohl ein Betragen für einen gesetzten Mann, der in den Studiis nicht unerfahren, der als privilegierter Orgelbauer zu den Künstlern zu rechnen, und dem die Gesetze des Landes verstatten, einen Degen zu tragen? Sollte man nicht vermeinen, er habe schon am lieben frühen Morgen zu tief ins Glas geguckt oder sei dem Tollhause entsprungen? Aber ich weiß es, nun wird er herkommen und den Flügel in Ordnung bringen."

Der Oheim hatte recht. Schon andern Tages war Herr Liscov da, aber statt die Reparatur des Flügels vorzunehmen, verlangte er, der kleine Johannes sollte ihm vorspielen. Dieser wurde auf den mit Büchern bepackten Stuhl gesetzt, Herr Liscov ihm gegenüber am schmalen Ende des Flügels stützte beide Arme auf das Instrument und sah dem Kleinen starr ins Antlitz, welches ihn dermaßen außer Fassung brachte, daß die Menuetts, die Arien, die er aus dem alten Notenbuche abspielte, holpricht genug gingen. Herr Liscov blieb ernst, aber plötzlich rutschte der Knabe herab und versank unter des Flügels Gestell, worüber der Orgelbauer, der ihm mit einem Ruck die Fußbank unter den Füßen weggezogen, eine unmäßige Lache aufschlug. Beschämt rappelte sich der Knabe hervor, doch in dem Augenblick saß Herr Liscov auch schon vor dem Flügel, hatte einen Hammer hervorgezogen und hämmerte auf das arme Instrument so unbarmherzig los, als wolle er alles in tausend Stücke schlagen. „Herr Liscov, sind Sie von Sinnen!" schrie der Onkel, aber der kleine Johannes, ganz entrüstet, ganz außer sich über des Orgelbauers Beginnen, stemmte sich mit aller Gewalt gegen den Deckel des Instruments, so daß er mit lautem Krachen zuschlug, und Herr Liscov schnell den Kopf zurückziehen mußte, um nicht getroffen zu werden. Dann rief er: „Ei, lieber Onkel, das ist nicht der geschickte Künstler, der die schöne Orgel gebaut hat, er kann es nicht sein, denn dieser hier ist ja ein alberner Mensch, der sich beträgt wie ein ungezogener Bube!" –

Der Oheim verwunderte sich über die Dreistigkeit des Knaben; aber Herr Liscov sah ihn lange starr an, sprach: „Er ist wohl ein kurioser Monsieur!" öffnete leise und behutsam den Flügel, zog Instrumente hervor, begann seine Arbeit, die er in ein paar Stunden beendete, ohne ein einziges Wort zu sprechen.

Seit diesem Augenblick zeigte sich des Orgelbauers entschiedene Vorliebe für den Knaben. Beinahe täglich kam er ins Haus und wußte den Knaben bald für sich zu gewinnen, indem er ihm eine ganz neue bunte Welt erschloß, in der sich sein reger Geist mutiger und freier bewegen konnte. Eben nicht löblich war es, daß Liscov, vorzüglich als Johannes schon in Jahren mehr vorgerückt, den Knaben anregte zu den seltsamsten Foppereien, die oft gegen den Oheim selbst gerichtet waren, der freilich, beschränkten Verstandes und voll der lächerlichsten Eigenheiten, dazu reichen Anlaß bot. Gewiß ist es aber, daß, wenn Kreisler über die trostlose Verlassenheit in seinen Knabenjahren klagt, wenn er das zerrissene Wesen, das ihn oft in seiner innersten Natur verstört, jener Zeit zuschreibt, wo das Verhältnis mit dem Oheim in Anschlag zu bringen ist. Er konnte den Mann, der Vaterstelle zu vertreten berufen, und der ihm mit seinem ganzen Tun und Wesen lächerlich erscheinen mußte, nicht achten.

Liscov wollte den Johannes ganz an sich reißen, und es wäre ihm gelungen, hätte sich nicht des Knaben edlere Natur dagegen gesträubt. Ein durchdringender Verstand, ein tiefes Gemüt, eine ungewöhnliche Erregbarkeit des Geistes, alles das waren anerkannte Vorzüge des Orgelbauers. Was man aber Humor zu nennen beliebte, war nicht jene seltne wunderbare Stimmung des Gemüts, die aus der tieferen Anschauung des Lebens in all seinen Bedingnissen, aus dem Kampf der feindlichsten Prinzipe sich erzeugt, sondern nur das entschiedene Gefühl des Ungehörigen, gepaart mit dem Talent, es ins Leben zu schaffen, und der Notwendigkeit der eignen bizarren Erscheinung. Dies war die Grundlage des verhöhnenden Spottes, den Liscov überall ausströmen ließ, der Schadenfreude, mit der er alles als ungehörig Erkannte rastlos verfolgte bis in die geheimsten Winkel. Eben diese schadenfrohe Verspottung verwundete des Knaben zartes Gemüt und stand dem innigsten Verhältnis, wie es der in wahrhafter innerer Gesinnung väterliche Freund herbeigeführt haben würde, entgegen. Zu leugnen ist aber auch nicht, daß der wunderliche Orgelbauer recht dazu geeignet war, den Keim des tiefern Humors, der in des Knaben Innern lag, zu hegen und zu pflegen, der denn auch sattsam gedeihte und emporwuchs. –

Herr Liscov pflegte viel von Johannes Vater zu erzählen, dessen vertrautester Freund er in seinen Jünglingsjahren gewesen, zum Nachteil des erziehenden Oheims, der merklich in den Schatten trat, wenn der Bruder in hellem Sonnenlicht erschien. So rühmte auch eines Tages der Orgelbauer den tiefen musikalischen Sinn des Vaters und verspottete die verkehrte Art, wie der Oheim dem Knaben die ersten Elemente der Musik beigebracht. Johannes, dessen ganze Seele durchdrungen war von dem Gedanken an den, der ihm der Nächste gewesen, und den er nie gekannt, wollte immer noch mehr hören. Da verstummte aber Liscov plötzlich und sah wie einer, dem irgendein das Leben erfassender Gedanke vor die Seele tritt, starr zum Boden nieder.

„Was ist Euch, Meister“, fragte Johannes, „was bewegt Euch so?“ –

Liscov fuhr auf wie aus einem Traum und sprach lächelnd: „Weißt du noch, Johannes, wie ich dir die Fußbank wegzog unter den Beinen und du hinabschobst unter den Flügel, da du mir des Oheims abscheuliche Murkis und Menuetten vorspielen mußtest?“

„Ach“, erwiderte Johannes, „wie ich Euch zum ersten Male sah, daran mag ich gar nicht denken. Es machte Euch gerade Spaß, ein Kind zu betrüben.“

„Und das Kind“, nahm Liscov das Wort, „war dafür tüchtig grob. – Doch nimmermehr hätt ich damals geglaubt, daß in Euch ein solch tüchtiger Musiker verborgen, und darum, Söhnlein, tu mir den Gefallen und spiele mir einen ordentlichen Choral vor auf dem papiernen Positiv. Ich will den Balg treten.“

– Es ist hier nachzuholen, daß Liscov großen Geschmack fand an allerlei wunderlichen Spielereien und den Johannes damit sehr ergötzte. Schon als Johannes noch ein Kind, pflegte Liscov bei jedem Besuch ihm irgend etwas Seltsames mitzubringen.

Empfing das Kind bald einen Apfel, der in hundert Stücke zerfiel, wenn er abgeschält wurde, oder irgendein seltsam geformtes Backwerk, so wurde der erwachsene Knabe bald mit diesem, bald mit jenem überraschenden Kunststück aus der natürlichen Magie erfreut, so half der Jüngling optische Maschinen bauen, sympathische Tinten kochen und so weiter. An der Spitze der mechanischen Künsteleien, die der Orgelbauer für den

Johannes verfertigte, stand aber ein Positiv mit achtfüßigem Gedackt, dessen Pfeifen von Papier geformt, das mithin jenem Kunstwerk des alten Orgelbauers aus dem siebzehnten Jahrhundert, Eugenius Casparini geheißen, glich, welches in der kaiserlichen Kunstkammer in Wien zu sehen. Liscovs seltsames Instrument hatte einen Ton, dessen Stärke und Anmut unwiderstehlich hinriß, und Johannes versichert noch, daß er niemals darauf spielen konnte, ohne in die tiefste Bewegung zu geraten, und daß ihm dabei manche wahrhaft fromme Kirchenmelodie hell aufgegangen. –

Auf diesem Positiv mußte Johannes nun dem Orgelbauer vorspielen. Nachdem er, wie Liscov verlangt, ein paar Choräle gespielt, fiel er in den Hymnus: „Misericordias domini cantabo", den er vor wenigen Tagen gesetzt. – Da Johannes geendet, so sprang Liscov auf, drückte ihn stürmisch an die Brust, rief laut lachend: „Hasenfuß, was foppst du mich mit deiner lamentablen Kantilena? Wär ich nicht immer und ewig dein Kalkant gewesen, nichts Vernünftiges hättest du jemals herausgebracht. – Aber nun renne ich fort und lasse dich im Stich ganz und gar, und du magst dir in der Welt einen andern Kalkanten suchen, der es mit dir so gut meint als ich!" – Dabei standen ihm die hellen Tränen in den Augen. Er sprang zur Türe heraus, die er sehr heftig zuschlug. Dann steckte er aber nochmals den Kopf hinein und sprach sehr weich: „Es kann nun einmal nicht anders sein. – Adieu, Johannes! – Wenn der Oheim seine rotgeblümte Gros-de-Tourweste vermißt, so sage nur, ich hätte sie gestohlen und ließe mir daraus einen Turban machen, um dem Großsultan vorgestellt zu werden! – Adieu, Johannes!" – Kein Mensch konnte begreifen, warum Herr Liscov so plötzlich die angenehme Stadt Göniönesmühl verlassen, warum er niemandem entdeckt, wohin er sich zu wenden entschlossen.

Der Oheim sprach: „Längst hab ich vermutet, daß der unruhige Geist sich auf und davon machen würde, denn er hält es, unerachtet er schöne Orgeln verfertigt, doch nicht mit dem Spruch: Bleibe im Lande und nähre dich redlich! – Es ist nur gut, daß unser Flügel imstande; nach dem überspannten Menschen selbst frag ich nicht viel!" – Anders dachte wohl Johannes, dem Liscov überall fehlte, und dem nun ganz Göniönesmühl ein totes, düstres Gefängnis dünkte. So kam es, daß er den Rat des Orgelbauers befolgen und sich in der Welt einen andern Kalkanten suchen wollte. Der Oheim meinte, da er seine Studien vollendet, könne er in der Residenz sich unter den Fittich des Geheimen Legationsrates begeben und vollends ausbrüten lassen. – Es geschah so! –

In diesem Augenblick ärgert sich gegenwärtiger Biograph über alle Maßen, denn indem er an den zweiten Moment aus Kreislers Leben kommt, von dem er dir, geliebter Leser, zu erzählen versprochen, nämlich wie Johannes Kreisler den wohlerworbnen Posten eines Legationsrates verlor und gewissermaßen aus der Residenz verwiesen wurde, wird er gewahr, daß alle Nachrichten, die ihm darüber zu Gebote stehen, ärmlich, dürftig, seicht, unzusammenhängend sind. –

Es genügt indessen am Ende wohl, zu sagen, daß bald, nachdem Kreisler in die Stelle seines verstorbenen Oheims getreten und Legationsrat geworden, ehe man sich's versah, ein gewaltiger gekrönter Koloß den Fürsten in der Residenz heimsuchte und ihn als seinen besten Freund so innig und herzlich in seine eisernen Arme schloß, daß der Fürst darüber den besten Teil seines Lebensatems verlor. Der Gewaltige hatte in seinem Tun und Wesen etwas ganz Unwiderstehliches, und so kam es, daß seine Wünsche befriedigt werden mußten, sollte auch, wie es wirklich geschah, darüber alles in Not und Verwirrung geraten. Manche fanden die Freundschaft des Gewaltigen etwas verfänglich, wollten sich wohl gar dagegen auflehnen, gerieten aber selbst darüber in das verfängliche Dilemma, entweder die Vortrefflichkeit jener Freundschaft anzuerkennen oder außerhalb des Landes einen andern Standpunkt zu suchen, um vielleicht den Gewaltigen im richtigeren Licht zu erblicken.

Kreisler befand sich unter diesen.

Trotz seines diplomatischen Charakters hatte Kreisler geziemliche Unschuld konserviert, und ebendeshalb gab es Augenblicke, in denen er nicht wußte, wozu sich entschließen. Eben in einem solchen Augenblick erkundigte er sich bei einer hübschen Frau in tiefer Trauer, was sie überhaupt von Legationsräten halte. Sie erwiderte vieles in zierlichen artigen Worten, am Ende kam aber so viel heraus, daß sie von einem Legationsrat gar nicht viel halten könne, sobald er sich auf enthusiastische Weise mit der Kunst beschäftige, ohne sich ihr ganz zuzuwenden.

„Vortrefflichste der Witwen“, sprach darauf Kreisler, „ich reiße aus!“

Als er bereits Reisestiefel angezogen und mit dem Hut in der Hand sich empfehlen wollte, nicht ohne Rührung und gehörigen Abschiedsschmerz, steckte ihm die Witwe den Ruf zur Kapellmeisterstelle bei dem Großherzog, der das Ländchen des Fürsten Irenäus verspeist, in die Tasche.

Kaum ist es nötig, hinzuzufügen, daß die Dame in Trauer niemand anders war als die Rätin Benzon, die eben des Rates verlustig geworden, da der Gemahl verstorben.

Merkwürdigerweise trug es sich zu, daß die Benzon eben zu der Zeit, als –

(*M. f. f.*) Ponto geradezu auf das Brot und Würste feilhaltende Mädchen loshüpfte, die mich, da ich freundlich bei ihr zulangte, beinahe totgeschlagen. „Mein Pudel Ponto, mein Pudel Ponto, was tust du, nimm dich in acht, hüte dich vor der herzlosen Barbarin, vor dem rachedürstenden Wurstprinzip!“ – So rief ich hinter Ponto her; ohne auf mich zu achten, setzte er aber seinen Weg fort, und ich folgte in der Ferne, um, sollte er in Gefahr geraten, mich gleich aus dem Staube machen zu können. – Vor dem Tisch angekommen, richtete sich Ponto auf den Hinterfüßen in die Höhe und tänzelte in den zierlichsten Sprüngen um das Mädchen her, die sich darüber gar sehr erfreute. Sie rief ihn an sich, er kam, legte den Kopf in ihren Schoß, sprang wieder auf, bellte lustig, hüpfte wieder um den Tisch, schnupperte bescheiden und sah dem Mädchen freundlich in die Augen.

„Willst du ein Würstchen, artiger Pudel?" So fragte das Mädchen, und als nun Ponto, anmutig schwänzelnd, laut aufjauchzte, nahm sie zu meinem nicht geringen Erstaunen eine der schönsten, größten Würste und reichte sie dem Ponto dar. Dieser tanzte wie zur Danksagung noch ein kurzes Ballett und eilte dann zu mir mit der Wurst, die er mit den freundlichen Worten hinlegte: „Da iß, erquicke dich, Bester!" Nachdem ich die Wurst verzehrt, lud mich Ponto ein, ihm zu folgen, er wolle mich zurückführen zum Meister Abraham.

Wir gingen langsam nebeneinander her, so daß es uns nicht schwerfiel, wandelnd vernünftige Gespräche zu führen.

„Ich seh es wohl ein", (so begann ich die Unterredung) „daß du, geliebter Ponto, es viel besser verstehst, in der Welt fortzukommen, als ich. Nimmermehr würd es mir gelungen sein, das Herz jener Barbarin zu rühren, welches dir so ungemein leicht wurde. Doch verzeih! – In deinem ganzen Benehmen gegen die Wurstverkäuferin lag doch etwas, wogegen mein innerer mir angeborner Sinn sich auflehnt. Eine gewisse unterwürfige Schmeichelei, ein Verleugnen des Selbstgefühls, der edleren Natur – nein! guter Pudel, nicht entschließen könnte ich mich, so freundlich zu tun, so mich außer Atem zu setzen mit angreifenden Manœuvres, so recht demütig zu betteln, wie du es tatest. Bei dem stärksten Hunger, oder wenn mich ein Appetit nach etwas Besonderem anwandelt, begnüge ich mich, hinter dem Meister auf den Stuhl zu springen und meine Wünsche durch ein sanftes Knurren anzudeuten. Und selbst dies ist mehr Erinnerung an die übernommene Pflicht, für meine Bedürfnisse zu sorgen, als Bitte um eine Wohltat."

Ponto lachte laut auf, als ich dies gesprochen, und begann denn: „O Murr, mein guter Kater, du magst ein tüchtiger Literatus sein und dich wacker auf Dinge verstehen, von denen ich gar keine Ahnung habe, aber von dem eigentlichen Leben weißt du gar nichts und würdest verderben, da dir alle Weltklugheit gänzlich abgeht. – Fürs erste würdest du vielleicht anders geurteilt haben, ehe du die Wurst genossen, denn hungrige Leute sind viel artiger und fügsamer als satte, dann aber bist du rücksichtlich meiner sogenannten Unterwürfigkeit in großem Irrtum. Du weißt ja, daß das Tanzen und Springen mir großes Vergnügen macht, so daß ich es oft auf meine eigene Hand unternehme. Treibe ich nun, eigentlich nur zu meiner Motion, meine Künste vor den Menschen, so macht es mir ungemeinen Spaß, daß die Toren glauben, ich täte es aus besonderm Wohlgefallen an ihrer Person und nur, ihnen Lust und Freude zu erregen. Ja, sie glauben das, sollte auch eine andere Absicht ganz klar sein. Du hast, Geliebter, das lebendige Beispiel davon soeben erfahren. Mußte das Mädchen nicht gleich einsehen, daß es mir nur um eine Wurst zu tun war, und doch geriet sie in volle Freude, daß ich ihr, der Unbekannten, meine Künste vormachte, als einer Person, die dergleichen zu schätzen vermögend, und eben in dieser Freude tat sie das, was ich bezweckte. Der Lebenskluge muß es verstehen, allem, was er bloß seinetwegen tut, den Anschein zu geben, als täte er es um anderer willen, die sich dann hoch verpflichtet glauben und willig sind zu allem, was man bezweckte. Mancher erscheint gefällig, dienstfertig, bescheiden, nur den Wünschen anderer lebend und hat nichts im Auge als sein liebes Ich, dem die andern dienstbar sind, ohne es zu wissen. Das, was du also unterwürfige Schmeichelei zu nennen beliebst, ist nichts als weltkluges Benehmen, das in der Erkenntnis und der foppenden Benutzung der Torheit anderer seine eigentliche Basis findet."

„O Ponto", erwiderte ich, „du bist ein Weltmann, das ist gewiß, und ich wiederhole, daß du dich auf das Leben besser verstehst als ich, aber demunerachtet kann ich kaum glauben, daß deine seltsamen Künste dir selbst Vergnügen machen sollten. Wenigstens ist mir das entsetzliche Kunststück durch Mark und Bein gegangen, als du in meiner Gegenwart deinem Herrn ein schönes Stück Braten apportiertest, es sauber zwischen den Zähnen haltend, und nicht eher einen Bissen davon genossest, bis dein Herr dir die Erlaubnis zuwinkte."

„Sage mir doch", fragte Ponto, „sage mir doch, guter Murr, was sich nachher begab!"

„Beide", erwiderte ich, „dein Herr und Meister Abraham, lobten dich über alle Maßen und setzten dir einen ganzen Teller mit Braten hin, den du mit erstaunlichem Appetit verzehrtest."

„Nun", fuhr Ponto fort, „nun also, bester Kater, glaubst du wohl, daß, hätt ich apportierend das kleine Stück Braten gefressen, daß ich dann eine solch reichliche Portion und überhaupt Braten erhalten? Lerne, o unerfahrener Jüngling, daß man kleine Opfer nicht scheuen darf, um Großes zu erreichen. Mich wundert's, daß bei deiner starken Lektüre dir nicht bekannt geworden, was es heißt, die Wurst nach der Speckseite werfen. – Pfote aufs Herz, muß ich dir gestehen, daß, träfe ich einsam im Winkel einen ganzen schönen Braten an, ich ihn ganz gewiß verzehren würde, ohne auf die Erlaubnis meines Herrn zu warten, könnt ich das nur unbelauscht vollbringen. Es liegt nun einmal in der Natur, daß man im Winkel ganz anders handelt als auf offner Straße. – Übrigens ist es auch ein aus tiefer Weltkenntnis geschöpfter Grundsatz, daß es ratsam ist, in Kleinigkeiten ehrlich zu sein."

Ich schwieg einige Augenblicke, über Pontos geäußerte Grundsätze nachdenkend, mir fiel ein, irgendwo gelesen zu haben, ein jeder müsse so handeln, daß seine Handlungsweise als allgemeines Prinzip gelten könne, oder wie er wünsche, daß alle rücksichts seiner handeln möchten, und bemühte mich vergebens, dies Prinzip mit Pontos Weltklugheit in Übereinstimmung zu bringen. Mir kam in den Sinn, daß alle Freundschaft, die mir Ponto in dem Augenblick erzeigte, wohl auch gar zu meinem Schaden, nur seinen eignen Vorteil bezwecken könne, und ich äußerte dies unverhohlen.

„Kleiner Schäker", rief Ponto lachend, „von dir ist gar nicht die Rede! – Du kannst mir keinen Vorteil gewähren, keinen Schaden verursachen. Um deine toten Wissenschaften beneide ich dich nicht, dein Treiben ist nicht das meinige, und solltest du dir es etwa beikommen lassen, feindliche Gesinnungen gegen mich zu äußern, so bin ich dir an

Stärke und Gewandtheit überlegen. Ein Sprung, ein tüchtiger Biß meiner scharfen Zähne würde dir auf der Stelle den Garaus machen."

Mich wandelte eine große Furcht an vor meinem eignen Freunde, die sich vermehrte, als ein großer schwarzer Pudel ihn freundlich nach gewöhnlicher Art begrüßte und beide, mich mit glühenden Augen anblickend, leise miteinander sprachen.

Die Ohren angekniffen, drückte ich mich an die Seite, doch bald sprang Ponto, den der Schwarze verlassen, wieder auf mich zu und rief: „Komm nur, mein Guter!"

„Ach Himmel", fragte ich in der Bestürzung, „wer war denn der ernste Mann, der vielleicht ebenso weltklug als du?"

„Ich glaube gar", erwiderte Ponto, „du fürchtest dich vor meinem guten Oheim, dem Pudel Skaramuz? Ein Kater bist du schon und willst nun gar ein Hase werden." –

„Aber", sprach ich, „warum warf der Oheim mir solche glühende Blicke zu, und was flüstertet ihr so heimlich, so verdächtig miteinander?" – „Nicht verhehlen", erwiderte Ponto, „nicht verhehlen will ich's dir, mein guter Murr, daß mein alter Oheim etwas mürrisch ist und, wie es denn nun bei alten Leuten gewöhnlich der Fall, an verjährten Vorurteilen hängt. Er wunderte sich über unser Beisammensein, da die Ungleichheit unsers Standes jede Annäherung verbieten müsse. Ich versicherte, daß du ein junger Mann von vieler Bildung und angenehmem Wesen wärst, der mich bisweilen sehr belustige. Da meinte er, dann könne ich mich wohl dann und wann einsam mit dir unterhalten, nur solle ich's mir nicht etwa einfallen lassen, dich mitzubringen in eine Pudelassemblee, da du nun und nimmermehr assembleefähig werden könntest, schon deiner kleinen Ohren halber, die nur zu sehr deine niedere Abkunft verrieten und von tüchtigen, großgeohrten Pudeln durchaus für unanständig geachtet würden."

Ich versprach das.

Hätt ich schon damals etwas gewußt von meinem großen Ahnherrn, dem gestiefelten Kater, der Ämter und Würden erlangte, dem Busenfreunde König Gottliebs, ich würde dem Freunde Ponto sehr leicht bewiesen haben, daß jede Pudelassemblee sich geehrt fühlen müsse durch die Gegenwart eines Abkömmlings aus der illustersten Familie, so mußte ich, aus der Obskurität noch nicht hervorgetreten, es aber leiden, daß beide, Skaramuz und Ponto, sich über mich erhaben dünkten. – Wir schritten weiter fort. Dicht vor uns wandelte ein junger Mann, der trat mit einem lauten Ausruf der Freude so schnell zurück, daß er mich, sprang ich nicht schnell zur Seite, schwer verletzt haben würde. Ebenso laut schrie ein anderer junger Mann, der, die Straße herab, jenem entgegenkam. Und nun stürzten sich beide in die Arme, wie Freunde, die sich lange nicht gesehen, und wandelten dann eine Strecke vor uns her, Hand in Hand, bis sie stillstanden und, ebenso zärtlich voneinander Abschied nehmend, sich trennten. Der, der vor uns hergeschritten, sah dem Freunde lange nach und schlüpfte dann schnell in ein Haus hinein. Ponto stand still, ich desgleichen. Da wurde im zweiten Stock des Hauses, in das der junge Mann getreten, ein Fenster geöffnet, ein bildhübsches Mädchen schaute heraus, hinter ihr stand der junge Mann, und beide lachten sehr, dem Freunde nachschauend, von dem sich der junge Mann soeben getrennt. Ponto sah herauf und murmelte etwas zwischen den Zähnen, welches ich nicht verstand.

„Warum weilst du hier, lieber Ponto, wollen wir nicht weitergehen?“ So fragte ich, Ponto ließ sich aber nicht stören, bis er nach einigen Augenblicken heftig den Kopf schüttelte und dann schweigend den Weg fortsetzte.

„Laß uns“, sprach er, als wir auf einen mit Bäumen umgebenen, mit Statuen verzierten, anmutigen Platz gelangten, „laß uns hier ein wenig verweilen, guter Murr. Mir kommen jene beiden jungen Männer, die sich so herzlich auf der Straße umarmten, nicht aus dem Sinn. Es sind Freunde wie Damon und Pylades.“

„Damon und Pythias“, verbesserte ich, „Pylades war der Freund des Orestes, den er jedesmal getreulich im Schlafrock zu Bette brachte und mit Kamillentee bediente, wenn die Furien und Dämonen dem armen Mann zu hart zugesetzt. Man merkt, guter Ponto, daß du in der Geschichte nicht sonderlich bewandert.“

„Gleichviel“, fuhr der Pudel fort, „gleichviel, aber die Geschichte von den beiden Freunden weiß ich sehr genau und will sie dir erzählen mit allen Umständen, so wie ich sie zwanzigmal von meinem Herrn erzählen hörte. Vielleicht wirst du neben Damon und Pythias, Orestes und Pylades als drittes Paar Walter und Formosus nennen. Formosus ist nämlich derselbe junge Mann, der dich beinahe zu Boden getreten, in der Freude, seinen geliebten Walter wiederzusehen. – Dort in dem schönen Hause mit den hellen Spiegelfenstern wohnt der alte steinreiche Präsident, bei dem sich Formosus durch seinen leuchtenden Verstand, durch seine Gewandtheit, durch sein glänzendes Wissen so einzuschmeicheln wußte, daß er dem Alten bald war wie der eigne Sohn. Es begab sich, daß Formosus plötzlich all seine Heiterkeit verlor, daß er blaß aussah und kränklich, daß er in einer Viertelstunde zehnmal aus tiefer Brust aufseufzte, als wolle er sein Leben aushauchen, daß er, ganz in sich gekehrt, ganz in sich verloren, für nichts in der Welt mehr seine Sinne aufschließen zu können schien. – Lange Zeit hindurch drang der Alte vergebens in den Jüngling, daß er ihm die Ursache seines geheimen Kummers entdecken möge; endlich kam es heraus, daß er bis zum Tode verliebt war in des Präsidenten einzige Tochter. Anfangs erschrak der Alte, der mit seinem Töchterlein ganz andere Dinge im Sinne haben mochte, als sie an den rang- und amtlosen Formosus zu verheiraten; als er aber den armen Jüngling immer mehr und mehr hinwelken sah, ermannte er sich und fragte Ulriken, wie ihr der junge Formosus gefalle, und ob er ihr schon etwas von seiner Liebe gesagt. – Ulrike schlug die Augen nieder und meinte, erklärt habe sich der junge Formosus zwar nicht gegen sie, aus lauter Zurückhaltung und Bescheidenheit, aber gemerkt habe sie wohl längst, daß er sie liebe, denn so was sei wohl zu bemerken. Übrigens gefalle ihr der junge Formosus recht wohl, und wenn sonst dem nichts im Wege stände, und wenn der Herzenspapa nichts dagegen habe, und – kurz,

Ulrike sagte alles, was Mädchen bei derlei Gelegenheit zu sagen pflegen, die nicht mehr in der ersten, vollsten Blüte stehen und fleißig denken: „Wer wird der sein, der dich heimführt?“ – Darauf sprach der Präsident zum Formosus: „Richte dein Haupt auf, mein Junge! – Sei froh und glücklich, du sollst sie haben, meine Ulrike!“ und so wurde Ulrike die Braut des jungen Herrn Formosus. Alle Welt gönnte dem hübschen bescheidenen Jüngling sein Glück, nur einer geriet darüber in Gram und Verzweiflung, und das war Walter, mit dem Formosus ein Herz und eine Seele aufgewachsen. Walter hatte Ulriken einigemal gesehen, auch wohl gesprochen und sich in sie verliebt, vielleicht noch viel ärger als Formosus! – Doch ich rede immer von Liebe und verliebt sein und weiß nicht, ob du, mein Kater, schon jemals in Liebe gewesen bist und also dies Gefühl kennst?“ – „Was mich betrifft“, erwiderte ich, „was mich betrifft, lieber Ponto, glaube ich nicht, daß ich schon geliebt habe oder liebe, da ich mir bewußt bin, noch nicht in den Zustand geraten zu sein, wie ihn mehrere Dichter beschreiben. Den Dichtern ist nicht allemal ganz zu trauen, nach dem, was ich aber sonst darüber weiß und gelesen habe, muß die Liebe eigentlich nichts anders sein als ein psychischer Krankheitszustand, der sich bei dem menschlichen Geschlecht als partieller Wahnsinn darin offenbart, daß man irgendeinen Gegenstand für etwas ganz anders hält, als was er eigentlich ist, z. B. ein kleines dickes Ding von Mädchen, welche Strümpfe stopft, für eine Göttin. Doch fahre nur fort, geliebter Pudel, in deiner Erzählung von den beiden Freunden Formosus und Walter.“ –

„Walter“ (so sprach Ponto weiter) „stürzte dem Formosus an den Hals und sprach unter vielen Tränen: „Du raubst mir das Glück meines Lebens, aber daß *du* es bist, daß *du* glücklich wirst, das ist mein Trost, lebe wohl, mein Geliebter, lebe wohl auf ewig!“ – Darauf lief Walter in den Busch, wo er am dicksten war, und wollte sich totschießen. Es unterblieb aber, weil er in der Verzweiflung vergessen hatte, das Pistol zu laden, er begnügte sich daher mit einigen Ausbrüchen des Wahnsinnes, die jeden Tag wiederkehrten. Eines Tages trat Formosus, den er in vielen Wochen nicht gesehen, ganz unvermutet zu ihm hinein, als er eben vor Ulrikens Pastellgemälde, das unter Glas und Rahmen an der Wand hing, auf den Knien lag und gräßlich lamentierte. „Nein“, rief Formosus, indem er den Walter an seine Brust drückte, „nein, ich konnte deinen Schmerz, deine Verzweiflung nicht ertragen, dir opfere ich gern mein Glück. – Ich habe Ulriken entsagt, ich habe den alten Vater dahin gebracht, daß er dich zum Eidam annimmt! – Ulrike liebt dich, vielleicht ohne es selbst zu wissen. – Bewirb dich um sie, ich scheide! – lebe wohl!“ – Er wollte fort, Walter hielt ihn fest. Es war diesem, als läge er im Traum, er glaubte an alles nicht früher, als bis Formosus ein eigenhändiges Billett des alten Präsidenten hervorzog, worin es ungefähr hieß: „Edler Jüngling! du hast gesiegt, ungern lasse ich dich, aber ich ehre deine Freundschaft, die dem Heroismus gleicht, von welchem man in den alten Skribenten lieset. Mag Herr Walter, der ein Mann ist von löblichen Eigenschaften und ein schönes, einträgliches Amt hat, sich um meine Tochter Ulrike bewerben, will sie ihn ehelichen, so habe ich meinerseits nichts dagegen.“

Formosus verreiste wirklich, Walter bewarb sich um Ulriken, Ulrike wurde wirklich Walters Frau. – Der alte Präsident schrieb nun nochmals an Formosus, überhäufte ihn mit Lobsprüchen und fragte, ob es ihm vielleicht Vergnügen machen würde, nicht etwa als Entschädigung, denn er wisse wohl, daß es in solchem Fall keine gebe, sondern nur als ein geringes Zeichen seiner innigen Zuneigung dreitausend Taler anzunehmen. Formosus antwortete, der Alte kenne die Geringfügigkeit seiner Bedürfnisse, Geld werde, könne ihn nicht glücklich machen und nur die Zeit ihn trösten über einen Verlust, an dem niemand schuld sei als das Schicksal, welches in der Brust des teuren Freundes die Liebe zu Ulriken entzündet, und nur dem Schicksal sei er gewichen; von irgendeiner edlen Tat daher gar nicht die Rede. Übrigens nehme er das Geschenk an unter der Bedingung, daß der Alte es einer armen Witwe, die da und da mit einer tugendhaften Tochter in trostlosem Elende lebe, zuwende. Die Witwe wurde ausfindig gemacht und erhielt die dem Formosus zugedachten dreitausend Reichstaler. Bald darauf schrieb Walter dem Formosus: „Ich kann nicht mehr leben ohne dich, kehre zurück in meine Arme!" Formosus tat es und erfuhr, als er gekommen, daß Walter seinen schönen einträglichen Posten aufgegeben, unter der Bedingung, daß Formosus, der sich längst einen ähnlichen gewünscht, ihn erhalte. Formosus erhielt den Posten wirklich und geriet, rechnete man die getäuschte Hoffnung rücksichts der Heirat mit Ulriken ab, in die behaglichste Lage. Stadt und Land erstaunte über den Wettstreit des Edelmuts beider Freunde, ihre Tat wurde als Nachklang aus einer längst vergangenen schönern Zeit vernommen, als Beispiel aufgestellt eines Heroismus, dessen nur hohe Geister fähig."

„In der Tat", begann ich, als Ponto schwieg, „in der Tat, nach allem, was ich gelesen, müssen Walter und Formosus edle kräftige Menschen sein, die in treuer Aufopferung füreinander nichts von deiner gerühmten Weltklugheit wissen."

„Hm", erwiderte Ponto hämisch lächelnd, „es kommt darauf an! – ein paar Umstände, von denen die Stadt keine Notiz genommen, und die ich zum Teil von meinem Herrn erfahren, teils selbst belauscht habe, sind noch nachzuholen. – Mit der Liebe des Herrn Formosus zu der reichen Präsidententochter muß es doch nicht so arg gewesen sein, wie der Alte glaubte, denn im höchsten Stadium dieser tötenden Leidenschaft unterließ der junge Mann nicht, nachdem er den Tag über verzweifelt, jeden Abend eine hübsche, niedliche Putzmacherin zu besuchen. Als Ulrike nun aber seine Braut geworden, fand er bald, daß das engelsmilde Fräulein das eigne Talent besaß, sich bei schicklicher Gelegenheit plötzlich in einen kleinen Satan zu verwandeln. Außerdem kam ihm aus sicherer Quelle die verdrießliche Nachricht zu, daß Fräulein Ulrike in der Residenz, was Liebe und Liebesglück betrifft, ganz besondere Erfahrungen gemacht, und nun ergriff ihn plötzlich ein unwiderstehlicher Edelmut, vermöge dessen er die reiche Braut dem Freunde abtrat. Walter hatte sich in seltsamer Verwirrung in Ulriken, die er an öffentlichen Orten im höchsten Glanz aller Toilettenkünste gesehen, wirklich verliebt, und Ulriken ihrerseits war es ziemlich einerlei, wer von beiden sich ihr als Gemahl anheftete, Formosus oder Walter. Dieser hatte auch wirklich ein schönes einträgliches

Amt, bei dessen Verwaltung aber solche krause Streiche gemacht, daß er der Entsetzung binnen weniger Zeit entgegensehen mußte. Er zog es vor, früher zugunsten seines Freundes den Abschied zu nehmen und so durch einen Akt, der alle Kennzeichen der edelsten Gesinnung trug, seine Ehre zu retten. Die dreitausend Taler wurden in guten Papieren einer alten, sehr anständigen Frau eingehändigt, die zuweilen die Mutter, zuweilen die Muhme, zuweilen die Aufwärterin jener hübschen Putzmacherin vorstellte. Bei diesem Geschäft erschien sie in doppelter Gestalt. Erst bei dem Empfang des Geldes als Mutter, dann, als sie das Geld überbrachte und einen guten Tragelohn empfing, als Aufwärterin des Mädchens, die du kennst, lieber Murr, da sie eben erst mit dem Herrn Formosus zum Fenster hinausschaute. – Übrigens wissen beide, Formosus und Walter, längst, auf welche Weise sie sich in edelmütiger Gesinnung überboten, sie haben sich, um wechselseitigen Lobeserhebungen auszuweichen, lange vermieden, und deshalb waren ihre heutigen Begrüßungen, als der Zufall sie auf der Straße zusammenführte, so herzlich.“ –

In dem Augenblick entstand ein fürchterlicher Lärm. Die Menschen liefen durcheinander, schrien: „Feuer! – Feuer!“ Reuter sprengten durch die Straßen – Wagen rasselten. – Aus den Fenstern eines Hauses, unfern uns, strömten Rauchwolken und Flammen. – Ponto sprang schnell vorwärts, ich aber in der Angst kletterte eine hohe Leiter hinauf, die an ein Haus gelehnt, und befand mich bald auf dem Dache in voller Sicherheit. Plötzlich kam mir –

(*Mak. Bl.*) „– ganz unvermutet über den Hals“, sprach Fürst Irenäus, „ohne Anfrage des Hofmarschalls, ohne Vorwort des diensttuenden Kammerherrn, beinahe – ich sag Euch das unter uns, Meister Abraham, bringt es nicht etwa unter die Leute – beinahe unangemeldet – keine Liverei in den Vorzimmern. Die Esel spielten Brausebart im Vestibül. Spielen ist ein großes Laster. Schon in die Türe getreten, erwischte ihn der Tafeldecker, der zum Glück gerade durchging, beim Rockschoß und fragte, wer der Herr sei, und wie er ihn dem Fürsten servieren solle. Aber er hat mir wohl gefallen, es ist ein ganz artiger Mensch. Sagtet Ihr nicht, daß er sonst nichts weniger gewesen wäre als ein purer simpler Musikant? sogar von einigem Stande?“ –

Meister Abraham versicherte, daß Kreisler allerdings sonst in ganz anderen Verhältnissen gelebt, die es ihm sogar vergönnt, an der fürstlichen Tafel zu speisen, und daß nur der verwüstende Sturm der Zeit ihn aus diesen Verhältnissen vertrieben. Übrigens wünsche er aber, daß der Schleier, den er über die Vergangenheit geworfen, unverrückt liegenbleiben möge.

„Also“, nahm der Fürst das Wort, „also von Adel, vielleicht Baron – Graf – vielleicht gar – Nun, man muß nicht zu weit gehen in träumerischer Hoffnung! – Ich habe ein Faible für dergleichen Mysterien! Es war eine schöne Zeit nach der französischen Revolution, als Marquis Siegellack fabrizierten und Comtes Nachtmützen strickten von Filet und nichts sein wollten als simple Monsieurs und man sich erlustigte auf dem großen

Maskenball. – Ja, was den Herrn von Kreisler betrifft! – Die Benzon versteht sich auf so etwas, sie rühmte ihn, sie empfahl mir ihn, sie hat recht. An der Manier, den Hut unter dem Arm zu halten, erkannte ich gleich den Mann von Bildung, von feinem geläutertem Ton."

Der Fürst setzte noch einiges Lob über Kreislers äußere Erscheinung hinzu, so daß Meister Abraham überzeugt war, sein Plan müsse gelingen. Er hatte nämlich im Sinn, den Herzensfreund dem eingebildeten Hofstaat einzuschieben als Kapellmeister und ihn so in Sieghartsweiler festzuhalten. Als er nun aber aufs neue davon sprach, erwiderte der Fürst ganz entschieden, daß daraus ganz und gar nichts werden könne.

„Sagt selbst", fuhr er dann fort, „sagt selbst, Meister Abraham, ob es möglich sein würde, den angenehmen Mann in meinen engeren Familienkreis zu ziehen, wenn ich ihn zum Kapellmeister und so zu meinem Offizianten mache? – Ich könnte ihm eine Hofcharge verleihen und ihn zum Maître de Plaisir oder des Spectacles machen, aber der Mann versteht die Musik aus dem Grunde und ist auch, wie Ihr sagt, im Theaterwesen wohl erfahren. Nun weiche ich aber nicht ab von dem Grundsatz meines höchstseligen, in Gott ruhenden Herrn Vaters, der immer behauptete, besagter Maître müsse um des Himmels willen sich auf die Sachen, deren Maître er repräsentiere, nicht verstehen, da er sich sonst gar zu sehr darum bekümmere und sich viel zu sehr für die Menschen, die dabei beschäftigt, als da sind Schauspieler, Musikanten und so weiter interessiere. – Also dafür behalte Herr von Kreisler die Maske des fremden Kapellmeisters und schreite damit hinein in die inneren Gemächer des fürstlichen Hauses nach dem Beispiel eines hinlänglich vornehmen Mannes, der vor einiger Zeit in der freilich verwerflichen Maske eines schnöden Histrionen die auserlesensten Zirkel mit den anmutigsten Faxen amüsierte."

„Und", rief der Fürst dem Meister Abraham, der sich fortbegeben wollte, zu, „und da Ihr gewissermaßen den Chargé d'Affaires des Herrn von Kreisler zu machen scheinet, so will ich es Euch nicht verhehlen, daß nur zwei Dinge mir nicht recht an ihm gefallen wollen, die vielleicht mehr Gewohnheiten sind als wirkliche Dinge. – Ihr versteht schon, wie ich das meine. – Fürs erste starrt er mir, wenn ich mit ihm spreche, geradezu ins Antlitz. Ich habe doch konsiderable Augen, kann fürchterlich daraus blitzen, wie weiland Friedrich der Große, kein Kammerjunker, kein Page wagt es aufzuschauen, wenn ich, den entsetzlichen Blick auf ihn schießend, frage, ob das mauvais sujet schon wieder Schulden gemacht oder den Marzipan aufgefressen, aber der Herr von Kreisler, den mag ich anblitzen, wie ich will, er macht sich gar nichts daraus, sondern lächelt mich an auf eine Weise, daß – ich selbst die Augen niederschlagen muß. Dann hat der Mann eine solche besondere Art zu sprechen, zu antworten, das Gespräch fortzuführen, daß man zuweilen ordentlich glaubt, das, was man selbst gesagt, sei eben nicht sonderlich gewesen, man wäre gewissermaßen eine Be–. Beim St. Januar, Meister, das ist ganz unausstehlich, und Ihr müßt dafür sorgen, daß Herr von Kreisler sich diese Dinge oder Gewohnheiten abgewöhne."

Meister Abraham versprach zu tun, was Fürst Irenäus von ihm verlangte, und wollte aufs neue davon, da erwähnte der Fürst noch des besonderen Widerwillens, den Prinzessin Hedwiga gegen den Kreisler geäußert, und meinte, daß das Kind seit einiger Zeit von seltsamen Träumen und Einbildungen geplagt werde, weshalb der Leibarzt die Molkenkur zum nächsten Frühjahr angeraten. Hedwiga sei nämlich jetzt auf den sonderbaren Gedanken geraten, daß Kreisler dem Tollhause entsprungen und allerlei Unheil anrichten werde bei nächster Gelegenheit.

„Sagt", sprach der Fürst, „sagt, Meister Abraham, ob der vernünftige Mann wohl nur die mindeste Spur der Geisteszerrüttung an sich trägt?" Abraham erwiderte, daß Kreisler zwar ebensowenig verrückt sei als er selbst, jedoch sich zuweilen etwas seltsam gebärde und in einen Zustand gerate, der beinahe dem des Prinzen Hamlet zu vergleichen, dadurch aber nur um so interessanter werde. – „Soviel wie ich weiß", nahm der Fürst das Wort, „war der junge Hamlet ein vortrefflicher Prinz aus einem alten angesehenen Regentenhause, der sich nur zuzeiten mit der sonderbaren Idee herumtrug, daß sämtliche Hofleute sich auf das Flötenblasen verstehen sollten. Hohen Personen steht es wohl an, auf Seltsames zu verfallen, es vermehrt den Respekt. Was bei dem Mann ohne Rang und Stand eine Absurdität zu nennen, ist bei ihnen bloß die angenehme Kapriole eines ungemeinen Geistes, welche Staunen erregen muß und Bewunderung. – Herr von Kreisler sollte fein im geraden Wege bleiben, will er aber durchaus den Prinzen Hamlet imitieren, so ist das ein schönes Streben nach dem Höheren, vielleicht veranlaßt durch seine überwiegende Neigung zu den musikalischen Studien. Man mag es ihm verzeihen, wenn er bisweilen sich wunderlich betragen will." –

Es schien, als wenn Meister Abraham heute nun einmal nicht aus dem Zimmer des Fürsten kommen sollte; denn wiederum rief der Fürst ihn zurück, als er schon die Türe geöffnet, und verlangte zu wissen, woher der seltsame Widerwille der Prinzessin Hedwiga gegen den Kreisler wohl rühren möge. Meister Abraham erzählte die Art, wie Kreisler der Prinzessin und Julien zum erstenmal im Park zu Sieghartshof erschienen und meinte, daß die aufgeregte Stimmung, in der der Kapellmeister damals gewesen, auf eine Dame von zarten Nerven wohl habe feindlich wirken müssen.

Der Fürst gab mit einiger Heftigkeit zu erkennen, wie er hoffe, daß Herr von Kreisler nicht wirklich zu Fuße nach Sieghartshof gekommen, sondern daß der Wagen hier oder dort im breiten Fahrwege des Parks gehalten, da nur Abenteurer zu Fuße zu reisen pflegten.

Meister Abraham meinte, daß man zwar das Beispiel eines tapfern Offiziers vor Augen habe, der von Leipzig nach Syrakus gelaufen, ohne sich ein einziges Mal die Stiefel versohlen zu lassen, was aber den Kreisler betreffe, so sei er überzeugt, daß ein Wagen wirklich im Park gehalten. – Der Fürst war zufrieden. –

Während sich dies im Gemach des Fürsten begab, saß Johannes bei der Rätin Benzon vor dem schönsten Flügel, den jemals die kunstreiche Nanette Streicher gebaut, und begleitete Julien das große leidenschaftliche Rezitativ der Klytämnestra aus Glucks „Iphigenia in Aulis.“ –

Gegenwärtiger Biograph ist leider genötigt, seinen Helden, soll das Porträt richtig sein, als einen extravaganten Menschen darzustellen, der, vorzüglich was die musikalische Begeisterung betrifft, oft dem ruhigen Beobachter beinahe wie ein Wahnsinniger erscheint. Er hat ihm schon die ausschweifende Redensart nachschreiben müssen, daß „als Julia sang, aller sehnsüchtige Schmerz der Liebe, alles Entzücken süßer Träume, die Hoffnung, das Verlangen durch den Wald wogte und niederfiel wie erquickender Tau in die duftenden Blumenkelche, in die Brust horchender Nachtigallen.“ Kreislers Urteil über Julias Gesang scheint hiernach eben nicht von sonderlichem Wert. Versichern kann aber bemeldeter Biograph bei dieser Gelegenheit dem günstigen Leser, daß Julias Gesang, den er, dem Himmel sei's geklagt, niemals selbst hörte, etwas Geheimnisvolles, etwas ganz Wunderbares in sich getragen haben muß. Ungemein solide Leute, die sich erst seit kurzer Zeit den Zopf wegschneiden lassen, die, nachdem sie einen tüchtigen Rechtsfall, eine maliziös merkwürdige Krankheit oder einen jungen Ankömmling von Straßburger Pastete gehörig erprobt, der Umgang mit Gluck, Mozart, Beethoven, Spontini im Theater nicht im mindesten aus der schicklichen Seelenruhe brachte, ja, solche Leute haben oft versichert, daß, sänge das Fräulein Julia Benzon, ihnen ganz absonderlich zumute würde, sie könnten gar nicht sagen, wie. Eine gewisse Beklommenheit, die ihnen denn doch ein unbeschreibliches Wohlbehagen errege, bemächtige sich ihrer ganz und gar, und oft kämen sie auf den Punkt, Narrenstreiche zu machen und sich zu gebärden wie junge Phantasten und Versmacher. Anzuführen ist auch ferner, daß einmal, als Julia bei Hofe sang, Fürst Irenäus vernehmlich ächzte, und als der Gesang geendet, geradezu losschritt auf Julien, ihre Hand an den Mund drückte und dabei sehr weinerlich sprach: „Bestes Fräulein!“ – Der Hofmarschall wagte zu behaupten, Fürst Irenäus habe der kleinen Julia wirklich die Hand geküßt, und dabei wären ihm ein paar Tränen aus den Augen getröpfelt. Auf Anlaß der Oberhofmeisterin wurde aber diese Behauptung als ungeziemend und dem Wohl des Hofes zuwider unterdrückt.

Julia, einer vollen, metallreichen, glockenreinen Stimme mächtig, sang mit dem Gefühl, mit der Begeisterung, die aus dem im Innersten bewegten Gemüt hervorströmt, und darin mochte wohl der wunderbare unwiderstehliche Zauber liegen, den sie auch heute übte. Der Atem jedes Zuhörers stockte, als sie sang, jeder fühlte seine Brust beengt von süßem namenlosem Weh, erst ein paar Augenblicke nachher, als sie geendet, brach das Entzücken los im stürmischen ungemessensten Beifall. Nur Kreisler saß da, stumm und starr, zurückgelehnt in den Sessel; dann stand er leise und langsam auf, Julia wandte sich zu ihm mit einem Blick, der deutlich fragte: „War es denn auch wohl so recht?“ – Errötend schlug sie aber die Augen nieder, als Kreisler, die Hand aufs Herz legend, mit zitternder Stimme lispelte: „Julia!“ und dann mit gebücktem Haupte mehr schlich als ging hinter den Kreis, den die Damen geschlossen.

Mit Mühe hatte die Rätin Benzon Prinzessin Hedwiga dahin vermocht, in der Abendgesellschaft zu erscheinen, wo sie den Kapellmeister Kreisler antreffen mußte. Sie gab nur nach, als die Rätin ihr sehr ernsthaft vorstellte, wie kindisch es sein würde, einen Mann zu meiden, bloß weil er nicht zu den auf eine Art und Weise wie Scheidemünze ausgeprägten zu rechnen, sondern sich in freilich hin und wieder bizarrer Eigentümlichkeit darstelle. Zudem habe Kreisler auch Eingang gefunden bei dem Fürsten, und unmöglich würd es daher sein, den seltsamen Eigensinn durchzuführen.

Prinzessin Hedwiga wußte sich den ganzen Abend über so geschickt zu drehen und zu wenden, daß Kreisler, dem es, harmlos und gefügig, wie er war, wirklich galt, die Prinzessin zu versöhnen, alles Mühens unerachtet sich nicht ihr nähern konnte. Den geschicktesten Manœuvres wußte sie zu begegnen mit schlauer Taktik. – Desto mehr mußte der Benzon, die das alles bemerkt, es auffallen, als die Prinzessin plötzlich den Kreis der Damen durchbrach und geradezu losschritt auf den Kapellmeister. So tief in sich versunken stand Kreisler da, daß erst die Anrede der Prinzessin, ob er allein denn keine Zeichen, keine Worte habe für den Beifall, den Julia errungen, ihn aus dem Traume weckte.

„Gnädigste“, – erwiderte Kreisler mit einem Ton, der die innere Bewegung verriet, „Gnädigste, nach der bewährten Meinung berühmter Schriftsteller haben die Seligen statt des Worts nur Gedanken und Blick. – Ich war, glaub ich, im Himmel!“

„So ist“, erwiderte die Prinzessin lächelnd, „unsere Julia ein Engel des Lichts, da sie vermochte, Ihnen das Paradies zu erschließen. – Jetzt bitte ich Sie aber, auf einige Augenblicke den Himmel zu verlassen und einem armen Erdenkinde, wie ich es nun einmal bin, Gehör zu geben.“ –

Die Prinzessin hielt inne, als erwarte sie, daß Kreisler etwas sage. Da dieser sie aber schweigend anschaute mit leuchtendem Blick, schlug sie die Augen nieder und wandte sich rasch um, so daß der leicht umgeworfene Shawl von den Schultern hinabwallte. Kreisler erfaßte ihn im Fallen. Die Prinzessin blieb stehen. „Lassen Sie uns“, sprach sie dann mit unsicherm, schwankendem Ton, als ringe sie mit irgendeinem Entschluß, als würd es ihr schwer, es herauszusagen, was sie im Innern beschlossen – „lassen Sie uns von poetischen Dingen ganz prosaisch reden. Ich weiß, Sie geben Julien Unterricht im Gesange, und ich muß gestehen, daß sie seit der Zeit in Stimme und Vortrag unendlich gewann. Das gibt mir die Hoffnung, daß Sie imstande wären, selbst ein mittelmäßiges Talent, wie das meinige, zu heben. – Ich meine, daß –“

Die Prinzessin stockte hocherrötend, die Benzon trat hinzu und versicherte, daß die Prinzessin sich selbst großes Unrecht tue, wenn sie ihr musikalisches Talent mittelmäßig nenne, da sie das Pianoforte vorzüglich spiele und recht ausdrucksvoll singe. Kreisler, dem die Prinzessin in ihrer Verlegenheit auf einmal über alle Maßen liebenswürdig erschien, ergoß sich in einen Strom freundlicher Redensarten und schloß damit, daß ihm nichts Glücklicheres begegnen könne, als wenn die Prinzessin es vergönne, ihr beizustehen im Studium der Musik mit Rat und Tat.

Die Prinzessin hörte den Kapellmeister an mit sichtlichem Wohlgefallen, und als er geendet und der Benzon Blick ihr die seltsame Scheu vor dem artigen Mann vorwarf, da sprach sie halb leise: „Ja, ja, Benzon, Sie haben recht, ich bin wohl oft ein kindisches Kind! –“ In demselben Augenblick faßte sie, ohne hinzublicken, nach dem Shawl, den Kreisler noch immer in den Händen hielt und den er ihr nun hinreichte. Selbst wußte er nicht, wie es sich begab, daß er dabei der Prinzessin Hand berührte. Aber ein heftiger Pulsschlag dröhnte ihm durch alle Nerven, und es war, als wollten ihm die Sinne vergehen. –

Wie einen Lichtstrahl, der durch finstere Wolken bricht, vernahm Kreisler Juliens Stimme. „Ich soll“, sprach sie, „ich soll noch mehr singen, lieber Kreisler, man läßt mir keine Ruhe. – Wohl möchte ich das schöne Duett versuchen, das Sie mir letzthin gebracht.“ „Sie dürfen das“, nahm die Benzon das Wort, „Sie dürfen das meiner Julie nicht abschlagen, lieber Kapellmeister – fort an den Flügel!“ –

Kreisler, keines Wortes mächtig, saß am Flügel, schlug die ersten Akkorde des Duetts an, wie von einem seltsamen Rausch betört und befangen. Julia begann: „Ah che mi manca l'anima in si fatal momento“ – – Es ist nötig zu sagen, daß die Worte dieses Duetts nach gewöhnlicher italienischer Weise ganz einfach die Trennung eines liebenden Paars aussprachen, daß auf momento natürlicherweise sento und tormento gereimt war, und daß es, wie in hundert andern Duetten ähnlicher Art, auch nicht an dem Abbi pietade o cielo und an der pena di morir fehlte. Kreisler hatte indessen diese Worte in der höchsten Aufregung des Gemüts mit einer Inbrunst komponiert, die beim Vortrage jeden, dem der Himmel nur passable Ohren gegeben, unwiderstehlich hinreißen mußte. Das Duett war den leidenschaftlichsten dieser Art an die Seite zu stellen und, da Kreisler nur nach dem höchsten Ausdruck des Moments und nicht darnach strebte, was eben ganz ruhig und bequem von der Sängerin aufzufassen, in der Intonation ziemlich schwer geraten. So kam es, daß Julia schüchtern, mit beinahe ungewisser Stimme begann und daß Kreisler eben nicht viel besser eintrat. Bald erhoben sich aber beide Stimmen auf den Wellen des Gesanges wie schimmernde Schwäne und wollten bald mit rauschendem Flügelschlag emporsteigen zu dem golden strahlenden Gewölk, bald in süßer Liebesumarmung sterbend untergehen in dem brausenden Strom der Akkorde, bis tief aufatmende Seufzer den nahen Tod verkündeten und das letzte Addio in dem Schrei des wilden Schmerzes wie ein blutiger Springquell herausstürzte aus der zerrissenen Brust.

Niemand befand sich in dem Kreise, den das Duett nicht tief ergriffen, vielen standen die hellen Tränen in den Augen, selbst die Benzon gestand, daß sie selbst im Theater bei irgendeiner gut dargestellten Abschiedsszene ähnliches noch nicht empfunden. Man überhäufte Julien und den Kapellmeister mit Lobsprüchen, man sprach von der wahren Begeisterung, die beide beseelt, und stellte die Komposition vielleicht noch höher, als sie es verdiente.

Der Prinzessin Hedwiga hatte man während des Gesanges die innere Bewegung wohl angemerkt, unerachtet sie bemüht war, ruhig zu scheinen, ja durchaus jede Teilnahme zu verbergen. Neben ihr saß ein junges Ding von Hofdame mit roten Wangen, zum Weinen und Lachen gleich aufgelegt, der raunte sie allerlei in die Ohren, ohne daß es ihr gelang, irgend andere Antwort zu erhalten als einzelne Wörter, in der Angst der höfischen Konvenienz ausgestoßen. Auch der Benzon, die an der andern Seite saß, flüsterte sie gleichgültige Dinge zu, als höre sie gar nicht auf das Duett; die nach ihrer strengen Manier bat aber die Gnädigste, die Unterhaltung aufzusparen bis nach geendetem Duett. Jetzt aber sprach die Prinzessin, im ganzen Gesicht glühend, mit blitzenden Augen so laut, daß sie die Lobsprüche der ganzen Gesellschaft übertönte: „Es wird mir nun wohl erlaubt sein, auch meine Meinung zu sagen. Ich gebe zu, daß das Duett als Kornposition seinen Wert haben mag, daß meine Julie vortrefflich gesungen hat, aber ist es recht, ist es billig, daß man im gemütlichen Zirkel, wo freundliche Unterhaltung obenanstehen soll, wo wechselseitige Anregungen, Rede, Gesang forttreiben sollen wie einen zwischen Blumenbeeten sanft murmelnden Bach, daß man da extravagante Sachen auftischt, die das Innere zerschneiden, deren gewaltsamen zerstörenden Eindruck man nicht verwinden kann? Ich habe mich bemüht, mein Ohr, meine Brust zu verschließen dem wilden Schmerz des Orkus, den Kreisler mit unser leicht verletzliches Inneres verhöhnender Kunst in Tönen aufgefaßt hat, aber niemand war so gütig, sich meiner anzunehmen. Gern will ich meine Schwäche Ihrer Ironie preisgeben, Kapellmeister, gern will ich gestehen, daß der üble Eindruck Ihres Duetts mich ganz krank gemacht hat. – Gibt es denn keinen Cimarosa, keinen Paesiello, deren Kompositionen recht für die Gesellschaft geschrieben sind?“

„O Gott“, rief Kreisler, indem sein Gesicht in dem mannigfaltigsten Muskelspiel vibrierte, wie es allemal zu geschehen pflegte, wenn der Humor aufstieg in dem Innern, „o Gott, gnädigste Prinzessin! – wie ganz bin ich ärmster Kapellmeister Ihrer gütigen gnädigen Meinung! – Ist es nicht gegen alle Sitte und Kleiderordnung, die Brust mit all der Wehmut, mit all dem Schmerz, mit all dem Entzücken, das darin verschlossen, anders in die Gesellschaft zu tragen, als dick verhüllt mit dem Fichu vortrefflicher Artigkeit und Konvenienz? Taugen denn alle Löschanstalten, die der gute Ton überall bereitet, taugen sie wohl was, sind sie wohl hinlänglich, um das Naphthafeuer zu dämpfen, das hie und da hervorlodern will? Spült man noch soviel Tee, noch soviel Zuckerwasser, noch soviel honettes Gespräch, ja noch soviel angenehmes Dudeldumdei hinunter, doch gelingt es diesem, jenem freveligen Mordbrenner, eine Congrevische

Rakete ins Innere zu werfen, und die Flamme leuchtet empor, leuchtet und brennt sogar, welches dem puren Mondschein niemals geschieht! – Ja! gnädigste Prinzessin! – ja, ich! – aller Kapellmeister hienieden unseligster, ich habe schändlich gefrevelt mit dem entsetzlichen Duett, das wie ein höllisches Feuerwerk mit allerlei Leuchtkugeln, Schwanzraketen, Schwärmern und Kanonenschlägen durch die ganze Gesellschaft gefahren ist und, leider merk ich's, fast überall gezündet hat! – Ha! – Feuer – Feuer – Mordio! – es brennt – Spritzenhaus auf Wasser – Wasser – Hilfe, rettet!“

Kreisler stürzte zu auf den Notenkasten, zog ihn hervor unter dem Flügel, öffnete ihn – warf die Noten umher, riß eine Partitur heraus, es war Paesiellos „Molinara“, setzte sich an das Instrument, begann das Ritornell der bekannten hübschen Anette: „La Rachelina molinarina“, mit der die Müllerin auftritt –

„Aber lieber Kreisler!“ sprach Julie ganz schüchtern und erschrocken.

Doch Kreisler warf sich vor Julien nieder auf beide Knie und flehte: „Teuerste, holdseligste Julia! Erbarmen Sie sich der hochverehrten Gesellschaft, gießen Sie Trost in die hoffnungslosen Gemüter, singen Sie die Rachelina! – Tun Sie es nicht, so bleibt mir nichts übrig, als mich hier vor Ihren sichtlichen Augen hinabzustürzen in die Verzweiflung, an deren Rand ich mich bereits befinde, und Sie halten den verlornen Maître de la Chapelle vergebens am Rockschoß, denn indem Sie gutmütig rufen: „Bleibe bei uns, o Johannes!“ so ist er schon hinabgefahren zum Acheron und wagt im dämonischen Shawltanz die allerzierlichsten Sprünge: darum singen Sie, Werte!“

Julie tat, wiewohl, so schien es, mit einigem Widerwillen, worum Kreisler sie gebeten.

Sowie die Ariette geendet, begann Kreisler sofort das bekannte komische Duett des Notars mit der Müllerin. – Julias Gesang in Stimme und Methode neigte sich ganz zum Ernsten, Pathetischen, demungeachtet stand ihr eine Laune zu Gebote, wenn sie komische Sachen vortrug, die die reizendste Liebenswürdigkeit selbst war. Kreisler hatte sich den seltsamen, aber unwiderstehlich hinreißenden Vortrag der italienischen Buffi zu eigen gemacht, das ging heute aber beinahe bis zur Übertreibung, denn indem Kreislers Stimme nicht dieselbe schien, da sie dem höchsten dramatischen Ausdruck in tausend Nuancen sich fügte, so schnitt er dabei auch solche absonderliche Gesichter, die einen Cato zum Lachen gebracht hätten.

Es konnte nicht fehlen, daß alle laut aufjauchzten, losbrachen in schallendem Gelächter.

Kreisler küßte Julien entzückt die Hand, die sie ihm ganz unmutig schnell wegzog. „Ach“, sprach Julia, „ach, Kapellmeister, ich kann mich nun einmal in Ihre seltsamen Launen – abenteuerliche möcht ich sie nennen, ich kann mich nun einmal gar nicht darin finden! – Dieser Todessprung von einem Extrem zum andern zerschneidet mir die Brust! – Ich bitte Sie, lieber Kreisler, verlangen Sie nicht mehr, daß ich mit tief bewegtem Gemüt, wenn noch die Töne der tiefsten Wehmut widerklingen in meinem Innern, daß ich dann Komisches singe, sei es auch noch so artig und hübsch. Ich weiß es – ich vermag es, ich setze es durch, aber es macht mich ganz matt und krank. – Verlangen Sie es nicht mehr! – Nicht wahr, Sie versprechen mir das, lieber Kreisler?" –

Der Kapellmeister wollte antworten, in dem Augenblick umarmte aber die Prinzessin Julien, stärker, ausgelassener lachend, als es irgendeine Oberhofmeisterin für schicklich halten kann.

„Komm an meine Brust", rief sie, „du aller Müllerinnen holdeste, stimmreichste, launigste! – Du mystifizierst alle Barone, Amtsverweser, Notare in der ganzen Welt, und wohl noch gar –" Das übrige, was sie noch sagen wollte, ging unter in der dröhnenden Lache, die sie von neuem aufschlug.

Und dann sich rasch zum Kapellmeister wendend: „Sie haben mich ganz mit sich ausgesöhnt, lieber Kreisler! – Oh, jetzt verstehe ich Ihren springenden Humor. – Er ist köstlich, in der Tat köstlich! – Nur in dem Zwiespalt der verschiedensten Empfindungen, der feindlichsten Gefühle, geht das höhere Leben auf! – Haben Sie Dank, herzlichen Dank, – da! – ich erlaube Ihnen, mir die Hand zu küssen!"

Kreisler faßte die ihm dargebotene Hand, und wiederum, wiewohl nicht so heftig als zuvor, durchdröhnte ihn der Pulsschlag, so daß er einen Moment zu zögern genötigt, ehe er nun die zarten, enthandschuhten Finger an den Mund drückte, sich mit solchem Anstand verbeugend, als sei er noch Legationsrat. Selbst wußte er nun nicht, wie es kam, daß ihm diese physische Empfindung bei dem Berühren der fürstlichen Hand ungemein lächerlich bedünken wollte. „Am Ende", sprach er zu sich selbst, als die Prinzessin ihn verlassen, „am Ende ist die Gnädigste eine Art von Leydner Flasche und walkt honette Leute durch mit elektrischen Schlägen nach fürstlichem Belieben!" –

Die Prinzessin hüpfte, tänzelte im Saal umher, lachte, trällerte dazwischen: „La Rachelina molinarina" und herzte und küßte bald diese, bald jene Dame, versicherte, nie in ihrem Leben sei sie froher gewesen, und das habe sie dem wackern Kapellmeister zu verdanken. Der ernsten Benzon war das alles im höchsten Grade zuwider, sie konnte es nicht lassen, die Prinzessin endlich beiseite zu ziehen und ihr ins Ohr zu flüstern: „Hedwiga, ich bitte Sie, welch ein Betragen!"

„Ich dächte", erwiderte die Prinzessin mit funkelnden Augen, „ich dächte, liebe Benzon, wir ließen heute das Hofmeistern und gingen alle zu Bette! – Ja! – zu Bette – zu Bette!" Und damit rief sie nach ihrem Wagen.

Schweifte die Prinzessin aus in krampfhafter Lustigkeit, so war Julia indessen still und trübe geworden. Den Kopf auf die Hand gestützt, saß sie am Flügel, und ihr sichtliches Verbleichen, das umflorte Auge bewies, daß ihr Unmut bis zum physischen Weh sich gesteigert.

Auch Kreislern war das Brillantfeuer des Humors verlöscht. Jedem Gespräch ausweichend, tappte er mit leisen Schritten nach der Türe. Die Benzon trat ihm in den Weg. „Ich weiß nicht“, sprach sie, „welche sonderbare Verstimmung heute mir – –“

(*M. f. f.*) alles so bekannt, so heimisch vor, ein süßes Aroma, selbst wußt ich nicht, von welchen vortrefflichen Braten, wallte in bläulichen Wolken über die Dächer daher, und wie aus weiter – weiter Ferne, im Säuseln des Abendwindes, lispelten holde Stimmen: „Murr, mein Geliebter, wo weiltest du so lange?“ –

Was ist's, das die beengte Brust
Mit Wonneschauer so durchbebt,
Den Geist zum Himmel hoch erhebt,
Ist's Ahnung hoher Götterlust?
Ja – springe auf, du armes Herz,
Ermutge dich zu kühnen Taten,
Umwandelt ist in Lust und Scherz
Der trostlos bittre Todesschmerz,
Die Hoffnung lebt – ich rieche Braten!

So sang ich und verlor mich, des entsetzlichen Feuerlärms nicht achtend, in die angenehmsten Träume! Doch auch hier auf dem Dache sollten mich noch die schreckhaften Erscheinungen des grotesken Weltlebens, in das ich hineingesprungen, verfolgen. Denn ehe ich mir's versah, stieg aus dem Rauchfange eines jener seltsamen Ungetüme empor, die die Menschen Schornsteinfeger nennen. Kaum mich gewahrend, rief der schwarze Schlingel: „Husch, Katz!“ und warf den Besen nach mir. Dem Wurfe ausweichend, sprang ich über das nächste Dach hinweg und hinunter in die Dachrinne. Doch wer schildert mein frohes Erstaunen, ja, meinen freudigen Schreck, als ich wahrnahm, daß ich mich auf dem Hause meines wackern Herrn befand. Behende kletterte ich von Dachluke zu Dachluke, doch alle waren verschlossen. Ich erhob meine Stimme, jedoch umsonst, niemand hörte mich. Indessen wirbelten die Rauchwolken von dem brennenden Hause hoch auf, Wasserstrahlen zischten dazwischen, tausend Stimmen schrien durcheinander, das Feuer schien bedrohlicher zu werden. Da öffnete sich die Dachluke, und Meister Abraham schaute heraus in seinem gelben Schlafrock, „Murr, mein guter Kater Murr, da bist du ja – Komm herein, komm herein, kleiner Graupelz!“ So rief der Meister freudig, als er mich erblickte. Ich unterließ nicht, ihm durch alle Zeichen, die mir zu Gebote standen, auch *meine* Freude zu erkennen zu geben; es war ein schöner herrlicher Moment des Wiedersehens, den wir feierten. Der Meister streichelte mich, als ich zu ihm hinein in den Dachboden gesprungen, so daß ich vor Wohlbehagen in jenes sanfte, süße Knurren ausbrach, das die Menschen in höhnender Verspottung mit dem Worte „spinnen“ bezeichnen. „Ha, ha“, sprach der Meister lachend, „ha ha, mein Junge, dir ist wohl, da du vielleicht von weiter Wanderung zurückgekehrt bist in die Heimat, du erkennst nicht die Gefahr, in der wir schweben. –

Beinahe möchte ich wie du ein glücklicher, harmloser Kater sein, der sich den Teufel was schert um Feuer und Spritzenmeister, und dem kein Mobiliar verbrennen kann, da das einzige Mobile, dessen sein sterblicher Geist mächtig, er selbst ist.“ –

Damit nahm mich der Meister auf den Arm und stieg herab in sein Zimmer.

Kaum waren wir hineingetreten, als Professor Lothario uns nachstürzte, dem noch zwei Männer folgten.

„Ich bitte Euch“, rief der Professor, „ich bitte Euch um des Himmels willen, Meister! Ihr seid in der dringendsten Gefahr, das Feuer schlägt schon über Euer Dach. – Erlaubt, daß wir Eure Sachen wegtragen.“ –

Der Meister erklärte sehr trocken, daß in solcher Gefahr der jähe Eifer der Freunde viel verderblicher sich gestalte als die Gefahr selbst, da das, was vor dem Feuer geborgen, gewöhnlich zum Teufel ginge, wiewohl auf schönere Art. Er selbst habe in früherer Zeit einem Freunde, der von Feuer bedroht, in dem wohlwollendsten Enthusiasmus beträchtliches chinesisches Porzellan durchs Fenster geworfen, damit es nur ja nicht verbrenne. Wollten sie aber fein ruhig drei Nachtmützen, ein paar graue Röcke und andere Kleidungsstücke, worunter eine seidne Hose vorzüglich zu beachten, nebst einiger Wäsche in einem Koffer, Bücher und Manuskripte in ein paar Körbe packen, seine Maschinen aber nicht mit einem Finger anrühren, so werde es ihm lieb sein. Stehe dann das Dach in Flammen, so wolle er samt dem Mobiliar sich von dannen machen.

„Erst aber“, (so schloß er) „erst aber erlaubt, daß ich meinen Hausgenossen und Stubenkameraden, der soeben von weiten Reisen müde, ermattet zurückgekommen, mit Speis und Trank erquicke, nachher möget ihr wirtschaften!“ –

Alle lachten sehr, da sie gewahrten, daß der Meister niemanden anders gemeint als mich.

Es schmeckte mir herrlich, und die schöne Hoffnung, die ich auf dem Dach in sehnsuchtsvollen süßen Tönen ausgesprochen, wurde ganz erfüllt.

Als ich mich erquickt, setzte mich der Meister in einen Korb; neben mir, es war dazu Platz, stellte er eine kleine Schüssel mit Milch hin und deckte den Korb sorgfältig zu.

„Wart's ruhig ab“, sprach der Meister, „wart's ruhig ab, mein Kater, in dunkler Behausung, was aus uns noch werden wird, nippe zum Zeitvertreib von deinem Lieblingstrank, denn springst oder trottierst du hier im Zimmer umher, so treten sie dir den Schwanz, die Beine entzwei im Tumult des Rettens. Kommt es zur Flucht, so trage ich dich selbst mit mir fort, damit du dich nicht wieder verläufst, wie es schon geschehen. Sie glauben nicht“, wandte sich nun der Meister zu den andern, „Sie glauben nicht, verehrteste Herren und Helfer in der Not, was der kleine graue Mann im Korbe, was das für ein herrlicher, grundgescheiter Kater ist. Naturhistorische Galls behaupten, daß sonst mit den vortrefflichsten Organen, als da sind Mordlust, Diebessinn, Schelmerei und so weiter ausgerüsteten Katern von leidlicher Edukation doch der Ortssinn gänzlich mangele, daß sie, einmal sich verlaufen, die Heimat nie wiederfänden, aber mein guter Murr macht davon eine glänzende Ausnahme. Seit ein paar Tagen vermißte ich ihn und betrauerte recht herzlich seinen Verlust, heut, soeben ist er zurückgekehrt und hat, wie ich mit Recht vermuten darf, noch dazu die Dächer benutzt als angenehme Kunststraße. Die gute Seele hat nicht allein Klugheit bewiesen und Verstand, sondern auch die treueste Anhänglichkeit an seinen Herrn, weshalb ich ihn nun noch viel mehr liebe als vorher.“ – Mich erfreute des Meisters Lob ganz ungemein, mit innerm Wohlbehagen fühlte ich meine Überlegenheit über mein ganzes Geschlecht, über ein ganzes Heer verirrter Kater ohne Ortssinn und wunderte mich, daß ich selbst das ganz Ungemeine meines Verstandes nicht hinlänglich eingesehen. Zwar dacht ich daran, daß eigentlich der junge Ponto mich auf den rechten Weg und der Wurf des Schornsteinfegers auf das rechte Dach gebracht, indessen glaubte ich doch nicht im mindesten an meiner Sagazität und an der Wahrheit des Lobes, das mir der Meister erteilte, zweifeln zu dürfen. Wie gesagt, ich fühlte meine innere Kraft, und dies Gefühl bürgte mir für jene Wahrheit. Daß unverdientes Lob viel mehr erfreue und den Gelobten viel mehr aufblähe als verdientes, wie ich einmal las oder jemanden behaupten hörte, das gilt wohl nur von den Menschen, gescheite Kater sind frei von solcher Torheit, und ich glaube bestimmt, daß ich vielleicht ohne Ponto und Schornsteinfeger den Rückweg nach Hause gefunden hätte, und daß beide sogar nur den richtigen Ideengang im Innern verwirrten. Das bißchen Weltklugheit, womit der junge Ponto so prahlte, wäre mir auch wohl zugekommen auf andere Weise, wenngleich die mancherlei Begebenheiten, die ich mit dem liebenswürdigen Pudel – mit dem aimable roué erlebte, mir guten Stoff gaben zu den freundschaftlichen Briefen, in welche ich meine Reisebeschreibung einkleidete. In allen Morgen- und Abendzeitungen, in allen eleganten und freimütigen Blättern könnten diese Briefe mit Effekt abgedruckt stehen, da mit Geist und Verstand darin die glänzendsten Seiten meines Ichs hervorgehoben sind, was doch jedem Leser am interessantesten sein muß. Aber ich weiß es schon, die Herren Redaktoren und Verleger fragen: „Wer ist dieser Murr?“ und erfahren sie denn, daß ich ein Kater bin, wiewohl der vortrefflichste auf Erden, so sprechen sie verächtlich: „Ein Kater und will schreiben!“ – Und hätt ich Lichtenbergs Humor und Hamans Tiefe – von beiden habe ich viel Gutes vernommen, sie sollen für Menschen nicht übel geschrieben haben, sind aber Todes verblichen, welches für jeden Schriftsteller und Dichter, der leben will, eine durchaus riskante Sache ist – und, sag ich noch einmal, hätt ich Lichtenbergs Humor und Hamans Tiefe, doch erhielte ich das Manuskript zurück, bloß weil man mir vielleicht meiner Krallen halber keine amüsante Schreibart zutraut. So was chagriniert! – O Vorurteil, himmelschreiendes Vorurteil, wie befängst du doch die Menschen und vorzüglich diejenigen, die da heißen Verleger!

Der Professor und die, die mit ihm gekommen, machten nun einen grimmigen Spektakel um mich her, der meines Bedünkens wenigstens bei dem Verpacken der Nachtmützen und der grauen Röcke nicht nötig gewesen wäre.

Auf einmal rief draußen eine hohle Stimme: „Das Haus brennt!“ „Hoho“, sprach der Meister Abraham, „da muß ich auch dabei sein, bleibt nur ruhig, ihr Herren! Wenn die Gefahr da ist, bin ich wieder hier, und wir packen an!“ –

Und damit verließ er eilig das Zimmer.

Mir wurde in meinem Korbe wirklich bange. Das wilde Getöse – der Rauch, der nun in das Zimmer zu dringen begann, alles mehrte meine Angst! Allerlei schwarze Gedanken stiegen in mir auf! – Wie wenn der Meister mich vergäße, wenn ich schmachvoll umkommen müßte in den Flammen! – Ich fühlte, die furchtbare Angst mochte es verschulden, ein besonderes häßliches Kneifen im Leibe. – „Ha!“ dacht ich, „wenn im Herzen falsch, wenn neidisch ob meiner Wissenschaft, mich loszuwerden, enthoben jeder Sorg zu sein, nun mich der Meister noch in diesen Korb gespunden. – Wie wenn selbst dieser unschuldsweiße Trank – wie, war es Gift, das er mit schlauer Kunst hier zubereitet, mir den Tod zu geben?“ – Herrlicher Murr, selbst in der Todesangst denkst du in Jamben, läßt nicht aus der Acht, was du im Shakespeare-Schlegel einst gelesen! –

Meister Abraham steckte jetzt den Kopf zur Türe hinein und sprach: „Die Gefahr ist vorüber, ihr Herren! Setzt euch nur ruhig hin an jenen Tisch und trinkt die paar Flaschen Wein aus, die ihr in dem Wandschrank gefunden, ich meinesteils begebe mich noch ein wenig aufs Dach und will erklecklich spritzen. – Doch halt, erst muß ich nachsehen, was mein guter Kater macht.“

Der Meister trat vollends hinein, nahm den Deckel von dem Korbe, in dem ich saß, sprach mir zu mit freundlichen Worten, erkundigte sich nach meinem Wohlbefinden, fragte, ob ich vielleicht noch einen gebratenen Vogel verspeisen wolle, welches alles ich mit mehrmaligem süßen Miau erwiderte und mich recht bequem ausstreckte, welches mein Meister mit Recht für das beredte Zeichen nahm, daß ich satt sei, noch im Korbe zu bleiben wünsche, und stülpte den Deckel wieder auf.

Wie wurde ich nun von der guten, freundlichen Gesinnung überzeugt, die Meister Abraham für mich hegte. Ich hätte mich meines schnöden Mißtrauens schämen müssen, wenn es überhaupt für einen Mann von Verstande schicklich wäre, sich zu schämen. „Am Ende“, dacht ich, „war auch die fürchterliche Angst, das ganze Unheil ahnende Mißtrauen weiter nichts als poetische Schwärmerei, wie sie jungen genialen Enthusiasten eigen, die dergleichen oft förmlich brauchen als berauschendes Opium.“ Das beruhigte mich ganz und gar.

Kaum hatte der Meister die Stube verlassen, als der Professor, ich konnt es durch eine kleine Ritze des Korbes bemerken, sich mit mißtrauischen Blicken nach dem Korbe umschaute und dann den andern zuwinkte, als habe er ihnen irgend Wichtiges zu entdecken. Dann sprach er mit so leiser Stimme, daß ich kein Wörtlein verstanden, hätte der Himmel nicht in meine spitzen Ohren mir unglaublich scharfes Gehör gelegt: „Wißt ihr wohl, wozu ich eben jetzt Lust hätte? – Wißt ihr wohl, daß ich hingehen zu jenem Korbe, ihn öffnen und dem verfluchten Kater, der drinnen sitzt, und der uns jetzt vielleicht alle mit seinem übermütigen Selbstgenugsein verhöhnt, dies spitze Messer in die Kehle stoßen möchte?"

„Was fällt Euch ein", rief ein anderer, „was fällt Euch ein, Lothario, den hübschen Kater, den Liebling unseres wackern Meisters, wolltet Ihr umbringen? – Und warum sprecht Ihr denn so leise?"

Der Professor, ebenso mit gedämpfter Stimme wie vorher weiter sprechend, erklärte, daß ich alles verstehe, daß ich lesen und schreiben könne, daß mir Meister Abraham auf eine, freilich geheimnisvolle, unerklärliche Weise die Wissenschaften beigebracht, so daß ich schon jetzt, wie ihm der Pudel Ponto verraten, schriftstellere und dichte, und daß das alles dem schelmischen Meister zu nichts anderm dienen werde als zur Verspottung der vortrefflichsten Gelehrten und Dichter.

„Oh", sprach Lothario mit unterdrückter Wut, „oh, ich seh es kommen, daß Meister Abraham, der ohnedem das Vertrauen des Großherzogs in vollem Maße besitzt, daß er mit dem unglückseligen Kater alles durchsetzt, was er nur will. Die Bestie wird Magister legens werden, die Doktorwürde erhalten, zuletzt als Professor der Ästhetik Collegia lesen über den Aeschylos – Corneille – Shakespeare! – Ich komme von Sinnen! – der Kater wird in meinen Eingeweiden wühlen und hat ganz infame Krallen!" –

Alle gerieten bei diesen Reden Lotharios, des Professors der Ästhetik, in das tiefste Erstaunen. Einer meinte, es sei ganz unmöglich, daß ein Kater lesen und schreiben lernen könne, da diese Elemente aller Wissenschaft nächst der Geschicklichkeit, der nur der Mensch fähig, eine gewisse Überlegung, man möchte sagen, Verstand erforderten, der sogar nicht allemal bei dem Menschen, dem Meisterstück der Schöpfung, anzutreffen, viel weniger bei gemeinem Vieh!

„Bester", nahm ein anderer, wie mir's in meinem Korbe schien, sehr ernsthafter Mann das Wort, „Bester, was nennen Sie gemeines Vieh? – Es gibt gar kein gemeines Vieh. Oft in stille Selbstbetrachtung versunken, empfinde ich den tiefsten Respekt vor Eseln und andern nützlichen Tieren. Ich begreife nicht, warum einer angenehmen Hausbestie von glücklichen natürlichen Anlagen nicht sollte das Lesen und Schreiben beigebracht werden, ja, warum sich ein solches Tierlein nicht solle erheben können zum Gelehrten und Dichter? – Ist denn das so etwas Beispielloses? – An Tausendundeine Nacht, als der besten historischen Quelle voll pragmatischer Authentizität, mag ich gar nicht denken, sondern Sie, mein Allerliebster, nur an den gestiefelten Kater erinnern, einen Kater, der voll Edelmut, durchdringendem Verstande war und tiefer Wissenschaft."

Voll Freude über dieses Lob eines Katers, der, wie mir eine deutliche Stimme im Innern sagte, mein würdiger Ahnherr sein mußte, könnt ich mir nicht enthalten, zwei-, dreimal ziemlich stark zu niesen. – Der Redner hielt inne, und alle schauten sich ganz verschüchtert um nach meinem Korbe.

„Contentement mon cher“, rief endlich der ernsthafte Mann, der eben gesprochen, und fuhr dann weiter fort: „Irre ich nicht, so erwähnten Sie, teurer Ästhetiker, vorhin eines Pudels Ponto, der Ihnen des Katers dichterisches und wissenschaftliches Treiben verraten. Dies bringt mich denn auf Cervantes höchst vorzüglichen „Berganza“, von dessen neuesten Schicksalen in einem gewissen neuen, höchst abenteuerlichen Buche Nachricht gegeben wird. Auch dieser Hund gibt ein entscheidendes Beispiel über das Naturell und über die Bildungsfähigkeit der Tiere.“

„Aber“, nahm der andere das Wort, „aber mein teurer, liebster Freund, welche Beispiele führen Sie denn da an? Von dem Hunde Berganza spricht ja Cervantes, der bekanntlich ein Romanschreiber war, und die Geschichte vom gestiefelten Kater ist ja ein Kindermärchen, welches Herr Tieck freilich mit solcher Lebendigkeit uns vor Augen gebracht hat, daß man beinahe die Torheit begehen könnte, wirklich daran zu glauben. Also zwei Dichter allegieren Sie, als wären es ernste Naturhistoriker und Psychologen, nun sind aber Dichter nichts weniger als das, sondern ausgemachte Phantasten, die lauter eingebildetes Zeug ausbrüten und vorbringen. Sagen Sie, wie mag denn aber ein verständiger Mann wie Sie sich auf Dichter berufen, um das zu bewahrheiten, was wider Sinn und Verstand läuft? Lothario ist Professor der Ästhetik, und es ist billig, daß er als solcher bisweilen etwas weniges über die Schnur haue, aber Sie –“

„Halt“, sprach der Ernste, „halt, mein Liebster, ereifern Sie sich nicht. Bedenken Sie fein, daß, wenn vom Wunderbaren, Unglaublichen die Rede, man füglich Dichter allegieren darf, denn simple Historiker verstehen den Teufel was davon. Ja, wenn das Wunderbare in Schick und Form gebracht und als reine Wissenschaft vorgetragen werden soll, wird der Beweis irgendeines Erfahrungssatzes am besten aus berühmten Dichtern entnommen, auf deren Wort man bauen darf. Ich führe Ihnen, und damit werden Sie, selbst ein gelehrter Arzt, zufrieden sein – ja! sage ich, ich führe Ihnen das Beispiel eines berühmten Arztes an, der in seiner wissenschaftlichen Darstellung des animalischen Magnetismus, um unsern Rapport mit dem Weltgeiste, um das Dasein eines wunderbaren Ahnungsvermögens unleugbar ins Licht zu stellen, sich auf Schiller und dessen Wallenstein bezieht, welcher sagt: „Es gibt im Menschenleben Augenblicke“ und: „Dergleichen Stimmen gibts – es ist kein Zweifel“ – und wie es denn weiter heißt. Sie können das Weitere selbst nachlesen in der Tragödie.“ – „Ho ho!“ erwiderte der Doktor, „Sie springen ab – Sie geraten in den Magnetismus und sind imstande, zuletzt zu behaupten, daß nächst allen Wundern, die dem Magnetiseur zu Gebote stehen, er auch den Schulmeister für empfängliche Kater abgeben könnte.“ –

„Nun“, sprach der Ernste, „wer weiß, wie der Magnetismus auf Tiere wirkt. Kater, die schon das elektrische Fluidum in sich tragen, wie Sie sich gleich überzeugen können –“

Plötzlich an Mina denkend, die über dergleichen Versuche, die mit ihr angestellt worden, so bitter klagte, erschrak ich so heftig, daß ich ein lautes Miau ausstieß!

„Bei dem Orkus“, rief der Professor erschrocken, „bei dem Orkus und all seinem Entsetzen, der höllische Kater hört uns, versteht uns – Herz gefaßt – mit diesen Händen erwürg ich ihn.“ –

„Ihr seid nicht klug“, sprach der Ernste, „Ihr seid wahrhaftig nicht klug, Professor. Nimmermehr leide ich, daß Ihr dem Kater, den ich schon jetzt herzlich liebgewonnen, ohne das Glück seiner nähern Bekanntschaft zu genießen, daß Ihr ihm nur das geringste Leid zufügt. Am Ende muß ich glauben, daß Ihr eifersüchtig seid auf ihn, weil er Verse macht? Professor der Ästhetik kann ja der kleine graue Mann niemals werden, darüber beruhigen Sie sich nur ganz. Steht es denn nicht deutlich in den uralten akademischen Statuten, daß überhandgenommenen Mißbrauchs halber keine Esel mehr zur Professur gelangen sollen, und ist diese Verordnung nicht auch auf Tiere auszudehnen von jeder Art und Gattung, mithin auch auf Kater?“

„Mag es sein“, sprach der Professor unmutig, „mag es sein, daß der Kater niemals weder Magister legens noch Professor der Ästhetik werden wird, als Schriftsteller tritt er doch auf über kurz oder lang, findet der Neuheit wegen Verleger und Leser, schnappt uns gute Honorare weg –“

„Ich finde“, erwiderte der Ernste, „ich finde durchaus keine Ursache, warum dem guten Kater, dem aimablen Liebling unseres Meisters, es verwehrt sein solle, eine Bahn zu betreten, auf der sich so viele ohne Rücksicht auf Kraft und Haltung umhertummeln. Die einzige Maßregel, die dabei zu beobachten, wäre, daß man ihn nötigte, sich die spitzen Krallen verschneiden zu lassen, und das wäre vielleicht das einzige, was wir jetzt gleich tun könnten, um sicher zu sein, daß er uns nie verwunde, wenn er ein Autor geworden.“

Alle standen auf. Der Ästhetiker griff nach der Schere. Man kann sich meine Lage denken, ich beschloß, mit Löwenmut anzukämpfen gegen die Verunglimpfung, die man mir zugedacht, den ersten, der sich mir nahen würde, zu zeichnen auf ewige Zeiten; ich rüstete mich zum Sprunge, sowie der Korb geöffnet werden würde.

In dem Augenblick trat Meister Abraham hinein, und vorüber war meine Angst, die schon sich steigern wollte zur Verzweiflung. Er öffnete den Korb, und noch ganz außer mir, sprang ich mit einem Satz hinaus und schoß dem Meister wild vorbei unter den Ofen.

„Was ist dem Tiere widerfahren?“ rief der Meister, die andern mißtrauisch anblickend, welche dastanden ganz verlegen und, vom bösen Gewissen geplagt, gar nicht zu antworten vermochten.

So bedrohlich auch meine Lage im Gefängnis war, doch empfand ich inniges Wohlbehagen darüber, was der Professor von meiner mutmaßlichen Laufbahn sagte, sowie sein deutlich ausgesprochener Neid mich höchlich erfreute. Ich fühlte schon das Doktorhütlein auf meiner Stirne, ich sah mich schon auf dem Katheder! – Sollten meine Vorlesungen denn nicht am häufigsten besucht werden von der wißbegierigen Jugend? – Sollte wohl ein einziger Jüngling von milden Sitten es übel deuten können, wenn der Professor bäte, keine Hunde ins Kollegium zu bringen? – Nicht alle Pudel hegen solch freundlichen Sinn wie mein Ponto, und dem Jägervolk mit langen hängenden Ohren ist nun vollends gar nicht zu trauen, da sie überall mit den gebildetsten Leuten meines Geschlechts unnütze Händel anfangen und sie mit Gewalt nötigen zu den unartigsten Äußerungen des Zorns, als da ist Prusten – Kratzen – Beißen und so weiter.

Wie höchst fatal müßt es –

(*Mak. Bl.*) – nur der kleinen rotwangigen Hofdame gelten, die Kreisler bei der Benzon gesehen. „Tun Sie mir“, sprach die Prinzessin, „tun Sie mir den Gefallen, Nannette, gehen Sie selbst herab und sorgen Sie, daß man die Nelkenstöcke in meinen Pavillon trage, die Leute sind saumselig genug, um nichts auszurichten.“ – Das Fräulein sprang auf, verbeugte sich sehr zeremoniös, flog dann aber schnell zum Zimmer hinaus, wie ein Vogel, dem man den Käfig geöffnet.

„Ich kann“, wandte sich die Prinzessin zum Kreisler, „ich kann nun einmal nichts herausbringen, wenn ich nicht mit dem Lehrer allein bin, der den Beichtvater vorstellt, dem man ohne Scheu alle Sünden vertrauen kann, überhaupt werden Sie, lieber Kreisler, die steife Etikette bei uns seltsam, werden es lästig finden, daß ich überall von Hofdamen umgeben, gehütet werde wie die Königin von Spanien. – Wenigstens sollte man hier in dem schönen Sieghartshof mehr Freiheit genießen. Wäre der Fürst im Schlosse, ich hätte Nannette nicht fortschicken dürfen, die sich selbst bei unseren musikalischen Studien ebensosehr langeweilt, als sie mich geniert. – Fangen wir noch einmal an, jetzt wird es besser gehen.“ – Kreisler, bei dem Unterricht die Geduld selbst, begann das Gesangstück, welches die Prinzessin einzustudieren unternommen, von neuem, aber so sichtlich Hedwiga sich auch mühte, soviel Kreisler auch einhelfen mochte, sie verirrte sich in Takt und Ton, sie machte Fehler über Fehler, bis sie, glutrot im ganzen Gesicht, aufsprang, an das Fenster lief und hinausschaute in den Park. Kreisler glaubte zu bemerken, daß die Prinzessin heftig weine, und fand seinen ersten Unterricht, den ganzen Auftritt etwas peinlich. Was konnte er Bessers tun als versuchen, ob der feindliche, unmusikalische Geist, der die Prinzessin zu verstören schiene, sich nicht bannen lasse eben durch Musik. Er ließ daher allerlei angenehme Melodien fortströmen, variierte die bekanntesten Lieblingslieder in kontrapunktischen Wendungen und melismatischen Schnörkeln, so daß er zuletzt sich selbst darüber wunderte, wie er so scharmant den Flügel zu spielen verstehe, und die Prinzessin vergaß samt ihrer Arie und ihrer rücksichtslosen Ungeduld.

„Wie herrlich doch der Geierstein in der leuchtenden Abendsonne steht", sprach die Prinzessin, ohne sich umzuwenden.

Kreisler war eben in einer Dissonanz begriffen, natürlicherweise mußte er diese auflösen und konnte daher nicht mit der Prinzessin den Geierstein und die Abendsonne bewundern. „Gibt's wohl einen reizendern Aufenthalt weit und breit als unser Sieghartshof", sprach Hedwiga lauter und stärker als vorher. – Nun mußte Kreisler wohl, nachdem er einen tüchtigen Schlußakkord angeschlagen, zu der Prinzessin an das Fenster treten, der Aufforderung zum Gespräch höflich genügend.

„In der Tat", sprach der Kapellmeister, „in der Tat, gnädigste Prinzessin, der Park ist herrlich, und ganz besonders ist es mir lieb, daß sämtliche Bäume grünes Laub tragen, welches ich überhaupt an allen Bäumen, Sträuchern und Gräsern sehr bewundere und verehre, und jeden Frühling dem Allmächtigen danke, daß es wieder grün geworden und nicht rot, welches in jeder Landschaft zu tadeln, und bei den besten Landschaftern, wie zum Beispiel Claude Lorrain oder Berghem, ja selbst bei Hackert, der bloß seine Wiesengründe was weniges pudert, nirgends zu finden."

Kreisler wollte weiterreden, als er aber in dem kleinen Spiegel, der zur Seite des Fensters angebracht, der Prinzessin todbleiches, seltsam verstörtes Antlitz erblickte, verstummte er vor dem Schauer, der sein Inneres durcheiste.

Die Prinzessin unterbrach endlich das Schweigen, indem sie, ohne sich umzuwenden, immerfort hinausschauend, mit dem rührenden Ton der tiefsten Wehmut sprach:

„Kreisler, das Schicksal will es nun einmal, daß ich Ihnen überall wie von seltsamen Einbildungen geplagt – aufgeregt, ich möchte sagen, albern erscheine, daß ich Ihnen Stoff darbieten soll, Ihren schneidenden Humor an mir zu üben. Es ist Zeit, Ihnen zu erklären, daß und warum Sie es sind, dessen Anblick mich in einen Zustand versetzt, der dem nervenerschütternden Anfall eines heftigen Fiebers zu vergleichen. Erfahren Sie alles. Ein offnes Geständnis wird meine Brust erleichtern und mir die Möglichkeit verschaffen, Ihren Anblick, Ihre Gegenwart zu ertragen. – Als ich Sie zum erstenmal dort im Park antraf, da erfüllten Sie, da erfüllte Ihr ganzes Betragen mich mit dem tiefsten Entsetzen, selbst wußte ich nicht warum! – aber es war eine Erinnerung aus meinen frühsten Kinderjahren, die plötzlich mit all ihrem Schrecken in mir aufstieg, und die sich erst später in einem seltsamen Traume deutlich gestaltete. – An unserm Hofe befand sich ein Maler, Ettlinger geheißen, den Fürst und Fürstin sehr hochhielten, da sein Talent wunderbar zu nennen. Sie finden auf der Galerie vortreffliche Gemälde von seiner Hand, auf allen erblicken Sie die Fürstin in dieser, jener Gestalt in der historischen Gruppe angebracht. Das schönste Gemälde, das die höchste Bewunderung aller Kenner erregt, hängt aber in dem Kabinett des Fürsten. Es ist das Porträt der Fürstin, die er, als sie in der höchsten Blüte der Jugend stand, ohne daß sie ihm jemals gesessen, so ähnlich malte, als habe er das Bild aus dem Spiegel gestohlen. Leonhard, so wurde der Maler mit seinem

Vornamen am Hofe genannt, muß ein milder, guter Mensch gewesen sein. Alle Liebe, deren meine kindische Brust fähig, ich mochte kaum drei Jahre alt sein, hatte ich ihm zugewandt, ich wollte, er sollte mich nie verlassen. Aber unermüdlich spielte er auch mit mir, malte mir kleine bunte Bilder, schnitt mir allerlei Figuren aus. Plötzlich, es mochte ein Jahr vergangen sein, blieb er aus. Die Frau, der meine erste Erziehung anvertraut, sagte mir mit Tränen in den Augen, Herr Leonhard sei gestorben. Ich war untröstlich, ich mochte nicht mehr in dem Zimmer bleiben, wo Leonhard mit mir gespielt. Sowie ich nur konnte, entschlüpfte ich meiner Erzieherin, den Kammerfrauen, lief im Schlosse umher, rief laut den Namen: Leonhard! Denn immer glaubt ich, es sei nicht wahr, daß er gestorben, und er sei irgendwo im Schlosse versteckt. So begab es sich, daß ich auch an einem Abend, als die Erzieherin sich nur auf einen Augenblick entfernt, mich aus dem Zimmer schlich, um die Fürstin aufzusuchen. Die sollte mir sagen, wo Herr Leonhard sei, und mir ihn wiederschaffen. Die Türen des Korridors standen offen, und so gelangte ich wirklich zur Haupttreppe, die ich hinauflief und oben, auf gut Glück, in das erste geöffnete Zimmer trat. Als ich mich nun umschaute, wurde die Türe, die, wie ich meinte, in die Gemächer der Fürstin führen mußte, und an die ich zu pochen im Begriff stand, heftig aufgestoßen, und hinein stürzte ein Mensch in zerrissenen Kleidern, mit verwildertem Haar. Es war Leonhard, der mich mit fürchterlich funkelnden Augen anstarrte. Totenbleich, eingefallen, kaum wiederzuerkennen war sein Antlitz. „Ach, Herr Leonhard“, rief ich, „wie siehst du aus, warum bist du so blaß, warum hast du solche glühende Augen, warum starrst du mich so an? – Ich fürchte mich vor dir! – O sei doch gut wie sonst – male mir wieder hübsche bunte Bilder!“ – Da sprang Leonhard mit einem wilden, wiehernden Gelächter auf mich los – eine Kette, die um den Leib befestigt schien, klirrte ihm nach – kauerte nieder auf den Boden, sprach mit heiserer Stimme: „Ha ha, kleine Prinzessin – bunte Bilder? – Ja, nun kann ich erst recht malen, malen – nun will ich dir ein Bild malen und deine schöne Mutter! nicht wahr, du hast eine schöne Mutter? – Aber bitte sie, daß sie mich nicht wieder verwandelt – ich will nicht der elende Mensch Leonhard Ettlinger sein – der ist längst gestorben. Ich bin der rote Geier und kann malen, wenn ich Farbenstrahlen gespeist! – Ja, malen kann ich, wenn ich heißes Herzblut habe zum Firnis, – und dein Herzblut brauche ich, kleine Prinzeß!“ – Und damit faßte er mich, riß mich an sich, entblößte mir den Hals, mir war's, als sähe ich ein kleines Messer in seiner Hand blinken. Auf das durchdringende Angstgeschrei, das ich ausstieß, stürzten Diener herein und warfen sich her über den Wahnsinnigen. Der schlug sie aber mit Riesenkraft zu Boden. In demselben Augenblick polterte und klirrte es aber die Treppe herauf, ein großer, starker Mann sprang herein mit dem lauten Ausruf: „Jesus, er ist mir entsprungen! Jesus, das Unglück! – Warte, warte, Höllenkerl!“ – So wie der Wahnsinnige diesen Mann gewahrte, schienen ihn plötzlich alle Kräfte zu verlassen, heulend stürzte er zu Boden. Man legte ihm die Ketten an, die der Mann mitgebracht, man führte ihn fort, indem er entsetzliche Töne ausstieß wie ein gefesseltes, wildes Tier.

Sie mögen sich es denken, mit welcher verstörenden Gewalt dieser entsetzliche Auftritt das vierjährige Kind erfassen mußte. Man versuchte mich zu trösten, mir begreiflich zu machen, was wahnsinnig sei. Ohne dies ganz zu verstehen, ging doch ein tiefes namenloses Grausen durch mein Inneres, das noch jetzt wiederkehrt, wenn ich einen Wahnsinnigen erblicke, ja, wenn ich nur an den fürchterlichen Zustand denke, der einer fortgesetzten, ununterbrochenen Todesqual zu vergleichen. – Jenem Unglücklichen sehen Sie ähnlich, Kreisler, als wären Sie sein Bruder. – Vorzüglich erinnert mich Ihr Blick, den ich oft seltsam nennen möchte, nur zu lebhaft an Leonhard, und dies ist es, was mich, als ich Sie zum erstenmal erblickte, außer Fassung brachte, was mich noch jetzt in Ihrer Gegenwart beunruhigt – beängstigst!" –

Kreisler stand da, tief erschüttert, keines Wortes mächtig. Von jeher hatte er die fixe Idee, daß der Wahnsinn auf ihn lauere, wie ein nach Beute lechzendes Raubtier, und ihn einmal plötzlich zerfleischen werde; er erbebte nun in demselben Grausen, das die Prinzessin bei seinem Anblick erfaßt, vor sich selbst, rang mit dem schauerlichen Gedanken, daß er es gewesen, der die Prinzessin in der Raserei ermorden wollte.

Nach einigen Augenblicken des Schweigens fuhr die Prinzessin fort: „Der unglückliche Leonhard liebte insgeheim meine Mutter, und diese Liebe, schon selbst Wahnsinn, brach zuletzt aus in Wut und Raserei."

„So", sprach Kreisler sehr weich und mild, wie er pflegte, wenn ein Sturm im Innern vorübergegangen, „so war in Leonhards Brust nicht die Liebe des Künstlers aufgegangen."

„Was wollen Sie damit sagen, Kreisler?" fragte die Prinzessin, indem sie sich rasch umwandte.

„Als", erwiderte Kreisler sanft lächelnd, „als ich einst in einem hinlänglich toll lustigen Schauspiel einen Witzbold von Diener die Spielleute mit der süßen Anrede beehren hörte: „Ihr guten Leute und schlechten Musikanten", teilte ich, wie der Weltenrichter, flugs alles Menschenvolk in zwei verschiedene Haufen, einer davon bestand aber aus den guten Leuten, die schlechte oder vielmehr gar keine Musikanten sind, der andere aber aus den eigentlichen Musikanten. Doch niemand sollte verdammt, sondern alle sollten selig werden, wiewohl auf verschiedene Weise. – Die guten Leute verlieben sich leichtlich in ein paar schöne Augen, strecken beide Arme aus nach der angenehmen Person, aus deren Antlitz besagte Augen strahlen, schließen die Holde ein in Kreise, die, immer enger und enger werdend, zuletzt zusammenschrumpfen zum Trauring, den sie der Geliebten an den Finger stecken als pars pro toto – Sie verstehen einiges Latein, gnädigste Prinzeß – als pars pro toto sag ich, als Glied der Kette, an der sie die in Liebeshaft Genommene heimführen in das Ehestandsgefängnis. Dabei schreien sie denn ungemein: „O Gott" oder „o Himmel!" oder, sind sie der Astronomie ergeben, „o ihr Sterne!" oder haben sie Inklination zum Heidentum, „o all ihr Götter, sie ist mein, die

Schönste, all mein sehnend Hoffen erfüllt!" – Also lärmend, gedenken die guten Leute es nachzumachen den Musikanten, jedoch vergebens, da es mit der Liebe dieser durchaus sich anders verhält. – Es begibt sich wohl, daß besagten Musikanten unsichtbare Hände urplötzlich den Flor wegziehen, der ihre Augen verhüllte, und sie erschauen, auf Erden wandelnd, das Engelsbild, das, ein süßes unerforschtes Geheimnis, schweigend ruhte in ihrer Brust. Und nun lodert auf in reinem Himmelsfeuer, das nur leuchtet und wärmt, ohne mit verderblichen Flammen zu vernichten, alles Entzücken, alle namenlose Wonne des höheren, aus dem Innersten emporkeimenden Lebens, und tausend Fühlhörner streckt der Geist aus in brünstigem Verlangen und umnetzt die, die er geschaut, und hat sie und hat sie nie, da die Sehnsucht ewig dürstend fortlebt! – Und sie, sie selbst ist es, die Herrliche, die, zum Leben gestaltete Ahnung, aus der Seele des Künstlers hervorleuchtet als Gesang – Bild – Gedicht! – Ach, Gnädigste, glauben Sie mir, sei'n Sie überzeugt, daß wahre Musikanten, die mit ihren leiblichen Armen und den darangewachsenen Händen nichts tun als passabel musizieren, sei es nun mit der Feder, mit dem Pinsel oder sonst, in der Tat nach der wahrhaften Geliebten nichts ausstrecken als geistige Fühlhörner, an denen weder Hand noch Finger befindlich; die mit konvenabler Zierlichkeit einen Trauring erfassen und anstecken könnten an den kleinen Finger der Angebeteten; schnöde Mesalliancen sind daher durchaus nicht zu befürchten, und scheint ziemlich gleichgültig, ob die Geliebte, die in dem Innern des Künstlers lebt, eine Fürstin ist oder eine Bäckerstochter, insofern letztere nur keine Eule. Besagte Musikanten schaffen, sind sie in Liebe gekommen, mit der Begeisterung des Himmels herrliche Werke und sterben weder elendiglich dahin an der Schwindsucht, noch werden sie wahnsinnig. Sehr verdenke ich es daher dem Herrn Leonhard Ettlinger, daß er in einige Raserei verfiel, er hätte, nach der Art echter Musikanten, die durchlauchtige Frau Fürstin ohne allen Nachteil lieben können, wie er nur wollte!" –

Die humoristischen Töne, die der Kapellmeister anschlug, gingen bei dem Ohr der Prinzessin vorüber, unvernommen oder übertönt von dem Nachhall der Saite, die er berührt, und die in der weiblichen Brust, schärfer gespannt, stärker vibrieren mußte als alle übrigen.

„Die Liebe des Künstlers", sprach sie, indem sie niedersank in den Lehnstuhl und wie im Nachsinnen den Kopf auf die Hand stützte, „die Liebe des Künstlers! – so geliebt zu werden! Oh, es ist ein schöner, herrlicher Traum des Himmels – nur ein Traum, ein leerer Traum –"

„Sie scheinen", nahm Kreisler das Wort, „Sie scheinen, Gnädigste, für Träume eben nicht sehr portiert, und doch sind es lediglich die Träume, in denen uns recht die Schmetterlingsflügel wachsen, so daß wir, dem engsten festesten Kerker zu entfliehen, uns bunt und glänzend in die hohen, in die höchsten Lüfte zu erheben vermögen. Jeder Mensch hat doch am Ende einen angebornen Hang zum Fliegen, und ich habe ernste, honette Leute gekannt, die am späten Abend sich bloß mit Champagner, als einem dienlichen Gas, füllten, um in der Nacht, Luftballon und Passagier zugleich, aufsteigen zu können.“ –

„Sich so geliebt zu wissen“, wiederholte die Prinzessin noch bewegter als zuvor.

„Und“, sprach, als die Prinzessin schwieg, Kreisler weiter, „und was die Liebe des Künstlers betrifft, wie ich sie zu schildern mich bemüht, so haben Sie, Gnädigste, freilich das böse Beispiel des Herrn Leonhard Ettlinger vor Augen, der Musikant war und lieben wollte, wie die guten Leute, worüber sein schöner Verstand freilich etwas wacklicht werden konnte, aber ebendeshalb, mein ich, war Herr Leonhard kein echter Musikant. Diese tragen die erkorne Dame im Herzen und wollen nichts als ihr zu Ehren singen, dichten, malen und sind in der vorzüglichsten Courtoisie den galanten Rittern zu vergleichen, ja, was unschuldsvolle Gesinnung betrifft, ihnen vorzuziehen, da sie nicht verfahren wie sonst diese, die blutdürstigerweise, waren nicht gleich Riesen, Drachen bei der Hand, die schätzbarsten Leute niederstreckten in den Staub, um der Herzensdame zu huldigen!“ –

„Nein“, rief die Prinzessin, wie erwachend aus einem Traum, „nein, es ist unmöglich, daß in der Brust des Mannes ein solch reines Vesta-Feuer sich entzünden sollte! – Was ist die Liebe des Mannes anders als die verräterische Waffe, die er gebraucht, einen Sieg zu feiern, der das Weib verdirbt, ohne ihn zu beglücken.“ –

Kreisler wollte sich eben über solche absonderliche Gesinnungen einer siebzehn-, achtzehnjährigen Prinzessin höchlich verwundern, als die Türe aufging und Prinz Ignatius hineintrat.

Der Kapellmeister war froh, ein Gespräch zu enden, das er sehr gut mit einem wohleingerichteten Duett verglich, in dem jede Stimme ihrem eigentümlichen Charakter getreu bleiben muß. Während die Prinzessin, so behauptete er, im wehmütigen Adagio beharrt und nur hie und da einen Mordent, einen Pralltriller angebracht, sei er als ein vorzüglicher Buffo und erzkomischer Chanteur mit einer ganzen Legion kurzer Noten parlando dazwischengefahren, so daß er, da das Ganze ein wahres Meisterstück der Komposition und der Ausführung zu nennen, nichts weiter gewünscht, als der Prinzessin und sich selbst zuhören zu können aus irgendeiner Loge oder einem schicklichen Sperrsitz.

Also Prinz Ignatius trat hinein mit einer zerbrochenen Tasse in der Hand, schluchzend und weinend.

Es ist nötig, zu sagen, daß der Prinz, unerachtet hoch in die Zwanzig, doch sich noch immer nicht von den Lieblingsspielen der Kinderjahre trennen konnte. Ganz vorzüglich liebte er schöne Tassen, mit denen er stundenlang in der Art spielen konnte, daß er sie in Reihen vor sich hinstellte auf den Tisch und diese Reihen immer anders und anders ordnete, so daß bald die gelbe Tasse neben der roten, dann die grüne bei der roten und so weiter stehen mußte. Dabei freute er sich so innig, so herzlich wie ein zufriedenes Kind.

Das Unglück, worüber er jetzt lamentierte, bestand darin, daß ihm der kleine Mops unversehens auf den Tisch gesprungen war und die schönste der Tassen herabgeworfen hatte.

Die Prinzessin versprach, dafür zu sorgen, daß er eine Mundtasse im neuesten Geschmack aus Paris erhalten solle. Da gab er sich zufrieden und lächelte mit dem ganzen Gesicht. Jetzt erst schien er den Kapellmeister zu bemerken. Er wandte sich zu ihm mit der Frage, ob er auch viele schöne Tassen besitze. Kreisler wußte schon, von Meister Abraham hatte er es erfahren, was man darauf zu antworten. Er versicherte nämlich, daß er keineswegs solche schöne Tassen besitze wie der gnädigste Herr und daß es ihm auch ganz unmöglich sei, so viel Geld darauf zu verwenden, wie der gnädigste Herr es tue.

„Sehn Sie wohl“, erwiderte Ignaz sehr vergnügt, „sehen Sie wohl, ich bin ein Prinz und kann deshalb schöne Tassen haben, wie ich nur mag, aber das können Sie nicht, weil Sie kein Prinz sind, denn weil ich nun einmal ganz gewiß ein Prinz bin, so sind schöne Tassen –“ Tassen und Prinzen und Prinzen und Tassen gingen nun durcheinander in immer mehr verwirrter Rede, und dabei lachte und hüpfte Ignatius und klopfte in die Hände vor seligem Vergnügen! – Hedwiga schlug errötend die Augen nieder, sie schämte sich des imbezillen Bruders, sie fürchtete mit Unrecht Kreislers Spott, dem, nach seiner innersten Gemütsstimmung, des Prinzen Albernheit als ein Zustand des wirklichen Wahnsinnes nur ein Mitleid erregte, das eben nicht wohl tun konnte, vielmehr die Spannung des Augenblickes vermehren mußte. Um den Armen nur abzubringen von den unseligen Tassen, bat die Prinzessin ihn, die kleine Handbibliothek in Ordnung zu bringen, die in einem zierlichen Wandschrank aufgestellt stand. Ganz vergnügt, unter fröhlichem Gelächter begann der Prinz sogleich die sauber gebundenen Bücher herauszunehmen und, sie nach dem Format sorglich ordnend, so hinzustellen, daß die goldnen Schnitte, nach außen stehend, eine blanke Reihe formten, worüber er sich über alle Maßen freute.

Fräulein Nannette stürzte herein und rief laut: „Der Fürst, der Fürst mit dem Prinzen!“ – „O mein Gott“, sprach die Prinzessin, „meine Toilette, in der Tat, Kreisler, wir haben die Stunden verplaudert, ohne daran zu denken. – Ich habe mich ganz vergessen! – Mich und den Fürsten und den Prinzen.“ Sie verschwand mit Nannetten in das Nebengemach. Prinz Ignaz ließ sich in seinem Geschäft gar nicht stören.

Schon rollte der Staatswagen des Fürsten heran; als Kreisler sich unten an der Haupttreppe befand, stiegen eben die beiden Läufer in Staatslivree aus der Wurst. – Das muß näher erklärt werden.

Fürst Irenäus ließ nicht ab von dem alten Brauch, und so hatte er zur selben Zeit, als kein schnellfüßiger Hanswurst in bunter Jacke vor den Pferden herzulaufen genötigt wie ein gehetztes Tier, in der zahlreichen Dienerschaft von allen Waffen auch noch zwei Läufer, artige, hübsche Leute von gesetzten Jahren, wohlgefüttert und nur zuweilen von Unterleibsbeschwerden geplagt wegen der sitzenden Lebensweise. Viel zu menschenfreundlich war nämlich der Fürst gesinnt, um irgendeinem Diener zuzumuten, daß er sich zuzeiten umsetze in ein Windspiel oder einen andern vergnügten Köter, um indessen doch die gehörige Etikette im Ansehen zu erhalten, mußten die beiden Läufer, fuhr der Fürst in Gala aus, vorauffahren auf einer passablen Wurst und an schicklichen Stellen, wo zum Beispiel einige Gaffer sich versammelt, etwas die Beine rühren, als Andeutung des wirklichen Laufs. – Es war hübsch anzusehen. –

Also – die Läufer waren eben ausgestiegen, die Kammerherrn traten ins Portal, und ihnen folgte Fürst Irenäus, an dessen Seite ein junger Mann von stattlichem Ansehen daherschritt, in reicher Uniform der neapolitanischen Garde, Sterne und Kreuze auf der Brust. – „Je vous salue, Monsieur de Krösel“, sprach der Fürst, als er Kreisler erblickte. – Krösel pflegte er zu sagen statt Kreisler, wenn er bei festlichen, feierlichen Gelegenheiten Französisch sprach und sich auf keinen deutschen Namen recht besinnen konnte. Der fremde Prinz – denn den jungen stattlichen Mann hatte doch wohl die Fräulein Nannette gemeint, als sie rief, daß der Fürst komme mit dem Prinzen – nickte Kreislern im Vorbeigehen flüchtig zu mit dem Kopfe, eine Art der Begrüßung, die Kreislern selbst von den vornehmsten Personen ganz unausstehlich war. Er bückte sich daher bis tief an die Erde auf solch burleske Weise, daß der dicke Hofmarschall, der überhaupt Kreislern für einen ausgemachten Spaßmacher und alles für Spaß hielt, was er tat und sprach, nicht umhin konnte, etwas zu kichern. Der junge Fürst warf aus seinen dunkeln Augen Kreislern einen glühenden Blick zu, murmelte zwischen den Zähnen: „Hasenfuß“ und schritt dann schnell dem Fürsten nach, der sich mit milder Gravität nach ihm umschaute. – „Für einen italienischen Gardisten“, rief Kreisler laut lachend dem Hofmarschall zu, „spricht der durchlauchtige Herr ein passables Deutsch, sagen Sie ihm, beste Exzellenz, daß ich ihm dafür dienen mit dem auserlesensten Neapolitanisch und dabei kein artiges Romanisch, am wenigsten aber als Gozzische Maske schnödes Venetianisch einschwärzen, kurz kein X vor ein U machen will. – Sagen Sie ihm, beste Exzellenz –“ Aber die Exzellenz stieg schon, die Schultern hoch heraufgezogen als Bollwerk und Schutzschanze der Ohren, die Treppe herauf. –

Der fürstliche Wagen, mit dem Kreisler gewöhnlich nach Sieghartshof zu fahren pflegte, hielt, der alte Jäger öffnete den Schlag und fragte, ob's gefällig wäre. In dem Augenblick rannte aber ein Küchenjunge vorbei, heulend und schreiend: „Ach, das Unglück – ach, das Malheur!“ – „Was ist geschehen?“ rief ihm Kreisler nach. „Ach, das Unglück“, erwiderte der Küchenjunge, noch heftiger weinend, „da drinnen liegen der Herr Oberküchenmeister in der Verzweiflung, in purer Raserei und wollen sich durchaus das Ragoutmesser in den Leib stoßen, weil der gnädigste Herr plötzlich befohlen hat zu soupieren und es ihm an Muscheln fehlt zum italienischen Salat. Er will selbst nach der Stadt, und der Herr Oberstallmeister weigern sich anspannen zu lassen, da es an einer Order des gnädigsten Herrn fehlt." – „Da ist zu helfen", sprach Kreisler, „der Herr Oberküchenmeister steige in gegenwärtigen Wagen und versehe sich mit den schönsten Muscheln in Sieghartsweiler, während ich zu Fuß nach selbiger Stadt promeniere." – Damit rannte er fort in den Park. –

„Große Seele – edles Gemüt – scharmanter Herr!" rief ihm der alte Jäger nach, indem ihm die Tränen in die Augen traten. –

In den Flammen des Abendrots stand das ferne Gebirge, und der goldne glühende Widerschein gleitete spielend über den Wiesenplan, durch die Bäume, durch die Büsche, wie getrieben von dem Abendwinde, der sich säuselnd erhoben.

Kreisler blieb mitten auf der Brücke stehen, die über einen breiten Arm des Sees nach dem Fischerhäuschen führte, und schaute in das Wasser hinab, in dem sich der Park mit seinen wunderbaren Baumgruppen, der hoch darüber emporragende Geierstein, der seine weißblinkende Ruinen auf dem Haupte wie eine seltsame Krone trug, abspiegelte in magischem Schimmer. Der zahme Schwan, der auf den Namen Blanche hörte, plätscherte auf dem See daher, den schönen Hals stolz emporgehoben, rauschend mit den glänzenden Schwingen. „Blanche, Blanche", rief Kreisler laut, indem er beide Arme weit ausstreckte, „singe dein schönstes Lied, glaube ja nicht, daß du dann sterben mußt! Du darfst dich nur singend an meine Brust schmiegen, dann sind deine herrlichsten Töne mein, und nur ich gehe unter in brünstiger Sehnsucht, während du in Liebe und Leben daherschwebst auf den kosenden Wellen!" – Selbst wußte Kreisler nicht, was ihn plötzlich so tief bewegte, er stützte sich auf das Geländer, schloß unwillkürlich die Augen. Da hörte er Julias Gesang, und ein unnennbar süßes Weh durchbebte sein Inneres.

Düstere Wolken zogen daher und warfen breite Schatten über das Gebirge, über den Wald, wie schwarze Schleier. Ein dumpfer Donner dröhnte im Morgen, stärker sauste der Nachtwind, rauschten die Bäche, und dazwischen schlugen einzelne Töne der Wetterharfe an wie ferne Orgelklänge, aufgescheucht erhob sich das Geflügel der Nacht und schweifte kreischend durch das Dickicht.

Kreisler erwachte aus dem Traume und erblickte seine dunkle Gestalt im Wasser. Da war es ihm, als schaue ihn Ettlinger, der wahnsinnige Maler, an aus der Tiefe. „Hoho", rief er herab, „hoho, bist du da, geliebter Doppelgänger, wackerer Kumpan? – Höre, mein ehrlicher Junge, für einen Maler, der etwas über die Schnur gehauen, der in stolzem Übermut fürstliches Herzblut verbrauchen wollte statt Firnis, siehst du passabel genug aus. – Ich glaube am Ende, guter Ettlinger, daß du illustre Familien genarrt hast mit deinem wahnsinnigen Treiben! – Je länger ich dich anschaue, desto mehr gewahre ich an dir die vornehmsten Manieren, und so du magst, will ich der Fürstin Maria versichern, du wärst, was deinen Stand oder deine Lage im Wasser betrifft, ein Mann von dem importantesten Range, und sie könne dich lieben ohne alle weitere Umstände. – Willst du aber, Kumpan, daß die Fürstin noch jetzt deinem Bilde gleiche, so mußt du es nachtun dem fürstlichen Dilettanten, der seine Porträts ausglich mit den zu Porträtierenden durch geschicktes Anpinseln der letztern! – Nun! – Haben sie dich einmal unverdienterweise hinabgeschickt in den Orkus, so trage ich dir hiemit allerlei Neuigkeiten zu! – Wisse, verehrter Tollhauskolonist, daß die Wunde, die du dem armen Kinde, der schönen Prinzessin Hedwiga, beibrachtest, noch immer nicht recht geheilt ist, so daß sie vor Schmerz manchmal allerlei Faxen macht. Trafst du denn ihr Herz so hart, so schmerzlich, daß ihr noch jetzt heißes Blut entquillt, wenn sie deine Larve erblickt, so wie Leichname bluten, wenn der Mörder hinantritt? Rechne es mir nicht zu, Guter, daß sie mich für ein Gespenst hält, und zwar für das deinige. – Aber bin ich so recht in voller Lust, ihr zu beweisen, daß ich kein schnöder Revenant bin, sondern der Kapellmeister Kreisler, dann kommt mir der Prinz Ignatius in die Quere, der offenbar an einer Paranoia laboriert, an einer fatuitas, stoliditas, die nach *Kluge* eine sehr angenehme Sorte der eigentlichen Narrheit ist. – Mache mir nicht alle Gesten nach, Maler, wenn ich ernsthaft mit dir rede! – Schon wieder? Fürchtete ich mich nicht vor dem Schnupfen, ich spränge zu dir herab und prügelte dich erklecklich, – Schere dich zum Teufel, halunkischer Mimiker!“ –

Kreisler sprang schnell fort.

Es war nun ganz finster geworden, Blitze leuchteten durch die schwarzen Wolken, der Donner rollte, und der Regen begann in großen Tropfen herabzufallen. Aus dem Fischerhäuschen strahlte ein helles, blendendes Licht, dem eilte Kreisler schnell entgegen.

Unfern der Türe, im vollen Schimmer des Lichts, erblickte Kreisler sein Ebenbild, sein eignes Ich, das neben ihm daherschritt. Vom tiefsten Entsetzen erfaßt, stürzte Kreisler hinein in das Häuschen, sank atemlos, zum Tode erbleicht, in den Sessel.

Meister Abraham, der vor einem kleinen Tisch saß, auf dem eine Astrallampe ihre blendenden Strahlen umherwarf, in einem großen Folianten lesend, fuhr erschrocken in die Höhe, nahte sich Kreisler, rief: „Um des Himmels willen, was ist Euch, Johannes, wo kommt Ihr her am späten Abend – was hat Euch so entsetzt!“ –

Mit Mühe ermannte sich Kreisler und sprach dann mit dumpfer Stimme: „Es ist nun nicht anders, wir sind unserer zwei – ich meine ich und mein Doppelgänger, der aus dem See gesprungen ist und mich verfolgt hat hieher. – Seid barmherzig, Meister, nehmt Euern Dolchstock, stoßt den Halunken nieder – er ist rasend, glaubt mir das, und kann uns beide verderben. Er hat draußen das Wetter heraufbeschworen. – Die Geister rühren sich in den Lüften, und ihr Choral zerreißt die menschliche Brust! – Meister – Meister, lockt den Schwan herbei, – er soll singen – erstarrt ist mein Gesang, denn der Ich hat seine weiße kalte Totenhand auf meine Brust gelegt, die muß er wegziehen, wenn der Schwan singt- und sich wieder untertauchen in den See.“ – Meister Abraham ließ Kreislern nicht weiter reden, er sprach ihm zu mit freundlichen Worten, nötigte ihm einige Gläser eines feurigen italienischen Weins ein, den er eben zur Hand hatte, und fragte ihm dann nach und nach ab, wie sich alles begeben.

Aber kaum hatte Kreisler geendet, als Meister Abraham, laut lachend, rief: „Da sieht man den eingefleischten Phantasten, den vollendeten Geisterseher! – Was den Organisten betrifft, der Euch draußen in dem Park schauerliche Chorale vorgespielt hat, so ist das niemand anders gewesen als der Nachtwind, der durch die Lüfte brausend daherfuhr, und vor dem die Saiten der Wetterharfe erklangen. Ja ja, Kreisler, die Wetterharfe habt Ihr vergessen, die zwischen den beiden Pavillons am Ende des Parks aufgespannt ist. Und was Euern Doppelgänger betrifft, der im Schimmer meiner Astrallampe neben Euch herlief, so will ich Euch sogleich beweisen, daß, sobald ich nur vor die Tür trete, auch mein Doppelgänger bei der Hand ist, ja, daß ein jeder, der zu mir hineintritt, solch einen Chevalier d'Honneur seines Ichs an der Seite leiden muß.“

Meister Abraham trat vor die Türe, und sogleich stand in dem Schimmer ein zweiter Meister Abraham ihm zur Seite. Kreisler merkte die Wirkung eines verborgenen Hohlspiegels und ärgerte sich wie jeder, dem das Wunderbare, woran er geglaubt, zu Wasser gemacht wird. Dem Menschen behagt das tiefste Entsetzen mehr, als die natürliche Aufklärung dessen, was ihm gespenstisch erschienen, er will sich durchaus nicht mit dieser Welt abfinden lassen; er verlangt etwas zu sehen aus einer andern, die des Körpers nicht bedarf, um sich ihm zu offenbaren.

„Ich kann“, sprach Kreisler, „ich kann nun einmal, Meister, Euren seltsamen Hang zu solchen Foppereien nicht begreifen. Ihr präpariert das Wunderbare, wie ein geschickter Mundkoch, aus allerlei scharfen Ingredienzien und meint, daß die Menschen, deren Phantasie, wie der Magen der Schlemmer, flau geworden, irritiert werden müssen durch solches Unwesen. Nichts ist abgeschmackter, als wenn man bei solchen vermaledeiten Kunststückchen, die einem die Brust zusammenschnüren, dahinterkommt, daß alles natürlich zugegangen.“

„Natürlich! – natürlich“, rief Meister Abraham, „als ein Mann von ziemlichem Verstande solltet Ihr doch einsehen, daß nichts in der Welt natürlich zugeht, gar nichts! – Oder glaubt Ihr, werter Kapellmeister, daß deshalb, weil wir mit uns zu Gebote stehenden Mitteln eine bestimmte Wirkung hervorzubringen vermögen, uns die aus dem geheimnisvollen Organismus strömende Ursache der Wirkung klar vor Augen liegt? – Ihr habt doch sonst vielen Respekt vor meinen Kunststücken gehabt, unerachtet Ihr die Krone davon niemals schautet.“ – „Ihr meint das unsichtbare Mädchen“, sprach Kreisler.

„Allerdings", fuhr der Meister fort, „eben dieses Kunststück – es ist wohl mehr als das – würde Euch bewiesen haben, daß die gemeinste, am leichtesten zu berechnende Mechanik oft mit den geheimnisvollsten Wundern der Natur in Beziehung treten und dann Wirkungen hervorbringen kann, die unerklärlich, – selbst dies Wort im gewöhnlichen Sinn genommen, bleiben müssen." „Hm", sprach Kreisler, „wenn Ihr nach der bekannten Theorie des Schalls verfuhret, den Apparat geschickt zu verbergen wußtet und ein schlaues gewandtes Wesen an der Hand hattet –"

„O Chiara!" rief Meister Abraham, indem Tränen in seinen Augen perlten, „o Chiara, mein süßes, liebes Kind!"

Kreisler hatte noch nie den Alten so tief bewegt gesehen, wie dieser denn von jeher keiner wehmütigen Empfindung Raum geben wollte, sondern dergleichen wegzuspotten pflegte.

„Was ist das mit der Chiara?" fragte der Kapellmeister.

„Es ist wohl dumm", sprach der Meister lächelnd, „es ist wohl dumm, daß ich Euch heute erscheinen muß wie ein alter weinerlicher Geck, aber die Gestirne wollen es nun einmal, daß ich von einem Moment meines Lebens mit Euch reden soll, über den ich so lange schwieg. – Kommt her, Kreisler, schaut dieses große Buch, es ist das merkwürdigste, was ich besitze, das Erbstück eines Tausendkünstlers, Severino geheißen, und eben sitze ich da und lese die wunderbarsten Sachen und schaue die kleine Chiara an, die darin abgebildet, und da stürzt Ihr hinein, außer Euch selbst, und verachtet meine Magie in dem Augenblick, als ich eben in der Erinnerung schwelge an ihr schönstes Wunder, das mein war in der Blütezeit meines Lebens!"

„Nun erzählt nur", rief Kreisler, „damit ich stracks mit Euch heulen kann –"

„Es ist", begann Meister Abraham, „es ist nun eben nicht sehr merkwürdig, daß ich, sonst ein junger kräftiger Mann von ganz hübschem Ansehn, aus übertriebenem Eifer und großer Ruhmbegier mich matt und krank gearbeitet hatte an der großen Orgel in der Hauptkirche zu Göniönesmühl. Der Arzt sprach: „Laufen Sie, werter Orgelbauer, laufen Sie über Berg und Tal, weit in die Welt hinein", und das tat ich denn wirklich, indem ich mir den Spaß machte, überall als Mechaniker aufzutreten und den Leuten die artigsten Kunststücke vorzumachen. Dies ging recht gut und brachte mir viel Geld ein, bis ich auf den Mann stieß, Severino geheißen, der mich derb auslachte mit meinen Kunststückchen und durch manches mich beinahe dahin gebracht hätte, mit dem Volk zu glauben, er stehe mit dem Teufel oder wenigstens mit andern honetteren Geistern im Bunde. Das mehreste Aufsehen erregte sein weibliches Orakel, ein Kunststück, das eben später unter dem Namen des unsichtbaren Mädchens bekanntgeworden. Mitten im Zimmer, von der Decke herab, hing frei eine Kugel von dem feinsten, klarsten Glase, und aus dieser Kugel strömten, wie ein linder Hauch, die Antworten auf die an das unsichtbare Wesen gerichteten Fragen. Nicht allein das unbegreiflich Scheinende dieses

Phänomens, sondern auch die ins Herz dringende, das Innerste erfassende Geisterstimme der Unsichtbaren, das Treffende ihrer Antworten, ja ihre wahrhafte Weissagungsgabe verschaffte dem Künstler unendlichen Zulauf. Ich drängte mich an ihn, ich sprach viel von meinen mechanischen Kunststücken, er verachtete aber, wiewohl im andern Sinn, als Ihr es tut, Kreisler, all mein Wissen und bestand darauf, ich sollte ihm eine Wasserorgel bauen zu seinem häuslichen Gebrauch, unerachtet ich ihm bewies, daß, wie auch der verstorbene Herr Hofrat Meister zu Göttingen in seinem Traktat: „De veterum Hydraulo“ versichre, an einem solchen Hydraulos gar nichts sei und nichts erspart werde als einige Pfund Luft, die man, dem Himmel sei es gedankt, doch noch überall umsonst haben könne. Endlich beteuerte Severino, er brauche die sanfteren Töne eines solchen Instruments, um der Unsichtbaren beizustehen, und er wolle mir das Geheimnis entdecken, wenn ich auf das Sakrament schwöre, es weder selbst zu gebrauchen, noch andern zu entdecken, wiewohl er glaube, daß es nicht leicht möglich sein werde, sein Kunstwerk nachzuahmen ohne – hier stockte er und machte ein geheimnisvoll süßes Gesicht, wie weiland Cagliostro, wenn er von seinen zaubrischen Verzückungen zu Weibern sprach. Voll Begier, die Unsichtbare zu schauen, versprach ich die Wasserorgel zu verfertigen, so gut es ginge, und nun schenkte er mir sein Zutrauen – gewann mich sogar lieb, als ich ihm willig Beistand leistete in seinen Arbeiten. Eines Tages, eben wollte ich zu Severino gehen, war das Volk auf der Straße zusammengelaufen. Man sagte mir, ein anständig gekleideter Mann sei ohnmächtig zu Boden gefallen. Ich drängte mich durch und erkannte Severino, den man eben aufhob und ins nächste Haus trug. Ein Arzt, der des Weges gekommen, nahm sich seiner an. Severino schlug, nachdem verschiedene Mittel angewandt, mit einem tiefen Seufzer die Augen auf. Der Blick, mit dem er unter den krampfhaft zusammengezogenen Augenbrauen mich anstarrte, war furchtbar, alle Schrecken des Todeskampfs glühten darin in düstrem Feuer. Seine Lippen bebten, er versuchte zu reden und vermocht's nicht. Endlich schlug er einigemal mit der Hand auf die Westentasche. Ich faßte hinein und zog einige Schlüssel hervor. „Das sind die Schlüssel Eurer Wohnung“, sprach ich, er nickte mit dem Kopfe. „Das ist“, fuhr ich fort, indem ich ihm einen von den Schlüsseln vor Augen hielt, „das ist der Schlüssel zu dem Kabinett, in das Ihr mich niemals hineinlassen wolltet.“ Er nickte aufs neue. Als ich aber weiterfragen wollte, begann er wie in fürchterlicher Angst zu ächzen und zu stöhnen, kalte Schweißtropfen standen ihm auf der Stirne, er breitete die Arme aus und bog sie im Zirkel zusammen, wie wenn man etwas umfaßt, und wies auf mich. „Er will“, sprach der Arzt, „daß Sie seine Sachen, seine Apparate in Sicherheit bringen, vielleicht, stirbt er, behalten sollen?“ Severino nickte stärker mit dem Kopfe, schrie endlich: „Corre!“ und sank aufs neue ohnmächtig zurück. Schnell eilte ich nun nach Severinos Wohnung, vor Neugier, vor Erwartung bebend, öffnete ich das Kabinett, in dem die geheimnisvolle Unsichtbare verschlossen sein mußte, und erstaunte nicht wenig, als ich es ganz leer fand. Das einzige Fenster war dicht verhängt, so daß das Licht nur hineindämmerte, und ein großer Spiegel hing an der Wand, der Türe des Zimmers gegenüber. Sowie ich zufällig vor diesen Spiegel trat und meine Gestalt im schwachen Schimmer erblickte, durchströmte mich ein seltsames Gefühl, als befände ich mich auf dem Isolierstuhl einer Elektrisiermaschine. In demselben Augenblick sprach die Stimme des unsichtbaren Mädchens auf italienisch: „Verschont mich nur heute, Vater! – Geißelt mich nicht so grausam, Ihr seid ja doch nun gestorben!“ – Schnell öffnete ich die Türe des Zimmers, so, daß das volle Licht hineinströmte, aber keine lebendige Seele konnt ich erblicken. „Es ist gut“, sprach die Stimme, „es ist gut, Vater, daß Ihr Herrn Liscov geschickt habt, aber der läßt es nicht mehr zu, daß Ihr mich geißelt, er zerbricht den Magnet, und Ihr könnt nicht mehr aus dem Grabe heraus, in das er Euch legen läßt, Ihr möget Euch sträuben, wie Ihr wollt, denn Ihr seid doch nun ein Verstorbner und gehört nicht mehr dem Leben.“ Ihr könnt wohl denken, Kreisler, daß mich tiefe Schauer durchbebten, da ich niemand sah, und die Stimme doch dicht vor meinen Ohren schwebte. „Teufel“, sprach ich laut, um mich zu ermutigen, „säh ich nur irgendwo ein lumpiges Fläschlein, so würd ich es zerschmeißen, und der diable boiteux stünde, seinem Kerker entronnen, leibhaftig vor mir, aber so –“ Nun kam es mir plötzlich vor, als gingen die leisen Seufzer, die durch das Kabinett wehten, aus einem Verschlage hervor, der in der Ecke stand und mir viel zu klein schien, um ein menschliches Wesen zu beherbergen. Doch ich springe hin, öffne den Schieber, und zusammengekrümmt, wie ein Wurm, liegt ein Mädchen darin, starrt mich an mit großen, wunderbar schönen Augen, streckt endlich mir den Arm entgegen, als ich rufe: „Komm heraus, mein Lämmchen, komm heraus, meine kleine Unsichtbare!“ – Ich fasse endlich die Hand, die sie emporhält, und ein elektrischer Schlag fährt mir durch alle Glieder.“ – „Halt“, rief Kreisler, „halt, Meister Abraham, was ist das, als ich das erstemal zufällig der Prinzessin Hedwiga Hand berührte, ging es mir ebenso, und noch immer, wiewohl schwächer, fühl ich dieselbe Wirkung, wenn sie mir sehr gnädig die Hand reicht.“ – „Hoho“, erwiderte Meister Abraham, „hoho, am Ende ist unser Prinzeßlein eine Art von Gymnotus electricus oder Raja torpedo oder Trichiurus indicus, wie in gewisser Art meine süße Chiara es war, oder auch wohl nur eine muntere Hausmaus, wie jene, die dem wackern Signor Cotugno eine tüchtige Ohrfeige versetzte, als er sie beim Rücken erfaßte, um sie zu sezieren, was Ihr freilich mit der Prinzessin nicht im Sinn haben konntet! – Doch sprechen wir ein andermal von der Prinzessin, und bleiben wir jetzt bei meiner Unsichtbaren! – Als ich, erschrocken über den unvermuteten Schlag des kleinen Torpedo, zurückprallte, sprach das Mädchen mit wunderbar anmutigem Ton auf deutsch: „Ach, nehmet es doch ja nur nicht übel, Herr Liscov, aber ich kann nicht anders, der Schmerz ist gar zu groß.“ – Ohne mich weiter mit meinem Erstaunen aufzuhalten, faßte ich die Kleine sanft bei den Schultern, zog sie aus dem abscheulichen Gefängnis, und ein zart gebautes liebliches Ding in der Größe eines zwölfjährigen Mädchens, nach der körperlichen Ausbildung zu urteilen, aber wenigstens sechzehn Jahre alt, stand vor mir. Schaut nur dort ins Buch hinein, das Bild ist ähnlich, und Ihr werdet gestehen müssen, daß es kein lieblicheres, ausdrucksvolleres Antlitz geben kann, wozu Ihr aber rechnen müßt, daß das wunderbare, das Innerste entzündende Feuer der schönsten schwarzen Augen in keinem Bilde zu erreichen. Jeder, der nicht auf eine Schneehaut und Flachshaar erpicht ist, mußte das Gesichtlein für vollendet schön anerkennen, denn freilich war die Haut meiner Chiara etwas zu braun, und ihr Haar glänzte im brennenden Schwarz. – Chiara – Ihr wißt nun schon, daß die kleine Unsichtbare so geheißen war – Chiara fiel vor mir nieder, ganz Wehmut und Schmerz, ein Tränenstrom stürzte ihr aus den Augen, und sie sprach mit einem unnennbaren Ausdruck: „Je suis sauvée." Ich fühlte mich von dem tiefsten Mitleid durchdrungen, ich ahnte entsetzliche Dinge! – Man brachte jetzt Severinos Leiche, ein zweiter Anfall des Schlages hatte ihn, gleich nachdem ich ihn verlassen, getötet. Sowie Chiara den Leichnam gewahrte, versiegten ihre Tränen, sie schaute den toten Severino an mit ernstem Blick und entfernte sich dann, als die Leute, die mitgekommen, sie neugierig betrachteten und lachend meinten, das sei wohl gar am Ende das unsichtbare Mädchen in dem Kabinett. Ich fand es unmöglich, das Mädchen allein zu lassen bei dem Leichnam, die gutmütigen Wirtsleute erklärten sich bereit, sie bei sich aufzunehmen. Als ich nun aber, nachdem sich alles entfernt, hineintrat ins Kabinett, saß Chiara vor dem Spiegel in dem seltsamsten Zustande. Mit fest auf den Spiegel gerichteten Augen schien sie nichts zu gewahren, gleich einer Mondsüchtigen. Sie lispelte unverständliche Worte, die aber immer deutlicher und deutlicher wurden, bis sie, Deutsch, Französisch, Italienisch, Spanisch wechselnd, von Dingen sprach, die sich auf entfernte Personen zu beziehen schienen. – Ich bemerkte zu meinem nicht geringen Erstaunen, daß gerade die Stunde eingetreten, in der Severino das weibliche Orakel reden zu lassen pflegte. – Endlich schloß Chiara die Augen und schien in tiefen Schlaf verfallen. Ich nahm das arme Kind in meine Arme und trug sie herab zu den Wirtsleuten. Am andern Morgen fand ich die Kleine heiter und ruhig, erst jetzt schien sie ihre Freiheit ganz zu begreifen und erzählte alles, was ich zu wissen verlangte. – Es wird Euch nicht verschnupfen, Kapellmeister, unerachtet Ihr sonst auf gute Geburt was haltet, daß meine kleine Chiara nichts andres war als ein Zigeunermägdlein, die mit einer ganzen Bande des schmutzigen Volks auf dem Markte in irgendeiner großen Stadt, von Häschern bewacht, sich von der Sonne braten ließ, als eben Severino vorüberging. „Blanker Bruder, soll ich dir wahrsagen?" rief ihn das achtjährige Mädchen an. Severino sah der Kleinen lange in die Augen, ließ sich dann wirklich die Züge seines Handtellers deuten und äußerte ein besonderes Erstaunen. Er mußte etwas ganz Besonderes an dem Mädchen gefunden haben, denn sogleich trat er zu dem Polizeileutenant, der den Zug der verhafteten Zigeuner führte, und meinte, er wolle was Erkleckliches geben, wenn es ihm vergönnt würde, das Zigeunermädchen mit sich zu nehmen. Der Polizeileutenant erklärte barsch, es sei hier kein Sklavenmarkt, setzte indessen hinzu, daß, da die Kleine doch eigentlich nicht zu den wirklichen Menschen zu rechnen und das Zuchthaus nur molestiere, so stände sie zu Befehl, wenn der Herr zehn Dukaten zur Stadtarmenkasse zahlen wolle. Severino zog sogleich seinen Beutel hervor und zählte die Dukaten ab. Chiara und ihre alte Großmutter, beide hatten die ganze Verhandlung gehört, fingen an zu heulen und zu schreien und wollten sich nicht trennen. Da traten aber die Häscher hinzu, schmissen die Alte auf den Leiterwagen, der zum Abfahren bereit stand, der Polizeileutenant, der vielleicht seinen Beutel in dem Augenblick für die Stadtarmenkasse halten mochte, steckte die blanken Dukaten ein, und Severino schleppte die kleine Chiara fort, die er dadurch möglichst zu beruhigen suchte, daß er ihr auf demselben Markt, wo er sie gefunden, ein hübsches neues Röcklein kaufte und sie überdies mit Zuckerwerk fütterte. – Es ist gewiß, daß Severino damals eben das Kunststück mit dem unsichtbaren Mädchen im Kopf hatte und in der kleinen Zigeunerin alle Anlagen fand, die Rolle der Unsichtbaren zu übernehmen. Neben einer sorgfältigen Erziehung suchte er auf ihren Organismus, der zu einem erhöhten Zustande besonders geeignet, zu wirken. Er brachte diesen erhöhten Zustand, in dem ein prophetischer Geist in dem Mädchen aufglühte, durch künstliche Mittel hervor – denkt an Mesmer und seine furchtbaren Operationen – und versetzte sie jedesmal, wenn sie wahrsagen sollte, in diesen Zustand. Ein unglückliches Ungefähr ließ ihn wahrnehmen, daß die Kleine nach empfundenem Schmerz vorzüglich reizbar war, und daß dann ihre Gabe, das fremde Ich zu durchschauen, bis zum Unglaublichen stieg, so daß sie ganz vergeistigt schien. Und nun geißelte sie der entsetzliche Mensch jedesmal vor der Operation, die sie in den Zustand des höhern Wissens versetzte, auf die grausamste Weise. Zu dieser Qual kam noch, daß Chiara, die Ärmste, oft tagelang, wenn Severino abwesend, sich zusammenkrümmen mußte in jenem Verschlag, damit, dränge selbst jemand in das Kabinett, doch Chiaras Gegenwart ein Geheimnis bliebe. Ebenso machte sie die Reisen mit Severino in jenem Kasten. Unglücklicher, fürchterlicher war Chiaras Schicksal als das jenes Zwerges, den der bekannte Kempelen mit sich führte, und der, in dem Türken versteckt, Schach spielen mußte. – Ich fand in Severinos Pult eine nahmhafte Summe in Gold und Papieren, es gelang mir, der kleinen Chiara dadurch ein gutes Einkommen zu sichern, den Apparat zum Orakel, das heißt die akustischen Vorrichtungen im Zimmer und Kabinett vernichtete ich, sowie manches andere Kunstwerk, das nicht transportabel, wogegen ich nach Severinos deutlich ausgesprochenem Vermächtnis manches Geheimnis aus seinem Nachlaß mir zu eigen machte. Dies alles abgetan, nahm ich von der kleinen Chiara, die die Wirtsleute halten wollten wie ihr liebes Kindlein, den wehmütigsten Abschied und verließ den Ort. – Ein Jahr war vergangen, ich wollte zurück nach Göniönesmühl, wo der Hochlöbliche Magistrat die Reparatur der Stadtorgel von mir verlangte, aber der Himmel hatte ein besonderes Wohlgefallen daran, mich als Taschenspieler hinzustellen vor den Leuten, und gab daher einem verfluchten Spitzbuben die Macht, meine Börse, in der mein ganzer Reichtum befindlich, zu stehlen und mich so zu zwingen, noch als berühmter, mit vielen Attesten und Konzessionen versehener Mechaniker Künste zu machen des nötigen Proviants halber. – Das geschah an einem Örtchen unfern Sieghartsweiler. Eines Abends sitze ich und hämmere und feile an einem Zauberkästchen, da geht die Türe auf, ein weibliches Wesen tritt herein, ruft: „Nein, ich konnte es nicht länger ertragen, ich mußte

Euch nach, Herr Liscov – ich wäre gestorben vor Sehnsucht! – Ihr seid mein Herr, gebietet über mich!“ – stürzt auf mich zu, will mir zu Füßen fallen, ich fange sie auf in meinen Armen – es ist Chiara! – Kaum erkenne ich das Mädchen, wohl einen Fuß höher, stärker ist sie geworden, ohne daß das den zartesten Formen ihres Wuchses geschadet! – „Liebe, süße Chiara!“ rief ich tiefbewegt und drückte sie an meine Brust! „Nicht wahr“, spricht nun Chiara, „Ihr leidet mich bei Euch, Herr Liscov, Ihr verstoßet nicht die arme Chiara, die Euch Freiheit und Leben zu verdanken hat?“ – Und damit springt sie schnell an den Kasten, den eben ein Postknecht hineinschiebt, drückt dem Kerl so viel Geld in die Hand, daß er, mit einem großen Katzensprung zur Türe hinaus, laut ruft: „Ei der Daus, das liebe Mohrenkind“, öffnet den Kasten, nimmt dieses Buch heraus, gibt mir es, sprechend: „Da, Herr Liscov, nehmt das Beste aus Severinos Nachlaß, das Ihr vergessen“, fängt an, während ich das Buch aufschlage, ganz getrost Kleider und Wäsche auszupacken – Ihr möget denken, Kreisler, daß mich die kleine Chiara in nicht geringe Verlegenheit setzte; aber – nun ist es Zeit, Kerl, daß du auf mich was halten lernst, da du, weil ich dir half, dem Oheim die reifen Birnen vom Baume naschen und ihm hölzerne mit saubrer Malerei hinhängen oder ihm gedüngtes Pomeranzenwasser hinstellen in der Gießkanne, womit er die auf dem Rasen zum Bleichen ausgespannten weißen Kanevashosen begoß und einen schönen Marmor herausbrachte ohne Mühe – kurz, weil ich dich zu tollen Narrenstreichen anführte, da du, sag ich, sonst mich selbst zu nichts anderm machtest, als zu einem puren Schalksnarren, der niemals ein Herz, oder wenigstens die Hanswurstjacke so dick darübergelegt hatte, daß er nichts von seinen Schlägen spürte! – Brüste dich nicht, Mensch, mit deiner Empfindsamkeit, mit deinen Tränen, denn siehe, schon wieder muß ich, so wie du es nur zu oft tust, niederträchtig flennen, aber der Teufel hole doch alles, wenn man erst im hohen Alter jungen Leuten das Innere aufschließen soll wie eine Chambre garnie.“ – Meister Abraham trat ans Fenster und schaute hinaus in die Nacht. Das Gewitter war vorüber, im Säuseln des Waldes hörte man die einzelnen Tropfen fallen, die der Nachtwind hinabschüttelte. Von fern her aus dem Schlosse ertönte lustige Tanzmusik. „Prinz Hektor“, sprach Meister Abraham, „Prinz Hektor eröffnet die Partie à la Chasse mit einigen Sprüngen, glaub ich“ –

„Und Chiara?“ fragte Kreisler.

„Recht“, fuhr Meister Abraham fort, indem er sich erschöpft in den Lehnstuhl niederließ, „recht, mein Sohn, daß du mich erinnerst an Chiara, denn ich muß in dieser verhängnisvollen Nacht den Kelch der bittersten Erinnerungen nun einmal ausschlürfen bis auf den letzten Tropfen. – Ach! – sowie Chiara geschäftig hin und her hüpfte, wie aus ihren Blicken die reinste Freude strahlte, da fühlt ich es wohl, daß es mir ganz unmöglich sein würde, mich jemals von ihr zu trennen, daß sie mein Weib werden müsse. – Und doch sprach ich: „Aber Chiara, was soll ich mit dir anfangen, wenn du nun hier bleibst?“ – Chiara trat vor mich hin und sprach sehr ernst: „Meister, Ihr findet in dem Buch, das ich Euch gebracht, die genaue Beschreibung des Orakels, Ihr habt ja ohnedies die

Vorrichtungen dazu gesehen. – Ich will Euer unsichtbares Mädchen sein!" – „Chiara", rief ich ganz bestürzt, „Chiara, was sprichst du? – Kannst du mich für einen Severino halten?" – „O schweigt von Severino", erwiderte Chiara. – Nun, was soll ich Euch alles umständlich erzählen, Kreisler, Ihr wißt ja schon, daß ich alle Welt in Erstaunen setzte mit meinem unsichtbaren Mädchen, und möget mir wohl zutrauen, daß ich es verabscheute, auch nur durch irgendein künstliches Mittel meine liebe Chiara aufzuregen oder auf irgendeine Weise ihre Freiheit zu verschränken. – Sie deutete mir selbst Zeit und Stunde an, wenn sie sich fähig fühlte oder vielmehr fühlen würde, die Rolle der Unsichtbaren zu spielen, und nur dann sprach mein Orakel. – Überdies war meiner Kleinen jene Rolle zum Bedürfnis geworden. Gewisse Umstände, die Ihr künftig erfahren sollt, brachten mich nach Sieghartsweiler. Es lag in meinem Plan, sehr geheimnisvoll aufzutreten. Ich bezog eine einsame Wohnung bei der Witwe des fürstlichen Mundkochs, durch die ich sehr bald das Gerücht von meinen wunderbaren Kunststücken an den Hof brachte. Was ich erwartet hatte, geschah. Der Fürst – ich meine den Vater des Fürsten Irenäus – suchte mich auf, und meine weissagende Chiara war die Zauberin, die, wie von überirdischer Kraft beseelt, ihm oft sein eignes Inneres erschloß, so daß er manches, was ihm sonst verschleiert gewesen, jetzt klar durchschaute. Chiara, die mein Weib geworden, wohnte bei einem mir vertrauten Mann in Sieghartshof und kam zu mir im Dunkel der Nacht, so daß ihre Gegenwart ein Geheimnis blieb. Denn seht, Kreisler, so versessen sind die Menschen auf Wunder, daß, war auch das Kunststück mit dem unsichtbaren Mädchen nicht anders möglich, als durch die Mitwirkung eines menschlichen Wesens, sie doch das ganze Ding für eine dumme Fopperei geachtet haben würden, sobald sie erfuhren, daß das unsichtbare Mädchen von Fleisch und Bein. Sowie denn in jener Stadt den Severino nach seinem Tode alle Leute einen Betrüger schalten, da es herausgekommen, daß eine kleine Zigeunerin im Kabinett gesprochen, ohne die künstliche akustische Einrichtung, die den Ton aus der Glaskugel kommen ließ, auch nur im mindesten zu beachten. – Der alte Fürst starb, ich hatte die Kunststücke, die Geheimniskrämerei mit meiner Chiara herzlich satt, ich wollte mit meinem lieben Weibe hinziehen nach Göniönesmühl und wieder Orgeln bauen. Da blieb eine Nacht Chiara, die zum letztenmal die Rolle des unsichtbaren Mädchens spielen sollte, aus, ich mußte die Neugierigen unbefriedigt fortschicken. Mir schlug das Herz vor banger Ahnung. – Am Morgen lief ich nach Sieghartshof, Chiara war zur gewöhnlichen Stunde fortgegangen. – Nun, Kerl, was schaust du mich so an? Ich hoffe, daß du keine alberne Frage tun wirst! – Du weißt es ja – Chiara war spurlos verschwunden, nie – nie – hab ich sie wieder gesehen!"

Meister Abraham sprang rasch auf und stürzte ans Fenster. Ein tiefer Seufzer machte den Blutstropfen Luft, die aus der aufgerissenen Herzwunde quollen. Kreisler ehrte den tiefen Schmerz des Greises durch Schweigen.

„Ihr könnet", begann endlich Meister Abraham, „Ihr könnet nun nicht mehr zurück nach der Stadt, Kapellmeister. Mitternacht ist heran, draußen, Ihr wißt es, hausen böse

Doppelgänger, und allerlei anderes bedrohliches Zeug könnt uns in den Kram pfuschen. Bleibt bei mir! – Toll, ganz toll müßt es ja –“

(*M. f. f.*) aber sein, wenn dergleichen Unschicklichkeiten vorfielen an heiliger Stätte – ich meine im Auditorio. – Es wird mir so enge, so beklommen ums Herz – ich vermag, von den erhabensten Gedanken durchströmt, nicht weiter zu schreiben – ich muß abbrechen, muß ein wenig spazierengehen! –

Ich kehre zurück an den Schreibtisch, mir ist besser. – Aber wovon das Herz voll ist, davon geht der Mund über und auch wohl der Federkiel des Dichters! – Ich hört einmal den Meister Abraham erzählen, in einem alten Buche stände etwas von einem kuriosen Menschen, dem eine besondere Materia peccans im Leibe rumorte, die nicht anders abging als durch die Finger. Er legte aber hübsches weißes Papier unter die Hand und fing so alles, was nur von dem bösen rumorenden Wesen abgehen wollte, auf und nannte diesen schnöden Abgang Gedichte, die er aus dem Innern geschaffen. Ich halte das Ganze für eine boshafte Satire, aber wahr ist es, zuweilen fährt mir ein eignes Gefühl, beinahe möcht ich's geistiges Leibkneifen nennen, bis in die Pfoten, die alles hinschreiben müssen, was ich denke. – Eben jetzt geht's mir so – es kann mir Schaden tun, betörte Kater können in ihrer Verblendung böse werden, sogar mich ihre Krallen fühlen lassen, aber es muß heraus! – Mein Meister hatte heute den ganzen Vormittag hindurch in einem schweinsledernen Quartanten gelesen; als er sich endlich zur gewöhnlichen Stunde entfernte, ließ er das Buch aufgeschlagen auf dem Tische liegen. Schnell sprang ich herauf, um neugierig, erpicht auf die Wissenschaften, wie ich nun einmal bin, zu erschnuppern, was das wohl für ein Buch sein könne, worin der Meister mit so vieler Anstrengung studiert. Es war das schöne herrliche Werk des alten Johannes Kunisperger vom natürlichen Einfluß der Gestirne, Planeten und zwölf Zeichen. Ja wohl, mit Recht kann ich das Werk schön und herrlich nennen, denn, indem ich las, gingen mir da nicht die Wunder meines Seins, meines Wandelns hienieden auf in voller Klarheit? – Ha! indem ich dieses schreibe, flammt über meinem Haupt das herrliche Gestirn, das in treuer Verwandtschaft in meine Seele hinein-, aus meiner Seele herausleuchtet – ja, ich fühle den glühenden, sengenden Strahl des langgeschweiften Kometen auf meiner Stirne, – ja, ich bin selbst der glänzende Schwanzstern, das himmlische Meteor, das in hoher Glorie prophetisch dräuend durch die Welt zieht. So wie der Komet alle Sterne überleuchtet, so verschwindet ihr, stell ich nur nicht meine Gaben unter den Scheffel, sondern lasse mein Licht gehörig leuchten, und das dependiert ganz von mir – ja, so verschwindet ihr alle in finstre Nacht, ihr Kater, andere Tiere und Menschen! – Aber trotz der göttlichen Natur, die aus mir, dem geschwänzten Lichtgeist, herausstrahlt, teile ich doch nicht das Los aller Sterblichen? – Mein Herz ist zu gut, ich bin ein zu empfindsamer Kater, möchte mich gern gemütlich anschließen den Schwächern und gerate darüber in Trauer und Herzeleid. – Denn muß ich nicht überall gewahren, daß ich allein stehe wie in der tiefsten Einöde, da ich nicht dem jetzigen Zeitalter, nein, einem künftigen der höhern Ausbildung angehöre, da es keine einzige Seele gibt, die mich gehörig zu bewundern versteht? Und es macht mir doch so viel Freude, wenn ich tüchtig bewundert werde, selbst das Lob junger gemeiner, ungebildeter Kater tut mir unbeschreiblich wohl. Ich weiß sie vor Erstaunen außer sich selbst zu setzen, aber was hilft's, sie können doch, bei aller Anstrengung, nicht den rechten Lobposaunenton treffen, schreien sie auch noch so sehr Mau – Mau! – An die Nachwelt muß ich denken, die mich würdigen wird. Schreib ich jetzt ein philosophisches Werk, wer ist's, der die Tiefen meines Geistes durchdringt? Laß ich mich herab, ein Schauspiel zu dichten, wo sind die Schauspieler, die es aufzuführen vermögen? Laß ich mich ein auf andere literarische Arbeiten; schreib ich zum Beispiel Kritiken, die mir schon deshalb anstehen, weil ich über alles, was Dichter, Schriftsteller, Künstler heißt, schwebe, mich gleich überall selbst als, freilich unerreichbares, Muster, als Ideal der Vollkommenheit hinstellen, deshalb auch allein ein kompetentes Urteil aussprechen kann, wer ist's, der sich auf meinen Standpunkt hinaufzuschwingen, meine Ansichten mit mir zu teilen vermag? – Gibt es denn Pfoten oder Hände, die mir den verdienten Lorbeerkranz auf die Stirne drücken könnten? – Doch dafür ist guter Rat vorhanden, das tue ich selbst und lasse den die Krallen fühlen, der sich etwa unterstehen möchte, an der Krone zu zupfen. – Es existieren wohl solche neidische Bestien, ich träume oft nur, daß ich von ihnen angegriffen werde, fahre, in der Einbildung, mich verteidigen zu müssen, mir selbst ins Gesicht mit meinen spitzen Waffen und verwunde kläglich das holde Antlitz. – Man wird auch wohl im edlen Selbstgefühl etwas mißtrauisch, aber es kann nicht anders sein. Hielt ich es doch neulich für einen versteckten Angriff auf meine Tugend und Vortrefflichkeit, als der junge Ponto mit mehreren Pudeljünglingen auf der Straße über die neuesten Erscheinungen des Tages sprach, ohne meiner zu erwähnen, unerachtet ich doch kaum sechs Schritte von ihm an der Kellerluke meiner Heimat saß. Nicht wenig ärgerte es mich, daß der Fant, als ich ihm Vorwürfe darüber machte, behaupten wollte, er habe mich wirklich gar nicht bemerkt.

Doch es ist Zeit, daß ich euch, mir verwandte Seelen einer schönern Nachwelt – oh, ich wollte, diese Nachwelt befände sich schon mitten in der Gegenwart und hätte gescheite Gedanken über Murrs Größe und spräche diese Gedanken laut aus mit so heller Stimme, daß man nichts anderes vernehmen könnte vor dem lauten Geschrei –, ja, daß ihr etwas Weiteres davon erfahrt, was sich mit eurem Murr zutrug in seinen Jünglingsjahren. – Paßt auf, gute Seelen, ein merkwürdiger Lebenspunkt tritt ein. –

Des Märzen Idus waren angebrochen, die schönen milden Strahlen der Frühlingssonne fielen auf das Dach, und ein sanftes Feuer durchglühte mein Inneres. Schon seit ein paar Tagen hatte mich eine unbeschreibliche Unruhe, eine unbekannte wunderbare Sehnsucht geplagt, – jetzt wurde ich ruhiger, doch nur um bald in einen Zustand zu geraten, den ich niemals geahnt! –

Aus einer Dachluke, unfern von mir, stieg leis und linde ein Geschöpf heraus – o daß ich es vermöchte, die Holdeste zu malen! – Sie war ganz weiß gekleidet, nur ein kleines schwarzes Samtkäppchen bedeckte die niedliche Stirn, sowie sie auch schwarze Strümpfchen an den zarten Beinen trug. Aus dem lieblichsten Grasgrün, der schönsten Augen funkelte ein süßes Feuer, die sanften Bewegungen der feingespitzten Ohren ließen ahnen, daß Tugend in ihr wohne und Verstand, sowie das wellenförmige Ringeln des Schweifs hohe Anmut aussprach und weiblichen Zartsinn! – Das holde Kind schien mich nicht zu erschauen, es blickte in die Sonne, blinzelte und nieste. – Oh, der Ton durchbebte mein Innerstes mit süßen Schauern, meine Pulse schlugen – mein Blut wallte siedend durch alle Adern, – mein Herz wollte zerspringen, – alles unnennbar schmerzliche Entzücken, das mich außer mir selbst setzte, strömte heraus in dem lang gehaltenen Miau! das ich ausstieß. – Schnell wandte die Kleine den Kopf nach mir, blickte mich an, Schreck, kindliche süße Scheu in den Augen. – Unsichtbare Pfoten rissen mich hin zu ihr mit unwiderstehlicher Gewalt – aber sowie ich auf die Holde lossprang, um sie zu erfassen, war sie schnell wie der Gedanke hinter dem Schornstein verschwunden! – Ganz Wut und Verzweiflung, rannte ich auf dem Dache umher und stieß die kläglichsten Töne aus, alles umsonst – sie kam nicht wieder! – Ha, welcher Zustand! – mir schmeckte kein Bissen, die Wissenschaften ekelten mich an, ich mochte weder lesen noch schreiben. – „Himmel!“ rief ich andern Tages aus, als ich die Holde überall gesucht auf dem Dache, auf dem Boden, in dem Keller, in allen Gängen des Hauses, und nun trostlos heimkehrte, als, da ich die Kleine beständig in Gedanken, mich nun selbst der Bratfisch, den mir der Meister hingesetzt, aus der Schüssel anstarrte mit ihren Augen, so daß ich laut rief im Wahnsinn des Entzückens: „Bist du es, Langersehnte?“ und ihn auffraß mit einem Schluck: ja, da rief ich: „Himmel, o Himmel! Sollte das Liebe sein?“ Ich wurde ruhiger, ich beschloß als ein Jüngling von Erudition, mich über meinen Zustand ganz ins klare zu setzen, und begann sogleich, wiewohl mit Anstrengung, den Ovid „de arte amandi“ durchzustudieren sowie Mansos „Kunst zu lieben“, aber keines von den Kennzeichen eines Liebenden, wie es in diesen Werken angegeben, wollte recht auf mich passen. Endlich fuhr es mir plötzlich durch den Sinn, daß ich in irgendeinem Schauspiel gelesen, ein gleichgültiger Sinn und ein verwilderter Bart seien sichere Kennzeichen eines Verliebten! – Ich schaute in einen Spiegel, Himmel, mein Bart war verwildert! – Himmel, mein Sinn war gleichgültig!

Da ich nun wußte, daß es seine Richtigkeit hatte mit meinem Verliebtsein, kam Trost in meine Seele. Ich beschloß, mich gehörig mit Speis und Trank zu stärken und dann die Kleine aufzusuchen, der ich mein ganzes Herz zugewandt. Eine süße Ahnung sagte mir, daß sie vor der Türe des Hauses sitze, ich stieg die Treppe hinab und fand sie wirklich! – O welch ein Wiedersehen! Wie wallte in meiner Brust das Entzücken, die unnennbare Wonne des Liebesgefühls. – Miesmies, so wurde die Kieme geheißen, wie ich von ihr später erfuhr, Miesmies saß da in zierlicher Stellung auf den Hinterfüßen und putzte sich, indem sie mit den Pfötchen mehrmals über die Wangen, über die Ohren fuhr. Mit welcher unbeschreiblichen Anmut besorgte sie vor meinen Augen das, was Reinlichkeit und Eleganz erfordern, sie bedurfte nicht schnöder Toilettenkünste, um die Reize, die ihr die Natur verliehen, zu erhöhen! Bescheidner als das erstemal nahte ich mich ihr, setzte mich zu ihr hin! – Sie floh nicht, sie sah mich an mit forschendem Blick und schlug dann die Augen nieder. – „Holdeste“, begann ich leise, „sei mein!“ – „Kühner Kater“, erwiderte sie verwirrt, „kühner Kater, wer bist du? Kennst du mich denn? – Wenn du aufrichtig bist so wie ich und wahr, so sage und schwöre mir, daß du mich wirklich liebst.“ – „Oh“, rief ich begeistert, „ja, bei den Schrecken des Orkus, bei dem heiligen Mond, bei allen sonstigen Sternen und Planeten, die künftige Nacht scheinen werden, wenn der Himmel heiter, schwöre ich dir's, daß ich dich liebe!“ – „Ich dich auch“, lispelte die Kleine und neigte in süßer Verschämtheit das Haupt mir zu. Ich wollte sie voll Inbrunst umpfoten, da sprangen aber mit teuflischem Geknurre zwei riesige Kater auf mich los, zerbissen, zerkratzten mich kläglich und wälzten mich zum Überfluß noch in die Gosse, so daß das schmutzige Spülwasser über mich zusammenschlug. Kaum konnt ich mich aus den Krallen der mordlustigen Bestien retten, die meinen Stand nicht achteten, mit vollem Angstgeschrei lief ich die Treppe herauf. Als der Meister mich erblickte, rief er, laut lachend: „Murr, Murr, wie siehst du aus? Ha, ha! Ich merke schon, was geschehen, du hast Streiche machen wollen, wie „der im Irrgarten der Liebe herumtaumelnde Kavalier“, und dabei ist's dir übel ergangen!“ – Und dabei brach der Meister zu meinem nicht geringen Verdruß aufs neue aus in ein schallendes Gelächter. Der Meister hatte ein Gefäß mit lauwarmem Wasser füllen lassen, darein stülpte er mich ohne Umstände einigemal ein, so daß mir vor Niesen und Prusten Hören und Sehen verging, wickelte mich dann fest in Flanell ein und legte mich in meinen Korb. Ich war beinahe besinnungslos vor Wut und Schmerz, ich vermochte kein Glied zu rühren. Endlich wirkte die Wärme wohltätig auf mich, ich fühlte meine Gedanken sich ordnen. „Ha“, klagte ich, „welch neue bittere Täuschung des Lebens! – Das ist also die Liebe, die ich schon so herrlich besungen, die das Höchste sein, die uns mit namenloser Wonne erfüllen, die uns in den Himmel tragen soll! – Ha! – mich hat sie in die Gosse geworfen! – Ich entsage einem Gefühl, das mir nichts eingebracht als Bisse, ein abscheuliches Bad und niederträchtige Einmummung in schnöden Flanell!“ – Aber kaum war ich wieder in Freiheit und genesen, als aufs neue Miesmies mir unaufhörlich vor Augen stand und ich, jener ausgestandenen Schmach wohl eingedenk, zu meinem Entsetzen gewahrte, daß ich noch in Liebe. Mit Gewalt nahm ich mich zusammen und las als ein vernünftiger, gelehrter Kater den Ovid nach, da ich mich wohl erinnerte, in der „Ars amandi“ auch auf Rezepte gegen die Liebe gestoßen zu sein.

Ich las die Verse:

Venus otia amat. Qui finem quaeris amoris,
  Cedit amor rebus, res age, tutus eris!

Mit neuem Eifer wollt ich mich dieser Vorschrift gemäß in die Wissenschaften vertiefen, aber Miesmies hüpfte auf jedem Blatte mir vor den Augen, Miesmies dachte – las – schrieb ich! – Der Autor, dacht ich, muß andere Arbeit meinen, und da ich von andern Katern gehört, daß die Mäusejagd ein ungemein angenehmes zerstreuendes Vergnügen sein solle, war es ja möglich, daß unter den rebus auch die Mäusejagd begriffen sein konnte. Ich begab mich daher, sowie es finster geworden, in den Keller und durchstrich die düstern Gänge, indem ich sang: „Im Walde schlich ich still und wild, gespannt mein Feuerrohr –“

Ha! – statt des Wildes, das ich zu jagen trachtete, schaute ich aber wirklich ihr holdes Bild, aus den tiefen Gründen trat es wirklich überall hervor! Und dabei zerschnitt der herbe Liebesschmerz mein nur zu leicht verwundbar Herz! Und ich sprach: „Lenk auf mich die holden Blicke, jungfräulichen Morgenschein, und als Braut und Bräut'gam wandeln Murr und Miesmies selig heim.“ Also sprach ich, freud'ger Kater, hoffend auf des Sieges Preis. – Armer! Mit verhüllten Augen floh sie, scheue Katz', dachein! –

So geriet ich Bedauernswürdiger immer mehr und mehr in Liebe, die ein feindlicher Stern mir zum Verderben in meiner Brust entzündet zu haben schien. Wütend, mich auflehnend gegen mein Schicksal, fiel ich aufs neue her über den Ovid und las die Verse:

Exige, quod cantet, si qua est sine voce puella,
  Non didicit chordas tangere, posce lyram.

„Ha“, rief ich, „zu ihr hinauf aufs Dach! – Ha, ich werde sie wiederfinden, die süße Huldin, da, wo ich sie zum erstenmal erblickte, aber singen soll sie, ja singen, und bringt sie nur eine einzige falsche Note heraus, dann ist's vorbei, dann bin ich geheilt, gerettet.“ Der Himmel war heiter, und der Mond, bei dem ich der holden Miesmies Liebe zugeschworen, schien wirklich, als ich auf das Dach stieg, um sie zu erlauern. Lange gewahrte ich sie nicht, und meine Seufzer wurden laute Liebesklagen.

Ich stimmte endlich ein Liedlein an im wehmütigsten Ton, ungefähr folgendermaßen:

Rauschende Wälder, flüsternde Quellen,
Strömender Ahnung spielende Wellen,
Mit mir o klaget!
Saget, o saget!
Miesmies, die Holde, wo ist sie gegangen,
Jüngling in Liebe, Jüngling, wo hat er
Miesmies, die süße Huldin, umfangen?
Tröstet den Bangen.
Tröstet den gramverwilderten Kater!
Mondschein, o Mondschein,
Sag mir, wo thront mein
Artiges Kindlein, liebliches Wesen!
Wütender Schmerz kann niemals genesen!
Trostloser Liebender kluger Berater,
Eil ihn zu retten

Von Liebesketten,
Hilf ihm, o hilf dem verzweifelten Kater.

Seht ein, geliebter Leser, daß ein wackerer Dichter weder sich im rauschenden Walde befinden, noch an einer flüsternden Quelle sitzen darf, ihm strömen der Ahnung spielende Wellen doch zu, und diesen Wellen erschaut er doch alles, was er will, und kann davon singen, wie er will. Sollte jemand über die hohe Vortrefflichkeit obiger Verse zu sehr in Erstaunen geraten, so will ich bescheiden ihn darauf aufmerksam machen, daß ich mich in der Ekstase befand, in verliebter Begeisterung, und nun weiß jeder, daß jedem, der von dem Liebesfieber ergriffen, könnt' er auch sonst kaum Wonne auf Sonne und Triebe auf Liebe reimen, könnt' er, sag' ich, auf diese nicht ganz ungewöhnlichen Reime trotz aller Anstrengung sich durchaus nicht besinnen, plötzlich das Dichten ankommt und er die vortrefflichsten Verse heraussprudeln muß, wie einer, der vom Schnupfen befallen, unwiderstehlich ausbricht in schreckliches Niesen. Wir haben dieser Ekstase prosaischer Naturen schon viel Vortreffliches zu verdanken, und schön ist es, daß oft dadurch menschliche Miesmiese von nicht sonderlicher Beauté auf einige Zeit einen herrlichen Ruf erhielten. Geschieht das nun am dürren Holz, was muß sich am grünen begeben? – Ich meine, werden schon hündische Prosaiker bloß durch die Liebe umgesetzt in Dichter, was muß erst wirklichen Dichtern geschehen in diesem Stadium des Lebens? – Nun! weder im rauschenden Walde saß ich, noch an flüsternder Quelle, ich saß auf einem kahlen hohen Dache, das bißchen Mondschein war kaum zu rechnen, und doch flehte ich in jenen meisterhaften Versen Wälder und Quellen und Wellen und zuletzt meinen Freund Ovid an, mir zu helfen, mir beizustehen in der Liebesnot. Etwas schwer wurde es mir, Reime zu den Namen meines Geschlechts zu finden, den gewöhnlichen, Vater, wußte ich selbst in der Begeisterung nicht anzubringen. Daß ich aber wirklich Reime fand, bewies mir aufs neue den Vorzug meines Geschlechts vor dem menschlichen, da auf das Wort Mensch sich bekanntlich nichts reimt, weshalb, wie schon irgendein Witzbold von Theaterdichter bemerkt hat, der Mensch ein ungereimtes Tier ist. Ich bin dagegen ein gereimtes. – Nicht vergebens hatte ich die Töne der schmerzhaften Sehnsucht angeschlagen, nicht vergebens Wälder, Quellen, den Mondschein beschworen, mir die Dame meiner Gedanken zuzuführen, hinter dem Schornstein kam die Holde daherspaziert mit leichten anmutigen Schritten. „Bist du es, lieber Murr, der so schön singt?“ So rief mir Miesmies entgegen. „Wie“!, erwiderte ich mit freudigem Erstaunen, „wie, du kennst mich, süßes Wesen?“ – „Ach“, sprach sie, „ach, ja wohl, du gefielst mir gleich beim ersten Blick, und es hat mir in der Seele weh getan, daß meine beiden unartigen Vettern dich so unbarmherzig in die Gosse –“ „Schweigen wir“, unterbrach ich sie, „schweigen wir von der Gosse, bestes Kind – o sage mir, sage mir, ob du mich liebst?“ – „Ich habe mich“, sprach Miesmies weiter, „nach deinen Verhältnissen erkundigt und erfahren, daß du Murr hießest und bei einem sehr gütigen Mann nicht allein dein reichliches Auskommen hättest, sondern auch alle Bequemlichkeiten des Lebens genössest, ja, diese wohl mit einer zärtlichen Gattin teilen könntest! – Oh, ich liebe dich sehr, guter Murr!“ – „Himmel“, rief ich im höchsten Entzücken, „Himmel, ist es möglich, ist es Traum, ist es Wahrheit? – O halte dich – halte dich, Verstand, schnappe nicht über! – Ha! bin ich noch auf der Erde? – Sitze ich noch auf dem Dache? – Schwebe ich nicht in den Wolken? Bin ich noch der Kater Murr? Bin ich nicht der Mann im Monde? – Komm an meinen Busen, Geliebte – doch sage mir erst deinen Namen, Schönste.“ – „Ich heiße Miesmies“, erwiderte die Kleine, süß lispelnd in holder Verschämtheit und setzte sich traulich neben mich hin. Wie schön sie war! Silbern glänzte ihr weißer Pelz im Mondschein, in sanftem, schmachtendem Feuer funkelten die grünen Äuglein. „Du –

(*Mak. Bl.*) – hättest, geliebter Leser, das freilich schon etwas früher erfahren können, aber der Himmel gebe, daß ich nicht noch mehr querfeldein springen muß, als es bis jetzt schon geschehen. – Also, wie gesagt, dem Vater des Prinzen Hektor war es ebenso ergangen wie dem Fürsten Irenäus, er hatte, selbst wußte er nicht wie, sein Ländlein aus der Tasche verloren. Prinz Hektor, der zu nichts weniger aufgelegt, als zum stillen, friedlichen Leben, der, unerachtet ihm der Fürstenstuhl unter den Beinen weggezogen, doch gern aufrecht stehen und, statt zu regieren, wenigstens kommandieren wollte, nahm französische Dienste, war ungemein tapfer, ging aber, als ihn eines Tages ein Zithermädel anplärrte: „Kennst du das Land, wo die Zitronen glühn“, sofort nach dem Lande, wo dergleichen Zitronen wirklich glühn, das heißt nach Neapel und zog statt der französischen Uniform eine neapolitanische an. Er wurde nämlich so geschwinde General, wie es nur irgendeinem Prinzen geschehen kann. – Als der Vater des Prinzen Hektor gestorben, schlug Fürst Irenäus das große Buch auf, worin er selbst sämtliche fürstliche Häupter in Europa verzeichnet, und notierte den erfolgten Tod seines fürstlichen Freundes und Gefährten im Malheur. Nachdem dies geschehen, schaute er lange den Namen des Prinzen Hektor an, rief dann sehr laut: „Prinz Hektor!“ und klappte den Folianten so heftig zu, daß der Hofmarschall entsetzt drei Schritte zurückprallte. Nun stand der Fürst auf, ging langsam im Zimmer auf und ab und schnupfte so viel Spaniol als nötig, um eine ganze Welt von Gedanken in Ordnung zu bringen. Der Hofmarschall sprach viel von dem seligen Herrn, der nächst vielen Reichtümern ein aimables Herz besessen, vom jungen Prinzen Hektor, der vergöttert werde in Neapel von dem Monarchen und der Nation und so weiter. Fürst Irenäus schien das alles nicht zu beachten, er blieb plötzlich dicht vor dem Hofmarschall stehen, schaute ihn an mit dem entsetzlichen Friedrichsblick, sprach sehr stark: „Peut-être“ und verschwand in das Nebenkabinett.

„Gott“, sprach der Hofmarschall, „der gnädigste Fürst haben gewiß die konsiderabelsten Gedanken, vielleicht gar Pläne.“

Es war dem so. – Fürst Irenäus dachte an den Reichtum des Prinzen, an seine Verwandtschaft mit mächtigen Häuptern, er rief sich die Überzeugung ins Gedächtnis, daß Prinz Hektor gewiß noch den Degen mit dem Zepter vertauschen werde, und ihm kam der Gedanke, daß die Vermählung des Prinzen mit der Prinzessin Hedwiga von den ersprießlichsten Folgen sein könne. Ganz im geheimsten Geheim mußte der Kammerherr, den der Fürst sogleich absandte, um dem Prinzen seinerseits namhaftes Beileid über den Tod des Vaters zu bezeigen, das bis auf die Farbe der Haut wohlgetroffene Miniaturbild der Prinzessin in die Tasche stecken. – Es ist hier zu bemerken, daß die Prinzessin in der Tat eine vollendete Schönheit zu nennen gewesen, hätte ihre Haut weniger ins Gelbe gespielt. Daher war ihr die Beleuchtung des Kerzenscheins günstig. –

Der Kammerherr richtete den geheimen Auftrag des Fürsten – niemanden, selbst nicht der Fürstin, hatte dieser das mindeste von seiner Absicht vertraut – sehr geschickt aus. Als der Prinz das Gemälde sah, geriet er beinahe in dieselbe Ekstase, wie sein prinzlicher Kollege in der „Zauberflöte". Wie Tamino hätte er beinahe, wenn auch nicht gesungen, doch gerufen: „Dies Bildnis ist bezaubernd schön", und dann weiter: „Soll die Empfindung Liebe sein? ja, ja, die Liebe ist's allein!" – Bei Prinzen ist es sonst eben nicht die Liebe allein, die sie streben läßt nach der Schönsten, indessen dachte Prinz Hektor gerade nicht an andere Verhältnisse, als er sich hinsetzte und an den Fürsten Irenäus schrieb, es möge ihm vergönnet sein, sich um Herz und Hand der Prinzessin Hedwiga zu bewerben.

Fürst Irenäus antwortete, daß, da er mit Freuden in eine Vermählung willige, die er schon seines verstorbenen fürstlichen Freundes halber aus dem Grunde des Herzens wünsche, es gar keiner weitern Bewerbung eigentlich bedürfe. Da aber die Form sauviert werden müsse, möge der Prinz einen artigen Mann von dem gehörigen Stande nach Sieghartsweiler senden, den er ja auch gleich mit Vollmacht versehen könne, die Trauung zu vollziehen und, nach altem, schönem Herkommen, gestiefelt und gespornt den Bettsprung zu unternehmen. Der Prinz schrieb zurück: „Ich komme selbst, mein Fürst!" –

Dem Fürsten war das nicht recht, er hielt die Trauung durch einen Bevollmächtigten für schöner, erhabener, fürstlicher, hatte sich im Innersten auf das Fest gefreut und beruhigte sich nur damit, daß vor dem Beilager ein großes Ordensfest gefeiert werden könne. Er wollte nämlich das Großkreuz eines Hausordens, den sein Vater gestiftet hatte, und den kein Ritter mehr trug, nicht tragen durfte, dem Prinzen umhängen auf die solenneste Weise.

Prinz Hektor kam also nach Sieghartsweiler, um die Prinzessin Hedwiga heimzuführen und nebenher das Großkreuz eines verschollenen Hausordens zu erhalten. Es schien ihm erwünscht, daß der Fürst seine Absicht geheimgehalten, er bat vorzüglich rücksichts Hedwigas, in diesem Schweigen zu verharren, da er erst der vollen Liebe Hedwigas versichert sein müsse, ehe er mit seiner Bewerbung hervortreten könne.

Der Fürst verstand nicht recht, was der Prinz damit sagen wollte, und meinte, daß, soviel er wisse und sich erinnere, diese Form, was nämlich die Versicherung der Liebe vor dem Beilager beträfe, in fürstlichen Häusern niemals üblich gewesen sei. Verstehe der Prinz aber darunter weiter nichts als die Äußerung eines gewissen Attachements, so dürfe das vorzüglich während des Brautstandes wohl eigentlich nicht stattfinden, könne aber, da doch die leichtsinnige Jugend über alles, was die Etikette gebiete, hinwegzuspringen geneigt, ja in der Kürze abgemacht werden, drei Minuten vor dem Ringewechseln. Herrlich und erhaben wär's freilich, wenn das fürstliche Brautpaar in diesem Augenblick einigen Abscheu gegeneinander bewiese, leider wären aber diese Regeln des höchsten Anstandes in neuester Zeit zu leeren Träumen geworden.

Als der Prinz Hedwiga zum erstenmal erblickte, flüsterte er seinem Adjutanten in dem andern unverständlichen neapolitanischen Dialekt zu: „Bei allen Heiligen! Sie ist schön, aber unfern des Vesuvs geboren, und sein Feuer blitzt aus ihren Augen."

Prinz Ignaz hatte sich bereits sehr angelegentlich erkundigt, ob es in Neapel schöne Tassen gebe, und wieviel davon Prinz Hektor besitze, so daß dieser, durch die ganze Tonleiter der Begrüßungen durchgestiegen, sich wieder zu Hedwiga wenden wollte, als die Türen sich öffneten und der Fürst den Prinzen einlud zu der Prachtszene, die er durch die Zusammenberufung sämtlicher Personen, welche nur im mindesten was Hoffähiges an und in sich trugen, im Prunksaal bereitet. Er war diesmal in dem Auswählen weniger strenge gewesen als sonst, da der Zirkel in Sieghartshof eigentlich für eine Landpartie zu achten. Auch die Benzon war zugegen mit Julien.

Prinzessin Hedwiga war still, in sich gekehrt, teilnahmslos, sie schien den schönen Fremdling aus dem Süden nicht mehr, nicht weniger zu beachten als jede andere neue Erscheinung am Hofe und fragte ziemlich mürrisch ihr Hoffräulein, die rotwangige Nannette, ob sie närrisch geworden, als diese nicht aufhören konnte, ihr ins Ohr zu flüstern, der fremde Prinz sei doch gar zu hübsch, und eine schönere Uniform habe sie zeit ihres Lebens nicht gesehen.

Prinz Hektor entfaltete nun vor der Prinzessin den bunten, prahlenden Pfauenschweif seiner Galanterie, sie, beinahe verletzt durch den Ungestüm seiner süßlichen Verzücktheit, fragte nach Italien, nach Neapel. Der Prinz gab ihr die Beschreibung eines Paradieses, in dem sie als herrschende Göttin wandelte. Er bewährte sich als ein Meister in der Kunst, zu der Dame so zu sprechen, daß alles, alles sich gestaltet als ein Hymnus, der ihre Schönheit, ihre Anmut preist. Mitten aus diesem Hymnus sprang aber die Prinzessin heraus und hin zu Julien, die sie in der Nähe gewahrte. Die drückte sie an ihre Brust, nannte sie mit tausend zärtlichen Namen, rief: „Das ist meine liebe, liebe Schwester, meine herrliche, süße Julia!" als der Prinz, etwas betroffen über Hedwigas Flucht, hinzutrat. Der Prinz heftete einen langen, seltsamen Blick auf Julien, so daß diese, über und über errötend, die Augen niederschlug und sich scheu zur Mutter wandte, die hinter ihr stand. Aber die Prinzessin umarmte sie aufs neue und rief: „Meine liebe, liebe Julia“ und dabei traten ihr die Tränen in die Augen. „Prinzessin“, sprach die Benzon leise, „Prinzessin, warum dieses krampfhafte Benehmen?“ Die Prinzessin, ohne die Benzon zu beachten, drehte sich zu dem Prinzen, dem wirklich über alles das der Strom der Rede versiegt, und war sie erst still, ernst, mißmutig gewesen, so schweifte sie beinahe jetzt aus in seltsamer, krampfhafter Lustigkeit. Endlich ließen die stark gespannten Saiten nach, und die Melodien, die nun aus ihrem Innern heraustönten, waren weicher, milder, jungfräulich zarter. Sie war liebenswürdiger als jemals, und der Prinz schien ganz und gar hingerissen. Endlich begann der Tanz. Der Prinz, nachdem mehrere Tänze gewechselt, erbot sich, einen neapolitanischen Nationaltanz anzuführen, und es gelang ihm bald, den Tanzenden die volle Idee davon zu geben, so daß sich alles gar artig fügte und selbst der leidenschaftlich zärtliche Charakter des Tanzes gut hervortrat.

Niemand hatte aber eben diesen Charakter so ganz begriffen als Hedwiga, die mit dem Prinzen tanzte. Sie verlangte die Wiederholung, und als der Tanz zum zweitenmal geendet, bestand sie, des Mahnens der Benzon, die auf ihren Wangen schon die verdächtige Blässe wahrnahm, nicht achtend, darauf, zum drittenmal den Tanz auszuführen, der ihr nun erst recht gelingen werde. Der Prinz war entzückt. Er schwebte hin mit Hedwiga, die in jeder Bewegung die Anmut selbst schien. Bei einer der vielen Verschlingungen, die der Tanz gebot, drückte der Prinz die Holde stürmisch an die Brust, aber in demselben Augenblick sank auch Hedwiga entseelt in seinen Armen zusammen. –

Der Fürst meinte, eine unschicklichere Störung eines Hofballs könne es nicht geben, und nur das Land entschuldige vieles. –

Prinz Hektor hatte selbst die Ohnmächtige in ein benachbartes Zimmer auf ein Sofa getragen, wo ihr die Benzon die Stirne rieb mit irgendeinem starken Wasser, das der Leibarzt zur Hand gehabt. Dieser erklärte übrigens die Ohnmacht für einen Nervenzufall, den die Erhitzung des Tanzes veranlaßt, und der sehr bald vorübergehen werde.

Der Arzt hatte recht, nach wenigen Sekunden schlug die Prinzessin mit einem tiefen Seufzer die Augen auf. Der Prinz, sobald er vernommen, die Prinzessin habe sich erholt, drang durch den dichten Kreis der Damen, von dem sie umschlossen, kniete nieder bei dem Sofa, klagte sich bitter an, daß er allein schuld sei an dem Begegnis, das ihm das Herz durchschneide. Sowie die Prinzessin ihn aber erblickte, rief sie mit allen Zeichen des Abscheues: „Fort, fort!“ und sank aufs neue in Ohnmacht.

„Kommen Sie“, sprach der Fürst, indem er den Prinzen bei der Hand erfaßte, „kommen Sie, bester Prinz, Sie wissen nicht, daß die Prinzessin oft an den seltsamsten Reverien leidet. Weiß der Himmel, auf welche sonderbare Weise Sie ihr in diesem Augenblick erschienen sind! – Imaginieren Sie sich, bester Prinz, schon als Kind – entre nous soit dit

– schon als Kind hielt mich einmal die Prinzessin einen ganzen Tag hindurch für den Großmogul und prätendierte, ich solle in Samtpantoflein ausreiten, wozu ich mich auch endlich entschloß, wiewohl nur im Garten.“ Prinz Hektor lachte dem Fürsten ohne Umstände ins Gesicht und rief nach dem Wagen.

Die Benzon mußte, so wollte es die Fürstin aus Besorgnis für Hedwiga, mit Julien im Schloß bleiben. Sie wußte, welche psychische Macht sonst die Benzon über die Prinzessin übte, und ebenso, daß dieser psychischen Macht auch Krankheitszufälle der Art zu weichen pflegten. In der Tat geschah es auch diesmal, daß Hedwiga in ihrem Zimmer sich bald erholte, als die Benzon ihr unermüdlich zugeredet mit sanften Worten. Die Prinzessin behauptete nichts Geringeres, als daß im Tanzen der Prinz sich in ein drachenartiges Ungeheuer verwandelt und mit spitzer, glühender Zunge ihr einen Stich ins Herz gegeben habe. „Gott behüte“, rief die Benzon, „am Ende ist Prinz Hektor gar das mostro turchino aus der Gozzischen Fabel! – Welche Einbildungen, zuletzt wird es sich so begeben wie mit Kreisler, den Sie für einen bedrohlichen Wahnsinnigen hielten!“ – „Nimmermehr“, rief die Prinzessin heftig und setzte dann lachend hinzu, „wahrhaftig, ich wollte nicht, daß mein guter Kreisler sich so plötzlich in das mostro turchino verwandelte wie Prinz Hektor!“ –

Als am frühsten Morgen die Benzon, die bei der Prinzessin gewacht, in Juliens Zimmer trat, kam ihr diese entgegen, erblaßt, übernächtig, das Köpfchen gehängt wie eine kranke Taube. „Was ist dir, Julie?“ rief ihr die Benzon, die nicht gewohnt, die Tochter in solchem Zustande zu sehen, erschrocken entgegen. „Ach, Mutter“, sprach Julie ganz trostlos, „ach, Mutter, niemals mehr in diese Umgebungen, mein Herz erbebt, wenn ich an die gestrige Nacht denke. – Es ist etwas Entsetzliches in diesem Prinzen; als er mich anblickte, ich kann dir's nicht beschreiben, was in meinem Innern vorging. – Ein Blitzstrahl fuhr tötend aus diesen dunklen, unheimlichen Augen, von dem getroffen ich Ärmste vernichtet werden konnte. – Lache mich nicht aus, Mutter, aber es war der Blick des Mörders, der sein Opfer erkoren, das mit der Todesangst getötet wird, noch ehe der Dolch gezückt! – Ich wiederhol es, ein ganz fremdes Gefühl, ich vermag es nicht zu nennen, bebte wie ein Krampf mir durch alle Glieder! – Man spricht von Basilisken, deren Blick, ein giftiger Feuerstrahl, augenblicklich tötet, wenn man es wagt, sie anzuschauen. Der Prinz mag solchem bedrohlichen Untier gleichen.“

„Nun“, rief die Benzon laut lachend, „nun muß ich in der Tat glauben, daß es mit dem mostro turchino seine Richtigkeit hat, da der Prinz, ist er gleich der schönste, liebenswürdigste Mann, zweien Mädchen erschienen ist als Drache, als Basilisk. Der Prinzessin traue ich die tollsten Einbildungen zu, aber daß meine ruhige, sanfte Julie, mein süßes Kind, sich hingeben sollte närrischen Träumen –“

„Und Hedwiga“, unterbrach Julie die Benzon, „und Hedwiga, ich weiß nicht, welch eine böse, feindliche Macht sie losreißen von meinem Herzen, ja, mich hineinstürzen will in den Kampf einer fürchterlichen Krankheit, der in ihrem Innern wütet! – Ja,

Krankheit nenne ich der Prinzessin Zustand, gegen den die Ärmste nichts vermag. Als sie gestern sich schnell abwandte von dem Prinzen, als sie mich liebkoste, umarmte, da fühlte ich, wie sie in Fieberhitze glühte. Und dann das Tanzen, das entsetzliche Tanzen! Du weißt, Mutter, wie ich die Tänze hasse, in denen es den Männern vergönnt, uns zu umschlingen. – Es ist mir, als müßten wir in dem Augenblick alles aufgeben, was Sitte und Anstand erfordern, und den Männern eine Übermacht einräumen, die wenigstens den zartfühlenden unter ihnen unerfreulich bleiben wird. – Und nun Hedwiga, die nicht aufhören konnte, jenen südlichen Tanz zu tanzen, der mir, je länger er dauerte, desto abscheulicher schien. Rechte teuflische Schadenfreude war es, die aus den Augen des Prinzen blitzte –"

„Närrin", sprach die Benzon, „was fällt dir alles ein! – Doch – Ich kann deine Gesinnung über das alles nicht tadeln, bewahre sie treulich, aber sei nicht ungerecht gegen Hedwiga, denke überhaupt gar nicht weiter nach, was mit ihr ist und mit dem Prinzen, schlage es dir aus dem Sinn! – Willst du, so werd ich dafür sorgen, daß du eine Zeitlang weder Hedwiga noch den Prinzen sehen darfst. Nein, deine Ruhe soll nicht gestört werden, mein gutes, liebes Kind! Komm an mein Herz!" Damit umarmte die Benzon Julien mit aller mütterlichen Zärtlichkeit.

„Und", fuhr Julie fort, indem sie das glühende Antlitz an die Brust der Mutter drückte, „und aus der entsetzlichen Unruhe, die ich empfand, mochten auch wohl die seltsamen Träume kommen, die mich ganz verstört haben."

„Was träumtest du denn?" fragte die Benzon.

„Mir war's", sprach Julie weiter, „mir war's, ich wandle in einem herrlichen Garten, in dem unter dichtem, dunklem Gebüsch Nachtviolen und Rosen durcheinander blühten und ihr süßes Aroma in die Lüfte streuten. Ein wunderbarer Schimmer, wie Mondesglanz, ging auf in Ton und Gesang, und wie er die Bäume, die Blumen mit goldnem Strahl berührte, bebten sie vor Entzücken, und die Büsche säuselten, und die Quellen flüsterten in leisen sehnsüchtigen Seufzern. Da gewahrte ich aber, daß ich selbst der Gesang sei, der durch den Garten ziehe, doch so wie der Glanz der Töne verbleiche, müsse ich auch vergehen in schmerzlicher Wehmut! – Nun sprach aber eine sanfte Stimme: „Nein! Der Ton ist die Seligkeit und keine Vernichtung, und ich halte dich fest mit starken Armen, und in deinem Wesen ruht mein Gesang, der ist aber ewig wie die Sehnsucht!" – Es war Kreisler, der vor mir stand und diese Worte sprach. Ein himmlisches Gefühl von Trost und Hoffnung ging durch mein Inneres, und selbst wußte ich nicht – ich sage dir alles Mutter! – ja, selbst wußte ich nicht, wie es kam, daß ich Kreislern an die Brust sank. Da fühlte ich plötzlich, wie mich eiserne Arme fest umschlangen und eine entsetzliche höhnende Stimme rief: „Was sträubst du dich, Elende, du bist ja schon getötet und mußt nun mein sein." – Es war der Prinz, der mich festhielt. – Mit einem lauten Angstgeschrei fuhr ich auf aus dem Schlafe, ich warf mein Nachtkleid über und lief ans Fenster, das ich öffnete, da die Luft im Zimmer schwül und dunstig. In der Ferne gewahrte ich einen Mann, der mit einem Perspektiv nach den Fenstern das Schlosses schaute, dann aber die Allee hinabsprang auf seltsame, ich möchte sagen, närrische Weise, indem er von beiden Seiten allerlei Entrechats und andere Tänzerpas ausführte, mit den Armen in den Lüften herumfocht und, wie ich zu vernehmen glaubte, laut dazu sang. Ich erkannte Kreislern, und indem ich über sein Beginnen herzlich lachen mußte, kam er mir doch vor wie der wohltätige Geist, der mich schützen würde vor dem Prinzen. Ja, es war, als würde mir jetzt erst Kreislers inneres Wesen recht klar, und ich sähe jetzt erst ein, wie sein schalkisch scheinender Humor, von dem mancher sich oft verwundet fühle, aus dem treuesten herrlichsten Gemüte komme. Ich hätte hinablaufen in den Park, ich hätte Kreislern alle Angst des entsetzlichen Traums klagen mögen!" –

„Das ist", sprach die Benzon ernst, „das ist ein einfältiger Traum, und das Nachspiel noch einfältiger! – Du bedarfst der Ruhe, Julie, ein leichter Morgenschlummer wird dir wohltun, auch ich gedenke noch ein paar Stunden zu schlafen."

Damit verließ die Benzon das Zimmer, und Julie tat, wie ihr geheißen.

Als sie erwachte, strahlte die Mittagssonne in die Fenster hinein, und ein starker Duft von Nachtviolen und Rosen strömte durch das Zimmer. „Was ist das", rief Julie voll Erstaunen, „was ist das! – Mein Traum! –" Doch wie sie sich umschaute, lag über ihr auf der Lehne des Sofas, auf dem sie geschlafen, ein schöner Strauß jener Blumen! –

„Kreisler, mein lieber Kreisler", sprach Julie sanft, nahm den Strauß und geriet in träumerisches Sinnen.

Prinz Ignaz ließ anfragen, ob es ihm nicht erlaubt sei, Julien ein Stündchen zu sehen. Schnell kleidete sich Julie an und eilte in das Zimmer, wo Ignaz sie schon mit einem ganzen Korbe voll Porzellantassen und chinesischer Puppen erwartete. Julie, das gute Kind, ließ es sich gefallen, stundenlang mit dem Prinzen, der ihr tiefes Mitleid einflößte, zu spielen. Kein Wort der Neckerei oder wohl gar der Verachtung entschlüpfte ihr, wie es wohl andern bisweilen, vorzüglich der Prinzessin Hedwiga, geschah, daher kam es, daß dem Prinzen Julias Gesellschaft über alles ging und er sie oft gar seine kleine Braut nannte. – Die Tassen waren aufgestellt, die Puppen geordnet, Julie hielt eben im Namen eines kleinen Harlekins eine Anrede an den Kaiser von Japan (beide Püppchen standen einander gegenüber), als die Benzon hineintrat.

Nachdem sie eine Weile dem Spiele zugeschaut, drückte sie Julien einen Kuß auf die Stirn und sprach: „Du bist doch mein liebes, gutes Kind." –

Es war späte Dämmerung eingebrochen. Julie, die, wie sie gewünscht, bei der Mittagstafel nicht erscheinen dürfen, saß einsam in ihrem Zimmer und erwartete die Mutter. Da schlichen leise Tritte hinan, die Türe öffnete sich, und totenbleich, mit starren Augen, in weißem Kleide, gespenstisch, trat die Prinzessin hinein. „Julia", sprach sie leise und dumpf, „Julia! – Nenne mich töricht, ausgelassen – wahnsinnig, aber entziehe mir nicht dein Herz, ich bedarf deines Mitleids, deines Trostes! – Es ist nichts als der Überreiz, die heillose Erschöpfung des abscheulichen Tanzes, die mich krank gemacht hat, aber es ist vorüber, mir ist besser! – Der Prinz ist fort nach Sieghartsweiler! – Ich muß in die Luft, laß uns hinabwandeln in den Park!" –

Als beide, Julie und die Prinzessin, sich am Ende der Allee befanden, strahlte ein helles Licht ihnen aus dem tiefsten Dickicht entgegen, und sie vernahmen fromme Gesänge.

„Das ist die Abendlitanei aus der Marienkapelle", rief Julia.

„Ja", sprach die Prinzessin, „wir wollen hin, laß uns beten! – Bete du auch für mich, Julie!" –

„Wir wollen", erwiderte Julie, vom tiefsten Schmerz über der Freundin Zustand ergriffen, „wir wollen beten, daß nie ein böser Geist Macht habe über uns, daß unser reines, frommes Gemüt nicht verstört werden möge durch des Feindes Verlockung."

Eben zogen, als die Mädchen bei der Kapelle angekommen, die am äußersten Ende des Parks befindlich, die Landleute von dannen, die die Litanei vor dem mit Blumen geschmückten und mit vielen Lampen erleuchteten Marienbilde gesungen. Sie knieten nieder in dem Betstuhl. Da begannen die Sänger auf dem kleinen Chor, der zur Seite des Altars angebracht, das „Ave maris stella", das Kreisler erst vor kurzem komponiert.

Leise beginnend, brauste der Gesang stärker und mächtiger auf in dem „dei mater alma", bis die Töne, in dem „felix coeli porta" dahinsterbend, fortschwebten auf den Fittichen des Abendwindes.

Noch immer lagen die Mädchen auf den Knien, tief versunken in inbrünstige Andacht. Der Priester murmelte Gebete, und aus weiter Ferne, wie ein Chor von Engelsstimmen aus dem nächtlichen verschleierten Himmel, hallte der Hymnus: „O sanctissima", den die heimziehenden Sänger angestimmt.

Endlich erteilte ihnen der Priester den Segen. Da standen sie auf und fielen sich in die Arme. Ein namenloses Weh, aus Entzücken und Schmerz gewoben, schien gewaltsam sich loswinden zu wollen aus ihrer Brust, und Blutstropfen, dem wunden Herzen entquollen, waren die heißen Tränen, die aus ihren Augen stürzten. „Das war er", lispelte die Prinzessin leise. „Er war's", erwiderte Julie. – Sie verstanden sich.

In ahnungsvollem Schweigen harrte der Wald, daß die Mondscheibe aufsteige und ihr schimmerndes Gold über ihn ausstreue. Der Choral der Sänger, noch immer vernommen in der Stille der Nacht, schien entgegenzuziehen dem Gewölk, das glühend aufflammte, und sich über den Bergen lagerte, die Bahn des leuchtenden Gestirns bezeichnend, vor dem die Sterne erblaßten.

„Ach", sprach Julia, „was ist es denn, das uns so bewegt, das so mit tausend Schmerzen unser Inneres durchschneidet? – Horche doch nur, wie das ferne Lied so tröstend zu uns herüberhallt! Wir haben gebetet, und aus den goldnen Wolken sprechen fromme Geister zu uns herab von himmlischer Seligkeit." – „Ja, meine Julia", erwiderte die Prinzessin ernst und fest, „ja, meine Julia, über den Wolken ist Heil und Seligkeit, und ich wollte, daß ein Engel des Himmels mich hinauftrüge zu den Sternen, ehe mich die finstre Macht erfaßte. Ich möchte wohl sterben, aber ich weiß es, dann trügen sie mich in die fürstliche Gruft, und die Ahnherrn, die dort begraben, würden es nicht glauben, daß ich gestorben bin, und erwachen aus der Totenerstarrung zum entsetzlichen Leben und mich hinaustreiben. Dann gehörte ich ja aber weder den Toten an noch den Lebendigen und fände nirgends Obdach."

„Was sprichst du, Hedwiga, um aller Heiligen willen, was sprichst du?" rief Julie erschrocken.

„Mir hat", fuhr die Prinzessin fort, in demselben festen, beinahe gleichgültigen Ton beharrend, „mir hat dergleichen einmal geträumt. Es kann aber auch sein, daß ein bedrohlicher Ahnherr im Grabe zum Vampir geworden, der mir nun das Blut aussaugt. Davon mögen meine häufigen Ohnmachten herrühren."

„Du bist krank", rief Julia, „du bist sehr krank, Hedwiga, die Nachtluft schadet dir, laß uns forteilen."

Damit umschlang sie die Prinzessin, die sich schweigend fortführen ließ.

Der Mond war nun hoch heraufgestiegen über den Geierstein, und in magischer Beleuchtung standen die Büsche, die Bäume und flüsterten und rauschten, mit dem Nachtwinde kosend, in tausend lieblichen Weisen.

„Es ist doch schön", sprach Julie, „o es ist doch schön auf der Erde, beut uns die Natur nicht ihre herrlichsten Wunder dar wie eine gute Mutter ihren lieben Kindern?"

„Meinst du?" erwiderte die Prinzessin und fuhr dann nach einer Weile fort: „Ich wollte nicht, daß du mich erst ganz verstanden hättest, und bitte, alles nur für den Erguß einer bösen Stimmung zu halten. – Du kennst noch nicht den vernichtenden Schmerz des Lebens. Die Natur ist grausam, sie hegt und pflegt nur die gesunden Kinder, die kranken verläßt sie, ja richtet bedrohliche Waffen gegen ihr Dasein. – Ha! du weißt, daß mir sonst die Natur nichts war als eine Bildergalerie, hingestellt, um die Kräfte des Geistes und der Hand zu üben, aber jetzt ist es anders geworden, da ich nichts fühle, nichts ahne, als ihr Entsetzen. Ich möchte lieber in erleuchteten Sälen zwischen bunter Gesellschaft wandeln, als einsam mit dir in dieser mondhellen Nacht." –

Julien wurde nicht wenig bange, sie bemerkte, wie Hedwiga immer schwächer, erschöpfter wurde, so daß die Arme all ihre geringe Kraft anwenden mußte, um sie im Gehen aufrecht zu erhalten.

Endlich hatten sie das Schloß erreicht. Unfern desselben, auf der steinernen Bank, die unter einem Holunderbusch stand, saß eine finstre verhüllte Gestalt. Sowie Hedwiga diese gewahrte, rief sie voll Freude: „Dank der Jungfrau und allen Heiligen, da ist sie!" –

und ging, plötzlich erkräftigt und sich von Julien losmachend, auf die Gestalt los, die sich erhob und mit dumpfer Stimme sprach: „Hedwiga, mein armes Kind!" – Julia gewahrte, daß die Gestalt eine von Kopf bis zu Fuß in braune Gewänder gehüllte Frau war, die tiefen Schatten ließen die Züge ihres Gesichts nicht erkennen. Von Innern Schauern durchbebt, blieb Julia stehen.

Beide, die Frau und die Prinzessin, ließen sich auf die Bank nieder. Die Frau strich ihr sanft die Haarlocken von der Stirne, legte dann die Hände darauf und sprach langsam und leise in einer Sprache, die Julie sich nicht erinnern konnte, jemals gehört zu haben. Nachdem dies einige Minuten gewährt, rief die Frau Julien zu: „Mädchen, eile nach dem Schloß, rufe die Kammerfrauen, sorge, daß man die Prinzessin hineinschaffe. Sie ist in sanften Schlaf gesunken, von dem sie gesund und froh erwachen wird."

Julie, ihrem Erstaunen nicht einen Augenblick Raum gebend, tat schnell, wie ihr geheißen.

Als sie mit den Kammerfrauen ankam, fand man die Prinzessin, sorgsam in ihren Shaw! eingehüllt, wirklich im sanften Schlaf, die Frau war verschwunden.

„Sage mir", sprach Julie am andern Morgen, als die Prinzessin ganz genesen erwacht und keine Spur innerer Zerrüttung sich zeigte, was Julie befürchtete, „sage mir um Gott, wer war die wunderbare Frau?"

„Ich weiß es nicht", erwiderte die Prinzessin, „ein einziges Mal in meinem Leben habe ich sie gesehen. Du erinnerst dich, wie ich einmal, noch ein Kind, in eine tödliche Krankheit verfallen, so daß die Ärzte mich aufgaben. Da saß sie in einer Nacht plötzlich an meinem Bette und lullte mich, wie heute, ein in süßen Schlummer, von dem ich ganz genesen erwachte. – In der gestrigen Nacht trat zum erstenmal das Bild dieser Frau mir wieder vor die Augen, es war mir, als müsse sie mir wieder erscheinen und mich retten, und so hat es sich wirklich begeben. – Tu es mir zuliebe und schweige ganz von der Erscheinung, laß dir auch nichts merken durch Wort oder Zeichen, daß uns etwas Wunderbares begegnet. Denke an den Hamlet und sei mein lieber Horatio! – Es ist gewiß, daß es mit dieser Frau eine geheimnisvolle Bewandtnis haben muß, aber, mag das Geheimnis mir und dir verschlossen bleiben, weiteres Forschen bedünkt mir gefährlich. – Ist es nicht genug, daß ich genesen bin und froh, frei von allen Gespenstern, die mich verfolgten?" – Alles verwunderte sich über der Prinzessin so plötzlich wiedergekehrte Gesundheit. Der Leibarzt behauptete, der nächtliche Spaziergang nach der Marienkapelle habe durch die Erschütterung aller Nerven so drastisch gewirkt, und er nur vergessen, denselben ausdrücklich zu verordnen. Die Benzon sprach aber in sich hinein: „Hm! – Die Alte ist bei ihr gewesen – mag das diesmal hingehen!" – Es ist nun an der Zeit, daß jene verhängnisvolle Frage des Biographen: „Du –

(*M. f. f.*) liebst mich also, holde Miesmies? O wiederhol es mir, wiederhol es mir tausendmal, damit ich noch in ferneres Entzücken geraten und so viel Unsinn aussprechen möge, wie es einem von dem besten Romandichter geschaffenen Liebeshelden geziemt! – Doch, Beste, du hast meine erstaunliche Neigung zum Gesange sowie meine Kunstfertigkeit darin schon bemerkt, würd es dir wohl gefällig sein, Teure, mir ein kleines Liedchen vorzusingen?"

„Ach", erwiderte Miesmies, „ach, geliebter Murr, zwar bin ich auch in der Kunst des Gesanges nicht unerfahren, aber du weißt, wie es jungen Sängerinnen geht, wenn sie zum erstenmal singen sollen vor Meistern und Kennern! – Die Angst, die Verlegenheit schnürt ihnen die Kehle zu, und die schönsten Töne, Trillos und Mordenten bleiben auf die fatalste Weise in der Kehle stecken wie Fischgräten. – Eine Arie zu singen ist dann pur unmöglich, weshalb der Regel nach mit einem Duett begonnen wird. Laß uns ein kleines Duett versuchen, Teurer, wenn's dir gefällig!" –

Das war mir recht. Wir stimmten nun gleich das zärtliche Duett an: „Bei meinem ersten Blick flog dir mein Herz entgegen" und so weiter. Miesmies begann furchtsam, aber bald ermutigte sie mein kräftiges Falsett. Ihre Stimme war allerliebst, ihr Vortrag gerundet, weich, zart, kurz, sie zeigte sich als wackre Sängerin. Ich war entzückt, wiewohl ich einsah, daß mich Freund Ovid wiederum im Stich gelassen. Da Miesmies mit dem cantare so herrlich bestanden, so war es mit dem chordas tangere gar nichts, und ich durfte nicht erst nach der Gitarre verlangen. –

Miesmies sang nun mit seltner Geläufigkeit, mit ungemeinem Ausdruck, mit höchster Eleganz das bekannte: „Di tanti palpiti" und so weiter. Von der heroischen Stärke des Rezitativs stieg sie herrlich hinein in die wahrhaft kätzliche Süßigkeit des Andantes. Die Arie schien ganz für sie geschrieben, so daß auch mein Herz überströmte und ich in ein lautes Freudengeschrei ausbrach. Ha! – Miesmies mußte mit dieser Arie eine Welt fühlender Katerseelen begeistern! – Nun stimmten wir noch ein Duett an aus einer ganz neuen Oper, das ebenfalls herrlich gelang, da es ganz und gar für uns geschrieben schien. Die himmlischen Rouladen gingen glanzvoll aus unserm Innern heraus, da sie meistenteils aus chromatischen Gängen bestanden. Überhaupt muß ich bei dieser Gelegenheit bemerken, daß unser Geschlecht chromatisch ist und daß daher jeder Komponist, der für uns komponieren will, sehr wohl tun wird, Melodien und alles übrige chromatisch einzurichten. Leider hab ich den Namen des trefflichen Meisters, der jenes Duett komponiert, vergessen, das ist ein wackrer lieber Mann, ein Komponist nach meinem Sinn. –

Während dieses Singens war ein schwarzer Kater heraufgestiegen, der uns mit glühenden Augen anfunkelte. „Bleiben Sie gefälligst von dannen, bester Freund", rief ich ihm entgegen, „sonst kratze ich Ihnen die Augen aus und werfe Sie vom Dache herab, wollen Sie aber eins mit uns singen, so kann das geschehen." – Ich kannte den jungen schwarzgekleideten Mann als einen vortrefflichen Bassisten und schlug daher vor, eine Komposition zu singen, die ich zwar sonst nicht sehr liebe, die sich aber zu der bevorstehenden Trennung von Miesmies sehr gut schickte. – Wir sangen: „Soll ich dich,

Teurer, nicht mehr sehen!" Kaum versicherte ich aber mit dem Schwarzen, daß die Götter mich bewahren würden, als eine gewaltige Ziegelscheibe zwischen uns durchfuhr und eine entsetzliche Stimme rief: „Wollen die verfluchten Katzen wohl die Mäuler halten!" – Wir stoben, von der Todesfurcht gehetzt, wild auseinander in den Dachboden hinein. – O die herzlosen Barbaren ohne Kunstgefühl, die selbst unempfindlich bleiben bei den rührendsten Klagen der unaussprechlichen Liebeswehmut und nur Rache und Tod brüten und Verderben! – Wie gesagt, das, was mich befreien sollte von meiner Liebesnot, stürzte mich nur noch tiefer hinein. Miesmies war so musikalisch, daß wir beide auf das anmutigste miteinander zu phantasieren vermochten. Zuletzt sang sie meine eignen Melodien herrlich nach, darüber wollte ich denn nun ganz und gar närrisch werden und quälte mich schrecklich ab in meiner Liebespein, so daß ich ganz blaß, mager und elend wurde. – Endlich, endlich, nachdem ich mich lange genug abgehärmt, fiel mir das letzte, wiewohl verzweifelte Mittel ein, mich von meiner Liebe zu heilen. – Ich beschloß, meiner Miesmies Herz und Pfote zu bieten. Sie schlug ein, und sobald wir ein Paar geworden, merkte ich auch alsbald, wie meine Liebesschmerzen sich ganz und gar verloren. Mir schmeckte Milchsuppe und Braten vortrefflich, ich gewann meine joviale Laune wieder, mein Bart kam in Ordnung, mein Pelz erhielt wieder den alten schönen Glanz, da ich nun die Toilette mehr beachtete als vorher, wogegen meine Miesmies sich gar nicht mehr putzen mochte. Ich fertigte demunerachtet, wie zuvor geschehen, noch einige Verse auf meine Miesmies, die um so hübscher, um so wahrer empfunden waren, als ich den Ausdruck der schwärmerischen Zärtlichkeit so immer mehr und mehr heraufschrob, bis er mir die höchste Spitze erreicht zu haben schien. Ich dedizierte endlich der Guten noch ein dickes Buch und hatte so auch in literarisch-ästhetischer Hinsicht alles abgetan, was von einem honetten, treuverliebten Kater nur verlangt werden kann. Übrigens führten wir, ich und meine Miesmies, auf der Strohmatte vor der Türe meines Meisters ein häusliches ruhiges, glückliches Leben. – Doch welches Glück ist hienieden auch nur von einigem Bestand! – Ich bemerkte bald, daß Miesmies oft in meiner Gegenwart zerstreut war, daß sie, wenn ich mit ihr sprach, verwirrtes Zeug antwortete, daß ihr tiefe Seufzer entflohen, daß sie nur schmachtende Liebeslieder singen mochte, ja, daß sie zuletzt ganz matt und krank tat. Fragte ich denn, was ihr fehle, so streichelte sie mir zwar die Wangen und erwiderte: „Nichts, gar nichts, mein liebes gutes Papachen", aber das Ding war mir doch gar nicht recht. Oft erwartete ich sie vergebens auf der Strohmatte, suchte sie vergebens im Keller, auf dem Boden, und fand ich sie denn endlich und machte ihr zärtliche Vorwürfe, so entschuldigte sie sich damit, daß ihre Gesundheit weite Spaziergänge erfordere und daß ein ärztlicher Kater sogar eine Badereise angeraten. Das war mir wieder nicht recht. Sie mochte wohl meinen versteckten Ärger gewahren und ließ es sich angelegen sein, mich mit Liebkosungen zu überhäufen, aber auch in diesen Liebkosungen lag so etwas Sonderbares, ich weiß es nicht zu nennen, das mich erkältete, statt mich zu erwärmen, und auch das war mir nicht recht. Ohne zu vermuten, daß dies Betragen meiner Miesmies seinen besonderen Grund haben könnte, wurde ich nur inne, daß nach und nach auch das letzte Fünkchen der Liebe zu der Schönsten erlosch, und daß in ihrer Nähe mich die tötendste Langeweile erfaßte. Ich ging daher meine Wege und sie die ihrigen; kamen wir aber einmal zufällig auf der Strohmatte zusammen, so machten wir uns die liebevollsten Vorwürfe, waren dann die zärtlichsten Gatten und besangen die friedliche Häuslichkeit, in der wir lebten.

Es begab sich, daß mich einmal der schwarze Bassist in dem Zimmer meines Meisters besuchte. Er sprach in abgebrochenen, geheimnisvollen Worten, fragte dann stürmisch, wie ich mit meiner Miesmies lebe – kurz, ich merkte wohl, daß der Schwarze etwas auf dem Herzen hatte, das er mir entdecken wollte. Endlich kam es denn auch zum Vorschein. Ein Jüngling, der im Felde gedient, war zurückgekehrt und lebte in der Nachbarschaft von einer kleinen Pension, die ihm ein dort wohnender Speisewirt an Fischgräten und Speisabgang ausgeworfen. Schön von Figur, herkulisch gebaut, wozu noch kam, daß er eine reiche fremde Uniform trug, schwarz, grau und gelb, und wegen bewiesener Tapferkeit, als er mit wenigen Kameraden einen ganzen Speicher von Mäusen reinigen wollen, das Ehrenzeichen des gebrannten Specks auf der Brust trug, fiel er allen Mädchen und Frauen in der Gegend auf. Alle Herzen schlugen ihm entgegen, wenn er auftrat, keck und kühn, den Kopf emporgehoben, feurige Blicke um sich werfend. Der hatte sich, wie der Schwarze versicherte, in meine Miesmies verliebt, sie war ihm ebenso mit Liebe entgegengekommen, und es war nur zu gewiß, daß sie heimliche verliebte Zusammenkünfte hielten allnächtlich hinter dem Schornstein oder im Keller.

„Mich wundert“, sprach der Schwarze, „mich wundert, bester Freund, daß Sie bei Ihrer sonstigen Sagazität das nicht längst bemerkt, aber liebende Gatten sind oft blind, und es tut mir leid, daß Freundespflicht mir gebot, Ihnen die Augen zu öffnen, da ich weiß, daß Sie in Ihre vortreffliche Gattin ganz und gar vernarrt sind.“

„O Muzius“, so hieß der Schwarze, „o Muzius“, rief ich, „ob ich ein Narr bin, ob ich sie liebe, die süße Verräterin! Ich bete sie an, mein ganzes Wesen gehört ihr! – Nein, sie kann mir das nicht tun, die treue Seele! – Muzius, schwarzer Verleumder, empfange den Lohn deiner Schandtat!“ – Ich hob die gekrallte Pfote auf, Muzius blickte mich freundlich an und sprach sehr ruhig: „Ereifern Sie sich nicht, mein Guter, Sie teilen das Los vieler vortrefflichen Leute, überall ist schnöder Wankelmut zu Hause und leider vorzüglich bei unserm Geschlecht.“ Ich ließ die aufgehobene Pfote wieder sinken, sprang wie in voller Verzweiflung einigemal in die Höhe und schrie dann wütend: „War es möglich, war es möglich! – O Himmel – Erde! Was noch sonst? – Nenn ich die Hölle mit! – Wer hat mir das getan, der schwarzgraugelbe Kater? – Und sie, die süße Gattin, treu und hold sonst, sie konnte, höll'schen Trugs voll, den verachten, der oft, an ihrem Busen eingewiegt, in süßen Liebesträumen selig schwelgte? – O fließt, ihr Zähren, fließt der Undankbaren! – Himmel tausendsapperment, das geht nicht an, den bunten Kerl am Schornstein soll der Teufel holen!“

„Beruhigen Sie sich“, sprach Muzius, „beruhigen Sie sich doch nur, Sie überlassen sich zu sehr der Wut des jähen Schmerzes. Als Ihr wahrer Freund mag ich Sie jetzt weiter nicht in Ihrer angenehmen Verzweiflung stören. Wollen Sie sich in Ihrer Trostlosigkeit ermorden, so könnte ich Ihnen zwar mit einem tüchtigen Rattenpulver aufwarten, ich will es aber nicht tun, da Sie sonst ein lieber, scharmanter Kater sind und es jammerschade wäre um Ihr junges Leben. Trösten Sie sich, lassen Sie Miesmies laufen, es gibt der anmutigen Katzen noch viele in der Welt. – Adieu, Bester!“ – Damit sprang Muzius fort durch die geöffnete Türe.

Sowie ich still, unter dem Ofen liegend, mehr nachsann über die Entdeckungen, die mir der Kater Muzius gemacht, fühlte ich wohl etwas in mir sich regen wie heimliche Freude. Ich wußte nun, wie ich mit Miesmies daran war, und die Quälerei mit dem ungewissen Wesen war am Ende. Hatte ich aber anstandshalber erst die gehörige Verzweiflung geäußert, so glaubte ich, daß derselbe Anstand es erfordere, dem Schwarzgraugelben zu Leibe zu gehen.

Ich belauschte zur Nachtzeit das Liebespaar hinter dem Schornstein und fuhr mit den Worten: „Höllischer bestialischer Verräter“ auf meinen Nebenbuhler grimmig los. Der aber, an Stärke, wie ich leider zu spät bemerkte, mir weit überlegen, packte mich, ohrfeigte mich gräßlich ab, daß ich mehreres Pelzwerk einbüßte und sprang dann schnell fort. Miesmies lag in Ohnmacht, als ich mich ihr aber näherte, sprang sie ebenso behende wie ihr Liebhaber auf und ihm nach in den Dachboden hinein.

Lendenlahm, mit blutigen Ohren schlich ich herab zu meinem Meister und verwünschte den Gedanken, meine Ehe konservieren zu wollen, hielt es auch für gar keine Schande, die Miesmies dem Schwarzgraugelben ganz und gar zu überlassen.

„Welch ein feindliches Schicksal“, dachte ich, „der himmlisch-romantischen Liebe halber werde ich in die Gosse geworfen, und das häusliche Glück verhilft mir zu nichts anderm als zu gräßlichen Prügeln.“

Am andern Morgen erstaunte ich nicht wenig, als ich, aus dem Zimmer des Meisters heraustretend, Miesmies auf der Strohmatte fand. „Guter Murr“, sprach sie sanft und ruhig, „ich glaube zu fühlen, daß ich dich nicht mehr so liebe wie sonst, welches mich sehr schmerzt.“

„O teure Miesmies“, erwiderte ich zärtlich, „es zerschneidet mir das Herz, aber ich muß es gestehen, seit der Zeit, daß sich gewisse Dinge begeben, bist *du* mir auch gleichgültig geworden.“

„Nimm es nicht übel“, sprach Miesmies weiter, „nimm es nicht übel, süßer Freund, aber es ist mir so, als wärst du mir schon längst unausstehlich gewesen.“

„Mächt'ger Himmel“, rief ich begeistert, „welche Sympathie der Seelen, mir geht es so wie dir.“

Nachdem wir auf diese Weise einig geworden, daß wir uns einander ganz unausstehlich wären und uns notwendigerweise trennen müßten auf ewig, umpfoteten wir uns auf das zärtlichste und weinten heiße Tränen der Freude und des Entzückens! –

Dann trennten wir uns, jeder war hinfort von der Vortrefflichkeit, von der Seelengröße des andern überzeugt und pries sie jedem an, der davon hören mochte.

„Auch ich war in Arkadien!" rief ich und legte mich auf die schönen Künste und Wissenschaften eifriger als jemals.

*

(*Mak. Bl.*) – „Euch", sprach Kreisler, „ja, ich sage es Euch aus tiefer Seele, diese Ruhe scheint mir bedrohlicher als der wütendste Sturm. Es ist die dumpfe, taube Schwüle vor dem zerstörenden Gewitter, in der sich jetzt alles an dem Hofe bewegt, den Fürst Irenäus im Duodez-Format mit vergoldetem Schnitt, wie einen Almanach, ans Tageslicht gebracht. Vergebens steckt der gnädigste Herr unaufhörlich glänzende Feste auf, wie Gewitterableiter, als zweiter Franklin, die Blitze werden doch einschlagen und vielleicht sein eigenes Staatskleid versengen. – Es ist wahr, Prinzessin Hedwiga gleicht jetzt in ihrem ganzen Wesen einer hell und klar hinströmenden Melodie, statt daß sonst wilde, unruhige Akkorde durcheinander auffuhren aus ihrer wunden Brust, aber . . . Nun! und Hedwiga schreitet jetzt in verklärtem, freundlichem Stolz an dem Arm des wackern Neapolitaners daher, und Julia lächelt ihn an auf ihre holdselige Weise und läßt sich seine Galanterien gefallen, die der Prinz, ohne ein Auge von der bestimmten Braut zu lassen, ihr so geschickt zuzuwenden weiß, daß sie ein junges, unerfahrnes Gemüt wie Ricochet-Schüsse schärfer treffen müssen, als wenn das bedrohliche Geschütz geradezu darauf gerichtet! – Und doch glaubte sich, wie mir die Benzon erzählt, erst Hedwiga von dem mostro turchino erdrückt, und der sanften ruhigen Julia, dem Himmelskinde, wurde der schmucke General en Chef zum schnöden Basilisk! – O ihr ahnenden Seelen, ihr hattet ja recht! – Teufel, hab ich denn nicht in Baumgartens Welthistorie gelesen, daß die Schlange, die uns um das Paradies gebracht, stolzierte in goldgleißendem Schuppenwams? – Das fällt mir ein, wenn ich den goldverbrämten Hektor sehe. – Hektor hieß übrigens sonst ein sehr würdiger Bullenbeißer, der unbeschreibliche Liebe und Treue zu mir hegte. – Ich wollt, er wär bei mir, und ich könnt ihn dem fürstlichen Namensvetter in die Rockschöße hetzen, wenn er sich so recht spreizt zwischen dem holden Schwesterpaar! Oder sagt, Meister, da Ihr so manches Kunststück wisset, sagt mir, wie ich es anfange, mich bei schicklicher Gelegenheit in eine Wespe zu verwandeln und den fürstlichen Hund dermaßen zu turbieren, daß er aus seinem verfluchten Konzept kommt!" –

„Ich habe", nahm Meister Abraham das Wort, „ich habe Euch ausreden lassen, Kreisler, und frage Euch nun, ob Ihr mich ruhig anhören wollt, wenn ich Euch gewisse Dinge entdecke, die Eure Ahnungen rechtfertigen?"

„Bin ich“, erwiderte Kreisler, „bin ich denn nicht ein gesetzter Kapellmeister – ich meine das nicht im philosophischen Sinn, daß ich mein Ich gesetzt als Kapellmeister; sondern beziehe das bloß auf die geistige Fähigkeit, in honetter Gesellschaft ruhig zu bleiben, wenn mich ein Floh sticht.“

„Nun also“, fuhr Meister Abraham fort, „wisset, Kreisler, daß ein seltsamer Zufall mir tiefe Blicke in des Prinzen Leben vergönnt hat. Ihr habt recht, wenn Ihr ihn mit der Schlange im Paradiese vergleicht. Unter der schönen Hülle – die werdet Ihr ihm nicht absprechen – liegt giftige Verderbtheit, ich möchte lieber sagen, Verruchtheit, verborgen. – Er führt Böses im Schilde – er hat, aus vielem, was sich zugetragen, weiß ich's, er hat es abgesehen auf die holde Julia.“ –

„Hoho!“ schrie Kreisler, indem er im Zimmer umhersprang, „hoho, blanker Vogel, sind das deine süßen Lieder? – Wetter, Wetter, der Prinz ist ein tüchtiger Kerl, er greift zu, mit beiden Krallen auf einmal, nach gebotenen und verbotenen Früchten! – Holla, süßer Neapolitaner, du weißt nicht, daß Julien ein wackrer Kapellmeister, mit hinlänglicher Musik im Leibe, zur Seite steht, der hält dich, sowie du dich ihr näherst, für einen verdammten Quartquinten-Akkord, der aufgelöst werden muß. Und der Kapellmeister tut, was seines Berufs ist, er löst dich auf, indem er dir eine Kugel durch das Gehirn jagt oder dir gegenwärtigen Stockdegen durch den Leib rennt!“ – Damit zog Kreisler seine Stockklinge heraus, setzte sich in Fechterpositur und fragte den Meister, ob er Anstand genug besitze, einen fürstlichen Hund zu durchspießen. – „Seid doch nur ruhig“, erwiderte Meister Abraham, „seid doch nur ruhig, Kreisler, es bedarf solcher Heldentaten gar nicht, um dem Prinzen das Spiel zu verderben. Es gibt andere Waffen für ihn, und die geb ich Euch in die Hand. Gestern war ich im Fischerhäuschen, der Prinz kam mit seinem Adjutanten vorüber. Sie gewahrten mich nicht. „Die Prinzessin ist schön“, sprach der Prinz, „aber die kleine Benzon ist göttlich! Mein ganzes Blut wallte siedend auf, als ich sie sah – ha, sie muß mein werden, noch ehe ich der Prinzessin die Hand reiche. – Glaubst du, daß sie unerbittlich sein wird?“ „Welches Weib hat Euch widerstanden, gnädigster Herr“, erwiderte der Adjutant. „Aber, beim Teufel“, fuhr der Prinz fort, „sie scheint ein frommes Kind zu sein –“ „und ein argloses“, fiel ihm der Adjutant lachend ins Wort, „und die frommen, arglosen Kindlein sind es ja eben, die, überrascht von dem Angriff des sieggewohnten Mannes, duldend unterliegen und dann alles für Gottes Fügung halten, wohl gar in ungemeine Liebe geraten zu dem Sieger! – Das kann Euch auch so gehen, gnädigster Herr.“ – „Das wäre toll genug“, rief der Prinz. „Aber könnte ich sie nur allein sehen – wie das anfangen?“ „Nichts“, erwiderte der Adjutant, „nichts ist leichter als das. Ich habe bemerkt, daß die Kleine oft allein lustwandelt in diesem Park. Wenn nun“ – Jetzt verhallten die Stimmen in der Ferne, ich konnte nichts mehr verstehen! – Wahrscheinlich wird irgendein höllischer Plan schon heute ausgeführt, und der muß vereitelt werden. Ich könnte das selbst tun, aber aus gewissen Ursachen möchte ich mich zur Zeit dem Prinzen nicht zeigen, daher müßt Ihr, Kreisler, gleich fort nach Sieghartshof und aufpassen, wenn Julia etwa in der Dämmerung, wie sie zu tun pflegt, nach dem See lustwandelt, um den zahmen Schwan zu füttern. Diesen Gang hat wahrscheinlich der italienische Bösewicht erlauscht. – Doch, empfangt die Waffe, Kreisler, und die höchst nötige Instruktion, damit Ihr im Kampf gegen den bedrohlichen Prinzen als ein guter Feldherr Euch zeigen möget!" –

Der Biograph erschrickt abermals über das total Abrupte der Nachrichten, aus denen er gegenwärtige Geschichte zusammenstoppeln muß. – Wäre hier nicht schicklich einzurücken gewesen, welche Instruktion Meister Abraham dem Kapellmeister erteilte? Denn zeigt sich auch später die Waffe selbst, so wird es dir, geliebter Leser, doch unmöglich sein, einzusehen, was es damit für eine Bewandtnis hat. Doch kein einziges Wörtlein weiß der unglückliche Biograph zur Zeit von jener Instruktion, mittelst der (soviel scheint gewiß) der wackre Kreisler in ein ganz besonderes Geheimnis eingeweiht wurde. – Doch! gedulde dich, günstiger Leser, noch ein wenig, bemeldeter Biograph setzt seinen Schreibedaumen zum Pfande, daß noch vor dem Schluß des Buchs auch dieses Geheimnis an den Tag kommen soll. – Es ist nun zu erzählen, daß, sowie die Sonne zu sinken begann, Julia, ein Körbchen mit Weißbrot am Arm, singend durch den Park wandelte zum See und sich mitten auf die Brücke unweit des Fischerhäuschens stellte. Aber Kreisler lag im Hinterhalt des Gebüsches und hatte einen tüchtigen Dollond vor den Augen, mit dem er scharf hinüberschaute durch die Sträucher, die ihn versteckten. Der Schwan plätscherte heran, und Julia warf ihm Brocken hinab, die er begierig wegnaschte. Julie fuhr fort im lauten Gesange, und so kam es, daß sie es nicht gewahrte, wie Prinz Hektor schnell heraneilte. Als er plötzlich bei ihr stand, fuhr sie zusammen, wie im heftigen Schreck. Der Prinz faßte ihre Hand, drückte sie an die Brust, an die Lippen und legte sich dann dicht neben Julien über das Geländer der Brücke. Julia fütterte, indem der Prinz eifrig sprach, den Schwan, in den See hinabschauend. – „Schneide nicht solche infame süße Gesichter, Potentat! Merkst du denn nicht, daß ich dicht vor dir auf dem Geländer sitze und dich erklecklich maulschellieren kann? – O Gott, warum färben sich deine Wangen in immer höherem Purpur, du holdes Himmelskind? – Warum blickst du jetzt den Bösen so seltsam an? – Du lächelst? – Ja, es ist der glühende Gifthauch, vor dem sich deine Brust öffnen muß, wie vor dem sengenden Sonnenstrahl sich die Knospe in den schönsten Blättern entfaltet, um desto jäher hinzusterben!" – So sprach Kreisler, das Paar beobachtend, das der gute Dollond (Fernrohr) ihm dicht herangerückt. – Der Prinz warf jetzt auch Brocken hinab, der Schwan verschmähte sie aber und brach in ein lautes, widriges Geschrei aus. Nun schlang der Prinz den Arm um Julia und warf so die Brocken hinab, als solle der Schwan glauben, daß es Julia sei, die ihn füttere. Dabei berührte seine Wange beinahe die Wange Julias. – „Recht so", sprach Kreisler, „recht so, gnädigster Halunke, umkralle, würdiger Stoßvogel, nur deine Beute recht fest, hier liegt aber einer im Busch, der schon auf dich zielt und sogleich dir deinen glänzenden Fittich lahm schießen wird, und es steht denn erbärmlich mit dir und deiner Freijagd!"

Nun faßte der Prinz Julias Arm, und beide schritten dem Fischerhäuschen zu. Dicht vor demselben trat aber Kreisler aus dem Gebüsch, schritt auf das Paar zu und sprach, indem er sich vor dem Prinzen tief bückte: „Ein herrlicher Abend, eine ungemein heitere Luft, ein erquickliches Aroma darin, Sie müssen sich, gnädigster Herr, hier befinden wie in dem schönen Neapolis.“ – „Wer sind Sie, mein Herr?“ fuhr ihn der Prinz barsch an. Doch in demselben Augenblick machte sich auch Julia los von seinem Arm, trat freundlich auf Kreislern zu, reichte ihm die Hand und sprach: „O wie herrlich, lieber Kreisler, daß Sie wieder da sind. Wissen Sie wohl, daß ich mich recht herzlich nach Ihnen gesehnt habe? – In der Tat, die Mutter schilt, daß ich mich gebärde wie ein weinerliches, ungezogenes Kind, wenn Sie nur einen einzigen Tag ausbleiben. Ich könnte krank werden vor Verdruß, wenn ich glaube, daß Sie mich, meinen Gesang außer acht lassen.“ „Ha“, rief der Prinz, giftige Blicke schießend auf Julien, auf Kreislern, „ha, Sie sind Monsieur de Krösel. Der Fürst sprach sehr günstig von Ihnen!“ „Gesegnet“, sprach Kreisler, indem sein ganzes Gesicht in hundert Falten und Fältchen seltsam vibrierte, „gesegnet sei der gute Herr dafür, denn so wird es mir vielleicht gelingen, das zu erhalten, worum ich Sie, gnädigster Prinz, anflehen wollte, nämlich Ihre angenehme Protektion. – Ich habe die kühne Ahnung, daß Sie mir auf den ersten Blick Ihr Wohlwollen zuwandten, da Sie im Vorübergehen aus höchst eigner Bewegung mich zum Hasenfuß zu kreieren geruhten, und da nun Hasenfüße zu allem nur Ersinnlichen taugen, so –“ „Sie sind“, unterbrach ihn der Prinz, „Sie sind ein spaßhafter Mann –“ „Ganz und gar nicht“, fuhr Kreisler fort, „ich liebe zwar den Spaß, aber nur den schlechten, und der ist nun wieder nicht spaßhaft. Gegenwärtig wollt ich gern nach Neapel gehen und beim Molo einige gute Fischer- und Banditenlieder aufschreiben ad usum delphini. Sie sind, bester Prinz, ein gütiger, kunstliebender Herr, sollten Sie mir vielleicht durch einige Empfehlungen – “ „Sie sind“, unterbrach ihn der Prinz aufs neue, „Sie sind ein spaßhafter Mann, Monsieur de Krösel, ich liebe das, ich liebe das in der Tat, aber jetzt mag ich Sie in Ihrem Spaziergange nicht aufhalten – Adieu!“ – „Nein, gnädigster Herr“, rief Kreisler, „ich kann die Gelegenheit nicht vorüberlassen, ohne mich Ihnen in meinem vollsten Lüster zu zeigen. Sie wollten in das Fischerhäuschen treten, dort steht ein kleines Pianoforte, Fräulein Julia ist gewiß so gütig, mit mir ein Duett zu singen!“ „Mit tausend Freuden“, rief Julia und hing sich an Kreislers Arm. Der Prinz biß die Zähne zusammen und schritt stolz voran. Im Gehen flüsterte Julia Kreislern ins Ohr: „Kreisler! welche seltsame Stimmung?“

„O Gott“, erwiderte Kreisler ebenso leise, „o Gott, und du liegst eingelullt in betörenden Träumen, wenn die Schlange sich naht, dich zu töten mit giftigem Biß?“ – Julia blickte ihn an im tiefsten Erstaunen. Nur ein einziges Mal, im Moment der höchsten musikalischen Begeisterung, hatte Kreisler sie *Du* genannt. –

Als das Duett geendet, brach der Prinz, der schon während des Gesanges öfters bravo, bravissimo gerufen, aus in stürmischen Beifall. Er bedeckte Julias Hände mit feurigen Küssen, er schwor, daß kein Gesang jemals so sein ganzes Wesen durchdrungen, und bat

Julien, es zu verstatten, daß er einen Kuß auf die Himmelslippen drücke, über die der Nektarstrom der Paradieseslaute geflossen.

Julia wich scheu zurück. Kreisler trat vor den Prinzen hin und sprach: „Da Sie mir, Gnädigster, auch nicht ein Wörtlein des Lobes zuwenden wollen, das ich als Komponist und wackrer Sänger ebensogut verdient zu haben vermeine als Fräulein Julia, so merke ich schon, daß ich mit meinen schwachen musikalischen Kenntnissen nicht stark genug wirke. Aber auch in der Malerei bin ich erfahren und werde die Ehre haben, Ihnen ein kleines Bildnis zu zeigen, das eine Person vorstellt, deren merkwürdiges Leben und seltsames Ende mir so bekannt ist, daß ich alles jedem erzählen kann, der es nur hören will.“ „Überlästiger Mensch!“ murmelte der Prinz. Kreisler zog ein Kästchen aus der Tasche, nahm ein kleines Bildnis heraus und hielt es dem Prinzen entgegen. Er blickte hin, alles Blut schwand von dem Antlitz, seine Augen starrten, seine Lippen bebten, zwischen den Zähnen murmelnd: „Maledetto!“ stürzte er fort.

„Was ist das?“ rief Julia, zum Tode erschrocken, „um aller Heiligen willen, was ist das, Kreisler – sagen Sie mir alles!“

„Tolles Zeug“, erwiderte Kreisler, „lustige Streiche, Teufelsbannerei! Sehn Sie, teures Fräulein, wie der gütige Prinz mit den allerlängsten Schritten, deren seine gnädigsten Beine mächtig, über die Brücke läuft. – Gott! er verleugnet ganz seine süße, idyllische Natur, er schaut nicht einmal in den See, er verlangt nicht mehr, den Schwan zu füttern, der liebe, gute – Teufel!“

„Kreisler“, sprach Julia, „Ihr Ton geht eiskalt durch mein Inneres, ich ahne Unheil – was haben Sie mit dem Prinzen?“

Der Kapellmeister trat von dem Fenster weg, an dem er gestanden, schaute tief bewegt Julia an, die vor ihm stand, die Hände gefaltet, als wolle sie den guten Geist anflehen, daß er die Angst von ihr nehme, die ihr Tränen aus den Augen preßte. „Nein“, sprach Kreisler, „kein feindlicher Mißton soll den Wohllaut des Himmels verstören, der in deinem Gemüt wohnt, du frommes Kind! – In gleisnerischer Verkappung gehen die Geister der Hölle durch die Welt, aber sie haben keine Macht über dich, und du darfst sie nicht erkennen in ihrem schwarzen Tun und Treiben! – Seien Sie ruhig, Julia! – lassen Sie mich schweigen, es ist nun alles vorüber!“ –

In dem Augenblick trat die Benzon hinein in großer Bewegung. „Was ist geschehen!“ rief sie. „Was ist geschehen? – Wie rasend stürzt der Prinz dicht bei mir vorüber, ohne mich zu sehen. Dicht bei dem Schloß kommt ihm der Adjutant entgegen, sie sprechen beide heftig miteinander, dann gibt der Prinz, so glaubt ich zu bemerken, dem Adjutanten irgendeinen wichtigen Auftrag, denn indem der Prinz in das Schloß schreitet, stürzt der Adjutant in größter Eil nach dem Pavillon, in dem er wohnt. – Der Gärtner sagte mir, du hättest mit dem Prinzen auf der Brücke gestanden, da überfiel mich, selbst weiß ich nicht warum, die fürchterliche Ahnung irgend etwas

Entsetzlichem, das sich begeben – ich eilte her, sagt, was ist geschehen?" – Julia erzählte alles. „Geheimnisse?" fragte die Benzon scharf, indem sie einen durchbohrenden Blick auf Kreislern warf. „Beste Rätin", antwortete Kreisler, „es gibt Augenblicke – Lagen – Situationen vielmehr, mein ich, in denen der Mensch durchaus das Maul halten muß, da er, sobald er es öffnet, nichts herausbringt als konfuses Zeug, das die vernünftigen Leute irritiert!" –

Dabei blieb es, unerachtet die Benzon verletzt schien durch Kreislers Schweigen.

Der Kapellmeister begleitete die Rätin mit Julien bis ans Schloß, dann begab er sich auf den Rückweg nach Sieghartsweiler. Sowie er in den Laubgängen des Parks verschwunden, trat der Adjutant des Prinzen aus dem Pavillon und verfolgte denselben Weg, den Kreisler genommen. Bald darauf fiel tief im Walde ein Schuß!

In derselben Nacht verließ der Prinz Sieghartsweiler, er hatte sich bei dem Fürsten schriftlich beurlaubt und baldige Rückkehr versprochen. Als am andern Morgen der Gärtner mit seinen Leuten den Park durchsuchte, fand er Kreislers Hut, an dem blutige Spuren befindlich. Er selbst war und blieb verschwunden. – Man –

Dritter Abschnitt

Die Lehrmonate. Launisches Spiel des Zufalls

(*M. f. f.*) Sehnsucht, heißes Verlangen erfüllt die Brust, aber hat man endlich das gewonnen, nach dem man rang mit tausend Not und Sorgen, so erstarrt jenes Verlangen alsbald zur todkalten Gleichgültigkeit, und man wirft das errungene Gut von sich wie ein abgenutztes Spielzeug. Und kaum ist dies geschehen, so folgt bittre Reue der raschen Tat, man ringt aufs neue, und das Leben eilt dahin in Verlangen und Abscheu. – So ist einmal der Katz. – Richtig bezeichnet der Ausdruck mein Geschlecht, zu dem sich auch der hochmütige Löwe zählt, den deshalb auch der berühmte Hornvilla in Tiecks „Oktavian" einen großen Katz nennt. – Ja, wiederhole ich, so und nicht anders ist einmal der Katz, und das katzliche Herz ein ganz wankelmütiges Ding.

Des ehrlichen Biographen erste Pflicht ist, aufrichtig zu sein und sich beileibe nicht selbst zu schonen. Ganz aufrichtig, Pfote aufs Herz, will ich daher gestehen, daß trotz des unsäglichen Eifers, mit dem ich mich auf die Künste und Wissenschaften legte, doch oft der Gedanke an die schöne Miesmies plötzlich in mir aufstieg und mein Studium unterbrach ganz und gar.

Es war mir, als hätte ich sie nicht lassen sollen, als hätte ich ein treuliebendes Herz verschmäht, das nur von einem falschen Wahn augenblicklich verblendet. Ach! oft, wenn ich mich an dem großen Pythagoras erlaben wollte (ich studierte zu der Zeit viel Mathematik), verschob plötzlich ein zartes schwarzbestrumpftes Pfötchen alle Katheten und Hypotenusen, und vor mir stand sie selbst, die holde Miesmies, ihr kleines allerliebstes Samtkäppchen auf dem Haupt, und aus dem anmutigen Grasgrün der schönsten Augen traf mich der funkelnde Blick des zärtlichsten Vorwurfs. – Welche niedlichen Seitensprünge, welches holdselige Wirbeln und Schlängeln des Schweifs! – Umpfoten wollt ich sie mit Entzücken neu entflammter Liebe, doch verschwunden war die neckende Truggestalt. –

Nicht fehlen konnt es, daß dergleichen Träumereien aus dem Arkadien der Liebe mich in eine gewisse Schwermut versenkten, die der gewählten Laufbahn als Dichter und Gelehrter schädlich werden mußte, zumal sie bald in eine Trägheit ausartete, der ich nicht zu widerstehen vermochte. Mit Gewalt wollte ich mich herausreißen aus diesem verdrießlichen Zustande, einen raschen Entschluß fassen, Miesmies wieder aufzusuchen. Doch, hatte ich schon die Pfote auf die erste Treppenstufe gesetzt, um hinaufzusteigen in die obern Regionen, wo ich die Holde zu finden hoffen durfte, so wandelte mich Scham und Scheu an, und ich zog die Pfote wieder zurück und begab mich traurig unter den Ofen.

Dieser psychischen Bedrängnisse unerachtet, erfreute ich mich indessen doch eines außerordentlichen körperlichen Wohlseins, ich nahm merklich zu, wo nicht in Wissenschaften, so doch in der Stärke meines Leibes und bemerkte, wenn ich mich im Spiegel anschaute, mit Vergnügen, daß mein rundbackiges Antlitz nächst der jugendlichen Frische etwas Ehrfurchtgebietendes zu erhalten begann.

Selbst der Meister gewahrte meine veränderte Stimmung. Es ist wahr, sonst knurrte ich und machte lustige Sprünge, wenn er mir schmackhafte Speisung reichte, sonst wälzte ich mich zu seinen Füßen, kobolzte und sprang wohl auch auf seinen Schoß, wenn er, nachdem er morgens aufgestanden, mir zurief: „Guten Morgen, Murr!" – Jetzt unterließ ich das alles und begnügte mich mit einem freundlichen Miau! und jener anmutig stolzen Erhebung des Rückens, die dem geneigten Leser unter dem Namen: Katzenbuckel bekannt sein wird, ja, ich verachtete jetzt sogar das mir sonst so liebe Vogelspiel. – Es möchte für junge Gymnastiker oder Turner meines Geschlechts lehrreich sein zu sagen, worin dieses Spiel bestand. – Mein Meister band nämlich eine oder ein paar Schreibfedern an einen langen Faden und ließ sie schnell in der Luft auf- und absteigen, ordentlich fliegen. Im Winkel lauernd und die richtigen Tempos wahrnehmend, sprang ich nun so lange nach den Federn, bis ich sie erwischte und wacker zerzauste. Dies Spiel riß mich oft ganz hin, ich hielt die Federn wirklich für einen Vogel, ich geriet in Feuer und Flammen, so daß Geist und Körper, zugleich in Anspruch genommen, sich bildeten und stärkten. – Ja, selbst dies Spiel verachtete ich jetzt und blieb ruhig auf meinem Kissen liegen, der Meister mochte seine Federn fliegen lassen, soviel er wollte. – „Kater", sprach der Meister eines Tages zu mir, als ich, wenn die Feder, an meine Nase streifend, selbst auf mein Kissen flog, kaum blinzelnd die Pfote darnach ausstreckte, „Kater, du bist gar nicht mehr wie sonst, du wirst mit jedem Tag träger und fauler. Ich glaube, du frissest, du schläfst zuviel."

Ein Lichtstrahl fiel bei diesen Worten des Meisters in meine Seele! – Nur dem Andenken an Miesmies, an das verscherzte Paradies der Liebe hatte ich meine träge Traurigkeit zugeschrieben, nun erst gewahrte ich aber, wie das irdische Leben mich mit meinen aufwärts strebenden Studien entzweit und seine Ansprüche geltend gemacht hatte. Es gibt Dinge in der Natur, die es deutlich erkennen lassen, wie die gefesselte Psyche dem Tyrannen, Körper genannt, ihre Freiheit hinopfern muß. Zu diesen Dingen rechne ich nun ganz vorzüglich den wohlschmeckenden Brei von Mehl, süßer Milch und Butter, sowie ein breites, mit Roßhaaren wohlgepolstertes Kissen. Jenen süßen Brei wußte die Aufwärterin des Meisters gar herrlich zu bereiten, so daß ich jeden Morgen zum Frühstück zwei tüchtige Teller voll mit dem größten Appetit verzehrte. Hatte ich aber dermaßen gefrühstückt, dann wollten mir die Wissenschaften gar nicht mehr munden, sie kamen mir vor wie trockene Speise, und nichts half es auch, wenn ich, davon ablassend, mich rasch in die Poesie warf. Die hochgepriesensten Werke der neuesten Autoren, die gerühmtesten Trauerspiele hochgefeierter Dichter konnten meinen Geist nicht festhalten, ich geriet in ein ausschweifendes Gedankenspiel, unwillkürlich trat die kunstfertige Aufwärterin des Meisters in Konflikt mit dem Autor, und es wollte mir gemuten, als verstehe jene sich viel besser auf die gehörige Gradation und Mischung der Fettigkeit, Süße und Stärke als dieser. – Unglückliche träumerische Verwechslung des geistigen und leiblichen Genusses! – Ja, träumerisch kann ich sie nennen, diese Verwechslung, denn Träume stiegen auf und ließen mich jenes zweite gefährliche Ding, das breite, mit Roßhaaren gepolsterte Kissen suchen, um sanft darauf zu entschlummern. Dann erschien mir das süße Bild der holden Miesmies! – Himmel, so stand wohl alles im Zusammenhange, Milchbrei, Verachtung der Wissenschaften, Melancholie, Polster, unpoetische Natur, Liebesandenken! – Der Meister hatte recht, ich fraß, ich schlief zuviel! – Mit welchem stoischen Ernst nahm ich mir vor, mäßiger zu sein, aber schwach ist des Katers Natur, die besten, herrlichsten Entschlüsse scheiterten an dem süßen Geruch des Milchbreies, an dem einladend aufgeschwellten Polster. – Eines Tages hört ich den Meister, da er zum Zimmer herausgetreten, auf dem Flur zu jemandem sagen: „Mag es sein, meinetwegen, vielleicht heitert ihn Gesellschaft auf. Aber macht ihr mir dumme Streiche, springt ihr mir auf die Tische, schmeißt ihr mir das Tintenfaß um oder sonst was herab, so werf ich euch alle beide zum Tempel hinaus." Darauf öffnete der Meister die Türe ein wenig und ließ jemanden herein. Dieser Jemand war aber kein anderer als Freund Muzius. Beinahe hätte ich ihn nicht wiedererkannt. Seine Haare, sonst glatt und glänzend, waren struppig und unscheinbar, die Augen lagen ihm tief im Kopf, und sein sonst zwar etwas rauhes, aber doch ganz leidliches Wesen hatte etwas Übermütiges, Brutales angenommen. „Na", prustete er mich an, „na, findet man Euch einmal! Muß man Euch aufsuchen hinter Euerm verfluchten Ofen? – Doch mit Verlaub!" Er trat an den Teller und verzehrte die Backfische, die ich mir aufgespart hatte zum Abendbrot. „Sagt", sprach er dazwischen, „sagt mir nur in Teufels Namen, wo Ihr steckt, warum Ihr auf kein Dach mehr kommt, Euch nirgends mehr sehen laßt, wo es munter hergeht?"

Ich erklärte, daß, nachdem ich die Liebe zur holden Miesmies aufgegeben, mich die Wissenschaften ganz und gar beschäftigt hätten, weshalb denn an Spaziergänge nicht zu denken gewesen wäre. Nicht im mindesten sehne ich mich nach Gesellschaft, da ich bei dem Meister alles hätte, was mein Herz nur wünschen könne, Milchbrei, Fleisch, Fische, ein weiches Lager und so weiter. Ein ruhiges, sorgenfreies Leben, das sei für einen Kater von meinen Neigungen und Anlagen das ersprießlichste Gut, und um so mehr müßt ich fürchten, daß dies, ginge ich aus, zerstört werden könne, da, wie ich leider wahrgenommen, meine Inklination zur kleinen Miesmies noch nicht ganz erloschen und ihr Wiedersehen mich leicht zu Übereilungen hinreißen dürfte, die ich nachher vielleicht sehr schwer zu bereuen haben würde.

„Ihr könnt mir nachher noch einen Backfisch aufwixen!" So sprach Muzius, putzte sich mit gekrümmter Pfote nur ganz obenhin Maul, Bart und Ohren und nahm den Platz dicht neben mir auf dem Polster.

„Rechnet", begann Muzius, nachdem er zum Zeichen seiner Zufriedenheit ein paar Sekunden gesponnen, mit sanfter Stimme und Gebärde, „rechnet es Euch, mein guter Bruder Murr, für ein Glück an, daß ich auf den Einfall geriet, Euch zu besuchen in Eurer Klause, und daß der Meister mich zu Euch ließ ohne Widerrede. Ihr seid in der größten Gefahr, in die ein tüchtiger junger Kerl von Kater, der Grütz im Kopfe hat und Stärke in den Gliedern, nur geraten kann. Das heißt, Ihr seid in der Gefahr, ein arger, abscheulicher Philister zu werden. Ihr sagt, daß Ihr den Wissenschaften zu strenge obliegt, um Zeit übrigzubehalten, Euch umzusehen unter Katern. Verzeiht, Bruder, das ist nicht wahr, Ihr seht, rund, gemästet, spiegelglatt, wie ich Euch finde, gar nicht aus wie ein Bücherwurm, wie ein Lukubrant. Glaubt mir, das verfluchte bequeme Leben ist es, was Euch faul und träge macht. Ganz anders würde Euch zumute sein, wenn Ihr Euch wie unsereins abstrapazieren müßtet, bis Ihr einmal ein paar Fischgräten erwischtet oder ein Vöglein finget." –

„Ich dachte", unterbrach ich den Freund, „daß Ihre Lage gut und glücklich zu nennen, Sie waren ja sonst –"

„Davon", fuhr mich Muzius zornig an, „davon ein andermal, aber nennt mich nicht *Sie*, das verbitt ich mir, sondern *Ihr*, bis wir Schmolles getrunken haben. – Doch Ihr seid ein Philister und versteht Euch nicht auf den Komment."

Nachdem ich mich bei dem erzürnten Freunde zu entschuldigen gesucht, fuhr er sanfter fort: „Also wie gesagt, Eure Lebensart taugt nichts, Bruder Murr. Ihr müßt hinaus, Ihr müßt hinaus in die Welt." –

„Himmel“, rief ich voll Schreck, „was sprecht Ihr, Bruder Muzius, in die Welt soll ich? – Habt Ihr vergessen, was ich Euch vor einigen Monaten im Keller davon erzählte, wie ich einst hinaussprang aus einem englischen Halbwagen in die Welt? Welche Gefahren mir von allen Seiten drohten? Wie mich endlich der gute Ponto rettete und zurückbrachte zu meinem Meister?“ Muzius lachte hämisch. – „Ja“, sprach er dann, „ja, das ist es eben, darin liegt es eben, der gute Ponto! – Der stutzerische, superkluge, narrenhafte, stolze Heuchler, der sich Eurer annahm, weil er gerade nichts Besseres zu tun wußte, weil es ihn gerade belustigte, der, suchtet Ihr ihn auf in seinen Assembleen und Koterien, Euch gar nicht wiedererkennen, ja Euch, weil Ihr nicht seinesgleichen seid, herausbeißen würde! Der gute Ponto, der, statt Euch einzuführen in das wahre Weltleben, Euch unterhielt mit albernen, menschlichen Geschichten! – Nein, guter Murr, jenes Ereignis hat Euch eine ganz andere Welt gezeigt, als die ist, in welche Ihr hineingehört! Glaubt mir aufs Wort, all Euer einsames Studieren hilft Euch ganz und gar nichts und ist Euch vielmehr noch schädlich. Denn Ihr bleibt dennoch ein Philister, und es gibt auf der ganzen weiten Erde nichts Langweiligeres und Abgeschmackteres als einen gelehrten Philister!“

Aufrichtig gestand ich dem Freunde Muzius, daß ich den Ausdruck Philister sowie seine eigentliche Meinung nicht ganz fasse. „O mein Bruder“, erwiderte Muzius, indem er anmutig lächelte, so daß er in dem Augenblick sehr hübsch aussah und wieder ganz der alte, propre Muzius schien, „o mein Bruder Murr, ganz vergeblich würde der Versuch sein, Euch dieses alles zu erklären, denn nimmermehr könnt Ihr begreifen, was ein Philister ist, solange Ihr selbst einer seid. Wollt Ihr indessen zur Zeit mit einigen Grundzügen eines Katzphilisters vorliebnehmen, so kann –“

(*Mak. Bl.*) – gar seltsames Schauspiel. In der Mitte des Zimmers stand Prinzessin Hedwiga; ihr Antlitz war leichenblaß, todstarr ihr Blick. Prinz Ignatius trieb sein Spiel mit ihr, wie mit einer Gliederpuppe. Er hob ihr den Arm in die Höhe, der stehenblieb und sank, wenn er ihn niederbeugte. Er stieß sie sanft vorwärts, sie ging, er ließ sie stehen, sie stand, er setzte sie in den Sessel, sie saß. So vertieft war der Prinz in dies Spiel, daß er die Eintretenden gar nicht bemerkte.

„Was machen Sie da, Prinz!“ – So rief ihm die Fürstin zu, da versicherte er kichernd und fröhlich sich die Hände reibend, daß Schwester Hedwiga jetzt gut und artig geworden und alles tue, was er wünsche, auch ihm gar nicht so widerspreche und ihn ausschelte wie sonst. – Und damit begann er aufs neue, indem er militärisch kommandierte, die Prinzessin in allerlei Stellungen zu bringen, und jedesmal, wenn sie wie festgezaubert in der Stellung blieb, die er ihr gegeben, lachte er laut und sprang vor Freuden in die Höhe. „Das ist nicht zu ertragen“, sprach die Fürstin leise mit zitternder Stimme, indem Tränen ihr in den Augen glänzten, doch der Leibarzt trat auf den Prinzen zu und rief mit strengem, gebietendem Ton: „Lassen Sie das bleiben, gnädigster Herr!“ Dann nahm er die Prinzessin in die Arme, ließ sie sanft nieder auf die Ottomane, die im

Zimmer befindlich, und zog die Vorhänge zu. „Es ist", wandte er sich dann zur Fürstin, „es ist zur Zeit der Prinzessin nichts nötiger als die unbedingteste Ruhe. Ich bitte, daß der Prinz das Zimmer verlasse."

Prinz Ignatius stellte sich sehr ungebärdig an und klagte schluchzend, daß jetzt allerlei Leute, die gar keine Prinzen wären und nicht einmal von Adel, sich unterfingen, ihm zu widersprechen. Er wolle nun bei der Prinzessin Schwester bleiben, die ihm lieber geworden sei als seine schönsten Tassen, und der Herr Leibarzt habe ihm gar nichts zu befehlen.

„Gehen Sie, lieber Prinz", sprach die Fürstin sanft, „gehen Sie in Ihre Zimmer, die Prinzessin muß jetzt schlafen, und nach der Tafel kommt Fräulein Julia."

„Fräulein Julia!" rief der Prinz, indem er kindisch lachte und hüpfte. „Fräulein Julia! – Ha, das ist schön, der zeige ich die neuen Kupferstiche und wie ich abgebildet bin in der Geschichte vom Wasserkönig als Prinz Lachs mit dem großen Orden!" – damit küßte er der Fürstin zeremoniös die Hand und reichte die seinige mit stolzem Blick dar dem Leibarzt zum Kuß. Der faßte aber die Hand des Prinzen und führte ihn zur Türe, die er öffnete, sich höflich verneigend. Der Prinz ließ es sich gefallen, auf diese Art hinausgewiesen zu werden.

Die Fürstin sank, ganz Schmerz und Erschöpfung, nieder in den Lehnstuhl, stützte den Kopf in die Hand und sprach mit dem Ausdruck des tiefsten Wehs leise vor sich hin: „Welche Todsünde lastet auf mir, daß mich der Himmel so hart straft. – Dieser Sohn zu ewiger Unmündigkeit verdammt – und nun – Hedwiga – meine Hedwiga!" – Die Fürstin verfiel in trübes, düstres Nachdenken.

Der Leibarzt hatte indessen mit Mühe der Prinzessin ein paar Tropfen irgendeiner heilsamen Arznei eingeflößt und die Kammerfrauen herbeigerufen, die die Prinzessin, deren automatischer Zustand sich nicht im mindesten änderte, fortbrachten in ihre Zimmer, nachdem sie von dem Leibarzt die Weisung erhalten, bei dem kleinsten Zufall, den die Prinzessin erleiden könne, ihn sogleich herbeizurufen.

„Gnädigste Frau", wandte sich der Leibarzt zur Fürstin, „so höchst seltsam, so höchst besorglich auch der Zustand der Prinzessin scheinen mag, so glaube ich doch mit Gewißheit versichern zu können, daß er bald aufhören wird, ohne die mindestens gefährlichen Folgen zu hinterlassen. Die Prinzessin leidet an jener ganz besondern wunderbaren Art des Starrkrampfs, die in der ärztlichen Praxis so selten vorkommt, daß mancher hochberühmte Arzt niemals in seinem Leben Gelegenheit fand, dieselbe zu beobachten. Ich muß mich daher in der Tat glücklich schätzen –" Der Leibarzt stockte –

„Ha", sprach die Fürstin mit bitterm Ton, „daran erkenne ich den praktischen Arzt, der grenzenloses Leiden nicht achtet, wenn er nur seine Kenntnis bereichert."

„Noch“, fuhr der Leibarzt fort, ohne den Vorwurf der Fürstin zu beachten, „noch vor ganz kurzer Zeit fand ich in einem wissenschaftlichen Buche das Beispiel eines Zufalls, der ganz dem gleich ist, in den die Prinzessin verfallen. Eine Dame – so erzählt mein Autor – kam von Vesoul nach Besançon, um einen Rechtshandel zu betreiben. Die Wichtigkeit der Sache, der Gedanke, daß der Verlust des Prozesses die letzte, höchste Stufe der empfindlichsten Widerwärtigkeiten, die sie erduldet, sein und sie in Not und Elend stürzen mußte, erfüllte sie mit der lebhaftesten Unruhe, die bis zu einer Exaltation ihres ganzen Gemüts stieg. Sie brachte die Nächte schlaflos zu, aß wenig, man sah sie in der Kirche auf ungewöhnliche Weise niederfallen und beten, genug, auf verschiedene Art tat sich der abnorme Zustand kund. Endlich aber, an demselben Tage, da ihr Prozeß entschieden werden sollte, traf sie ein Zufall, den die anwesenden Personen für einen Schlagfluß hielten. Die herbeigerufenen Ärzte fanden die Dame in einem Lehnstuhl unbeweglich mit gen Himmel gerichteten funkelnden Augen, offenen und unbeweglichen Augenlidern, mit erhobenen Armen und gefalteten Händen. Ihr vorher trauriges, bleiches Gesicht war blühender, heiterer, angenehmer als sonst, ihr Atemzug ungehindert und gleich, der Puls weich, langsam, ziemlich voll, beinahe wie bei einer ruhig schlafenden Person. Ihre Glieder waren biegsam, leicht und ließen ohne den geringsten Widerstand sich in alle Stellungen bringen. Aber darin äußerte sich die Krankheit und die Unmöglichkeit irgendeiner Täuschung, daß die Glieder von selbst nicht aus der Stellung kamen, in die sie versetzt worden. Man drückte ihr Kinn abwärts, der Mund öffnete sich und blieb offen. Man hob einen Arm, nachher den andern auf, sie fielen nicht abwärts, man bog sie ihr nach dem Rücken hin, streckte sie hoch in die Höhe, so daß es jedem unmöglich gewesen sein würde, sich lange in dieser Stellung zu behaupten, und doch geschah es. Man mochte den Körper so sehr herabbeugen, als man wollte, immer blieb er in dem vollkommensten Gleichgewicht. Sie schien gänzlich ohne Empfindung, man rüttelte, kneipte, quälte sie, stellte ihr die Füße auf ein heißes Kohlenbecken, schrie ihr in die Ohren, sie werde ihren Prozeß gewinnen, alles umsonst, sie gab kein Zeichen des willkürlichen Lebens von sich. Nach und nach kam sie zu sich selbst, doch führte sie unzusammenhängende Reden. – Endlich –“

„Fahren Sie fort“, sprach die Fürstin, als der Leibarzt innehielt, „fahren Sie fort, verschweigen Sie mir nichts, und sei es das Entsetzlichste! – Nicht wahr? – in Wahnsinn verfiel die Dame!“

„Es genügt“, sprach der Leibarzt weiter, „es genügt, hinzuzufügen, daß ein sehr böser Zustand der Dame nur vier Tage hindurch anhielt, daß sie in Vesoul, wohin sie zurückkehrte, völlig genas und nicht die mindesten schlimmen Folgen ihrer harten, ungewöhnlichen Krankheit verspürte.“ –

Während die Fürstin aufs neue in trübes Nachdenken versank, verbreitete sich der Leibarzt weitläufig über die ärztlichen Mittel, die er anzuwenden gedenke, um der Prinzessin zu helfen, und verlor sich zuletzt in solche wissenschaftliche

Demonstrationen, als spräche er in einer ärztlichen Beratung zu den tiefgelehrtesten Doktoren.

„Was“, unterbrach endlich die Fürstin den wortreichen Leibarzt, „was helfen alle Mittel, die die spekulierende Wissenschaft darbietet, wenn das Heil, das Wohl des Geistes gefährdet?“

Der Leibarzt schwieg einige Augenblicke, dann fuhr er fort: „Gnädigste Frau, das Beispiel von der wunderbaren Starrsucht jener Dame in Besançon zeigt, daß der Grund ihrer Krankheit in einer psychischen Ursache lag. Man fing, als sie zu einiger Besinnung gekommen, ihre Kur damit an, daß man ihr Mut einsprach und ihr den bösen Prozeß als gewonnen darstellte. – Einig sind auch die erfahrensten Ärzte darüber, daß eben irgendeine plötzliche starke Gemütsbewegung jenen Zustand am ehesten hervorbringt. Prinzessin Hedwiga ist reizbar bis zum höchsten ungewöhnlichen Grade, ja ich möchte den Organismus ihres Nervensystems manchmal schon an und für sich selbst abnorm nennen. Gewiß scheint es, daß irgendeine heftige Erschütterung des Gemüts auch ihren Krankheitszustand erzeugte. Man muß die Ursache zu erforschen suchen, um psychisch mit Erfolg auf sie wirken zu können! – Die schnelle Abreise des Prinzen Hektor . . . Nun, gnädigste Frau, die Mutter dürfte vielleicht tiefer schauen als jeder Arzt und diesem die besten Mittel an die Hand geben können zur heilsamen Kur.“

Die Fürstin erhob sich und sprach stolz und kalt: „Selbst die Bürgerfrau bewahrt gern die Geheimnisse des weiblichen Herzens, das Fürstenhaus erschließt sein Inneres nur der Kirche und ihren Dienern, zu denen der Arzt sich nicht zählen darf!“

„Wie“, rief der Leibarzt lebhaft, „wer vermag das leibliche Wohl so scharf zu trennen von dem geistigen? Der Arzt ist der zweite Beichtvater, in die Tiefe des psychischen Seins müssen ihm Blicke vergönnt werden, wenn er nicht jeden Augenblick Gefahr laufen will, zu fehlen. Denken Sie an die Geschichte jenes kranken Prinzen, gnädigste Frau –“

„Genug!“ unterbrach die Fürstin den Arzt beinahe mit Unwillen, „genug! – Nie werde ich mich bewegen lassen, eine Unschicklichkeit zu begehen, ebensowenig als ich glauben kann, daß irgendeine Unschicklichkeit auch nur in Gedanke und Empfindung die Krankheit der Prinzessin veranlaßt haben kann.“

Damit entfernte sich die Fürstin und ließ den Leibarzt stehen.

„Wunderliche“, sprach dieser zu sich selbst, „wunderliche Frau, diese Fürstin! Gern möchte sie andere, ja sich selbst überreden, daß der Kitt, womit die Natur Seel' und Körper zusammenleimt, wenn es darauf ankommt, etwas Fürstliches zu bilden, von ganz besonderer Art sei und keines weges dem zu vergleichen, den sie bei uns armen Erdensöhnen bürgerlicher Abkunft verbraucht. – Man soll gar nicht daran denken, daß die Prinzessin ein Herz hat, so wie jener höfische Spanier, der das Geschenk von seidnen Strümpfen, das gute niederländische Bürger seiner Fürstin machen wollten, deshalb verschmähte, weil es unschicklich sei, daran zu erinnern, daß eine spanische Königin wirklich Füße habe wie andere ehrliche Leute! – Und doch: Zu wetten ist es, daß in dem Herzen, dem Laboratorio alles weiblichen Wehs, die Ursache des fürchterlichsten aller Nervenübel zu suchen ist, das die Prinzessin befallen." –

Der Leibarzt dachte an Prinz Hektors schnelle Abreise, an der Prinzessin übermäßige, krankhafte Reizbarkeit, an die leidenschaftliche Art, wie sie sich (so hatte er es vernommen) gegen den Prinzen betragen haben sollte, und so schien es ihm gewiß, daß irgendein plötzlicher Liebeszwist die Prinzessin bis zu jäher Krankheit verletzt. – Man wird sehen, ob des Leibarztes Vermutungen Grund hatten oder nicht. Was die Fürstin betrifft, so mochte sie ähnliches vermuten und eben deshalb alle Nachfrage, alles Forschen des Arztes für unschicklich halten, da der Hof überhaupt jedes tiefere Gefühl als unstatthaft verwirft und gemein. – Die Fürstin hatte sonst Gemüt und Herz, aber das seltsam halb lächerliche, halb widrige Ungeheuer, Etikette genannt, hatte sich auf ihre Brust gelegt wie ein bedrohlicher Alp, und keine Seufzer, kein Zeichen des innern Lebens sollte mehr hinaufsteigen aus dem Herzen. Gelingen mußt es ihr daher, selbst Szenen der Art, wie sie sich eben mit dem Prinz und der Prinzessin begeben, zu verwinden und den stolz abzuweisen, der nichts wollte als helfen.

Während sich dies im Schlosse begab, ereignete sich auch im Park manches, was hier beizubringen ist.

In dem Gebüsch links beim Eingange stand der dicke Hofmarschall, zog ein kleines goldnes Döschen aus der Tasche, wischte, nachdem er eine Prise Tabak genommen, mit dem Rockärmel einigemal darüber weg, reichte es dem Leibkammerdiener des Fürsten hin und sprach also: „Schätzenswerter Freund, ich weiß, Sie lieben dergleichen artige Pretiosen, nehmen Sie gegenwärtiges Döschen als ein geringes Zeichen meines gnädigen Wohlwollens an, auf das Sie stets rechnen können. – Doch sagen Sie, Liebster, wie kam das mit dem seltsamen ungewöhnlichen Spaziergange?"

„Mich untertänigst zu bedanken", erwiderte der Leibkammerdiener, indem er die goldne Dose einsteckte. Dann räusperte er sich und fuhr fort: „Versichern kann ich, hochgebietende Exzellenz, daß unser gnädigster Herr sehr alarmiert sind seit dem Augenblick, als der gnädigsten Prinzessin Hedwiga, man weiß nicht wie, die fünf Sinne abhanden gekommen. Heute standen sie am Fenster ganz hoch aufgerichtet wohl eine halbe Stunde und trommelten mit den gnädigsten Fingern der rechten Hand schrecklich auf die Spiegelscheibe, daß es klirrte und krachte. Aber lauter hübsche Märsche von anmutiger Melodie und frischem Wesen, wie mein seliger Schwager, der Hoftrompeter, zu sagen pflegte. – Exzellenz wissen, mein seliger Schwager, der Hoftrompeter, war ein geschickter Mann, er brachte sein Flattergrob heraus wie ein Däuschen, seine Grobstimme, seine Faulstimme klang wie Nachtigallschlag, und was das Prinzipalblasen betrifft . . ." – „Alles", unterbrach der Hofmarschall den Schwätzer, „alles weiß ich, mein Bester! Ihr seliger Herr Schwager war ein vortrefflicher Hoftrompeter, aber jetzt, was taten, was sprachen Durchlaucht, als sie die Märsche zu trommeln geruht hatten?"

„Taten, sprachen!" fuhr der Leibkammerdiener fort. „Hm – eben nicht viel! Durchlaucht wandten sich um, sahen mich starr an mit recht feurigen Augen, zogen die Klingel auf furchtbare Weise und riefen dabei laut: „François – François!" „Durchlaucht, ich bin schon hier", rief ich. Da sprachen aber der gnädigste Herr ganz zornig: „Esel, warum sagt Er das nicht gleich!" Und darauf: „Mein Promenadenkleid!" – Ich tat, wie mir geheißen. Durchlaucht geruhten den grünseidenen Überrock ohne Stern anzulegen und sich nach dem Park zu begeben. Sie verboten mir, ihnen zu folgen, aber – hochgebietende Exzellenz, man muß doch wissen, wo sich der gnädigste Herr befinden, wenn etwa ein Unglück . . . Nun – ich folgte so ganz von weitem und gewahrte, daß der gnädigste Herr sich in das Fischerhäuschen begaben."

„Zum Meister Abraham!" – rief der Hofmarschall ganz verwundert. „So ist es", sprach der Leibkammerdiener und schnitt ein sehr wichtiges, geheimnisvolles Gesicht.

„Ins Fischerhäuschen", wiederholte der Hofmarschall, „ins Fischerhäuschen zum Meister Abraham! – Nie haben Durchlaucht den Meister aufgesucht im Fischerhäuschen!" – Ein ahnungsvolles Stillschweigen folgte, dann sprach der Hofmarschall weiter: „Und sonst äußerten Durchlaucht gar nichts?" „Gar nichts", erwiderte der Leibkammerdiener bedeutungsvoll. „Doch" fuhr er schlau lächelnd fort, „ein Fenster des Fischerhäuschens geht heraus nach dem dicksten Gebüsch, es ist dort eine Vertiefung, man versteht jedes Wort, was drinnen im Häuschen gesprochen wird – man könnte . . ." „Bester, wenn Sie das tun wollten!" rief der Hofmarschall entzückt. – „Ich tue es", sprach der Kammerdiener und schlich leise fort. Doch als er aus dem Gebüsch hervortrat, stand der Fürst, der eben nach dem Schloß zurückkehrte, dicht vor ihm, so daß er ihn beinahe berührte. In scheuer Ehrfurcht prallte er zurück: „Vous êtes un grand Tölpel!" donnerte ihn der Fürst an, rief dem Hofmarschall ein kaltes „dormez bien!" zu und entfernte sich mit dem Leibkammerdiener, der ihm folgte, ins Schloß.

Ganz bestürzt blieb der Hofmarschall stehen, murmelte: „Fischerhäuschen – Meister Abraham – dormez bien –" und beschloß, sogleich zu dem Kanzler des Reichs zu fahren, um sich über die außerordentliche Begebenheit zu beraten und womöglich die Konstellation herauszufinden, die am Hofe ob dieses Ereignisses sich erzeugen könne. –

Meister Abraham hatte den Fürsten bis eben an das Gebüsch begleitet, in dem sich der Hofmarschall und der Leibkammerdiener befanden, hier war er umgekehrt auf Geheiß des Fürsten, der nicht wollte, daß man ihn aus den Fenstern des Schlosses in Gesellschaft des Meisters bemerke. – Der geneigte Leser weiß, wie gut es dem Fürsten gelungen, seinen einsamen, geheimen Besuch bei dem Meister Abraham im Fischerhäuschen zu verbergen. Aber noch eine Person außer dem Kammerdiener hatte den Fürsten, ohne daß er es ahnen konnte, belauscht.

Beinahe war Meister Abraham angelangt in seiner Wohnung, als ihm ganz unvermutet auf den Wegen, die schon zu dunkeln begannen, die Rätin Benzon entgegentrat.

„Ha“, rief die Benzon mit bittrem Lachen, „der Fürst hat sich bei Euch Rats erholt, Meister Abraham. In der Tat, Ihr seid die wahre Stütze des fürstlichen Hauses, dem Vater und dem Sohne laßt Ihr Eure Weisheit und Erfahrung zufließen, und wenn guter Rat teuer oder gar nicht zu haben –“ „So“, fiel Meister Abraham der Benzon ins Wort, „so gibt es eine Rätin, die eigentlich das glanzvolle Gestirn ist, das hier alles erleuchtet, und unter dessen Einfluß auch nur ein armer alter Orgelbauer bestehen und sein einfaches Leben ungestört durchfristen kann.“

„Scherzt“, sprach die Benzon, „scherzt nicht so bitter, Meister Abraham, ein Gestirn, das glanzvoll geleuchtet, kann, unserm Horizont entfliehend, schnell verbleichen und endlich ganz untergehen. Die seltsamsten Ereignisse scheinen sich durchkreuzen zu wollen in diesem einsamen Familienkreise, den eine kleine Stadt und ein paar Dutzend Menschen mehr als eben darin wohnen, *Hof* zu nennen gewohnt sind. – Die schnelle Abreise des sehnlich erwarteten Bräutigams – Hedwigas bedrohlicher Zustand! – In der Tat, tief niederbeugen mußte dies den Fürsten, wäre er nicht ein ganz gefühlloser Mann.“ –

„Nicht“, unterbrach der Meister Abraham die Benzon, „nicht immer waren Sie dieser Meinung, Frau Rätin.“ –

„Ich verstehe Euch nicht“, sprach die Benzon mit verächtlichem Ton, indem sie dem Meister einen stechenden Blick zuwarf und dann schnell das Gesicht abwandte. – Fürst Irenäus hatte im Gefühl des Vertrauens, das er dem Meister Abraham schenken, ja der geistigen Übermacht, die er ihm zugestehen mußte, alle fürstlichen Bedenklichkeiten beiseite gestellt und im Fischerhäuschen sein ganzes Herz ausgeschüttet, auf alle Äußerungen der Benzon über die verstörenden Ereignisse des Tages aber geschwiegen. Dies wußte der Meister, und um so weniger durfte ihm die Empfindlichkeit der Rätin auffallen, wiewohl er sich verwunderte, daß, kalt und in sich verschlossen, wie sie war, sie diese Empfindlichkeit nicht besser zu verbergen vermochte.

Wohl mußte es aber die Rätin tief schmerzen, daß sie das Monopol der Vormundschaft über den Fürsten, das sie sich angeeignet, aufs neue und zwar in einem kritischen, verhängnisvollen Augenblick gefährdet sah.

Aus Gründen, die sich vielleicht später klar entwickeln dürften, war die Verbindung der Prinzessin Hedwiga mit dem Prinzen Hektor der Rätin feurigster Wunsch. Auf dem Spiele stand diese Verbindung, so mußte sie glauben und jede Einmischung eines Dritten in diese Angelegenheit ihr bedrohlich erscheinen. Überdies sah sie sich zum erstenmal von unerklärlichen Geheimnissen umringt, zum erstenmal schwieg der Fürst; konnte sie, die gewohnt, das ganze Spiel des phantastischen Hofes zu regieren, tiefer gekränkt werden?

Meister Abraham wußte, daß einem aufgeregten Weibe nichts besser entgegenzusetzen ist als unüberwindliche Ruhe, er sprach daher kein Wörtchen, sondern schritt schweigend daher neben der Benzon, die sich in tiefen Gedanken nach jener Brücke wandte, die der geneigte Leser schon kennt. Sich auf das Geländer stützend, schaute die Rätin hinein in die fernen Büsche, denen die sinkende Sonne noch, wie zum Abschiede, goldene, leuchtende Blicke zuwarf.

„Ein schöner Abend“, sprach die Rätin, ohne sich umzuwenden. „Gewiß“, erwiderte Meister Abraham, „gewiß, still, ruhig, heiter wie ein unbefangenes, unverstörtes Gemüt.“

„Sie können“, fuhr die Rätin fort, das vertraulichere Ihr, mit dem sie sonst den Meister anredete, aufgebend, „Sie können, mein lieber Meister, es mir nicht verargen, daß ich mich schmerzhaft berührt fühlen muß, wenn der Fürst plötzlich nur Sie zu seinem Vertrauten macht, nur Sie zu Rate zieht in einer Angelegenheit, über die eigentlich die welterfahrene Frau besser zu raten, zu entscheiden weiß. Doch vorüber, ganz vorüber ist die kleinliche Empfindlichkeit, die ich nicht zu bergen vermochte. Ich bin ganz beruhigt, da nur die Form verletzt ist. Der Fürst selbst hätte mir das alles sagen sollen, was ich nun erfahren habe auf andere Weise, und ich kann in der Tat alles, was Sie, lieber Meister, ihm erwiderten, nur höchlich billigen. – Selbst will ich gestehen, daß ich etwas tat, was eben nicht lobenswert ist. Mag es nicht sowohl weibliche Neugierde, als die tiefste Teilnahme an allem, was sich in dieser fürstlichen Familie begibt, entschuldigen. Erfahren Sie es, Meister, ich habe Sie belauscht, Ihre ganze Unterredung mit dem Fürsten angehört, jedes Wort verstanden –“

Den Meister Abraham erfaßte bei diesen Worten der Benzon ein seltsames, von höhnender Ironie und tiefer Verbitterung gemischtes Gefühl. Ebensogut wie jener Leibkammerdiener des Fürsten hatte Meister Abraham bemerkt, daß man in der buschichten Vertiefung, dicht vor dem einen Fenster des Fischerhäuschens versteckt, jedes Wort vernehmen konnte, das drinnen gesprochen wurde. Durch eine geschickte akustische Vorrichtung war ihm indessen gelungen, es zu bewirken, daß jedes Gespräch im Innern des Häuschens dem draußen Stehenden nur wie ein verwirrtes unverständliches Geräusch klang und es schlechterdings unmöglich blieb, auch nur eine Silbe zu unterscheiden. – Erbärmlich mußte es daher dem Meister erscheinen, wenn die Benzon zu einer Lüge ihre Zuflucht nahm, um hinter Geheimnisse zu kommen, die sie zwar ahnen mochte, aber nicht der Fürst, und die dieser daher auch nicht wohl dem Meister Abraham vertrauen konnte. – Man wird erfahren, was der Fürst mit dem Meister im Fischerhäuschen verhandelte. –

„O“, rief der Meister, „o meine Gnädige, es war der rege Geist der lebensweisen unternehmenden Frau selbst, der Sie an das Fischerhäuschen führte. Wie kann ich armer, alter, jedoch unerfahrner Mann mich in allen diesen Dingen zurechtfinden ohne Ihren Beistand? Eben wollt ich alles, was mir der Fürst vertraut, weitläufig hererzählen, aber es bedarf keiner fernem Erläuterungen, da Ihnen schon alles bekannt. Möchten Sie, Gnädige, mich würdig achten, sich über alles, was vielleicht schlimmer sich darstellen mag, als es wirklich ist, recht von Herzen auszusprechen.“

Meister Abraham traf den Ton der biedern Zutraulichkeit so gut, daß die Benzon, all ihrer Scharfsichtigkeit unerachtet, nicht gleich zu entscheiden wußte, ob es hier auf eine Mystifikation abgesehen sei oder nicht, und die Verlegenheit darüber schnitt ihr jeden Faden ab, den sie erfassen und zur für den Meister verfänglichen Schlinge hätte verknüpfen können. So geschah es aber, daß sie, vergebens nach Worten ringend, wie festgebannt auf der Brücke stehenblieb und hinabschaute in den See.

Der Meister weidete sich einige Augenblicke an ihrer Pein, dann richteten sich aber seine Gedanken auf die Begebnisse des Tages. Er wußte wohl, wie Kreisler in dem Mittelpunkt eben dieser Begebnisse gestanden, ein tiefer Schmerz über den Verlust des teuersten Freundes erfaßte ihn, und unwillkürlich entfloh ihm der Ausruf: „Armer Johannes!"

Da wandte sich die Benzon rasch zu dem Meister und sprach mit losbrechender Heftigkeit: „Wie, Meister Abraham, Ihr seid doch nicht so töricht, an Kreislers Untergang zu glauben? Was kann ein blutiger Hut beweisen? – Was sollte ihn auch so plötzlich zu dem schrecklichen Entschluß gebracht haben, sich selbst zu töten – man hätte ihn ja auch gefunden." –

Nicht wenig erstaunte der Meister, die Benzon von Selbstmord sprechen zu hören, hier, wo ein ganz anderer Verdacht sich zu regen schien; ehe er indessen antworten konnte, fuhr die Rätin fort: „Wohl uns, wohl uns, daß er fort ist, der Unglückliche, der überall, wo er sich blicken läßt, nur verstörendes Unheil anrichtet. Sein leidenschaftliches Wesen, seine Verbitterung, nicht anders kann ich seinen hochgepriesenen Humor bezeichnen, steckt jedes reizbare Gemüt an, mit dem er dann sein grausames Spiel treibt. Zeugt die höhnende Verachtung aller konventionellen Verhältnisse, ja der Trotz gegen alle üblichen Formen von Übergewicht des Verstandes, so müssen wir alle unsere Knie beugen vor diesem Kapellmeister, doch soll er uns in Ruhe lassen und sich nicht auflehnen gegen alles, was durch die richtige Ansicht des wirklichen Lebens bedingt und als unsere Zufriedenheit begründend anerkannt wird. Darum – dem Himmel sei gedankt, daß er fort ist, ich hoffe ihn nie wiederzusehen."

„Und doch", sprach der Meister sanft, „und doch waren Sie sonst die Freundin meines Johannes, Frau Rätin, und doch nahmen Sie sich seiner an in einer bösen, kritischen Zeit und führten ihn selbst auf die Bahn, von der ihn nur eben jene konventionellen Verhältnisse, die Sie so eifrig in Schutz nehmen, weggelockt hatten! – Welch ein Vorwurf trifft jetzt so plötzlich meinen guten Kreisler? – Was für Böses hat sich aus seinem Innern aufgetan? Will man ihn darum hassen, weil in den ersten Augenblicken, da der Zufall ihn in eine neue Region geworfen, das Leben feindlich auf ihn zutrat, weil das Verbrechen ihn bedrohte, weil – ein italienischer Bandit ihm nachschlich?" –

Die Rätin fuhr bei diesen Worten sichtlich zusammen. –

„Welch", sprach sie dann mit zitternder Stimme, „welch einen Gedanken der Hölle hegt Ihr in der Brust, Meister Abraham? – Aber wäre es so, wäre Kreisler wirklich gefallen, so wurde in dem Augenblick die Braut gerächt, die er verdorben. Eine innere Stimme sagt es mir, Kreisler allein ist schuld an dem fürchterlichen Zustande der Prinzessin. Schonungslos spannte er die zarten Saiten im innern Gemüt der Kranken, bis sie zersprangen." „So war", erwiderte Meister Abraham giftig, „so war der italienische Herr ein Mann von raschem Entschluß, der die Rache der Tat vorausschickte. Sie haben ja, Gnädige, alles angehört, was ich mit dem Fürsten gesprochen im Fischerhäuschen, Sie wissen daher auch, daß Prinzessin Hedwiga in demselben Augenblick, als der Schuß im Walde fiel, zur Leblosigkeit erstarrte."

„In der Tat", sprach die Benzon, „man möchte an all das chimärische Zeug glauben, das uns jetzt aufgetischt wird, an psychische Korrespondenzen und dergleichen! – Doch! noch einmal, wohl uns, daß er fort ist, der Zustand der Prinzessin kann und wird sich ändern. – Das Verhängnis hat den Störer unserer Ruhe vertrieben und – sagt selbst, Meister Abraham, ist nicht unser Freund im Innersten zerrissen auf solche Weise, daß das Leben ihm keinen Frieden mehr zu geben vermag? – Gesetzt also wirklich, daß –"

Die Rätin endete nicht, aber Meister Abraham fühlte den Zorn, den er mit Mühe unterdrückt, hoch aufflammen.

„Was", rief er mit erhöhter Stimme, „was habt ihr alle gegen diesen Johannes, was hat er euch Böses getan, daß ihr ihm keine Freistatt, kein Plätzchen gönnt auf dieser Erde? – Wißt ihr's nicht? – Nun, so will ich es euch sagen. – Seht, der Kreisler trägt nicht eure Farben, er versteht nicht eure Redensarten, der Stuhl, den ihr ihm hinstellt, damit er Platz nehme unter euch, ist ihm zu klein, zu enge; ihr könnt ihn gar nicht für euresgleichen achten, und das ärgert euch. Er will die Ewigkeit der Verträge, die ihr über die Gestaltung des Lebens geschlossen, nicht anerkennen, ja, er meint, daß ein arger Wahn, von dem ihr befangen, euch gar nicht das eigentliche Leben erschauen lasse, und daß die Feierlichkeit, mit der ihr über ein Reich zu herrschen glaubt, das euch unerforschlich, sich gar spaßhaft ausnehme, und das alles nennt ihr Verbitterung. Vor allen Dingen liebt er jenen Scherz, der sich aus der tiefern Anschauung des menschlichen Seins erzeugt und der die schönste Gabe der Natur zu nennen, die sie aus der reinsten Quelle ihres Wesens schöpft. Aber ihr seid vornehme ernste Leute und wollet nicht scherzen. – Der Geist der wahren Liebe wohnt in ihm, doch vermag dieser ein Herz zu erwärmen, das auf ewig zum Tode erstarret ist, ja, in dem niemals der Funke war, den jener Geist zur Flamme aufhaucht? Ihr möget den Kreisler nicht, weil euch das Gefühl des Übergewichts, das ihr ihm einzuräumen gezwungen, unbehaglich ist, weil ihr ihn, der Verkehr treibt mit höheren Dingen, als die gerade in euern engen Kreis passen, fürchtet." –

„Meister", sprach die Benzon mit dumpfer Stimme, „Meister Abraham, der Eifer, mit dem du für deinen Freund sprichst, führt dich zu weit. Du wolltest mich verletzen? –

Nun wohl, es ist dir gelungen, denn du hast Gedanken in mir geweckt, die lange, lange schlummerten! – Todstarr nennst du mein Herz? – Weißt du denn, ob jemals der Geist der Liebe freundlich zu ihm gesprochen, ob ich nicht allein in konventionellen Verhältnissen des Lebens, die der überspannte Kreisler verächtlich finden mag, Trost und Ruhe fand? – Glaubst du denn nicht überhaupt, alter Mann, der auch wohl so manches Leid erfahren, daß es ein gefährliches Spiel ist, sich über jene Verhältnisse erheben und dem Weltgeist nähertreten zu wollen in der Mystifikation des eignen Seins? Ich weiß es, die kälteste regungsloseste Prosa des Lebens selbst hat mich Kreisler gescholten, und es ist sein Urteil, das sich in dem deinigen ausspricht, wenn du mich todstarr nennst, aber habt ihr jemals dieses Eis zu durchblicken vermocht, das meiner Brust schon langst ein schützender Harnisch war? – Mag bei den Männern die Liebe nicht das Leben schaffen, sondern es nur auf eine Spitze stellen, von der herab noch sichre Wege führen, unser höchster Lichtpunkt, der unser ganzes Sein erst schafft und gestaltet, ist der Augenblick der ersten Liebe. Will es das feindliche Geschick, daß dieser Augenblick verfehlt wurde, verfehlt ist das ganze Leben für das schwache Weib, das untergeht in trostloser Unbedeutsamkeit, während das mit stärkerer Geisteskraft begabte sich mit Gewalt emporrafft und eben in den Verhältnissen des gewöhnlichen Lebens eine Gestaltung erringt, die ihm Ruhe und Frieden gibt. – Laß es dir sagen, alter Mann – hier in der Dunkelheit der Nacht, die das Vertrauen verschleiert, laß es dir sagen! – Als jener Moment in mein Leben trat, als ich den erblickte, der alle Glut der innigsten Liebe, deren die weibliche Brust nur fähig, in mir entzündete – da stand ich vor dem Traualtar mit jenem Benzon, der ein guter Ehemann wurde wie kein anderer. Seine völlige Bedeutungslosigkeit gewährte mir alles, was ich, um ein friedfertiges Leben zu führen, nur wünschen konnte, und nie ist eine Klage, ein Vorwurf meinen Lippen entflohen. Nur den Kreis des Gewöhnlichen nahm ich in Anspruch, und wenn dann selbst in diesem Kreise sich manches begab, das mich unvermerkt irreleitete, wenn ich manches, das strafbar erscheinen möchte, mit nichts anderm zu entschuldigen weiß als mit dem Drange des augenblicklichen Verhältnisses, so mag *das* Weib mich zuerst verdammen, die so wie ich den schweren Kampf durchkämpfte, der zu gänzlicher Verzichtung auf alles höhere Glück führt, sollte dies auch nichts anders sein als ein süßer träumerischer Wahn. – Fürst Irenäus machte meine Bekanntschaft. – Doch ich schweige von dem, was längst vergangen, nur von der Gegenwart soll noch die Rede sein. – Ich hab es dir vergönnt, in mein Innerstes zu schauen, Meister Abraham, du weißt nun, warum ich, so wie die Dinge sich hier gestalten, jedes Hineindrängen eines fremdartigen, exotischen Prinzips als bedrohlich fürchten muß. Mein eigenes Geschick in jener verhängnisvollen Stunde grinset mich an wie ein furchtbar warnendes Gespenst. Retten muß ich die, die mir teuer sind, ich habe meine Pläne gemacht. – Meister Abraham, seid mir nicht entgegen, oder, wollt Ihr in den Kampf treten mit mir, so seht Euch vor, daß ich Eure besten Taschenspielerkünste nicht zuschanden mache!"

„Unglückliche Frau", rief Meister Abraham.

„Unglücklich nennst du mich“, erwiderte die Benzon, „mich, die ich ein feindliches Geschick zu bekämpfen wußte und mir da, wo alles verloren schien, Ruhe und Zufriedenheit gewann?“

„Unglückliche Frau“, rief Meister Abraham nochmals mit einem Ton, der von seiner innern Bewegung zeugte, „arme unglückliche Frau! Ruhe, Zufriedenheit vermeinst du gewonnen zu haben und ahntest nicht, daß es die Verzweiflung war, die, ein Vulkan, alle flammenden Gluten aus deinem Innern hinausströmen ließ, und daß du nun die tote Asche, aus der keine Blüte, keine Blume mehr sproßt, in starrer Betörung für das reiche Feld des Lebens hältst, das dir noch Früchte spenden soll. – Ein künstliches Gebäude willst du aufführen auf dem Grundstein, den ein Blitzstrahl zermalmte, und befürchtest nicht, daß es einstürzen wird in dem Augenblick, da lustig bunte Bänder wehen von der Blumenkrone, die den Sieg des Baumeisters verkünden soll? – Julia – Hedwiga – ich weiß es, für sie wurden jene Pläne künstlich gewoben! – Unglückliche Frau, hüte dich, daß jenes unheilbringende Gefühl, jene eigentliche Verbitterung, die du mit großem Unrecht meinem Johannes vorwirfst, nicht aus deinem eignen tiefsten Innern hervortritt, so daß deine weisen Entwürfe weiter nichts sind als das feindliche Auflehnen gegen ein Glück, das du niemals genossest, und das du nun selbst deinen Lieben mißgönnst. – Ich weiß mehr von deinen Entwürfen, als du es glauben magst, mehr von deinen gerühmten Verhältnissen des Lebens, die dir Ruhe bringen sollen, und die dich verlockten zu strafbarer Schande!“ –

Ein dumpfer unartikulierter Schrei, den die Benzon bei diesen letzten Worten des Meisters ausstieß, verriet ihre tiefe Erschütterung. Der Meister hielt inne, da aber die Benzon ebenfalls schwieg, ohne sich von der Stelle zu rühren, fuhr er gelassen fort: „Zu nichts wenigerem habe ich Lust, als mich in irgendeinen Kampf mit Ihnen zu begeben, Gnädige! Was aber meine sogenannten Taschenspielerkünste betrifft, so wissen Sie ja recht gut, werteste Frau Rätin, daß seit der Zeit, da mein unsichtbares Mädchen mich verlassen –“ In dem Augenblick erfaßte den Meister der Gedanke an die verlorne Chiara mit einer Gewalt, wie seit langer Zeit nicht mehr, er glaubte ihre Gestalt zu erblicken in der dunklen Ferne, er glaubte ihre süße Stimme zu vernehmen. – „O Chiara – meine Chiara!“ So rief er in der schmerzlichsten Wehmut. –

„Was ist Euch“, sprach die Benzon, sich schnell nach ihm umwendend, „was ist Euch, Meister Abraham! – Welchen Namen nanntet Ihr? – Doch noch einmal, laßt ruhen alles Vergangene, beurteilt mich nicht nach jenen seltsamen Ansichten des Lebens, die Ihr mit Kreislern teilt, versprecht mir, das Vertrauen nicht zu mißbrauchen, das Euch Fürst Irenäus geschenkt, versprecht, mir nicht entgegen zu sein in meinem Tun und Treiben.“

So ganz vertieft in das schmerzliche Andenken an seine Chiara war Meister Abraham, daß er kaum vernahm, was die Rätin sprach, und nur unverständliche Worte zu erwidern vermochte.

„Weiset“, fuhr die Rätin fort, „weiset mich nicht zurück, Meister Abraham, Ihr seid, wie es scheint, in der Tat mit manchem mehr bekannt, als ich vermuten durfte, doch ist es möglich, daß ich auch noch Geheimnisse bewahre, deren Mitteilung Euch sehr viel wert sein würde, ja, daß ich Euch vielleicht einen Liebesdienst erzeigen könnte, an den Ihr gar nicht denkt. Laßt uns zusammen diesen kleinen Hof beherrschen, der in der Tat des Gängelbandes bedarf. – „Chiara“ rieft Ihr in einem Ausdruck des Schmerzes der –“ Ein starkes Geräusch vom Schlosse her unterbrach die Benzon. Meister Abraham erwachte aus Träumen, das Geräusch –

(*M. f. f.*) – ich folgendes beibringen. Ein Katzphilister beginnt, ist er auch noch so durstig, die Schüssel Milch vom Rand rund umher an aufzulecken, damit er sich nicht Schnauze und Bart bemilche und anständig bleibe, denn der Anstand gilt ihm mehr als der Durst. Besuchst du einen Katzphilister, so bietet er dir alles nur Mögliche an, versichert dich aber, wenn du scheidest, bloß seiner Freundschaft und frißt nachher heimlich und allein die Leckerbissen, die er dir angeboten. Ein Katzphilister weiß vermöge eines sichern untrüglichen Takts überall, auf dem Boden, im Keller und so weiter den besten Platz zu finden, wo er sich so wohlbehaglich und bequem hinstreckt, als es nur geschehen kann. Er erzählt viel von seinen guten Eigenschaften, und wie er, dem Himmel sei Dank, nicht klagen könne, daß das Schicksal diese guten Eigenschaften übersehen. Sehr wortreich setzt er dir auseinander, wie er zu dem guten Platz gekommen, den er behaupte, und was er noch alles tun werde, um seine Lage zu verbessern. Willst du nun aber auch endlich von dir und deinem geringer günstigen Schicksal etwas sagen, so kneift der Katzphilister sofort die Augen zu und drückt die Ohren an, tut auch wohl, als wenn er schliefe, oder spinnt. Ein Katzphilister leckt sich fleißig den Pelz rein und glänzend und passiert selbst auf der Mausjagd keine nasse Stelle, ohne bei jedem Schritt die Pfoten auszuschütteln, damit er, geht auch das Wild darüber verloren, doch in allen Verhältnissen des Lebens ein feiner, ordentlicher, wohlgekleideter Mann bleibe. Ein Katzphilister scheut und vermeidet die leiseste Gefahr und bedauert, befindest du dich in solcher und sprichst seine Hilfe an, unter den heiligsten Beteuerungen seiner freundschaftlichen Teilnahme, daß gerade in dem Augenblick es seine Lage, die Rücksichten, die er nehmen müsse, es ihm nicht erlaubten, dir beizustehen. Überhaupt ist alles Tun und Treiben des Katzphilisters bei jeder Gelegenheit abhängig von tausend und tausend Rücksichten. Selbst zum Beispiel gegen den kleinen Mops, der ihm in den Schwanz gebissen auf empfindliche Weise, bleibt er artig und höflich, um es nicht mit dem Hofhunde zu verderben, dessen Protektion er zu erlangen gewußt, und er nutzt nur den nächtlichen Hinterhalt, um jenem Mops ein Auge auszukratzen. Tages darauf bedauert er den teuern Mopsfreund gar von Herzen und schmält über die Bosheit arglistiger Feinde. Übrigens gleichen diese Rücksichten einem wohlangelegten Fuchsbau, der dem Katzphilister Gelegenheit gibt, überall zu entwischen in dem Augenblick, als du ihn zu fassen glaubst. Ein Katzphilister bleibt am liebsten unter dem heimischen Ofen, wo er sich sicher fühlt, das freie Dach verursacht ihm Schwindel – Und seht Ihr nun wohl, Freund Murr, das ist Euer Fall. Sage ich Euch nun, daß der Katzbursch offen, ehrlich, uneigennützig, herzhaft, stets bereit, dem Freunde zu helfen, ist, daß er keine anderen Rücksichten kennt, als die Ehre und redlicher Sinn gebieten, genug, daß der Katzbursch durchaus der Antipode des Katzphilisters ist, so werdet Ihr keinen Anstand nehmen, Euch zu erheben aus dem Philistertum, um ein ordentlicher tüchtiger Katzbursch zu werden." –

Lebhaft fühlte ich die Wahrheit in Muzius' Worten. Ich sah ein, daß ich nur das Wort Philister nicht gekannt, wohl aber den Charakter, da mir schon manche Philister, das heißt schlechte Katzkerle vorgekommen waren, die ich herzlich verachtet hatte. Um so schmerzhafter fühlte ich daher den Irrtum, von dem befangen ich in die Kategorie jener verächtlichen Leute hätte geraten können, und beschloß Muzius' Rat in allem zu folgen, um so vielleicht noch ein tüchtiger Katzbursche zu werden. – Ein junger Mensch sprach einst zu meinem Meister von einem treulosen Freunde und bezeichnete diesen mit einem sehr seltsamen, mir unverständlichen Ausdruck. Er nannte ihn einen pomadigen Kerl. Nun war es mir, als sei das Beiwort pomadig sehr passend dem Hauptwort Philister hinzuzufügen, und ich befragte Freund Muzius darum. Kaum hatte ich aber das Wort pomadig ausgesprochen, als Muzius laut jauchzend aufsprang und, mich kräftig umhalsend, rief: „Herzensjunge, nun gewahre ich, daß du mich ganz verstanden hast – ja, pomadiger Philister! das ist die verächtliche Kreatur, die sich auflegt gegen das edle Burschentum, und die wir überall, wo wir sie finden, tothetzen möchten. Ja, Freund Murr, du hast jetzt schon dein inneres, wahrhaftes Gefühl für alles Edle, Große bewiesen, laß dich nochmals an die Brust drücken, in der ein treues deutsches Herz schlägt." – Damit umhalste mich Freund Muzius aufs neue und erklärte, wie er in der nächstfolgenden Nacht mich einzuführen gedenke in das Burschentum, ich möge mich nur in der Mitternachtsstunde einfinden auf dem Dache, wo er mich abholen werde zu einem Fest, das ein Katzsenior veranstaltet, nämlich der Kater Puff.

Der Meister trat ins Zimmer. Ich sprang wie gewöhnlich ihm entgegen, schmiegte mich, wälzte mich auf dem Boden, um ihm meine Freude zu bezeugen. Auch Muzius glotzte ihn an mit zufriedenem Blick. Nachdem der Meister etwas weniges mir Kopf und Hals gekraut, sah er sich um im Zimmer und sprach, da er alles in gehöriger Ordnung fand: „Nun, das ist recht! Eure Unterhaltung ist still und friedlich gewesen, wie es anständigen, gut erzogenen Leuten geziemt. Das verdient belohnt zu werden."

Der Meister schritt zu der Türe hinaus, die nach der Küche führte, und wir, Muzius und ich, seine gute Absicht erratend, schritten hinter ihm her mit einem fröhlichen Mau – Mau – Mau! Wirklich öffnete auch der Meister den Küchenschrank und holte die Skelette und Knöchelchen von ein paar jungen Hühnern hervor, deren Fleisch er gestern verzehrt hatte. Es ist bekannt, daß mein Geschlecht Hühnerskelette zu den allerfeinsten Leckerbissen rechnet, die es geben kann, und daher kam es, daß Muzius' Augen in glanzvollem Feuer strahlten, daß er den Schweif in den anmutigsten Windungen schlängelte, daß er laut schnurrte, als der Meister die Schüssel vor uns hinsetzte auf den Boden. Des pomadigen Philisters wohl eingedenk, schob ich dem Freunde Muzius die besten Bissen hin, die Hälse, die Bäuche, die Steiße, und begnügte mich mit den grobem Schenkel- und Flügelknochen. Als wir mit den Hühnern fertig waren, wollte ich den Freund Muzius fragen, ob ihm vielleicht mit einer Tasse süßer Milch gedient sei. Doch den pomadigen Philister stets vor Augen, unterließ ich es und schob statt dessen die Tasse, welche, wie ich wußte, unter dem Schrank stand, hervor und lud Muzius freundlich ein, zuzusaufen, indem ich ihm Bescheid tat. – Muzius soff die Tasse rein aus, dann drückte er mir die Pfote und sprach, während ihm die hellen Tränen in die Augen traten: „Freund Murr, Ihr lebt lukullisch, aber Ihr habt mir Euer treues, biederes und edelmütiges Herz kundgetan, und so wird die eitle Lust der Welt Euch nicht verlocken zum schnöden Philistertum! Habt Dank, habt innigen Dank!“ –

Mit einem biedern teutschen Pfotendruck nach altvörderischer Sitte nahmen wir Abschied. Muzius war, gewiß um die tiefe Rührung, die ihm Tränen auspreßte, zu verbergen, mit einem halsbrechenden Satze schnell zum offnen Fenster heraus auf das nächst anstoßende Dach. – Selbst mich, den die Natur doch mit vorzüglicher Schwungkraft begabt, setzte dieser gewagte Satz in Erstaunen, und ich fand Gelegenheit, aufs neue mein Geschlecht zu preisen, das aus gebornen Turnern besteht, die keiner Kletterstange bedürfen.

Übrigens gab mir Freund Muzius auch den Beweis, wie oft hinter einem rauhen, abschreckenden Äußern sich ein zartes, tieffühlendes Gemüt verbirgt. –

Ich kehrte ins Zimmer zu meinem Meister zurück und legte mich unter den Ofen. Hier in der Einsamkeit die Gestaltung meines bisherigen Seins bedenkend, meine letzte Stimmung, meine ganze Lebensweise erwägend, erschrak ich bei dem Gedanken, wie nahe ich dem Abgrunde gewesen, und Freund Muzius erschien mir trotz seines struppigen Balgs wie ein schöner, rettender Engel. In eine neue Welt sollte ich treten, die Leere im Innern sollte ausgefüllt, ein anderer Kater sollte ich werden, mir klopfte das Herz vor banger freudiger Erwartung.

Noch lange war es nicht Mitternacht, als ich den Meister mit der gewöhnlichen Redensart: „Ma – – au“ bat, mich hinauszulassen. „Recht gerne“, erwiderte er, indem er die Türe öffnete, „recht gerne, Murr. Aus dem ewigen unterm Ofen Liegen und Schlafen kommt gar nichts heraus. Geh – geh, daß du wieder in die Welt unter Kater kommst. Vielleicht findest du gemütsverwandte Katerjünglinge, die sich mit dir ergötzen in Ernst und Scherz.“

Ach! – der Meister ahnte wohl, daß ein neues Leben mir bevorstand! – Endlich, nachdem ich bis Mitternacht gewartet, stellte sich Freund Muzius ein und führte mich fort über verschiedene Dächer, bis endlich auf einem beinahe ganz platten italienischen Dache uns zehn stattliche, nur ebenso nachlässig und seltsam wie Muzius gekleidete

Katerjünglinge mit lautem Jubelgeschrei empfingen. Muzius stellte mich den Freunden vor, rühmte meine Eigenschaften, meinen treuen biedern Sinn, hob vorzüglich hervor, wie ich ihn mit Backfischen, Hühnerknochen und süßer Milch gastlich bewirtet, und schloß damit, daß ich als tüchtiger Katzbursch aufgenommen sein wolle. Alle gaben ihre Beistimmung.

Es erfolgten nun gewisse Feierlichkeiten, die ich indessen verschweige, da geneigte Leser meines Geschlechts vielleicht argwöhnen, ich sei in einen verbotenen Orden getreten, und noch jetzt Red' und Antwort darüber von mir verlangen könnten. Ich versichere aber auf Gewissen, daß von einem Orden und seinen Bedingnissen, als da sind Statuten, geheime Zeichen und so weiter, durchaus nicht die Rede war, sondern daß der Verein lediglich auf Gleichheit der Gesinnung beruhte. Denn es fand sich bald, daß jeder von uns süße Milch lieber zu sich nahm als Wasser, Braten lieber als Brot.

Nachdem die Feierlichkeiten vorüber, empfing ich von allen den brüderlichen Kuß und Pfotendruck, und sie nannten mich: Du! – Dann setzten wir uns zu einem einfachen, aber fröhlichen Mahl, dem eine wackere Zecherei folgte. Muzius hatte trefflichen Katzenpunsch bereitet. – Sollte ein lüsterner Katerjüngling nach dem Rezept dieses köstlichen Getränks Begierde tragen, so kann ich leider darüber keine genügende Auskunft geben. So viel ist gewiß, daß die hohe Annehmlichkeit des Geschmacks sowie die siegende Kraft vorzüglich durch eine derbe Zutat von Heringslake hervorgebracht wird.

Mit einer Stimme, die weit über viele Dächer hinwegdonnerte, intonierte nun der Senior Puff das schöne Lied: Gaudeamus igitur! – Mit Wonne fühlte ich mich im Innern und Äußern ganz trefflicher Juvenis und mochte gar nicht an den tumulus denken, den ein düstres Verhängnis unserm Geschlecht selten in der stillen, friedlichen Erde gönnt. Es wurden noch verschiedene schöne Lieder gesungen, wie zum Beispiel „Laßt die Politiker nur sprechen“ und so weiter, bis der Senior Puff mit gewichtiger Pfote auf den Tisch schlug und verkündete, daß nun das wahre echte Weihelied, nämlich das „Ecce quam bonum“ gesungen werden müsse, und intonierte sofort den Chor: Ecce und so weiter.

Noch nie hatte ich dieses Lied gehört, dessen Komposition ebenso tief gedacht, so harmonisch und melodisch richtig, als wunderbar und geheimnisvoll zu nennen. Der Meister ist, soviel ich weiß, nicht bekannt geworden, doch schreiben viele dieses Lied dem großen Händel zu, andere dagegen behaupten, daß es lange, lange vor Händels Zeit schon existiert habe, da nach der Chronik von Wittenberg es schon gesungen worden, als Prinz Hamlet noch Fuchs gewesen. Doch gleichviel, wer es gemacht hat, das Werk ist groß und unsterblich und vorzüglich zu bewundern, wie die in den Chor eingeflochtenen Solos den Sängern freien Spielraum lassen zu den anmutigsten unerschöpflichsten Veränderungen. Einige dieser Veränderungen, die ich in dieser Nacht hörte, habe ich treu im Gedächtnis behalten.

Als der Chor geendet, fiel ein schwarz und weiß gefleckter Jüngling ein:

Gar zu spitzig klafft der Spitz,
Gar zu grob der Pudel.
Jenem gönnt den Steiß zum Sitz,
Dem die Schnauz zum Hudel.
Chor: Ecce quam und so weiter.

Darauf ein Grauer:

Höflich zieht die Mütz vom Kopf,
Kommt Philister gangen.
Froh gebärdet sich der Tropf,
Will vor nichts ihm bangen.
Chor: Ecce quam und so weiter.

Darauf ein Gelber:

Schwimmen muß der muntre Fisch,
Vögelein muß fliegen,
Floss und Federn wachsen frisch
Werd't sie nimmer kriegen.
Chor: Ecce quam und so weiter.

Darauf ein Weißer:

Miaut und knurrt und knurrt und miaut.
Nur beileib nicht kratzen
Seid galant, daß man euch traut,
Schonet eure Tatzen.
Chor: Ecce quam und so weiter.

Darauf Freund Muzius:

Denkt Herr Aff nach seinem Maß
Alle uns zu messen!
Spitzt das Maul, trägt hoch die Nas,
Wird uns doch nicht fressen.
Chor: Ecce quam und so weiter.

Ich saß neben Muzius, an mir war daher jetzt die Reihe, mit einem Solo einzufallen. Alle Solos, die bis jetzt vorgetragen, wichen so sehr von den Versen ab, die ich sonst gedichtet, daß ich in Unruhe und Angst geriet, den Ton, die Haltung des Ganzen zu verfehlen. Daher kam es, daß ich, als der Chor geendet, noch schwieg. Schon erhoben einige die Gläser und riefen: „pro poena“, als ich mich mit aller Gewalt zusammennahm und sofort sang:

Pfot in Pfot und Brust an Brust
Soll uns nichts verdüstern.
Katzbursch sein ist unsere Lust,
Trotzen Katzphilistern!
Chor: Ecce quam und so weiter.

Meine Variation fand den lautesten, unerhörtesten Beifall. Die hochherzigen Jungen stürmten jubelnd auf mich ein, umpfoteten mich, drückten mich an ihre klopfende Brust. Auch hier erkannte man also den hohen Genius in meinem Innern. Es war einer der schönsten Augenblicke meines Lebens. – Nun wurde noch manchen großen, berühmten Katern, vorzüglich solchen, die, ihrer Größe und Berühmtheit unerachtet, sich von aller und jeder Philisterei entfernt gehalten und es bewiesen hatten durch Wort und Tat, ein feuriges Lebehoch! gebracht, und dann schieden wir auseinander.

Der Punsch war mir doch etwas zu Kopfe gestiegen, die Dächer schienen sich zu drehen, kaum vermochte ich mittelst des Schweifes, den ich als Balancierstange benutzte, mich aufrecht zu erhalten. Der treue Muzius, meinen Zustand bemerkend, nahm sich meiner an und brachte mich glücklich durch die Dachluke nach Hause.

Wüste im Kopfe, wie ich mich noch niemals gefühlt, konnte ich lange nicht –

(*Mak. Bl.*) „– – ebensogut gewußt als die scharfsinnige Frau Benzon, aber daß ich gerade heute, eben jetzt von dir Nachricht erhalten sollte, du treue Seele, das hat mein Herz nicht geahnt.“ So sprach Meister Abraham, verschloß den Brief, den er erhalten und in dessen Aufschrift er mit freudiger Überraschung Kreislers Hand erkannt hatte, ohne ihn zu öffnen, in den Schubkasten seines Schreibtisches und ging hinaus in den Park. – Meister Abraham hatte schon seit vielen Jahren die Gewohnheit, Briefe, die er erhielt, stunden-, ja, oft tagelang uneröffnet liegenzulassen. „Ist der Inhalt gleichgültig“, sprach er, „so kommt es auf den Verzug nicht an; enthält der Brief eine böse Nachricht, so gewinne ich noch einige frohe oder wenigstens ungetrübte Stunden; steht eine Freudenpost darin, so kann ein gesetzter Mann wohl es abwarten, daß die Freude ihm über den Hals komme.“ Diese Gewohnheit des Meisters ist zu verwerfen, denn einmal ist solch ein Mensch, der Briefe liegenläßt, ganz untauglich zum Kaufmann, zum politischen oder literarischen Zeitungsschreiber, dann leuchtet es aber auch ein, wie manches Unheil sich sonst noch bei Personen, die weder Kaufleute sind noch Zeitungsschreiber, daraus erzeugen kann. – Was gegenwärtigen Biographen betrifft, so glaubt er ganz und gar nicht an Abrahams stoischen Gleichmut, sondern rechnet jene Gewohnheit vielmehr einer gewissen ängstlichen Scheu zu, das Geheimnis eines verschlossenen Briefes zu entfalten. – Es ist eine ganz eigene Lust, Briefe zu empfangen, und darum sind uns die Personen besonders angenehm, die zunächst uns diese Lust verschaffen, nämlich die Briefträger, wie schon irgendwo ein geistreicher Schriftsteller bemerkt hat. Dies mag eine anmutige Selbstmystifikation genannt werden. Der Biograph erinnert sich, daß, als er einst auf der Universität mit dem sehnlichsten Schmerz lange vergebens auf einen Brief von einer geliebten Person gewartet hatte, er den Briefträger mit Tränen im Auge bat, ihm doch recht bald einen Brief aus der Vaterstadt zu bringen, er solle auch dafür ein namhaftes Trinkgeld erhalten. Der Kerl versprach, was von ihm verlangt wurde, mit pfiffiger Miene, brachte den Brief, der in der Tat nach wenigen Tagen einging, triumphierend, als habe es nur an ihm gelegen, Wort zu halten, und strich das versprochene Trinkgeld ein. – Doch weiß der Biograph, der eben vielleicht selbst gewissen Selbstmystifikationen zu sehr Raum gibt – doch weiß er nicht, ob du, geliebter Leser, mit ihm gleichen Sinnes, mit jener Lust eine seltsame Angst fühlest, die dir, indem du den erhaltenen Brief öffnen willst, Herzklopfen verursacht, selbst wenn es kaum möglich, daß der Brief Wichtiges für dein Leben enthalten sollte. – Mag es sein, daß dasselbe die Brust beengende Gefühl, mit dem wir in die Nacht der Zukunft schauen, auch hier sich regt und daß eben deshalb, weil ein leichter Druck der Finger hinreicht, das Verborgene zu enthüllen, der Moment auf einer Spitze steht, die uns beunruhigt. Und – wie viele schöne Hoffnungen zerbrachen schon mit dem verhängnisvollen Siegel, und die lieblichen Traumbilder, die aus unserm eignen Innern gestaltet, unsere brünstige Sehnsucht selbst schienen, zerrannen in nichts, und das kleine Blättchen war der Zauberfluch, vor dem der Blumengarten, in dem wir zu wandeln gedachten, verdorrte, und das Leben lag vor uns wie eine unwirtliche trostlose Wüstenei! – Scheint es gut, den Geist zu sammeln, ehe jener leichte Druck der Finger das Verborgene erschließt, so kann dies vielleicht Meister Abrahams sonst verwerfliche Gewohnheit entschuldigen, die übrigens auch gegenwärtigem Biographen anklebt aus einer gewissen verhängnisvollen Zeit, in der beinahe jeder Brief, den er erhielt, der Büchse Pandoras glich, aus der, sowie sie geöffnet, tausend Unheil und Ungemach aufstieg ins Leben. – Hat aber nun auch Meister Abraham des Kapellmeisters Brief verschlossen in seinen Schreibepult oder Schreibtischkasten, und ist er auch spazierengegangen in den Park, doch soll der geneigte Leser den Inhalt sogleich buchstäblich erfahren. – Johannes Kreisler hatte folgendes geschrieben:

„Mein herzlieber Meister!

„La fin couronne les œuvres!“ hätte ich rufen können, wie Lord Clifford in Shakespeares „Heinrich dem Sechsten“, als ihm der sehr edle Herzog von York eins versetzt hatte zum Tode. Denn bei Gott, mein Hut stürzte schwer verwundet ins Gebüsch und ich ihm nach, rücklings wie einer, von dem man in der Schlacht zu sagen pflegt: „Er fällt, oder er ist gefallen.“ – Dergleichen Leute stehen aber selten wieder auf, dagegen tat das aber Euer Johannes, mein lieber Meister, und das auf der Stelle. – Um meinen schwerverwundeten Kameraden, der nicht sowohl an meiner Seite als über oder von meinem Haupte gefallen, konnte ich mich gar nicht bekümmern, da ich genug zu tun hatte, durch einen tüchtigen Seitensatz (ich nehme das Wort Satz hier weder in philosophischem noch in musikalischem, sondern lediglich in gymnastischem Sinn) der Mündung einer Pistole auszuweichen, die jemand etwa drei Schritte davon auf mich hielt. Doch ich tat noch mehr als das, ich ging plötzlich aus der Defensive in die Offensive über, sprang auf den Pistolanten los und stieß ihm ohne weitere Umstände meinen Stockdegen in den Leib. – Immer habt Ihr mir den Vorwurf gemacht, Meister, daß ich des historischen Stils nicht mächtig und unfähig, etwas zu erzählen ohne unnütze Phrasen und Abschweifungen. Was sagt Ihr zu der bündigen Darstellung meines italienischen Abenteuers in dem Park zu Sieghartshof, den ein hochsinniger Fürst so mild beherrscht, daß er selbst Banditen toleriert vergnüglicher Abwechslung halber?

Nehmt, lieber Meister, das bisher Gesagte nur für die vorläufige, epitomatische Inhaltsanzeige des historischen Kapitels, das ich, erlaubt es meine Ungeduld und der Herr Prior, statt eines ordinären Briefes für Euch aufschreiben will. – Wenig nachzuholen ist über das eigentliche Abenteuer im Walde. – Gewiß war es mir sogleich, daß, als der Schuß fiel, ich davon profitieren sollte, denn im Niederstürzen empfand ich einen brennenden Schmerz an der linken Seite meines Kopfs, den der Konrektor in Göniönesmühl mit Recht einen *hartnäckigen* nannte. Hartnäckigen Widerstand hatte der wackere Knochenbau nämlich geleistet dem schnöden Blei, so daß die Streifwunde kaum zu achten. – Aber sagt mir, lieber Meister, sagt mir auf der Stelle oder heute abend oder wenigstens morgen in aller Frühe, in wessen Leib meine Stockklinge gefahren? Sehr lieb würde es mir sein, zu vernehmen, daß ich eigentlich gar kein gemeines Menschenblut vergossen sondern bloß einigen prinzlichen Ichor; und es will mir ahnen, als wäre dem so. – Meister! – so hätte der Zufall mich denn zu der Tat geführt, die der finstere Geist mir verkündete bei Euch im Fischerhäuschen! – War vielleicht diese kleine Stockklinge in dem Augenblick, als ich sie brauchte zur Notwehr gegen Mörder, das furchtbare Schwert der Blutschuld rächenden Nemesis? – Schreibt mir alles, Meister, und vor allen Dingen, was es mit der Waffe, die Ihr mir in die Hand gabt, mit dem kleinen Bilde für eine Bewandtnis hat. – Doch nein – nein, sagt mir davon nichts. Laßt mich dieses Medusenbild, vor dessen Anblick der bedrohliche Frevel erstarrt, bewahren, mir selbst ein unerklärliches Geheimnis. Es ist mir, als würde dieser Talisman seine Kraft verlieren, sobald ich wüßte, was für eine Konstellation ihn gefeit zur Zauberwaffe! – Wollt Ihr mir's glauben, Meister, daß ich bis jetzt Euer kleines Bild noch gar nicht einmal recht angeschaut? – Ist es an der Zeit, so werdet Ihr mir alles sagen, was mir zu wissen nötig, und dann gebe ich den Talisman zurück in Eure Hände. Also für jetzt kein Wort weiter davon! – Doch fortfahren will ich nun in meinem historischen Kapitel.

Als ich besagtem Jemand, besagtem Pistolanten meinen Stockdegen in den Leib gerannt, so daß er lautlos niederstürzte, sprang ich fort mit der Schnellfüßigkeit eines Ajax, da ich Stimmen im Park zu hören und mich noch in Gefahr glaubte. Ich gedachte nach Sieghartsweiler zu laufen, aber die Dunkelheit der Nacht ließ mich den Weg verfehlen. Schneller und schneller rannte ich fort, immer noch hoffend, mich zurechtzufinden. Ich durchwatete Feldgräben, ich erklomm eine steile Anhöhe und sank endlich in einem Gebüsch vor Ermattung nieder. Es war, als blitze es dicht vor meinen Augen, ich fühlte einen stechenden Schmerz am Kopf und erwachte aus tiefem Todesschlaf. Die Wunde hatte stark geblutet, ich machte mir, das Taschentuch benutzend, einen Verband, der dem geschicktesten Kompagnie-Chirurgus auf dem Schlachtfelde zur Ehre gereicht haben würde und schaute nun ganz froh und fröhlich umher. Unfern von mir stiegen die mächtigen Ruinen eines Schlosses empor. – Ihr merkt es, Meister, ich war zu meiner nicht geringen Verwunderung auf den Geierstein geraten.

Die Wunde schmerzte nicht mehr, ich fühlte mich frisch und leicht, ich trat heraus aus dem Gebüsch, das mir zum Schlafgemach gedient, die Sonne stieg empor und warf blinkende Streiflichter auf Wald und Flur wie fröhliche Morgengrüße. Die Vögel erwachten in den Gebüschen und badeten sich zwitschernd im kühlen Morgentau und schwangen sich auf in die Lüfte. Noch in nächtliche Nebel gehüllt lag tief unter mir Sieghartshof, doch bald sanken die Schleier, und im flammenden Gold standen Bäume und Büsche. Der See des Parks glich einem blendend strahlenden Spiegel: ich unterschied das Fischerhäuschen wie einen kleinen weißen Punkt – sogar die Brücke glaubte ich deutlich zu schauen. – Das Gestern trat auf mich ein, aber als sei es eine längst vergangene Zeit, aus der mir nichts geblieben als die Wehmut der Erinnerung an das ewig Verlorne, die in demselben Augenblick die Brust zerreißt und mit süßer Wonne erfüllt. „Haselant, was willst du denn eigentlich damit sagen, was hast du denn in dem längst vergangenen Gestern auf ewig verloren?“ So ruft Ihr mich an, Meister, ich höre es. – Ach, Meister, noch einmal stelle ich mich hin auf jene hervorragende Spitze des Geiersteins – noch einmal breite ich die Arme aus wie Adlersflügel, mich dort hinzuschwingen, wo ein süßer Zauber waltete, wo jene Liebe, die nicht in Raum und Zeit bedingt, die ewig ist wie der Weltgeist, mir aufging in den ahnungsvollen Himmelstönen, die die dürstende Sehnsucht selbst sind und das Verlangen! – Ich weiß es, dicht vor meiner Nase setzt sich ein Teufelskerl von hungrigem Opponenten hin, der nur opponiert des irdischen Gerstenbrots halber, und fragt mich höhnisch, ob es möglich sei, daß ein Ton dunkelblaue Augen haben könne. Ich führe den bündigsten Beweis, daß der Ton eigentlich auch ein Blick sei, der aus einer Lichtwelt durch zerrissene Wolkenschleier hinabstrahle; der Opponent geht aber weiter und fragt nach Stirn, nach Haar, nach Mund und Lippen, nach Armen, Händen, Füßen und zweifelt durchaus mit hämischem Lächeln, daß ein bloßer purer Ton mit diesem allem begabt sein könne. – O Gott, ich weiß, was der Schlingel meint, nämlich nichts weiter, als daß, solange ich ein glebae adscriptus sei wie er und die übrigen, solange wir alle nicht bloß Sonnenstrahlen fräßen und uns manchmal noch auf einen andern Stuhl setzen müßten als auf den Lehrstuhl, es mit jener ewigen Sehnsucht, die nichts will als sich selbst und von der jeder Narr zu schwatzen weiß – Meister! Ich wünschte nicht, daß Ihr auf die Seite des hungrigen Opponenten trätet – es würde mir unangenehm sein. – Und sagt selbst, könnte Euch wohl eine einzige vernünftige Ursache dazu treiben? – hab ich jemals Hang gezeigt zu trister Sekundanernarrheit? – Ja, hab ich, zu reifen Jahren gekommen, mich nicht stets nüchtern zu erhalten gewußt, hab ich etwa jemals gewünscht, ein Handschuh zu sein, bloß um Julias Wange zu küssen, wie Vetter Romeo? – Glaubt es nur, Meister, die Leute mögen auch sagen, was sie wollen, im Kopf trag ich nichts als Noten und im Gemüt und Herzen die Klänge dazu, denn, alle Teufel! wie sollt ich sonst imstande sein, solche manierliche, bündige Kirchenstücke zu setzen, als die Vesper es ist, die da eben vollendet auf dem Pulte liegt. – Doch – schon wieder war es um die Historie geschehen – ich erzähle weiter.

Aus der Ferne vernahm ich den Gesang einer kräftigen Männerstimme, der sich immer mehr und mehr näherte. Bald gewahrte ich denn auch einen Benediktiner-Geistlichen, der auf dem Fußsteig unterwärts fortwandelnd, einen lateinischen Hymnus sang. Nicht weit von meinem Platze stand er still, hielt inne mit dem Singen und schaute, indem er den breiten Reisehut vom Kopfe nahm und sich mit einem Tuch den Schweiß von der Stirne trocknete, in der Gegend umher, dann verschwand er ins Gebüsch. Mir kam die Lust an, mich zu ihm zu gesellen, der Mann war mehr als wohlgenährt, die Sonne brannte stärker und stärker, und so könnt ich wohl denken, daß er ein Ruheplätzchen gesucht haben würde im Schatten. Ich hatte mich nicht geirrt, denn in das Gebüsch tretend, erblickte ich den ehrwürdigen Herrn, der sich auf einen dick bemoosten Stein niedergelassen hatte. Ein höheres Felsstück dicht daneben diente ihm zum Tisch; er hatte ein weißes Tuch darüber ausgebreitet und holte eben aus dem Reisesack Brot und gebratenes Geflügel hervor, das er mit vielem Appetit zu bearbeiten begann. „Sed praeter omnia bibendum quid“, so rief er sich selbst zu und schenkte aus einer Korbflasche Wein ein in einen kleinen silbernen Becher, den er aus der Tasche hervorgezogen. Eben wollte er trinken, als ich mit einem „Gelobt sei Jesus Christ!“ zu ihm hintrat. Mit dem Becher an den Lippen schaute er auf, und ich erkannte im Augenblick meinen alten gemütlichen Freund aus der Benediktiner-Abtei zu Kanzheim, den ehrlichen Pater und Präfektus Chori Hilarius. „In Ewigkeit!“ stammelte Pater Hilarius, indem er mich mit weit aufgerissenen Augen starr anblickte. Ich dachte sogleich an meinen Kopfputz, der mir vielleicht ein fremdes Ansehen geben mochte, und begann: „O mein sehr geliebter würdiger Freund Hilarius, haltet mich nicht für einen verlaufenen vagabundierenden Hindu, auch nicht für ein auf den Kopf gefallenes Landeskind, da ich doch nun einmal nichts anderes bin und sein will als Euer Intimus, der Kapellmeister Johannes Kreisler!“ –

„Beim heilgen Benedikt“, rief Pater Hilarius freudig, „ich hatte Euch gleich erkannt, herrlicher Kompositor und angenehmer Freund, aber per diem sagt mir, wo kommt Ihr her, was ist Euch geschehen, Euch, den ich mir in floribus dachte am Hofe des Großherzogs?“

Ich nahm gar keinen Anstand, dem Pater kürzlich alles zu erzählen, was sich mit mir begeben, und wie ich genötigt gewesen, dem, dem es beliebt, nach mir, wie nach einem aufgestellten Ziel, Probeschüsse zu tun, meinen Stockdegen in den Leib zu stoßen, und wie besagter Zielschießer wahrscheinlich ein italienischer Prinz gewesen, der Hektor geheißen, wie mancher würdiger Pirschhund. – „Was nun beginnen, zurückkehren nach Sieghartsweiler oder – ratet mir, Pater Hilarius!“

So schloß ich meine Erzählung. – Pater Hilarius, der manches „– Hm – so – ei! Heiliger Benedikt“ – dazwischengeworfen, sah jetzt vor sich nieder, murmelte: „Bibamus!“ und leerte den silbernen Becher auf einen Zug.

Dann rief er lachend: „In der Tat, Kapellmeister, der beste Rat, den ich Euch fürs erste erteilen kann, ist, daß Ihr Euch fein zu mir hersetzt und mit mir frühstückt. Ich kann Euch diese Feldhühner empfehlen, erst gestern schoß sie unser ehrwürdiger Bruder Macarius, der, wie Ihr Euch wohl erinnert, alles trifft, nur nicht die Noten in den Responsorien, und wenn Ihr den Kräuteressig vorschmeckt, mit dem sie angefeuchtet, so verdankt Ihr das der Sorgfalt des Bruders Eusebius, der sie selbst gebraten mir zuliebe. Was aber den Wein betrifft, so ist er wert, die Zunge eines landflüchtigen Kapellmeisters zu netzen. Echter Bocksbeutel, carissime Johannes, echter Bocksbeutel aus dem St.-Johannis-Hospital zu Würzburg, den wir, unwürdige Diener des Herrn, erhalten in bester Qualität. – Ergo bibamus!“

Damit schenkte er den Becher voll und reichte ihn mir hin. – Ich ließ mich nicht nötigen, ich trank und aß wie einer, der solcher Stärkung bedarf.

Pater Hilarius hatte den anmutigsten Platz gewählt, um sein Frühstück einzunehmen. Ein dichtes Birkengebüsch beschattete den blumichten Rasen des Bodens, und der kristallhelle Wildbach, der über hervorragendes Gestein plätscherte, vermehrte noch die erfrischende Kühle. Die einsiedlerische Heimlichkeit des Orts erfüllte mich mit Wohlbehagen und Ruhe, und während Pater Hilarius mir von allem erzählte, was sich seit der Zeit in der Abtei begeben, wobei er nicht vergaß, seine gewöhnlichen Schwänke und sein hübsches Küchenlatein einzumischen, horchte ich auf die Stimmen des Waldes, der Gewässer, die zu mir sprachen in tröstenden Melodien.

Pater Hilarius mochte mein Schweigen der bittern Sorge zuschreiben, die mir das Geschehene verursachte.

„Seid“, begann er, indem er mir den aufs neue gefüllten Becher hinreichte, „seid guten Muts, Kapellmeister! Ihr habt Blut vergossen, das ist wahr, und Blut vergießen ist Sünde, doch distinguendum est inter et inter – Jedem ist sein Leben das liebste, er hat es nur einmal. Ihr habt das Eurige verteidigt, und das verbietet die Kirche keinesweges, wie sattsam zu erweisen, und weder unser hochwürdiger Herr Abt noch irgendein anderer Diener des Herrn wird Euch die Absolution versagen, seid Ihr auch unversehns in fürstliche Eingeweide gefahren. – Ergo bibamus! – Vir sapiens non te abhorrebit, Domine! – Aber, teuerster Kreisler, kehrt Ihr zurück nach Sieghartsweiler, so wird man Euch garstig befragen über das cur, quomodo, quando, ubi, und wollt Ihr den Prinzen des mörderischen Angriffs zeihen, wird man Euch glauben? Ibi jacet lepus in pipere! – Aber seht, Kapellmeister, – wie doch, bibendum quid –“ Er leerte den vollgeschenkten

Becher und fuhr dann fort: „Ja, seht, Kapellmeister, wie der gute Rat kommt mit dem Bocksbeutel. – Erfahrt, daß ich mich eben zum Kloster Allerheiligen begeben wollte, um mir von dem dortigen Präfektus Chori Musik zu holen zu den nächsten Festen. Ich habe die Kasten schon zwei-, dreimal umgekehrt, es ist alles alt und verbraucht, und was die Musik betrifft, die Ihr uns komponiert habt während Eures Aufenthalts in der Abtei, ja, die ist gar schön und neu, aber – nehmt mir es nicht übel, Kapellmeister, so auf kuriose Weise gesetzt, daß man keinen Blick wenden darf von der Partitur. Will man nur ein bißchen durchs Gitter schielen nach dieser, jener hübschen Dirne unten im Schiff, gleich hat man einen Halt verfehlt oder sonst was und schlägt einen falschen Takt und schmeißt das Ganze um – pump, da liegt's, und Di – di – Diedel diedel greift Bruder Jakob in die Orgeltasten! – Ad patibulum cum illis – ich durfte also – doch bibamus!" –

Nachdem wir beide getrunken, floß der Strom der Rede also weiter: „Desunt, die nicht da sind, und die nicht da sind, können nicht gefragt werden, ich dächte daher, Ihr wandertet sogleich mit mir zurück nach der Abtei, die, schlägt man Richtwege ein, kaum zwei Stunden von hier entfernt ist. In der Abtei seid Ihr gesichert gegen alle Nachstellungen, contra hostium insidias, ich bringe Euch hin als lebendige Musik, und Ihr bleibt da, solange es Euch gefällt, oder solange Ihr es geraten findet. Der hochwürdige Herr Abt versorgt Euch mit allem Nötigen. Ihr kleidet Euch in die feinste Wäsche und zieht das Benediktiner-Gewand darüber, das Euch sehr wohl stehen wird. Aber damit Ihr nicht unterweges ausseht wie der Wundgeschlagene auf dem Bild vorn mitleidigen Samariter, so setzt meinen Reisehut auf, ich werde mir den Kapuschon über die Glatze ziehn. – Bibendum quid, Liebster!"

Damit leerte er den Becher noch einmal, schwenkte ihn aus im nahen Waldbach, packte alles schnell in seinen Reisesack, drückte mir seinen Hut auf die Stirne und rief ganz fröhlich: „Kapellmeister, wir dürfen nur ganz langsam und bequem einen Fuß vor den andern setzen und kommen doch gerade an, wenn sie läuten ad conventum, conventuales, das heißt, wenn der hochwürdige Abt sich zu Tische setzt."

Ihr dürft wohl denken, lieber Meister, daß ich gegen den Vorschlag des fröhlichen Paters Hilarius nicht das mindeste einzuwenden hatte, daß es mir vielmehr gar willkommen sein mußte, mich an einen Ort zu begeben, der mir in so mancher Hinsicht ein wohltätiges Asyl werden konnte.

Wir schritten gemächlich fort unter allerlei Gesprächen und langten so, wie Pater Hilarius es gewollt, in der Abtei an, als man gerade die Tischglocke läutete.

Um vorderhand allen Fragen zuvorzukommen, sagte Pater Hilarius dem Abt, daß, da er zufällig erfahren, wie ich mich in Sieghartsweiler aufhalte, er es vorgezogen, statt der Musik aus dem Kloster Allerheiligen, lieber den Komponisten zu holen, der ja ein ganzes unerschöpfliches Magazin von Musik in sich trage.

Der Abt Chrysostomus (mich dünkt, ich hätte Euch schon viel von ihm erzählt) empfing mich mit jener gemütlichen Freude, die nur wahrhaft guter Gesinnung eigen, und lobte den Entschluß des Paters Hilarius. –

Seht mich nun, Meister Abraham, wie ich, umgeschaffen zum passablen Benediktinermönch, in einem hohen geräumigen Zimmer des Hauptgebäudes der Abtei sitze und emsig Vespern und Hymnen ausarbeite, ja, wie ich schon mitunter Gedanken notiere zu einem feierlichen Hochamt, wie sich die singenden und spielenden Brüder, die Chorknaben versammeln, wie ich emsig Proben halte, wie ich hinter dem Gitter des Chors dirigiere! In der Tat, so vergraben fühle ich mich in diese Einsamkeit, daß ich mich mit Tartini vergleichen möchte, der, die Rache des Kardinals Cornaro fürchtend, in das Minoritenkloster zu Assisi floh, wo ihn endlich nach Jahren ein Paduaner entdeckte, der sich in der Kirche befand und den verlornen Freund auf dem Chor erblickte, als ein Windstoß den Vorhang, der das Orchester verhüllte, einige Augenblicke aufhob. – Es hätte Euch selbst, Meister, so mit mir gehen können wie jenem Paduaner, aber ich mußte Euch ja doch sagen, wo ich geblieben, Ihr könntet sonst wunder gedacht haben, was aus mir geworden. – Hat man vielleicht meinen Hut gefunden und sich gewundert, daß ihm der Kopf abhanden gekommen? – Meister! eine besondere wohltätige Ruhe ist in mein Inneres gekommen; sollte ich vielleicht hier am Ankerplatz gelandet sein? Als ich neulich an dem kleinen See, der in der Mitte des weitläufigen Gartens der Abtei liegt, wandelte und mein Bild, neben mir wandelnd, im See erblickte, da sprach ich: „Der Mensch, der da unten neben mir hergeht, das ist ein ruhiger besonnener Mensch, der, nicht mehr wild umherschwirrend in vagen unbegrenzten Räumen, die gefundene Bahn festhält, und es ist ein Glück für mich, daß der Mensch kein andrer ist als ich selbst.“ – Aus einem andern See schaute mich einst ein fataler Doppelgänger an – Doch still – still von dem allen. – Meister, nennt mir keinen Namen – erzählt mir nichts – auch nicht einmal, wen ich gespießt. – Aber von Euch selbst schreibt mir viel. – Die Brüder kommen zur Probe, ich schließe mein historisches Kapitel und zugleich meinen Brief. Lebt wohl, mein guter Meister, und gedenkt meiner! usw. usw.“

In den fernen, wild verwachsenen Gängen des Parks einsam wandelnd, bedachte Meister Abraham das Schicksal des geliebten Freundes, und wie er ihn, kaum wieder gewonnen, aufs neue verloren. Er sah den Knaben Johannes, sich selbst in Göniönesmühl vor dem Flügel des alten Onkels, der Kleine hämmerte mit stolzem Blick Sebastian Bachs schwerste Sonaten herunter mit beinahe männlicher Faust, er steckte ihm dafür eine Tüte Zuckerwerk heimlich in die Tasche. – Es war ihm, als sei dies erst wenige Tage her, und er mußte sich verwundern, daß der Knabe eben kein anderer als der Kreisler, der in ein wunderliches launenhaftes Spiel geheimnisvoller Verhältnisse verflochten schien. – Aber mit dem Gedanken an jene vergangene Zeit, an die verhängnisvolle Gegenwart stieg das Bild seines eignen Lebens vor ihm auf.

Sein Vater, ein strenger, eigensinniger Mann, hatte ihn beinahe mit Zwang zu der Kunst des Orgelbaues angehalten, die er selbst trieb wie ein gewöhnliches rohes Handwerk. Er litt nicht, daß irgendein anderer als der Orgelbauer selbst Hand anlege an das Werk, und so mußten die Lehrlinge geübte Tischler, Zinngießer und so weiter werden, ehe sie zu der innern Mechanik gelangten. – Genauigkeit, Dauerhaftigkeit, gute Spielart des Werks galt dem Alten für alles; für die Seele, für den Ton hatte er keinen Sinn, und merkwürdig genug sprach sich dies aus in den Orgeln, die er baute, und denen man mit Recht einen harten, spitzen Klang vorwarf. Nächstdem war der Alte den kindischen Künsteleien verjährter Zeit ganz und gar ergeben. So hatte er an einer Orgel die Könige David und Salomo angebracht, die während des Spiels wie vor Verwunderung die Köpfe drehten; so fehlte es keinem seiner Werke an paukenden, posaunenden, taktierenden Engeln, mit den Flügeln schlagenden krähenden Hähnen und so weiter. Abraham konnte oft verdienten oder nicht verdienten Schlägen nicht anders entgehen und dem Alten eine Äußerung väterlicher Freude entlocken, als wenn er vermöge eigner Erfindungsgabe irgendeine neue Künstelei, etwa ein schärfer tönendes Kikeriki herausgebracht für den nächsten Orgelhahn. Mit angstvoller Sehnsucht hatte Abraham die Zeit herbeigewünscht, in der er dem Handwerksgebrauch gemäß auf die Wanderschaft gehen sollte. Endlich kam diese Zeit heran, und Abraham verließ das väterliche Haus, um nie wieder zurückzukehren.

Auf dieser Wanderung, die er in Gemeinschaft mit andern Gesellen, meistens wüsten, rohen Burschen, unternahm, sprach er einst ein in der Abtei St. Blasius, die im Schwarzwald gelegen, und hörte dort das berühmte Orgelwerk des alten Johann Andreas Silbermann. In den vollen herrlichen Tönen dieses Werks ging zum erstenmal der Zauber des Wohllauts auf in seinem Innern, er fühlte sich in eine andere Welt versetzt, und von dem Augenblick an war er ganz Liebe für eine Kunst, die er sonst mit Widerwillen treiben mußte. – Nun kam ihm aber auch sein ganzes Leben in der Umgebung, wie er es bis jetzt geführt hatte, so nichtswürdig vor, daß er alle Kraft aufbot, sich herauszureißen aus dem Schlamm, in den er sich versunken glaubte. – Sein natürlicher Verstand, seine Fassungsgabe ließen ihn in der wissenschaftlichen Bildung Riesenschritte machen, und doch – fühlte er oft die Bleigewichte, die die frühere Erziehung, das Forttreiben in der Gemeinschaft ihm angehängt. – Chiara, die Verbindung mit diesem seltsamen geheimnisvollen Wesen, das war der zweite Lichtpunkt in seinem Leben, und so bildete beides, jenes Erwachen des Wohllauts und Chiaras Liebe, einen Dualismus seines poetischen Seins, der wohltätig hineinwirkte in seine rohe, aber kräftige Natur. – Kaum den Herbergen, kaum den Schenken, wo im dicken Tabaksqualm Zotenlieder ertönten, entronnen, brachte der Zufall oder vielmehr die Geschicklichkeit in mechanischen Künsteleien, denen er den Anstrich des Geheimnisses zu geben wußte (wie der geneigte Leser schon erfahren), den jungen Abraham in Umgebungen, die ihm eine neue Welt sein mußten, und in denen er, ewig Fremdling bleibend, sich nur dadurch aufrecht erhielt, daß er den festen Ton behauptete, den seine innere Natur ihm angegeben. Dieser feste Ton wurde mit der Zeit immer fester, und da er keineswegs der eines simplen Grobians, sondern auf klaren gesunden Menschenverstand, richtige Lebensansicht und daraus sich erzeugenden treffenden Spott basiert war, so konnt es nicht fehlen, daß da, wo der Jüngling sich nur aufrechterhalten und toleriert worden, der Mann als ein zu fürchtendes Prinzip großen Respekt einflößte. Es ist nichts leichter, als gewissen vornehmen Leuten zu imponieren, die immer noch weiter unter dem stehen, wofür man sie etwa halten mochte. Daran dachte nun Meister Abraham eben in dem Augenblick, als er von seinem Spaziergange wieder an das Fischerhäuschen gekommen, und schlug eine laute, herzliche Lache auf, die Luft machte seiner gepreßten Brust.

Zur innigsten Wehmut, die ihm sonst wohl gar nicht eigen, hatte den Meister nämlich das lebhafte Andenken an den Moment in der Kirche der Abtei St. Blasius und an die verlorne Chiara gestimmt. „Warum", sprach er zu sich selbst, „warum blutet eben die Wunde jetzt so häufig, die ich längst verharscht glaubte, warum hänge ich jetzt leeren Träumereien nach, da es mir scheint, als müsse ich tätig eingreifen in das Maschinenwerk, das ein böser Geist falsch zu treiben scheint!" – Der Meister fühlte sich beängstigt durch den Gedanken, daß er, selbst wußte er nicht wodurch, in seinem eigentümlichsten Tun und Treiben sich gefährdet sah, bis, wie gesagt, er im Ideengang auf die vornehmen Leute kam, über die er lachte und augenblicklich merkliche Linderung verspürte.

Er trat ins Fischerhäuschen, um nun Kreislers Brief zu lesen. –

In dem fürstlichen Schlosse hatte sich Merkwürdiges begeben. Der Leibarzt sprach: „Wunderbar – es geht über alle Praxis, über alle Erfahrung hinaus!" – Die Fürstin: „So mußte es kommen, und die Prinzessin ist nicht kompromittiert!" Der Fürst: „Hätt ich's nicht ausdrücklich verboten, aber die Crapule der dienenden Esel hat keine Ohren. Nun – der Oberforstmeister soll dafür sorgen, daß der Prinz kein Pulver mehr in die Hände bekommt!" Die Rätin Benzon: „Dank dem Himmel, sie ist gerettet!" – Währenddessen schaute Prinzessin Hedwiga zum Fenster ihres Schlafgemachs heraus, indem sie dann und wann abgebrochene Akkorde anschlug auf derselben Gitarre, die Kreisler im Unmut von sich warf und aus Julias Händen, wie er meinte, geheiligt zurückempfing. Auf dem Sofa saß Prinz Ignatius und weinte und klagte: „Es tut weh, es tut weh", vor ihm aber Julia, die emsig beschäftigt war, in eine kleine silberne Schüssel hinein – rohe Kartoffeln zu schaben.

Alles dieses bezog sich auf ein Ereignis, das der Leibarzt mit vollem Recht wunderbar nannte und über alle Praxis erhaben. Prinz Ignatius hatte sich, wie der geneigte Leser schon mehrmals erfahren, den unschuldig tändelnden Sinn, die glückliche Unbefangenheit des sechsjährigen Knaben erhalten und spielte daher gern wie dieser. Unter anderm Spielzeug besaß er auch eine kleine, aus Metall gegossene Kanone, die ihm zu seinem Lieblingsspiel diente, an dem er sich jedoch höchst selten ergötzen konnte, da manche Dinge dazu gehörten, die nicht gleich zur Hand waren, nämlich einige Körner Pulver, ein tüchtiges Schrotkorn und ein kleiner Vogel. Hatte er das alles, so ließ er seine Truppen aufmarschieren, hielt Kriegsgericht über den kleinen Vogel, der eine Rebellion angezettelt in des fürstlichen Papas verlornem Lande, lud die Kanone und schoß den Vogel, den er mit einem schwarzen Herzen auf der Brust an einen Leuchter gebunden, tot, zuweilen aber auch nicht, so daß er mit dem Federmesser nachhelfen mußte, um die gerechte Strafe an dem Hochverräter zu vollstrecken.

Fritz, des Gärtners zehnjähriger Knabe, hatte dem Prinzen einen gar hübschen, bunten Hänfling verschafft und dafür, wie gewöhnlich, eine Krone erhalten. Sogleich war dann aber der Prinz in die Jägerstube geschlichen, gerade wenn die Jäger abwesend, hatte richtig Schrotbeutel und Pulverhorn gefunden und sich daraus mit der nötigen Munition versehen. Schon wollte er mit der Exekution beginnen, die Beschleunigung zu fordern schien, da der bunte, zwitschernde Rebell alle nur möglichen Mittel versuchte, zu entwischen, als ihm einfiel, daß er der Prinzessin Hedwiga, die jetzt so artig geworden, durchaus nicht die Lust versagen dürfe, bei der Hinrichtung des kleinen Hochverräters gegenwärtig zu sein. Er nahm also den Kasten, worin seine Armee befindlich, unter den einen, die Kanone unter den andern Arm, den Vogel aber in die hohle Hand und schlich, da es ihm von dem Fürsten untersagt worden, die Prinzessin zu sehen, leise, leise nach Hedwigas Schlafgemach, wo er sie in dem fortdauernden kataleptischen Zustande auf dem Ruhebett angekleidet liegen fand. Schlimm und, wie man sehen wird, zugleich gut war es, daß die Kammerfrau die Prinzessin eben verlassen.

Ohne weiteres band nun der Prinz den Vogel an einen Leuchter, ließ die Armee in Reihe und Glied treten und lud die Kanone, dann hob er die Prinzessin vom Ruhebett, ließ sie an den Tisch treten und erklärte, daß sie jetzt den kommandierenden General vorstelle, er seinerseits bleibe der regierende Fürst und brenne nebenher die Artillerie ab, welche den Rebellen töte. – Überfluß an Munition hatte den Prinzen verführt und er nicht allein das Geschütz überladen, sondern auch Pulver rund umher auf den Tisch verstreut. Sowie er das Stück abprotzte, gab es nicht allein einen ungewöhnlichen Knall, sondern das umhergestreute Pulver flog auch auf und verbrannte ihm tüchtig die Hand, so daß er laut aufschrie und gar nicht einmal bemerkte, daß die Prinzessin in dem Augenblick der Explosion hart zu Boden gestürzt war. Der Schuß hallte durch die Korridors, alles stürzte, Unglück ahnend, herbei, und selbst Fürst und Fürstin drängten sich, alle Etikette im jähen Schreck vergessend, mit der Dienerschaft durch die Türe hinein. Die Kammerfrauen hoben die Prinzessin von dem Boden und legten sie auf das Ruhebett, während man nach dem Leibarzt, nach dem Chirurgus rief. Der Fürst ersah aus den Anstalten auf dem Tisch sehr bald, was geschehen, und sprach zum Prinzen, der entsetzlich schrie und lamentierte, mit zornfunkelnden Augen: „Sieht Er, Ignaz! das kommt von Seinen dummen kindischen Faxen. Laß Er sich Brandsalbe auflegen und heul Er nicht wie ein Straßenjunge! – Mit einem Birkenreis – sollt – Hint–“ Die bebenden Lippen ließen keine Deutlichkeit der Sprache zu, der Fürst wurde unverständlich und verließ gravitätisch das Zimmer. Tiefes Entsetzen hatte die Dienerschaft erfaßt, denn erst zum drittenmal redete der Fürst den Prinzen an mit Er und Ignaz, und jedesmal bewies er den wildesten, schwer zu sühnenden Zorn.

Als der Leibarzt erklärte, die Krisis sei eingetreten, und er hoffe, daß der bedrohliche Zustand der Prinzessin nun bald vorüber und sie völlig genesen werde, sprach die Fürstin mit weniger Teilnahme, als man wohl denken sollte: „Dieu soit loué, man gebe mir weitere Nachricht.“ Den weinenden Prinzen schloß sie aber zärtlich in ihre Arme, tröstete ihn mit süßen Worten und folgte dann dem Fürsten.

Indessen war die Benzon, die im Sinn gehabt, mit Julien die unglückliche Hedwiga zu sehen, im Schloß angekommen. Kaum hörte sie, was geschehen, als sie hinaufeilte nach dem Zimmer der Prinzessin, zuflog auf das Ruhebett, niederkniete, Hedwigas Hand faßte und ihr starr in die Augen blickte, während Julia heiße Tränen vergoß, wähnend, daß wohl der Todesschlaf über die Herzensfreundin kommen werde. Da holte Hedwiga tief Atem und sprach mit dumpfer, kaum vernehmlicher Stimme: „Ist er tot?“ Sogleich hielt Prinz Ignatius ein mit Weinen trotz seines Schmerzes und erwiderte in voller Freude über die gelungene Exekution lachend und kichernd: „Ja ja – Prinzessin Schwester, ganz tot, gerade durch das Herz geschossen.“ – „Ja“, sprach die Prinzessin weiter, indem sie die Augen, die sie aufgeschlagen, wieder sinken ließ, „ja, ich weiß es. Ich sah den Blutstropfen, der aus dem Herzen quoll, aber er fiel in meine Brust, und ich erstarrte zu Kristall, und er nur lebte in dem Leichnam!“ „Hedwiga“, begann die Rätin leise und zärtlich, „Hedwiga, erwachen Sie aus bösen, unglücklichen Träumen, Hedwiga, erkennen Sie mich?“ Die Prinzessin winkte sanft mit der Hand, als wolle sie verlassen sein. „Hedwiga“, fuhr die Benzon fort, „Julia ist hier.“ Ein Lächeln schimmerte auf Hedwigas Wangen. Julia beugte sich über sie hin, drückte einen leisen Kuß auf die erblaßten Lippen der Freundin. Da lispelte Hedwiga kaum hörbar: „Es ist nun alles vorüber, in wenigen Minuten bin ich ganz erkräftigt, ich fühl es.“ –

Niemand hatte sich bis jetzt um den kleinen Hochverräter bekümmert, der mit zerfleischter Brust auf dem Tisch lag. Nun fiel er Julien ins Auge, und erst in dem Augenblick wurde sie auch inne, daß Prinz Ignatius wieder das abscheuliche, ihr verhaßte Spiel gespielt. „Prinz“, sprach sie, indem ihre Wangen sich hoch röteten, „Prinz, was hat Ihnen der arme Vogel getan, daß Sie ihn ohne Erbarmen töten hier im Zimmer? – Das ist ein recht einfältiges, grausames Spiel – Sie haben mir längst versprochen, es zu lassen, und doch nicht Wort gehalten – Aber! tun Sie es noch einmal, niemals ordne ich mehr Ihre Tassen oder lehre Ihre Püppchen reden oder erzähle Ihnen die Geschichte vom Wasserkönig!“ „Nicht böse sein“, wimmerte der Prinz, „nicht böse sein, Fräulein Julia! Aber es war ein bunter Erzschelm. Er hatte allen Soldaten heimlich die Rockschöße abgeschnitten und überdem eine Rebellion angezettelt. Aber es tut weh – es tut weh!“ – Die Benzon blickte den Prinzen, dann Julien an mit seltsamem Lächeln, dann rief sie: „Was das für ein Wehklagen ist über ein paar verbrannte Finger! – Aber es ist wahr, der

Chirurgus wird ewig mit seiner Brandsalbe nicht fertig. Doch hilft ein gemeines Hausmittel auch wohl ungemeinen Leuten. Man schaffe rohe Kartoffeln herbei!“ Sie schritt nach der Türe, aber wie plötzlich von irgendeinem Gedanken erfaßt, blieb sie stehen, kehrte um, schloß Julien in die Arme, küßte sie auf die Stirne und sprach: „Du bist mein gutes liebes Kind und wirst immer das ganz sein, was du sein sollst! – Hüte dich nur vor überspannten wahnsinnigen Toren und verschließe dein Gemüt dem bösen Zauber ihrer verlockenden Reden!“ – Damit warf sie noch einen forschenden Blick auf die Prinzessin, die sanft und süß zu schlummern schien, und verließ das Zimmer.

Der Chirurgus trat herein mit einem ungeheuren Pflaster in den Händen, unter vielen Beteuerungen versichernd, daß er schon seit geraumer Zeit gewartet in den Zimmern des gnädigsten Prinzen, da er nicht vermuten konnte, daß er in dem Schlafgemach der gnädigsten Prinzessin. – Er wollte mit dem Pflaster los auf den Prinzen, die Kammerfrau, die ein paar stattliche Kartoffeln auf einer silbernen Schüssel herbeigebracht, vertrat ihm aber den Weg und versicherte, daß für Verletzungen durch Brand geschabte Kartoffeln das allerbeste Mittel wären. „Und ich“, fiel Julia der Kammerfrau ins Wort, indem sie ihr die silberne Schüssel abnahm, „und ich selbst will für Sie, mein Prinzchen, das Pflaster gar fein bereiten.“

„Gnädigster Herr“, sprach der Chirurg erschrocken, „bedenken Sie! – Ein Hausmittel für verbrannte Finger eines hohen fürstlichen Herrn! – Die Kunst – die Kunst soll – muß hier allein helfen!“ Er wollte von neuem auf den Prinzen los, der prallte aber zurück und rief: „Weg da, weg da! Fräulein Julia soll mir das Pflaster bereiten, die Kunst soll sich zum Zimmer hinausscheren!“

Die Kunst empfahl sich samt ihrem wohlpräparierten Pflaster, indem sie giftige Blicke auf die Kammerfrau warf.

Stärker und stärker hörte Julia die Prinzessin atmen, doch wie erstaunte sie, als –

(*M. f. f.*) – einschlafen. Hin und her wälzte ich mich auf meinem Lager; ich versuchte alle nur möglichen Stellungen. Bald streckte ich mich lang aus, bald wickelte ich mich rund zusammen, ließ den Kopf auf den weichen Pfoten ruhen und ringelte den Schweif zierlich um mich herum, so daß er die Augen bedeckte, bald warf ich mich auf die Seite, ließ die Pfoten wegstarren vom Leibe, den Schweif in lebloser Gleichgültigkeit hinabhängen vom Lager. Alles – alles vergebens! – Wirrer und wirrer wurden Vorstellungen, Gedanken, bis ich endlich in jenes Delirium fiel, das kein Schlaf, sondern ein Kampf zwischen Schlafen und Wachen zu nennen, wie Moritz, Davidson, Nudow, Tiedemann, Wienholt, Reil, Schubert, Kluge und andere physiologische Schriftsteller, die über Schlaf und Traum geschrieben, und die ich nicht gelesen, mit Recht behaupten.

Die helle Sonne schien in des Meisters Zimmer hinein, als ich aus diesem Delirium, aus diesem Kampf zwischen Schlafen und Wachen, wirklich zum klaren Bewußtsein erwachte. Aber welch ein Bewußtsein, welch ein Erwachen! – O Katerjüngling, der du dieses liesest, spitze die Ohren und lies aufmerksam, daß dir die Moral nicht entwische! – Nimm dir zu Herzen, was ich über einen Zustand sage, dessen unnennbare Trostlosigkeit ich dir nur mit schwachen Farben schildern kann. – Nimm dir diesen Zustand, wiederhole ich, zu Herzen und dich selbst möglichst in acht, wenn du zum erstenmal in einer Katzburschengesellschaft Katzpunsch genießest. Nippe mäßig und berufe dich, will man das nicht leiden, auf mich und meine Erfahrung, der Kater Murr sei deine Autorität, die jeder, hoff ich, anerkennen und gelten lassen wird.

Nun also! – Was zuvörderst mein physisches Befinden betrifft, so fühlte ich mich nicht allein matt und elend, sondern was mir ganz besondere Qualen schuf, war ein gewisser kecker abnormer Anspruch des Magens, der eben seiner Abnormität halber nicht durchzusetzen war und nur einen unnützen Rumor im Innern verursachte, an dem sogar die affizierten Ganglien teilnahmen, die in ewigem physischem Wollen und Nichtvermögen krankhaft zitterten und bebten. – Es war ein heilloser Zustand! –

Aber beinahe noch empfindlicher war die psychische Affektiert. Mit der bittern Reue und Zerknirschung eines Gestern halber, das ich doch eigentlich gar nicht für tadelnswert achten konnte, kam eine trostlose Gleichgültigkeit in meine Seele gegen alles irdische Wohl! – Ich verachtete alle Güter der Erde, alle Gaben der Natur, Weisheit, Verstand, Witz und so weiter. Die größten Philosophen, die geistreichsten Dichter galten mir nicht höher als Lumpenpuppen, sogenannte Hansemänner, und was das ärgste war, auf mich selbst dehnte sich jene Verachtung aus, und ich glaubte zu erkennen, daß ich nichts sei als ein ganz gewöhnlicher miserabler Mausekatz! – Niederschlagenderes gibt es nicht! Der Gedanke, daß ich in dem größten Jammer befangen, daß die ganze irdische Erde überhaupt ein Jammertal sei, vernichtete mich in namenlosem Schmerz. – Ich kniff die Augen zu und weinte sehr! –

„Du hast geschwärmt, Murr, und nun ist dir miserabel zumute? – Ja. ja, so geht's! – Nun schlaf nur aus, alter Junge, dann wird's besser werden!“ – So rief der Meister mir zu, als ich das Frühstück stehen ließ und einige Schmerzenstöne von mir gab. Der Meister! – o Gott, er wußte nicht, er kannte nicht meine Leiden! – Er ahnte nicht, wie Burschentum und Katzpunsch wirken auf ein zartfühlendes Gemüt! –

Es mochte Mittag sein, noch hatte ich mich nicht vom Lager gerührt, als plötzlich, der Himmel weiß, wie er sich hineinzuschleichen gewußt, Bruder Muzius vor mir stand. – Ich klagte ihm meinen unseligen Zustand, statt aber, wie ich gehofft, mich zu bedauern, mich zu trösten, schlug er eine unmäßige Lache auf und rief: „Hoho, Bruder Murr, es ist weiter nichts als die Krisis, der Übergang von unwürdiger philistriger Knabenschaft zum würdigen Burschentum, die dich glauben läßt, daß du krank bist und elend. Du bist das edle Kommerschieren noch nicht gewohnt! – Aber tu mir den Gefallen und halte das Maul und klage nicht etwa dem Meister dein Leiden. Unser Geschlecht ist überdem schon verrufen genug dieser Scheinkrankheit halber, und der schmähsüchtige Mensch hat ihr einen Namen gegeben, der sich auf uns bezieht, und den ich nicht wiederholen mag. Aber raffe dich auf, nimm dich zusammen, komm mit mir, die frische Luft wird dir wohl tun, und dann mußt du vor allen Dingen Haare auflegen. Komm nur, du wirst schon praktisch erfahren, was das heißt.“

Bruder Muzius übte seit der Zeit, als er mich dem Philistertum entrissen, eine unbedingte Herrschaft über mich aus; ich mußte tun, was er wollte. Mühsam stand ich daher auf von meinem Lager, dehnte mich, so gut es bei den erschlafften Gliedern gehen wollte, und folgte dem treuen Bruder aufs Dach. Wir spazierten einigemal auf und nieder, und in der Tat, mir wurde etwas wohler, frischer zumute. Dann führte mich Bruder Muzius hinter den Schornstein, und hier mußte ich, wollte ich mich auch dagegen sträuben, zwei, drei Schnäpschen reine Heringslake nehmen. Dies waren die Haare, die ich, nach Muzius' Ausdruck, auflegen sollte. – Oh, wunderbarer als wunderbar war die drastische Wirkung dieses Mittels! Was soll ich sagen? – Des Magens abnorme Ansprüche schwiegen, der Rumor war gestillt, das Gangliensystem beruhigt, das Leben wieder schön, ich schätzte das irdische Wohl, die Wissenschaft, die Weisheit, den Verstand, den Witz und so weiter, ich war mir selbst wiedergegeben, ich war wieder der herrliche, höchstexzellente Kater Murr! – O Natur, Natur! Kann es denn geschehen, daß ein paar Tropfen, die der leichtsinnige Kater genießt in unzähmbarer freier Willkür, Rebellion zu erwecken vermögen gegen dich, gegen das wohltätige Prinzip, das du mit mütterlicher Liebe in seine Brust gepflanzt hast, und nach dem er überzeugt sein muß, daß die Welt mit ihren Freuden, als da sind Bratfische, Hühnerknochen, Milchbrei und so weiter, die beste sei und er das Allerbeste in dieser Welt, da ihre Freuden nur für ihn und seinethalber geschaffen sind. – Aber – ein philosophischer Kater erkennt das, es ist tiefe Weisheit darin – jener trostlose ungeheure Jammer ist nur das Gegengewicht, das die zum Forttreiben in der Bedingung des Seins nötige Reaktion bewirkt, und so ist derselbe (der Jammer nämlich) in dem Gedanken des ewigen Weltalls begründet! – Legt Haare auf, Katerjünglinge! und tröstet euch dann mit diesem philosophischen Erfahrungssatz eures gelehrten, scharfsinnigen Standesgenossen.

Es genügt zu sagen, daß ich nun manche Zeit hindurch ein frisches, frohes Burschenleben führte auf den Dächern ringsumher, in Kompanie mit Muzius und andern kreuzbraven, biderben, fidelen Jungen, weißen, gelben und bunten. Ich komme zu einer wichtigern Begebenheit meines Lebens, die nicht ohne Folgen blieb.

Als ich nämlich einmal bei dem Anbruch der Nacht, im Schimmer des hellen Mondscheins, mit dem Bruder Muzius zu einer Kneiperei, die die Burschen angeordnet, gehen wollte, begegnete mir jener schwarz-grau-gelbe Verräter, der mir meine Miesmies geraubt. Wohl könnt es sein, daß ich bei dem Anblick des verhaßten Nebenbuhlers, dem ich noch dazu schändlicherweise unterliegen mußte, etwas stutzte. Er ging indessen hart an mir vorbei, ohne mich zu grüßen, und es wollte mich bedünken, als lächle er mich verhöhnend an, im Gefühl der Übermacht, die er über mich gewonnen. Ich dachte an die verlorne Miesmies, an die erhaltenen Prügel, das Blut kochte mir in den Adern!

Muzius bemerkte meine Aufwallung, und da ich ihm mitteilte, was ich bemerkt zu haben glaubte, so sprach er: „Du hast recht, Bruder Murr. Der Kerl schnitt solch ein schiefes Gesicht und trat dabei so keck auf: am Ende wollte er dich wirklich tuschieren. – Nun, das wollen wir bald erfahren. Irre ich nicht, so hat der bunte Philister hier in der Nähe eine neue Liebschaft angesponnen, er schleicht alle Abende hier auf diesem Dache umher. Warten wir ein wenig, vielleicht kommt der Monsieur bald zurück, und da kann sich ja wohl das übrige bald finden."

In der Tat dauerte es nicht lange, so kam der Bunte wieder trotzig zurück und maß schon von weitem mich mit verächtlichen Blicken. Ich trat ihm herzhaft und keck entgegen, wir gingen so hart aneinander vorüber, daß unsere Schweife sich unsanft berührten. Sogleich blieb ich stehen, drehte mich um und sprach mit fester Stimme: „Mau!" – Er blieb ebenfalls stehen, drehte sich um und erwiderte trotzig: „Mau!" – Dann ging ein jeder seinen Weg.

„Das war Tusch", rief Muzius ganz zornig aus, „ich werde den bunten trotzigen Kerl morgen koramieren."

Muzius begab sich den andern Morgen zu ihm hin und fragte ihn in meinem Namen, ob er meinen Schweif berührt. Er ließ mir erwidern, er hätte meinen Schweif berührt. Darauf ich, habe er meinen Schweif berührt, so müsse ich das für Tusch nehmen. Darauf er, ich könne es nehmen, wie ich wollte. Darauf ich, ich nehme es für Tusch. Darauf er, ich sei gar nicht imstande zu beurteilen, was Tusch sei. Darauf ich, ich wisse das sehr gut und besser als er. Darauf er, ich sei nicht der Mann dazu, daß er mich tuschieren solle. Darauf ich nochmals, ich nehme es aber für Tusch. Darauf er, ich sei ein dummer Junge. Darauf ich, um mich in Avantage zu setzen, wenn ich ein dummer Junge sei, so sei er ein niederträchtiger Spitz! – Dann kam die Ausforderung.

(*Randglosse des Herausgebers*. O Murr, mein Kater! Entweder hat sich der Ehrenpunkt seit Shakespeares Zeit nicht geändert, oder ich ertappe dich auf einer schriftstellerischen Lüge. Das heißt, auf einer Lüge, die dazu dienen soll, der Begebenheit, die du erzählst, mehr Glanz und Feuer zu geben! – Ist die Art, wie es zum Duell mit dem bunten Pensionär kam, nicht die rein ausgesprochene Parodie von Probsteins siebenmal zurückgeschobener Lüge in „Wie es euch gefällt"? Finde ich nicht in deinem angeblichen Duellprozeß die ganze Stufenleiter von dem höflichen Bescheid, dem feinen Stich, der groben Erwiderung, der beherzten Abfertigung bis zum trotzigen Widerspruch, und kann es dich wohl einigermaßen retten, daß du anstatt mit der bedingten offenbaren Lüge mit ein paar Schimpfreden schließest? – Murr! mein Kater! die Rezensenten werden über dich herfallen, aber bewiesen hast du doch wenigstens, daß du den Shakespeare mit Verstand und Nutzen gelesen, und das entschuldigt vieles.)

Aufrichtig gestanden, fuhr es mir doch etwas in die Glieder, als ich die Ausforderung erhielt, die auf den Kratz lautete. Ich dachte daran, wie übel mich der bunte Verräter zugerichtet hatte, als, von Eifersucht und Rache getrieben, ich ihn angriff, und wünschte wenigstens die Avantage, zu der mir Freund Muzius verholfen, hinweg. Muzius mochte gewahren, daß ich beim Lesen des blutfordernden Handbilletts erblaßte, und überhaupt meine Seelenstimmung bemerken. „Bruder Murr“, sprach er, „mir scheint, als ob dir das erste Duell, das du bestehen sollst, etwas in die Glieder führe?“ – Keinen Anstand nahm ich, dem Freunde mein ganzes Herz zu öffnen, ihm zu sagen, was meinen Mut erschütterte.

„O mein Bruder“, sprach Muzius, „o mein geliebter Bruder Murr! Du vergissest, daß damals, als der übermütige Frevler dich ausprügelte auf schnöde Weise, du noch ein blutjunger Neuling und kein wackerer, tüchtiger Bursche warst wie jetzt. Auch war dein Kampf mit dem Bunten kein ordentliches Duell nach Regel und Recht, ja nicht einmal ein Renkontre zu nennen, sondern nichts weiter als eine philistermäßige Balgerei, die unanständig ist für jeden Katzbursch. Merk dir's Bruder Murr, daß der auf unsre besondre Gaben neidische Mensch uns die Neigung vorwirft, uns auf ehrwidrige, beschimpfende Weise zu prügeln, und fällt unter seinem Geschlecht dergleichen vor, dies mit dem Schimpf- und Spottnamen: Katzbalgerei bezeichnet. Schon darum wird und muß ein ordentlicher Kater, der Ehre im Leibe hat und auf gute Sitten hält, jedes böse Renkontre der Art vermeiden; er beschämt den Menschen, der unter gewissen Umständen sehr geneigt ist, zu prügeln und geprügelt zu werden. – Also, geliebter Bruder, laß alle Furcht und Scheu fahren, bewahre dein tapfres Herz und sei überzeugt, daß du im ordentlichen Duell genügsame Rache für alle erfahrne Unbill nehmen und den bunten Gecken dermaßen zerkratzen kannst, daß er das dumme Liebeln und alberne Daherstolzieren wohl auf einige Zeit lassen wird. – Doch halt! – Eben will mich bedünken, daß nach dem, was zwischen euch vorgefallen, der Zweikampf auf den Kratz keinen genügenden Ausschlag geben kann, daß ihr euch vielmehr auf entscheidendere Weise, nämlich auf den Biß, schlagen müßt. – Wir wollen die Meinung der Burschen hören!“ –

Muzius trug in einer sehr wohlgesetzten Rede den Fall, der sich mit mir und dem Bunten ereignet, der Burschenversammlung vor. Alle stimmten dem Redner bei, und ich ließ daher dem Bunten durch Muzius sagen, ich nehme die Ausforderung zwar an, könnte und würde bei der Schwere der erlittenen Beschimpfung mich aber nicht anders schlagen als auf den Biß. Der Bunte wollte zwar Einwendungen machen, vorschützen, er habe stumpfe Zähne und so weiter; da aber Muzius ihm nach seiner ernsten und festen Weise erklärte, daß hier nur durchaus von dem entscheidenderen Duell auf den Biß die Rede sein könne, und daß, wenn er dies nicht eingehen wolle, er den niederträchtigen Spitz auf sich sitzen lassen müßte, entschloß er sich zu diesem Duell auf den Biß. – Die Nacht, in der der Zweikampf vor sich gehen sollte, kam heran. Ich stellte mich auf dem Dache des Hauses, das an der Grenze des Reviers lag, mit Muzius um die bestimmte Stunde ein. Auch mein Gegner kam bald mit einem stattlichen Kater, der beinahe bunter gefleckt war und noch viel trotzigere, keckere Züge im Antlitz trug als er selbst. Er war, wie wir vermuten konnten, sein Sekundant; beide hatten verschiedene Feldzüge als Kameraden zusammen gemacht und befanden sich auch beide bei der Eroberung des Speichers, die dem Bunten den Orden des gebrannten Specks erwarb. Außerdem hatte sich, wie ich nachher erfuhr, auf des um- und vorsichtigen Muzius Anlaß eine kleine lichtgraue Katze eingefunden, die sich ganz außerordentlich auf Chirurgie verstehen und die schlimmsten, gefährlichsten Wunden zweckmäßig behandeln und in kurzer Zeit heilen sollte. – Es wurde noch verabredet, daß der Zweikampf in drei Sprüngen stattfinden, und falls bei dem dritten Sprunge noch nichts Entscheidendes geschehen, weiter beschlossen werden sollte, ob das Duell in neuen Sprüngen fortzusetzen oder die Sache als abgemacht anzusehen. Die Sekundanten maßen die Schritte aus, und wir setzten uns gegenüber in Positur. Der Sitte gemäß erhoben die Sekundanten ein Zetergeschrei, und wir sprangen aufeinander los.

Im Augenblick hatte mein Gegner, indem ich ihn fassen wollte, mein rechtes Ohr gepackt, das er dermaßen zerbiß, daß ich wider Willen laut aufschrie. „Auseinander!" rief Muzius. Der Bunte ließ ab, wir gingen in die Position zurück.

Neuer Zeter der Sekundanten, zweiter Sprung. Nun glaubte ich meinen Gegner besser zu fassen, aber der Verräter duckte sich und biß mir in die linke Pfote, daß das Blut in dicken Tropfen hervorquoll. – „Auseinander!" rief Muzius zum zweitenmal. „Eigentlich", sprach der Sekundant meines Gegners, sich zu mir wendend, „eigentlich ist nun die Sache ausgemacht, da Sie, mein Bester, durch die bedeutende Wunde an der Pfote hors de combat gesetzt sind." Doch Zorn, tiefer Ingrimm ließen mich keinen Schmerz fühlen, und ich entgegnete, daß es sich bei dem dritten Sprunge finden würde, inwiefern es mir an Kraft gebräche und die Sache als abgemacht anzusehen. „Nun", sprach der Sekundant mit höhnischem Lachen, „nun, wenn Sie denn durchaus von der Pfote Ihres Ihnen überlegenen Gegners fallen wollen, so geschehe Ihr Wille!" – Doch Muzius klopfte mir auf die Schulter und rief: „Brav, brav, mein Bruder Murr, ein echter Bursche achtet solch einen Ritz nicht! – Halt dich tapfer!"

Zum drittenmal Zeter der Sekundanten, dritter Sprung! – Meiner Wut ungeachtet hatte ich die List meines Gegners gemerkt, der immer etwas seitwärts sprang, weshalb ich ihn fehlte, während er mich mit Sicherheit packte. – Diesmal nahm ich mich in acht, sprang auch seitwärts, und als er mich zu fassen glaubte, hatte ich ihn schon dermaßen in den Hals gebissen, daß er nicht schreien, nur stöhnen konnte. „Auseinander!" rief jetzt der Sekundant meines Gegners. Ich sprang sogleich zurück, der Bunte sank aber ohnmächtig nieder, indem das Blut reichlich aus der tiefen Wunde hervorquoll. Die hellgraue Katze eilte sogleich auf ihn zu und bediente sich, um vor dem Verbande das Blut einigermaßen zu stillen, eines Hausmittels, das, wie Muzius versicherte, ihr stets zu Gebote stand, da sie es immer bei sich führte. Sie goß nämlich sofort eine Flüssigkeit in die Wunde und besprengte überhaupt den Ohnmächtigen ganz und gar damit, die ich ihres scharfen beizenden Geruchs halber für stark und drastisch wirkend halten mußte. Thedensche Arkebusade war es nicht, auch nicht Eau de Cologne. – Muzius drückte mich feurig an seine Brust und sprach: „Bruder Murr, du hast deine Ehrensache ausgefochten wie ein Kater, dem das Herz auf dem rechten Flecke sitzt. – Murr, du wirst dich erheben zur Krone des Burschentums, du wirst keinen Makel dulden und stets bei der Hand sein, wenn es darauf ankommt, unsre Ehre zu erhalten." – Der Sekundant meines Gegners, der so lange dem hellgrauen Chirurgus beigestanden, trat nun trotzig auf und behauptete, daß ich im dritten Gange gegen den Komment gefochten. Da setzte sich aber Bruder Muzius in Positur und erklärte mit funkelnden Augen und hervorgestreckten Krallen, daß der, der solches behaupte, es mit ihm zu tun habe, und daß die Sache gleich auf der Stelle ausgemacht werden könne. Der Sekundant hielt es für geraten, nichts weiter darauf zu erwidern, sondern packte stillschweigend den wunden Freund, der was weniges zu sich selbst gekommen, auf den Rücken und marschierte mit ihm ab durch die Dachluke. – Der aschgraue Chirurgus fragte an, ob er meiner Wunden halber mich auch etwa mit seinem Hausmittel bedienen solle. Ich lehnte das aber ab, so sehr mich auch Ohr und Pfote schmerzten, sondern machte mich im Hochgefühl des errungenen Sieges, der gestillten Rache auf den Weg nach Hause.

Für dich, o Katerjüngling, habe ich mit gutem Bedacht die Geschichte meines ersten Zweikampfs so umständlich aufgeschrieben. Außerdem daß dich diese merkwürdige Geschichte über den Ehrenpunkt belehrt ganz und gar, so kannst du auch noch manche für das Leben höchst nötige und nützliche Moral daraus schöpfen. Wie zum Beispiel, daß Mut und Tapferkeit gar nichts ausrichten gegen Finten, und daß daher das genaue Studium der Finten unerläßlich ist, um nicht zu Boden getreten zu werden, sondern sich aufrecht zu erhalten. „Chi no se ajuta, se nega", sagt Brighella in Gozzis „glücklichem Bettler", und der Mann hat recht, vollkommen recht. – Sieh das ein, Katerjüngling, und verachte keineswegs Finten, denn in ihnen liegt, wie im reichen Schacht, die wahre Lebensweisheit verborgen.

– Als ich herabkam, fand ich des Meisters Tür verschlossen und mußte daher mit der Strohmatte, die davor lag, als Nachtlager vorliebnehmen. Die Wunden hatten mir einen starken Blutverlust verursacht, und mir wurde in der Tat etwas ohnmächtig zumute. Ich fühlte mich sanft fortgetragen. Es war mein guter Meister, der (ich mochte wohl, ohne es zu wissen, etwas gewinselt haben) mich vor der Tür gehört, aufgemacht und meine Wunden bemerkt hatte. „Armer Murr", rief er, „was haben sie mit dir gemacht? das hat tüchtige Bisse gegeben – nun, ich hoffe, du wirst deinen Gegnern nichts geschenkt haben!" „Meister", dacht ich, „wenn du wüßtest!" und aufs neue fühlte ich mich von dem Gedanken des vollständig erfochtenen Sieges, der Ehre, die ich mir gewonnen, gar mächtig erhoben. – Der gute Meister legte mich auf mein Lager, holte aus dem Schrank eine kleine Büchse, in der Salbe befindlich, hervor, bereitete zwei Pflaster und legte sie mir auf Ohr und Pfote. Ruhig und geduldig ließ ich alles geschehen und stieß nur ein kleines leises Mrrr! aus, als der erste Verband mich etwas schmerzen wollte. – „Du bist", sprach der Meister, „ein kluger Kater, Murr! du verkennst nicht, wie andre knurrige

Wildfänge deines Geschlechts, die gute Absicht deines Herrn. Halt dich nur ruhig, und wenn es Zeit ist, daß du die Wunde an der Pfote heil leckst, so wirst du schon selbst den Verband lösen. Was aber das wunde Ohr betrifft, so kannst du nichts dafür tun, armer Geselle und mußt das Pflaster leiden."

Ich versprach das dem Meister und reichte zum Zeichen meiner Zufriedenheit und Dankbarkeit für seine Hilfe ihm meine gesunde Pfote hin, die er wie gewöhnlich nahm und leise schüttelte, ohne sie im mindesten zu drücken. – Der Meister verstand mit gebildeten Katern umzugehen.

Bald spürte ich die wohltätige Wirkung der Pflaster und war froh, daß ich des kleinen aschgrauen Chirurgus fatales Hausmittel nicht angenommen. Muzius, der mich besuchte, fand mich heiter und kräftig. Bald war ich imstande, ihm zu folgen zur Burschenkneiperei. Man kann denken, mit welchem unbeschreiblichen Jubel ich empfangen wurde. Allen war ich doppelt lieb geworden.

Von nun an führte ich ein köstliches Burschenleben und übersah es gern, daß ich dabei die besten Haare aus dem Pelze verlor. – Doch gibt es hienieden ein Glück, das von Dauer sein sollte? Lauert bei jeder Freude, die man genießt, nicht schon der –

(*Mak. Bl.*) – hohen und steilen Hügel, im flachen Lande hätte er für einen Berg gegolten, belegen. Ein breiter, bequemer, von duftendem Gebüsch eingeschlossener Weg, an dessen beiden Seiten häufig angebrachte steinerne Sitze und Lauben die gastliche Sorge für die wandernden Pilger bewiesen, führte hinauf. Oben angekommen, gewahrte man erst die Größe und Pracht des Gebäudes, das man in der Ferne nur für eine einzeln dastehende Kirche gehalten. Wappen, Bischofsmütze, Krummstab und Kreuz, über dem Tor in Stein gehauen, zeigten, daß sonst hier eine bischöfliche Residenz gewesen, und die Inschrift: „Benedictus, qui venit in nomine domini" lud fromme Gäste ein zum Eintritt. Aber jeder, der eingetreten, blieb wohl unwillkürlich stehen, überrascht, erfaßt von dem Anblick der Kirche, die mit ihrer prächtigen, im Stil des Palladio erbauten Fassade, mit ihren beiden hohen luftigen Türmen in der Mitte stand als Hauptgebäude, an das sich von beiden Seiten Flügel anschlossen. In dem Hauptgebäude befanden sich noch die Zimmer des Abts, in den Seitenflügeln dagegen die Wohnungen der Mönche, das Refektorium, andere Versammlungssäle, sowie auch Zimmer zur Aufnahme einkehrender Fremder. Unfern dem Kloster lagen die Wirtschaftsgebäude, die Meierei, das Haus des Amtmanns; tiefer im Tal umflocht aber das schöne Dorf Kanzheim den Hügel mit der Abtei wie ein bunter üppiger Kranz.

Dieses Tal breitete sich aus bis an den Fuß des fernen Gebirges. Zahlreiche Herden weideten in den von spiegelhellen Bächen durchschnittenen Wiesengründen, fröhlich zogen die Landleute aus den Dörfern, die hin und wieder verstreut lagen, durch die reichen Kornfelder, jubelnder Gesang der Vögel scholl aus den anmutigen Gebüschen, sehnsüchtiger Hörnerschall rief herüber aus der fernen dunklen Waldung, beschwingt mit weißen Segeln, glitten schwer beladene Kähne auf dem breiten Fluß, der das Tal durchströmte, schnell vorüber, und man vernahm die frohen Grüße der Schiffer. Überall üppige Fülle, reichlich gespendeter Segen der Natur, überall reges, ewig forttreibendes Leben. Die Aussicht in die lachende Landschaft vom Hügel herab, aus den Fenstern der Abtei, erhob das Gemüt und erfüllte es zugleich mit innigem Wohlbehagen. Mocht es sein, daß man dem innern Schmuck der Kirche, der edlen, grandiosen Grundanlage unerachtet, bei dem vielen bunten, vergoldeten Schnitzwerk und der kleinlichen Bilderei mit Recht den Vorwurf der Überladung, des mönchischen Ungeschmacks machen könnte, so fiel dafür der reine Stil, in dem die Zimmer des Abts gebaut und verziert waren, desto mehr ins Auge. Aus dem Chor der Kirche trat man unmittelbar in einen geräumigen Saal, der zur Versammlung der Geistlichen und zugleich zur Aufbewahrung der Instrumente und Musikalien diente. Aus diesem Saal führte ein langer Korridor, der eine jonische Säulenstellung bildete, in die Gemächer des Abts. Seidene Tapeten, auserlesene Gemälde der besten Meister aus verschiedenen Schulen, Büsten, Statuen großer Männer der Kirche, Teppiche, zierlich ausgelegte Fußböden, kostbares Gerät, alles deutete hier auf den Reichtum des wohldotierten Klosters. Dieser Reichtum, der in dem Ganzen herrschte, war aber nicht jener glänzende Prunk, der das Auge blendet, ohne ihm wohl zu tun, und der Staunen, aber nicht Wohlbehagen erzeugt. Alles war an seiner rechten Stelle angebracht, nichts wollte prahlerisch die Aufmerksamkeit für sich allein fesseln und die Wirkung des andern zerstören, und so dachte man nicht an die Kostbarkeit dieses, jenes einzelnen Schmucks, sondern fühlte sich von dem Ganzen gemütlich angeregt. Das durchaus *Gehörige* in der Anordnung brachte diesen gemütlichen Eindruck hervor, und eben das richtig entscheidende Gefühl des Gehörigen möchte wohl das sein, das man guten Geschmack zu nennen pflegt. Das Bequeme, Wohnliche dieser Gemächer des Abts grenzte an das Üppige, ohne in der Tat üppig zu werden, und so durfte es keinen Anstoß geben, daß ein Geistlicher alles dies selbst angeordnet und herbeigeschafft. Der Abt Chrysostomus hatte, als er vor wenigen Jahren nach Kanzheim kam, die abteiliche Wohnung einrichten lassen, wie sie sich jetzt fand, und sein ganzer Charakter, seine ganze Art zu sein, sprach sich schon lebhaft aus in dieser Einrichtung, ehe man ihn selbst sah und bald die hohe Stufe seiner geistigen Bildung gewahrte. Noch in den Vierzigerjahren, groß, wohlgebaut, geistvollen Ausdruck im männlich schönen Antlitz, Anmut und Würde im ganzen Betragen, flößte der Abt jedem, der sich ihm nahte, die Ehrfurcht ein, die sein Stand forderte. Eifriger Kämpfer für die Kirche, rastloser Verfechter der Rechte seines Ordens, seines Klosters, schien er doch nachgiebig und duldsam. Aber eben diese scheinbare Nachgiebigkeit war eine Waffe, die er wohl zu führen und damit jeden Widerstand, selbst den der obersten Gewalt, zu besiegen wußte. Durfte man denn auch ahnen, daß hinter einfachen salbungsreichen Worten, die aus dem treusten Herzen zu kommen schienen, sich mönchische Schlauheit verberge, so gewahrte man nur die Gewandtheit eines eminenten Geistes, der in die tiefern Verhältnisse der Kirche eingedrungen. Der Abt war ein Zögling der Propaganda in Rom. – Selbst gar nicht geneigt, den Ansprüchen des Lebens zu entsagen, insofern sie mit geistlicher Sitte und Ordnung verträglich, ließ er seinen zahlreichen Untergebenen alle Freiheit, die sie nur nach ihrem Stande fordern konnten. So kam es denn, daß, während einige dieser, jener Wissenschaft ergeben, in einsamer Zelle studierten, andere lustig umherschwärmten in dem Park der Abtei und sich erlustigten im heitern Gespräch, während einige, zu schwärmerischer Andacht geneigt, fasteten und ihre Zeit hinbrachten in stetem Gebet, andere sich es wohl schmecken ließen an der reichbesetzten Tafel und ihre religiösen Übungen auf die Ordensregel beschränkten, während einige die Abtei nicht verlassen mochten, andere sich auf weitere Wege begaben, auch wohl, kam die Zeit heran, das lange Priestergewand vertauschten mit dem kurzen Jägerrock und sich als wackre Weidmänner herumtummelten. Waren nun aber die Neigungen der Brüder verschieden, und durfte jeder der seinigen nachhängen, wie er wollte, so kamen sie alle in der enthusiastischen Vorliebe für die Musik überein. Beinahe ein jeder war ausgebildeter Musiker, und es gab Virtuosen unter ihnen, die der besten fürstlichen Kapelle Ehre gemacht haben würden. Eine reiche Musikaliensammlung, eine Auswahl der vortrefflichsten Instrumente setzte jeden in den Stand, die Kunst zu treiben, wie er wollte, und häufige Aufführungen auserlesener Werke erhielten jeden in praktischer Übung.

Eben diesem musikalischen Treiben gab nun Kreislers Ankunft in der Abtei einen neuen Schwung. Die Gelehrten schlugen ihre Bücher zu, die Andächtigen kürzten ihre Gebete ab, alle versammelten sich um Kreisler, den sie liebten, und dessen Werke sie hochschätzten wie keine anderen. Der Abt selbst hing ihm an mit inniger Freundschaft, und er sowie alle übrigen beeiferten sich, ihm ihre Achtung, ihre Liebe darzutun, wie sie es nur vermochten. War nun die Gegend, in der die Abtei lag, ein Paradies zu nennen, gewährte das Leben im Kloster die bequemste Behaglichkeit, wozu ein leckrer Tisch und edler Wem, für den der Pater Hilarius sorgte, wohl auch zu rechnen, herrschte unter den Brüdern die gemütliche Heiterkeit, welche von dem Abt selbst ausging, schwamm über dem Kreisler, den die Kunst rastlos beschäftigte, recht in seinem Elemente, so konnt es nicht fehlen, daß sein bewegtes Gemüt ruhig wurde wie seit langer Zeit nicht mehr. Selbst der Zorn seines Humors dämpfte sich, er wurde sanft und weich wie ein Kind. Aber noch mehr als das alles, er glaubte an sich selbst, verschwunden war jener gespenstische Doppelgänger, der emporgekeimt aus den Blutstropfen der zerrissenen Brust. –

Irgendwo heißt es von dem Kapellmeister Johannes Kreisler, daß seine Freunde es nicht dahin hätten bringen können, daß er eine Komposition aufgeschrieben, und sei dies wirklich einmal geschehen, so habe er doch das Werk, soviel Freude er auch über das Gelingen geäußert, gleich nachher ins Feuer geworfen. – So mag es sich begeben haben in einer sehr verhängnisvollen Zeit, die dem armen Johannes den rettungslosen Untergang drohte, von der gegenwärtiger Biograph bis jetzt aber nicht recht viel weiß. Jetzt in der Abtei Kanzheim wenigstens hütete sich Kreisler wohl, die Kompositionen zu vernichten, die recht aus seinem Innersten hervorgingen, und seine Stimmung sprach sich in dem Charakter süßer, wohltuender Wehmut aus, den seine Werke trugen, statt daß er sonst nur zu oft im mächtigen Zauber aus der Tiefe der Harmonik die gewaltigen Geister heraufbeschwor, die die Furcht, das Entsetzen, alle Qualen hoffnungsloser Sehnsucht aufregen in der menschlichen Brust. –

– Man hatte eines Abends im Chor der Kirche die letzte Probe eines Hochamts gehalten, mit dem Kreisler fertig geworden und das am folgenden Morgen aufgeführt werden sollte. Die Brüder waren zurückgekehrt in ihre Zellen, Kreisler allein weilte in dem Säulengange und schaute hinaus in die Gegend, die im Schimmer der letzten Strahlen der sinkenden Sonne vor ihm lag. Da war es ihm, als vernähme er aus weiter Ferne noch einmal sein Werk, das ihm eben lebendig dargestellt von den Brüdern. Als nun aber das Agnus dei kam, da erfaßte ihn aufs neue und stärker die namenlose Wonne jener Augenblicke, in denen ihm dieses Agnus aufgegangen. „Nein", rief er aus, indem glühende Tränen seine Augen füllten; „nein! – ich bin es nicht, du allein! Du mein einziger Gedanke, du mein einziges Sehnen!" –

Wunderbar war es wohl, auf welche Weise Kreisler diesen Satz, in dem der Abt, die Brüder den Ausdruck der brünstigsten Andacht, der himmlischen Liebe selbst fanden, hervorgebracht hatte. Ganz erfüllt von dem Hochamt, das er zu setzen begonnen, aber noch lange nicht vollendet hatte, träumte er in einer Nacht, der Heiligentag, für den die Komposition bestimmt, sei da, das Hochamt eingeläutet, er stehe an dem Pult, die fertige Partitur vor sich, der Abt, selbst Messe lesend, intoniere, und sein Kyrie fange an. – Satz auf Satz folge nun, die Aufführung, gediegen und kraftvoll, überrasche ihn, reiße ihn fort bis zum Agnus dei. Da gewahre er zu seinem Schreck in der Partitur weiße Blätter, keine Note aufgeschrieben, die Brüder schauten ihn, der plötzlich den Taktstock sinken lasse, an, gewärtig, daß er endlich anfangen, daß die Stockung endlich aufhören werde. Aber bleischwer drücke ihn Verlegenheit und Angst nieder, und er könne, ungeachtet er das ganze Agnus fertig in seiner Brust bewahre, nur es nicht herausbringen in die Partitur. Da erschiene aber plötzlich eine holde Engelsgestalt, trete an den Pult, sänge das Agnus mit Tönen des Himmels, und diese Engelsgestalt wäre Julia! – Im Entzücken hoher Begeisterung erwachte Kreisler und schrieb das Agnus auf, das im seligen Traum ihm aufgegangen. – Und diesen Traum träumte Kreisler nun noch einmal, er vernahm Julias Stimme, höher und höher schlugen die Wellen des Gesanges, als nun der Chor einfiel: „Dona nobis pacem", er wollte untergehen in dem Meer von tausend seligen Wonnen, das ihn überströmte.

Ein leiser Schlag auf die Schulter weckte Kreisler aus der Ekstase, in die er geraten. Es war der Abt, der vor ihm stand und ihn mit Wohlgefallen anblickte.

„Nicht wahr", begann der Abt, „nicht wahr, mein Sohn Johannes, was du tief in deinem Gemüt empfunden, was dir gelang, herrlich und kräftig in das Leben zu rufen, das erfreut jetzt deine ganze Seele? – Ich meine, du dachtest an dein Hochamt, das ich zu den besten Werken zähle, die du jemals geschaffen."

Kreisler starrte den Abt stillschweigend an, noch war er keines Wortes mächtig.

„Nun, nun", fuhr der Abt lächelnd fort, „steige herab aus der obern Region, zu der du dich hinaufgeschwungen! – Ich glaube gar, du komponierst in Gedanken und lassest so nicht ab von der Arbeit, die dir freilich eine Lust ist, wiewohl eine gefährliche, da sie zuletzt deine Kräfte aufzehrt. Entschlage dich jetzt aller schaffenden Gedanken, laß uns in diesem kühlen Gange auf und ab wandeln und unbefangen miteinander plaudern."

Der Abt sprach nun von den Einrichtungen des Klosters, von der Lebensweise der Mönche, rühmte den wahrhaft heiterfrommen Sinn, den alle in sich trügen, und fragte zuletzt den Kapellmeister, ob er (der Abt) sich nicht täusche, wenn er bemerkt zu haben glaube, daß Kreisler seit den Monaten, daß er sich in der Abtei befinde, ruhiger, unbefangener, dem tätigen Forttreiben in der hohen Kunst, die den Dienst der Kirche verherrliche, geneigter geworden.

Kreisler konnte nicht anders als dies zugeben und überdies versichern, daß die Abtei sich ihm aufgetan wie ein Asyl, in das er geflüchtet, und daß er sich so heimisch dünke, als sei er wirklich Ordensbruder und werde das Kloster niemals mehr verlassen.

„Lassen Sie", so endete Kreisler, „lassen Sie mir, ehrwürdiger Herr, die Täuschung, die dies Kleid befördert. Lassen Sie mich glauben, daß, von bedrohlichem Sturm verschlagen, mich die Gunst des verwöhnten Geschicks an einem Eilande stranden ließ, wo ich geborgen, wo nie mehr der schöne Traum zerstört werden kann, der nichts anders ist, als die Begeisterung der Kunst selbst."

„In der Tat", erwiderte der Abt, indem eine besondere Freundlichkeit sein Antlitz überstrahlte, „in der Tat, mein Sohn Johannes, das Kleid, das du angelegt, um als unser Bruder zu erscheinen, steht dir wohl, und ich wollte, daß du es nie wieder ablegtest. Du bist der würdigste Benediktiner, den man nur sehen kann."

„Doch", fuhr der Abt nach einem kurzen Stillschweigen fort, indem er Kreislers Hand faßte, „doch, kein Scherz ist hier zu treiben. Sie wissen, mein Johannes, wie lieb Sie mir gewesen sind seit dem Augenblick, als ich Sie kennenlernte, wie meine innige Freundschaft, sich mit der hohen Achtung für Ihr ausgezeichnetes Talent paarend, immer höher gestiegen ist. Für den, den man liebt, wird man mit Sorge erfüllt, und eben diese Sorge war es, die mich Sie seit der Zeit Ihres Aufenthalts im Kloster bis zur Ängstlichkeit beobachten ließ. Das Resultat dieser Beobachtungen brachte mich zu einer Überzeugung, die ich nicht aufgeben darf! – Längst wollte ich Ihnen in dieser Hinsicht mein ganzes Herz öffnen, ich wartete auf einen günstigen Augenblick, er ist gekommen! – Kreisler! Entsagen Sie der Welt, treten Sie in unsern Orden!" –

So sehr sich auch Kreisler in der Abtei gefiel, so willkommen es ihm war, einen Aufenthalt verlängern zu können, der ihm Ruhe und Frieden gab, indem er seine rege künstlerische Tätigkeit in Anspruch nahm, doch überraschte ihn der Antrag des Abts auf beinahe unangenehme Weise, da er an nichts weniger mit wirklichem Ernst gedacht als, seine Freiheit aufgebend, sich unter die Mönche stecken zu lassen auf immer, wiewohl ihm manchmal schon solch eine Grille aufgestiegen und dies vom Abt bemerkt sein mochte. Ganz verwundert schaute er den Abt an, der ihn aber nicht zum Worte kommen ließ, sondern fortfuhr: „Hören Sie mich erst ruhig an, Kreisler, ehe Sie mir antworten. Wohl muß es mir angelegen sein, der Kirche einen tüchtigen Diener zu gewinnen, indessen verwirft die Kirche selbst jede künstliche Überredung und will nur, daß der innere Funke der wahren Erkenntnis angeregt werde, damit er zur hell lodernden Flamme des Glaubens aufleuchte, und jede Betörung vernichte. Und so will ich nur das, was dunkel und verworren vielleicht in Ihrer eigenen Brust liegt, entfalten, Ihnen selbst zur deutlichen Erkenntnis bringen. Darf ich zu Ihnen, mein Johannes, denn von den aberwitzigen Vorurteilen sprechen, die man in der Welt gegen das Klosterleben hegt? – Immer muß den Mönch irgendein ungeheures Schicksal in die Klause getrieben haben, wo er, aller Lust der Welt entsagend, unter beständiger Qual ein trostloses Leben vertrauert. So wäre das Kloster der finstre Kerker, wo die trostloste Trauer um ewig verlornes Gut, die Verzweiflung, der Wahnsinn erfinderischer Selbstqual sich eingesperrt, wo abgehärmte bleiche Todesgestalten ein elendes Dasein hinschleppten und ihre herzzermalmende Angst aushauchten in dumpfmurmelnden Gebeten!“

Kreisler konnte sich nicht eines Lächelns erwehren, denn er gedachte, als der Abt von abgehärmten bleichen Todesgestalten sprach, so manches wohlgenährten Benediktiners und vorzüglich des wackern rotwangigen Hilarius, der keine größere Qual kannte, als Wein zu trinken von schlechtem Gewächs, und nur die Angst, die ihm eine neue Partitur verursachte, welche er nicht gleich verstand.

„Sie belächeln“, sprach der Abt weiter, „Sie belächeln den Kontrast des Bildes, das ich aufstellte, mit dem Klosterleben, wie Sie es hier kennengelernt, und haben gewiß Ursache dazu. – Mag es auch sein, daß mancher, zerrissen von irdischem Leid, alles Glück, alles Heil der Welt für immer aufgebend, in das Kloster flieht, wohl ihm dann, daß die Kirche ihn aufnimmt und er in ihrem Schoß einen Frieden findet, der allein ihn über alles erlittene Ungemach trösten und ihn erheben kann über das verderbliche Geschick im weltlichen Treiben. Aber wie viele gibt es, die der wahre innere Hang zum andächtigen kontemplativen Leben in das Kloster führt, die, ungefügig in der Welt, jeden Augenblick verstört durch das Andringen aller kleinlichen Verhältnisse, wie sie sich nun einmal im Leben erzeugen, nur in selbstgewählter Einsamkeit sich wohl befinden. Dann gibt es aber andere, die ohne entschiedenen Hang zum klösterlichen Leben doch nirgends anders hingehören als eigentlich ins Kloster. – Ich meine diejenigen, die Fremdlinge in der Welt sind und bleiben, weil sie einem höheren Sein angehören und die Ansprüche dieses höheren Seins für die Bedingung des Lebens halten, so aber rastlos das verfolgend, was hienieden nicht zu finden, ewig dürstend in nie zu befriedigender Sehnsucht, hin und her schwanken und vergeblich Ruhe suchen und Frieden, deren offne Brust jeder abgeschossene Pfeil trifft, für deren Wunden es keinen Balsam gibt als die bittre Verhöhnung des stets wider sie bewaffneten Feindes. Nur die Einsamkeit, ein einförmiges Leben ohne feindliche Unterbrechung und vor allem das stete freie Aufschauen zur Lichtwelt, der sie angehören, kann das Gleichgewicht herstellen und sie im Innern eine überirdische Zufriedenheit fühlen lassen, die in dem wirren Treiben der Welt nicht zu erringen. – Und Sie – Sie, mein Johannes, gehören zu diesen Menschen, die die ewige Macht im Druck des Irdischen hoch erhebt zum Himmlischen. Das rege Gefühl des höhern Seins, das Sie ewig mit dem schalen irdischen Treiben entzweien wird, entzweien muß, strahlt mächtig heraus in der Kunst, die einer andern Welt gehört und die, ein heiliges Geheimnis der himmlischen Liebe, mit Sehnsucht in Ihrer Brust verschlossen ist. Die glühendste Andacht selbst ist diese Kunst, und, ihr ganz ergeben, haben Sie nichts mehr gemein mit einer buntscheckigen Welttändelei, die Sie von sich werfen mit Verachtung, wie der zum Jüngling gereifte Knabe das abgenutzte Spielzeug. – Entfliehen Sie für immer den aberwitzigen Neckereien hohnlächelnder Toren, die Sie, mein armer Johannes, oft gequält haben bis aufs Blut! – Der Freund breitet die Arme aus, Sie zu empfangen, Sie einzuführen in den sichern Port, den kein Gewittersturm bedroht!" –

„Tief", sprach Johannes, da der Abt schwieg, ernst und düster, „tief fühle ich die Wahrheit Ihrer Worte, mein ehrwürdiger Freund! tief, daß ich wirklich nicht in eine Welt tauge, die sich mir gestaltet, wie ein ewiges rätselhaftes Mißverständnis. Und doch – ich gestehe es frei, erregt mir der Gedanke Schauer, auf Kosten so mancher Überzeugung, die ich mit der Muttermilch eingesogen, dies Kleid zu tragen, wie einen Kerker, aus dem ich nimmer wieder heraus kann. Es ist mir, als wenn dem Mönch Johannes dieselbe Welt, in der der Kapellmeister Johannes doch so manches hübsche Gärtlein voll duftender Blumen fand, plötzlich eine öde unwirtbare Wüste sein würde, als wenn, einmal in das rege Leben verflochten, die Entsagung –"

„Entsagung", unterbrach der Abt den Kapellmeister mit erhöhter Stimme, „Entsagung? – Gibt es für dich, Johannes, eine Entsagung, wenn der Geist der Kunst immer mächtiger wird in dir, wenn du mit starkem Fittich dich erhebst in die leuchtenden Wolken? – Welche Lust des Lebens gibt es denn noch, die dich betören könnte? – Doch" (so fuhr der Abt mit sanfterer Stimme fort) „doch wohl hat die ewige Macht ein Gefühl in unsere Brust gelegt, das mit unbesiegbarer Gewalt unser ganzes Wesen erschüttert; es ist das geheimnisvolle Band, das Geist und Körper verbindet, indem jener nach dem höchsten Ideal einer chimärischen Glückseligkeit zu streben vermeint und doch nur will, was dieser als notwendiges Bedürfnis in Anspruch nimmt, und so eine Wechselwirkung entsteht, die in der Fortexistenz des menschlichen Geschlechts bedingt ist. – Nicht hinzufügen darf ich, daß ich von der Geschlechtsliebe spreche, und daß ich es allerdings für nichts Geringes achte, ihr ganz zu entsagen. – Doch, Johannes, wenn du entsagst, so rettest du dich vom Verderben; niemals, niemals kannst du, wirst du des eingebildeten Glücks der irdischen Liebe teilhaftig werden.“

Der Abt sprach die letzten Worte so feierlich, mit solcher Salbung, als läge das Buch des Schicksals offen vor ihm, und er verkündige daraus dem armen Kreisler alles bedrohliche Leid, dem zu entgehen, er sich hineinretten müsse ins Kloster.

Da begann aber auf Kreislers Antlitz jenes seltsame Muskelspiel, das den Geist der Ironie zu verkünden pflegte, der seiner mächtig geworden. „Hoho“, sprach er, „hoho! Ew. Hochehrwürden haben unrecht, haben durchaus unrecht. Ew. Hochwürden irren sich in meiner Person, werden konfuse durch das Gewand, das ich angelegt, um en masque einige Zeit hindurch die Leute zu foppen und, selbst unerkannt, ihnen ihre Namen in die Hand zu schreiben, damit sie wissen, woran sie sind! – Bin ich denn nicht ein passabler Mensch, noch in den besten Jahren, von leidlich hübschem Ansehn und sattsam gebildet und artig? – Kann ich nicht den schönsten schwarzen Frack ausbürsten, ihn anlegen und, was die Unterkleider betrifft, ganz Seide keck hineintreten vor jede rotwangige Professors-, vor jede blau- oder braunäugige Hofratstochter und, alle Süßigkeiten des zierlichsten Amoroso in Gebärde, Antlitz und Ton, ohne weiteres fragen: „Allerschönste, wollen Sie mir Ihre Hand geben und Ihre ganze werte Person dazu, als Attinenz derselben?“ Und die Professorstochter würde die Augen niederschlagen und ganz leise lispeln: „Sprechen Sie mit Papa!“ oder die Hofratstochter mir gar einen schwärmerischen Blick zuwerfen und dann versichern, wie sie schon lange im stillen die Liebe bemerkt, der ich nun erst Sprache geliehen, und beiläufig vom Besatz des Brautkleides sprechen. Und, o Gott! die respektiven Herrn Väter, wie gern würden sie die Töchter losschlagen auf das Gebot einer solchen respektablen Person als es ein großherzoglicher Exkapellmeister ist! – Aber ich könnte mich auch versteigen in das höhere Romantische, eine Idylle beginnen und der glauen Pächterstochter mein Herz offerieren und meine Hand, wenn sie eben Ziegenkäse bereitet, oder, ein zweiter Notar Pistofolus, in die Mühle laufen und meine Göttin suchen in den Himmelswolken des Mehlstaubs! – Wo würde ein treues ehrliches Herz verkannt werden, das nichts will, nichts verlangt als Hochzeit – Hochzeit – Hochzeit! – Kein Glück in der Liebe? – Ew. Hochehrwürden bedenken gar nicht, daß ich eigentlich recht der Mann dazu bin, um in der Liebe ganz horrend glücklich zu sein, deren einfaches Thema weiter nichts ist als: „Willst du mich, so nehm ich dich!“ dessen weitere Variationen nach dem Allegro brillante der Hochzeit dann in der Ehe weiter fortgespielt werden. Ew. Hochehrwürden wissen ferner nicht, daß ich schon vor mehrerer Zeit sehr ernsthaft daran gedacht, mich zu vermählen. Ich war damals freilich noch ein junger Mensch von weniger Erfahrung und Ausbildung, nämlich erst sieben Jahr alt, aber das dreiunddreißigjährige Fräulein, das ich zu meiner Braut erkieset, versprach mir doch mit Hand und Mund, keinen andern Mann zu nehmen als mich, und ich weiß selbst nicht, warum sich die Sache nachher zerschlug. Bemerken Ew. Hochehrwürden doch nur, daß mir das Glück der Liebe lachte von Kindesbeinen an, und nun – seidene Strümpfe her – seidene Strümpfe her – Schuhe her, um gleich mit beiden

Freiersfüßen hineinzufahren und unmäßig zu rennen nach der, die schon den niedlichsten Zeigefinger ausgestreckt hat, damit er stracks bereift werde. – Wäre es nicht für einen ehrsamen Benediktiner unanständig, sich in Hasensprüngen zu erlustieren, ich tanzte sogleich hier auf der Stelle vor Ew. Hochehrwürden Augen einen Matelot oder eine Gavotte oder einen Hopswalzer aus purer Freude, die mich ganz übernimmt, wenn ich nur an Braut und Hochzeit denke. – Hoho! – was Liebesglück und Heirat betrifft, da bin ich ein ganzer Kerl! – Ich wünschte, Ew. Hochehrwürden möchten das einsehen." – „Ich habe", erwiderte der Abt, als Kreisler nun endlich innehielt, „ich habe Sie nicht unterbrechen mögen in Ihren seltsamen Scherzreden, Kapellmeister, die eben das beweisen, was ich behaupte. – Wohl fühle ich auch den Stachel, der mich verwunden sollte, aber nicht verwundet hat! – Wohl mir, daß ich nie an jene chimärische Liebe geglaubt, die körperlos in den Lüften schwebt und nichts gemein haben soll mit dem Bedingnis des menschlichen Prinzips! – Wie ist es möglich, daß Sie bei dieser krankhaften Spannung des Geistes –. Doch genug hievon! – Es ist an der Zeit, dem bedrohlichen Feinde näher zu treten, der Sie verfolgt. – Haben Sie während Ihres Aufenthalts in Sieghartshof nicht von dem Schicksal jenes unglücklichen Malers, jenes Leonhard Ettlinger gehört?" Kreislern durchfuhren die Schauer des unheimlichen Grauens, als der Abt diesen Namen nannte. Weggelöscht vom Antlitz war jede Spur jener bittern Ironie, die ihn zuvor erfaßt, und er fragte mit dumpfer Stimme: „Ettlinger? – Ettlinger? Was soll mir der? – Was habe ich mit dem zu schaffen? – Nie hab ich ihn gekannt, nur ein Spiel erhitzter Phantasie war es, als ich einmal wähnte, er spräche zu mir herauf aus dem Wasser." –

„Ruhig", sprach der Abt sanft und milde, indem er Kreislers Hand faßte, „ruhig, mein Sohn Johannes! – Nichts hast du gemein mit jenem Unglücklichen, den die Verirrung einer zu mächtig gewordenen Leidenschaft in das tiefste Verderben stürzte. Doch zum warnenden Beispiel mag dir sein entsetzliches Schicksal dienen. Mein Sohn Johannes! – auf noch schlüpfrigerem Wege befindest du dich als jener, drum entflieh – entflieh! – Hedwig! – Johannes! ein böser Traum hält die Prinzessin fest in Banden, die unauflöslich scheinen, wenn ein freier Geist sie nicht durchschneidet! – Und du?" –

Tausend Gedanken gingen auf in Kreisler bei diesen Worten des Abts. Er gewahrte, daß der Abt nicht allein mit allen Begebnissen des fürstlichen Hauses zu Sieghartshof, sondern auch mit dem bekannt war, was sich dort während seines Aufenthalts zugetragen. Klar wurd es ihm, daß die krankhafte Reizbarkeit der Prinzessin wohl in seiner Annäherung eine Gefahr befürchten lassen, an die er gar nicht gedacht, und eben diese Furcht, wer anders konnte sie hegen und darum wünschen, daß er vom Schauplatz ganz abtrete, als die Benzon? – Eben diese Benzon mußte mit dem Abt in Verbindung stehen, von seinem (Kreislers) Aufenthalt in der Abtei unterrichtet sein, und so war sie die Triebfeder alles Beginnens des ehrwürdigen Herrn. Lebhaft gedachte er aller Momente, in denen die Prinzessin wirklich, wie von einer im Innern aufkeimenden Leidenschaft befangen, erschienen, aber, selbst wußte er nicht, warum bei dem

Gedanken, daß er selbst der Gegenstand jener Leidenschaft sein könne, es ihn erfaßte wie Gespensterfurcht. Es war ihm, als wolle eine fremde geistige Macht gewaltsam in sein Inneres dringen und ihm die Freiheit des Gedankens rauben. Prinzessin Hedwiga stand plötzlich vor ihm, starrte ihn an mit jenem seltsamen Blick, der ihr eigen, aber in dem Augenblick dröhnte ein Pulsschlag ihm durch alle Nerven, wie damals, als er zum erstenmal der Prinzessin Hand berührte. Doch war ihm auch nun jene unheimliche Angst entnommen, er fühlte eine elektrische Wärme wohltätig sein Inneres durchgleiten, er sprach leise wie im Traum. „Kleiner schalkischer Raja torpedo, neckst du mich schon wieder und weißt doch, daß du nicht ungestraft verwunden darfst, da ich aus reiner Liebe zu dir Benediktinermönch geworden?“

Der Abt betrachtete den Kapellmeister mit durchbohrendem Blick, als wollte er sein ganzes Ich durchschauen, und begann dann ernst und feierlich: „Mit wem redest du, mein Sohn Johannes?“

Kreisler wurde aber wach aus seinen Träumen; es fiel ihm ein, daß der Abt, war er von allem, was sich in Sieghartshof zugetragen, unterrichtet, vor allen Dingen den weiteren Verlauf der Katastrophe, die ihn fortgetrieben, wissen mußte, und wohl war ihm daran gelegen, mehr davon zu erfahren.

„Mit“, erwiderte er dem Abt, skurril lächelnd, „mit niemandem anders sprach ich, hochehrwürdiger Herr, als, wie Sie ja vernommen haben, mit einer schalkischen Raja torpedo, die sich ganz unberufenerweise in unser vernünftiges Gespräch mischen und mich noch konfuser machen wollte, als ich es schon wirklich bin. – Doch aus allem muß ich ja zu meinem großen Leid gewahren, daß diverse Leute mich für ebensolch einen großen Narren halten als den seligen Hofporträtisten Leonardus Ettlinger, der eine erhabene Person, die sich natürlicherweise aus ihm gar nichts machen konnte, nicht bloß malen wollte, sondern auch lieben, und zwar so ganz ordinär wie Hans seine Grete. O Gott! hab ich es denn jemals an Respekt fehlen lassen, wenn ich die schönsten Akkorde griff zu schnöder Singefaselei! – Habe ich jemals unziemliche oder grillenhafte Materien aufs Tapet zu bringen gewagt, von Entzücken und Schmerz, von Liebe und Haß, wenn der kleine fürstliche Eigensinn sich seltsam gebärden in allerlei wunderbaren Gemütsergötzlichkeiten und ehrsame Leute vexieren wollte mit magnetischen Visionen? – habe ich solches jemals getan? Sagt –“ „Doch“, unterbrach ihn der Abt, „doch sprachst du, mein Johannes, einst von der Liebe des Künstlers –“

Kreisler starrte den Abt an, dann rief er, indem er die Hände zusammenschlug und den Blick aufwärts richtete:

„O Himmel! Das also! – Schätzbare Leute“, sprach er dann weiter, indem jenes skurrile Lächeln auf dem Antlitz wieder die Oberhand gewann und dabei die innere Wehmut beinahe erstickte, „schätzbare Leute allzumal, habt ihr denn nicht jemals irgendwo, sei es auch auf ordinären Brettern, den Prinzen Hamlet zu einem ehrlichen Mann,

Güldenstern geheißen, sagen gehört: „Ihr könnt mich zwar verstimmen, aber nicht auf mir spielen?" – Wetter! – das ist ja ganz mein Kasus! – Warum belauscht ihr den harmlosen Kreisler, wenn der Wohllaut der Liebe, der in seiner Brust verschlossen, euch nur mißtönt? – O Julia!"

Der Abt schien, plötzlich von etwas ganz Unerwartetem überrascht, vergebens Worte zu suchen, während Kreisler vor ihm stand und ganz verzückt in das Feuermeer schaute, das im Abend emporgewogt.

Da erhoben sich die Glockentöne von den Türmen der Abtei und zogen, wunderbare Stimmen des Himmels, durch das Abendgewölk.

„Mit euch", rief Kreisler, indem er beide Arme weit ausbreitete, „mit euch will ich ziehen, ihr Akkorde! Von euch getragen, soll sich aller trostlose Schmerz emporrichten zu mir und sich selbst vernichten in meiner eignen Brust, und eure Stimmen sollen wie himmlische Friedensboten es verkünden, daß der Schmerz untergegangen in der Hoffnung, in der Sehnsucht der ewigen Liebe."

„Die Abendhora", sprach der Abt, „wird eingeläutet, ich höre die Brüder kommen. Morgen, mein lieber Freund, sprechen wir vielleicht weiter von manchen Begebnissen in Sieghartshof." –

„Ei", rief Kreisler, dem nun erst wieder einfiel, was er von dem Abt zu wissen verlangt, „ei, hochehrwürdiger Herr, ich will viel erfahren von lustiger Hochzeit und dergleichen! – Prinz Hektor wird doch nun nicht zaudern, die Hand zu ergreifen, nach der er schon aus der Ferne gelangt? Dem herrlichen Bräutigam ist doch nichts Arges widerfahren?"

Da verschwand alles Feierliche aus des Abts Antlitz, und er sprach mit dem gemütlichen Humor, der ihm sonst wohl eigen: „Nichts ist dem herrlichen Bräutigam geschehen, mein ehrlicher Johannes, aber seinen Adjutanten soll im Walde eine Wespe gestochen haben." „Hoho", erwiderte Kreisler. „Hoho! eine Wespe, die er mit Feuer und Dampf vertreiben wollte!"

Die Brüder traten in den Korridor und –

(*M. f. f.*) – böse Feind und sucht den guten Bissen einem ehrlichen, harmlosen Kater recht vor dem Maul wegzuschnappen? – Nicht lange dauerte es nämlich, so erhielt unser gemütlicher Verein auf dem Dache einen Stoß, der ihn erschütterte zum gänzlichen Verfall. – Jener böse, alles katzliche Behagen verstörende Feind erschien uns nämlich in der Gestalt eines gewaltigen, wütenden Philisters namens Achilles. Mit seinem homerischen Namensvetter war er in weniger Hinsicht zu vergleichen, man müßte denn annehmen, daß des letzteren Heldentum vorzüglich auch in einer gewissen unbehilflichen Tappigkeit und in groben, topfhohlen Redensarten bestanden. Achilles war eigentlich ein gemeiner Fleischerhund, stand aber in Diensten als Hofhund, und der Herr, bei dem er in Dienst getreten, hatte ihn, um sein Attachement an das Haus zu befestigen, anketten lassen, so daß er nur des Nachts frei umherlaufen konnte. Mancher von uns bedauerte ihn sehr, trotz seines unleidlichen Wesens, er aber ließ sich den Verlust seiner Freiheit gar nicht zu Herzen gehen, da er töricht genug war, zu vermeinen, die schwer lastende Kette gereiche ihm zur Ehre und Zierde. Achilles fand sich nun zu seinem nicht geringen Verdruß durch unsere Konvivia in der Nacht, wenn er umherlaufen und das Haus beschützen sollte gegen jede Unbill, im Schlaf gestört und drohte uns als Ruhestörern Tod und Verderben. Da er aber seiner Unbehilflichkeit halber nicht einmal auf den Boden, geschweige denn auf das Dach kommen konnte, so machten wir uns aus seinen Drohungen auch nicht das allermindeste, sondern trieben unser Wesen so nach- wie vorher. Achilles nahm andere Maßregeln; er begann den Angriff gegen uns, wie ein guter General manche Schlacht, mit verdeckten Angriffen und dann mit offenbarer Plänkelei.

Verschiedene Spitze, denen Achilles zuweilen die Ehre antat, mit ihnen zu spielen, indem er sie mit seinen ungeschickten Tatzen handhabte, mußten nämlich auf sein Geheiß, sobald wir unsern Gesang begannen, dermaßen bestialisch bellen, daß wir keine vernünftige Note verstehen konnten! – Noch mehr! – Bis auf den Dachboden drangen einige dieser Philisterknechte und trieben, ohne sich mit uns, wenn wir ihnen die Krallen zeigten, auf irgendeinen offnen, ehrlichen Kampf einlassen zu wollen, solch einen fürchterlichen Lärm mit Schreien und Bellen, daß, wurde erst nur der Hofhund in seinem Schlaf gestört, jetzt der Herr des Hauses selbst kein Auge zudrücken konnte und, da der Zeterspektakel gar nicht enden wollte, die Hetzpeitsche ergriff, um die Tumultuanten über seinem Haupte zu vertreiben.

– O Kater, der du dieses liesest, ist dir, trägst du wahren männlichen Sinn in der Brust, hellen Verstand im Kopf, hast du keine verwöhnte Ohren, ist dir, sage ich, denn jemals etwas abscheulicher, widriger, verhaßter und dabei erbärmlicher vorgekommen als das kreischende, gellende, durch alle Tonarten dissonierende Gebelle in Harnisch geratener Spitze? – Diese kleinen, wedelnden, schmatzenden, sich niedlich gebärdenden Kreaturen, nimm dich für sie in acht, Kater! trau ihnen nicht. Glaube mir, eines Spitzes Freundlichkeit ist gefährlicher als die hervorgestreckte Kralle des Tigers! – Schweigen wir von bittren Erfahrungen, die wir in dieser Hinsicht leider! nur zu oft gemacht, und kehren wir zurück zu dem Verlauf unsrer Geschichte.

Also wie gesagt, der Herr ergriff die Peitsche, um die Tumultuanten vom Boden zu vertreiben. Was aber geschah? Die Spitze schwanzwedelten dem erzürnten Herrn entgegen, leckten ihm die Füße und stellten ihm vor, wie aller Zeterlärm nur seiner Ruhe wegen erhoben, unerachtet er eben dadurch aus aller behaglichen Ruhe gekommen. Gebellt hätten sie bloß, um uns, die wir allerlei unduldsamen Unfug trieben auf dem Dache mit Singen von Liedern in allzu hell klingenden Tonarten und dergleichen, zu verjagen. Der Herr ließ sich leider durch der Spitze geschwätzige Beredsamkeit um so mehr dahin bringen, alles zu glauben, als der Hofhund, den er darum zu befragen nicht unterließ, in dem bittern Haß, den er wider uns im Innern trug, es bestätigte. Uns traf nun die Verfolgung! – Überall wurden wir vertrieben, von Hausknechten mit Besenstielen, mit geworfenen Dachziegeln, ja! überall waren Schlingen und Fuchseisen aufgestellt, in die wir uns fangen sollten und leider! wirklich verfingen. Selbst mein lieber Freund Muzius fiel ins Malheur, das heißt in ein Fuchseisen, welches ihm die rechte Hinterpfote jämmerlich zerquetschte!

So war es um unser fröhliches Zusammenleben geschehen, und ich kehrte zurück unter den Ofen des Meisters, beweinend in tiefer Einsamkeit das Schicksal meiner unglücklichen Freunde. –

– Eines Tages trat Herr Lothario, der Professor der Ästhetik, in meines Herrn Zimmer, und hinter ihm her – sprang Ponto herein.

Gar nicht zu sagen vermag ich, welch ein unangenehmes, unheimliches Gefühl mir Pontos Anblick verursachte. War er auch geradezu selbst weder Hofhund noch Spitz, so gehörte er doch zu dem Geschlecht, dessen üble feindselige Gesinnung mein Leben in der lustigen Katzburschen-Gesellschaft verstört hatte, und schon deshalb mir mitsamt aller Freundschaft, die er mir erwiesen, dennoch zweideutig. Überdem schien mir in Pontos Blick, in seinem ganzen Wesen etwas Übermütiges, Verhöhnendes zu liegen, und ich beschloß daher, ihn lieber gar nicht zu sprechen. Leise, leise schlich ich weg von meinem Kissen und war mit einem Satz im Ofen, dessen Türe gerade offen stand, die ich hinter mir anzog.

Herr Lothario sprach nun mit dem Meister so manches, was meine Teilnahme um so weniger erregte, als ich meine ganze Aufmerksamkeit auf den jungen Ponto gerichtet hatte, der, nachdem er, recht stutzermäßig ein Liedchen trällernd, im Zimmer herumgetänzelt, auf die Fensterbank gesprungen war, zum Fenster hinausschaute und, wie es Fanfarons zu tun pflegen, jeden Augenblick vorübergehenden Bekannten zunickte, auch wohl gar ein wenig blaffte, gewiß um die Blicke vorübergehender Schönen seines Geschlechts auf sich zu ziehen. – An mich schien der Leichtsinnige gar nicht zu denken, und unerachtet ich, wie gesagt, ihn gar nicht zu sprechen wünschte, so war es mir doch gar nicht recht, daß er nicht nach mir fragte, gar keine Notiz von mir nahm.

Ganz anderer und, wie es mich bedünken wollte, viel artigerer und vernünftigerer Gesinnung war der ästhetische Professor, Herr Lothario, der, nachdem er sich überall im Zimmer nach mir umhergeschaut, zu dem Meister sprach: „Aber wo ist denn Euer vortrefflicher Monsieur Murr!"

Es gibt für einen Katzburschen keine schnödere Benennung als das fatale Wort Monsieur, indessen muß man von Ästhetikern in der Welt viel leiden, und so verzieh ich dem Professor die Unbill.

Meister Abraham versicherte, daß ich seit einiger Zeit meine eignen Gänge gehabt und vorzüglich nachts selten zu Hause gewesen, wovon ich denn müde und ermattet geschienen. Soeben habe ich auf dem Kissen gelegen, und er wisse in der Tat nicht, wohin ich eben jetzt so schnell verschwunden.

„Ich vermute“, sprach der Professor weiter, „ich vermute fast, Meister Abraham, daß Euer Murr ... Doch ist er auch hier irgendwo versteckt und lauscht? – Laßt uns doch einmal ein wenig nachsehen.“

Leise zog ich mich in den Hintergrund des Ofens, aber man kann denken, wie ich die Ohren spitzte, da nun von mir die Rede. – Der Professor hatte vergebens alle Winkel durchsucht zu nicht geringer Verwunderung des Meisters, der lachend rief: „In der Tat, Professor, Ihr tut meinem Murr unglaubliche Ehre an!“

„Hoho“, erwiderte der Professor, „der Verdacht, den ich gegen Euch, Meister, hege wegen des pädagogischen Experiments, vermöge dessen ein Kater zum Dichter und Schriftsteller wurde, kommt mir nicht aus der Seele. Gedenkt Ihr nicht mehr des Sonetts, der Glosse, die mein Ponto Euerm Murr recht unter den Pfoten weggeraubt? – Doch dem sei, wie ihm wolle, ich nutze Murrs Abwesenheit, um Euch eine schlimme Vermutung mitzuteilen und Euch recht dringend zu empfehlen, achtsam zu sein auf Murrs Betragen. – Sowenig ich mich sonst um Katzen bekümmere, doch ist es mir nicht entgangen, daß manche Kater, die sonst ganz artig und manierlich waren, jetzt plötzlich ein Wesen annehmen, das gegen alle Sitte und Ordnung gröblich anstößt.

Statt wie sonst sich demütig zu biegen und zu schmiegen, stolzieren sie trotzig daher und scheuen sich gar nicht, durch funkelnde Blicke, durch zorniges Knurren ihre ursprüngliche, wilde Natur zu verraten, auch wohl gar die Krallen zu zeigen. Sowenig sie auf ein bescheidenes stilles Betragen achten, ebensowenig ist ihnen daran gelegen, was das Äußere betrifft, als gesittete Weltleute zu erscheinen. Da ist an kein Putzen des Bartes, an kein Glänzendlecken des Fells, an kein Abbeißen der zu lang gewordenen Krallen zu denken; zottig und rauh mit struppigem Schweif rennen sie daher, allen gebildeten Katzen ein Greuel und Abscheu. Was aber vorzüglich tadelnswert erscheint und nicht geduldet werden darf, sind die heimlichen Zusammenkünfte, die sie zur Nachtzeit halten und dabei ein tolles Wesen treiben, welches sie Gesang nennen, unerachtet dabei nichts vernehmbar als ein widersinniges Geschrei, dem es an schicklichem Takt, ordnungsmäßiger Melodie und Harmonie gänzlich mangelt. Ich fürchte, ich fürchte, Meister Abraham, daß Euer Murr sich auf die schlechte Seite gelegt hat und teilnimmt an jenen unanständigen Belustigungen, die ihm nichts einbringen können als tüchtige Prügel. – Es sollte mir leid tun, wenn alle Mühe, die Ihr auf den kleinen Grauen verwandt, umsonst wäre und er sich trotz aller Wissenschaft zu dem gewöhnlichen wüsten Treiben gemeiner liederlicher Kater herabließe.“ – Als ich mich, meinen guten Muzius, meine hochherzigen Brüder verkannt sah auf so schnöde Weise, entfloh mir unwillkürlich ein Schmerzenslaut. „Was war das?“ rief der Professor, „ich glaube gar, Murr sitzt doch versteckt im Zimmer! – Ponto! Allons! – Such, such!“ – Mit einem Satz war Ponto herunter von der Fensterbank und schnüffelte im Zimmer umher. Vor der Ofentüre blieb er stehen, knurrte, bellte, sprang herauf. – „Er ist im Ofen, das hat keinen Zweifel!“So sprach der Meister und öffnete die Türe. Ich blieb ruhig sitzen und blickte den Meister mit klaren, glänzenden Augen an. „Wahrhaftig“, rief der Meister, „wahrhaftig, da sitzt er ganz hinten im Ofen. – Nun? – Bequemt Er sich hervorzukommen? – Ob Er heraus will!“ Sowenig ich auch Lust hatte, mein Versteck zu verlassen, so mußte ich doch wohl dem Befehl des Meisters gehorchen, wollte ich es nicht auf Gewalt gegen mich ankommen lassen und dabei den kürzeren ziehen. Langsam kroch ich daher hervor. Kaum war ich aber an das Tageslicht gekommen, als beide, der Professor und der Meister, laut riefen: „Murr! – Murr! Wie siehst du aus! – Was sind das für Streiche!“ – Freilich war ich über und über voller Asche, und kam noch hinzu, daß wirklich mein Äußeres seit einiger Zeit merklich gelitten, so daß ich mich in der Schilderung, die der Professor von schismatischen Katern gemacht, wiedererkennen mußte, so konnte ich mir freilich die erbärmliche Figur, in der ich erschien, wohl denken. Verglich ich nun eben meine erbärmliche Figur mit der meines Freundes Ponto, der in seinem stattlichen, glänzenden, schön gekräuselten Pelz in der Tat ganz hübsch anzusehen, so erfüllte mich tiefe Scham, und ich kroch still und betrübt in den Winkel.

„Ist das“, rief der Professor, „ist das der gescheite, sittige Kater Murr? Der elegante Schriftsteller, der geistreiche Dichter, der Sonette schreibt und Glossen? – Nein, das ist ein ganz gemeiner Katz, der sich in Küchen auf den Herden herumtreibt und sich auf sonst weiter nichts versteht, als Mäuse zu fangen in Kellern und auf Böden! – Hoho! sag mir doch, mein sittiges Vieh, ob du bald zu promovieren verlangst oder gar das Katheder zu besteigen als Professor der Ästhetik? – In der Tat, ein netter Doktorhabit, in den du dich geworfen!“ –

So ging es fort in verhöhnenden Redensarten; was konnt ich tun, als, wie es bei derlei Fällen, nämlich wenn ich ausgehunzt wurde, meine Sitte war, die Ohren dicht ankneifen an den Kopf.

Beide, der Professor und der Meister, schlugen zuletzt eine helle Lache auf, die mir das Herz durchbohrte. Beinahe noch empfindlicher war mir aber Pontos Betragen. Nicht allein daß er durch Mienen und Gebärden den Hohn seines Herrn teilte, so bewies er auch durch allerlei Seitensprünge offenbar seine Scheu, sich mir zu nahen, wahrscheinlich fürchtete er seinen schönen, reinen Pelz zu beschmutzen. Es ist nichts Geringes für einen Kater, der sich solcher Vortrefflichkeit bewußt ist als ich, von einem stutzerhaften Pudel dergleichen Verachtung dulden zu müssen.

Der Professor geriet nun mit dem Meister in ein weitläufiges Gespräch, das sich nicht auf mich und auf mein Geschlecht zu beziehen schien, und von dem ich eigentlich wenig verstand. Doch so viel vernahm ich wohl, daß davon die Rede war, ob es besser sei, dem oftmals wirren ungezügelten Treiben exaltierter Jugend mit offner Gewalt entgegenzutreten oder es nur einzugrenzen auf geschickte unbemerkbare Weise und Raum zu geben der eignen Erkenntnis, in der sich jenes Treiben alsbald selbst vernichtet. Der Professor war für die offne Gewalt, da die Gestaltung der Dinge zum äußern Wohl es fordere, daß jeder Mensch, alles Widerstrebens unerachtet, so zeitig als möglich in die Form gepreßt werde, wie sie durch das Verhältnis aller einzelnen Teile zum Ganzen bedingt werde, da sonst sogleich eine verderbliche Monstrosität entstehe, die allerlei Unheil verursachen könne. – Der Professor sprach dabei etwas von Pereatbringen und Fenstereinwerfen, welches ich aber durchaus nicht verstand. – Der Meister meinte dagegen, daß es mit jugendlichen exaltierten Gemütern so gehe wie mit den Partiell-Wahnsinnigen, die der offne Widerstand immer wahnsinniger mache, wogegen die selbst errungene Erkenntnis des Irrtums radikal heile und nie einen Rückfall befürchten lasse.

„Nun“, rief der Professor endlich, indem er aufstand und Stock und Hut ergriff, „nun, Meister, was die offne Gewalt gegen exaltiertes Treiben betrifft, so werdet Ihr mir doch insofern recht geben, daß sie da schonungslos eintreten muß, wenn jenes Treiben verstörend hineingreift in das Leben, und so ist es, um wieder auf Euren Kater Murr zurückzukommen, denn doch recht gut, daß, wie ich höre, tüchtige Spitze die verwünschten Kater auseinandergetrieben haben, die so bestialisch sangen und dabei wunder sich große Virtuosen dünkten.“

„Wie man es nimmt“, erwiderte der Meister, „hätte man sie singen lassen, vielleicht wären sie das geworden, was sie sich irrtümlicherweise schon zu sein dünkten, nämlich in der Tat gute Virtuosen, statt daß sie jetzt vielleicht an der wahren Virtuosität zweifeln ganz und gar.“

Der Professor empfahl sich, Ponto sprang hinterdrein, ohne mich, wie er doch sonst mit vieler Freundlichkeit getan, eines Abschiedsgrußes zu würdigen.

„Ich“, wandte sich nun der Meister zu mir, „ich bin selbst bisher unzufrieden gewesen mit deinem Betragen, Murr, und es ist Zeit, daß du einmal wieder ordentlich und vernünftig wirst, damit du wieder zu besserm Rufe gelangest, als in dem du jetzt zu stehen scheinst. Wäre es möglich, daß du mich ganz verstündest, so würde ich dir raten, immer still, freundlich zu sein, und alles, was du beginnen magst, ohne alles Geräusch zu vollbringen, denn auf diese Weise erhält man sich den guten Ruf am besten. – Ja, ich würde dir als Beispiel zwei Leute zeigen, von denen der eine jeden Tag still für sich allein im Winkel sitzt und so lange eine Flasche Wein nach der andern trinkt, bis er in völlig trunknen Zustand gerät, den er aber vermöge langer praktischer Übung so gut zu verbergen weiß, daß ihn niemand ahnet. Der andere trinkt dagegen nur dann und wann in Gesellschaft fröhlicher gemütlicher Freunde ein Glas Wein; das Getränk macht ihm Herz und Zunge frei, er spricht, indem seine Laune steigt, viel und eifrig, doch ohne Sitte und Anstand zu verletzen, und eben ihn nennt die Welt einen leidenschaftlichen Weintrinker, während jener geheime Trunkenbold für einen stillen mäßigen Mann gilt.

Ach, mein guter Kater Murr! Kenntest du den Lauf der Welt, so würdest du einsehen, daß ein Philister, der stets die Fühlhörner einzieht, es am besten hat. Aber wie kannst du wissen, was ein Philister ist, unerachtet es wohl in deinem Geschlecht auch dergleichen genug geben mag."

Bei diesen Worten des Meisters konnte ich mich im Bewußtsein der vortrefflichen Katerkenntnis, die ich mir durch des wackeren Muzius Belehrungen sowohl als durch eigne Erfahrung erworben, eines lauten, freudigen Prustens und Knurrens nicht erwehren.

„Ei", rief der Meister laut lachend, „ei, Murr, mein Kater! Ich glaube gar, du verstehst mich, und der Professor hat recht, der in dir einen besondern Verstand entdeckt haben will und dich gar fürchtet als seinen ästhetischen Nebenbuhler?"

Zur Bestätigung, daß dem wirklich so sei, gab ich ein sehr klares, wohltönendes Miau von mir und sprang ohne weiteres dem Meister auf den Schoß. Nicht bedacht hatte ich indessen, daß der Meister gerade seinen Staatsschlafrock von gelbem, großgeblümtem, seidenem Zeuge angezogen, den ich notwendigerweise beschmutzen mußte. Mit einem zornigen: „Will Er wohl!" schleuderte der Meister mich so heftig von sich, daß ich überpurzelte und, ganz erschrocken die Ohren ankneifend, die Augen zudrückend, niederduckte auf den Fußboden. Gepriesen sei aber die Gutmütigkeit meines guten Meisters! „Nun", sprach er freundlich, „nun, nun, Murr, mein Kater! so böse war es nicht gemeint! – Ich weiß es, deine Absicht war gut, du wolltest mir deine Zuneigung beweisen, aber das tatst du auf täppische Weise, und geschieht dieses, so fragt man freilich den Henker was nach der Absicht! – Nun, komm nur her, kleiner Äscherling, ich muß dich putzen, damit du wieder aussiehst wie ein honetter Kater!"

Damit warf der Meister den Schlafrock ab, nahm mich in die Arme und ließ es sich nicht verdrießen, mir mit einer weichen Bürste den Pelz rein zu bürsten und dann die Haare mit einem kleinen Kamm glänzend zu kämmen.

Als die Toilette geendet und ich bei dem Spiegel vorüberspazierte, erstaunte ich selbst, wie ich so plötzlich ein ganz anderer Kater geworden. Ich konnt es gar nicht unterlassen, mich selbst behaglich anzuschnurren, so schön kam ich mir vor, und nicht leugnen mag ich, daß in dem Augenblick sich große Zweifel gegen die Anständigkeit und Nützlichkeit des Burschenklubs in mir regten. Daß ich in den Ofen gekrochen, schien mir ein wahrer Barbarismus, den ich nur einer Art Verwilderung zuschreiben konnte, und nicht einmal nötig war daher die Warnung des Meisters, der mir zurief: „Daß Er mir nur nicht wieder in den Ofen kriecht!"

In der folgenden Nacht war es mir, als vernehme ich an der Türe ein leises Kratzen und ein furchtsames Miau! das mir sehr bekannt vorkam. Ich schlich heran und fragte, wer da sei. – Da erwiderte (ich erkannte ihn sogleich an der Stimme) der wackre Senior

Puff: „Ich bin es, trauter Bruder Murr, und habe dir eine höchst betrübte Nachricht zu bringen!" – O Himmel, was –

(*Mak. Bl.*) „– großes Unrecht getan, meine liebe, süße Freundin. – Nein! mehr bist du mir als das, meine treue Schwester! Ich habe dich nicht genug geliebt, dir nicht genug vertraut. Erst jetzt öffnet sich dir meine ganze Brust, erst jetzt, da ich weiß –"

Die Prinzessin stockte, ein Tränenstrom stürzte ihr aus den Augen, aufs neue drückte sie Julien zärtlich an ihr Herz.

„Hedwiga", sprach Julie sanft,"hast du mich denn nicht sonst mit ganzer Seele geliebt, trugst du denn jemals Geheimnisse in dir, die du mir nicht vertrauen wolltest? – Was weißt du, was hast du erst jetzt erfahren? Doch nein, nein! Kein Wort weiter, bis diese Pulse wieder ruhig schlagen, bis diese Augen nicht mehr so düster glühen." –

„Ich weiß nicht", erwiderte die Prinzessin, plötzlich zur Empfindlichkeit gereizt, „ich weiß nicht, was ihr alle wollt. Krank soll ich noch sein, und nie fühlte ich mich kräftiger, gesünder. Der seltsame Zufall, der mich traf, hat euch erschreckt, und doch mag es sein, daß solche elektrische Schläge, die den ganzen Organismus des Lebens ins Stocken bringen, mir gerade nötig und nützlicher sind als alle Mittel, die eine blöde dürftige Kunst in unglückseliger Selbsttäuschung darbietet. – Wie er mir fatal ist, dieser Leibarzt, der die menschliche Natur zu handhaben vermeint wie ein Uhrwerk, das man abstäuben, aufziehen muß! – Grauenhaft ist er mir mit seinen Tropfen, mit seinen Essenzen. – Von diesen Dingen soll mein Wohl abhängig sein? – So wäre ja das Leben hienieden eine entsetzliche Neckerei des Weltgeistes."

„Und", unterbrach Julie die Prinzessin, „und eben diese Überspannung ist der Beweis, daß du noch krank bist, meine Hedwiga, und dich viel mehr schonen solltest, als du es wirklich tust."

„Auch du willst mir weh tun!" So rief die Prinzessin, sprang hastig auf und eilte ans Fenster, das sie öffnete und hinausschaute in den Park. Julia folgte ihr nach, umschlang sie mit einem Arm und bat mit der zärtlichsten Wehmut, daß sie doch wenigstens den rauhen Herbstwind scheuen und sich *die* Ruhe gönnen möge, die der Leibarzt für so heilsam geachtet. Die Prinzessin erwiderte indessen, daß sie sich gerade durch den kalten Luftzug, der zum Fenster hineinströme, erquickt und gestärkt fühle.

Recht aus dem innigsten Gemüt heraus sprach nun Julia von der letztvergangenen Zeit, in der ein finstrer bedrohlicher Geist gewaltet, und wie sie alle innere Kraft aufbieten müssen, um nicht verstört zu werden von so mancher Erscheinung, die ihr ein Gefühl erregt, dem sie kein anderes gleichstellen könne als die wahre tötende Gespensterfurcht. Dahin rechnete sie vorzüglich den geheimnisvollen Zwiespalt, der sich zwischen dem Prinzen Hektor und Kreisler erhoben, und der das Entsetzlichste ahnen lassen, denn nur zu gewiß sei es, daß der arme Johannes fallen sollen von der Hand des rachsüchtigen Italieners und nur, wie Meister Abraham versichere, durch ein Wunder gerettet worden.

„Und", so sprach Julia, „und dieser furchtbare Mann, er sollte dein Gemahl werden? – Nein – nimmermehr! Dank der ewigen Macht! du bist gerettet! Niemals kehrt er zurück. Nicht wahr, Hedwiga? Niemals!"

„Niemals!" erwiderte die Prinzessin mit dumpfer, kaum vernehmbarer Stimme. Dann seufzte sie auf aus tiefer Brust und sprach leise weiter wie im Traum. „Ja, dieses reine Himmelsfeuer soll nur leuchten und wärmen, ohne mit verderblichen Flammen zu vernichten, und aus der Seele des Künstlers leuchtet die zum Leben gestaltete Ahnung – sie selbst – seine Liebe hervor! So sprachst du hier an dieser Stelle." –

„Wer", rief Julia ganz bestürzt, „wer sprach so? – An wen dachtest du Hedwiga?"

Die Prinzessin fuhr mit der Hand über die Stirne, als müsse sie sich besinnen auf die Gegenwart, der sie entrückt. Dann wankte sie, von Julien unterstützt, zum Sofa, auf dem sie sich ganz erschöpft niederließ. Julia, um die Prinzessin besorgt, wollte die Kammerfrauen herbeirufen, Hedwiga zog sie aber sanft nieder auf den Sofa, indem sie leise lispelte: „Nein, Mädchen! – *Du, du*, allein sollst bei mir bleiben, glaube ja nicht, daß mich etwa Krankheit erfaßt. – Nein, es war der Gedanke der höchsten Seligkeit, der zu mächtig wurde, der diese Brust zersprengen wollte, und dessen Himmelsentzücken sich gestaltete wie tötender Schmerz. Bleibe bei mir, Mädchen, du weißt es selbst nicht, welch einen wunderbaren Zauber du über mich zu üben vermagst! – Laß mich schauen in deine Seele wie in einen klaren, reinen Spiegel, damit ich mich selbst nur wiedererkenne! – Julia! oft ist es mir, als käme die Begeisterung des Himmels über dich, und die Worte, die wie Liebeshauch über deine süßen Lippen strömten, wären trostreiche Prophezeiung, Julia! – Mädchen, bleibe bei mir, verlasse mich nie – nie!"

Damit sank die Prinzessin, indem sie Julias Hände festhielt, mit geschlossenen Augen zurück in den Sofa.

Wohl war Julia an Augenblicke gewöhnt, in denen Hedwiga geistig krankhafter Überspannung erlag, doch fremd, ganz fremd und rätselhaft war ihr der Paroxysmus, wie er sich eben jetzt zeigte. Sonst war es eine leidenschaftliche Verbitterung, die, erzeugt von dem Mißverhältnis des innern Gefühls mit der Gestaltung des Lebens, beinahe bis zum Gehässigen sich steigernd, Julias kindliches Gemüt verletzte. Jetzt schien Hedwiga, wie sonst niemals, ganz aufgelöst in Schmerz und namenloser Wehmut, und dieser trostlose Zustand rührte Julien in eben dem Grade, als ihre Angst stieg um die geliebte Freundin.

„Hedwiga", rief sie, „meine Hedwiga, ich verlasse dich ja nicht, kein treueres Herz neigt sich zu dir als das meinige, aber sprich, o sprich doch nur, vertraue mir doch nur, welch eine Qual dein Inneres zerreißt? – Mit dir will ich klagen, mit dir will ich weinen!"

Da verbreitete sich ein seltsames Lächeln auf Hedwigas Antlitz, ein sanftes Rot schimmerte auf den Wangen, und ohne die Augen zu öffnen, lispelte sie leise: „Nicht wahr, Julia, du bist nicht in Liebe?"

Seltsam fühlte sich Julia von dieser Frage der Prinzessin getroffen, als durchbebe sie ein jäher Schreck.

In welches Mädchens Brust regen sich nicht Ahnungen einer Leidenschaft, die das Hauptbedingnis scheint seiner Existenz, denn nur das liebende Weib ist dies ganz. Doch ein reiner, kindlicher, frommer Sinn läßt diese Ahnungen ruhen, ohne weiter zu forschen, ohne im lüsternen Vorwitz das süße Geheimnis enthüllen zu wollen, das nur in *dem* Moment aufgeht, den eine dunkle Sehnsucht verheißen. So war es mit Julia, die plötzlich ausgesprochen hörte, was sie zu denken nicht gewagt, und geängstigt, als zeihe man sie einer Sünde, der sie selbst nicht klar sich bewußt, ihr eignes Innres ganz zu durchschauen sich mühte.

„Julia", wiederholte die Prinzessin, „du liebst nicht? – Sage es mir – sei aufrichtig!"

„Wie sonderbar", erwiderte Julia, „wie seltsam du mich fragst, was kann, was soll ich dir antworten?"

„Sprich, o sprich", flehte die Prinzessin. – Da ward es sonnenhell in Julias Seele, und sie fand Worte, das auszusprechen, was sie deutlich erblickte in ihrem eignen Innern.

„Was", so begann Julia sehr ernst und gefaßt, „was geht vor in deinem Gemüt, Hedwiga, indem du mich so fragst? Was ist dir die Liebe, von der du sprichst? Nicht wahr, man soll sich hingezogen fühlen zu dem Geliebten mit solcher unwiderstehlichen Macht, daß man nur ist, nur lebt in dem Gedanken an ihn, daß man sein ganzes Ich aufgibt um ihn, daß er allein uns alles Sehnen, alles Hoffen, alles Verlangen, die ganze Welt dünkt? Und diese Leidenschaft soll die höchste Stufe der Seligkeit gewähren? – Mich schwindelt's vor dieser Höhe, denn dem Blick herab gähnt der bodenlose Abgrund mit allen Schrecknissen des rettungslosen Verderbens entgegen. Nein, Hedwiga, diese Liebe, die ebenso entsetzlich ist als sündhaft, hat dies Gemüt nicht erfaßt, und fest will ich halten an dem Glauben, daß es ewig rein, ewig davon frei bleiben wird. Doch wohl mag es sich begeben, daß ein Mann vor allen übrigen in uns die höchste Achtung, ja, bei der männlich eminenten Kraft seines Geistes wahre Bewunderung erregt. Doch noch mehr als das, wir fühlen uns in seiner Nähe von einem gewissen gemütlichen Wohlbehagen geheimnisvoll durchströmt, erhoben über uns selbst, es scheint, als wenn unser Geist dann erst recht erwache, als wenn uns das Leben dann erst recht leuchte, und so sind wir froh, wenn er kommt, und traurig, wenn er geht. – Nennst du dieses Liebe? – Nun, warum sollte ich es dir nicht gestehen, daß unser verlorner Kreisler mir dies Gefühl erweckt hat, und daß ich ihn schmerzhaft vermisse."

„Julia", rief die Prinzessin, plötzlich auffahrend und Julien mit glühendem Blick durchbohrend. „Julia, kannst du ihn dir denken in den Armen einer andern, ohne zu vergehn in namenloser Qual?"

Hoch errötete Julia, und mit einem Ton, der erkennen ließ, wie sehr sie sich verletzt fühlte, erwiderte sie: „Nie habe ich ihn mir gedacht in meinen Armen!" –

„Ha! – Du liebst ihn nicht – du liebst ihn nicht!" – so schrie die Prinzessin gellend auf und sank dann wieder zurück in dem Sofa!

„Oh", sprach Julia, „oh, daß er wiederkehre! – Rein und schuldlos ist das Gefühl, das ich für den teuren Mann hege in dieser Brust, und sehe ich ihn niemals wieder, so wird der Gedanke an ihn, den Unvergeßlichen, in mein Leben hineinleuchten wie ein schöner heller Stern. – Doch gewiß, er kehrt zurück! – Denn wie kann –"

„Niemals", unterbrach die Prinzessin Julien mit schroffem schneidendem Ton, „niemals kann, darf er wiederkehren, denn wie man vernimmt, befindet er sich in der Abtei Kanzheim und wird, sich der Welt entziehend, in den Orden des heiligen Benedikt treten."

Julien kamen die hellen Tränen in die Augen, sie stand schweigend auf und begab sich an das Fenster.

„Deine Mutter", fuhr die Prinzessin fort, „deine Mutter hat recht, ganz recht. Wohl uns, daß er fort ist, dieser Wahnsinnige, der sich wie ein böser Geist eindrängte in unseres Herzens Rat, der uns in unserm eignen Innern zu zerreißen wußte. – Und die Musik war das Zaubermittel, mit dem er uns umstrickte. – Nie mag ich ihn wiedersehen." –

Dolchstiche waren für Julien die Worte der Prinzessin, sie griff nach Hut und Shawl.

„Du willst", rief die Prinzessin, „du willst mich verlassen, meine süße Freundin? – Bleibe – bleibe – tröste mich, wenn du kannst! – Unheimliches Grauen geht durch diese Säle, durch den Park! denn wisse –" Damit führte Hedwiga Julien an das Fenster, zeigte nach dem Pavillon hin, in dem der Adjutant des Prinzen Hektor gewohnt hatte, und begann mit dumpfer Stimme: „Schau dort hin, Julia, jene Mauern verbergen ein bedrohliches Geheimnis; der Kastellan, die Gärtner beteuern, daß seit der Abreise des Prinzen niemand dort wohne, daß die Türe fest verschlossen, und doch – O schau nur hin – schau nur hin! siehst du es nicht, am Fenster?"

In der Tat gewahrte Julia an dem Fenster, das in dem Giebel des Pavillons angebracht war, eine dunkle Gestalt, die in demselben Augenblick wieder schnell verschwand.

Hier dürfe, meinte Julia, indem sie fühlte, wie Hedwigas Hand krampfhaft in der ihrigen bebte, von einem bedrohlichen Geheimnis oder gar von etwas Gespenstischem durchaus nicht die Rede sein, da es nur zu leicht möglich, daß irgend jemand von der Dienerschaft den leeren Pavillon unbefugterweise benutze. Der Pavillon könne ja augenblicklich durchsucht und so auf der Stelle aufgeklärt werden, was es mit der Gestalt, die sich am Fenster blicken lasse, für eine Bewandtnis habe; die Prinzessin versicherte aber dagegen, daß der alte treue Kastellan dies längst auf ihren Wunsch getan und beteuert, daß er in dem ganzen Pavillon auch nicht die Spur eines menschlichen Wesens gefunden.

„Laß es", sprach die Prinzessin, „laß es dir erzählen, was sich vor drei Nächten begab! – Du weißt, daß mich oft der Schlaf flieht, und daß ich dann aufzustehen und so lange durch die Zimmer zu wandeln pflege, bis mich eine Müdigkeit überfällt, der ich mich überlasse und es wirklich zum Einschlafen bringe. So geschah es, daß mich vor drei Nächten Schlaflosigkeit in dies Zimmer trieb. Plötzlich zitterte der Widerschein eines Lichts an der Wand vorüber, ich schaute durch das Fenster und gewahrte vier Männer, von denen einer eine Blendlaterne trug, und die in der Gegend des Pavillons verschwanden, ohne daß ich bemerken konnte, ob sie wirklich hineingingen in den Pavillon. Nicht lange dauerte es aber, so wurde eben jenes Fenster hell, und Schatten huschten inwendig hin und her. Dann wurde es wieder finster, aber durch das Gebüsch strahlte nun bald ein blendender Schimmer, der aus der Türe des geöffneten Pavillons kommen mußte. Immer mehr näherte sich der Schein, bis endlich aus dem Gebüsch ein Benediktinermönch hinaustrat, der in der linken Hand eine Fackel, in der rechten aber ein Kruzifix trug. Ihm folgten vier Männer, eine mit schwarzen Tüchern behängte Bahre auf den Schultern. Nur einige Schritte waren sie gezogen, als ihnen eine in einen weiten Mantel eingehüllte Gestalt entgegentrat. Sie standen still, setzten die Bahre nieder, die Gestalt zog die Tücher weg, und ein Leichnam wurde sichtbar. Mir wollten die Sinne vergehen, kaum gewahrte ich noch, daß die Männer die Bahre aufhoben und dem Mönch schnell nacheilten auf dem breiten Seitenwege, der bald zum Park hinausführt auf die Straße nach der Abtei Kanzheim. Seit dieser Zeit läßt sich jene Gestalt am Fenster sehen, und vielleicht ist es der Spuk eines Ermordeten, der mich ängstigt."

Julia war geneigt, den ganzen Vorgang, wie ihn Hedwiga erzählte, für einen Traum oder, stand sie in der Tat wach am Fenster, für das täuschende Spiel der aufgeregten Sinne zu halten. Wer sollte, wer konnte der Tote sein, den man unter solchen geheimnisvollen Umständen aus dem Pavillon forttrug, da niemand vermißt worden, und wer mochte daran glauben, daß dieser unbekannte Tote noch spuken solle in der Behausung, aus der man ihn fortgebracht? Julia äußerte dieses alles der Prinzessin und fügte noch hinzu, daß jene Erscheinung am Fenster auch wohl auf optischer Illusion beruhen, auch wohl gar ein Scherz des alten Magikers, Meister Abraham, sein könne, der ja oft sein Wesen treibe mit solchem Spiel und vielleicht dem leeren Pavillon einen gespenstischen Einsassen gegeben habe.

„Wie", sprach die Prinzessin, die ihre ganze Fassung wieder gewonnen, sanft lächelnd, „wie man doch gleich mit der Erklärung bei der Hand ist, geschieht das Wunderbare,

Übernatürliche! – Was den Toten betrifft, so vergissest du das, was sich in dem Park begab, ehe Kreisler uns verließ."

„Um Gott", rief Julia, „sollte denn wirklich eine gräßliche Tat begangen sein? – Wer? – Von wem?"

„Du weißt", fuhr Hedwiga fort, „du weißt ja, Mädchen, daß Kreisler lebt. – Aber auch er lebt, der in Liebe ist zu dir. – Sieh mich nicht so erschrocken an! – Solltest du das nicht länger ahnen, was ich dir sagen muß, damit dir es klar werde, was, länger verborgen, dich verderben könnte? – Prinz Hektor liebt *dich, dich,* Julia, mit all der wilden Leidenschaft, die seiner Nation eigen. Ich war, ich bin seine Braut, du aber, Julia, bist seine Geliebte." Die letzten Worte betonte die Prinzessin auf eine eigne scharfe Weise, ohne übrigens jenen besonderen Akzent hineinzulegen, der dem Gefühl innerer Kränkung eigen.

„O ewige Macht", rief Julia heftig, indem ihr die Tränen aus den Augen stürzten, „Hedwiga, willst du denn meine Brust zerreißen? – Welcher finstre Geist spricht aus dir! – Nein, nein, gern will ich es leiden, daß du aller bösen Träume halber, die dich verstörten, an mir Ärmsten Rache nimmst, aber nie werde ich an die Wahrheit dieser bedrohlichen Phantome glauben! – Hedwiga! – besinne dich doch nur, du bist ja nicht mehr die Braut des entsetzlichen Mannes, der uns erschien wie das Verderben selbst! Nie kehrt er zurück, niemals wirst du sein!"

„Doch", erwiderte die Prinzessin, „doch! – Fasse dich nur, Mädchen! – Nur dann, wenn die Kirche mich mit dem Prinzen verbunden, löst sich vielleicht das ungeheure Mißverständnis des Lebens, das mich elend macht! – Dich rettet des Himmels wunderbare Fügung. – Wir trennen uns, ich folge dem Gemahl, du bleibst!" – Die Prinzessin verstummte vor innerer Bewegung, auch Julia war keines Wortes mächtig, beide fielen sich schweigend, in Tränen zerfließend, an die Brust!

Man meldete, daß der Tee serviert sei. Julia war aufgeregter, als es ihr besonnenes, ruhiges Gemüt zuzulassen schien. Es war ihr unmöglich, in der Gesellschaft zu bleiben, und die Mutter erlaubte ihr gern, nach Hause zu gehen, da die Prinzessin sich ebenfalls nach Ruhe sehnte.

Fräulein Nannette versicherte auf Befragen der Fürstin, daß die Prinzessin den Nachmittag und Abend sich sehr wohl befunden, indessen mit Julien durchaus allein sein wollen. Soviel sie im Nebenzimmer beobachten können, hätten beide, die Prinzessin und Julia, sich allerlei Geschichten erzählt, auch Komödie gespielt und bald gelacht, bald geweint.

„Die lieben Mädchen", sprach der Hofmarschall leise. „Die aimable Prinzessin, das liebe Mädchen!" verbesserte der Fürst, indem er den Hofmarschall mit großen Augen anblitzte. Dieser wollte in der Bestürzung über den entsetzlichen Fehlgriff ein ziemliches Stücklein Zwieback, das er sattsam in Tee getränkt, auf einmal hinunterschlucken. Das blieb ihm aber in der Kehle stecken, und er brach aus in ein fürchterliches Husten, so daß er schnell den Saal verlassen mußte und nur dadurch gerettet werden konnte vom schnöden Erstickungstode, daß der Hoffourier im Vorsaal mit geübter Faust ein wohlgesetztes Paukensolo ausführte auf seinem Rücken.

Nach zwei Unschicklichkeiten, deren er sich schuldig gemacht, fürchtete indessen der Hofmarschall noch die dritte zu begehen, er wagte es daher nicht, zurückzukehren in den Saal, sondern ließ sich bei dem Fürsten mit plötzlich ihm angewandelter Krankheit entschuldigen.

Durch des Hofmarschalls Abwesenheit wurde aber die Whistpartie zerrissen, wie sie der Fürst gewöhnlich zu spielen pflegte.

Als nun die Spieltische geordnet, war alles in gespannter Erwartung, was der Fürst in diesem kritischen Fall tun werde. Der tat aber nichts, als daß er, da auf seinen Wink die übrigen sich zum Spiel gesetzt hatten, die Hand der Rätin Benzon faßte, sie zum Kanapee führte und Platz nehmen ließ, indem er selbst sich ihr zur Seite hinsetzte.

„Unlieb“, sprach er dann sanft und leise, wie immer zur Benzon, „unlieb wäre es mir doch gewesen, wenn der Hofmarschall erstickt wäre am Zwieback. Doch schien er Abwesenheiten des Geistes zu haben, wie ich es schon oftmals bemerkt, da er die Prinzessin Hedwiga ein Mädchen nannte, und würde daher im Whist miserabel gewesen sein. – Überhaupt, liebe Benzon, ist es mir heute recht erwünscht und angenehm, statt des Spiels mit Ihnen hier in der Einsamkeit einige Worte vertraulich zu wechseln wie sonst. Ach – wie sonst! Nun, Sie kennen mein Attachement für Sie, geliebte Frau! Nie kann es aufhören, ein fürstliches Herz ist jedesmal ein treues, sobald nicht unabwendbare Verhältnisse ein anderes gebieten.“

Bei diesen Worten küßte der Fürst der Benzon viel zärtlicher die Hand, als es Stand, Alter und Umgebung zu erlauben schienen. Die Benzon versicherte mit vor Freude funkelnden Augen, daß sie längst den Moment ersehnt, mit dem Fürsten vertraulich zu reden, da sie ihm so manches mitzuteilen habe, was ihm nicht unangenehm sein werde.

„Erfahren Sie“, sprach die Benzon, „erfahren Sie, gnädigster Herr, daß der Geheime Legationsrat aufs neue geschrieben, daß unsere Angelegenheit plötzlich eine günstigere Wendung genommen, daß –“

„Still“, unterbrach sie der Fürst, „still, beste Frau, nichts von Regierungsgeschäften! Auch der Fürst trägt Schlafröcke und setzt eine Nachtmütze auf, wenn er, beinahe erdrückt von der Last des Regierens, sich zur Ruhe begibt, wovon freilich Friedrich der Große, König von Preußen, eine Ausnahme machte, der, wie es Ihnen als einer belesenen Frau bekannt sein wird, auch im Bette einen Filzhut aufsetzte. Nun, ich meine, daß auch der Fürst immer zuviel von dem in sich trägt, was – nun! was eben, wie die Leute sagen, das sogenannte bürgerliche Verhältnis, Ehe, Vaterfreuden und so weiter begründet, um sich diesen Gefühlen ganz zu entschlagen, und es ist mindestens pardonnabel, wenn er sich ihnen überläßt in Augenblicken, da der Staat, die Vorsorge für den gehörigen

Anstand am Hofe und im Lande nicht sein ganzes Selbst in Anspruch nimmt. – Gute Benzon! solche Augenblicke sind die jetzigen; fertig liegen sieben Unterschriften in meinem Kabinett, und nun lassen Sie mich den Fürsten ganz vergessen, lassen Sie mich hier beim Tee ganz Hausvater sein, der „deutsche Hausvater“ vom Freiherrn von Gemmingen. Lassen Sie mich von meinen – ja von meinen Kindern reden, die mir solchen Kummer verursachen, daß ich oft in eine ganze unschickliche Gemütsunruhe verfalle.“ „Von Ihren“, sprach die Benzon mit spitzem Ton, „von Ihren Kindern soll die Rede sein, gnädigster Herr? Das heißt also von dem Prinzen Ignaz und von der Prinzessin Hedwiga! – Sprechen Sie, gnädigster Herr, sprechen Sie, vielleicht kann ich Rat und Trost geben wie Meister Abraham.“ – „Ja“, sprach der Fürst weiter, „ja Rat und Trost, der möchte mir manchmal vonnöten sein. – Sehn Sie, gute Benzon, was zuerst den Prinzen betrifft, so bedurfte er freilich nicht besonderer Geistesgaben, die die Natur denjenigen zuzuteilen pflegt, die sonst ihres Standes halber obskur und fühllos bleiben würden, aber etwas mehr Esprit wäre ihm doch zu wünschen, er ist und bleibt ein – Simple! – Sehn Sie nur, da sitzt er und baumelt mit den Füßen und spielt eine falsche Karte aus nach der andern und kichert und lacht wie ein Knabe von sieben Jahren! – Benzon! entre nous soit dit, nicht die Kunst des Schreibens, insofern sie ihm nötig, ist ihm beizubringen; sein fürstlicher Name sieht aus wie eine Eulenkralle. Ewige Barmherzigkeit, was soll daraus werden! Neulich wurde ich in meinen Geschäften gestört durch ein abscheuliches Gebelle vor meinem Fenster, ich schaue heraus, um den unangenehmen Spitz fortjagen zu lassen, und was muß ich erblicken! Sollten Sie es glauben, gute Frau! Es ist der Prinz, der wie wahnsinnig laut bellend hinter dem Gärtnerburschen herspringt! – Sie spielen mitsammen Hase und Hund! – Ist wohl nur einiger Verstand darin, sind das fürstliche Passionen? – Kann der Prinz wohl jemals zu der geringsten Selbständigkeit kommen?“

„Darum“, erwiderte die Benzon, „darum ist es nötig, daß der Prinz alsbald vermählt werde und eine Gemahlin erhalte, deren Anmut, deren Liebreiz, deren klarer Verstand seine schlafenden Sinne weckt, und die gutmütig genug ist, sich ganz zu ihm hinabzuneigen, um ihn dann allmählich zu sich heraufzuziehen. Diese Eigenschaften sind dem weiblichen Wesen, das dem Prinzen angehören soll, unerläßlich, um ihn aus einem Seelenzustande zu retten, der, mit Schmerz spreche ich es aus, gnädigster Herr, zuletzt in wirklichen Wahnsinn ausarten kann. Eben daher dürfen auch nur diese seltenen Eigenschaften entscheiden und der Stand nicht in allzustrengen Betracht kommen.“

„Niemals“, sprach der Fürst, indem er die Stirne runzelte, „niemals gab es Mesalliancen in unserm Hause, lassen Sie ab von einem Gedanken, den ich nicht billigen kann. Immer war und bin ich noch bereit, sonst ihre Wünsche zu erfüllen!“ –

„Daß“, erwiderte die Benzon mit scharfem Ton, „daß ich nicht wüßte, gnädigster Herr! – Wie oft mußten gerechte Wünsche schweigen chimärischer Rücksichten halber. Aber es gibt Ansprüche, die aller Verhältnisse spotten.“ –

„Laissons cela“, unterbrach der Fürst die Benzon, indem er sich ausräusperte und Tabak nahm. Nach einigen Augenblicken des Stillschweigens fuhr er fort: „Noch mehr Kummer als der Prinz macht mir die Prinzessin. Sagen Sie, Benzon, wie war es möglich, daß uns eine Tochter von dieser seltsamen Gemütsart, noch mehr von dieser absonderlichen Krankhaftigkeit, die selbst den Leibarzt in Verlegenheit setzt, geboren werden konnte? Hat sich die Fürstin nicht immer einer blühenden Gesundheit erfreut, hat sie zu mystischen Nervenzufällen inkliniert? Bin ich selbst nicht, was Leib und Seele betrifft, ein robuster Fürst gewesen? Wie kommen wir zu dem Kinde, das, gestehen muß ich es zu meinem bittern Leidwesen, mir oft – ganz verrückt erscheint, alles fürstlichen Anstandes los und ledig?“ – „Auch mir“, erwiderte die Benzon, „auch mir ist der Organismus der Prinzessin unbegreiflich. – Die Mutter ist sich immer klar, verständig, von jeder zu heftigen verderblichen Leidenschaftlichkeit frei gewesen.“ – Die letzten Worte sprach die Benzon dumpf und leise vor sich hin, indem sie den Blick niedersenkte. „Sie meinen die Fürstin?“ fragte der Fürst mit Akzent, da es ihm nicht anständig schien, daß dem Wort: Mutter nicht das Prädikat: Fürstin, hinzugefügt.

„Wen sonst“, erwiderte die Benzon gespannt, „wen sonst sollte ich meinen?“

„Hat“, sprach der Fürst weiter, „hat mich nicht der letzte fatale Zufall der Prinzessin um den Erfolg meiner Bemühungen und die Freude ihrer baldigen Vermählung, meinen Wünschen gemäß, gebracht? – Denn, gute Benzon, entre nous soit dit, der Prinzessin plötzliche Katalepsie, die ich bloß einer starken Erkältung zuschreibe, war wohl lediglich schuld an der plötzlichen Abreise des Prinzen Hektor. – Er will abbrechen, und – juste ciel! selbst muß ich es gestehen, ich kann es ihm nicht ganz verdenken, so daß, verböte nicht ohnehin der Anstand jede weitre Annäherung, schon dieses mich, den Fürsten, abhalten müßte, jetzt noch Schritte zu tun zur Erfüllung eines Wunsches, den ich freilich sehr ungern und nur notgedrungen aufgebe. Recht werden Sie mir nämlich geben, geliebte Frau, daß es immer etwas Ängstliches hat mit einer Gemahlin, die solchen wunderlichen Zufällen unterworfen. Kann eine solche fürstliche und zugleich kataleptische Gemahlin nicht mitten in der glänzendsten Cour davon erfaßt werden, automatisch dastehen und sämtliche würdige Anwesende zwingen, es ihr nachzutun und regungslos zu bleiben? – Freilich kann man wohl auch eine von einer allgemeinen Katalepsie befallene Cour sich als die feierlichste und erhabenste denken, die es in der Welt nur geben mag, da die leiseste Verletzung der nötigen Würde auch dem Leichtsinnigsten unmöglich. Doch ein Gefühl, das mich eben in solchen hausväterlichen Augenblicken, wie die jetzigen hier beim Spiel, befällt, läßt es mich bemerken, daß ein solcher Zustand der Braut dem fürstlichen Bräutigam einiges fröstelndes Grauen erregen kann, und darum – Benzon! Sie sind eine liebenswürdige, verständige Frau, fänden Sie vielleicht eine Möglichkeit, die Sache mit dem Prinzen zu redressieren, irgendein Mittel –“

„Es bedarf", unterbrach die Benzon lebhaft den Fürsten, „es bedarf dessen gar nicht, gnädigster Herr! Nicht der Prinzessin Krankheit trieb den Prinzen so schnell fort, ein anderes Geheimnis ist hier im Spiel, und in dieses Geheimnis ist der Kapellmeister Kreisler verflochten."

„Wie", rief der Fürst voll Erstaunen, „wie, was sagen Sie, Benzon? Der Kapellmeister Kreisler? So sollte es doch wahr sein, daß er –"

„Ja", sprach die Rätin weiter, „ja, gnädigster Herr, ein Zwiespalt zwischen ihm und dem Prinzen Hektor, der vielleicht geschlichtet werden sollte auf zu heroische Weise, war es, der den Prinzen entfernte." –

„Zwiespalt", unterbrach der Fürst die Benzon, „Zwiespalt – geschlichtet – heroische Weise! – Der Schuß im Park – der blutige Hut! – Benzon! Es ist ja unmöglich – der Prinz – der Kapellmeister! – Ein Duell – ein Rencontre, beides ist ja undenkbar!" –

„So viel", fuhr die Benzon fort, „so viel, gnädigster Herr, ist gewiß, daß Kreisler auf der Prinzessin Gemüt nur zu mächtig einwirkte, daß jene seltsame Angst, ja, jenes Entsetzen, das sie erst empfand in Kreislers Gegenwart, sich gestalten wollte zur verderblichen Leidenschaft. Möglich, daß der Prinz scharf genug sah, dies zu gewahren, daß er in Kreisler, der ihm von Anfang an entgegentrat mit feindlicher, verhöhnender Ironie, einen Widersacher fand, den er sich vom Halse schaffen zu müssen glaubte, und daß hieraus sich eine Tat erzeugte, die freilich nur dem blutigen Haß des gekränkten Ehrgefühls, der Eifersucht verziehen werden darf, und die, Dank sei der ewigen Macht, nicht gelang. Ich gestehe, daß dies alles die schnelle Abreise des Prinzen nicht erklärt, und daß, wie gesagt, noch ein dunkles Geheimnis waltet. Der Prinz floh, wie mir Julia erzählt, entsetzt vor einem Bilde, das Kreisler bei sich trug und ihm vorzeigte. – Nun, mag dem sein, wie ihm wolle, Kreisler ist fort, und der Prinzessin Krisis ist vorüber! – Glauben Sie mir, gnädigster Herr, blieb Kreisler, so flammte die heftigste Leidenschaft für ihn auf in der Prinzessin Brust, und sie wäre lieber gestorben, als daß sie dem Prinzen ihre Hand gegeben hätte. Alles hat sich jetzt anders gestaltet, bald kehrt Prinz Hektor zurück, und die Vermählung mit der Prinzessin endigt alle Besorgnisse."

„Sehn Sie", rief der Fürst zornig, „sehn Sie, Benzon, die Insolenz des schnöden Musikanten! – In ihn will die Prinzessin sich verlieben, seinetwegen die Hand des liebenswürdigsten Prinzen ausschlagen! – Ah le coquin! – Nun verstehe ich Euch, Meister Abraham, erst ganz! – Ihr sollt mir den fatalen Menschen vom Hals schaffen, daß er niemals wiederkehrt." –

„Jede", sprach die Rätin, „jede Maßregel, die der weise Meister Abraham deshalb etwa vorschlagen dürfte, würde überflüssig sein, da das Erforderliche deshalb schon geschehen ist. Kreisler befindet sich in der Abtei Kanzheim, und wie mir der Abt Chrysostomus schreibt, wird er wahrscheinlich sich entschließen, der Welt zu entsagen und in den Orden zu treten. Die Prinzessin hat dies schon erfahren von mir zur günstigen Stunde, und daß ich dabei keine sonderliche Gemütsbewegung der Prinzessin gewahrte, bürgt mir dafür, daß die bedrohliche Krisis, wie gesagt, schon vorüber."

„Herrliche", nahm der Fürst das Wort, „herrliche, liebenswürdige Frau! Welches Attachement beweisen Sie mir und meinen Kindern! Wie sorgen Sie für das Wohl, für das Beste meines Hauses!"

„Wirklich", sprach die Benzon mit bittrem Ton, „wirklich? – Tue ich das? *Konnte, durfte* ich immer für das Wohl Ihrer Kinder sorgen?"

Die Benzon legte auf die letzten Worte einen besonderen Nachdruck, der Fürst sah schweigend vor sich nieder und spielte mit den Daumen der zusammengefalteten Hände. Endlich murmelte er leise: „Angela! – noch immer keine Spur? – ganz verschwunden?"

„So ist es", erwiderte die Benzon, „und ich fürchte, daß das unglückliche Kind das Opfer irgendeiner Schändlichkeit geworden ist. Man wollte sie in Venedig gesehen haben, aber gewiß war dies ein Irrtum. – Gestehen Sie es, gnädigster Herr, es war grausam – entsetzlich, daß Sie Ihr Kind von der Brust der Mutter reißen ließen, es in ein trostloses Exil verbannten! – Diese Wunde, die mir Ihre Strenge schlug, werde ich niemals verschmerzen!"

„Benzon", sprach der Fürst, „habe ich Ihnen, dem Kinde nicht ein ansehnliches Jahrgehalt ausgesetzt – konnte ich mehr tun? Mußte ich nicht, blieb Angela bei uns, jeden Augenblick befürchten, daß unsere faiblesses verraten werden und auf unangenehme Weise die anständige Ruhe unseres Hofes zerstören konnten? – Sie kennen die Fürstin, gute Benzon! Sie wissen, daß sie manchmal besondere Grillen hat." –

„Also", nahm die Benzon das Wort, „also Geld, ein Jahrgehalt soll die Mutter entschädigen für allen Schmerz, für alle Trauer, für alle bittre Klage um das verlorene Kind? – In der Tat, gnädigster Herr! es gibt eine andere Art, für sein Kind zu sorgen, die die Mutter besser zufriedenstellt als alles Gold!" –

Die Benzon sprach diese Worte mit einem Blick, mit einem Ton, der den Fürsten in einige Verlegenheit setzte.

„Vortreffliche Frau", begann er betreten, „warum diese seltsamen Gedanken! – Glauben Sie denn nicht, daß mir ebenfalls das spurlose Verschwinden unserer lieben Angela sehr unangenehm, sehr fatal ist? Es muß ein artiges, schönes Mädchen geworden sein, da es von hübschen, scharmanten Eltern geboren." Aufs neue küßte der Fürst der Benzon sehr zärtlich die Hand, die sie aber schnell wegzog und mit funkelndem, durchbohrendem Blick dem Fürsten ins Ohr flüsterte: „Gestehen Sie es, gnädiger Herr, Sie waren ungerecht, grausam, als Sie darauf bestanden, daß das Kind entfernt werden müsse. Ist es nicht Ihre Pflicht, den Wunsch nicht zurückzuweisen, dessen Erfüllung ich, gutmütig genug, wirklich für einigen Ersatz all meines Leids ansehen will?" „Benzon", erwiderte der Fürst noch kleinlauter als zuvor, „gute, herrliche Benzon, kann denn unsere Angela nicht wiedergefunden werden? Ich will Heroisches tun für Ihre Wünsche, teure Frau! Ich will mich dem Meister Abraham anvertrauen, mich mit ihm beraten. – Es ist ein vernünftiger, erfahrner Mann, vielleicht kann er helfen."

„O", unterbrach die Benzon den Fürsten, „o des weisen Meisters Abraham! Glauben Sie denn, gnädigster Herr, daß Meister Abraham wirklich aufgelegt ist, für Sie etwas zu unternehmen, daß er Ihnen, Ihrem Hause getreulich anhängt? Und wie sollte er imstande sein, etwas herauszubringen über Angelas Schicksal, nachdem in Venedig, in Florenz alle Nachforschungen vergeblich geblieben sind und, was das schlimmste ist, ihm jenes geheimnisvolle Mittel geraubt wurde, dessen er sich sonst bediente, um das Unbekannte zu erforschen."

„Sie", sprach der Fürst, „Sie meinen sein Weib, die böse Zauberin Chiara."

„Sehr", erwiderte die Benzon, „sehr fraglich möchte es sein, ob die vielleicht nur inspirierte, mit hohem, wunderbaren Kräften begabte Frau diesen Namen verdient. Auf jeden Fall war es ungerecht, unmenschlich, dem Meister das geliebte Wesen zu rauben, an dem er hing mit ganzer Seele, ja, die ganz ein Teil seines Ichs war."

„Benzon", rief der Fürst ganz erschrocken, „Benzon, ich verstehe Sie heute nicht! – Mir schwindelt's im Kopfe! Waren Sie selbst nicht dafür, daß das bedrohliche Geschöpf, vermöge dessen der Meister bald alle unsere Verhältnisse beherrschen konnte, entfernt werden möchte? Billigten Sie nicht selbst mein Schreiben an den Großherzog, in dem ich vorstellte, daß, da jede Zauberei im Land längst verboten, Personen, die in dieser Art beeigenschaftet, ihr Wesen trieben, nicht geduldet werden dürften und sicherheitshalber ein wenig eingesperrt werden müßten? Geschah es nicht aus purer Schonung gegen den Meister Abraham, daß der mysteriösen Chiara nicht der offne Prozeß gemacht, sondern daß sie in aller Stille aufgegriffen und fortgeschafft wurde, wohin weiß ich nicht einmal, da ich mich darum nicht weiter bekümmert? – Welch ein Vorwurf kann mich hier treffen?"

„Verzeihung", erwiderte die Benzon, „Verzeihung, gnädigster Herr, aber es ist doch in der Tat der Vorwurf des wenigstens übereilten Verfahrens, der Sie wohl mit Recht trifft. – Aber! – erfahren Sie es, gnädigster Herr! Meister Abraham ist davon unterrichtet, daß seine Chiara weggeschafft wurde auf Ihren Anlaß. Er ist still, er ist freundlich, aber glauben Sie nicht, gnädigster Herr, daß Haß und Rache brütet in seinem Innern gegen den, der ihm sein Liebstes raubte auf Erden? Und diesem Mann wollen Sie vertrauen, wollen ihm Ihr Inneres erschließen?" – „Benzon", sprach der Fürst, indem er sich die Schweißtropfen von der Stirne wegtrocknete, „Benzon! Sie alterieren mich sehr – ganz unbeschreiblich, möcht ich sagen! – Barmherziger! kann ein Fürst so aus der Kontenance gebracht werden? Muß, beim Teufel – Gott, ich glaube gar, ich fluche wie ein Dragoner hier beim Tee! – Benzon! warum sprachen Sie nicht früher! – Er weiß schon alles! – Im

Fischerhäuschen, gerade als ich ganz außer mir war über der Prinzessin Zustand, da floß mir das Herz, der Mund über. – Ich sprach von Angela, entdeckte ihm – Benzon, schrecklich ist es! – j'étais un – Esel! – Voilè tout!“

„Und er erwiderte?“ So fragte die Benzon gespannt.

„Beinahe“, sprach der Fürst weiter, „beinahe ist es mir so, als habe der Meister Abraham zuerst angefangen, von unserem früheren Attachement zu sprechen, und wie ich ein glücklicher Vater sein können, statt daß ich nun ein malheureuser sei. – So viel ist aber richtig, daß, als ich meine Beichte geendet, er lächelnd erklärte, wie er schon längst alles wisse und hoffe, daß sich vielleicht in ganz kurzer Zeit aufklären werde, wo Angela geblieben. – Mancher Trug würde dann vernichtet werden, manche Täuschung zerrinnen.“

„Das“, sprach die Benzon mit bebenden Lippen, „das sagte der Meister?“

„Sur mon honneur“, erwiderte der Fürst, „das sprach er. – Tausend sapperment – pardonnieren Sie, Benzon, aber ich bin im Zorn – wenn der Alte es mir nachtragen sollte? – Benzon, que faire?“

Beide, der Fürst und die Benzon, starrten sich sprachlos an.

„Durchlauchtigster Herr“, lispelte ein Kammerlakai, indem er dem Fürsten Tee präsentierte. „Bête!“ schrie aber der Fürst, im hastigen Aufspringen dem Lakai Präsentierteller samt der Tasse aus den Händen schleudernd; alles fuhr entsetzt von den Spieltischen in die Höhe, das Spiel war geendet, der Fürst, sich mit Macht bezwingend, lächelte ein freundliches „Adieu“ den Erschrockenen zu und begab sich mit der Fürstin in die inneren Gemächer. Auf jedem Gesicht las man aber ganz deutlich: „Gott, was ist das, was bedeutet das? – Der Fürst spielte nicht, sprach so lange, so angelegentlich mit der Rätin und geriet dann in solch entsetzlichen Zorn!“ –

Unmöglich konnte die Benzon auch nur entfernt ahnen, was sie in ihrer Wohnung, die in einem Seitengebäude dicht neben dem Schlosse gelegen, für ein Auftritt erwartete. – Kaum eingetreten, stürzte ihr nämlich ganz außer sich Julia entgegen und . . . Doch! gegenwärtiger Biograph ist sehr zufrieden, daß er diesmal das, was sich mit Julia während des fürstlichen Tees begeben, viel besser und deutlicher zu erzählen vermag als manches andere Faktum der bis jetzt wenigstens etwas verworrenen Geschichte! – Also! – Wir wissen, daß Julien erlaubt wurde, früher nach Hause zurückzukehren. Ein Leibjäger leuchtete ihr mit einer Fackel vor. Kaum waren sie aber einige Schritte von dem Schlosse entfernt, als der Leibjäger plötzlich stillstand und die Fackel hoch emporhob. „Was gibt es?“ fragte Julia. „Ei“, erwiderte der Leibjäger, „ei, Fräulein Julia, haben Sie wohl die Gestalt bemerkt, die dort vor uns so schnell forthuschte? Ich weiß gar nicht, was ich davon denken soll, seit mehreren Abenden schleicht hier ein Mensch umher, der bei seiner Heimlichkeit was Böses im Schild führen muß. Wir haben ihm schon nachgestellt auf alle nur mögliche Weise, aber er entwischt uns unter den Händen, ja, er wird vor unsern Augen unsichtbar wie ein Gespenst oder wie der Gottseibeiuns selbst."

Julia dachte an die Erscheinung im Giebelfenster des Pavillons und fühlte sich von unheimlichen Schauern durchbebt.

„Fort, ach, nur schnell fort", rief sie dem Jäger zu, der meinte aber lachend, das liebe Fräulein möge sich nur nicht fürchten, denn ehe ihr etwas geschehe, müsse ihm erst das Gespenst den Hals umdrehen, überdem habe aber wohl das unbekannte Ding, was sich in der Gegend des Schlosses blicken lasse, Fleisch und Bein wie andere ehrliche Leute und sei ein furchtsamer, lichtscheuer Hase.

Julia schickte ihr Mädchen, das über Kopfschmerz und Fieberfrost klagte, zu Bette und legte ohne ihre Beihilfe die Nachtkleider an.

Nun, als sie einsam auf ihrem Zimmer, ging noch einmal alles in ihrer Seele auf, was Hedwiga in einem Zustande zu ihr gesprochen, den sie nur krankhafter Überspannung zuschreiben wollte. Und doch war es gewiß, daß eben jene krankhafte Überspannung nur eine psychische Ursache haben konnte. – Mädchen von solch unbefangenem, reinem Gemüt, wie Julia, erraten in derlei intrikaten Fällen wohl selten das Richtige. So glaubte auch Julia, als sie sich alles nochmals in den Sinn gerufen, nichts anderes, als daß Hedwiga von jener entsetzlichen Leidenschaft ergriffen, die sie selbst ihr so furchtbar, als die Ahnung davon in ihrer eignen Seele lag, geschildert, und daß Prinz Hektor der Mann sei, dem sie ihr eignes Selbst geopfert. – Nun, schloß sie ferner, sei, der Himmel wisse wie, der Wahn in Hedwiga aufgestiegen, daß der Prinz in anderer Liebe befangen, und habe sie gequält wie ein fürchterliches, rastlos sie verfolgendes Gespenst, so daß daraus sich die heillose Zerrüttung im Innern erzeugt. „Ach", sprach Julia zu sich selbst, „ach, du gute liebe Hedwiga, kehrte Prinz Hektor zurück, wie bald würdest du dich überzeugen, daß du von deiner Freundin nichts zu befürchten!" – Doch in dem Augenblick, als Julia diese Worte sprach, trat der Gedanke, daß der Prinz sie liebe, so aus dem Innersten hervor, daß sie vor seiner Macht und Lebendigkeit erschrak, daß sie sich von unnennbarer Angst erfaßt fühlte, es könne doch wahr, was die Prinzessin glaube, und ihr Verderben gewiß sein. Jener seltsame fremdartige Eindruck, den des Prinzen Blick, sein ganzes Wesen auf sie gemacht, kam ihr wieder zu Sinn, jenes Entsetzen durchbebte aufs neue ihre Glieder. Sie gedachte jenes Moments auf der Brücke, als der Prinz, sie umschlingend, den Schwan fütterte, all der verfänglichen Worte, die er damals sprach, und die, so harmlos ihr damals alles vorgekommen, ihr jetzt von tieferer Bedeutung schienen. Aber auch des verhängnisvollen Traums gedachte sie, als sie sich von eisernen Armen fest umschlungen gefühlt und es der Prinz gewesen, der sie festgehalten, als sie dann erwacht, den Kapellmeister im Garten erblickt und sein ganzes Wesen ihr klar geworden und sie daran geglaubt, daß er sie schützen werde vor dem Prinzen.

„Nein“, rief Julia laut, „nein, es ist nicht so, es kann dem nicht so sein, es ist nicht möglich! Es ist der böse Geist der Hölle selbst, der diese sündhaften Zweifel in mir Ärmsten aufregt! – Nein, er soll nicht Macht haben über mich!“ – Mit dem Gedanken an den Prinzen, an jene gefahrvollen Augenblicke regte sich in Julias tiefer Brust eine Empfindung, deren Bedrohlichkeit nur daran zu erkennen, daß sie die Scham weckte, die das wallende Blut ihr in die Wangen, heiße Tränen ihr in die Augen trieb. Wohl der holden frommen Julia, daß sie Kraft genug besaß, den bösen Geist zu beschwören, ihm keinen Raum zu verstatten, in dem er fest fußen könne. Es ist hier noch wiederholt zu bemerken, daß Prinz Hektor der schönste, liebenswürdigste Mann war, den man nur sehen konnte, daß seine Kunst zu gefallen auf die tiefe Weiberkenntnis gegründet war, die ihm das Leben voll glücklicher Abenteuer erworben, und daß eben ein junges unbefangenes Mädchen wohl erschrecken mochte vor der siegenden Kraft seines Blicks, seines ganzen Wesens.

„O Johannes“, sprach sie sanft, „du guter, herrlicher Mann, kann ich denn nicht bei dir den Schutz suchen, den du mir versprochen? Kannst du nicht selbst zu mir tröstend reden mit den Himmelstönen, die recht widerhallen in meiner Brust?“ –

Damit öffnete Julia das Pianoforte und begann die Kompositionen Kreislers, die ihr die liebsten waren, zu spielen und zu singen. In der Tat fühlte sie sich bald getröstet, erheitert, der Gesang trug sie fort in eine andere Welt, es gab keinen Prinzen, ja keine Hedwiga mehr, deren krankhafte Phantome sie verstören durften!

„– Nun noch meine liebste Kanzonetta! –“ So sprach Julia und begann das von so vielen Komponisten gesetzte: Mi lagnero tacendo und so weiter. In der Tat war Kreislern dieses Lied vor allen übrigen gelungen. Der süße Schmerz der brünstigen Liebessehnsucht war darin in einfacher Melodie mit einer Wahrheit, mit einer Stärke ausgedrückt, die jedes fühlende Gemüt unwiderstehlich ergreifen mußte. Julia hatte geendet, in das Andenken an Kreisler ganz und gar versunken, schlug sie noch einzelne Akkorde an, die ein Echo schienen ihrer Innern Gefühle. Da ging die Türe auf, sie schaute hin, und ehe sie sich vom Sitz erheben konnte, lag Prinz Hektor ihr zu Füßen und hielt sie fest, beide Hände erfassend. Laut schrie sie auf vor jähem Schreck, doch der Prinz beschwor sie bei der Jungfrau und allen Heiligen, ruhig zu sein, ihm nur zwei Minuten den Himmel ihres Anblicks, ihres Worts zu gönnen. Mit Ausdrücken, wie sie nur die Raserei der heftigsten Leidenschaft einzugeben vermag, sagte er ihr dann, daß er nur sie, nur sie anbete, daß der Gedanke der Vermählung mit Hedwiga ihm schrecklich, todbringend sei. Daß er deshalb fliehen wollen, doch bald, von der Macht einer Leidenschaft getrieben, zurückgekehrt sei, nur um Julien zu sehen, zu sprechen, ihr zu sagen, daß nur sie allein sein Leben, sein alles sei! –

„Fort“, rief Julia in trostloser Herzensangst, „fort – Sie töten mich, Prinz!“

„Nimmermehr“, schrie der Prinz, indem er in Liebeswut Julias Hände an die Lippen drückte, „nimmermehr, der Moment ist da, der Leben über mich bringt oder Tod! – Julia! Kind des Himmels! Kannst du mich, kannst du den verwerfen, dessen ganzes Sein, dessen Seligkeit du bist? – Nein, du liebst mich, Julia, ich weiß es, o sprich es aus, daß du mich liebst, und alle Himmel überschwenglichen Entzückens sind mir geöffnet!“

Damit umschlang der Prinz die vor Entsetzen und Angst halb ohnmächtige Julia und drückte sie heftig an seine Brust.

„Weh mir“, rief sie mit halberstickter Stimme, „weh mir – erbarmt sich niemand meiner?“

Da erhellte Fackelglanz die Fenster, und mehrere Stimmen ließen sich vor der Türe hören. Julia fühlte einen glühenden Kuß auf den Lippen brennen, und schnell war der Prinz entflohen.

Also – ganz außer sich, stürzte, wie gesagt, Julia der eintretenden Mutter entgegen, und mit Erstaunen vernahm diese, was sich begeben. Sie begann damit, die arme Julia zu trösten, wie sie nur vermochte, ihr zu versichern, daß sie den Prinzen zu seiner Scham aus dem Versteck, in dem er sich befinden müsse, hervorziehen werde.

„Oh“, sprach Julia, „oh, tue das nicht, Mutter, ich muß vergehen, wenn der Fürst, wenn Hedwiga erfährt –“ Sie fiel schluchzend an der Mutter Brust, ihr Antlitz verbergend.

„Du hast recht“, erwiderte die Rätin, „du hast recht, mein liebes gutes Kind, niemand darf zur Zeit wissen, ahnen, daß der Prinz sich hier befindet, daß er dir nachstellt, du liebe, fromme Julia! – Die im Komplott sind, müssen schweigen. Denn daß es deren gibt, die im Bunde sind mit dem Prinzen, hat nicht den mindesten Zweifel, da er sonst ebensowenig unbemerkt hier in Sieghartshof sich hätte aufhalten, als in unsre Wohnung schleichen können. – Unbegreiflich ist es mir, wie es dem Prinzen möglich wurde, aus dem Hause zu entfliehen, ohne mir und Friedrich, der mir vorleuchtete, zu begegnen! Den alten Georg fanden wir im tiefen, unnatürlichen Schlaf, aber wo ist Nanny?“ „Weh mir“, lispelte Julia, „weh mir, daß sie krank war und ich sie fortschicken mußte.“

„Vielleicht“, sprach die Benzon, „vielleicht kann ich ihr Arzt sein“ und stieß rasch die Türe des Nebenzimmers auf. Da stand die kranke Nanny völlig angekleidet; sie hatte gelauscht und sank nun vor Schreck und Furcht nieder, der Benzon zu Füßen.

Wenige Fragen der Benzon reichten hin, um zu erfahren, daß der Prinz durch den alten, für so treu gehaltenen Kastellan –

(*M. f. f.*) – mußt ich erfahren! – Muzius, mein treuer Freund, mein herziger Bruder war an den Folgen der bösen Verwundung am Hinterbeine Todes verblichen. – Die Trauerpost traf mich sehr hart, nun erst fühlte ich, was mir Muzius gewesen! – In künftiger Nacht sollte, wie mir Puff sagte, in dem Keller desselben Hauses, wo der Meister wohnte, und wo man die Leiche hingeschafft, die Totenfeier gehalten werden.

Ich versprach, mich nicht allein zu gehöriger Zeit einzufinden, sondern auch für Speise und Trank zu sorgen, damit nach alter edler Sitte auch das Trauermahl gehalten werden könne. Ich besorgte dies auch wirklich, indem ich den Tag über nach und nach meinen reichlichen Vorrat an Fischen, Hühnerknochen und Gemüse hinabtrug. – Für Leser, die alles gern auf das genaueste erklärt haben und daher auch wohl wissen möchten, wie ich es angefangen, das Getränk hinab zu transportieren, bemerke ich, daß ohne weiteres Mühen mir eine freundliche Hausmagd dazu verhalf. Die Hausmagd, welche ich gar oft im Keller zu treffen und auch wohl in ihrer Küche zu besuchen pflegte, schien meinem Geschlecht und insonderheit mir ganz vorzüglich gewogen, so daß wir uns nie sahen, ohne auf anmutige Weise miteinander zu spielen. Sie reichte mir manchen Bissen, der eigentlich schlechter war, als ich ihn von meinem Meister empfing, den ich aber doch verzehrte und dabei tat, als wenn er mir ganz vorzüglich schmeckte, aus purer Galanterie. So was rührt wohl das Herz einer Hausmagd, und sie tat, worauf es eigentlich abgesehen war. Ich sprang ihr nämlich auf den Schoß, und sie kratzte mir so lieblich Kopf und Ohren, daß ich ganz Wonne und Seligkeit war und an die Hand mich gar sehr gewöhnte, die „wochtags ihren Besen führt und sonntags denn am besten karessiert!“ – An diese freundliche Person wandte ich mich nun in dem Augenblick, als sie aus dem Keller, in dem ich mich gerade befand, einen großen Topf voll süßer Milch hinauftragen wollte, und äußerte auf ihr verständliche Weise den lebhaften Wunsch, die Milch für mich zu behalten. „Närrischer Murr“, sprach das Mädchen, die ebensogut wie alle übrigen Leute im Hause, ja wie die ganze Nachbarschaft meinen Namen wußte, „närrischer Murr, du willst gewiß die Milch nicht für dich allein, du willst gewiß traktieren! Nun, behalt nur die Milch, kleiner Graukittel, ich muß oben schon für andere sorgen!“ Damit setzte sie den Topf mit Milch auf den Boden nieder, streichelte mir, der ich in den zierlichsten Purzelbäumen meine Freude und meinen Dank zu erkennen gab, noch was weniges den Rücken und stieg denn die Kellertreppe hinauf. – Merke dir, o Katerjüngling, hiebei, daß die Bekanntschaft, ja ein gewisses sentimentell gemütliches Verhältnis mit einer freundlichen Köchin für junge Leute unseres Standes und Geschlechts ebenso angenehm ist als ersprießlich.

Um die Mitternachtsstunde begab ich mich hinab in den Keller. Trauriger, herzzerreißender Anblick! Da lag in der Mitte auf einem Katafalk, der freilich, dem einfachen Sinn, den der Verstorbene stets in sich trug, gemäß, nur in einem Bündel Stroh bestand, die Leiche des teuern, geliebten Freundes! – Alle Kater waren schon versammelt, wir drückten uns, keines Wortes mächtig, die Pfoten, setzten uns, heiße Tränen in den Augen, in einen Kreis rings um den Katafalk umher und stimmten einen Klagegesang an, dessen die Brust durchschneidende Töne furchtbar in den Kellergewölben widerhallten. Es war der trostloseste, entsetzlichste Jammer, der jemals gehört worden, kein menschliches Organ vermag ihn herauszubringen.

Nachdem der Gesang geendet, trat ein sehr hübscher, anständig in Weiß und Schwarz gekleideter Jüngling aus dem Kreise, stellte sich an das Kopfende der Leiche und hielt nachfolgende Standrede, welche er mir, unerachtet er sie aus dem Stegreif gesprochen, schriftlich mitteilte.

Trauerrede
am Grabe des zu früh verblichenen Katers Muzius,
der Phil. und Gesch. Befliss.,
gehalten von seinem treuen Freunde und Bruder,
dem Kater Hinzmann,
der Poes. und Bereds. Befliss.

„Teure in Betrübnis versammelte Brüder!

Wackre hochherzige Burschen!

Was ist der Kater! – ein gebrechliches vergängliches Ding, wie alles, was geboren auf Erden! – Ist es wahr, was die berühmtesten Ärzte und Physiologen behaupten, daß der Tod, dem alle Kreatur unterworfen, hauptsächlich in dem gänzlichen Aufhören alles Atmens bestehe, oh, so ist unser biederer Freund, unser wackerer Bruder, dieser treue, tapfere Genosse in Freud und Leid, oh, so ist unser edler Muzius gewiß tot! – Seht, da liegt der Edle auf dem kalten Stroh und hat alle viere von sich gestreckt! – Nicht der leiseste Atemzug stiehlt sich durch die auf ewig geschlossenen Lippen! Eingefallen sind die Augen, die sonst bald sanftes Liebesfeuer, bald vernichtenden Zorn strahlten in grüngleißendem Gold! Totenblässe überzieht das Antlitz, schlaff hängen die Ohren, hängt der Schweif herab! – O Bruder Muzius, wo sind nun deine lustigen Sprünge, wo ist deine Heiterkeit, deine gute Laune, dein klares, fröhliches Miau, das alle Herzen erfreute, dein Mut, deine Standhaftigkeit, deine Klugheit, dein Witz? – Alles, alles hat dir der bittre Tod geraubt, und du weißt vielleicht nun nicht einmal genau, ob du gelebt hast? – Und doch warst du die Gesundheit, die Kraft selbst, gerüstet gegen alles körperliche Weh, als solltest du ewig leben! Kein Rädchen des Uhrwerks, das dein Inneres trieb, war ja auch schadhaft, und der Todesengel hatte sein Schwert nicht über dein Haupt geschwungen, weil das Räderwerk abgelaufen und nicht mehr wieder aufgezogen werden konnte. – Nein! ein feindliches Prinzip griff gewaltsam hinein in den Organismus und zerstörte frevelnd, was noch lange hätte bestehen können. – Ja! – Noch oft hätten diese Augen freundlich gestrahlt, noch oft wären lustige Einfalle, fröhliche Lieder diesen Lippen, dieser erstarrten Brust entströmt, noch oft hätte dieser Schweif, frohen Mutes innere Kraft verkündend, sich in Wellenlinien geringelt, noch oft hätten diese Pfoten Stärke und Gewandtheit bewiesen in den mächtigsten gewagtesten Sprüngen – und nun – Oh, kann es die Natur zulassen, daß das, was sie auf lange Dauer mühsam konstruiert hat, vor der Zeit zerstört werde, oder gibt es wirklich einen finstren Geist, Zufall genannt, der in despotischer frevelnder Willkür hineingreifen darf in die Schwingungen, die alles Sein dem ewigen Naturprinzip gemäß zu bedingen scheinen? – O du Toter, könntest du das hier der betrübten, jedoch lebendigen Versammlung sagen! – Doch, werte Anwesende, wackre Brüder, laßt uns solchen tiefsinnigen Betrachtungen nicht nachhängen, sondern uns ganz der Klage um den viel zu früh verlornen Freund Muzius zuwenden. – Es ist gebräuchlich, daß der Trauerredner den Anwesenden die ganze vollständige Biographie mit lobpreisenden Zusätzen und Anmerkungen vorträgt, und dieser Gebrauch ist sehr gut, da durch einen solchen Vortrag auch in dem betrübtesten Zuhörer der Ekel der Langeweile erregt werden muß, dieser Ekel aber nach der Erfahrung und dem Ausspruch bewährter Psychologen am besten jede Betrübnis zerstört, weshalb denn auf jene Weise der Trauerredner beide Pflichten, die, dem Verewigten die gehörige Ehre zu erweisen, und die, die Hinterlassenen zu trösten, auf einmal erfüllt. Man hat Beispiele, und sie sind natürlich, daß der Gebeugteste nach solcher Rede ganz vergnügt und munter von hinnen gegangen ist; über der Freude, erlöst zu sein von der Qual des Vortrags, verschmerzte er den Verlust des Hingeschiedenen. – Teure, versammelte Brüder! wie gern folgte auch ich dem löblichen bewährten Gebrauch, wie gern trüge ich euch die ganze ausführliche Biographie des erblaßten Freundes und Bruders vor und setzte euch um aus betrübten Katern in vergnügte, aber es geht nicht, es geht wahrhaftig nicht. – Seht das ein, teure, geliebte Brüder, wenn ich euch sage, daß ich von dem eigentlichen Leben des Verblichenen, was Geburt, Erziehung, weiteres Fortkommen betrifft, beinahe gar nichts weiß, daß ich daher euch lauter Fabeln auftischen müßte, wozu der Ort hier bei der Leiche des Erblaßten viel zu ernst und unsere Stimmung viel zu feierlich ist. – Nichts für ungut, Bursche, aber ich will statt alles weitern langweiligen Sermons nur mit wenigen schlichten Worten sagen, was für ein schmähliches Ende der arme Teufel, der hier starr und tot vor uns liegt, nehmen mußte, und was er für ein wackrer, tüchtiger Kerl im Leben war! – Doch, o Himmel! ich falle aus dem Ton der Beredsamkeit, unerachtet ich derselben beflissen und, will es das Schicksal, Professor poeseos et eloquentiae zu werden hoffe!" –

(Hinzmann schwieg, putzte sich mit der rechten Pfote Ohren, Stirn, Nase und Bart, betrachtete lange unverwandten Blicks die Leiche, räusperte sich aus, fuhr nochmals mit der Pfote übers Gesicht und sprach dann mit erhöhtem Tone weiter.)

„O bittres Verhängnis! – o grausamer Tod! mußtest du auf solch grausame Weise den verewigten Jüngling hinraffen in der Blüte seiner Jahre? – Brüder! ein Redner darf dem Zuhörer nochmals sagen, was dieser schon erfahren bis zum Überdruß, darum wiederhole ich, was ihr schon alle wißt, daß nämlich der dahingeschiedene Bruder fiel als ein Opfer des wütenden Hasses der Spitzphilister. – Dorthin auf jenes Dach, wo sonst wir uns ergötzten in Friede und Freude, wo fröhliche Lieder schallten, wo Pfot' in Pfot' und Brust an Brust wir ein Herz, eine Seele waren, wollte er hinaufschleichen, um in stiller Einsamkeit mit dem Senior Puff das Andenken jener schönen Tage, wahrer Tage in Aranjuez, die nun vorüber, zu feiern, da hatten die Spitzphilister, die auf jede Weise jede Erneuerung unsers frohen Katerbundes hintertreiben wollten, in die dunklen Winkel des Bodens Fuchseisen hingestellt; in eins derselben geriet der unglückliche Muzius, zerquetschte sich das Hinterbein und – mußte sterben! – Schmerzhaft und gefährlich sind die Wunden, die Philister schlagen, denn sie bedienen sich jederzeit stumpfer schartiger Waffen, doch stark und kräftig von Natur, hätte der Dahingeschiedene, der bedrohlichen Verletzung unerachtet, wieder aufkommen können, aber der Gram, der tiefe Gram, sich von schnöden Spitzen überwunden, in seiner schönen glanzvollen Laufbahn ganz zerstört zu sehen, der stete Gedanke an die Schmach, die wir alle erlitten, das war es, was an seinem Leben zehrte. – Er litt keinen gehörigen Verband, nahm keine Arznei – man sagt, er wollte sterben!“ –

(Ich, wir alle konnten uns bei diesen letzten Worten Hinzmanns nicht lassen vor grimmem Schmerz, sondern brachen all in solch ein klägliches Geheul und Jammergeschrei aus, daß ein Felsen hätte erweicht werden können. Als wir uns nur einigermaßen beruhigt hatten, so daß wir zuhören vermochten, sprach Hinzmann mit Pathos weiter.)

„O Muzius! O schau herab! Schau die Tränen, die wir um dich vergießen, höre die trostlose Klage, die wir um dich erheben, verewigter Kater! – ja, schau auf uns herab oder hinauf, wie du es nun eben vermagst, sei im Geiste unter uns, wenn du noch überhaupt eines Geistes mächtig und derselbige, der dir innegewohnt, nicht schon anderweitig verbraucht worden! – Brüder! – wie gesagt, ich halte das Maul über die Biographie des Erblaßten, weil ich nichts davon weiß, aber desto lebhafter sind mir die vortrefflichen Eigenschaften des Verewigten im Gedächtnis, und die will ich euch, meine teuersten geliebtesten Freunde, vor die Nase rücken, damit ihr den entsetzlichen Verlust, den ihr durch den Tod des herrlichen Katers erlitten, im ganzen Umfang fühlen möget! Vernehmet es, o Jünglinge, die ihr geneigt seid, nie abzuweichen von dem Pfade der Tugend, vernehmt es! – Muzius war, was wenige im Leben sind, ein würdiges Glied der Katzengesellschaft, ein guter treuer Gatte, ein vortrefflicher liebender Vater, ein eifriger Verfechter der Wahrheit und des Rechts, ein unermüdlicher Wohltäter, eine Stütze der Armen, ein treuer Freund in der Not! – Ein würdiges Glied der Katzengesellschaft? – Ja! denn immer äußerte er die besten Gesinnungen und war sogar zu einiger Aufopferung bereit, wenn geschah, was er wollte, feindete auch nur ausschließlich diejenigen an, die ihm widersprachen, und seinem Willen sich nicht fügten. Ein guter treuer Gatte? Ja! – denn er lief andern Kätzchen nur dann nach, wenn sie jünger und hübscher waren als sein Gemahl und unwiderstehliche Lust ihn dazu trieb. Ein vortrefflicher liebender Vater? Ja! denn niemals hat man vernommen, daß er, wie es wohl von rohen lieblosen Vätern unsers Geschlechts zu geschehen pflegt, im Anfall eines besonderen Appetits eines seiner erzielten Kleinen verspeiset; es war ihm viel mehr ganz recht, wenn die Mutter sie sämtlich forttrug und er von ihrem dermaligen Aufenthalt weiter nichts erfuhr. Ein eifriger Verfechter der Wahrheit und des Rechts? Ja! – denn sein Leben hätte er gelassen dafür, weshalb er, da man nur einmal lebt, sich um beides nicht viel kümmerte, welches ihm auch nicht zu verargen. Ein unermüdlicher Wohltäter, eine Stütze der Armen? Ja! denn jahraus trug er am Neujahrstag ein kleines Heringsschwänzlein oder ein paar subtile Knöchelchen hinab in den Hof für die armen Brüder, die der Speisung bedurften, und konnte wohl, da er auf diese Weise seine Pflicht als würdiger Katzenfreund erfüllte, diejenigen bedürftigen Kater mürrisch anknurren, die außerdem noch etwas von ihm verlangten. Ein treuer Freund in der Not? Ja! denn geriet er in Not, so ließ er nicht ab selbst von denjenigen Freunden, die er sonst ganz vernachlässigt, ganz vergessen hatte. – Verewigter! was soll ich noch sagen von deinem Heldenmut, von deinem hohen geläuterten Sinn für alles Schöne und Edle, von deiner Gelehrsamkeit, von deiner Kunstkultur, von all den tausend Tugenden, die sich in dir vereinten! Was, sag ich, soll ich sagen davon, ohne unsern gerechten Schmerz über dein klägliches Hinscheiden nicht noch um vieles zu vermehren! – Freunde, gerührte Brüder! – denn in der Tat, an einigen unzweideutigen Bewegungen bemerke ich zu meiner nicht geringen Befriedigung, daß es mir gelang, euch zu rühren – Also! – gerührte Brüder! – Laßt uns ein Beispiel nehmen an diesem Verstorbenen, laßt uns alle Mühe anwenden, ganz in seine würdigen Fußstapfen zu treten, laßt uns ganz das sein, was der Vollendete war, und auch wir werden im Tode die Ruhe des wahrhaft weisen, des durch Tugenden jeder Art und Gattung geläuterten Katers genießen wie dieser Vollendete! – Seht nur selbst, wie er so still daliegt, wie er keine Pfote rührt, wie ihm all mein Lob seiner Vortrefflichkeit auch nicht ein leises Lächeln des Wohlgefallens abgewonnen! – Glaubt ihr wohl, Traurige! daß der bitterste Tadel, die gröbsten, beleidigendsten Schmähungen ebenso jeden Eindruck auf den Verewigten verfehlt haben würden? Glaubt ihr wohl, daß selbst der dämonische Spitzphilister, träte er hinein in diesen Kreis, dem er sonst unmaßgeblich beide Augen ausgekratzt haben würde, jetzt ihn nur im mindesten in Harnisch bringen, seine sanfte, süße Ruhe verstören dürfte?

Über Lob und Tadel, über alle Anfeindungen, alle Foppereien, allen neckhaften Spott und Hohn, über allen widrigen Spuk des Lebens ist unser herrlicher Muzius erhaben, er hat kein anmutiges Lächeln, keine feurige Umarmung, keinen biedern Pfotendruck mehr für den Freund, aber auch keine Krallen, keine Zähne mehr für den Feind! – Er ist vermöge seiner Tugenden zu der Ruhe gelangt, der er im Leben vergebens nachgestrebt! – Zwar will es mich beinahe bedünken, daß wir alle, so wie wir hier zusammen sitzen und heulen um den Freund, zu *der* Ruhe kommen würden, ohne gerade so ein Ausbund von aller Tugend zu sein als er, und daß es wohl noch ein anderes Motiv geben müsse, tugendhaft zu sein, als gerade die Sehnsucht nach dieser Ruhe, indessen ist das nur solch ein Gedanke, den ich euch zu fernerer Bearbeitung überlasse. – Soeben wollte ich euch ans Herz legen, euer ganzes Leben vorzüglich dazu anzuwenden, um so schön sterben zu lernen als Freund Muzius, indessen will ich es lieber nicht tun, da ihr mir so manches Bedenkliche entgegensetzen könntet. Ich meine nämlich, daß ihr mir einwenden dürftet, der Verewigte hätte auch lernen sollen, behutsam zu sein und Fuchseisen zu vermeiden, um nicht zu sterben vor der Zeit. Dann gedenke ich aber auch, wie ein sehr junger Katerknabe auf gleiche Ermahnung des Lehrers, daß der Kater sein ganzes Leben darauf verwenden müsse, um sterben zu lernen, schnippisch genug erwiderte, es könne doch so gar schwer nicht sein, da es jedem gelinge aufs erste Mal! – Laßt uns jetzt, hochbetrübte Jünglinge, einige Augenblicke stiller Betrachtung widmen!“ –

(Hinzmann schwieg und fuhr sich wiederum mit der rechten Pfote über Ohren und Gesicht, dann schien er in tiefes Nachdenken zu versinken, indem er die Augen fest zudrückte. Endlich, als es zu lange währte, stieß ihn der Senior Puff an und sprach leise: „Hinzmann, ich glaube gar, du bist eingeschlafen. Mache nur, daß du fertig wirst mit deinem Sermon, denn wir verspüren alle einen desperaten Hunger." Hinzmann fuhr in die Höhe, setzte sich wieder in die zierliche Rednerstellung und sprach weiter.)

„Teuerste Brüder! – Ich hoffte noch zu einigen erhabenen Gedanken zu gelangen und gegenwärtige Standrede glänzend zu schließen, es ist mir aber gar nichts eingefallen, ich glaube, der große Schmerz, den ich zu empfinden mich bemüht, hat mich ein wenig stupid gemacht. Laßt uns daher meine Rede, der ihr den vollkommensten Beifall nicht versagen könnet, für geschlossen annehmen und jetzt das gewöhnliche De oder Ex profundis anstimmen!" –

So endete der artige Katerjüngling seinen Trauersermon, der mir zwar in rhetorischer Hinsicht wohl geordnet und von guter Wirkung zu sein schien, an dem ich aber doch manches auszusetzen fand. Mir kam es nämlich vor, daß Hinzmann gesprochen, mehr um ein glänzendes Rednertalent zu zeigen, als den armen Muzius noch zu ehren nach seinem betrübten Hinscheiden. Alles, was er gesagt, paßte gar nicht recht auf den Freund Muzius, der ein einfacher, schlichter, gerader Kater und, ich hatte es ja wohl recht erfahren, eine treue, gutmütige Seele gewesen. Überdem war auch das Lob, das Hinzmann gespendet, von zweideutiger Art, so daß mir eigentlich die Rede hinterher mißfiel und ich während des Vortrags bloß durch die Anmut des Redners und durch seine in der Tat ausdrucksvolle Deklamation bestochen worden. Auch der Senior Puff schien meiner Meinung zu sein; wir wechselten Blicke, die, Hinzmanns Rede betreffend, von unserm Einverständnis zeugten.

Dein Schluß der Rede gemäß stimmten wir ein „De profundis" an, das womöglich noch viel jämmerlicher, viel herzzerschneidender klang als das entsetzliche Grabeslied vor der Rede. – Es ist bekannt, daß die Sänger von unserm Geschlecht den Ausdruck des tiefsten Wehs, des trostlosesten Jammers, mag nun die Klage wegen zu sehnsüchtiger oder verschmähter Liebe oder um einen geliebten Verstorbenen ertönen, ganz vorzüglich in der Gewalt haben, so daß selbst der kalte gefühllose Mensch von Gesängen solcher Art tief durchdrungen wird und der gepreßten Brust nur Luft zu machen vermag durch seltsames Fluchen. – Als das „De profundis" geendigt, hoben wir die Leiche des verewigten Bruders auf und senkten sie in ein tiefes, in einer Ecke des Kellers befindliches Grab.

In diesem Augenblick begab sich aber das Unerwartetste und zugleich anmutig Rührendste der ganzen Totenfeier. Drei Katzenmädchen, schön wie der Tag, hüpften heran und streuten Kartoffel- und Petersilienkraut, das sie im Keller gepflückt, in das offne Grab, während eine ältere ein einfaches, herziges Lied dazu sang. Die Melodie war mir bekannt, irre ich nicht, so fängt der Originaltext des Liedes, dem die Stimme untergeschoben, mit den Worten an: „O Tannenbaum! o Tannenbaum!“ und so weiter. Es waren, wie mir der Senior Puff ins Ohr sagte, die Töchter des verstorbenen Muzius, die auf diese Weise des Vaters Trauerfest mit begingen.

Nicht das Auge abwenden konnte ich von der Sängerin; sie war allerliebst, der Ton ihrer süßen Stimme, selbst das Rührende, tief Empfundene in der Melodie des Trauerliedes riß mich hin ganz und gar; ich konnte mich der Tränen nicht enthalten. Doch der Schmerz, der mir sie auspreßte, war von ganz besonderer seltsamer Art, da er mir das süßeste Wohlbehagen erregte.

Daß ich es nur geradezu heraussage! – Mein ganzes Herz neigte sich der Sängerin hin, es war mir, als habe ich nie eine Katzenjungfrau erblickt von dieser Anmut, von diesem Adel in Haltung und Blick, kurz, von dieser siegenden Schönheit. –

Das Grab wurde mit Mühe von vier rüstigen Katern, die so viel Sand und Erde herankratzten, als nur möglich, gefüllt, die Beerdigung war vorbei, und wir gingen zu Tische. Muzius' schöne liebliche Töchter wollten sich entfernen, das litten wir jedoch nicht, sie mußten vielmehr teilnehmen am Trauermahl, und ich wußte es so geschickt anzufangen, daß ich die Schönste zur Tafel führte und mich dicht neben ihr hinsetzte. Hatte mir erst ihre Schönheit geglänzt, hatte mich ihre süße Stimme bezaubert, so versetzte mich jetzt ihr heller klarer Verstand, die Innigkeit, die Zartheit ihres Gefühls, das rein weibliche fromme Wesen, das aus ihrem Innern hervorstrahlte, in den höchsten Himmel des Entzückens. Alles erhielt in ihrem Munde, in ihren süßen Worten einen ganz eigenen Zauberreiz, ihr Gespräch war ganz liebliche zarte Idylle. – So sprach sie zum Beispiel mit Wärme von einem Milchbrei, den sie wenige Tage vor des Vaters Tode nicht ohne Appetit genossen, und als ich sagte, daß bei meinem Meister solch ein Brei ganz vorzüglich bereitet würde, und zwar mit einer guten Zutat von Butter, da blickte sie mich an mit ihren frommen, grünstrahlenden Taubenaugen und fragte mit einem Ton, der mein ganzes Herz durchbebte: „O gewiß – gewiß, mein Herr? – Sie lieben auch den Milchbrei? – Mit Butter!“ wiederholte sie dann, wie in schwärmerische Träume versinkend. – Wer weiß nicht, daß hübsche, blühende Mädchen von sechs bis acht Monaten (so viele konnte die Schönste zählen) nichts besser kleidet als ein kleiner Anstrich von Schwärmerei, ja daß sie dann oft ganz unwiderstehlich sind. So geschah es, daß ich, ganz in Liebe entflammt, die Pfote der Schönsten heftig drückend, laut rief: „Engelgleiches Kind! frühstücke mit mir Milchbrei, und es gibt keine Seligkeit des Lebens, gegen die ich mein Glück austausche!“ – Sie schien verlegen, sie schlug errötend die Augen nieder, doch ließ sie ihre Pfote in der meinigen, welches die schönsten Hoffnungen in mir erregte. Ich hatte nämlich einmal bei meinem Meister einen alten Herrn, der, irre ich nicht, ein Advokat war, sagen gehört, es sei für ein junges Mädchen sehr gefährlich, ihre Hand lange in der Hand eines Mannes zu lassen, weil dieser es mit Recht für eine traditio brevi manu ihrer ganzen Person ansehen und allerlei Ansprüche darauf begründen könne, die dann nur mit Mühe zurückzuweisen. – Zu solchen

Ansprüchen hatte ich nun aber große Lust und wollte eben damit beginnen, als das Gespräch durch eine Libation zu Ehren des Verstorbenen unterbrochen wurde. – Die drei jüngeren Töchter des hingeschiedenen Muzius hatten indessen eine frohe Laune, eine schalkhafte Naivität entwickelt, über die alle Kater entzückt waren. Schon durch Speise und Trank merklich dem Gram und Schmerz entnommen, wurde nun die Gesellschaft immer froher und lebendiger. Man lachte, man scherzte, und als die Tafel aufgehoben, war es der ernste Senior Puff selbst, welcher vorschlug, ein Tänzchen zu machen. Schnell war alles fortgeräumt; drei Kater stimmten ihre Kehlen, und bald sprangen und drehten sich Muzius' aufgeweckte Töchter mit den Jünglingen wacker herum.

Nicht von der Seite wich ich der Schönsten, ich forderte sie auf zum Tanz, sie gab mir die Pfote, wir flogen in die Reihen. – Ha! wie ihr Atem an meiner Wange spielte! wie meine Brust an der ihrigen bebte! wie ich ihren süßen Leib mit meinen Pfoten umschlungen hielt! – O des seligen, himmlisch seligen Augenblicks!

Als wir zwei, auch wohl drei Hopser getanzt, führte ich die Schönste in eine Ecke des Kellers und bediente sie galanter Sitte gemäß mit einigen Erfrischungen, wie sie sich eben vorfinden lassen wollten, da das Fest eigentlich auf einen Ball nicht eingerichtet. Nun ließ ich meinem innern Gefühl ganz freien Lauf. Ein Mal übers andere drückte ich ihre Pfote an meine Lippen und versicherte ihr, daß ich der glücklichste Sterbliche sein werde, wenn sie mich lieben wolle.

„Unglücklicher“, sprach plötzlich eine Stimme dicht hinter mir, „Unglücklicher, was beginnst du! – Es ist deine Tochter Mina!“

Ich erbebte, denn wohl erkannte ich die Stimme! – Es war Miesmies! – Launisch spielte der Zufall mit mir, daß in dem Augenblick, als ich Miesmies ganz vergessen zu haben geglaubt, ich erfahren, was ich nicht ahnen können, ich in Liebe kommen mußte zu eignem Kinde! – Miesmies war in tiefer Trauer, ich wußte selbst nicht, was ich davon denken sollte. „Miesmies“, sprach ich sanft, „Miesmies, was führt Sie hieher, warum in Trauer und – o Gott! – jene Mädchen – Minas Schwestern?“ – Ich erfuhr das Seltsamste! – Mein gehässiger Nebenbuhler, der Schwarzgraugelbe, hatte sich gleich nachher, als er in jenem mörderischen Zweikampf meiner ritterlichen Tapferkeit erlegen, von Miesmies getrennt und war, als nur seine Wunden geheilt, fortgegangen, niemand wußte wohin. Da warb Muzius um ihre Pfote, die sie ihm willig reichte, und es machte ihm Ehre und bewies sein Zartgefühl, daß er mir dies Verhältnis gänzlich verschwieg. So waren aber jene muntren naiven Kätzchen nur meiner Mina Stiefschwestern!

„O Murr“, sprach Miesmies zärtlich, nachdem sie erzählt, wie sich das alles ergeben, „o Murr! Ihr schöner Geist hat sich nur in dem Gefühl geirrt, das ihn überströmte. Es war die Liebe des zärtlichsten Vaters, nicht des verlangenden Liebhabers, die in Ihrer Brust erwachte, als Sie unsre Mina sahen. *Unsere* Mina! O welch ein süßes Wort! Murr! können

Sie dabei unempfindlich bleiben, sollte alle Liebe erloschen sein in Ihrem Innern gegen die, die Sie so innig liebte – o Himmel, noch so innig liebt, die Ihnen treu geblieben bis in den Tod, wäre nicht ein anderer dazwischengekommen und hätte sie verlockt durch schnöde Verführungskünste? – O Schwachheit, dein Name ist Katz! Das denken Sie, ich weiß es, aber ist es nicht Katertugend, der schwachen Katze zu verzeihen? – Murr! Sie sehen mich gebeugt, trostlos über den Verlust des dritten zärtlichen Gatten, aber in dieser Trostlosigkeit flammt aufs neue die Liebe auf, die sonst mein Glück, mein Stolz, mein Leben war! – Murr! hören Sie mein Geständnis! – Ich liebe Sie noch, und ich dächte, wir verhei –" Tränen erstickten ihre Stimme!

Mir war bei dem ganzen Auftritt sehr peinlich zumute. Mina saß da, bleich und schön wie der erste Schnee, der manchmal im Herbste die letzten Blumen küßt und gleich in bittres Wasser zerfließen wird!

Schweigend betrachtete ich beide, Mutter und Tochter, die letzte gefiel mir doch unendlich viel besser, und da bei unserm Geschlecht die nächsten verwandtschaftlichen Verhältnisse kein kanonisches Ehehindernis . . . Vielleicht verriet mich mein Blick, denn Miesmies schien meine innersten Gedanken zu durchschauen. „Barbar!" rief sie, indem sie schnell auf Mina lossprang und sie heftig umpfotend an ihre Brust riß, „Barbar! was willst du beginnen? – Wie? du kannst dies dich liebende Herz verschmähen und Verbrechen häufen auf Verbrechen!" – Unerachtet ich nun gar nicht begriff, was für Ansprüche Miesmies geltend machen und welche Verbrechen sie mir vorwerfen konnte, so fand ich es, um den Jubel, in den sich das Trauerfest aufgelöst, nicht zu verstören, doch geratener, gute Miene zu machen zum bösen Spiel. Ich versicherte daher der ganz aus sich selbst gekommenen Miesmies, daß bloß die unaussprechliche Ähnlichkeit Minas mit ihr mich irregeführt und ich geglaubt habe, dasselbe Gefühl entflamme mein Inneres, das ich für sie, die noch immer schöne Miesmies, in mir trage. Miesmies trocknete alsbald die Tränen, setzte sich dicht zu mir und fing ein so vertrauliches Gespräch mit mir an, als sei nie etwas Böses unter uns vorgefallen. Hatte nun noch der junge Hinzmann die schöne Mina zum Tanz aufgefordert, so kann man denken, in welcher unangenehmen, peinlichen Lage ich mich befand.

Ein Glück für mich war es, daß der Senior Puff endlich Miesmies aufzog zum Kehraus, da sie mir sonst noch allerlei seltsame Propositionen hätte machen können. Ich schlich leise, leise aus dem Keller herauf und dachte: „Kommt Zeit, kommt Rat!"

Ich sehe dieses Trauerfest für den Wendepunkt an, in dem sich meine Lehrmonate schlossen und ich eintrat in einen andern Kreis des Lebens.

(*Mak. Bl.*) – Kreisler veranlaßt, sich in aller Frühe in die Gemächer des Abts zu begeben. Er fand den hochehrwürdigen Herrn, wie er eben, mit Beil und Meißel in der Hand, beschäftigt war, eine große Kiste aufzuschlagen, in welcher der Form nach ein Gemälde eingepackt sein mußte. „Ha!" rief der Abt dem eintretenden Kreisler entgegen,

„gut, daß Ihr kommt, Kapellmeister! Ihr könnet mir beistehen in einer schweren, mühseligen Arbeit. Die Kiste ist mit tausend Nägeln zugehämmert, als solle sie verschlossen bleiben in Ewigkeit. Sie kommt geradesweges aus Neapel, und es ist ein Gemälde darin, das ich vorderhand in meinem Kabinett aufhängen und den Brüdern nicht zeigen will. Darum rief ich mir keinen zur Hilfe; aber nun sollt Ihr mir helfen, Kapellmeister." Kreisler legte Hand an, und nicht lange dauerte es, so war das große schöne Gemälde, das in einen prächtigen vergoldeten Rahmen gefaßt, aus der Kiste zutage gefördert. Nicht wenig verwunderte sich Kreisler, als er in dem Kabinett des Abts die Stelle über dem kleinen Altar, wo sonst ein sehr anmutiges Bild von Leonardo da Vinci, die heilige Familie darstellend, aufgehängt war, leer fand. Der Abt hatte dies Gemälde für eins der besten geachtet, welche die an alten Originalen reiche Sammlung besaß, und doch sollte dies Meisterstück Platz machen einem Gemälde, dessen große Schönheit Kreisler auf den ersten Blick erkannte. –

Mit großer Mühe hatten beide, der Abt und Kreisler, das Gemälde an der Wand mit Mauerschrauben befestigt, und nun stellte sich der Abt in das rechte Licht und schaute das Bild mit einem solch innigen Wohlbehagen, mit solch sichtlicher Freude an, daß es schien, als sei außer der in der Tat bewundrungswürdigen Malerei noch ein besonderes Interesse hier im Spiele. – Der Gegenstand des Gemäldes war ein Mirakel. Von der strahlenden Glorie des Himmels umflossen, erschien die heilige Jungfrau; in der linken Hand trug sie einen Lilienzweig, mit den beiden Mittelfingern der rechten Hand berührte sie aber die nackte Brust eines Jünglings, und man sah, wie unter den Fingern dickes Blut aus einer offnen Wunde hervortropfte. Der Jüngling erhob sich halb von dem Lager, auf das er ausgestreckt, er schien aus dem Todesschlafe zu erwachen, noch hatte er nicht die Augen geöffnet, aber das verklärte Lächeln, das auf seinem schönen Antlitz ausgebreitet, zeigte, daß er die Mutter Gottes schaute im seligen Traum, daß ihm der Schmerz der Wunde entnommen, daß der Tod keine Macht mehr hätte über ihn. – Jeder Kenner mußte die korrekte Zeichnung, die geschickte Anordnung der Gruppe, die richtige Verteilung des Lichts und Schattens, den grandiosen Wurf der Gewänder, die hohe Anmut der Gestalt Marias, vorzüglich auch die lebensvolle Farbe, die den modernen Künstlern meistens nicht zu Gebote steht, höchlich bewundern. Worin sich aber am meisten und, wie es in der Natur der Sache liegt, auch am entschiedensten der wahre Genius des Künstlers offenbarte, war der unbeschreibliche Ausdruck der Gesichter. Maria war das schönste, anmutigste Weib, das man nur sehen konnte, und doch lag auf dieser hohen Stirne des Himmels gebietende Majestät, strahlte überirdische Seligkeit in mildem Glanz aus diesen dunklen Augen. Ebenso war die himmlische Verzückung des zum Leben erwachenden Jünglings mit einer seltenen Kraft des schöpferischen Geistes vom Künstler aufgefaßt und dargestellt. – Kreisler kannte in der Tat kein einziges Gemälde der neuern Zeit, das er diesem herrlichen Bilde hätte an die Seite stellen können; er äußerte dies dem Abt, indem er sich über alle einzelnen

Schönheiten des Werks weitläufig ausließ und dann hinzufügte, daß in der neuesten Zeit wohl kaum Gediegeneres hervorgebracht worden.

„Das", sprach der Abt lächelnd, „das hat seinen guten Grund, wie Ihr, Kapellmeister, sogleich erfahren sollt. – Es ist ein eignes Ding mit unsern jungen Künstlern, sie studieren und studieren, erfinden, zeichnen, machen gewaltige Kartons, und am Ende kommt Totes, Starres hervor, das nicht eindringen kann ins Leben, weil es selbst nicht lebt. Statt des alten großen Meisters, den sie sich zum Muster und Vorbild gewählt haben, Werke sorglich zu kopieren und so einzudringen in seinen eigentümlichsten Geist, wollen sie gleich die Meister selbst sein und Similia malen, verfallen aber darüber in eine Nachahmerei der Nebendinge, die sie ebenso kindisch und lächerlich erscheinen läßt als jenen, der, um einem großen Mann gleichzukommen, ebenso zu husten, zu schnarren, etwas gebückt zu gehen sich mühte wie dieser. – Es fehlt unsern jungen Malern an der wahren Begeisterung, die das Bild in aller Glorie des vollendetsten Lebens aus dem Innern hervorruft und ihnen vor Augen stellt. Man sieht, wie sich dieser, jener vergebens abquält, um endlich in jene erhöhte Stimmung des Gemüts zu geraten, ohne die kein Werk der Kunst geschaffen wird. Was dann aber die Ärmsten für wahre Begeisterung halten, wie sie den heitern, ruhigen Sinn der alten Maler erhob, ist nur das seltsam gemischte Gefühl von hochmütiger Bewunderung des selbst gefaßten Gedankens und von ängstlicher, quälender Sorge, nun bei der Ausführung es dem alten Vorbilde auch in der kleinsten Kleinigkeit nachzutun. – So wird denn oft die Gestalt, die, selbst lebendig, ins helle freundliche Leben treten sollte, zur widerlichen Fratze. Unsere jungen Maler bringen es nicht zur deutlichen Anschauung der im Innern aufgefaßten Gestalt, und mag es vielleicht nicht lediglich daher kommen, daß sie, gerät ihnen auch sonst alles so ziemlich gut, doch die Färbung verfehlen? – Mit einem Wort, sie können höchstens zeichnen, aber durchaus nicht malen. Unwahr ist es nämlich, daß die Kenntnis der Farben und ihrer Behandlung verlorengegangen sein, daß es den jungen Malern an Fleiß fehlen sollte. Denn was das erste betrifft, so ist es unmöglich, da die Malerkunst seit der christlichen Zeit, in der sie sich erst als wahrhaftige Kunst gestaltete, nie geruht hat, sondern Meister und Schüler eine ununterbrochene, fortlaufende Reihe bilden und der Wechsel der Dinge, der freilich nach und nach die Abweichungen vom Wahrhaftigen herbeiführte, auf die Übertragung des Mechanischen keinen Einfluß haben konnte. Anlangend aber den Fleiß der Künstler, so möchte ihnen eher Übermaß als Mangel daran vorzuwerfen sein. Ich kenne einen jungen Künstler, der ein Gemälde, läßt es sich auch ziemlich gut an, so lange übermalt und übermalt, bis alles in einen stumpfen bleiernen Ton hinschwindet und so vielleicht erst dem innern Gedanken gleicht, dessen Gestalten nicht in das vollendete, lebendige Leben treten konnten. – Seht da, Kapellmeister, ein Bild, aus dem wahres herrliches Leben haucht, und das darum, weil es die wahre fromme Begeisterung schuf! – Das Mirakel ist Euch deutlich. Der Jüngling, der sich dort vom Lager erhebt, wurde in gänzlicher Hilflosigkeit von Mördern überfallen und zum Tode getroffen. Laut rief er, der sonst ein gottloser Frevler gewesen, der die Gebote der Kirche in höllischem Wahn verachtet, die heilige Jungfrau um Hilfe an, und es gefiel der himmlischen Mutter Gottes, ihn aus dem Tode zu erwecken, damit er noch lebe, seine Irrtümer einsehe und sich in frommer Hingebung der Kirche weihe und ihrem Dienst. – Dieser Jüngling, dem die Gottgesandte so viel Gnade angedeihen ließ, ist zugleich der Maler des Bildes.“ –

Kreisler bezeugte darüber, was ihm der Abt sagte, seine nicht geringe Verwunderung und schloß damit, daß auf diese Weise das Mirakel ja in der neuesten Zeit sich zugetragen haben müsse.

„Auch Ihr“, sprach der Abt mit sanftem, mildem Ton, „auch Ihr, mein lieber Johannes, seid also der törichten Meinung, daß das Gnadentor des Himmels jetzt verschlossen sei, so daß das Mitleiden, die Barmherzigkeit in der Gestalt des Heiligen, den der bedrängte Mensch in der zermalmenden Angst des Verderbens brünstig anflehte, nicht mehr hindurchwandeln, selbst dem Bedürftigen erscheinen und ihm Frieden und Trost bringen könne? – Glaubt mir, Johannes, nie haben die Wunder aufgehört, aber des Menschen Auge ist erblödet in sündigem Frevel, es kann den überirdischen Glanz des Himmels nicht ertragen und vermag daher nicht die Gnade der ewigen Macht zu erkennen, wenn sie sich kundtut in sichtbarlicher Erscheinung. – Doch, mein lieber Johannes, die herrlichsten, göttlichsten Wunder geschehen in dem innersten Gemüt des Menschen selbst, und diese Wunder soll er laut verkünden, wie er es nur vermag, in Wort, Ton oder Farbe. So hat jener Mönch, der das Bild malte, das Wunder seiner Bekehrung herrlich verkündet, und so – Johannes, ich muß von Euch reden, es strömt mir aus dem Herzen – und so verkündet Ihr in mächtigen Tönen das herrliche Wunder der Erkenntnis des ewigen klarsten Lichts aus Euerm tiefsten Innern heraus. Und daß Ihr das vermöget, ist das nicht auch ein gnadenvolles Wunder, das die ewige Macht geschehen läßt zu Euerm Heil?“ –

Kreisler fühlte sich von des Abts Worten gar seltsam erregt; so wie es selten geschehen, trat der volle Glaube an seine innere schöpferische Kraft lebendig hervor, und ihn durchbebte ein seliges Wohlbehagen.

Nicht den Blick hatte Kreisler indessen abgewandt von dem wunderbaren Gemälde, aber wie es wohl zu geschehen pflegt, daß wir auf Bildern, vorzüglich wenn, wie es hier der Fall, starke Lichteffekte im Vor- oder Mittelgrunde angebracht sind, die in den dunklen Hintergrund gestellten Figuren erst später entdecken, so gewahrte auch jetzt erst Kreisler die Gestalt, die, in einen weiten Mantel gehüllt, den Dolch, auf den nur ein Strahl der Glorie der Himmelskönigin zu fallen schien, so daß er kaum bemerkbar blinkte, in der Hand, durch die Türe entfloh. Es war offenbar der Mörder; im Entfliehen blickte er rückwärts, und sein Gesicht trug den furchtbaren Ausdruck der Angst und des Entsetzens.

Wie ein Blitz traf es den Kreisler, als er in dem Antlitz des Mörders die Züge des Prinzen Hektor erkannte, nun war es ihm auch, als habe er den zum Leben erwachenden Jüngling schon irgendwo, wiewohl nur sehr flüchtig, gesehen. Eine ihm selbst unerklärliche Scheu hielt ihn zurück, diese Bemerkungen dem Abt mitzuteilen, dagegen fragte er den Abt, ob er es nicht für störend und anstößig halte, daß der Maler ganz im Vordergrunde, wiewohl im Schlagschatten, Gegenstände des modernen Anzuges angebracht und, wie er jetzt erst sehe, auch den erwachenden Jüngling, also sich selbst, modern gekleidet.

In der Tat war auf dem Bilde, und zwar zur Seite des Vorgrundes, ein kleiner Tisch und ein dicht danebenstehender Stuhl angebracht, auf dessen Lehne ein türkischer Shawl hing, so wie auf dem Tisch ein Offiziershut mit einem Federbusch und ein Säbel lagen. Der Jüngling trug einen modernen Hemdkragen, eine Weste, die ganz aufgeknöpft, und einen dunklen, ebenfalls ganz aufgeknöpften Überrock, dessen Schnitt aber einen guten Faltenwurf zuließ. Die Himmelskönigin war gekleidet, wie man sie auf den Bildern der besten alten Maler zu sehen gewohnt ist.

„Mir ist", erwiderte der Abt auf Kreislers Frage, „mir ist die Staffage im Vorgrunde sowie des Jünglings Überrock nicht allein keinesweges anstößig, sondern ich meine auch, daß der Maler nicht von des Himmels Gnade, sondern von weltlicher Torheit und Eitelkeit hätte durchdrungen sein müssen, wenn er auch nur in dem geringfügigsten Nebenpunkte von der Wahrheit abgewichen wäre. So wie es sich wirklich begab, getreu nach Ort, Umgebung, Kleidung der Personen usw. mußte er das Mirakel darstellen, so sieht auch jeder auf den ersten Blick, daß sich das Mirakel in unsern Tagen begab, und so wird das Gemälde des frommen Mönchs zur schönen Trophäe der siegenden Kirche in diesen Zeiten des Unglaubens und der Verderbtheit."

„Und doch", sprach Kreisler, „und doch ist mir dieser Hut, dieser Säbel, dieser Shawl, dieser Tisch, dieser Stuhl – ist mir das alles, sage ich, fatal, und ich wollte, der Maler hätte diese Staffage des Vorgrundes weggelassen, und sich selbst ein Gewand umgeworfen statt des Überrocks. Sagt selbst, hochehrwürdiger Herr, könnt Ihr Euch eine heilige Geschichte denken im modernen Kostüm, einen heiligen Joseph im Flauschrock, einen Heiland im Frack, eine Jungfrau in einer Robe, mit umgeworfenem türkischem Shawl? Würde Euch das nicht als eine unwürdige, ja abscheuliche Profanation des Erhabensten erscheinen? Und doch stellten die alten, vorzüglich die deutschen Maler alle biblischen und heiligen Geschichten in dem Kostüm ihres Zeitalters dar, und ganz falsch möchte die Behauptung sein, daß sich jene Trachten besser zur malerischen Darstellung eigneten als die jetzigen, die freilich, bis auf manche Kleidung der Weiber, albern und unmalerisch genug sind. Doch bis ins Übertriebene, bis ins Ungeheuere, möcht ich sagen, gingen ja manche Moden der Vorzeit; man denke an jene ellenhoch aufgekrümmten Schnabelschuhe, an jene bauschichten Pluderhosen, an jene zerschnittenen Wämser und Ärmel und so weiter, vollends unausstehlich und Antlitz und Wuchs entstellend waren aber manche Weibertrachten, wie man sie auf alten Bildern findet, auf denen das junge blühende, bildschöne Mädchen bloß der Tracht halber das Ansehn hat einer alten grämlichen Matrone. Und doch sind gewiß jene Bilder niemandem anstößig gewesen."

„Nun", erwiderte der Abt, „nun kann ich Euch, mein lieber Johannes, mit wenigen Worten recht den Unterschied der alten frommen und der jetzigen verderbteren Zeit vor Augen bringen. – Seht, damals waren die heiligen Geschichten so in das Leben der Menschen eingedrungen, ja, ich möchte sagen, so im Leben bedingt, daß jeder glaubte, vor seinen Augen habe sich das Wundervolle begeben, und jeden Tag könne die ewige Allmacht gleiches geschehen lassen. So ging dem frommen Maler die heilige Geschichte, der er seinen Sinn zugewendet, in der Gegenwart auf; unter den Menschen, wie sie ihn im Leben umgaben, sah er das Gnadenreiche geschehen, und wie er es lebendig geschaut, brachte er es auf die Tafel. Heutzutage sind jene Geschichten etwas ganz Entferntes, das als für sich bestehend und in die Gegenwart nicht eintretend, nur in der Erinnerung ein mattes Leben mühsam behauptet, und vergebens ringt der Künstler nach lebendiger Anschauung, da, mag er es sich auch selbst nicht gestehen, sein innerer Sinn durch das weltliche Forttreiben verflacht ist. – Ebenso fade und lächerlich ist es aber hiernach, wenn man den alten Malern Unkenntnis des Kostüms vorwirft und darin die Ursache findet, warum sie nur die Trachten ihrer Zeit in ihren Gemälden aufstellten, als wenn unsere jungen Maler sich mühen, die abenteuerlichsten, geschmackwidrigsten Trachten des Mittelalters in ihren Abbildungen heiliger Geschichten anzubringen, dadurch aber zeigen, daß sie das, was sie abzubilden unternommen, nicht unmittelbar im Leben anschauten, sondern sich mit dem Reflex davon begnügten, wie er ihnen im Gemälde des alten Meisters aufging. Eben daher, mein lieber Johannes, weil die Gegenwart zu profan, um nicht mit jenen frommen Legenden im häßlichen Widerspruch zu stehen, weil niemand imstande ist, sich jene Wunder als unter uns geschehen vorzustellen, eben daher würde allerdings die Darstellung in unserem modernen Kostüm uns abgeschmackt, fratzenhaft, ja frevelig bedünken. Ließe es aber die ewige Macht geschehen, daß vor aller unser Augen nun wirklich ein Wunder geschehe, so würde es durchaus unzulässig sein, das Kostüm der Zeit zu ändern, so wie die jungen Maler nun freilich, wollen sie einen Stützpunkt finden, darauf bedacht sein müssen, in alten Begebenheiten das Kostüm des jedesmaligen Zeitalters, so wie es erforschlich, richtig zu beobachten. – Recht, wiederhole ich noch einmal, recht hatte der Maler dieses Bildes, daß er die Gegenwart andeutete, und eben jene Staffage, die Ihr, lieber Johannes, verwerflich findet, erfüllt mich mit frommen, heiligen Schauern, da ich selbst einzutreten wähne in das enge Gemach des Hauses zu Neapel, wo sich erst vor ein paar Jahren das Wunder der Erweckung jenes Jünglings begab." –

Kreisler wurde durch die Worte des Abts zu Betrachtungen mancherlei Art veranlaßt; er mußte ihm in vielem recht geben, nur meinte er doch, daß was die höhere Frömmigkeit der alten Zeit und die Verderbtheit der jetzigen betreffe, aus dem Abt gar zu sehr der Mönch spreche, der Zeichen, Wunder, Verzückungen verlange und wirklich schaue, deren ein frommer kindlicher Sinn, dem die krampfhafte Ekstase eines berauschenden Kultus fremd bleibe, nicht bedürfe, um wahrhafte christliche Tugend zu üben; und eben diese Tugend sei keineswegs von der Erde verschwunden, und könne dies wirklich geschehen, so würde die ewige Macht, die uns aufgegeben und dem finstern Dämon freie Willkür gegönnt, uns auch durch kein Mirakel zurückbringen wollen auf den rechten Weg. –

Alle diese Betrachtungen behielt indessen Kreisler für sich und betrachtete schweigend noch immer das Bild. Aber immer mehr traten auch, wie bei näherem und näherem Anschauen die Züge des Mörders aus dem Hintergrunde hervor, und Kreisler überzeugte sich, daß das lebendige Original der Gestalt niemand anders sein könne als Prinz Hektor.

„Mich dünkt", begann Kreisler, „mich dünkt, hochehrwürdiger Herr, ich erblicke dort im Hintergrunde einen wackern Freischützen, der es abgesehen hat auf das edelste Tier, nämlich auf den Menschen, den er pirscht auf mannigfache Weise. Er hat diesmal, wie ich sehe, ein treffliches, wohlgeschliffnes Fangeisen zur Hand genommen und gut getroffen, mit dem Schießgewehr hapert's aber merklich, da er vor nicht langer Zeit auf dem Anstand einen muntren Hirsch garstig fehlte. – In der Tat, mich gelüstet's gar sehr nach dem Curriculum vitae dieses entschlossenen Weidmanns, sei es auch nur ein epitomatischer Auszug aus demselben, der mir schon zeigen könnte, wo ich eigentlich meine Stelle finde, und ob es nicht geraten, mich nur gleich an die heilige Jungfrau zu wenden wegen eines mir vielleicht nötigen Frei- und Schutzbriefes!" –

„Laßt", sprach der Abt, „laßt nur die Zeit hingehn, Kapellmeister! mich sollt es wundern, wenn Euch nicht in kurzem so manches klar würde, das jetzt noch in trübem Dunkel liegt. – Es kann sich noch vieles Euern Wünschen, die ich erst jetzt erkannt, gar freudig fügen. Seltsam – ja, soviel kann ich Euch wohl sagen – seltsam genug scheint es, daß man in Sieghartshof über Euch im gröbsten Irrtum ist. Meister Abraham mag vielleicht der einzige sein, der Euer Innres durchschaut."

„Meister Abraham", rief Kreisler, „Ihr kennt den Alten, hochehrwürdiger Herr?"

„Ihr", erwiderte der Abt lächelnd, „Ihr vergeßt, daß unsere schöne Orgel ihre neue wirkungsvolle Struktur der Geschicklichkeit Meister Abrahams zu verdanken hat! – Doch künftig mehr! – Wartet nur in Geduld der Dinge, die da kommen werden." –

Kreisler beurlaubte sich beim Abt; er wollte hinab in den Park, um so manchen Gedanken nachzuhängen, die ihn durchkreuzten; doch als er schon die Treppe hinabgestiegen war, hörte er hinter sich herrufen: „Domine, domine Capellmeistere! – paucis te volo!" – Es war der Pater Hilarius, welcher versicherte, daß er mit höchster Ungeduld auf das Ende der langen Konferenz mit dem Abt gewartet. Soeben habe er sein Kellermeisteramt verrichtet und den herrlichsten Leistenwein abgezogen, der seit Jahren im Keller gewesen. Ganz unumgänglich nötig sei es, daß Kreisler sogleich einen Pokal davon leere zum Frühstück, um die Güte des edlen Gewächses zu erkennen und sich zu überzeugen, daß es ein Wein sei, der, feurig, geist- und herzstärkend, für einen tüchtigen Kompositor und echten Musikanten geboren.

Kreisler wußte wohl, daß es vergeblich sein würde, dem begeisterten Pater Hilarius entgehen zu wollen, und es war ihm selbst recht, bei der Stimmung, in die er sich versetzt fühlte, ein Glas guten Wein zu genießen, er folgte daher dem fröhlichen Kellermeister, der ihn in seine Zelle führte, wo er auf einem kleinen, mit einer saubern Serviette bedeckten Tischchen schon eine Flasche des edlen Getränks sowie frisch gebacknes Weißbrot und Salz und Kümmel vorfand. – „Ergo bibamus!" rief Pater Hilar, schenkte die zierlichen grünen Römer voll und stieß mit Kreisler fröhlich an. „Nicht wahr", begann er, nachdem die Pokale geleert, „nicht wahr, Kapellmeister, unser hochwürdiger Herr will Euch gern in den langen Rock hineinvexieren? – Tut's nicht, Kreisler! – Mir ist wohl in der Kutte, ich möchte sie um keinen Preis wieder ablegen, aber distinguendum est inter et inter! – Für mich ist ein gut Glas Wein und ein tüchtiger Kirchengesang die ganze Welt, aber Ihr – Ihr! Nun, Ihr seid noch zu ganz andern Dingen aufgehoben, Euch lacht noch das Leben auf ganz andere Weise, Euch leuchten noch ganz andre Lichter als die Altarskerzen! – Nun, Kreisler, kurz von der Sache zu reden – stoßt an! – Vivat Euer Mädel, und wenn Ihr Hochzeit macht, so soll Euch der Herr Abt, alles Verdrusses unerachtet, durch mich von dem besten Wein senden, der nur in unserm reichen Keller befindlich!"

Kreisler fühlte sich durch Hilarius' Worte berührt auf unangenehme Weise, so wie es uns schmerzt, wenn wir etwas Zartes, Schneereines erfaßt sehn von plumpen, ungeschickten Händen. „Was", sprach Kreisler, indem er sein Glas zurückzog, „was Ihr nicht alles wißt, nicht alles erfahrt in Euern vier Mauern."

„Domine", rief Pater Hilarius, „Domine Kreislere, nichts für ungut, video mysterium, aber ich will das Maul halten! Wollt Ihr nicht auf Euer – Nun! Laßt uns frühstücken in Camera et faciemus bonum cherubim – und bibamus, daß der Herr uns hier in der Abtei die Ruhe und Gemütlichkeit erhalten möge, die bisher geherrscht."

„Ist", fragte Kreisler gespannt, „ist denn die jetzt in Gefahr gekommen?" –

„Domine", sprach Pater Hilarius leise, indem er Kreislern vertraulich näher rückte, „Domine dilectissime! Ihr seid lange genug bei uns, um zu wissen, in welcher Eintracht wir leben, wie sich die verschiedensten Neigungen der Brüder in einer gewissen Heiterkeit einigen, die von allem, von unserer Umgebung, von der Milde der Klosterzucht, von der ganzen Lebensweise begünstigt wird. – Vielleicht hat das am längsten gedauert. Erfahrt es, Kreisler! eben ist Pater Cyprianus angekommen, der längst erwartete, der von Rom aus dem Abt auf das dringendste empfohlen wurde. Es ist noch ein junger Mann, aber auf diesem ausgedörrten starren Antlitz ist auch nicht eine Spur eines heitern Gemüts zu finden, vielmehr liegt in den finstren abgestorbenen Zügen eine unerbittliche Strenge, die den bis zur höchsten Selbstqual gesteigerten Asketiker verkündet. Dabei zeugt sein ganzes Wesen von einer gewissen feindseligen Verachtung alles dessen, was ihn umgibt, die vielleicht wirklich dem Gefühl einer geistlichen Übermacht über uns alle ihren Ursprung verdanken mag. – Schon erkundigte er sich in abgebrochenen Worten nach der Klosterzucht und seinen großes Ärgernis an unserer Lebensweise zu nehmen. – Gebt acht, Kreisler, dieser Ankömmling wird unsre ganze Ordnung, die uns so wohl getan, verkehren! Gebt acht, nunc probo! Die Strenggesinnten werden sich leicht an ihn anschließen, und bald wird sich eine Partei wider den Abt bilden, der vielleicht der Sieg nicht entgehen kann, weil es mir gewiß scheint, daß Pater Cyprianus ein Emissär Sr. päpstlichen Heiligkeit ist, dessen Willen sich der Abt beugen muß. – Kreisler! was wird aus unserer Musik, aus Eurem gemütlichen Aufenthalt bei uns werden! – Ich sprach von unserm wohleingerichteten Chor, und wie wir die Werke der größten Meister recht wacker auszuführen imstande, da schnitt aber der finstre Asketiker ein entsetzliches Gesicht und meinte, dergleichen Musik sei für die profane Welt, aber nicht für die Kirche, aus der sie der Papst Marcellus der Zweite mit Recht ganz verbannen wollte. – Per diem, wenn es keinen Chor mehr geben soll und man mir vielleicht auch den Weinkeller verschließt, so – doch vor der Hand bibamus! – Man muß sich vor der Zeit keine Gedanken machen, ergo – gluc-gluc."

Kreisler meinte, daß es sich wohl mit dem neuen Ankömmling, der vielleicht strenger schiene, als er es wirklich sei, besser fügen und er seinerseits nicht glauben könne, daß der Abt bei dem festen Charakter, den er stets bewiesen, so leicht dem Willen eines fremden Mönchs nachgeben werde, zumal es ihm selbst an wichtigen, erfolgreichen Verbindungen in Rom gar nicht fehle.

In dem Augenblick wurden die Glocken gezogen, ein Zeichen, daß die feierliche Aufnahme des fremden Bruders Cyprianus in den Orden des heiligen Benedikt vor sich gehen solle.

Kreisler begab sich mit dem Pater Hilarius, der mit einem halbängstlichen „bibendum quid" noch die Neige seines Römers schnell hinunterschluckte, auf den Weg nach der Kirche. Aus den Fenstern des Korridors, den sie durchschritten, konnte man in die Gemächer des Abts hineinschauen. „Seht, seht!" rief Pater Hilar, indem er den Kreisler in die Ecke eines Fensters zog. Kreisler schaute hinüber und gewahrte in dem Gemach des Abts einen Mönch, mit dem der Abt sehr eifrig sprach, indem eine dunkle Röte sein Antlitz überzog. Endlich kniete der Abt nieder vor dem Mönch, der ihm den Segen gab.

„Hab ich recht", sprach Hilarius leise, „hab ich recht, wenn ich in diesem fremden Mönch, der mit einem Mal hinabschneit in unsere Abtei, etwas Besonderes, Seltsames suche und finde?"

„Gewiß“, erwiderte Kreisler, „gewiß hat es mit diesem Cyprianus eine eigne Bewandtnis, und mich sollt es wundern, wenn nicht gewisse Beziehungen sich sehr bald kundtun sollten.“

Pater Hilarius begab sich zu den Brüdern, um mit ihnen in feierlicher Prozession, das Kreuz vorauf, die Laienbrüder mit angezündeten Kerzen und Fahnen an den Seiten, in die Kirche zu ziehen.

Als nun der Abt mit dem fremden Mönch dicht bei Kreisler vorüberkam, erkannte dieser auf den ersten Blick, daß Bruder Cyprianus eben der Jüngling war, den auf jenem Bilde die heilige Jungfrau aus dem Tode zum Leben erweckte. – Doch noch eine Ahnung erfaßte Kreislern plötzlich. Er rannte herauf in sein Zimmer, er holte das kleine Bildnis hervor, das ihm Meister Abraham gegeben; kein Zweifel! er erblickte denselben Jüngling, nur jünger, frischer und in Offiziersuniform abgebildet. – Als nun –

Vierter Abschnitt

Ersprießliche Folgen höherer Kultur
Die reiferen Monate des Mannes

(*M. f. f.*) Hinzmanns rührender Sermon, das Trauermahl, die schöne Mina, Miesmies' Wiederfinden, der Tanz, alles das hatte in meiner Brust einen Zwiespalt der widersprechendsten Gefühle erregt, so daß ich, wie man im gewöhnlichen Leben gemeinhin sagt, mich eigentlich gar nicht zu lassen wußte und in einer gewissen trostlosen Bangigkeit des Gemüts wünschte, ich läge im Keller in der Grube wie Freund Muzius. Das war nun freilich sehr arg, und ich wüßte gar nicht, was aus mir geworden wäre, lebte nicht der wahre, hohe Dichtergeist in mir, der sofort mich mit reichlichen Versen versorgte, die ich niederzuschreiben nicht unterließ. – Die Göttlichkeit der Poesie offenbart sich vorzüglich darin, daß das Versemachen, kostet auch der Reim hin und wieder manchen Schweißtropfen, doch ein wunderbares inneres Wohlbehagen erregt, das jedes irdische Leid überwindet, sowie man denn wissen will, daß es sogar oftmals schon Hunger und Zahnschmerzen besiegt hat. Jener soll, da der Tod ihm den Vater, die Mutter, die Gattin raubte, zwar bei jedem Todesfall, wie billig, ganz außer sich, aber doch bei dem Gedanken an das herrliche Trauer-Carmen, das er nun im Geist zu empfangen gedachte, niemals untröstlich gewesen sein und bloß noch einmal sich verheiratet haben, um die Hoffnung abermaliger tragischer Begeisterung derselben Art nicht aufzugeben. – Hier sind die Verse, die meinen Zustand sowie den Übergang von Leid zur Freude mit poetischer Kraft und Wahrheit schildern.

Was wandelt, horch! durch finstre Räume
In öder Keller Einsamkeit?
Was ruft mir zu: „Nicht länger säume!“
Wes Stimme klagt ein herbes Leid?
Dort liegt der treue Freund begraben,
Nach mir verlangt sein irrer Geist.
Mein Trost soll ihn im Tode laben,
Ich bin's, der Leben ihm verheißt!

Doch nein – das ist kein flüchtger Schatten,
Der solche Töne von sich gibt!
Sie seufzen nach dem treuen Gatten,
Nach ihm, der noch so heiß geliebt!
In alte Liebesketten fallen,
Rinaldo will's, er kehrt zurück,
Doch wie! – Schau ich nicht spitze Krallen?
Nicht eifersüchtgen Zornes Blick?

Sie ist's – die Frau! – Wohin entfliehen! –
Ha! welch Gefühl bestürmt die Brust.
Im keuschen Schnee der Jugend blühen
Seh ich des Lebens höchste Lust.
Sie springt, sie naht, und immer heller
Wird's um mich Hochbeglückten her.
Ein süßer Duft durchweht den Keller,
Die Brust wird leicht, das Herz wird schwer.

Der Freund gestorben – *sie* gefunden –
Entzücken! – Wonne! – Bittrer Schmerz!
Die Gattin – Tochter – neue Wunden! –
Ha – sollst du brechen, armes Herz?
Doch kann den Sinn wohl so betören
Ein Trauermahl, ein lustger Tanz?
Nein – diesem Treiben muß ich wehren,
Mich blendet nur ein falscher Glanz.

Hinweg, ihr eitlen Truggebilde,
Gebt höherm Streben willig Raum!
Gar manches führt die Katz im Schilde,
Sie liebt, sie haßt und weiß es kaum.
Kein Ton, kein Blick, senkt eure Augen,
O Mina, Miesmies, falsch Geschlecht!

Verderblich Gift, nicht will ich's saugen,
Ich flieh, und Muzius sei gerächt.

Verklärter! – Ja, bei jedem Braten,
Bei jedem Fisch gedenk ich dein!
Denk deiner Weisheit, deiner Taten,
Denk Kater ganz wie du zu sein.
Gelang es hündschem Frevelwitze
Dich zu verderben, edler Freund,
So trifft die Schmach blutgierge Spitze,
Es rächet dich, der um dich weint.

So flau, so jammervoll im Busen
War mir's, ich wußte gar nicht wie,
Doch hoher Dank den holden Musen,
Dem kühnen Flug der Phantasie.
Mir ist jetzt wieder leidlich besser,
Spür gar nicht geringen Appetit,
Bin Muzius gleich ein wackrer Esser
Und ganz in Poesie erglüht.

Ja Kunst! Du Kind aus hohen Sphären,
Du Trösterin im tiefsten Leid,
O! – Verslein laß mich stets gebären
Mit genialer Leichtigkeit.
Und: „Murr“, so sprechen edle Frauen,
Hochherzge Jünglinge, „o Murr,
Du Dichterherz, ein zart Vertrauen
Weckt in der Brust dein süß Gemurr!“

Die Wirkung des Versleinmachens war zu wohltätig, ich konnte mich nicht mit diesem Gedicht begnügen, sondern machte mehrere hintereinander mit gleicher Leichtigkeit, mit gleichem Glück! Die gelungensten würd ich hier dem geneigten Leser mitteilen, hätte ich nicht im Sinn, dieselben nebst mehreren Witzwörtern und Impromptus, die ich in müßigen Stunden angefertigt, und über die ich schon beinahe vor Lachen bersten mögen, unter dem allgemeinen Titel: „Was ich gebar in Stunden der Begeisterung“ herauszugeben. – Zu meinem nicht geringen Ruhm muß ich es sagen, daß selbst in meinen Jünglingsmonaten, wenn der Sturm der Leidenschaft noch nicht verbraust ist, ein heller Verstand, ein feiner Takt für das Gehörige die Oberhand behielt über jeden abnormen Sinnenrausch. So gelang es mir auch, die plötzlich aufgewallte Liebe zu der schönen Mina gänzlich zu unterdrücken. Einmal mußte mir denn doch bei ruhiger Überlegung diese Leidenschaft in meinen Verhältnissen etwas töricht vorkommen; dann erfuhr ich aber auch, daß Mina, des äußern Scheins kindlicher Frömmigkeit unerachtet, ein keckes eigensinniges Ding sei, die bei gewissen Anlässen den bescheidensten Katerjünglingen in die blanken Augen fahre. Um mir aber jeden Rückfall zu ersparen, vermied ich sorglich, Mina zu sehen, und da ich Miesmies' vermeintliche Ansprüche und ihr seltsames überspanntes Wesen noch mehr scheute, so hielt ich mich, um ja keiner von beiden zu begegnen, einsam im Zimmer und besuchte weder den Keller, weder den Boden, noch das Dach. Der Meister schien dies gern zu sehen; er erlaubte, daß ich, studierte er am Schreibtisch, mich hinter seinem Rücken auf den Lehnstuhl setzen und mit vorgestrecktem Halse durch den Arm in das Buch gucken durfte, welches er eben las. – Es waren ganz hübsche Bücher, die wir, ich und mein Meister, auf diese Art zusammen durchstudierten, wie zum Beispiel Arpe, „de prodigiosis naturae et artis operibus, Talismanes et Amuleta dictis“, Beckers „bezauberte Welt“, Francisco Petrarkas „Gedenkbuch“ und andere mehr. Diese Lektüre zerstreute mich ungemein und gab meinem Geist einen neuen Schwung. –

Der Meister war ausgegangen, die Sonne schien so freundlich, die Frühlingsdüfte wehten so anmutig zum Fenster hinein; ich vergaß meine Vorsätze und spazierte hinauf auf das Dach. Kaum war ich aber oben, als ich auch schon Muzius' Witwe erblickte, die hinter dem Schornstein hervorkam. – Vor Schreck blieb ich regungslos stehen wie eingewurzelt; schon hörte ich mich bestürmt mit Vorwürfen und Beteuerungen. – Weit gefehlt. – Gleich hinterher folgte der junge Hinzmann, rief die schöne Witwe mit süßen Namen, sie blieb stehen, empfing ihn mit lieblichen Worten, beide begrüßten sich mit dem entschiedenen Ausdruck inniger Zärtlichkeit und gingen dann schnell an mir vorüber, ohne mich zu grüßen oder sonst im mindesten zu beachten. Der junge Hinzmann schämte sich ganz gewiß vor mir, denn er senkte den Kopf zu Boden und schlug die Augen nieder, die leichtsinnige kokette Witwe warf mir aber einen höhnischen Blick zu.

Der Kater ist, was sein psychisches Wesen betrifft, doch eine gar närrische Kreatur. – Hätte ich nicht froh sein können, sein müssen, daß Muzius' Witwe anderweitig mit einem Liebhaber versehen, und doch konnte ich mich eines gewissen innern Ärgers nicht erwehren, der beinahe das Ansehen hatte von Eifersüchtelei. – Ich schwor, niemals mehr das Dach zu besuchen, wo ich große Unbill erlebt zu haben glaubte. Statt dessen sprang ich nun fleißig auf die Fensterbank, sonnte mich, schaute, um mich zu zerstreuen, auf die Straße hinab, stellte allerlei tiefsinnige Betrachtungen an und verband so das Angenehme mit dem Nützlichen.

Ein Gegenstand dieser Betrachtungen war denn auch, warum es mir noch niemals eingefallen, mich aus eignem freien Antriebe vor die Haustüre zu setzen oder auf der Straße zu lustwandeln, wie ich es doch viele von meinem Geschlecht tun sah, ohne alle Furcht und Scheu. Ich stellte mir das als etwas höchst Angenehmes vor und war überzeugt, daß nun, da ich zu reiferen Monaten gekommen und Lebenserfahrung genug gesammelt, von jenen Gefahren, in die ich geriet, als das Schicksal mich, einen unmündigen Jüngling, hinausschleuderte in die Welt, nicht mehr die Rede sein könne. Getrost wandelte ich daher die Treppe herab und setzte mich fürs erste auf die Türschwelle in den hellsten Sonnenschein. Daß ich eine Stellung annahm, die jedem auf den ersten Blick den gebildeten, wohlerzogenen Kater verraten mußte, versteht sich von selbst. Es gefiel mir vor der Haustüre ganz ungemein. Indem die heißen Sonnenstrahlen meinen Pelz wohltätig auswärmten, putzte ich mit gekrümmter Pfote zierlich Schnauze und Bart, worüber mir ein paar vorübergehende junge Mädchen, die den großen, mit Schlössern versehenen Mappen nach, die sie trugen, aus der Schule kommen mußten, nicht allein ihr großes Vergnügen bezeugten, sondern mir auch ein Stückchen Weißbrot verehrten, welches ich nach gewohnter Galanterie dankbarlichst annahm. –

Ich spielte mehr mit der mir dargebotenen Gabe, als daß ich sie wirklich zu verzehren Anstalt machte, aber wie groß war mein Entsetzen, als plötzlich ein starkes Brummen dicht bei mir dieses Spiel unterbrach und der mächtige Alte, Pontos Oheim, der Pudel Skaramuz, vor mir stand. Mit einem Satz wollte ich fort aus der Türe, doch Skaramuz rief mir zu: „Sei Er kein Hasenfuß und bleib Er ruhig sitzen; glaubt Er, ich werd ihn fressen?“ –

Mit der demütigsten Höflichkeit fragte ich, worin ich vielleicht dem Herrn Skaramuz nach meinen geringen Kräften dienen könne, der erwiderte aber barsch: „In nichts, in gar nichts kann Er mir dienen, Mosje Murr, und wie sollte das auch möglich sein? Aber fragen wollt ich Ihn, ob Er vielleicht weiß, wo mein liederlicher Neffe steckt, der junge Ponto. Er hat sich ja wohl schon einmal mit Ihm herumgetrieben, und ihr scheinet zu meinem nicht geringen Ärger ein Herz und eine Seele. Nun? – sag Er nur an, ob Er weiß, wo der Junge herumschwärmt; ich habe ihn schon seit mehreren Tagen mit keinem Auge gesehen.“

Verlegen durch des mürrischen Alten stolzes, wegwerfendes Betragen versicherte ich kalt, daß von einer engen Freundschaft zwischen mir und dem jungen Ponto gar nicht die Rede sei und auch niemals die Rede gewesen wäre. Zumal in der letzten Zeit habe sich Ponto, den ich übrigens gar nicht aufgesucht, ganz von mir zurückgezogen.

„Nun“, brummte der Alte, „nun, das freut mich, das zeigt doch, daß der Junge Ehre im Leibe hat und nicht gleich bei der Hand ist, mit Leuten allerlei Gelichters sein Wesen zu treiben.“

Das war denn doch nicht auszuhalten, der Zorn übermannte mich, das Burschentum regte sich in mir, ich vergaß alle Furcht und prustete dem schnöden Skaramuz ein tüchtiges: „Alter Grobian!“ ins Gesicht, hob auch die rechte Pfote mit ausgespreizten Krallen in die Höhe, und zwar in der Richtung nach des Pudels linkem Auge. Der Alte wich zwei Schritte zurück und sprach weniger barsch als vorher: „Nun, nun, Murr! nichts für ungut! Ihr seid sonst ein guter Kater, und da will ich Euch denn raten, nehmt Euch in acht vor dem Blitzjungen, dem Ponto! Er ist, Ihr möget es glauben, eine ehrliche Haut, aber leichtsinnig! – leichtsinnig, zu allen tollen Streichen aufgelegt, kein Ernst des Lebens, keine Sitte! – Nehmt Euch in acht, sag ich, denn bald wird er Euch verlocken in allerlei Gesellschaften, wo Ihr gar nicht hingehört und Euch mit unsäglicher Mühe zu einer Art des sozialen Umgangs zwingen müßt, die Eurer innersten Natur zuwider, und über die Eure Individualität, Eure einfache ungeheuchelte Sitte, wie Ihr sie mir eben bewiesen, zugrunde geht. – Seht, guter Murr, Ihr seid, wie ich schon gesagt, als Kater schätzenswert und habt für gute Lehre ein williges geneigtes Ohr! – Seht! – soviel tolle, unangenehme, ja zweideutige Streiche auch ein Jüngling verführen mag, zeigt er nur dann und wann jene weichliche, ja oft süßliche Gutmütigkeit, wie sie Leuten von sanguinischem Temperament immer eigen, so heißt es denn gleich mit dem französischen Ausdruck: „Au fond ist er doch ein guter Kerl“, und das soll denn alles entschuldigen, was er beginnt gegen alle Sitte und Ordnung. Aber der fond, in dem der Kern des Guten steckt, liegt so tief, und über ihm hat sich so viel Unrat eines ausgelassenen Lebens gesammelt, daß er im Keime ersticken muß. – Für wahrhaftes Gefühl des Guten wird einem aber oft jene alberne Gutmütigkeit aufgetischt, die der Teufel holen soll, wenn sie nicht vermag, den Geist des Bösen in einer glänzenden Maske zu erkennen. Traut, o Kater, den Erfahrungen eines alten Pudels, der sich was in der Welt versucht, und laßt Euch nicht durch das verdammte: „Au fond ist er ein guter Kerl“, betören. – Seht Ihr etwa meinen liederlichen Neffen, so möget Ihr ihm alles geradezu heraussagen, was ich mit Euch gesprochen, und Euch seine fernere Freundschaft gänzlich verbitten. – Gott befohlen! – Ihr freßt das wohl nicht, guter Murr?“

Damit nahm der alte Pudel Skaramuz das Stückchen Weißbrot, das vor mir lag, hurtig ins Maul und schritt dann gemächlich von dannen, indem er mit gesenktem Haupt die lang behaarten Ohren an der Erde schleppen ließ und ein ganz klein wenig mit dem Schweif wedelte. –

Gedankenvoll schaute ich dem Alten nach, dessen Lebensweisheit mir ganz eingehn wollte. „Ist er fort, ist er fort?“ So lispelte es dicht hinter mir, und ich erstaunte nicht wenig, als ich den jungen Ponto erblickte, der sich hinter die Türe geschlichen und so lange gewartet hatte, bis der Alte mich verlassen. Pontos plötzliche Erscheinung setzte mich gewissermaßen in Verlegenheit, da mir des alten Onkels Auftrag, den ich jetzt eigentlich hätte ausrichten müssen, doch etwas bedenklich schien. Ich dachte an jene entsetzlichen Worte, die Ponto mir einst zugerufen: „Solltest du es dir etwa beikommen lassen, feindliche Gesinnungen gegen mich zu äußern, so bin ich dir an Stärke und Gewandtheit überlegen. Ein Sprung, ein tüchtiger Biß meiner scharfen Zähne würde dir auf der Stelle den Garaus machen.“ Ich fand es sehr ratsam, zu schweigen. –

Diese inneren Bedenklichkeiten mochten mein äußeres Betragen kalt und gezwungen erscheinen lassen, Ponto guckte mich an mit scharfem Blick. Dann brach er aus in eine helle Lache und rief: „Ich merk es schon, Freund Murr! Mein Alter hat dir allerlei Böses vorgeredet von meinem Treiben, er hat mich liederlich, allen tollen Streichen und Ausschweifungen ergeben geschildert. Sei nicht so töricht, von dem allen auch nur ein Wörtchen zu glauben. Fürs erste! – Schau mich recht aufmerksam an und sage mir, was du von meiner äußern Erscheinung hältst?" – Den jungen Ponto betrachtend, fand ich, daß er nie so wohlgenährt, so gut ausgesehen, daß nie diese Nettigkeit, diese Eleganz in seinem Anzuge, nie diese wohltuende Übereinstimmung in seinem ganzen Wesen geherrscht. Ich äußerte ihm dies unverhohlen.

„Nun wohl", sprach Ponto, „nun wohl, guter Murr, glaubst du wohl, daß ein Pudel, der sich in schlechter Gesellschaft umhertreibt, der niedrigen Ausschweifungen ergeben, der recht systematisch liederlich ist, ohne eigentlichen Geschmack daran zu finden, sondern bloß aus Langeweile, wie es denn nun wirklich bei vielen Pudeln der Fall ist – glaubst du wohl, daß ein solcher Pudel so aussehen kann, wie du mich findest? Du rühmst vorzüglich die Harmonie in meinem ganzen Wesen. Schon das muß dich belehren, wie sehr mein grämlicher Onkel im Irrtum ist; denke, da du ein literarischer Kater bist, an jenen Lebensweisen, welcher dem, der an einem Lasterhaften vorzüglich das Unharmonische der ganzen Gestaltung rügte, erwiderte: „Ist es möglich, daß das Laster Einheit haben kann?" – Wundere dich, Freund Murr, nicht einen Augenblick über die schwarzen Verleumdungen meines Alten. Grämlich und geizig, wie denn nun einmal alle Oheime sind, hat er deshalb seinen ganzen Zorn auf mich geworfen, weil er par honneur einige kleine Spielschulden bezahlen mußte, die ich bei einem Wurstkrämer aufgeborgt hatte, der bei sich verbotenes Spiel duldete und den Spielern oft in Zervelaten, Grützen und Lebern (zu Würsten aptiert nämlich) bedeutende Vorschüsse machte. Dann aber denkt der Alte noch immer an eine gewisse Periode, in der meine Lebensweise eben nicht rühmlich war, die aber längst vorüber und dem herrlichsten Anstande gewichen ist."

In dem Augenblick kam ein kecker Pintscher des Weges, guckte mich an, als hab er meinesgleichen noch niemals gesehen, schrie mir die gröbsten Insolenzen in die Ohren und schnappte dann nach dem Schweif, den ich lang von mir gestreckt, welches ihm zu mißfallen schien. Sowie ich aber hochaufgerichtet mich zu Wehre setzten wollte, war Ponto auch schon auf den ungesitteten Krakeeler losgesprungen, hatte ihn zu Boden getreten und zwei-, dreimal überrannt, so daß er unter dem jammervollsten Lamento, den Schweif fest eingeklemmt, schnell davonfuhr wie ein abgeschossener Pfeil.

Dieser Beweis, den Ponto mir von seiner guten Gesinnung, von seiner tätigen Freundschaft gab, rührte mich ungemein, und ich dachte, daß hier das: „au fond ist er ein guter Kerl!" welches der Onkel Skaramuz mir hatte verdächtig machen wollen, doch auf Ponto anzuwenden sei in besserm Sinn und ihn mit mehrerem Grunde entschuldigen könne als manchen andern. Überhaupt wollt es mich bedünken, daß der Alte gewiß zu schwarz gesehen und Ponto zwar leichtsinnige, aber nie schlechte Streiche machen könne. Alles dieses äußerte ich meinem Freunde ganz unverhohlen und dankte ihm dabei dafür, daß er meine Verteidigung übernommen, in den verbindlichsten Ausdrücken,

„Es freut“, erwiderte Ponto, indem er, wie es seine Art war, mit muntren schalkischen Augen umherblickte, „es freut mich, guter Murr, daß der pedantische Alte dich nicht irregemacht hat, sondern daß du mein gutes Herz erkennst. – Nicht wahr, Murr, ich nahm den übermütigen Jungen tüchtig vor? – Er wird daran denken lange Zeit. Eigentlich habe ich ihm heute schon den ganzen Tag aufgepaßt, der Bengel stahl mir gestern eine Wurst und mußte dafür gezüchtigt werden. Daß dabei auch nebenher die Unbill gerächt wurde, die du von ihm erfahren, und daß ich in dieser Art dir meine Freundschaft bewähren konnte, ist mir gar nicht unlieb; ich schlug, wie man im Sprichwort zu sagen pflegt, zwei Fliegen mit einer Klappe. – Nun aber wiederum auf unser voriges Gespräch zurückzukommen! – Betrachte mich, guter Katz, noch einmal recht genau und sage mir, ob du denn gar keine merkwürdige Veränderung in meinem Äußern wahrnimmst?“ –

Ich schaute meinen jungen Freund aufmerksam an und – ach der Tausend! nun erst fiel mir das silberne, zierlich gearbeitete Halsband ins Auge, das er trug, und auf dem die Worte graviert waren: Baron Alkibiades von Wipp. Marschallstraße Nr. 46.

„Wie“, rief ich erstaunt, „wie, Ponto, du hast deinen Herrn verlassen, den ästhetischen Professor, und dich zu einem Baron begeben?“

„Verlassen“, erwiderte Ponto, „habe ich nun eigentlich den Professor nicht, sondern er hat mich von sich gejagt mit Fußtritten und Prügeln.“

„Wie konnte das geschehen?“ sprach ich, „dein Herr bewies dir ja sonst alle Liebe und Güte, die nur möglich.“

„Ach“, antwortete Ponto, „das ist eine dumme, ärgerliche Geschichte, die nur durch das sonderbare Spiel des neckenden Zufalls zu meinem Glück ausschlug. An der ganzen Sache war bloß meine alberne Gutmütigkeit schuld, der freilich ein wenig eitle Prahlerei beigemischt. In jeder Minute wollt ich meinem Herrn Aufmerksamkeiten erweisen und ihm dabei mein Geschick, meine Ausbildung zeigen. Deshalb war ich auch gewohnt, alles, was an Kleinigkeiten am Fußboden lag, dem Herrn ohne weitere Aufforderung zu apportieren. Nun! – Du weißt vielleicht, daß der Professor Lothario eine blutjunge und dabei bildhübsche Frau hat, die ihn auf das zärtlichste liebt, woran er gar nicht zweifeln darf, da sie es ihm jeden Augenblick versichert und ihn gerade dann mit Liebkosungen überhäuft, wenn er, in Büchern begraben, sich auf die zu haltende Vorlesung vorbereitet. Sie ist die Häuslichkeit selbst, da sie das Haus niemals vor zwölf Uhr verläßt, da sie doch schon um halb elf Uhr aufgestanden, und, einfach in ihren Sitten, verschmäht sie nicht, mit der Köchin, mit dem Stubenmädchen die häuslichen Angelegenheiten bis ins tiefste Detail zu beraten und sich, ist das Wochengeld gewisser, nicht etatsmäßiger Ausgaben halber zu früh aus dem Beutel entwischt, und darf der Herr Professor nicht angegangen werden, ihrer Kasse zu bedienen. Die Zinsen dieser Anleihe trägt sie ab in kaum getragnen Kleidern, sowie diese und auch wohl Federhüte, in die die erstaunte Welt der Mägde sonntags das Stubenmädchen geputzt sieht, als Lohn für gewisse geheime Gänge und andre Gefälligkeiten gelten dürften. Bei so vielen Vollkommenheiten mag wohl einer liebenswürdigen Frau die kleine Torheit (ist es überhaupt Torheit zu nennen?) kaum verargt werden, daß ihr eifrigstes Streben, all ihr Dichten und Trachten dahin geht, stets nach der letzten Mode gekleidet zu gehen, daß ihr das Eleganteste, das Teuerste nicht elegant, nicht teuer genug ist, daß sie, hat sie ein Kleid dreimal, einen Hut viermal getragen, den türkischen Shawl einen Monat hindurch umgehängt, eine Idiosynkrasie dagegen empfindet und die kostbarste Garderobe wegwirft um einen Spottpreis oder, wie gesagt, die Mägde sich darin putzen läßt. Daß die Frau eines Professors der Ästhetik Sinn hat für schöne äußere Gestaltung, ist wohl gar nicht zu verwundern, und nur erfreulich kann es dem Gemahl sein, wenn dieser Sinn sich darin offenbart, daß die Gemahlin mit sichtlichem Wohlgefallen den Blick der feuerblitzenden Augen auf schönen Jünglingen ruhen läßt, diesen auch wohl zuweilen etwas nachläuft. Manchmal bemerkte ich, daß dieser, jener artige junge Mann, der die Vorlesungen des Professors besuchte, die Türe des Auditoriums verfehlte und statt dieser die Türe, welche zum Zimmer der Professorin führte, leise öffnete und ebenso leise hineintrat. Beinahe mußte ich glauben, daß diese Verwechslung nicht ganz absichtslos geschah oder wenigstens niemanden gereute, denn keiner eilte, seinen Irrtum zu verbessern, sondern jeder, der hineingetreten, kam erst nach einer guten Zeit heraus, und zwar mit solch lächelndem, zufriednem Blick, als ob ihm der Besuch bei der Professorin ebenso angenehm und nützlich gewesen als eine ästhetische Vorlesung des Professors. Die schöne Lätitia (so hieß des Professors Frau) war mir nicht sonderlich gewogen. Sie litt mich nicht in ihrem Zimmer und mochte recht haben, da freilich der kultivierteste Pudel nicht dorthin gehört, wo er bei jedem Schritt Gefahr läuft, Florspitzen zu zerreißen, Kleider zu beschmutzen, die auf allen Stühlen umherliegen. Doch wollt es der Professorin böser Genius, daß ich einmal bis in ihr Boudoir hineindrang. – Der Herr Professor hatte eines Tages bei einem Mittagsmahl mehr Wein getrunken als gerade dienlich und war darüber in eine hochbegeisterte Stimmung geraten. Zu Hause angekommen, ging er, ganz gegen seine Gewohnheit, geradezu in das Kabinett seiner Frau, und ich schlüpfte, selbst wußte ich nicht, was für eine besondere Lust mich dazu antrieb, mit hinein durch die Türe. Die Professorin war in Hauskleidern, deren Weiße dem frischgefallnen Schnee zu vergleichen, ihr ganzer Anzug zeigte nicht sowohl eine gewisse Sorglosigkeit als die tiefste Kunst der Toilette, die sich hinter dem Einfachen verbirgt und wie ein versteckter Feind desto gewisser siegt. Die Professorin war in der Tat allerliebst, und stärker als sonst empfand dies der halbberauschte Professor, der, ganz Liebe und Entzücken, die holde Gattin mit den süßesten Namen nannte, mit den zärtlichsten Liebkosungen überhäufte und darüber gar nicht eine gewisse Zerstreuung, ein gewisses unruhiges Mißbehagen bemerkte, das sich in dem ganzen Wesen der Professorin nur zu deutlich aussprach. Mir war die steigende Zärtlichkeit des begeisterten Ästhetikers unangenehm und lästig. Ich kam auf meinen alten Zeitvertreib und suchte am Boden umher. Gerade als der Professor in der höchsten Ekstase laut rief: „Göttliches, hehres, himmlisches „Weib, laß uns –“ tänzelte ich auf den Hinterbeinen zu ihm heran und apportierte ihm zierlich und, wie bei diesem Akt jedesmal, ein wenig mit dem Stutzschweif wedelnd, den feinen pomeranzfarbnen Männerhandschuh, den ich unter dem Sofa der Frau Professorin gefunden. – Starr blickte der Professor den Handschuh an und rief, wie plötzlich aufgeschreckt aus einem süßen Traum: „Was ist das? – Wem gehört dieser Handschuh? Wie ist er in dies Zimmer gekommen?“ – Damit nahm er den Handschuh mir aus der Schnauze, besah ihn, hielt ihn an die Nase und rief dann wieder: „Wo kommt dieser Handschuh her? Lätitia, sprich, wer ist bei dir gewesen?“ – „Wie du“, erwiderte die holde, treue Lätitia mit dem ungewissen Ton der Verlegenheit, den sie sich vergebens mühte zu unterdrücken, „wie du nun auch seltsam bist, lieber Lothar, wem soll, wem wird der Handschuh gehören? Die Majorin war hier und konnte bei dem Abschiede den Handschuh nicht finden, den sie auf der Treppe ausgestreut zu haben glaubte.“ – „Die Majorin“, schrie der Professor ganz außer sich, „die Majorin, die kleine zartgebaute Frau, deren ganze Hand hineingeht in diesen Daumen! – Höll und Teufel, welcher Zierbengel war hier? – Denn nach parfümierter Seife riecht das verfluchte Ding! – Unglückliche, wer war hier, welcher verbrecherische Trug der Hölle zerstörte hier meine Ruhe, mein Glück? – Schändliches, verruchtes Weib!“ –

Die Professorin machte gerade Anstalt, in Ohnmacht zu fallen, als das Stubenmädchen hereintrat und ich, froh, des fatalen Ehestandsauftritts, den ich veranlaßt, entledigt zu werden, schnell hinaussprang.

Den andern Tag war der Professor ganz stumm und in sich gekehrt; ein einziger Gedanke schien ihn zu beschäftigen, einer einzigen Idee schien er nachzugrübeln. Ob er es nur sein mag! – Das waren die Worte, die dann und wann den verstummten Lippen unwillkürlich entflohen. Gegen Abend nahm er Hut und Stock, ich sprang und bellte freudig; er sah mich lange an, helle Tränen traten ihm in die Augen, er sprach mit dem Ton der tiefsten innigsten Wehmut: „Mein guter Ponto! – Treue, ehrliche Seele!“ – Dann lief er schnell vors Tor und ich dicht hinter ihm her, fest entschlossen, den armen Mann aufzuheitern mittelst aller Künste, die mir nur zu Gebote standen. Dicht vor dem Tore begegnete uns der Baron Alkibiades von Wipp, einer der zierlichsten Herrn in unserer Stadt, auf einem schönen Engländer. Sowie der Baron den Professor gewahrte, kurbettierte er zierlich an ihn heran und fragte nach des Professors, dann aber nach der Frau Professorin Wohlbefinden. Der Professor stotterte in der Verwirrung einige unverständliche Worte hervor. „In der Tat, sehr heiße Witterung!“ sprach nun der Baron und zog ein seidnes Tuch aus der Rocktasche, schleuderte aber mit demselben Schwunge einen Handschuh heraus, den ich gewohnter Sitte gemäß meinem Herrn apportierte. Hastig riß mir der Professor den Handschuh fort und rief: „Das ist Ihr Handschuh, Herr Baron?“ „Allerdings“, erwiderte dieser, verwundert über des Professors Heftigkeit,

„allerdings, ich glaube, ich schleuderte ihn in dem Augenblick aus der Rocktasche, und der dienstfertige Pudel hob ihn auf." „So habe ich", sprach der Professor mit schneidendem Ton, indem er den Handschuh, den ich unter dem Sofa in der Professorin Zimmer hervorgesucht, ihm hinreichte, „so habe ich das Vergnügen, Ihnen den Zwillingsbruder dieses Handschuhs, den Sie gestern verloren, überreichen zu können."

Ohne des sichtlich betretenen Barons Antwort abzuwarten, rannte der Professor wild von dannen.

Ich hütete mich wohl, dem Professor in das Zimmer seiner teuren Gattin zu folgen, da ich den Sturm ahnen konnte, der sich bald, bis auf den Flur hinausbrausend, vernehmen ließ. Aber in einem Winkel des Flurs lauschte ich und gewahrte, wie der Professor, alle Flammen der Wut im rotgleißenden Antlitz, das Stubenmädchen zur Stubentür, dann aber, als sie sich noch unterfing, einige kecke Worte zu sprechen, zum Hause hinauswarf. Endlich in später Nacht kam der Professor ganz erschöpft auf seinem Zimmer an. Ich gab ihm meine innige Teilnahme an seinem trüben Malheur durch leises Winseln zu verstehen. Da umhalste er mich und drückte mich an seine Brust, als sei ich sein bester innigster Freund. „Guter, ehrlicher Ponto", so sprach er mit ganz kläglichem Ton, „treues Gemüt, du, du allein hast mich aus dem betörenden Traum geweckt, der mich meine Schande nicht erkennen ließ, du hast mich dahin gebracht, daß ich das Joch abwerfen, in das mich ein falsches Weib gespannt hatte, daß ich wieder ein freier unbefangener Mensch werden kann! Ponto, wie soll ich dir das danken! – Nie – nie sollst du mich verlassen, ich will dich hegen und pflegen wie meinen besten treusten Freund, du allein wirst mich trösten, wenn ich bei dem Gedanken an mein hartes Mißgeschick verzweifeln will."

Diese rührenden Äußerungen eines edlen, dankbaren Gemüts wurden durch die Köchin unterbrochen, welche mit blassem, verstörtem Gesicht hereinstürzte und dem Professor die entsetzliche Botschaft hinterbrachte, daß die Frau Professorin in den fürchterlichsten Krämpfen liege und den Geist aufgeben wolle. Der Professor flog hinab! –

Mehrere Tage hindurch sah ich nun den Professor beinahe gar nicht. Meine Speisung, für die sonst mein Herr liebreich selbst sorgte, war der Köchin übertragen, die aber, eine mürrische, garstige Person, mir mit Widerwillen statt der sonstigen guten Gerichte nur die elendesten, kaum genießbaren Bissen zukommen ließ. Zuweilen vergaß sie mich auch ganz und gar, so daß ich genötigt wurde, bei guten Bekannten zu schmarotzen, auch wohl auf Beute auszugehen, um nur meinen Hunger zu stillen.

Endlich schenkte mir, als ich eines Tages hungrig und matt mit herabhängenden Ohren im Hause herumschlich, der Professor einige Aufmerksamkeit. „Ponto", rief er lächelnd, wie denn überhaupt sein Antlitz ganz Sonnenschein war, „Ponto, mein alter ehrlicher Hund, wo hast du denn gesteckt? Hab ich dich doch so lange nicht gesehen!

Ich glaube gar, man hat dich ganz gegen meinen Willen vernachlässigt und nicht sorgsam gefüttert? – Nun, komm nur, komm, heute sollst du wieder von mir selbst deine Speise erhalten."

Ich folgte dem gütigen Herrn in das Eßzimmer. Die Frau Professorin, aufgeblüht wie eine Rose, wie der Herr Gemahl vollen Sonnenglanz im Antlitz, kam ihm entgegen. Beide taten zärtlicher miteinander als jemals, sie nannte ihn: „engelsgleicher Mann", er sie aber: „mein Mäuschen", und dabei herzten und küßten sie sich wie ein Turteltaubenpaar. Es war eine rechte Freude, das anzusehn. Auch gegen mich war die holde Frau Professorin freundlich wie sonst niemals, und du kannst denken, guter Murr, daß ich mich bei meiner angebornen Galanterie artig und zierlich zu betragen wußte. – Wer hätte ahnen können, was über mich verhängt war! – Es würde mir selbst schwerfallen, dir ausführlich all diese heimtückischen Streiche zu erzählen, die meine Feinde mir spielten, um mich zu verderben, und noch mehr als das, es würde dich ermüden. Beschränken will ich mich darauf, nur einiges zu erwähnen, welches dir ein treues Bild meiner unglücklichen Lage geben wird. – Mein Herr war gewohnt, mir im Speisezimmer, während er selbst aß, die gewöhnlichen Portionen an Suppe, Gemüse und Fleisch in einem Winkel am Ofen zu verabreichen. Ich aß mit solchem Anstande, mit solcher Reinlichkeit, daß auch nicht das kleinste Fettfleckchen auf dem getäfelten Fußboden sichtbar. Wie groß war daher mein Entsetzen, als eines Mittags der Napf, kaum hatte ich mich ihm genähert, in hundert Stücke zersprang, und die Fettbrühe sich ergoß über den schönen Fußboden. Zornig fuhr der Professor auf mich los mit argen Scheltworten, und unerachtet die Professorin mich zu entschuldigen suchte, las man doch den bittern Verdruß in ihrem blassen Gesicht. Sie meinte, dürfte auch der garstige Flecken nicht wohl fortzubringen sein, so könnte ja doch die Stelle abgehobelt oder eine neue Tafel eingesetzt werden. Der Professor hegte einen tiefen Abscheu gegen solche Reparaturen, er hörte schon die Tischlerjungen hobeln und hämmern, und so waren es die liebreichen Entschuldigungen der Professorin, die ihn mein vermeintliches Ungeschick erst recht fühlen ließen und mir noch außer jenen Scheltworten ein paar tüchtige Ohrfeigen einbrachten. – Ich stand da im Bewußtsein meiner Unschuld, ganz verblüfft, und wußte gar nicht, was ich denken, was ich sagen sollte. – Erst als mir dasselbe zwei-, dreimal geschehen, merkte ich die Tücke! – Man hatte mir halb zerbrochene Schüsseln hingestellt, die bei der leisesten Berührung in hundert Stücke zerfallen mußten. Ich durfte nicht mehr im Zimmer bleiben, draußen erhielt ich Speise von der Köchin, aber so kärglich, daß ich, von nagendem Hunger getrieben, manches Stück Brot, manchen Knochen zu erschnappen suchen mußte. Darüber entstand denn nun jedesmal ein gewaltiger Lärm, und ich mußte mir eigennützigen Diebstahl da vorwerfen lassen, wo nur von der Befriedigung des dringendsten Naturbedürfnisses die Rede sein konnte. Es kam noch ärger! – Mit großem Geschrei klagte die Köchin, daß ihr eine schöne Hammelkeule aus der Küche verschwunden, und daß ich sie ganz gewiß gestohlen. Die Sache kam als eine wichtigere häusliche Angelegenheit vor den Professor. Der meinte, daß er sonst nie den Hang zum Diebstahl an mir bemerkt und daß auch mein Diebsorgan durchaus nicht ausgebildet sei. Auch wäre es nicht denkbar, daß ich eine ganze Hammelkeule so verspeiset, daß keine Spur mehr davon vorhanden. – Man suchte nach und – fand in meinem Lager die Überbleibsel der Keule! – Murr! sieh, mit der Pfote auf der Brust schwöre ich's dir, daß ich völlig unschuldig war, daß es mir nicht in den Sinn gekommen, den Braten zu stehlen, doch, was halfen die Beteuerungen meiner Unschuld, da der Beweis wider mich sprach! – Um so ergrimmter war der Professor, als er meine Partei genommen und sich in seiner guten Meinung von mir getäuscht sah. – Ich erhielt eine tüchtige Tracht Prügel. – Ließ mich der Professor auch nachher den Widerwillen fühlen, den er gegen mich hegte, so war die Frau Professorin desto freundlicher, streichelte mir, was sie sonst nie getan, den Rücken und gab mir sogar dann und wann einen guten Bissen. – Wie konnt ich ahnen, daß das alles nur gleisnerischer Trug, und doch sollte sich dies bald zeigen. – Die Türe des Eßzimmers stand offen, mit leerem Magen schaute ich sehnsüchtig hinein und gedachte schmerzvoll jener guten Zeit, als ich, wenn das süße Aroma des Bratens sich verbreitete, nicht vergebens den Professor bittend anschaute und dabei, wie man zu sagen pflegt, ein wenig schnüffelte! Da rief die Professorin: „Ponto, Ponto!“ und hielt mir geschickt zwischen dem zarten Daumen und dem niedlichen Zeigefinger ein schönes Stück Braten hin. – Mag es sein, daß ich im Enthusiasmus des aufgeregten Appetits ein wenig heftiger zuschnappte als gerade nötig, doch gebissen habe ich nicht die zarte Lilienhand, das kannst du mir glauben, guter Murr. Und doch schrie die Professorin laut auf: „Der böse Hund!“ und fiel wie ohnmächtig zurück in den Sessel, und doch sah ich zu meinem Entsetzen wirklich ein paar Blutstropfen am Daumen. Der Professor geriet in Wut; er schlug mich, trat mich mit Füßen, mißhandelte mich so unbarmherzig, daß ich mit dir, mein guter Kater, hier wohl nicht vor der Türe säße im lieben Sonnenschein, hätte ich mich nicht durch die schleunige Flucht zum Hause hinaus gerettet. An Rückkehr war nicht zu denken. Ich sah ein, daß gegen die schwarze Kabale, die die Professorin aus reiner Rachgier wegen des freiherrlichen Handschuhs gegen mich angezettelt, nichts auszurichten, und beschloß, mir gleich einen andern Herrn zu suchen. Sonst wäre das der schönen Gaben halber, die mir die gütige, mütterliche Natur verliehen, ein leichtes gewesen, Hunger und Gram hatten mich aber so heruntergebracht, daß ich bei meinem miserablen Aussehn in der Tat befürchten mußte, überall abgewiesen zu werden. Traurig, von drückenden Nahrungssorgen gequält, schlich ich vors Tor. Ich erblickte den Herrn Baron Alkibiades von Wipp, der vor mir herging, und ich weiß nicht, wie mir der Gedanke kam, ihm meine Dienste anzubieten. Vielleicht war es ein dunkles Gefühl, daß ich auf diese Weise Gelegenheit erhalten würde, mich an dem undankbaren Professor zu rächen, wie es sich später denn auch wirklich begab. – Ich tänzelte an den Baron heran, wartete ihm auf und folgte, als er mich mit einigem Wohlgefallen betrachtete, ihm ohne Umstände nach in seine Wohnung. „Sehen Sie“, so sprach er zu einem jungen Menschen, den er seinen Kammerdiener nannte, unerachtet er sonst keinen andern Diener hatte, „sehen Sie,

Friedrich, was sich da für ein Pudel zu mir eingefunden hat. Wär er nur hübscher!“ Friedrich rühmte dagegen den Ausdruck meines Antlitzes sowie den zierlichen Wuchs und meinte, ich müsse von meinem Herrn schlecht gehalten sein und habe ihn wahrscheinlich verlassen. Setzte er noch hinzu, daß Pudel, die sich von selbst aus freiem Antriebe einfänden, gewöhnlich treue, rechtschaffene Tiere wären, so konnte der Baron nicht umhin, mich zu behalten. Unerachtet ich nun durch Friedrichs Vorsorge ein recht glaues Ansehn gewann, so schien der Baron doch nicht sonderlich viel auf mich zu halten und litt es nur eben zur Not, daß ich ihn auf seinen Spaziergängen begleitete. Das sollte anders kommen. – Wir begegneten auf einem Spaziergange der Professorin. – Erkenne, guter Murr, das gemütliche Gemüt – ja, so will ich sagen – eines ehrlichen Pudels, wenn ich versichere, daß, unerachtet mir die Frau sehr weh getan, ich doch eine ungeheuchelte Freude empfand, sie wiederzusehen. – Ich tanzte vor ihr her, bellte lustig und gab ihr meine Freude auf alle nur mögliche Weise zu erkennen. „Sieh da, Ponto!“ rief sie, streichelte mich und blickte den Baron von Wipp, der stehengeblieben, bedeutungsvoll an. Ich sprang zu meinem Herrn zurück, der mich liebkoste. Er schien auf besondere Gedanken zu geraten; mehrmals hintereinander murmelte er in sich hinein: „Ponto! – Ponto, wenn das möglich sein sollte!“

Wir hatten einen nahegelegenen Lustort erreicht; die Professorin nahm Platz mit ihrer Gesellschaft, bei der sich jedoch der liebe, gutmütige Herr Professor nicht befand. Unfern davon setzte sich Baron Wipp, so daß er, ohne sonderlich von den andern bemerkt zu werden, die Professorin beständig im Auge behielt. Ich stellte mich vor meinen Herrn und guckte ihn an, indem ich leise mit dem Schweif wedelte, als erwarte ich seine Befehle. „Ponto“, wiederholte er, „Ponto, sollte es möglich sein! – Nun“, setzte er nach einem kurzen Stillschweigen hinzu, „nun, es kommt auf den Versuch an!“ – Damit nahm er einen kleinen Papierstreifen aus der Brieftasche, schrieb einige Worte mit Bleistift darauf, rollte ihn zusammen, steckte ihn mir unter das Halsband, wies nach der Professorin und rief leise: „Ponto – Allons!“ – Nicht ein solcher kluger, in der Welt gewitzigter Pudel hätte ich sein müssen, als ich es wirklich bin, um nicht sogleich alles zu erraten. Ich machte mich daher sogleich an den Tisch, wo die Professorin saß, und tat, als verspüre ich großen Appetit nach dem schönen Kuchen, der auf dem Tisch stand. Die Professorin war die Freundlichkeit selbst, sie reichte mir Kuchen mit der einen Hand, während sie mich mit der andern am Halse kraulte. Ich fühlte, wie sie den Papierstreifen hervorzog. Bald darauf verließ sie die Gesellschaft und begab sich in einen Nebengang. Ich folgte ihr. Ich sah, wie sie des Barons Worte eifrig las, wie sie aus ihrem Strickkästchen einen Bleistift hervorholte, auf denselben Zettel einige Worte schrieb und ihn dann wieder zusammenrollte. „Ponto“, sprach sie dann, indem sie mich mit schalkhaftem Blick betrachtete, „Ponto! du bist ein sehr kluger, vernünftiger Pudel, wenn du zu rechter Zeit apportierst!“ – Damit steckte sie mir das Zettelchen unter das Halsband, und ich unterließ nicht, eiligst hinzuspringen zu meinem Herrn. Der mutmaßte sogleich, daß ich Antwort brächte, denn er zog alsbald den Zettel unter dem

Halsband hervor. – Der Professorin Worte mußten sehr tröstlich lauten und angenehm, denn des Barons Augen funkelten vor lauter Freude, und er rief entzückt: „Ponto – Ponto, du bist ein herrlicher Pudel, mein guter Stern hat mir dich zugeführt.“ Du kannst denken, guter Murr, daß ich nicht weniger erfreut war, da ich einsah, wie ich nach dem, was sich soeben zugetragen, in der Gunst meines Herrn hoch steigen müsse.

In dieser Freude machte ich beinahe unaufgefordert alle nur möglichen Kunststücke. Ich sprach wie der Hund, starb, lebte wieder auf, verschmähte das Stück Weißbrot vom Juden und verzehrte mit Appetit das vom Christen und so weiter. „Ein ungemein gelehriger Hund!“ So rief eine alte Dame, die neben der Professorin saß, herüber. „Ungemein gelehrig!“ erwiderte der Baron. „Ungemein gelehrig!“ hallte der Professorin Stimme nach wie ein Echo. – Ich will dir nur ganz kurz sagen, guter Murr, daß ich den Briefwechsel auf die erwähnte Weise fortwährend besorgte und noch jetzt besorge, da ich zuweilen sogar mit Briefchen in des Professors Haus laufe, wenn er gerade abwesend. Schleicht aber manchmal in der Abenddämmerung der Herr Baron Alkibiades von Wipp zur holden Lätitia, so bleibe ich vor der Haustüre und mache, läßt sich der Herr Professor nur in der Ferne blicken, solch einen grimmigen Teufelslärm mit Bellen, daß mein Herr ebensogut als ich die Nähe des Feindes wittert und ihm ausweicht.“ –

Mir kam es vor, als könne ich Pontos Betragen doch nicht recht billigen, ich dachte an des verewigten Muzius, an meinen eignen tiefen Abscheu vor jedem Halsbande, und schon dies setzte mich darüber ins klare, daß ein ehrliches Gemüt, so, wie es ein rechtschaffener Kater in sich trägt, dergleichen Liebeskuppeleien verschmähe. Alles dieses äußerte ich dem jungen Ponto ganz unverhohlen. Der lachte mir aber ins Gesicht und meinte, ob denn die Moral der Katzen so gar strenge sei, und ob ich selbst nicht schon hin und wieder über die Schnur gehauen, das heißt etwas getan, was für den engen moralischen Schubkasten etwas zu breit sei. – Ich dachte an Mina und verstummte.

„Fürs erste“, sprach Ponto weiter, „fürs erste, mein guter Murr, ist es ein ganz gemeiner Erfahrungssatz, daß niemand seinem Schicksal entgehen kann, er mag es nun anstellen, wie er auch will; du kannst als ein Kater von Bildung das Weitre darüber nachlesen in einem sehr belehrenden und ganz angenehm stilisierten Buche, „Jacques le fataliste“ betitelt. War es nach dem ewigen Ratschluß bestimmt, daß der Professor der Ästhetik, Herr Lothario, ein –. Nun, du verstehst mich, guter Katz, aber zudem hat ja der Professor durch die Art, wie er sich bei der merkwürdigen Handschuhgeschichte – sie sollte mehr Zelebrität erhalten, schreib was darüber, Murr – benommen, seinen ganz entschiedenen, ihm von der Natur eingepflanzten Beruf bewiesen, in jenen großen Orden zu treten, den so viele, viele Männer tragen mit der gebietendsten Würde, mit dem schönsten Anstande, ohne es zu wissen. Diesen Beruf hätte Herr Lothario erfüllt, gab es auch keinen Baron Alkibiades von Wipp, keinen Ponto. Hatte aber wohl überhaupt Herr Lothario etwas anderes, Besseres um mich verdient, als daß ich gerade seinem Feinde mich in die Arme warf? – Dann aber fand auch der Baron gewiß andere Mittel, sich mit der

Professorin zu verstehen, und derselbe Schaden kam über den Professor, ohne mir den Nutzen zu bringen, den ich jetzt wirklich von dem angenehmen Verhältnis des Barons mit der holden Lätitia verspüre. Wir Pudel sind nicht solche überstrenge Moralisten, daß wir in unserm eignen Fleische wühlen und die im Leben schon sonst knapp genug zugeschnittenen guten Bissen verschmähen sollten.“ –

Ich fragte den jungen Ponto, ob denn der Nutzen, den ihm sein Dienst bei dem Baron Alkibiades von Wipp verschaffe, in der Tat so groß und wichtig sei, daß er das Unangenehme, das Drückende der damit verbundenen Knechterei aufwiege. Damit gab ich ihm nicht undeutlich zu verstehen, daß eben diese Knechterei einem Kater, dessen Freiheitssinn in der Brust unauslöschlich, immer widerlich bleiben müsse.

„Du redest“, erwiderte Ponto stolz lächelnd, „du redest, guter Murr, wie du es verstehst, oder vielmehr wie es dir deine gänzliche Unerfahrenheit in den höhern Verhältnissen des Lebens erscheinen läßt. Du weißt nicht, was es heißt, der Liebling eines solchen galanten, gebildeten Mannes zu sein, als es der Baron Alkibiades von Wipp wirklich ist. Denn daß ich seit der Zeit, als ich mich so klug und dienstfertig benommen, sein größter Liebling geworden, darf ich dir, o mein freiheitsliebender Katz, wohl nicht erst sagen. Eine kurze Schilderung unserer Lebensweise wird dich das Angenehme, das Wohltätige meiner jetzigen Lage sehr lebhaft fühlen lassen. – Des Morgens stehen wir (ich und mein Herr nämlich) nicht zu früh, aber auch nicht zu spät auf; das heißt, auf den Schlag elf Uhr. – Ich muß dabei bemerken, daß mein breites weiches Lager unfern dem Bette des Barons aufgeschlagen ist, und daß wir viel zu harmonisch schnarchen, um beim plötzlichen Erwachen zu wissen, *wer* geschnarcht hat. – Der Baron zieht an der Glocke, und sogleich erscheint der Kammerdiener, der dem Baron einen Becher rauchender Schokolade, mir aber einen Porzellannapf voll des schönsten süßen Kaffees mit Sahne bringt, den ich mit demselben Appetit leere wie der Baron seinen Becher. Nach dem Frühstück spielen wir ein halbes Stündchen miteinander, welche Leibesbewegung nicht allein unserer Gesundheit zuträglich ist, sondern auch unsern Geist erheitert. Ist das Wetter schön, so pflegt der Baron auch wohl zum offnen Fenster hinauszuschauen und die Vorübergehenden mit dem Fernglas zu begucken. Gehen gerade nicht viele vorüber, so gibt es noch eine andere Belustigung, die der Baron eine Stunde hindurch fortsetzen kann, ohne zu ermüden. – Unter dem Fenster des Barons ist ein Stein eingepflastert, der sich durch eine besonders rötliche Farbe auszeichnet, in der Mitte dieses Steins befindet sich aber ein kleines eingebröckeltes Loch. Nun kommt es darauf an, so geschickt herabzuspucken, daß gerade in dieses kleine Loch hineingetroffen wird. – Durch viele anhaltende Übung hat es der Baron dahin gebracht, daß er auf das dritte Mal Treffen pariert und schon manche Wette gewann. Nach dieser Belustigung tritt der sehr wichtige Moment des Anziehens ein. Das geschickte Kämmen und Kräuseln des Haars, vorzüglich aber das kunstmäßige Knüpfen des Halstuchs besorgt der Baron ganz allein ohne Hilfe des Kammerdieners. Da diese beiden schwierigen Operationen etwas lange dauern, so benutzt Friedrich die Zeit, um mich auch anzukleiden. Das heißt mit einem in lauwarmes Wasser eingeweichten Schwamm wäscht er mir den Pelz, kämmt die langen Haare, die der Friseur an schicklichen Örtern zierlich stehen lassen, mit einem genugsam engen Kamme durch und legt mir das schöne silberne Halsband um, das der Baron mir gleich verehrte, als er meine Tugenden entdeckt. Die folgenden Augenblicke sind der Literatur und den schönen Künsten gewidmet. Wir gehen nämlich in eine Restauration oder in ein Kaffeehaus, genießen Beefsteak oder Karbonade, trinken ein Gläschen Madeira und gucken etwas weniges in die neuesten Journale, in die neuesten Zeitungen. Dann beginnen die Vormittagsvisiten. Wir besuchen diese, jene große Schauspielerin, Sängerin, ja auch wohl Tänzerin, um ihr die Neuigkeiten des Tages, hauptsächlich aber den Verlauf irgendeines Debüts von gestern abend zu hinterbringen. Es ist merkwürdig, mit welchem Geschick der Baron Alkibiades von Wipp seine Nachrichten einzurichten weiß, um die Damen stets bei guter Laune zu erhalten. Niemals ist es der Gegnerin oder wenigstens Kombattantin gelungen, sich nur einen Teil des Ruhms anzueignen, der die Gefeierte krönt, die er soeben im Schmollzimmerchen heimsucht. – Man hat die Arme ausgezischt, – ausgelacht. – Und ist denn wirklich erhaltener glänzender Beifall nicht wohl zu verschweigen, so weiß der Baron ganz gewiß ein neues skandalöses Geschichtchen von der Dame aufzutischen, das ebenso begierig vernommen als verbreitet wird, damit gehöriges Gift die Blumen des Kranzes vor der Zeit töte. – Die vornehmeren Visiten bei der Gräfin A., bei der Baronesse B., bei der Gesandtin C. und so weiter füllen die Zeit aus bis halb vier Uhr; und nun hat der Baron seine eigentlichen Geschäfte abgemacht, so daß er um vier Uhr sich beruhigt zu Tische setzen kann. Dies geschieht gewöhnlich wieder in einer Restauration. Nach Tische gehen wir zu Kaffee, spielen auch wohl eine Partie Billard und machen denn, erlaubt es die Witterung, eine kleine Promenade; ich beständig zu Fuß, der Baron aber manchmal zu Pferde. So ist die Theaterstunde herangekommen, die der Baron niemals versäumt. Er soll im Theater eine überaus wichtige Rolle spielen, da er das Publikum nicht allein von allen Verhältnissen der Bühne und der auftretenden Künstler in Kenntnis setzen, sondern auch das gehörige Lob, den gehörigen Tadel anordnen, so aber überhaupt den Geschmack im richtigen Geleise erhalten muß. Er fühlt einen natürlichen Beruf dazu. Da man den feinsten Leuten meines Geschlechts ungerechterweise den Eingang in das Theater durchaus nicht verstattet, so sind die Stunden während der Vorstellung die einzigen, in denen ich mich von meinem lieben Baron trenne und mich allein auf meine eigne Hand belustige. Wie dies nun geschieht, und wie ich die Konnexionen mit Windspielen, englischen Wachtelhunden, Möpsen und andern vornehmen Leuten benutze, das sollst du künftig erfahren, guter Murr! – Nach dem Theater speisen wir wieder in einer Restauration, und der Baron überläßt sich in heitrer Gesellschaft ganz seiner frohen Laune. Das heißt, alle sprechen, alle lachen und finden alles auf Ehre göttlich, und keiner weiß, was er spricht, und worüber er lacht, und was als auf Ehre göttlich gerühmt werden darf. Darin besteht aber das Sublime der Konversation, das ganze soziale Leben derer, die sich zur eleganten Lehre bekennen, wie mein Herr. Manchmal fährt aber auch wohl der Baron noch in später Nacht in diese, jene Gesellschaft und soll dort ganz exzellent sein. Auch davon weiß ich nichts, denn der Baron hat mich noch niemals mitgenommen, wozu er vielleicht seine guten Gründe haben mag. – Wie ich auf weichem Lager in der Nähe des Barons herrlich schlafe, habe ich dir schon gesagt. Gestehe aber nun selbst, guter Katz, wie nach der Lebensweise, die ich hier ausführlich beschrieben, mich der alte, mürrische Oheim eines wüsten, liederlichen Wandels anklagen kann? – Es ist wahr, daß ich, schon hab ich dir's gestanden, vor einiger Zeit gerechten Anlaß gab zu allerlei Vorwürfen. Ich trieb mich umher in schlechter Gesellschaft und fand eine besondere Lust darin, mich überall, vorzüglich in Vermählungsschmäuse ungebeten einzudrängen und ganz unnützen Skandal anzufangen. Alles dies geschah aber nicht aus reinem Trieb zu wüster Balgerei, sondern aus bloßem Mangel an höherer Kultur, die ich bei den Verhältnissen, wie sie in dem Hause des Professors bestanden, nicht erhalten konnte. Jetzt ist das alles anders. Doch! – wen erblick ich? – Dort geht der Baron Alkibiades von Wipp! – Er sieht sich nach mir um – er pfeift! – Au revoir, Bester!“ –

Schnell wie der Blitz sprang Ponto seinem Herrn entgegen. Das Äußere des Barons entsprach ganz dem Bilde, das ich mir wohl nach dem, was Ponto von ihm gesagt, machen durfte. – Er war sehr groß und nicht sowohl schlank gewachsen als spindeldürr. Kleidung, Stellung, Gang, Gebärde, alles konnte für den Prototypus der letzten Mode gelten, die aber, bis ins Phantastische hinaus getrieben, seinem ganzen Wesen etwas Seltsames, Abenteuerliches gab. Er trug ein kleines, sehr dünnes Röhrchen mit einer stählernen Krücke in der Hand, über das er Ponto einigemal springen ließ. So herabwürdigend mir auch dieses schien, gestehen mußte ich doch, daß Ponto mit der höchsten Geschicklichkeit und Stärke jetzt eine Anmut verband, die ich sonst noch niemals an ihm bemerkt. Überhaupt, wie nun der Baron mit vorgestreckter Brust, den Leib eingezogen, mit einem sonderbaren ausgespreizten Hahnentritt weiter fortwandelte und Ponto in sehr zierlichen Kurbetten bald vorwärts, bald nebenher sprang und sich nur ganz kurze, zum Teil stolze Begrüßungen vorübergehender Kameraden erlaubte, so sprach sich darin ein gewisses Etwas aus, das, ohne mir deutlich zu werden, dennoch mir imponierte. – Ich ahnte, was mein Freund Ponto mit der höheren Kultur gemeint, und suchte, soviel möglich, darüber ganz ins klare zu kommen. Das hielt aber sehr schwer, oder vielmehr, meine Bemühungen blieben ganz vergebens. –

Später habe ich eingesehen, daß an gewissen Dingen alle Probleme, alle Theorien, die sich in dem Geiste bilden mögen, scheitern, und daß nur durch die lebendige Praxis die Erkenntnis zu erringen; die höhere Kultur, die beide, der Baron Alkibiades von Wipp und der Pudel Ponto, in der feinen Welt erlangt, gehört aber zu diesen gewissen Dingen. –

Der Baron Alkibiades von Wipp lorgnettierte mich im Vorübergehen sehr scharf. Es schien mir, als läs ich Neugierde und Zorn in seinem Blick. Sollte er vielleicht Pontos

Unterhaltung mit mir gewahrt und ungnädig vermerkt haben? Mir wurde etwas ängstlich zumute, ich eilte schnell die Treppe hinauf. –

Ich sollte nun, um alle Pflichten eines tüchtigen Selbstbiographien zu erfüllen, wiederum meinen Seelenzustand beschreiben und könnte das nicht besser tun als mittelst einiger sublimer Verse, die ich seit einiger Zeit so recht, wie man zu sagen pflegt, aus dem Pelzärmel schüttle. Ich will –

(*Mak. Bl.*) „– – mit diesem einfältigen, armseligen Spielwerk den besten Teil meines Lebens vergeudet. – Und nun jammerst du, alter Tor, und klagst das Geschick an, dem du vermessen Trotz botest! – Was gingen dich die vornehmen Leute, was ging dich die ganze Welt an, die du verhöhntest, weil du sie für närrisch hieltest und selbst am närrischsten warst! – Beim Handwerk, beim Handwerk mußtest du bleiben, Orgeln bauen und nicht den Hexenmeister spielen und den Wahrsager. – Sie hätten sie mir nicht gestohlen, mein Weib wäre bei mir, ein tüchtiger Arbeiter säß ich in der Werkstatt, und rüstige Gesellen klopften und hämmerten um mich her, und wir förderten Werke, die sich hören und sehen ließen wie keine andere weit und breit. – Und Chiara! – vielleicht hingen muntre Knaben mir am Halse, vielleicht schaukelte ich ein schmuckes Töchterlein auf den Knien. – Tausend Teufel, was hält mich ab, daß ich nicht den Augenblick davonrenne und das verlorne Weib suche in der ganzen weiten Welt!“ – Damit warf Meister Abraham, der dies Selbstgespräch gehalten, das kleine begonnene Automat sowie alles Handwerkszeug unter den Tisch, sprang auf und schritt heftig hin und her. – Der Gedanke an Chiara, der ihn jetzt beinahe niemals verließ, rief alle schmerzliche Wehmut in seinem Innern hervor, und wie mit Chiara damals sein höheres Leben begonnen, verließ ihn auch jetzt jener trotzige, dem Gemeinen entsprossene Unwille darüber, daß er über sein Handwerk hinweggeschaut und wirkliche Kunst zu üben sich unterfangen. – Er schlug Severinos Buch auf und schaute lange die holde Chiara an. – Wie ein Mondsüchtiger, der, der äußeren Sinne beraubt, nur nach dem innern Gedanken automatisch handelt, ging Meister Abraham dann zu einem Kasten, der in einem Winkel des Zimmers stand, räumte Bücher und Sachen, womit er bepackt, herunter, öffnete ihn, nahm die Glaskugel, den ganzen Apparat zum geheimnisvollen Experiment mit dem unsichtbaren Mädchen hervor, befestigte die Kugel an einer dünnen, seidnen Schnur, die von der Decke herabhing, stellte im Zimmer alles so her, wie es zu dem versteckten Orakel nötig. Erst als er mit allem fertig geworden, erwachte er aus der träumerischen Betäubung und erstaunte nicht wenig darüber, was er begonnen. „Ach“, jammerte er dann laut, indem er ganz ermattet, ganz trostlos in den Lehnstuhl sank, „ach, Chiara, arme verlorne Chiara, niemals werd ich wieder deine süße Stimme verkünden hören, was in des Menschen tiefster Brust verschlossen. Kein Trost mehr auf Erden – keine Hoffnung als das Grab!“ –

Da schwankte die Glaskugel hin und her, und ein melodischer Ton ließ sich vernehmen, wie wenn Windeshauch leise hinstreift über die Saiten der Harfe. Aber bald wurde der Ton zu Worten:

Noch ist Leben nicht dahin,
Trost und Hoffnung nicht verschwunden,
Was vermag der frömmste Sinn,
Hält ihn schwerer Eid gebunden?
Meister! Mut! – du wirst gesunden,
Blick auf zu der Dulderin,
Die da heilt die tiefsten Wunden,
Bittrer Schmerz bringt dir Gewinn.

„O du barmherziger Himmel", lispelte der Alte mit bebenden Lippen, „sie ist es selbst, die zu mir spricht von dem hohen Himmel herab; sie wandelt nicht mehr unter den Lebendigen!" – Da ließ sich jener melodische Ton abermals vernehmen, und noch leiser, noch entfernter erklangen die Worte:

Nicht erfaßt der bleiche Tod,
Die im Herzen Liebe tragen;
Dem glänzt noch das Abendrot,
Der am Morgen wollt verzagen.
Bald kann dir die Stunde schlagen,
Die entreißt dich aller Not;
Zu vollbringen magst du wagen,
Was die ewge Macht gebot.

Stärker anschwellend und wieder verhallend, lockten die süßen Töne den Schlaf herbei, der den Alten einhüllte in seinen schwarzen Fittich. Aber in dem Dunkel ging strahlend wie ein schöner Stern der Traum vergangnen Glückes auf, und Chiara lag wieder an des Meisters Brust, und beide waren wieder jung und selig, und kein finstrer Geist vermochte den Himmel ihrer Liebe zu trüben. –

– Hier hat, wie der Herausgeber es dem geneigten Leser bemerklich machen muß, der Kater wieder ein paar Makulaturblätter ganz weggerissen, wodurch in dieser Geschichte voller Lücken wiederum eine Lücke entstanden. Nach der Seitenzahl fehlen aber nur acht Kolumnen, die eben nichts besonders Wichtiges enthalten zu haben scheinen, da das Folgende sich im ganzen noch so ziemlich an das Vorhergegangene reiht. – Also weiter heißt es:

– – – nicht erwarten durfte. Fürst Irenäus war überhaupt ein abgesagter Feind von allen ungewöhnlichen Vorfällen, vorzüglich wenn seine eigne Person in Anspruch genommen wurde, die Sache näher zu untersuchen. Er nahm daher, wie er es in kritischen Fällen zu tun pflegte, eine Doppelprise, starrte den Leibjäger an mit dem bekannten niederschmetternden Friedrichsblick und sprach: „Lebrecht, ich glaube, wir sind ein mondsüchtiger Träumer und sehen Gespenster und machen einen ganz unnötigen Hallas?“

„Durchlauchtigster Herr“, erwiderte der Leibjäger in sehr ruhiger Fassung, „lassen Sie mich fortjagen wie einen ordinären Schuft, wenn nicht alles buchstäblich wahr ist, wie ich es erzählt habe. Ich wiederhole es keck und freimütig: Rupert ist ein ausgemachter Spitzbube.“

„Wie“, rief der Fürst in vollem Zorn, „wie, Rupert, mein alter, treuer Kastellan, der fünfzig Jahre dem Fürstenhause gedient, ohne jemals ein Schloß einrosten zu lassen oder im Auf- und Zuschließen zu mankieren, der soll ein Spitzbube sein? Lebrecht! – Er ist besessen, Er ist rasend! Himmeltausend Sapp –“

Der Fürst stockte wie immer, wenn er sich auf dem Fluchen ertappte, das allem fürstlichen Anstande entgegen. Der Leibjäger nutzte diesen Augenblick, um ganz geschwinde einzufallen: „Durchlauchtigster Herr werden nur gleich so hitzig und fluchen denn so gräßlich, und man darf über so etwas doch nicht schweigen, man kann doch nichts behaupten als die reine Wahrheit.“ – „Wer ist hitzig“, sprach der Fürst gelassener, „wer flucht? – Esel fluchen! – Ich will, daß Er mir die ganze Sache in gedrängter Kürze wiederhole, damit ich in einer geheimen Sitzung alles meinen Räten vortragen kann zur umständlichen Beratung und Entscheidung über die fernerhin zu ergreifenden Maßregeln. Ist Rupert wirklich ein Spitzbube, so –. Nun, das Weitere wird sich denn finden.“

„Wie gesagt“, begann der Leibjäger, „als ich gestern Fräulein Julien vorleuchtete, schlüpfte derselbe Mensch, der hier schon längst herumschleicht, bei uns vorüber. „Halt“, dacht ich in meinem Sinn. „Den Urian wirst du doch ertappen“, und löschte, als ich das liebe Fräulein bis oben heraufgebracht, meine Fackel aus und stellte mich ins Dunkel. Nicht lange dauerte es, so kam derselbe Mensch aus dem Gebüsch hervor und klopfte leise an das Haus. Behutsam schlich ich einher. Da wurde das Haus geöffnet, und ein Mädchen trat heraus, und mit diesem Mädchen schlüpfte der Fremde hinein. Es war die Nanni, Sie kennen sie doch, Durchlauchtigster Herr?“

„Coquin“, rief der Fürst, „mit hohen, gekrönten Häuptern spricht man nicht von schönen Nannis, doch . . .! Fahr Er fort, mon fils.“ – „Ja“, sprach der Leibjäger weiter, „ja, die schöne Nanni, ich hätt ihr solch dummen Verkehr gar nicht zugetraut. – Also weiter nichts als eine einfältige Liebschaft, dacht ich in meinem Sinn; aber es wollt mir gar nicht in den Kopf, daß nicht noch was anders dahinterstecken sollte. Ich blieb am Hause stehen. Da kam nach einer guten Weile die Frau Rätin zurück, und kaum war sie ins Haus getreten, als oben ein Fenster geöffnet wurde und mit unglaublicher Behendigkeit der fremde Mann hinaussprang, gerade in die schönen Nelken- und Levkojenstöcke hinein, die dort vergattert stehen, und die das liebe Fräulein Julia selbst so sorglich wartet. Der Gärtner lamentiert schrecklich; er ist mit den zerbrochenen Scherben draußen und wollte bei dem Durchlauchtigsten Herrn selbst Klage führen. Ich habe ihn aber nicht hineingelassen, denn der Schlingel ist angesoffen schon am frühen Morgen."

„Lebrecht", unterbrach der Fürst den Leibjäger, „Lebrecht, das scheint eine Imitation zu sein, denn selbiges kommt schon in der Oper von Herrn Mozart, „Figaros Hochzeit" geheißen, vor, die ich zu Prag geschaut. Bleib Er der Wahrheit getreu, Jäger!" – „Auch", sprach Lebrecht weiter, „auch nicht eine Silbe rede ich anders, als ich es bekräftigen kann mit einem körperlichen Eide. – Der Kerl war hingestürzt, und ich gedachte ihn nun zu fassen; doch schnell wie der Blitz raffte der Kerl sich auf und rannte spornstreichs – wohin? Was denken Sie wohl, Durchlauchtigster Fürst, wohin er rannte?" „Ich denke nichts", erwiderte der Fürst feierlich, „turbier Er mich nicht mit lästigen Fragen nach Gedanken, Jäger! sondern erzähle Er ruhig so lange, bis die Geschichte aus ist, dann will ich denken."

„Gerade", fuhr der Jäger fort, „gerade nach dem unbewohnten Pavillon rannte der Mensch. Ja – unbewohnt! – Sowie er an die Tür geklopft, wurd es inwendig hell, und wer nun heraustrat, war niemand anders als der saubere, ehrliche Herr Rupert, dem der Fremde hineinfolgte ins Haus, das er nun wieder fest verschloß. Sie sehen, Durchlauchtigster Herr, daß Rupert Verkehr treibt mit fremden, gefährlichen Gästen, die bei ihrer Schleicherei gewiß Böses im Schilde führen. Wer weiß, worauf alles abzielt, und es ist ja möglich, daß selbst mein Durchlauchtigster Fürst hier in dem stillen, ruhigen Sieghartshof von schlechten Menschen bedroht wird."

Da Fürst Irenäus sich für eine höchst bedeutende fürstliche Person hielt, so konnt es nicht fehlen, daß er manchmal von allerlei höfischen Kabalen und bösen Nachstellungen träumte. Des Jägers letzte Äußerung fiel ihm deshalb gar schwer aufs Herz, und er versank einige Augenblicke in tiefes Nachsinnen. „Jäger", sprach er dann mit weit aufgerissenen Augen, „Jäger! Er hat recht. Die Sache mit dem fremden Menschen, der hier herumschleicht, mit dem Licht, das sich zur Nachtzeit im Pavillon sehen läßt, ist bedenklicher, als sie im ersten Augenblick erscheint. – Mein Leben steht in Gottes Hand! Aber mich umgeben treue Diener, und sollte einer sich für mich aufopfern, so würde ich ganz gewiß die Familie reichlich bedenken! – Verbreit Er das unter meinen Leuten, guter Lebrecht! – Er weiß, ein fürstliches Herz ist frei von jeder Bangigkeit, von jeder menschlichen Todesfurcht, aber man hat auch Pflichten gegen sein Volk, ihm muß man sich konservieren, zumal wenn der Thronerbe noch unmündig. Darum will ich das Schloß nicht eher verlassen, bis die Kabale im Pavillon zerstört ist. – Der Förster soll mit den Revierjägern und allen übrigen Forstbedienten herankommen, alle meine Leute sollen sich bewaffnen. Der Pavillon soll sogleich umstellt, das Schloß fest verschlossen werden. Besorg Er das, guter Lebrecht. Ich selbst schnalle meinen Hirschfänger um, lade Er meine Doppelpistolen, aber vergesse Er nicht den Schieber vorzulassen, damit kein Unglück geschieht. – Und daß man mir Nachricht gibt, wenn etwa die Zimmer des

Pavillons erstürmt und so die Verschworenen gezwungen werden sollen, sich zu ergeben, damit ich mich zurückziehen kann in die inneren Gemächer. Und daß man die Gefangenen auf das sorglichste durchsucht, ehe sie vor den Thron gebracht werden, damit keiner etwa in der Verzweiflung – doch, was steht Er, was sieht Er mich an, was lächelt Er, was soll das heißen, Lebrecht?"

„Ei", erwiderte der Leibjäger mit pfiffiger Miene, „ei, Durchlauchtigster Herr, ich meine nur, daß es gar nicht vonnöten, den Förster mit seinen Leuten herzubeordern."

„Warum nicht", fragte der Fürst erzürnt, „warum nicht? – Ich glaube gar, Er untersteht sich, mir zu widersprechen? – Und in jeder Sekunde steigt die Gefahr! Tausend Sapp-Lebrecht, werf Er sich aufs Pferd – der Förster – seine Leute – geladene Büchsen – den Augenblick sollen sie einrücken." –

„Sie sind", sprach der Leibjäger, „sie sind aber schon da, Durchlauchtigster Herr!"

„Wie – was!" – rief der Fürst, indem er den Mund offen behielt, um dem Erstaunen Luft zu gönnen.

„Schon", fuhr der Jäger fort, „schon als der Morgen graute, war ich draußen beim Förster. Schon ist der Pavillon so sorglich umstellt, daß keine Katze herauskann, viel weniger ein Mensch."

„Er ist", sprach der Fürst gerührt, „Er ist ein vortrefflicher Jäger, Lebrecht, und ein treuer Diener des fürstlichen Hauses. Rettet Er mich aus dieser Gefahr, so kann Er sicher auf eine Verdienstmedaille rechnen, die ich selber erfinden und ausprägen lassen werde von Silber oder von Gold, je nachdem bei der Erstürmung des Pavillons weniger oder mehr Menschen geblieben sind."

„Erlauben", sprach der Jäger, „erlauben Sie es, Durchlauchtigster Herr, so gehen wir nun gleich ans Werk. Das heißt, wir schlagen die Türe des Pavillons ein, nehmen das Gesindel, das darin hauset, gefangen, und alles ist vorüber. Ja, ja, den Kerl, der mir so oft entschlüpft, der solch ein verfluchter Springer ist, den verdammten Kerl, der sich dort im Pavillon als ein ungebetener Gast selbst einquartiert hat, den will ich schon fassen, den Spitzbuben den, der Fräulein Julien turbiert hat!" –

„Welcher Spitzbube", fragte die Rätin Benzon, in das Zimmer tretend, „welcher Spitzbube hat Julien turbiert? Wovon sprecht Ihr, guter Lebrecht?" – Der Fürst schritt feierlich, bedeutsam, wie jemand, dem Großes, Ungeheures begegnet, das er mit aller Stärke des Geistes bemüht ist zu tragen, der Benzon entgegen. Er faßte ihre Hand, drückte sie zärtlich und sprach dann mit sehr weicher Stimme: „Benzon! Selbst in der einsamsten, tiefsten Zurückgezogenheit folgt die Gefahr dem fürstlichen Haupt. – Es ist das Los der Fürsten, daß alle Milde, alle Güte des Herzens sie nicht schützt vor dem feindlichen Dämon, der den Neid, die Herrschsucht entflammt in der Brust verräterischer Vasallen! – Benzon, die schwärzeste Verräterei hat ihr schlangenhaariges

Medusenhaupt erhoben gegen mich, Sie finden mich in der dringendsten Gefahr! – Aber bald ist der Augenblick der Katastrophe da, diesem Getreuen verdanke ich vielleicht bald mein Leben, meinen Thron! – Und ist es anders beschlossen – nun, so ergebe ich mich in mein Schicksal. – Ich weiß, Benzon, Sie konservieren Ihre Gesinnungen gegen mich, und so kann ich wie jener König in dem Trauerspiel eines deutschen Dichters, mit dem Prinzessin Hedwiga mir neulich den Tee verdarb, hochsinnig rufen: „Nichts ist verloren, denn sie blieben mein!“ – Küssen Sie mich, gute Benzon! – Teures Malchen, wir sind und bleiben die Alten! – Guter Gott, ich radotiere wohl in der Seelenangst! – Lassen Sie uns gefaßt sein, meine Liebe, wenn die Verräter gefangen sind, werd ich sie mit einem Blick vernichten. – Leibjäger, es beginne der Angriff auf den Pavillon.“ – Der Leibjäger wollte schnell fort. „Halt“, rief die Benzon, „was für ein Angriff – auf welchen Pavillon?“

Der Leibjäger mußte auf Befehl des Fürsten nochmals über den ganzen Vorfall genauen Rapport erstatten.

Immer mehr und mehr schien die Benzon durch des Leibjägers Erzählung gespannt zu werden. Als er geendet, rief die Benzon lachend: „Nun, das ist das drolligste Mißverständnis, das es wohl geben mag. Ich bitte, gnädigster Herr, daß der Förster mit seinen Leuten sogleich nach Hause geschickt werde. – Es ist von gar keiner Verschwörung die Rede, Sie befinden sich nicht in der mindesten Gefahr, gnädigster Herr! – Der unbekannte Bewohner des Pavillons ist schon Ihr Gefangener.“

„Wer“, fragte der Fürst voll Erstaunen, „wer, welcher Unglückselige bewohnt den Pavillon ohne meine Erlaubnis?“ –

„Es ist“, raunte die Benzon dem Fürsten ins Ohr, „es ist Prinz Hektor, der sich im Pavillon verbirgt!“

Der Fürst prallte einige Schritte zurück, als träfe ihn plötzlich ein Schlag von unsichtbarer Hand, dann rief er: „Wer – wie? Est-il possible! – Benzon! Träume ich? – Prinz Hektor?“ Des Fürsten Blicke fielen auf den Leibjäger, der ganz verblüfft den Hut in der Hand zusammenknülle. – „Jäger“, schrie der Fürst ihn an, „Jäger! Scher Er sich herab, der Förster, die Leute, sie sollen fort – fort nach Hause! Kein Mensch soll sich blicken lassen! – Benzon“, wandte er sich dann zur Rätin, „gute Benzon, können Sie es sich vorstellen, einen Kerl, einen Spitzbuben hat Lebrecht den Prinzen Hektor genannt! – Der Unglückliche! – Doch es bleibt unter uns, Benzon, es ist ein Staatsgeheimnis. – Sagen Sie, erklären Sie mir nur, wie es geschehen konnte, daß der Prinz vorgibt abzureisen und sich hier versteckt, als wolle er auf Abenteuer ausgehen?“

Die Benzon sah sich durch die Beobachtungen des Leibjägers aus großer Verlegenheit gerettet. Hatte sie sich vollkommen überzeugt, daß es ihrerseits nicht ratsam, dem Fürsten die Gegenwart des Prinzen in Sieghartshof, am wenigsten aber seinen Anschlag auf Julien zu entdecken, so konnte doch auch die Sache nicht in der Lage bleiben, die mit jeder Minute sich für Julien, für das ganze Verhältnis, das sie, die Benzon selbst, mit aller Mühe aufrechterhielt, bedrohlicher gestalten mußte. Jetzt, da der Leibjäger den Schlupfwinkel des Prinzen erlauscht und dieser Gefahr lief, auf nicht sehr ehrenvolle Weise hervorgezogen zu werden, konnte, durfte sie ihn verraten, ohne Julia preiszugeben. Sie erklärte also dem Fürsten, daß wahrscheinlich ein Liebeszwist mit der Prinzessin Hedwiga den Prinzen vermocht, eine schnelle Abreise vorzugeben und sich mit seinem treusten Kammerdiener ganz in der Nähe der Geliebten zu verstecken. Daß dies Beginnen etwas Romanhaftes, Abenteuerliches in sich trage, sei nicht zu leugnen, doch welcher Liebende habe nicht Hang zu dergleichen. Übrigens sei des Prinzen Kammerdiener ein sehr eifriger Liebhaber ihrer Nanni und durch diese ihr das Geheimnis verraten worden.

„Ha!" rief der Fürst, „dem Himmel sei es gedankt, so war es der Kammerdiener und nicht der Prinz selbst, der sich zu Ihnen ins Haus stahl und dann durchs Fenster sprang in die Blumentöpfe, wie der Page Cherubin. – Mir stiegen schon allerlei unangenehme Gedanken auf. Ein Prinz und durchs Fenster springen, wie könnte sich das wohl in aller Welt reimen!"

„Ei", erwiderte die Benzon schalkhaft lachend, „ich kenne doch eine fürstliche Person, die den Weg zum Fenster herein nicht verschmähte, als –"

„Sie", unterbrach der Fürst die Rätin, „Sie alterieren mich, Benzon, Sie alterieren mich ganz ungemein! – Schweigen wir von vergangenen Dingen, überlegen wir lieber, was jetzt mit dem Prinzen anzufangen! Alle Diplomatie, alles Staatsrecht, alles Hofgesetz holt der Teufel in dieser verdammten Lage! – Soll ich ihn ignorieren? – soll ich ihn zufällig finden? – soll ich – soll ich? Alles dreht sich in meinem Kopfe wie ein Wirbel. Das kommt davon, wenn fürstliche Häupter sich zu wunderlichen Romanstreichen herabwürdigen!"

Die Benzon wußte in der Tat nicht, wie das weitere Verhältnis mit dem Prinzen zu formen. Doch auch dieser Verlegenheit wurde abgeholfen. Noch ehe die Rätin nämlich dem Fürsten antworten konnte, trat der alte Kastellan Rupert hinein und überreichte dem Fürsten ein klein zusammengefaltetes Billett, indem er schelmisch lächelnd versicherte, es käme von einer hohen Person, die er gar nicht weit von hier die Ehre hätte unter Schloß und Riegel zu bewahren. „Er wußte", sprach der Fürst sehr gnädig zu dem Alten, „Er wußte also, Rupert, daß . . .? Nun, ich habe Ihn immer für einen ehrlichen, treuen Diener meines Hauses gehalten, und Er hat sich auch jetzt als ein solcher bewährt, da Er, wie es seine Pflicht war, dem Befehl meines erhabenen Eidams gehorchet. – Ich werde an Seine Belohnung denken." Rupert dankte in den demütigsten Ausdrücken und entfernte sich aus dem Zimmer.

Es begibt sich gar oft im Leben, daß einer für besonders ehrlich und tugendhaft gehalten wird gerade in dem Augenblick, wenn er einen Spitzbubenstreich begangen.

Daran dachte die Benzon, die von des Prinzen bösem Anschlage besser unterrichtet und überzeugt war, daß der alte, heuchlerische Rupert in das böse Geheimnis eingeweiht.

Der Fürst erbrach das Billett und las:

„Che dolce più, che più giocondo stato
Saria, di quel d'un amoroso core?
Che viver più felice e più beato,
Che ritrovarsi in servicù d'Amore?
Se non fosse l'uom sempre stimulato
Da quel sospetto rio, da quel timore,
Da quel martir, da quella frenesia,
Da quella rabbia, detta gelosia.

In diesen Versen eines großen Dichters finden Sie, mein Fürst, die Ursache meines geheimnisvollen Beginnens.

Ich glaubte mich nicht geliebt von der, die ich anbete, die mein Leben ist, all mein Sehnen und Hoffen, für die alle brünstige Glut lodert in der entflammten Brust. Wohl mir – ich habe mich eines Bessern überzeugt, ich weiß seit wenigen Stunden, daß ich geliebt bin, und trete aus meinem Schlupfwinkel hervor. Liebe und Glück, das sei das Losungswort, das mich ankündigt. – Bald begrüße ich Sie, mein Fürst, mit der Ehrfurcht des Sohnes.

Hektor.“

Vielleicht ist es dem geneigten Leser nicht ganz unlieb, wenn der Biograph hier auf zwei Sekunden die Geschichte ruhen läßt und den Versuch einer Übersetzung jener italienischen Verse einschiebt. – Sie könnten ungefähr also lauten:

Gab's süßres noch, gab's höheres Entzücken,
Als wenn das Herz entbrannt in brünstger Liebe?
Könnt den ein sel'gres Himmelslos beglücken,
Der in des mächtgen Gottes Fesseln bliebe?
Vermöchte nicht den Menschen zu berücken
Der finstre Geist Verdacht, der Furcht Getriebe,
Trostlose Qual, Wahnsinns wuchernder Same,
Der Hölle Furie, Eifersucht ihr Name!

Der Fürst las das Billett zwei-, dreimal sehr aufmerksam durch, und je öfter er es las, desto finstrer zogen sich die Falten auf seiner Stirne zusammen. „Benzon“, sprach er endlich, „Benzon! was ist das mit dem Prinzen? Verse, italienische Verse an ein fürstliches Haupt, an einen gekrönten Schwiegervater, statt deutlicher, vernünftiger Erklärung? – Was soll das! – Es ist kein Verstand darin. – Der Prinz scheint überspannt zu sein auf ganz ungebührliche Weise. Die Verse sprechen, soviel ich davon verstehe, von dem Glück der Liebe und von den Qualen der Eifersucht. Was will der Prinz mit der Eifersucht, auf wen um tausend Himmels willen kann er hier eifersüchtig sein? – Sagen Sie mir das, gute Benzon!“ –

Die Benzon entsetzte sich über den tiefern Sinn, der in den Worten des Prinzen lag, und den sie nach dem, was sich gestern in ihrem Hause begeben, leicht erraten konnte. Zugleich mußte sie aber die feine Wendung bewundern, die der Prinz ersonnen, um ohne weitern Anstoß aus seinem Versteck hervortreten zu dürfen. Weit entfernt, sich auch nur leise darüber gegen den Fürsten zu äußern, mühte sie sich aber, aus der Lage der Dinge so viel Vorteil zu ziehen, als nur möglich. Kreisler und Meister Abraham, das waren die Personen, von denen sie Verwirrung ihrer geheimen Pläne befürchtete, und gegen diese glaubte sie jede Waffe brauchen zu müssen, die ihr der Zufall in die Hand spielte. Sie erinnerte den Fürsten daran, was sie ihm über die Leidenschaft gesagt hatte, die in der Prinzessin Brust emporgelodert. Dem Scharfblick des Prinzen, führte sie ferner an, könne die Stimmung der Prinzessin ebensowenig entgangen sein, als Kreislers seltsames überspanntes Betragen ihm Anlaß genug gegeben haben müsse, irgendein wahnsinniges Verhältnis zwischen beiden zu vermuten. So sei hinlänglich erklärt, warum der Prinz den Kreisler auf den Tod verfolgt, warum er, da er den Kreisler getötet zu haben geglaubt, dem Schmerz, der Verzweiflung der Prinzessin aus dem Wege gegangen, dann aber, als er von Kreislers Leben unterrichtet, von Liebe und Sehnsucht getrieben, zurückgekehrt sei und die Prinzessin heimlich beobachtet habe. Niemanden anders als Kreislern habe daher die Eifersucht gegolten, von der die Verse des Prinzen sprächen, und es sei um so nötiger und ratsamer, dem Kreisler forthin keinen Aufenthalt in Sieghartshof zu gestatten, als er mit dem Meister Abraham ein gegen alle Verhältnisse des Hofes gerichtetes Komplott geschmiedet zu haben scheine.

„Benzon“, sprach der Fürst sehr ernsthaft, „Benzon, ich habe darüber nachgedacht, was Sie mir über die unwürdige Neigung der Prinzessin gesagt haben, und glaube jetzt von allem auch nicht ein Wort. Fürstliches Blut wallt in den Adern der Prinzessin.“ –

„Glauben Sie“, fuhr die Benzon heftig auf, indem sie bis unter die Augen errötete, „glauben Sie, gnädigster Herr, daß das fürstliche Weib über den Pulsschlag, über die innere Ader des Lebens gebieten könne wie kein anderes?“

„Sie sind“, sprach der Fürst verdrießlich, „Sie sind heute in sehr seltsamer Stimmung, Rätin! – Ich wiederhole es, entstand in dem Herzen der Prinzessin irgendeine abgeschmackte Leidenschaft, so war das nur ein krankhafter Zufall – ein Krampf sozusagen – sie leidet ja an Spasmen – von dem sie sich sehr bald ganz erholt haben würde. Was aber den Kreisler betrifft, so ist das ein ganz amüsanter Mensch, dem nur gehörige Kultur fehlt. Ich kann ihm gar nicht solche übermütige Keckheit zutrauen, sich der Prinzessin annähern zu wollen. Keck ist er, aber auf ganz andere Weise. Glauben Sie wohl, Benzon, daß nach seiner wunderlichen Art gerade eine Prinzessin bei ihm gar kein Glück machen würde, sollt es denkbar sein, daß eine dergleichen hohe Person sich herablassen könnte, in ihn verliebt zu werden? Denn – Benzon, entre nous soit dit – er macht sich gar nicht sonderlich viel aus uns hohen Häuptern, und das ist eben die lächerliche abgeschmackte Torheit, die ihn unfähig macht, am Hofe zu verweilen. Mag er daher entfernt bleiben; kehrt er aber zurück, so sei er mir herzlich willkommen. Denn nicht genug, daß er denn doch, wie ich vom Meister Abraham – ja, den Meister Abraham, den lassen Sie mir aus dem Spiele, Benzon, die Komplotte, die er geschmiedet, haben immer zum Wohl des fürstlichen Hauses gereicht. – Wie ich doch sagen wollte! Ja! – Nicht genug, daß der Kapellmeister, wie mir Meister Abraham gesagt, fliehen müssen auf ungebührliche Weise, unerachtet er von mir freundlich aufgenommen, so ist und bleibt er ein ganz gescheiter Mensch, der mich amüsiert trotz seines närrischen Wesens, et cela suffit!"

Die Rätin erstarrte vor innerer Wut, sich so kalt abgefertigt zu sehen. Ohne es zu ahnen, war sie, als sie fröhlich den Strom hinabschwimmen wollte, auf eine verborgene Klippe gestoßen. –

Es entstand auf dem Schloßhofe ein großes Geräusch. Eine lange Reihe Wagen rasselte heran, begleitet von einem starken Kommando großherzoglicher Husaren. Der Oberhofmarschall, der Präsident, die Räte des Fürsten, mehrere von der vornehmen Welt aus Sieghartsweiler stiegen aus. Dorthin war die Nachricht gekommen, daß in Sieghartshof eine wider das Leben des Fürsten gerichtete Revolution ausgebrochen, und nun kamen die Getreuen nebst andern Verehrern des Hofes, sich um die Person des Fürsten zu stellen, und brachten die Verteidiger des Vaterlandes mit, die sie sich vom Gouverneur mit vieler Mühe erbeten.

Vor lauter Beteurungen der Versammelten, daß sie Leib und Leben für den gnädigsten Herrn zu opfern bereit wären, kam der Fürst gar nicht zu Worte. Eben wollt er endlich beginnen, als der Offizier, der das Kommando führte, hereintrat und den Fürsten nach dem Operationsplan fragte.

Es liegt in der menschlichen Natur, daß, wenn die Gefahr, die uns Furcht einjagte, sich vor unsern Augen auflöst in einen eitlen nichtigen Popanz, uns dies immer mit großem Unmut erfüllt. Der Gedanke, der wirklichen Gefahr glücklich entgangen zu sein, nicht, daß gar keine vorhanden, erregt uns Freude.

So geschah es denn auch, daß der Fürst seinen Unmut, seinen Verdruß über den unnötigen Tumult kaum unterdrücken konnte.

Daß der ganze Lärm über ein Stelldichein eines Kammerdieners mit einer Zofe, über die romanhafte Eifersüchtelei eines verliebten Prinzen entstanden, sollte, konnte er das sagen? Er sann hin und her; die ahnungsvolle Stille im Saal, nur unterbrochen von dem mutigen, siegversprechenden Wiehern der Husarenpferde, die draußen hielten, drückte ihn bleiern nieder.

Endlich räusperte er sich und begann pathetisch: „Meine Herren! Die wunderbare Fügung des Himmels . . . Was wollen Sie, mon ami?“

Mit dieser an den Hofmarschall gerichteten Frage unterbrach der Fürst sich selbst. Wirklich hatte der Hofmarschall sich mehrmals gebückt und durch Blicke zu verstehen gegeben, daß er was Wichtiges zu hinterbringen. Es kam heraus, daß soeben sich Prinz Hektor melden ließ.

Des Fürsten Gesicht heiterte sich auf, er sah, daß er über die vermeintliche Gefahr, in der sein Thron geschwebt, sehr kurz sein und die ehrwürdige Versammlung wie mit einem Zauberschlag in eine Bewillkommnungscour umsetzen könne. Er tat dies! –

Nicht lange dauerte es, so trat Prinz Hektor herein, in Galauniform glänzend gekleidet, schön, kräftig, stolz wie der fernhintreffende Götterjüngling. Der Fürst machte ein paar Schritte vorwärts ihm entgegen, fuhr aber auch gleich zurück, als träfe ihn der Blitz. Dicht hinter dem Prinzen Hektor her sprang Prinz Ignatius in den Saal. Der fürstliche Herr wurde leider mit jedem Tage dämischer und abgeschmackter. Die Husaren auf dem Schloßhofe mußten ihm ganz ausnehmend gefallen haben, denn er hatte einen Husaren vermocht, ihm Säbel, Tasche und Tschako zu geben, und sich in diese Herrlichkeiten geputzt. – So kurbettierte er, als säße er zu Pferde, in kurzen Sprüngen mit dem blanken Säbel in der Faust im Saal umher, indem er die eiserne Scheide tüchtig auf dem Boden nachklirren ließ, und lachte und kicherte dabei ganz ungemein anmutig.

„Partez – décampez! – Allez-vous-en – tout de suite.“ So rief der Fürst mit glühenden Augen und donnernder Stimme dem erschrockenen Ignaz entgegen, der sich ganz geschwind davonmachte.

Keiner von den Anwesenden hatte so wenig Takt, den Prinzen Ignaz, die ganze Szene zu bemerken. –

Der Fürst, im vollsten Sonnenglanz der vorigen Milde und Freundlichkeit, sprach nun mit dem Prinzen einige Worte, und dann gingen beide, der Fürst und der Prinz, im Kreise der Versammelten umher und redeten mit diesem, jenem ein paar Worte. Die Cour war beendigt, das heißt die geistreichen, tiefsinnigen Redensarten, deren man sich bei solcher Gelegenheit zu bedienen pflegt, waren gehörig verspendet, und der Fürst begab sich mit dem Prinzen in die Gemächer der Fürstin, dann aber, da der Prinz darauf bestand, die geliebte Braut zu überraschen, in das Gemach der Prinzessin. Sie fanden Julia bei ihr. –

Mit der Hast des feurigsten Liebhabers flog der Prinz hin zur Prinzessin, drückte ihre Hand hundertmal zärtlich an die Lippen, schwur, daß er nur in dem Gedanken an sie gelebt, daß ein unglückliches Mißverständnis ihm die Qualen der Hölle bereitet, daß er die Trennung von der, die er anbete, nicht länger ertragen könne, daß nun ihm alle Seligkeit des Himmels aufgegangen. –

Hedwiga empfing den Prinzen mit unbefangener Heiterkeit, die ihr sonst eben nicht eigen. Sie begegnete den zärtlichen Liebkosungen des Prinzen geradeso, wie es eine Braut wohl tun mag, ohne sich im voraus zuviel zu vergeben; ja, sie verschmähte es nicht, den Prinzen mit seinem Versteck ein wenig aufzuziehn und zu versichern, daß sie keine Verwandlung hübscher und anmutiger sich denken könne, als die eines Haubenstocks in einen Prinzenkopf. Denn für einen Haubenstock habe sie den Kopf gehalten, der sich in dem Giebelfenster des Pavillons blicken lassen. Dies gab Anlaß zu allerlei artigen Neckereien des glücklichen Paars, die selbst den Fürsten zu ergötzen schienen. Nun glaubte er den großen Irrtum der Benzon rücksichts des Kreisler erst recht einzusehen, da nach seiner Meinung Hedwigas Liebe zu dem schönsten der Männer sich deutlich genug aussprach. Geist und Körper der Prinzessin schienen in der seltenen hohen Blüte zu stehen, wie sie glücklichen Bräuten ganz besonders eigen. – Gerade entgegengesetzt verhielt es sich mit Julien. Sowie sie den Prinzen erblickte, bebte sie zusammen, von innerm Schauer erfaßt. Blaß wie der Tod, stand sie da mit tief zu Boden gesenkten Augen, keiner Bewegung mächtig, kaum fähig, sich aufrecht zu erhalten. –

Nach einer guten Weile wandte sich der Prinz zu Julien mit den Worten: „Fräulein Benzon, wenn ich nicht irre?" „Eine Freundin der Prinzessin von der frühsten Kindheit her, gleichsam ein Schwesternpaar!" – Während der Fürst diese Worte sprach, hatte der Prinz Julias Hand gefaßt und ihr leise, leise zugehaucht: „Nur du bist's, die ich meine!" – Julia schwankte, Tränen der bittersten Angst drängten sich unter den Wimpern hervor; sie wäre niedergestürzt, hätte die Prinzessin nicht schnell einen Sessel herbeigeschoben.

„Julia", sprach die Prinzessin leise, indem sie sich über die Ärmste hinüberbeugte, „Julia, fasse dich doch nur! – Ahnest du denn nicht den harten Kampf, den ich kämpfe?" –

Der Fürst öffnete die Türe und rief nach Eau de Luce.

„Solches", sprach der ihm entgegentretende Meister Abraham, „solches führe ich nicht bei mir, aber guten Äther. Ist jemand ohnmächtig geworden? – Äther hilft auch!"

„So kommt", erwiderte der Fürst, „so kommt schnell herein, Meister Abraham, und helft Fräulein Julien."

Doch sowie Meister Abraham in den Saal trat, sollte sich das Unerwartete begeben.

Geisterbleich starrte Prinz Hektor den Meister an, sein Haar schien sich zu sträuben, kalter Angstschweiß ihm auf der Stirne zu stehen. Einen Schritt vorwärts, den Leib zurückgebogen, die Arme dem Meister entgegengestreckt, war er dem Macbeth zu vergleichen, wenn plötzlich Bankos entsetzliches, blutiges Gespenst den leeren Platz der Tafel füllt. – Ruhig holte der Meister sein Fläschchen hervor und wollte sich Julien nahen.

Da war es, als ermanne sich der Prinz wieder zum Leben.

„Severino, seid Ihr's selbst?" – So rief der Prinz mit dem dumpfen Ton des tiefsten Entsetzens. „Allerdings", erwiderte Meister Abraham, ohne im mindesten aus seiner

Ruhe zu kommen, ohne nur die Miene zu verändern. „Allerdings, es ist mir lieb, daß Ihr Euch meiner erinnert, gnädigster Herr; ich hatte die Ehre, Euch vor etlichen Jahren in Neapel einen kleinen Dienst zu erzeigen."

Der Meister trat noch einen Schritt vorwärts, da faßte ihn der Prinz beim Arm, zog ihn mit Gewalt auf die Seite, und nun erfolgte ein kurzes Gespräch, von dem niemand der im Saal Befindlichen etwas verstand, da es zu schnell und im neapolitanischen Dialekt geführt wurde.

„Severino! – Wie kam der Mensch zu dem Bildnis?"

„Ich gab es ihm zur Schutzwehr gegen Euch."

„Weiß er?"

„Nein!"

„Werdet Ihr schweigen?"

„Zur Zeit – ja!"

„Severino! – Alle Teufel sind mir auf den Hals gehetzt! – Was nennt Ihr zur Zeit?"

„Solange Ihr artig seid und den Kreisler in Ruhe laßt und auch jene da!" –

– Nun ließ der Prinz den Meister los und trat an ein Fenster. – Julia hatte sich indessen erholt. Mit dem unbeschreiblichen Ausdruck herzzerreißender Wehmut den Meister Abraham anschauend, lispelte sie mehr, als daß sie sprach: „O mein guter, lieber Meister, Ihr könnt mich wohl retten! – Nicht wahr, Ihr gebietet über so manches? – Eure Wissenschaft kann noch alles zum Guten lenken!" – Der Meister gewahrte in Julias Worten den wunderbarsten Zusammenhang mit jenem Gespräch, als habe sie in der höhern Erkenntnis des Traums alles verstanden und wisse um das ganze Geheimnis!

„Du bist", sprach der Meister Julien leise ins Ohr, „du bist ein frommer Engel, und darum hat der finstre Höllengeist der Sünde keine Macht über dich. Vertraue dich mir ganz; fürchte nichts und fasse dich mit aller Kraft des Geistes. – Denke auch an unsern Johannes."

„Ach", rief Julia schmerzlich, „ach, Johannes! – Er kehrt zurück, nicht wahr, Meister? ich werde ihn wiedersehen!"

„Gewiß", erwiderte der Meister und legte den Finger auf den Mund; Julia verstand ihn. –

Der Prinz mühte sich, unbefangen zu scheinen; er erzählte, daß der Mann, den man hier, wie er vernehme, Meister Abraham nenne, vor mehreren Jahren in Neapel Zeuge einer sehr tragischen Begebenheit gewesen sei, in die er, der Prinz, selbst verflochten, wie er gestehen müsse. – Die Begebenheit zu erzählen, sei jetzt nicht an der Zeit, doch wolle er künftig damit nicht zurückhalten. –

Der Sturm im Innern war zu heftig, als daß sein Tosen nicht auf der Oberfläche hätte sichtbar sein sollen, und so stimmte des Prinzen verstörtes Antlitz, dem jeder Blutstropfen entschwunden schien, sehr schlecht überein mit dem gleichgültigen Gespräch, zu dem er sich nun zwang, um nur über den kritischen Moment hinwegzukommen. Besser als dem Prinzen gelang es der Prinzessin, die Spannung des Augenblicks zu besiegen. Mit der Ironie, die selbst den Argwohn, die Verbittrung verflüchtigt zum feinsten Hohn, neckte Hedwiga den Prinzen umher in dem Labyrinth seiner eignen Gedanken. Er, der gewandteste Weltmann, noch mehr, ausgerüstet mit allen Waffen einer Ruchlosigkeit, die alles Wahrhafte, jede Gestaltung des Lebens vernichtet, vermochte nicht diesem seltsamen Wesen zu widerstehen. Je lebhafter Hedwiga sprach, je feuriger und zündender die Blitze des geistreichsten Spottes einschlugen, desto verwirrter, beängstigter schien sich der Prinz zu fühlen, bis dies Gefühl zum Unerträglichen stieg und er sich schnell entfernte.

Dem Fürsten geschah das, was ihm bei solchen Anstößen jedesmal zu geschehen pflegte: er wußte gar nicht, was er von dem allen denken sollte. Er begnügte sich mit einigen französischen Brocken ohne sonderliche Bedeutung, die er dem Prinzen zuwarf und die dieser mit ebensolchen erwiderte.

Der Prinz war schon zur Türe hinaus, als Hedwiga, plötzlich im ganzen Wesen verändert, zum Fußboden niederstarrte und mit einem seltsamen, das Herz durchschneidenden Ton laut rief: „Ich sehe die blutige Spur des Mörders!" – Dann schien sie aus dem Traum zu erwachen, drückte Julien stürmisch an ihre Brust und lispelte ihr zu: „Kind, mein armes Kind, laß dich nicht betören!"

„Geheimnisse", sprach der Fürst verdrießlich. „Geheimnisse, Einbildungen, Albernheiten, Romanstreiche! Ma foi, ich kenne meinen Hof nicht mehr! – Meister Abraham! Ihr bringt meine Uhren in Ordnung, wenn sie nicht richtiggehen, ich wollt, Ihr könntet hier nachsehen, was für Schaden das Räderwerk genommen, das sonst niemals stockte. – Doch was ist das mit dem Severino?"

„Unter diesem Namen", erwiderte der Meister, „ließ ich in Neapel meine optischen und mechanischen Kunststücke sehen."

„So – so", sprach der Fürst, sah den Meister starr an, als schwebe ihm eine Frage auf den Lippen, drehte sich aber dann schnell und verließ schweigend das Zimmer. –

Man hatte geglaubt, die Benzon befinde sich bei der Fürstin, dem war aber nicht so, sie hatte sich in ihre Wohnung begeben.

Julia sehnte sich nach der freien Luft; der Meister führte sie in den Park und, lustwandelnd durch die halb entlaubten Gänge, sprachen sie von Kreisler und seinem Aufenthalt in der Abtei. Sie waren an das Fischerhäuschen gekommen. Julia trat hinein, um sich zu erholen; Kreislers Brief lag auf dem Tisch, der Meister meinte, es sei gar nichts darin, das Julia Scheu tragen dürfe zu erfahren.

Während Julia den Brief gelesen, hatten sich ihre Wangen höher gefärbt, und sanftes Feuer, Abglanz des erheiterten Gemüts, strahlte aus ihren Augen.

„Siehst du“, sprach der Meister freundlich, „siehst du wohl, mein liebes Kind, wie der gute Geist meines Johannes auch aus der Ferne tröstend zu dir spricht? Was hast du von bedrohlichen Anschlägen zu fürchten, wenn Standhaftigkeit, Liebe und Mut dich schützen vor den Bösen, die dir nachstellen!“

„Barmherziger Himmel“, rief Julia mit emporgerichtetem Blicke, „schütze mich nur vor mir selber!“ Sie erbebte wie im jähen Schreck über die Worte, die sie willenlos ausgestoßen. Halb ohnmächtig sank sie in den Sessel und bedeckte mit beiden Händen ihr glühendes Antlitz.

„Ich verstehe“, sprach der Meister, „ich verstehe dich nicht Mädchen, du verstehst dich vielleicht selbst nicht, und darum magst du dein eignes Innres recht auf den Grund erforschen und dir nichts etwa verschweigen aus weichlicher Schonung.“ –

Der Meister überließ Julien dem tiefen Nachsinnen, in das sie versunken, und schaute mit übereinandergeschlagenen Armen hinauf zu der geheimnisvollen Glaskugel. – Da schwoll ihm die Brust vor Sehnsucht und wunderbarer Ahnung.

„Dich“, sprach er, „dich muß ich ja fragen, mit dir muß ich mich ja beraten, mit dir, du meines Lebens schönes, herrliches Geheimnis! Schweige nicht, laß deine Stimme hören! – Du weißt es ja, niemals war ich ein gemeiner Mensch, unerachtet mich manche dafür hielten. Denn in mir glühte alle Liebe, die der ewige Weltgeist selbst ist, und der Funke glimmte in meiner Brust, den der Hauch deines Wesens anfachte zur hellen fröhlichen Flamme! – Glaube nicht, Chiara, daß dies Herz darum, weil es älter geworden, vereiset ist und nicht mehr so rasch zu schlagen vermag als damals, da ich dich dem unmenschlichen Severino entriß; glaube nicht, daß ich jetzt weniger deiner wert geworden, als ich es damals war, da du selbst mich aufsuchtest! – Ja! – laß nur deine Stimme hören, und ich will mit der Hast des Jünglings dem Ton so lange nachrennen, bis ich dich gefunden, und dann wohnen wir wieder zusammen und treiben in zauberischer Gemeinschaft die höhere Magie, welche alle Menschen, selbst die allergemeinsten, notgedrungen erkennen, ohne daran zu glauben. – Und wandelst du nicht mehr leiblich hier auf Erden, spricht deine Stimme aus der Geisterwelt zu mir herab, so bin ich auch damit zufrieden und werde auch denn wohl noch ein tüchtigerer Kerl, als ich jemals gewesen. – Doch nein, nein! – Wie lauteten die tröstenden Worte, die du zu mir sprachst?

„Nicht erfaßt der bleiche Tod,
Die im Herzen Liebe tragen,
Dem glänzt noch das Abendrot,
Der am Morgen wollt' verzagen!““

„Meister“, rief Julia, die sich aus dem Sessel erhoben und dem Alten in tiefem Erstaunen zugehorcht hatte, „Meister! mit wem redet Ihr? was wollt Ihr beginnen? – Ihr nanntet den Namen Severino. Gütger Himmel! redete der Prinz, als er sich von seinem Entsetzen erholt hatte, Euch nicht selbst an mit diesem Namen? Welches furchtbare Geheimnis liegt hier verborgen?“

Der Alte kam bei diesen Worten Julias augenblicklich aus dem erhöhten Zustande zurück, und auf seinem Gesicht verbreitete sich, wie es schon lange nicht mehr geschehen, jene seltsame, beinahe grinsende Freundlichkeit, die mit seinem treuherzigen Wesen in dem wunderlichsten Zwiespalt stand und seiner ganzen Erscheinung den Anstrich einer etwas unheimlichen Karikatur gab.

„Mein schönes Fräulein“, sprach er mit dem grellen Ton, in dem aufschneiderische Geheimniskrämer gewöhnlich ihre Wunder anzupreisen pflegen, „mein schönes Fräulein, nur ein wenig Geduld, ich werde bald die Ehre haben, Ihnen hier im Fischerhäuschen die allerwunderbarsten Dinge zu zeigen. – Diese tanzenden Männlein, dieser kleine Türke, welcher weiß, wie alt jeder in der Gesellschaft ist, diese Automate, diese Palingenesien, diese deformierten Bilder, diese optischen Spiegel – alles hübsches magisches Spielzeug, aber das Beste fehlt mir noch. Mein unsichtbares Mädchen ist da! – Bemerken Sie, dort oben sitzt sie bereits in der Glaskugel. Sie spricht aber noch nicht, sie ist noch müde von der weiten Reise, denn sie kommt geradeswegs aus dem fernen Indien. – In einigen Tagen, mein schönes Fräulein, kommt meine Unsichtbare, und dann wollen wir sie befragen wegen des Prinzen Hektor, wegen Severino und andern Begebnissen der Vergangenheit und Zukunft! – Für jetzt nur etwas weniges schlichtes Amüsement.“

Damit sprang der Meister mit der Schnelle und Lebendigkeit eines Jünglings im Zimmer umher, zog die Maschinen auf, ordnete die magischen Spiegel. Und in allen Winkeln wurde es rege und lebendig, die Automaten schritten daher und drehten die Köpfe, und ein künstlicher Hahn schlug mit den Flügeln und krähte, während Papageien gellend dazwischenkreischten, und Julia selbst und der Meister standen draußen so gut wie im Zimmer. Julien wollte, unerachtet sie an dergleichen Possen genugsam gewöhnt, dennoch bei der seltsamen Stimmung des Meisters ein Grauen anwandeln. „Meister“, sprach sie ganz erschrocken, „Meister, was ist Euch widerfahren?“

„Kind“, erwiderte der Meister in seiner ernsten Manier, „Kind, etwas Schönes und Wunderbares, aber es taugt nicht recht, daß du es erfährst. Doch! – Laß die lebendigtoten Dinger hier ihre Faxen ausspielen, während ich dir von manchem so viel vertraue, als dir zu wissen nötig und nützlich. – Meine liebe Julia, deine eigne Mutter hat dir ihr mütterliches Herz verschlossen, ich will es dir öffnen, daß du hineinzublicken, daß du die Gefahr, in der du schwebst, zu erkennen und dich ihr zu entziehen vermagst. – Erfahre also fürs erste ohne weitere Umschweife, daß deine Mutter nichts Geringeres fest in ihrem Sinn beschlossen hat, als dich –“

(*M. f. f.*) – es indessen lieber bleiben lassen. – Katerjüngling, sei bescheiden wie ich und nicht gleich überall bei der Hand mit deinen Versen, wenn die schlichte, ehrliche Prosa hinreicht, deine Gedanken auszuspinnen. – Verse sollen in dem in Prosa geschriebenen Buche das leisten, was der Speck in der Wurst, nämlich hin und wieder in kleinen Stückchen eingestreut, dem ganzen Gemengsel mehr Glanz der Fettigkeit, mehr süße Anmut des Geschmacks verleihen. Ich fürchte nicht, daß dichterische Kollegen dies Gleichnis zu gemein und unedel finden werden, da es von unsrer Lieblingsspeise entnommen und in der Tat manchmal ein guter Vers einem mittelmäßigen Roman ebenso dienlich sein kann als ein fetter Speck einer magern Wurst. Ich sage das als ein Kater von ästhetischer Bildung und Erfahrung. – So sehr nach meinen bisherigen philosophischen und moralischen Grundsätzen Pontos ganzes Verhältnis, seine Lebensweise, seine Art, sich in der Gunst des Herrn zu erhalten, mir unwürdig, ja ein wenig miserabel vorkommen mochte, doch hatte mich sein ungezwungener Anstand, seine Eleganz, seine anmutige Leichtigkeit im sozialen Umgange gar sehr bestochen. Mit aller Gewalt wollte ich mich selbst überreden, daß ich bei meiner wissenschaftlichen Bildung, bei meinem Ernst in allem Tun und Treiben auf einer viel höheren Stufe stehe als der unwissende Ponto, der nur hie und da etwas von den Wissenschaften aufgeschnappt. Ein gewisses gar nicht zu unterdrückendes Gefühl sagte mir aber ganz unverhohlen, daß Ponto überall mich in den Schatten stellen würde; ich fühlte mich gedrungen, einen vornehmern Stand anzuerkennen und den Pudel Ponto zu diesem Stande zu rechnen. – Ein genialer Kopf wie der meinige hat bei jedem Anlaß, bei jeder Lebenserfahrung immer seine besonderen eigentümlichen Gedanken, und so geriet ich auch, meine innere Seelenstimmung, mein ganzes Verhältnis mit Ponto wohl überlegend, in allerlei sehr artige Betrachtungen, die der ferneren Mitteilung wohl wert sind. „Wie kommt es", sprach ich zu mir selbst, indem ich sinnig die Pfote an die Stirn legte, „wie kommt es, daß große Dichter, große Philosophen, sonst geistreich, lebensweise, sich im sozialen Verhältnis mit der sogenannten vornehmeren Welt so unbehilflich zeigen? Sie stehen jederzeit da, wo sie eben in dem Augenblick nicht hingehören, sie sprechen, wenn sie gerade schweigen sollten, und schweigen umgekehrt da, wo gerade Worte nötig, sie stoßen in einem der Form der Gesellschaft, wie sie sich nun eben gestaltet hat, entgegengesetztem Streben überall an und verletzen sich selbst und andere; genug, sie gleichen dem, der, wenn eben eine ganze Reihe muntrer Spaziergänger einträchtig hinauswandelt, sich allein zum Tore hineindrängt und nun, mit Ungestüm seinen Weg verfolgend, diese ganze Reihe verstört. Man schreibt, ich weiß es, dies dem Mangel gesellschaftlicher Kultur zu, die am Schreibtische nicht zu erlangen, ich meine indessen, daß diese Kultur gar leicht zu erlangen sein und daß jene unbesiegbare Unbehilflichkeit wohl noch einen andern Grund haben müsse. – Der große Dichter oder Philosoph müßte es nicht sein, wenn er seine geistige Überlegenheit nicht fühlen sollte; aber ebenso müßte er nicht das jedem geistreichen Menschen eigne tiefe Gefühl besitzen, um nicht einzusehen, daß jene Überlegenheit deshalb nicht anerkannt werden darf, weil sie das Gleichgewicht aufhebt, das stets zu erhalten die Haupttendenz der sogenannten vornehmen Gesellschaft ist. Jede Stimme darf nur eingreifen in den vollkommenen Akkord des Ganzen, aber des Dichters Ton dissoniert und ist, kann er unter andern Umständen auch ein sehr guter sein, dennoch in dem Augenblick ein schlechter Ton, weil er nicht zum Ganzen paßt. – Der gute Ton besteht aber so wie der gute Geschmack in der Unterlassung alles Ungehörigen. Nun meine ich ferner, daß der Unmut, der sich aus dem widersprechenden Gefühl der Überlegenheit und der ungehörigen Erscheinung bildet, den in dieser sozialen Welt unerfahrnen Dichter oder Philosophen hindert, das Ganze zu erkennen und darüber zu schweben. Es ist nötig, daß er in dem Augenblick seine innere geistige Überlegenheit nicht zu hoch anschlage, und unterläßt er dies, so wird er auch die sogenannte höhere gesellschaftliche Kultur, die auf nichts anders hinausläuft, als auf das Bemühen, alle Ecken, Spitzen wegzuhobeln, alle Physiognomien zu einer einzigen zu gestalten, die eben deshalb aufhört eine zu sein, nicht zu hoch anschlagen. Dann wird er, verlassen von jenem Unmut, unbefangen das innerste Wesen dieser Kultur und die armseligen Prämissen, worauf sie beruhet, leicht erkennen und schon durch die Erkenntnis sich einbürgern in die seltsame Welt, welche eben diese Kultur als unerläßlich fordert. – Auf eigne Weise verhält es sich mit den Künstlern, die, so wie Dichter, Schriftsteller, der Vornehme hie und da in seine Zirkel ladet, um der guten Sitte nach auf eine Art von Mäzenat Anspruch machen zu können. Diesen Künstlern klebt leider gewöhnlich etwas vom Handwerk an, und deshalb sind sie

„Warum“, dacht ich ferner, „sollt es aber einem geistreichen Kater, ist er auch Dichter, Schriftsteller, Künstler, nicht gelingen können, sich zu jener Erkenntnis der höhern Kultur in ihrer ganzen Bedeutsamkeit hinaufzuschwingen und sie selbst zu üben mit aller Schönheit und Anmut der äußern Erscheinung? – Hat denn die Natur dem Geschlecht der Hunde allein den Vorzug jener Kultur gegönnt? Sind wir Kater, was Tracht, Lebensweise, Art und Gewohnheit betrifft, auch etwas von dem stolzen Geschlecht verschieden, so haben wir doch ebensogut Fleisch und Blut, Körper und Geist, und am Ende können es die Hunde auch gar nicht anders anfangen als wir, ihr Leben fortzusetzen. Auch Hunde müssen essen, trinken, schlafen und so weiter, und es tut ihnen weh, wenn sie geprügelt werden.“ – Was weiter! – Ich beschloß, mich dem Unterricht meines jungen, vornehmen Freundes, des Pudels Ponto, hinzugeben, und, ganz mit mir einig, begab ich mich zurück in meines Meisters Zimmer; ein Blick in den Spiegel überzeugte mich, daß der bloße ernste Wille, nach höherer Kultur zu streben, schon vorteilhaft auf meine äußere Haltung gewirkt. – Ich betrachtete mich mit dem innigsten Wohlgefallen. – Gibt es einen behaglichem Zustand, als wenn man mit sich selbst ganz zufrieden ist? – Ich spann! –

Andern Tages begnügte ich mich nicht damit, vor der Türe zu sitzen, ich lustwandelte die Straße herab, da erblickte ich in der Ferne den Herrn Baron Alkibiades von Wipp, und hinter ihm her sprang mein munterer Freund Ponto. Gelegeneres konnte mir nicht kommen; ich nahm mich soviel wie möglich in Anstand und Würde zusammen und näherte mich dem Freund mit jener unnachahmlichen Grazie, die, unschätzbares Geschenk der gütigen Natur, keine Kunst zu lehren vermag. – Doch! – Entsetzlich! Was mußte geschehen! – Sowie mich der Baron gewahrte, blieb er stehen und betrachtete mich sehr aufmerksam durch die Lorgnette, dann rief er aber: „Allons – Ponto! Huß – Huß – Katz! Katz!" – Und Ponto, der falsche Freund, sprang in voller Furie auf mich los! – Entsetzt, aus aller Fassung gebracht durch den schändlichen Verrat, war ich keines Widerstandes fähig, sondern duckte mich so tief nieder, als ich konnte, um Pontos scharfen Zähnen zu entgehen, die er mir knurrend zeigte. Ponto sprang aber mehrmals über mich hinweg, ohne mich zu fassen, und flüsterte mir in die Ohren: „Murr! Sei doch kein Tor und fürchte dich etwa! – Du siehst ja, daß es kein Ernst ist, ich tue das nur meinem Herrn zu Gefallen!" Nun wiederholte Ponto seine Sprünge und tat sogar, als packe er mich bei den Ohren, ohne mir indessen im mindesten weh zu tun. „Jetzt", raunte mir Ponto endlich zu, „jetzt trolle dich ab, Freund Murr! Dort hinein ins Kellerloch!" – Ich ließ mir das nicht zweimal sagen, sondern fuhr schnell davon, wie der Blitz. – Ungeachtet der Versicherung Pontos, mir keinen Schaden zuzufügen, war mir doch nicht wenig bange, denn wissen kann man in solchen kritischen Fällen immer nicht recht, ob die Freundschaft stark genug sein wird, das angeborene Naturell zu besiegen. –

Als ich hineingehuscht war in den Keller, spielte Ponto die Komödie, die er seinem Herrn zu Ehren begonnen, weiter fort. Er knurrte und bellte nämlich vor dem Kellerfenster, steckte die Schnauze durch das Gitter, tat, als sei er ganz außer sich darüber, daß ich ihm entwischt sei und er mich nun nicht verfolgen könne. „Siehst du", sprach aber Ponto zu mir in den Keller hinein, „siehst du, erkennst du nun aufs neue die ersprießlichen Folgen der höheren Kultur? – In dem Augenblick habe ich mich gegen meinen Herrn artig, folgsam bewiesen, ohne mir deine Feindschaft zuzuziehen, guter Murr. So macht es der wahre Weltmann, den das Schicksal bestimmt hat, Werkzeug in der Hand eines Mächtigeren zu sein. Angehetzt muß er losfahren, aber dabei so viel Geschick beweisen, daß er nur dann wirklich beißt, wenn es gerade auch in seinen eigenen Kram taugt."

– In aller Schnelle eröffnete ich meinem jungen Freunde Ponto, wie ich gesonnen sei, etwas von seiner höhern Kultur zu profitieren, und fragte, ob und auf welche Weise er mich vielleicht in die Lehre nehmen könne. – Ponto sann einige Minuten nach und meinte denn, am besten sei es, wenn mir gleich anfangs ein lebendiges, deutliches Bild der höheren Welt aufgehe, in der er jetzt zu leben das Vergnügen habe, und dies könne nicht besser geschehen, als wenn ich ihn heute abend zur niedlichen Badine begleite, die gerade während der Theaterzeit Gesellschaft bei sich sähe. – Badine war aber Windspiel in Diensten der fürstlichen Oberhofmeisterin. –

Ich putzte mich heraus, so gut ich es vermochte, las noch etwas im Knigge und durchlief auch ein paar ganz neue Lustspiele von Picard, um nötigenfalls auch mich im Französischen geübt zu zeigen, und ging dann hinab vor die Türe. Ponto ließ nicht lange auf sich warten. Wir wandelten einträchtig die Straße hinab und gelangten bald in Badinens hell erleuchtetes Zimmer, wo ich eine bunte Versammlung von Pudeln, Spitzen, Möpsen, Bolognesern, Windspielen vorfand, teils im Kreise sitzend, teils gruppenweise in die Winkel verteilt. –

Das Herz klopfte mir nicht wenig in dieser fremdartigen Gesellschaft mir feindlicher Naturen. Mancher Pudel blickte mich an mit einer gewissen verächtlichen Verwunderung, als wolle er sagen: „Was will ein gemeiner Kater unter uns sublimen Leuten?" Hin und wieder fletschte auch wohl ein eleganter Spitz die Zähne, so daß ich merken konnte, wie gern er mir in die Haare gefahren wäre, hätte der Anstand, die Würde, die sittige Bildung der Gäste nicht jede Prügelei als unschicklich verboten. – Ponto riß mich aus der Verlegenheit, indem er mich der schönen Wirtin vorstellte, die mit anmutiger Herablassung versicherte, wie sehr sie sich freue, einen Kater von meinem Ruf bei sich zu sehen. – Nun erst, als Badine einige Worte mit mir gesprochen, schenkte mir dieser, jener mit wahrhaft hündischer Bonhomie mehr Aufmerksamkeit, redete mich auch wohl an und gedachte meiner Schriftstellerei, meiner Werke, die ihm zuweilen ordentlichen Spaß gemacht. Das schmeichelte meiner Eitelkeit, und ich gewahrte kaum, daß man mich fragte, ohne meine Antworten zu beachten, daß man mein Talent lobte, ohne es zu kennen, daß man meine Werke pries, ohne sie zu verstehen. – Ein natürlicher Instinkt lehrte mich antworten, wie ich gefragt wurde, nämlich ohne Rücksicht auf diese Frage überall kurz absprechen in solch allgemeinen Ausdrücken, daß sie auf alles nur Mögliche bezogen werden konnten, durchaus keiner Meinung sein und nie das Gespräch von der glatten Oberfläche hinunterziehen wollen in die Tiefe. – Ponto versicherte mir im Vorbeistreifen, daß ein alter Spitz ihm versichert, wie ich für einen Kater amüsant genug sei und Anlagen zur guten Konversation zeige. – So etwas erfreut auch den Mißmutigen! –

– Jean Jacques Rousseau gesteht, als er in seinen „Bekenntnissen" auf die Geschichte von dem Bande kommt, das er stahl, und ein armes unschuldiges Mädchen für den Diebstahl züchtigen sah, den er begangen, ohne die Wahrheit zu gestehen, wie schwer es ihm werde, über diese Untiefe seines Gemüts hinwegzukommen. – Ich befinde mich eben jetzt im gleichen Fall mit jenem verehrten Selbstbiographen. – Habe ich auch kein Verbrechen zu gestehen, so darf ich doch, will ich wahrhaft bleiben, die große Torheit nicht verschweigen, die ich an demselben Abende beging, und die lange Zeit hindurch mich verstörte, ja meinen Verstand in Gefahr setzte. – Ist es aber nicht ebenso schwer, ja oft noch schwerer, eine Torheit zu gestehen als ein Verbrechen?

– Nicht lange dauerte es, so überfiel mich solch eine Unbehaglichkeit, solch ein Unmut, daß ich mich weit fort wünschte, unter den Ofen des Meisters. Es war die gräßlichste Langeweile, die mich zu Boden drückte, und die endlich mich alle Rücksichten vergessen ließ. Ganz still schlich ich mich in eine entfernte Ecke, um dem Schlummer nachzugeben, zu dem mich das Gespräch rundumher einlud. Dasselbe

Gespräch nämlich, das ich erst in meinem Unmut vielleicht gar irrtümlich für das geistloseste, fadeste Geschwätz gehalten, kam mir nun vor wie das eintönige Geklapper einer Mühle, bei dem man sehr leicht in ein ganz angenehmes gedankenloses Hinbrüten gerät, dem dann der wirkliche Schlaf bald folgt. – Eben in diesem gedankenlosen Hinbrüten, in diesem sanften Delirieren war es mir, als funkle plötzlich ein helles Licht vor den geschlossenen Augen. Ich blickte auf, und dicht vor mir stand ein anmutiges, schneeweißes Windspielfräulein, Badines schöne Nichte, Minona geheißen, wie ich später erfuhr.

„Mein Herr", sprach Minona mit jenem süßlispelnden Ton, der nur zu sehr widerklingt in des feurigen Jünglings erregbarer Brust, „mein Herr, Sie sitzen hier so einsam, Sie scheinen sich zu ennuyieren? – Das tut mir leid! – Aber freilich, ein großer, tiefer Dichter wie Sie, mein Herr, muß, in höhern Sphären schwebend, das Treiben des gewöhnlichen sozialen Lebens schal und oberflächlich finden."

Ich erhob mich etwas bestürzt, und es tat mir weh, daß mein Naturell, stärker als alle Theorien des gebildeten Anstandes, mich zwang, wider meinen Willen den Rücken hoch zu erheben, einen sogenannten Katzenbuckel zu machen, worüber Minona zu lächeln schien.

Gleich mich zur bessern Sitte erholend, faßte ich aber Minonas Pfote, drückte sie leise an meine Lippen und sprach von begeisterten Augenblicken, denen der Dichter oft erliege. Minona hörte mich an mit solchen entscheidenden Zeichen der innigsten Teilnahme, mit solcher Andacht, daß ich mich selbst immer höher steigerte zur ungemeinen Poesie und zuletzt mich selbst nicht recht verstand. – Minona mochte mich ebensowenig verstehen, aber sie geriet ins höchste Entzücken und versicherte, wie oft es schon ihr inniger Wunsch gewesen, den genialen Murr kennenzulernen, und daß einer der glücklichsten, herrlichsten Momente ihres Lebens der gegenwärtige sei. – Was soll ich sagen! – Bald fand sich's, daß Minona meine Werke, meine sublimsten Gedichte gelesen – nein! nicht nur gelesen, sondern in der höchsten Bedeutung aufgefaßt hatte! Mehreres davon wußte sie auswendig und sagte es her mit einer Begeisterung, mit einer Anmut, die mich in einen ganzen Himmel voll Poesie versetzte, vorzüglich, da es *meine* Verse waren, die die Holdeste ihres Geschlechts mir anzuhören gab.

„Mein bestes", rief ich ganz hingerissen, „mein bestes, holdestes Fräulein, Sie haben dies Gemüt verstanden! Sie haben meine Verse auswendig gelernt; o all ihr Himmel! Gibt es eine höhere Seligkeit für den aufwärtsstrebenden Dichter?"

„Murr", lispelte Minona", „genialer Kater, können Sie glauben, daß ein fühlendes Herz, ein poetisch gemütliches Gemüt Ihnen entfremdet bleiben kann?" – Minona seufzte nach diesen Worten aus tiefer Brust, und dieser Seufzer gab mir den Rest. – Was anders? – Ich verliebte mich in das schöne Windspielfräulein dermaßen, daß ich, ganz toll und verblendet, nicht bemerkte, wie sie mitten in der Begeisterung plötzlich abbrach, um mit einem kleinen Zierbengel von Mops gänzlich fades Zeug zu schwatzen, wie sie mir den ganzen Abend auswich, wie sie mich auf eine Art behandelte, die mich hätte deutlich erkennen lassen sollen, wie sie mit jenem Lobe, mit jenem Enthusiasmus niemand anders gemeint, als sich selbst. – Genug, ich war und blieb ein verblendeter Tor, lief der schönen Minona nach, wie und wo ich nur konnte, besang sie in den schönsten Versen, machte sie zur Heldin mancher anmutig verrückten Geschichte, drängte mich in Gesellschaften ein, wo ich nicht hingehörte, und erntete dafür so manchen bittern Verdruß, so manche Verhöhnung, so manches kränkende Ungemach.

Oft in kühlen Stunden trat mir selbst die Albernheit meines Beginnens vor Augen; dann kam mir aber wieder närrischerweise der Tasso und mancher neuere Dichter von ritterlicher Gesinnung ein, dem es an einer hohen Herrin liegt, der seine Lieder gelten, und die er aus der Ferne anbetet wie der Manchaner seine Dulzinea, und da wollt ich denn wieder nicht schlechter und unpoetischer sein als dieser und schwur dem Gaukelbilde meiner Liebesträume, dem anmutigen weißen Windspielfräulein, unverbrüchliche Treue und Ritterdienst bis in den Tod. Einmal von diesem seltsamen Wahnsinn erfaßt, fiel ich aus einer Torheit in die andere, und selbst mein Freund Ponto fand für nötig, sich, nachdem er mich ernstlich vor den heillosen Mystifikationen gewarnt, in die man mich überall zu verstricken suchte, von mir zurückzuziehen. Wer weiß, was noch aus mir geworden wäre, wenn nicht ein guter Stern über mich gewaltet! – Dieser gute Stern ließ es nämlich geschehen, daß ich einst am späten Abend zur schönen Badine hinschlich, nur um die geliebte Minona zu sehen. Ich fand indessen alle Türen verschlossen, und alles Warten, alles Hoffen, bei irgendeiner Gelegenheit hineinzuschlüpfen, blieb ganz vergebens. Das Herz voll Liebe und Sehnsucht, wollte ich der Holden wenigstens meine Nähe kundtun und begann unter dem Fenster eine der zärtlichsten spanischen Weisen, die jemals empfunden und gedichtet worden sind. Es muß gar lamentabel anzuhören gewesen sein!

Ich hörte Badine bellen, auch Minonas süße Stimme knurrte etwas dazwischen. Ehe ich aber mir's versah, wurde das Fenster rasch geöffnet und ein ganzer Eimer eiskaltes Wasser über mich ausgeleert. Man kann denken, mit welcher Schnelle ich abfuhr in meine Heimat. Die volle Glut im Innern und Eiswasser auf den Pelz harmoniert aber so schlecht miteinander, daß unmöglich jemals Gutes und wenigstens ein Fieber daraus entstehen kann. So ging es mir. Im Hause meines Meisters angekommen, schüttelte mich der Fieberfrost tüchtig. Der Meister mochte aus der Blässe meines Antlitzes, aus dem erloschenen Feuer meiner Augen, aus der brennenden Glut der Stirne, an meinem unregelmäßigen Puls meine Krankheit ahnen. Er gab mir warme Milch, die ich, da mir die Zunge am Gaumen klebte, vor Durst, eifrig verzehrte; dann wickelte ich mich ein in die Decke meines Lagers und gab ganz der Krankheit nach, die mich erfaßt. Erst verfiel ich in allerlei Fieberphantasien von vornehmer Kultur, Windspielen und so weiter, nachher wurde mein Schlaf ruhiger und endlich so tief, daß ich ohne Übertreibung glauben muß, ich habe drei Tage und drei Nächte hintereinander fort geschlafen.

Als ich endlich erwachte, fühlte ich mich frei und leicht, ich war von meinem Fieber und – wie wundervoll! auch von meiner törichten Liebe ganz genesen! Ganz klar wurde mir die Narrheit, zu der mich der Pudel Ponto verleitet, ich sah ein, wie albern es war, mich als einen gebornen Kater unter Hunde zu mischen, die mich verhöhnten, weil sie nicht meinen Geist zu erkennen vermochten, und die sich bei der Bedeutungslosigkeit ihres Wesens an die Form haken mußten, mir also nichts darbieten konnten als eine Schale ohne Kern. – Die Liebe zur Kunst und Wissenschaft erwachte in mir mit neuer Stärke, und meines Meisters Häuslichkeit zog mich mehr an als jemals. Die reiferen Monate des Mannes kamen, und weder Katzbursch noch kultivierter Elegant, fühlte ich lebhaft, daß man beides nicht sein dürfe, um sich gerade so zu gestalten, wie es die tieferen und bessern Ansprüche des Lebens erfordern.

Mein Meister mußte verreisen und fand es für gut, mich auf die Zeit seinem Freunde, dem Kapellmeister Johannes Kreisler, in die Kost zu geben. Da mit dieser Veränderung meines Aufenthalts eine neue Periode meines Lebens anfängt, so schließe ich die jetzige, aus der du, o Katerjüngling! so manche gute Lehre für deine Zukunft entnommen haben wirst. –

(*Mak. Bl.*) – – als schlügen entfernte, dumpfe Töne an sein Ohr, und er höre die Mönche durch die Gänge schreiten. Als Kreisler sich völlig aus dem Schlaf emporraffte, gewahrte er denn auch aus seinem Fenster, daß die Kirche erleuchtet, und vernahm den murmelnden Gesang des Chors. Die Mitternachtshora war vorüber, es mußte daher irgend etwas Ungewöhnliches sich ereignet haben, und Kreisler durfte mit Recht vermuten, daß vielleicht ein schneller unvermuteter Tod einen der alten Mönche dahingerafft, den man jetzt der Klostersitte gemäß in die Kirche getragen. Rasch warf der Kapellmeister sich in die Kleider und begab sich nach der Kirche. – Auf dem Gange begegnete er dem Pater Hilarius, der laut gähnend und ganz schlaftrunken hin und her wankte, keines festen Schrittes mächtig, und die angezündete Kerze, statt aufrecht, abwärts zu Boden hielt, daß das Wachs prasselnd herabtropfte und jeden Augenblick drohte, das Licht zu verlöschen. „Hochehrwürdiger Herr“, stammelte Hilarius, als Kreisler ihn anrief, „hochehrwürdiger Herr Abt, das ist gegen alle bisherige Ordnung. Exequien in der Nacht! – Zu dieser Stunde – und bloß weil Bruder Cyprianus darauf besteht! – Domine – libera nos de hoc monacho!“ –

Es gelang endlich dem Kapellmeister, den halbträumenden Hilarius zu überzeugen, daß er nicht der Abt, sondern Kreisler sei, und nun erfuhr er von ihm mit Mühe, daß man in der Nacht, von woher, wisse er nicht, den Leichnam eines Fremden nach dem Kloster gebracht, den Bruder Cyprianus allein zu kennen schiene, und der kein gemeiner Mann gewesen sein müsse, da sich der Abt auf Cyprianus dringendes Gesuch dazu verstanden, die Exequien auf der Stelle zu halten, damit morgen nach der ersten Hora die Exportation erfolgen könne.

Kreisler folgte dem Pater in die Kirche, die, nur sparsam beleuchtet, einen seltsamen, schauerlichen Anblick gewährte.

Man hatte nur die Kerzen des großen metallenen Kronleuchters, der vor dem Hochaltar von der hohen Decke herabhing, angezündet, so daß der flackernde Schein kaum das Schiff der Kirche vollkommen erhellte, in die Seitengänge aber nur geheimnisvolle Streiflichter warf, in denen die Statuen der Heiligen, zum gespenstischen Leben erwacht, sich zu bewegen und daherzuschreiten schienen. Unter dem Kronleuchter in der hellsten Beleuchtung stand der offne Sarg, in dem der Leichnam lag, und die Mönche, die ihn umringten, schienen, bleich und regungslos, selbst Tote, in der Geisterstunde den Gräbern entstiegen. Mit dumpfer, heiserer Stimme sangen sie die eintönigen Strophen des Requiems, und wenn sie dazwischen schwiegen, vernahm man nur von außen her das ahnungsvolle Rauschen des Nachtwindes, und die hohen Fenster der Kirche knisterten seltsam, als klopften die Geister der Verstorbenen an das Haus, in dem sie die fromme Totenklage vernahmen. Kreisler nahte sich bis an die Reihe der Mönche und erkannte in dem Toten den Adjutanten des Prinzen Hektor. –

Da regten sich die finstern Geister, die so oft Macht hatten über ihn, und griffen schonungslos mit scharfen Krallen in seine wunde Brust. –

„Neckender Spuk“, sprach er zu sich selbst, „treibst du mich her, damit jener erstarrte Jüngling bluten soll, weil man sagt, daß der Leichnam blute, wenn der Mörder sich nahe? – Hoho! weiß ich denn nicht, daß er all sein Blut wegbluten mußte in den schlimmen Tagen, als er seine Sünden abbüßte auf dem Siechbette? – Er hat keinen bösen Tropfen mehr übrig, mit dein er seinen Mörder vergiften könnte, käme er ihm auch in die Nähe, den Johannes Kreisler aber am wenigsten, der hat mit der Natter nichts zu schaffen, die er zu Boden trat, als sie schon die spitze Zunge ausgestreckt zur Todeswunde! – Schlage die Augen auf, Toter, damit ich dir fest ins Antlitz blicke, damit du gewahrst, daß die Sünde keinen Teil hat an mir – aber du vermagst es nicht! – Wer hieß dich das Leben einsetzen gegen das Leben? Warum spieltest du trügerisches Spiel mit dem Morde und warst nicht gefaßt, es zu verlieren? – Aber deine Züge sind sanft und gut, du stiller blasser Jüngling, der Todesschmerz hat jede Spur verruchter Sünde weggelöscht von deinem schönen Antlitz, und ich könnte sagen, der Himmel hätte dir sein Gnadentor geöffnet, weil die Liebe in deiner Brust gewesen, wenn sich das jetzt ziemte. – Doch wie! – Wenn ich mich in dir geirrt? – Wenn nicht du, kein böser Dämon, nein, wenn mein guter Stern deinen Arm gegen mich erhoben, um mich dem entsetzlichsten Verhängnis zu entreißen, das im schwarzen Hintergrunde auf mich lauert? – Nun magst du die Augen aufschlagen, blasser Jüngling, nun magst du mit einem Blick der Versöhnung alles, alles entdecken, und sollt ich untergehen in Wehmut um dich oder aus entsetzlicher, furchtbarer Angst, daß der schwarze Schatten, der hinter mir schleicht, mich nun gleich erfassen wird. – Ja! schaue mich an – doch! Nein, nein, du könntest mich anblicken wie Leonhard Ettlinger, ich könnte glauben, du seist er selbst, und da müßtest du mit mir hinab in die Tiefe, aus der ich oft seine hohle Geisterstimme vernehme. – Doch wie, du lächelst? – Deine Wangen, deine Lippen färben sich? Trifft dich nicht die Waffe des Todes? – Nein, nicht noch einmal will ich mit dir ringen, aber –"

Kreisler, der während dieses Selbstgesprächs unbewußt auf einem Knie gelegen, beide Ellbogen auf das andere gestützt und die Hände unter das Kinn gestemmt hatte, fuhr hastig auf und würde gewiß Seltsames, Wildes begonnen haben; doch in demselben Augenblick schwiegen die Mönche, und die Knaben auf dem Chor intonierten mit sanfter Begleitung der Orgel das „Salve regina". Der Sarg wurde verschlossen, und die Mönche schritten feierlich von dannen. – Da ließen die finstern Geister ab von dem armen Johannes, und ganz aufgelöst in Wehmut und Schmerz folgte er mit gebeugtem Haupt den Mönchen. Eben wollte er hinausschreiten zur Türe, als sich in einem finstern Winkel eine Gestalt erhob und hastig auf ihn losschritt.

Die Mönche standen still, und der volle Schein ihrer Lichter fiel auf einen großen stämmigen Burschen, der etwa achtzehn bis zwanzig Jahre alt sein mochte. Sein Antlitz, nichts weniger als häßlich zu nennen, trug den Ausdruck des wildesten Trotzes; die schwarzen Haare hingen ihm struppig um den Kopf, das zerrissene Wams von buntgestreifter Leinwand bedeckte kaum seine Blöße, und ebensolche Schifferhosen gingen nur bis an die bloßen Waden, so daß der herkulische Bau seines Körpers völlig sichtbar.

„Du Verdammter, wer hieß dich meinen Bruder ermorden?" So schrie der Bursche wild auf, daß es in der Kirche widerhallte, sprang wie ein Tiger auf Kreisler los und packte ihn mit einem mörderischen Handgriff bei der Kehle,

Doch ehe Kreisler, ganz entsetzt über den unerwarteten Angriff, an Gegenwehr denken konnte, stand schon Pater Cyprianus bei ihm und sprach mit starker, gebietender Stimme: „Giuseppo, verruchter, sündhafter Mensch! Was machst du hier? Wo hast du die Altmutter gelassen? – Packe dich augenblicklich fort! – Hochehrwürdiger Herr Abt, laßt die Klosterknechte herbeirufen, sie sollen den mörderischen Buben zum Kloster hinauswerfen!"

Der Bursche hatte, sowie Cyprianus vor ihm stand, sogleich von Kreisler abgelassen. „Nun, nun", rief er mürrisch, „macht nur nicht gleich ein solches tolles Wesen davon, wenn man sein Recht behaupten will, Herr Heiliger! – Ich gehe ja schon von selbst, Ihr dürft keine Klosterknechte auf mich loshetzen." – Damit sprang der Bursche schnell davon durch eine Pforte, die man zu verschließen vergessen, und durch die er wahrscheinlich sich in die Kirche geschlichen hatte. Die Klosterknechte kamen, man fand aber keinen Anlaß, den Verwegenen in tiefer Nacht weiter zu verfolgen.

Es lag in Kreislers Natur, daß gerade die Spannung des Außerordentlichen, des Geheimnisvollen wohltätig auf sein Gemüt wirkte, sobald er den Sturm des Augenblicks, der ihn zu vernichten drohte, siegreich bekämpft.

So geschah es, daß dem Abt die Ruhe wunderbar und befremdlich vorkommen mußte, mit der Kreisler andern Tages vor ihm stand und von dem erschütternden Eindruck sprach, den unter solchen seltsamen Umständen der Anblick des Leichnams dessen auf ihn gemacht, der ihn ermorden wollen, und den er in Notwehr erschlagen.

„Weder“, sprach der Abt, „weder die Kirche noch das weltliche Gesetz kann Euch, lieber Johannes, irgendeine strafbare Schuld an dem Tode jenes sündhaften Menschen beimessen. Doch werdet Ihr aber lange nicht die Vorwürfe einer innern Stimme verwinden können, die Euch sagt, es sei besser gewesen, selbst zu fallen, als den Gegner zu töten, und dies beweiset, daß der ewigen Macht das Opfer des eignen Lebens wohlgefälliger ist als seine Erhaltung, kann diese nur durch eine rasche blutige Tat geschehen. – Doch laßt uns zur Zeit davon abbrechen, da ich anderes, Näherliegendes mit Euch zu reden.

Welcher sterbliche Mensch ermißt, wie der kommende Augenblick die Gestaltung der Dinge ändern kann! – Nicht lange ist es her, als ich fest überzeugt war, daß dem Heil Eurer Seele nichts zuträglicher sein könne, als der Welt zu entsagen und in unsern Orden zu treten. – Ich bin jetzt anderer Meinung und würde Euch raten, so lieb und wert Ihr mir auch geworden, die Abtei recht bald zu verlassen. – Werdet nicht irre an mir, lieber Johannes! Fragt mich nicht, warum ich meiner Gesinnung entgegen dem Willen eines andern, der alles umzustoßen droht, was ich mit Mühe geschaffen, mich unterwerfe. – Tief müßtet ihr in die Geheimnisse der Kirche eingeweiht sein, um mich zu verstehen, wollt ich auch mit Euch über die Motive meiner Handlungsweise reden. – Doch freier kann ich wohl mit Euch sprechen als mit jedem andern. Vernehmt also, daß in kurzer Zeit der Aufenthalt in der Abtei Euch nicht mehr die wohltätige Ruhe gewähren wie bisher, ja, daß Euer innerstes Streben einen tödlichen Stoß erhalten und das Kloster Euch ein öder, trostloser Kerker dünken wird. Die ganze Klosterordnung ändert sich, die mit frommer Sitte vereinbare Freiheit hört auf, und der finstre Geist fanatischer Möncherei herrscht bald mit unerbittlicher Strenge in diesen Mauern. – O mein Johannes, Eure herrlichen Gesänge werden nicht mehr unsern Geist erheben zur höchsten Andacht, der Chor wird abgeschafft, und bald hört man nichts als die eintönigen Responsorien, von den ältesten Brüdern mühsam gelallt mit heiserer, unreiner Stimme.“ –

„Und“, fragte Kreisler, „und alles dieses geschieht auf Anlaß des fremden Mönchs Cyprianus?“

„Es ist“, erwiderte der Abt beinahe wehmütig, indem er die Augen niederschlug, „es ist dem so, guter Johannes, und daß es nicht anders sein kann, daran bin ich nicht schuld. – Doch“, setzte der Abt nach kurzem Stillschweigen mit erhöhter feierlicher Stimme hinzu, „doch alles, wodurch der feste Bau, der Glanz der Kirche befördert werden kann, muß geschehen, und kein Opfer ist zu groß!“ –

„Wer ist", sprach Kreisler unmutig, „wer ist denn der hohe, mächtige Heilige, der über Euch gebietet, der imstande war, durch das bloße Wort mir jenen mörderischen Burschen vom Leibe zu schaffen?"

„Ihr seid", erwiderte der Abt, „Ihr seid, lieber Johannes, in ein Geheimnis verflochten, ohne es zur Zeit ganz zu kennen. Doch bald erfahrt ihr mehr, vielleicht mehr, als ich selbst davon weiß, und zwar durch den Meister Abraham. – Cyprianus, den wir noch jetzt unsern Bruder nennen, ist einer der Erkornen. Er wurde gewürdigt, mit den ewigen Mächten des Himmels in unmittelbare Berührung zu treten, und wir müssen schon jetzt in ihm den Heiligen verehren. – Was jenen verwegenen Burschen betrifft, der sich während der Exequien in die Kirche geschlichen hatte und Euch mörderisch anpackte, so ist er ein verlaufener, halb wahnsinniger Zigeunerbube, den unser Vogt schon einigemal hat derb auspeitschen lassen, weil er den Leuten im Dorfe die fetten Hühner aus den Ställen gestohlen. Um den zu vertreiben, bedurfte es eben nicht eines besondern Mirakels." – Indem der Abt die letzten Worte sprach, zuckte ein leises ironisches Lächeln in den Mundwinkeln und verschwand ebenso schnell.

Kreislern erfüllte der tiefste, bitterste Unmut; er sah ein, daß der Abt bei allen Vorzügen seines Geistes, seines Verstandes lügnerische Gaukelei trieb, und daß alle Gründe, die er damals anführte, um ihn zum Eintritt ins Kloster zu bewegen, ebenso nur einer versteckten Absicht zum Vorwand dienen sollten als diejenigen, die er nun für das Gegenteil aufstellte. – Kreisler beschloß, die Abtei zu verlassen und sich aller bedrohlichen Geheimnisse, die ihn bei längerem Bleiben noch verstricken konnten in ein Gewebe, dem nicht mehr zu entrinnen, völlig zu entschlagen. Als er aber nun gedachte, wie er ja gleich zurückkehren könne nach Sieghartshof zum Meister Abraham, wie er *sie* ja wiedersehen, wieder hören könne, *sie*, seinen einzigen Gedanken, da fühlte er in der Brust jene süße Beklemmung, in der sich die glühendste Liebessehnsucht kundtut. –

Ganz vertieft wandelte Kreisler den Hauptgang des Parks hinab, als ihn der Pater Hilarius ereilte und sogleich begann: „Ihr wart beim Abt, Kreisler, er sagte Euch alles! – Nun, hatte ich recht? – Wir sind alle verloren! – Dieser geistliche Komödiant – es ist heraus, das Wort, wir sind unter uns! – Als er – Ihr wißt, wen ich meine – in der Kutte nach Rom kam, ließ ihn die päpstliche Heiligkeit sogleich zur Audienz. Er fiel nieder auf die Knie und küßte den Pantoffel. Ohne einen Wink, aufzustehen, ließ ihn aber die päpstliche Heiligkeit eine ganze Stunde lang liegen. „Das sei deine erste kirchliche Strafe", fuhr die Heiligkeit ihn an, als er sich endlich erheben durfte, und hielt nun eine lange Predigt über die sündlichen Irrtümer, in die Cyprianus verfallen. – Nachher erhielt er langen Unterricht in gewissen geheimen Gemächern und zog dann aus! – Es hat lange keinen Heiligen gegeben! – Das Mirakel – nun, Ihr habt das Bild gesehen, Kreisler – das Mirakel, sage ich, hat erst in Rom seine wahre Gestalt erhalten. – Ich bin nichts als ein ehrlicher Benediktiner-Mönch, ein tüchtiger praefectus chori, wie Ihr mir einräumen werdet, und trinke der alleinseligmachenden Kirche zu Ehren gern ein Gläschen Nierensteiner oder Bocksbeutel, aber . . . ! Mein Trost ist, daß er nicht lange hier bleiben wird. – Herumziehen muß er. Monachus in claustro non valet ova duo: sed quando est extra, bene valet triginta. – Er wird denn auch wohl Wunder tun – Seht, Kreisler, seht, da kommt er den Gang herauf – Er hat uns erblickt und weiß, wie er sich gebärden muß." –

Kreisler erblickte den Mönch Cyprianus, der langsam feierlichen Schrittes, den stieren Blick zum Himmel gerichtet, die Hände gefaltet, wie in einer frommen Ekstase begriffen, den Laubgang heraufkam.

Hilarius entfernte sich schnell, Kreisler blieb aber verloren in den Anblick des Mönchs, der in seinem Antlitz, in seinem Wesen etwas Seltsames, Fremdartiges trug, das ihn unter allen übrigen Menschen auszuzeichnen schien. Ein großes, ungewöhnliches Verhängnis läßt lesbare Spuren zurück, und so mocht es auch sein, daß ein wunderbares Geschick des Mönchs äußere Erscheinung gestaltet hatte, wie sie sich nun eben zeigte.

Der Mönch wollte vorüberschreiten, ohne in seiner Verzückung Kreislern zu bemerken, der fühlte sich aber aufgelegt, dem strengen Abgesandten des Oberhaupts der Kirche, dem feindlichen Verfolger der herrlichsten Kunst in den Weg zu treten.

Er tat es mit den Worten: „Erlaubt, Ehrwürdiger Herr, daß ich Euch meinen Dank abstatte. Ihr befreitet mich durch Euer kräftiges Wort zur rechten Zeit aus den Händen des groben Lümmels von Zigeunerbuben, er hätte mich erwürgt wie ein gestohlenes Huhn!" –

Der Mönch schien aus einem Traum zu erwachen, er fuhr mit der Hand über die Stirne und blickte Kreislern lange starr an, als müsse er sich auf ihn besinnen. Dann verzog sich aber sein Antlitz zum furchtbaren durchbohrenden Ernst, und, Flammen des Zorns in den Augen, rief er mit starker Stimme: „Verwegener frevelhafter Mensch, Ihr hättet verdient, daß ich Euch hinfahren ließ in Euern Sünden! Seid Ihr nicht der, der den heiligen Kultus der Kirche, die vornehmste Stütze der Religion, profaniert durch weltlichen Klingklang? Seid Ihr es nicht, der hier durch eitle Kunststücke die frömmsten Gemüter betörte, daß sie sich abwandten von dem Heiligen und weltlicher Lust frönten in üppigen Liedern?" Kreisler fühlte sich durch diese wahnsinnigen Vorwürfe ebenso verletzt als erhoben durch den albernen Hochmut des fanatischen Mönchs, der mit so leichten Waffen zu bekämpfen.

„Ist es", sprach Kreisler sehr ruhig und dem Mönch fest ins Auge blickend, „ist es sündhaft, die ewige Macht zu preisen in der Sprache, die sie uns selbst gab, damit das Himmelsgeschenk die Begeisterung der brünstigsten Andacht, ja die Erkenntnis des Jenseits in unserer Brust erwecke, ist es sündhaft, sich auf den Seraphfittichen des Gesanges hinwegzuschwingen über alles Irdische und in frommer Sehnsucht und Liebe hinaufzustreben nach dem Höchsten, so habt Ihr recht, Ehrwürdiger Herr, so bin ich ein arger Sünder. Erlaubt aber, daß ich der entgegengesetzten Meinung bin und fest glaube, daß dem Kultus der Kirche die wahrhafte Glorie der heiligsten Begeisterung fehlen würde, wenn der Gesang schweigen sollte."

„So flehet", erwiderte der Mönch strenge und kalt, „so flehet zur heiligen Jungfrau, daß sie die Decke von Euern Augen nehmen und Euch den verdammlichen Irrtum erkennen lassen möge."

„Ein Komponist", sprach Kreisler sanft lächelnd, „wurde von jemandem gefragt, wie er es denn anfange, daß seine geistlichen Kompositionen durchaus andächtige Begeisterung atmeten. „Wenn es", erwiderte darauf der fromme, kindliche Meister, „mit dem Komponieren nicht so recht fort will, so bete ich im Zimmer, auf und ab gehend, einige Ave, und dann kommen mir die Ideen wieder." Derselbe Meister sagte von einem andern großen geistlichen Werk: „Erst als ich zur Hälfte in meiner Komposition vorgerückt war, merkte ich, daß sie geraten wäre; ich war auch nie so fromm als während der Zeit, da ich daran arbeitete; täglich fiel ich auf meine Knie nieder und bat Gott, daß er mir Kraft zur glücklichen Ausführung dieses Werkes verleihen möge." – Mich will bedünken, Ehrwürdiger Herr, als wenn weder dieser Meister noch der alte Palestrina sich um Sündhaftes bemüht, und daß nur ein in asketischer Verstocktheit erkaltetes Herz nicht zu der höchsten Frömmigkeit des Gesanges entflammt werden kann."

„Menschlein", fuhr der Mönch zornig auf, „wer bist du denn, daß ich mit dir, der du dich hinwerfen müßtest in den Staub, rechten soll? – Fort aus der Abtei, damit du nicht länger das Heilige verstörst!" –

Tief empört über des Mönchs gebieterischen Ton, rief Kreisler heftig: „Und wer bist *du* denn, wahnsinniger Mönch, daß du dich erheben willst über alles, was menschlich? – Bist du frei geboren von der Sünde? – Hast du nie über Gedanken der Hölle gebrütet? Bist du nie ausgewichen auf dem schlüpfrigen Pfad, den du wandeltest? Und wenn die heilige Jungfrau dich wirklich gnadenvoll dem Tode entriß, den du vielleicht irgendeiner grauenvollen Tat verdanktest, so geschah es, daß du in Demut deine Sünde erkennen und sie büßen, nicht aber mit freveliger Prahlerei dich der Gnade des Himmels, ja der heiligen Krone rühmen solltest, die du niemals erwerben wirst."

Der Mönch stierte Kreislern an mit Tod und Verderben sprühenden Blicken, indem er unverständliche Worte lallte.

„Und", fuhr Kreisler fort mit steigendem Affekt, „und, stolzer Mönch, als du noch diesen Rock trugst –"

Damit hielt Kreisler das Bild, das er vom Meister Abraham erhalten, dem Mönch vor Augen; doch sowie dieser es erblickte, schlug er sich wie in wilder Verzweiflung mit beiden Fäusten vor die Stirn und stieß einen herzzermalmenden Schmerzenslaut aus, als träfe ihn ein Todesstreich. –

„Fort mit *dir*", rief nun Kreisler, „fort mit *dir* aus der Abtei, du verbrecherischer Mönch! – Hoho, mein Heiliger, wenn du vielleicht auf den Hühnerdieb stoßest, mit dem du in Gemeinschaft, so sage ihm, du könntest und wolltest ein andermal mich nicht wieder schützen, doch solle er sich in acht nehmen und von meiner Kehle wegbleiben, sonst würde ich ihn spießen wie eine Lerche oder wie seinen Bruder, denn aufs Spießen –" Kreisler entsetzte sich in diesem Augenblick vor sich selber; der Mönch stand vor ihm starr, regungslos, noch immer beide Fäuste vor die Stirn gedrückt, keines Wortes, keines Lautes mächtig, es war Kreislern, als rausche es im nahen Gebüsch, als werde gleich der wilde Giuseppe auf ihn losstürzen. Er rannte von dannen; die Mönche sangen eben im Chor die Abendhora, und Kreisler begab sich in die Kirche, weil er hoffte, dort sein tief aufgeregtes, tief verletztes Gemüt zu beruhigen.

Die Hora war geendet, die Mönche verließen den Chor; die Lichter verlöschten. Kreislers Sinn hatte sich zu den alten frommen Meistern gewendet, deren er in dem Streit mit dem Mönch Cyprianus gedacht. – Musik – fromme Musik war aufgegangen in ihm, Julia hatte gesungen, und nicht mehr brauste der Sturm in seinem Innern. Er wollte fort durch eine Seitenkapelle, deren Türe in den langen Gang ging, welcher zu einer Treppe und hinauf in sein Zimmer führte.

Als Kreisler in die Kapelle trat, erhob sich ein Mönch mühsam vom Boden, auf dem er ausgestreckt vor dem wundertätigen Marienbilde gelegen hatte, das dort aufgestellt war. In dem Schein der ewigen Lampe erkannte Kreisler den Mönch Cyprianus, aber matt und elend schien er eben aus einer Ohnmacht zu sich selbst gekommen. Kreisler leistete ihm hilfreiche Hand; da sprach der Mönch mit leiser wimmernder Stimme: „Ich erkenne Euch – Ihr seid Kreisler! Habt Barmherzigkeit, verlaßt mich nicht, helft mir zu jenen Stufen, ich will mich dort niederlassen, aber setzt Euch zu mir, dicht zu mir, nur die Gebenedeite darf uns hören. – Übt Mitleiden", fuhr nun der Mönch fort, als beide auf den Stufen des Altars saßen, „übt Mitleiden, Gnade, vertraut mir, ob Ihr nicht das verhängnisvolle Bildnis von dem alten Severino erhieltet, ob Ihr um alles, um das ganze furchtbare Geheimnis wisset?"

Frei und offen versicherte Kreisler, daß er das Bildnis vom Meister Abraham Liscov erhalten, und erzählte ohne Scheu alles, was sich in Sieghartshof begeben, und wie er nur aus mancherlei Kombinationen auf irgendeine Greueltat schließe, deren lebhafte Erinnerung so wie die Furcht des Verrats das Bildnis wecke. Der Mönch, der bei einigen Momenten in Kreislers Erzählung tief erschüttert geschienen, schwieg jetzt einige Augenblicke. Dann begann er ermutigt mit festerer Stimme: „Ihr wißt zuviel, Kreisler, um nicht alles erfahren zu müssen. Vernehmt, Kreisler, jener Prinz Hektor, der Euch auf den Tod verfolgte, es ist mein jüngerer Bruder. Wir sind Söhne eines fürstlichen Vaters, dessen Thron ich geerbt haben würde, hätte ihn nicht der Sturm der Zeit umgeworfen. Wir nahmen, da eben der Krieg ausgebrochen, beide Dienste, und der Dienst war es, der zuerst mich und dann auch meinen Bruder nach Neapel brachte. – Ich hatte mich damals aller bösen Lust der Welt hingegeben, und vorzüglich die wilde Leidenschaft zu den Weibern riß mich ganz und gar hin. Eine Tänzerin, ebenso schön als verrucht, war meine Geliebte, und überdem lief ich den liederlichen Dirnen nach, wo ich sie fand.

So geschah es, daß ich eines Tages, als es schon zu dunkeln begann, auf dem Molo ein paar Geschöpfe dieser Art verfolgte. Beinahe hatte ich sie erreicht, als dicht neben mir eine Stimme gellend rief: „Was das Prinzchen doch für ein allerliebster Taugenichts ist! – Da läuft er gemeinen Dirnen nach und könnte in den Armen der schönsten Prinzessin liegen!" – Mein Blick fiel auf ein altes, abgelumptes Zigeunerweib, die ich vor wenigen Tagen in der Straße Toledo von den Sbirren wegführen gesehen, weil sie einen Wasserverkäufer, so kräftig er schien, im Zank mit ihrer Krücke zu Boden geschlagen. – „Was willst du von mir, alte Hexe?" So rief ich das Weib an, die mich aber in dem Augenblick mit einem Strom der abscheulichsten, niedrigsten Schimpfreden überschüttete, so daß das müßige Volk bald sich um uns versammelte und über meine Verlegenheit ausbrach in ein tolles Gelächter. – Ich wollte fort, da hielt mich aber das Weib beim Kleide fest, ohne vom Boden aufzustehen, und sprach, plötzlich mit den Schimpfreden einhaltend, leise, indem sich ihr abscheuliches Antlitz zum grinsenden Lächeln verzog: „Ei, mein süßes Prinzlein, willst du denn nicht bei mir bleiben? Willst du nichts hören von dem schönsten Engelskinde, das in dich vernarrt ist?" – Damit erhob sich das Weib mühsam, indem sie sich an meinen Armen festklammerte, und zischelte mir von einem jungen Mädchen in die Ohren, das schön und anmutig wie der Tag und noch unschuldig sei. – Ich hielt das Weib für eine gemeine Kupplerin und wollte mich, da gerade mein Sinn nicht dahin stand, ein neues Abenteuer anzuknüpfen, mit ein paar Dukaten von ihr losmachen. Sie nahm aber das Geld nicht und rief, als ich mich entfernte, mir laut lachend nach: „Geht nur, geht, mein feiner Herr, Ihr werdet mich bald aufsuchen mit großem Kummer und Weh im Herzen!" – Einige Zeit war vergangen, ich hatte nicht mehr an das Zigeunerweib gedacht, als eines Tages auf dem Spaziergange, Villa reale genannt, eine Dame vor mir herging, die mir in ihrem Wesen so wunderbar anmutig schien, wie ich noch keine gesehen. Ich eilte ihr voraus und als ich ihr Antlitz erblickte, war es mir, als öffne sich der leuchtende Himmel aller Schönheit. – So dachte ich nämlich damals als ein sündiger Mensch, und daß ich den frevelhaften Gedanken wiederhole, mag Euch statt aller Beschreibung des Liebreizes, mit dem die ewige Macht die holde Angela geschmückt hatte, um so mehr dienen, als mir jetzt nicht geziemen und auch wohl nicht gelingen würde, viel zu reden über irdische Schönheit. Zur Seite der Dame ging oder hinkte vielmehr an einem Stabe eine sehr alte, ehrbar gekleidete Frau, die nur durch ihre ganz ungewöhnliche Größe und seltsame Unbehilflichkeit auffiel. Trotz des völlig veränderten Anzuges, trotz der tiefen Haube, die einen Teil des Antlitzes verhüllte, erkannte ich in der alten Frau doch augenblicklich das Zigeunerweib vom Molo. Das fratzenhafte Lächeln der Alten, ihr leises Kopfnicken bewies mir, daß ich mich nicht irre. – Ich konnte den Blick nicht abwenden von dem anmutigen Wunder; die Holde schlug die Augen nieder, der Fächer entfiel ihrer Hand. Schnell hob ich ihn auf; indem sie ihn nahm, berührte ich ihre Finger; sie zitterten; da loderte das Feuer meiner verdammlichen Leidenschaft in mir auf, und ich ahnte nicht, daß die erste Minute der schrecklichen Prüfung gekommen, die mir der Himmel auferlegt. Ganz betäubt, ganz im Sinn verwirrt, stand ich da und bemerkte kaum, daß die Dame mit ihrer alten Begleiterin in eine Kutsche stieg, die am Ende der Allee gehalten hatte. Erst als der Wagen fortrollte, kam ich zur Besinnung und stürzte nach wie ein Rasender. Ich kam noch zu rechter Zeit, um zu sehen, daß der Wagen vor einem Hause in der engen, kurzen Straße hielt, die nach dem großen Platz Largo delle Plane führt. Beide, die Dame und ihre Begleiterin, stiegen aus, und da der Wagen sogleich fortfuhr, als sie in das Haus getreten, konnte ich mit Recht vermuten, daß dort ihre Wohnung. Auf dem Platz Largo delle Plane wohnte mein Bankier, Signore Alessandro Sperzi, und selbst weiß ich nicht, wie ich auf den Einfall geriet, diesen Mann jetzt gerade heimzusuchen. Er glaubte, ich käme Geschäfte halber, und begann sehr weitläufig über mein Verhältnis zu reden. Mein ganzer Kopf war aber erfüllt von der Dame, ich dachte, ich hörte nichts anderes, und so kam es, daß ich dem Signor Sperzi statt aller Antwort das anmutige Abenteuer des Augenblicks erzählte. Signor Sperzi wußte mir mehr von meiner Schönen zu sagen, als ich hatte ahnen können. Er war es, der jedes halbe Jahr von einem Handelshause in Augsburg eine ansehnliche Rimesse für eben jene Dame erhielt. Sie wurde Angela Benzoni genannt, die Alte aber mit dem Namen Frau Magda Sigrun bezeichnet. Signor Sperzi mußte dagegen dem Augsburger Handlungshause über das ganze Leben des Mädchens die genaueste Nachricht geben, so daß er, da es ihm auch früher obgelegen, ihre ganze Erziehung, sowie jetzt ihren Haushalt zu leiten, in gewisser Art als ihr Vormund anzusehen. Der Bankier hielt das Mädchen für die Frucht eines verbotenen Verhältnisses unter Personen des vornehmsten Standes. – Ich bezeigte dem Signor Sperzi meine Verwunderung darüber, daß man ein solches Kleinod einem so zweideutigen Weibe anvertraue, als die Alte sei, die sich in schmutzigen, zerlumpten Zigeunerkleidern auf den Straßen herumtreibe und vielleicht gar die Kupplerin spielen wolle. Der Bankier versicherte dagegen, daß es keine treuere, sorgsamere Pflegerin gebe als die Alte, die mit dem Mädchen hergekommen, als es erst zwei Jahre alt gewesen. Daß die Alte sich zuweilen als Zigeunerin vermumme, sei eine wunderliche Grille, die man ihr wohl in diesem Lande der Maskenfreiheit nachsehen könne. – Ich darf, ich muß kurz sein! – Die Alte suchte mich bald auf in ihrem Zigeunerhabit und führte mich selbst zu Angela, die mir, in holder jungfräulicher Scham hocherrötend, ihre Liebe gestand. Noch immer hatte ich in meinem verwirrten Wesen geglaubt, die Alte sei eine ruchlose Nährerin der Sünde, aber bald wurde ich des Gegenteils überführt. Angela war keusch und rein wie Schnee, und da, wo ich sündhaft zu schwelgen gedachte, lernte ich an eine Tugend glauben, die ich freilich jetzt für ein höllisches Blendwerk des Teufels erkennen muß. In ebendem Grade, als meine Leidenschaft höher und höher stieg, neigte ich mich auch mehr und mehr der Alten hin, die mir unaufhörlich in die Ohren raunte, daß ich mich mit Angela vermählen solle. Müßte dies auch zur Zeit heimlich geschehen, so komme doch wohl der

Tag, an dem ich öffentlich der Gemahlin das fürstliche Diadem auf die Stirn drücken werde. – Angelas Geburt sei der meinigen gleich. –

– Wir wurden in einer Kapelle der Kirche San Filippo getraut. – Ich glaubte den Himmel gefunden zu haben, ich entzog mich allen Verbindungen, ich gab den Dienst auf, man sah mich nicht mehr in jenen Kreisen, in denen ich sonst frevelnd allen Lüsten gefrönt. – Eben diese veränderte Lebensweise verriet mich. Jene Tänzerin, von der ich mich losgesagt, forschte aus, wohin ich mich jeden Abend begab, und ahnend, daß daraus sich vielleicht der Keim ihrer Rache entwickeln könne, entdeckte sie meinem Bruder das Geheimnis meiner Liebe. – Mein Bruder schlich mir nach, überraschte mich in Angelas Armen. – Mit einer scherzhaften Wendung entschuldigte Hektor seine Zudringlichkeit und machte mir Vorwürfe, daß ich, gar zu selbstsüchtig, ihm nicht einmal das Vertrauen eines aufrichtigen Freundes geschenkt; doch ich merkte nur zu deutlich, wie betroffen er war über Angelas hohe Schönheit. Der Funke war gefallen, die Flamme der wütendsten Leidenschaft angefacht in seinem Innern. – Er kam oft, wiewohl nur in den Stunden, wenn er mich zu finden wußte. – Ich glaubte zu bemerken, daß Hektors wahnsinnige Liebe erwidert wurde, und alle Furien der Eifersucht zerfleischten meine Brust. – Da war ich dem Graus der Hölle verfallen! – Einst, als ich eintrat in Angelas Gemach, glaubte ich Hektors Stimme im Nebenzimmer zu vernehmen. – Den Tod im Herzen, blieb ich eingewurzelt stehen. Doch plötzlich stürzte Hektor aus dem Nebengemach hinein mit glutrotem Antlitz und wildrollenden Augen wie ein Rasender. „Verdammter, du sollst mir fernerhin nicht in den Weg treten!" So rief er schäumend vor Wut und stieß mir den Dolch, den er schnell hervorgezogen, in die Brust bis an das Heft. – Der herbeigerufene Chirurgus fand, daß der Stoß durch das Herz gegangen. – Die Hochgebenedeite hat mich gewürdigt, mir das Leben wieder zu schenken durch ein Mirakel." –

Die letzten Worte sprach der Mönch mit leiser, zitternder Stimme und schien dann in trübes Sinnen verloren.

„Und", fragte Kreisler, „und was wurde aus Angela?"

„Als", erwiderte der Mönch mit hohler, geisterartiger Stimme, „als der Mörder die Früchte seiner Greueltat genießen wollte, da erfaßte die Geliebte der Todeskrampf, und sie verschied in seinen Armen – Gift –"

Dies Wort gesprochen, fiel der Mönch nieder aufs Gesicht und röchelte wie ein Sterbender. – Kreisler setzte durch die Glocke, die er anzog, das Kloster in Bewegung. Man eilte herbei und schaffte den ohnmächtigen Cyprianus in den Krankensaal. –

Kreisler fand am andern Morgen den Abt in ganz besonders heitrer Laune. „– Haha", rief er ihm entgegen, „haha, mein Johannes, Ihr wollt an kein Mirakel der neuesten Zeit glauben, und Ihr habt gestern in der Kirche selbst das wunderbarste Mirakel bewirkt, das es nur geben mag. – Sagt, was habt Ihr mit unserm stolzen Heiligen gemacht, der daliegt wie ein reuiger, zerknirschter Sünder und uns alle in kindlicher Todesangst höchlich um Verzeihung gebeten hat, daß er sich über uns erheben wollte! – Habt Ihr ihn, der von Euch nun Beichte verlangte, vielleicht selbst beichten lassen?“ –

Kreisler fand gar keine Ursache, auch nur das mindeste von dem zu verschweigen, was sich mit ihm und dem Mönch Cyprianus begeben. Er erzählte daher umständlich alles, von der freimütigen Strafpredigt an, die er dem einbildischen Mönch gehalten, als er die heilige Tonkunst herabgewürdigt, bis auf den schrecklichen Zustand, in den er verfallen, als er das Wort Gift ausgesprochen. Dann erklärte Kreisler, daß er eigentlich doch noch immer nicht wisse, warum das Bild, habe sich auch Prinz Hektor davor entsetzt, gleiche Wirkung auf den Mönch Cyprianus hervorgebracht. Ebenso sei er darüber noch ganz im dunkeln geblieben, auf welche Weise Meister Abraham in jene grauenvollen Begebenheiten verflochten.

„In der Tat“, sprach der Abt anmutig lächelnd, „in der Tat, mein lieber Sohn Johannes, wir stehen uns jetzt ganz anders gegenüber als noch vor wenigen Stunden. Ein standhaftes Gemüt, ein fester Sinn, vorzüglich aber wohl ein tiefes, richtiges Gefühl, das wie eine wunderbar wahrsagende Erkenntnis in unserer Brust verborgen, richtet vereint mehr aus als der schärfste Verstand, der geübteste, alles scheidende Blick. Du hast es bewiesen, mein Johannes, indem du die Waffe, die man dir in die Hand gab, ohne dich ganz über ihre Wirkung zu belehren, so geschickt in dem richtigen Moment zu gebrauchen wußtest, daß du auf der Stelle den Feind zu Boden schlugst, den vielleicht der durchdachteste Plan nicht so leicht aus dem Felde getrieben haben würde. Ohne es zu wissen, hast du mir, dem Kloster, vielleicht auch der Kirche überhaupt einen Dienst erwiesen, dessen ersprießliche Folgen nicht zu übersehen sind. – Ich will, ich darf jetzt gegen dich ganz aufrichtig sein, ich wende mich ab von denen, die mir Falsches vorspiegeln wollten zu deinem Nachteil, du kannst auf mich rechnen, Johannes! – Daß der schönste Wunsch, der in deiner Brust ruht, erfüllt werde, dafür laß mich sorgen. Deine Cecilia, du weißt, welches holde Wesen ich meine – doch still jetzt davon! – Das, was du noch von jener unersetzliches Begebenheit in Neapel zu wissen verlangst, ist mit wenigen Worten gesagt. – Fürs erste hat es unserm würdigen Bruder Cyprianus beliebt, in seiner Erzählung einen kleinen Umstand zu übergehen. – Angela starb an dem Gift, das er ihr beigebracht in dem höllischen Wahnsinn der Eifersucht. – Meister Abraham befand sich damals in Neapel unter dem Namen Severino. Er glaubte Spuren seiner verlornen Chiara zu finden und fand sie wirklich, da ihm jene alte Zigeunerin in den Weg kam, Magdala Sigrun geheißen, die du schon kennst. An den Meister wandte sich die Alte, als das Schrecklichste geschehen, und ihm vertraute sie, ehe sie Neapel verließ, jenes Bildnis, dessen Geheimnisse du noch nicht kennst. Drücke den stählernen Knopf an dem Rande, dann springt Antonias Bildnis, das nur einer Kapsel zum Deckel dient, auf, und du erblickst nicht allein Angelas Bildnis, sondern dir fallen auch noch ein paar Blättchen in die Hände, die von der äußersten Wichtigkeit sind, da sie dir den Beweis des doppelten Mordes liefern. – Du siehst nun, warum dein Talisman so kraftvoll wirkt.

– Meister Abraham soll noch mit dem Bruderpaar in mancherlei Berührung gekommen sein, doch davon wird er dir selbst noch besser erzählen können als ich. – Laß uns jetzt hören, Johannes, wie es mit dem kranken Bruder Cyprianus steht!“ –

„Und das Mirakel?“ So fragte Kreisler, indem er den Blick auf die Stelle der Wand über dem kleinen Altar warf, wo er selbst mit dem Abt das Bild, dessen sich der geneigte Leser wohl noch erinnert, befestigt hatte. Nicht wenig verwunderte er sich aber, als er statt dieses Bildes wieder Leonardo da Vincis heilige Familie erblickte, die ihren alten Platz eingenommen. – „Und das Mirakel?“ fragte Kreisler zum zweitenmal. – „Ihr meint“, erwiderte der Abt mit seltsamem Blick, „Ihr meint das schöne Bild, welches sonst hier aufgehängt war? – Ich habe es unterdessen in dem Krankensaal aufstellen lassen. Vielleicht stärkt der Anblick unsern armen Bruder Cyprianus, vielleicht hilft ihm die Hochgebenedeite zum zweitenmal.“ –

Kreisler fand auf seinem Zimmer ein Schreiben des Meisters Abraham des Inhalts:

„Mein Johannes!

Auf! – Auf! Verlaßt die Abtei, eilt her, so schnell Ihr könnt! – Der Teufel hat hier zu seiner Lust eine ganz besondere Hetzjagd angestellt! – Mündlich mehr, das Schreiben wird mir blutsauer, denn es steckt mir alles im Halse und droht mich zu ersticken. Von mir, von dem Hoffnungsstern, der mir aufgegangen, nicht ein Wort. Nur so viel in aller Eil': Die Rätin Benzon findet Ihr nicht mehr, wohl aber die Reichsgräfin von Eschenau. Das Diplom aus Wien ist angekommen und die künftige Heirat Julias mit dem würdigen Prinzen Ignaz so gut wie erklärt. Fürst Irenäus beschäftigt sich mit der Idee des neuen Throns, auf dem er sitzen wird als regierender Herr. Die Benzon oder vielmehr die Gräfin von Eschenau hat ihm das versprochen. Prinz Hektor hat indessen Versteckens gespielt, bis er nun wirklich fort mußte zur Armee. – Bald kehrt er wieder, und dann soll eine Doppelhochzeit gefeiert werden. – Es wird lustig sein! – Die Trompeter spülen sich schon die Gurgeln aus, die Fiedler schmieren die Bogen, die Lichtzieher in Sieghartsweiler gießen die Fackeln, – aber! – Nächstens ist der Namenstag der Fürstin, da unternehm ich Großes, aber Ihr müßt hier sein. Kommt nur lieber gleich auf der Stelle, wenn Ihr dies gelesen habt! Lauft, was Ihr könnt. Bald seh ich Euch. – Apropos! – Nehmt Euch doch vor den Pfaffen in acht, aber den Abt lieb ich sehr. – Adieu!“

So kurz und so inhaltsreich war das Brieflein des alten Meisters, daß –

Nachschrift des Herausgebers E. T. A. Hoffmann

Am Schluß des zweiten Bandes ist der Herausgeber genötigt, den geneigten Lesern eine sehr betrübliche Nachricht mitzuteilen. – Den klugen, wohlunterrichteten, philosophischen dichterischen Kater Murr hat der bittre Tod dahingerafft mitten in seiner schönen Laufbahn. Er schied in der Nacht vom neunundzwanzigsten zum dreißigsten November nach kurzen, aber schweren Leiden mit der Ruhe und Fassung eines Weisen dahin. – So gibt es wieder einen Beweis, daß es mit den frühreifen Genies immer nicht recht fort will: entweder sie steigen in einem Antiklimax hinab zur charakter- und geistlosen Gleichgültigkeit und verlieren sich in der Masse, oder sie bringen es in Jahren nicht hoch. – Armer Murr! der Tod deines Freundes Muzius war der Vorbote deines eignen, und sollt ich dir den Trauersermon halten, er würde mir ganz anders aus dem Herzen kommen als dem teilnahmelosen Hinzmann; denn ich habe dich liebgehabt und lieber als manchen ... Nun – schlafe wohl! – Friede deiner Asche! –

Schlimm ist es, daß der Verblichene seine Lebensansichten nicht geendet hat, die also Fragment bleiben müssen. Dagegen haben sich in den nachgelassenen Papieren des verewigten Katers noch so manche Reflexionen und Bemerkungen gefunden, die er in der Zeit aufgeschrieben zu haben scheint, als er sich bei dem Kapellmeister Kreisler befand. Ferner war aber auch noch ein guter Teil des von dem Kater zerrissenen Buches vorhanden, welches Kreislers Biographie enthält.

Der Herausgeber findet es daher der Sache nicht unangemessen, wenn er in einem dritten Bande, der zur Ostermesse erscheinen soll, dies von Kreislers Biographie noch Vorgefundene den geneigten Lesern mitteilt und nur hin und wieder an schicklichen Stellen das einschiebt, was von jenen Bemerkungen und Reflexionen des Katers der weitern Mitteilung wert erscheint.

Ende